# "粤派批评"丛书编辑委员会

学术顾问：陈思和　温儒敏
总 主 编：张培忠　蒋述卓
执行主编：陈剑晖　林　岗　贺仲明
编　　委（按姓氏音序排列）：

陈剑晖　陈平原　陈桥生　陈思和　陈小奇
程国赋　范英妍　古远清　郭小东　贺仲明
洪子诚　黄树森　黄天骥　黄伟宗　黄修己
黄子平　纪德君　江　冰　蒋述卓　金　岱
李钟声　林　岗　刘斯奋　彭玉平　饶芃子
宋剑华　苏　毅　温儒敏　吴承学　肖风华
谢望新　谢有顺　徐肖楠　许钦松　杨　义
张培忠

# 总　序

在近百年来的中国文坛，"京派批评""海派批评"以及20世纪80年代崛起的"闽派批评"已是大家公认的文学现象，但"粤派批评"却极少被人提起。其实，不论从地域精神文化气质，从文脉的历史传承，还是从批评的影响力来看，"粤派批评"都有着自己的精神气质和文化品格，有它的优势和辉煌。只不过，由于历史、现实、文化和地域的诸多原因，"粤派批评"一直被低估、忽视乃至遮蔽。正是有鉴于此，我们认为，以百年"粤派"文学以及美术、音乐、戏剧、影视等评论为切入点，出版一套"粤派批评"丛书，挖掘被历史和某种文化偏见所遮蔽的"粤派批评"的价值，彰显"粤派"文学与文化的独特内涵和深厚底蕴，这不仅能更好地展示广东文艺批评的力量，让"粤派批评"发出更响亮的声音，而且有助于增强广东文化的自信，提升广东文化的影响力，促进区域文化发展，从而在当前打造广东"文化强省"的进程中发挥积极的文化效应。

出版"粤派批评"丛书，有厚实的、充分的历史、现实、文化和地域等方面的依据。

1．传统文化的影响。岭南文化明显不同于北方文化。如汉代以降以陈钦、陈元为代表的"经学"注释，便明显不同于北方"经学"的严密深邃与繁复，呈现出轻灵简易的特点，因此被称为"简易之学"。六祖惠能则为佛学禅宗注进了日常化、世俗化的内涵。明代大儒陈白沙主张"学贵知疑"，强调独立思考，提倡较为自由开放的学风，逐渐形成一个有"粤派"特点的哲学学派。这种不同于北方的文化传统，势必对"粤派批评"的形成起到潜移默化的作用。

2．文论传统的依据。"粤派批评"的起源可追溯到晚清，黄遵宪的"诗界革命",梁启超的"小说界革命"的倡导,开创了一个时代的风潮,在全国产生了普泛的影响。20世纪二三十年代,黄药眠在《创造周刊》发表大量文艺大众化、诗歌民族化文章,产生了很大影响。钟敬文则研究民间文学,被视为中国民间文学的创始人。中华人民共和国成立后的十七年,"粤派批评"的代表人物是黄秋耘、萧殷和梁宗岱。黄秋耘在"百花时代"勇猛向上,慷慨悲歌,疾恶如仇,高举着"写真实"与"干预生活"两面旗帜,大声呼吁"不要在人民疾苦面前闭上眼睛"。在中国当代文学理论批评史上,萧殷也许不是一流的评论家,但却是一流的编辑家。王蒙曾说过:"我的第一个恩师是萧殷,是萧殷发现了我。"而梁宗岱通过中西诗学的贯通,建立起了现代性与本土经验相融汇的诗歌理论批评体系。新时期以来,"粤派批评"也涌现出不少在全国有一定知名度的批评家。如在广东本土,"30后"的有饶芃子、黄树森、黄修己、黄伟宗;"40后"的有刘斯奋、谢望新、李钟声;"50后"的有蒋述卓、程文超、林岗、陈剑晖、郭小东、金岱、宋剑华、徐肖楠、江冰;"60后""70后"的有彭玉平、谢有顺、贺仲明、钟晓毅、申霞艳、胡传吉、纪德君、陈希、杨汤琛;"80后"的有李德南、陈培浩、唐诗人;等等。在北京、上海、武汉及香港等地生活的"粤派批评"家的有杨义、洪子诚、温儒敏、陈平原、陈思和、吴亮、程德培、黄子平、古远清等,其阵容和影响力虽不及"京派批评"和"海派批评",但其深厚力量堪比"闽派批评",超越国内大多数地域的文学批评。如果将视野和范围再开放拓展,加上饶宗颐、王起、黄天骥等老一辈学者的纯学术研究,"粤派批评"更是蔚为壮观。

3. 地理环境的优势。从地理上看,广东占有沿海之利,在沟通世界方面具有得天独厚的优势;同时,广东处于边缘,这既是劣势也是优势。近现代以来,粤派学者在中西文化交汇的背景下,感受并接受多种文明带来的思想启迪。他们视野开阔,思维活跃,不安现状,积极进取,敢为人先,因此能走在时代变革的前列。黄遵宪、康有为、梁启超、孙中山等是这方面的代表人物。他们秉承中国学术的传统,开创了"粤派批评"的先河。这种地缘、文化土壤的内在培植作用,在"粤派批评"的发展过程中是显而易见的。

"粤派批评"有属于自己的鲜明特点。

1. 从总体看,除发生期的梁启超、黄遵宪外,"粤派批评"家不像北京的批评家那样关注现代性、全球化、后殖民等宏观问题,也不似"闽派批评"那样积极参与到"朦胧诗""方法论""主体性"的论争中。"粤派批评"家有自己的批评立场、批评观念,亦有自己的学术立足点和生长点。他们师承的是梁启超、黄遵宪、黄药眠、钟敬文这些大家的治学批评理路。他们既面向时代和生活,感受文艺风潮的脉动,又高度重视审美中的文化积累和文化传承;既追求批评的理论性、学理性和体系建构,注重文学史的梳理阐释,又强调批评的实践性,注重感性与诗性的个性呈现。比如,古远清的港台文学研究,饶芃子的海外华文文学研究,郭小东的中国知青研究,陈剑晖的散文研究,蒋述卓的文化诗学研究,宋剑华对经典的阐释重构,都各有专攻,各擅胜场,且处于国内领先地位。

2. 中国现当代文学史写作,是"粤派批评"最为鲜亮的一道风景线。在这方面,"粤派批评"几乎占了文学史写作的半壁江山,而且处于前沿位置,有的甚至成为中国现当代文学史写作的高地。比如20世纪80年代,钱理群、陈平原、黄子平联合发表的著名论文《论"二十世纪中国文学"》,其中的陈平原、黄子平均为粤人。洪子诚的《中国当代文学史》以方法先进、富于问题意识、善于整合中西传统资源和吸纳同时代前沿研究成果著称,它与陈思和的《中国当代文学史教程》被学界誉为中国现当代文学史的"南北双璧"。杨义的三卷本《中国现代小说史》是将比较方法运用于文学史写作的有效实践,该著材料扎实,眼光独到,文本分析有血有肉,堪与夏志清的《中国现代小说史》比肩。此外,温儒敏的《中国现代文学批评史》、黄修己的《中国现代文学发展史》、古远清的港台文学史写作也都各具特色,体现出自己的史观、史识和史德。

3. "粤派批评"还有一个亮点,即注重文学批评的日常化、本土经验和实践性。"粤派批评"家追求发现创新,但不拒绝深刻宽厚;追求实证内敛,而不喜凌空高蹈;追求灵动圆融,而厌恶哗众取宠。这就是前瞻视野与务实批评结合,经济文化与文学批评合流,全球眼光与岭南乡土文化挖掘齐头并进,灵活敏锐与学问学理相得益彰,多元开放与独立的文化人格互为表里。这既是广东本土批评家的批评践行,也是他们的共性和个性特征,是广东文化研究和文学批评的可贵品格。

"粤派批评"的这种特色，可以用八个字来概括：创新、实证、内敛、精致。

创新。从六祖慧能到陈白沙心学标榜"贵疑""自得"，再到康、梁，粤地便一直有创新的传统。这种创新精神在百年的"粤派批评"中也得到充分的践行和展示，这一点在当下应受到特别的重视。

实证。康有为的老师朱九江，其著述被称为"实学"，他倡导经世致用的实证研究，这一批评立场和方法，在后来的许多粤派批评家身上也清晰可见。

内敛。"粤派批评"虽注重创新，强调质疑批判精神，但它不事张扬作秀，它的总体基调是低调务实，是内敛型的。正是因此，它往往容易被忽视，被低估，甚至在某些时段被边缘化。

精致。"粤派批评"比较个人化，偏重民间的立场和姿态，也不热衷于宏观问题的发声和庞大理论体系的建构，但粤派批评家的批评实践具有"博"与"精"并举，"广"与"深"兼备，"奇"与"正"互补的特点，这形成了"粤派批评"细微却精致的特色。

建构"粤派批评"，不能沿袭传统的流派范畴与标准，而需要有一面旗帜、一个领袖、一套共同或相近的文学理论主张、一批作品或论著来证明、体现这些理论主张。事实上，在当今中国的文学语境下，纯粹的、传统意义上的文学流派或学派是不存在的。因此，"粤派批评"更多地是描述一个客观的文学事实，即"粤派批评"作为一个实践在先、命名在后的批评范畴，并非主观臆想、闭门造车的结果。它不是一个具有特定文学立场、主张和追求趋向一致性和自觉结社的理论阐释行动。它只是一个松散的、没有理论宣言与主张的群体。因此，没有必要纠结"粤派批评"究竟是一个学派，还是一个地域性的概念，但有一点可以肯定："粤派批评"已是一个特色鲜明的客观存在，即虽具有地方身份标志，却不是局限于一地之见的文艺理论家批评家群体。

"粤派批评"丛书不仅要具备相当规模，而且应做成一个开放、可持续发展的产品链，这样才能产生较大的规模效应，发出自己强有力的声音，并将这种声音辐射到全国。为此，丛书分为"文选"和"专题"两大版块。文选共38本，分"大家文存""名家文丛""中坚文汇""新锐文综"四个层次。

专题共12本。两大版块加起来共50本，计划在3年内完成。以后视情况再陆续补充，使之成为广东一张打得响，并在全国的文艺版图中占有一席之地的文化名片。

党的十九大报告指出："发展中国特色社会主义文化，就是以马克思主义为指导，坚守中华文化立场，立足当代中国现实，结合当今时代条件，发展面向现代化、面向世界、面向未来的，民族的科学的大众的社会主义文化，推动社会主义精神文明和物质文明协调发展。"在广东省委宣传部的指导支持下，广东省作家协会和广东人民出版社联合编纂出版"粤派批评"丛书，是贯彻落实十九大关于文化建设发展精神和习近平总书记关于文艺工作的重要指示的一项重要举措，是讲好中国故事、传播中国声音、阐发中国精神、展现中国风貌的一次文化实践。我们坚信，扎根广东、辐射全国的"粤派批评"必将成为新时代坚定文化自信、实现中华民族伟大复兴路上其中一块稳固的基石。

"粤派批评"丛书编辑委员会

2020年5月15日

作者照

## 作者简介：

徐肖楠，著名文学评论家，华南理工大学教授、广东省作家协会理事、广东省作家协会文学评论委员会副主任、中国当代文学研究会理事、中国新文学学会理事、中国小说学会理事。活跃于一线当代中国文学研究与批评领域，对一些重要作家、作品、现象进行及时评论，在《文学评论》《外国文学评论》《文艺争鸣》《当代作家评论》《当代文坛》《小说评论》《南方文坛》《人民日报》《光明日报》及其他重要报刊发表论文和批评文章400余篇，另有小说、散文、纪实文学多篇。近10年主要出版以《文学是有价值生活的美学化与象征性实现》为代表的系列著作10本。专著《当我们与神相遇：用神性向往改变习性生活》获第十届广东省鲁迅文学艺术奖（文学类）文学理论和评论奖；报告文学《护卫尊严：无悔生命与无限忠诚》获第二届"有为杯"报告文学奖；长篇小说《红角杨》获粤港澳大湾区文学精品创作扶持。

# 目录

前　言　文学评论的品质与风格 / 1

## 第一编　从古典走向现代

第一篇　论李金发的诗 / 2

第二篇　张资平：20世纪中国市民小说的最早尝试

　　　　——论张资平及其情感幻想小说的历史意蕴 / 15

第三篇　废名：走向古典艺术精神的深处 / 28

## 第二编　时代之光的变幻

第一篇　20世纪90年代文学时代的转向：与往事断裂中的启示 / 46

第二篇　在历史中寻求地位的形式主义小说 / 59

第三篇　中国先锋历史小说的神话国度 / 65

第四篇　中国后期先锋小说的想象化奇幻真实 / 73

第五篇　想象与梦幻中的叙事

　　——论红柯的小说 / 80

第六篇　毕飞宇的小说：象征现实主义的价值 / 94

第七篇　无法与中国传统断裂的神秘文学和风情文学 / 105

## 第三编　不逝岁月的激情

第一篇　首届广东文学名家的风采 / 112

第二篇　古典情思中的当代生命顿悟 / 117

第三篇　用生活憧憬和生命激情刻下时代记忆 / 126

第四篇　让文学保存生命的悠久魅力 / 135

第五篇　在时代中飞翔的灵魂向往 / 143

第六篇　宏大叙事中的生命精神 / 148

第七篇　历史时光中人性善恶的教益 / 155

第八篇　美学化生命经历中的诗意情缘 / 163

## 第四编　虚构世界的意味

第一篇　从传说到沉思：重述传说的叙事期望与历史意味 / 174

第二篇　生命与历史的另一面：在美学化意味的虚构世界里生存 / 186

第三篇　触发轻微浪漫的诗意：平静生活的故事情趣 / 195

第四篇　沉静世界中的怀想：从现实的逃亡中想象尊严 / 204

第五篇　战争抒情中的诗性正义与人类精神 / 214

## 第五编　诗意生命的光辉

第一篇　在历史如歌中唤起美的生活形式与诗性精神 / 226

第二篇　从生命尊严出发：把人类光辉记载于文学星辰中 / 238

第三篇　以人民为诗的爱与美 / 249

第四篇　执着于诗性镜像：将智性触觉深入诗意生活 / 271

第五篇　向着太阳飞翔的天堂鸟：阮雪芳的诗带给我们什么 / 281

## 第六编　南方生活的情韵

第一篇　怀着书生的诗意力量：让文学恢复精神选择 / 292

第二篇　在身边触摸思想：让思想的诗性柔滑如水 / 303

第三篇　张鸿的生命之心与文学之意 / 314

第四篇　香灵东方：洒满香意的生命世界 / 323

## 第七编　后现代文学衍化

第一篇　《红与黑》的多重象征猜想 / 336

第二篇　后现代小说自相怀疑的有限真实 / 345

第三篇　阿兰·罗伯-格里耶小说中的反悖 / 356

第四篇　阿兰·罗伯-格里耶作品中的物象与隐喻 / 368

后　记 / 378

# 前　言　文学评论的品质与风格

本书收辑了我的评论作品中部分精华之作，集中于评粤派文学，又不局限于粤派文学，兼收并蓄中国现代经典文学、中国先锋文学和西方后现代文学的评论内容，以此表达对粤派评论的参与和建设。

这些评论大都在中国几个最主要的文学评论期刊发表过。大致包含四部分内容：第一部分，《文学评论》和《新华文摘》刊载过的对20世纪粤籍文学大家李金发和张资平的评论及获第二届广东省文学评论奖（广东省委宣传部、广东作家协会主办）的《废名：走向古典艺术精神的深处》；第二部分，对时代不断引发的当代文学变化的论说；第三部分，对广东文学20世纪90年代至今的评论，这部分内容相对较多；第四部分，在《外国文学评论》发表过的对西方后现代文学的评论。

我这些评论从文学评论的这样几个功用出发：1. 给读者提供阅读形式与文学理解。文学评论帮助读者耐心地读进去好的文学作品，这是写作与阅读进行对话和交流的方式。2. 给写作者提供写作方式和形式技艺。文学评论和理论能让我们专注于具有优秀品质的作品，专注于自己所采用的写作形式。3. 不断以评论的方式重复进入文学经典。文学评论让亲近经典成为时尚的方式，我们永远重复的，是那些经典作品，怎么看待经典、经典的变化以及经典对时尚的融入是根本。4. 指出新出现作品的特点和品质。在真正接近文学本质的评论方式中，被评判的作品有足够的空间，而不是被复述或者被理论套用。5. 帮助人们确立包含有价值的生活的文学作品和生存方向。文学与教育相似，文学评论在很大程度上起到文学教育以及生存教育的作用。

天才的引述者并不能成为真正的评论者，而更可能是高明的理论重述者。我尽量避开旁征博引的评论方式，执着专一地深入文学作品的事实之中，试图像波德莱尔那样，在每一片碎玻璃上发现太阳的光芒，寻找文学作品与作家和读者、与生命和生活间真实生动的联系。

从事文学评论时，旁征博引只是可能的工作方式之一，我不赞成文学评论的过度引证倾向，这些引证大多来自文学评论的权威理论，以证明评论者读过很多作品和理论。这样的评论所能展示的，是评论者的知识、套用的判断和对现成文学技艺的喜爱倾向，却缺乏实际的评论内容。

所有的读者都会跳读，当遇见旁征博引的论说，读者会跳过不是引文的内容而关注引文，并由此对评论者叹服，也由此间接学习那些著名的理论和言语，而评论者会引以为荣，这导致作家和评论家对文学产生游戏心态，那样，文学评论就成了一种依靠理论的权力游戏。

这也导致评论者将作品分门别类装进引用理论的框架中，作者和读者会感觉到这些被装起来的东西比文学作品本身更让他们兴致勃勃。阅读这样的评论时，会让人震惊于评论者的博学，并且引发来自高调理论的兴奋。但读者弄不懂他所看到的学术式评论，只是敬畏崇奉这些高高在上而他们不知道也不了解的知识。文学与生活、写作与阅读之间已经没有了自由的空间，于是只有评论的世界，文学世界已经不在阅读的世界之内。

而评论需要在阅读文学的广泛意义上建立与读者的关系。其实，优秀的写作是全新的，没法用现成理论来框定的，真正的阅读世界与引证的学术评论世界没有什么关联，而是情趣的。评论者并不能杀伐决断、先入为主，读者阅读时的理解与作者写作时的初衷不尽相同，文学评论并不能做出决断，提供现成答案，而只能将文学的特点、作品的特点、文学的理解以及阅读方式尽可能提供给读者。

文学评论一方面要考虑文学作品的问题，一方面要考虑文学理论的问题，还要考虑文学发展的问题，这是文学评论的责任和担当。粤派评论应保持开放、流畅、开阔，提醒新的写作方式和阅读方式，比较已经发生的文学，想象更新的文学情景和文学范式，以形成新的文学作品，带来新的文学风格和阅读倾向，在此基础上，建立粤派评论的品质与品牌。

我的评论与整体粤派评论融为一体，我以为，在已有的基础上，我个人

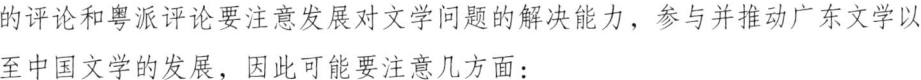

的评论和粤派评论要注意发展对文学问题的解决能力，参与并推动广东文学以至中国文学的发展，因此可能要注意几方面：

一、自我修炼。粤派评论首先要丰满自己、滋养自己，羽翼丰满，才能振翅高飞，提升自己；粤派评论做好自己的事，获得自身的发展空间，才能推动广东文学以至中国文学的发展。不过，粤派评论并非是孤立地、封闭地单方面练功，并非是仅仅重视评论自身的修炼，并非是脱离文学作品的自足，先面壁十年再华山论剑，与周围的生活和文学无关，而应与时代现实、广东文学一起成长，依托于时代生活和广东文学，在评论与生活、评论与作家、评论与作品的交流中成长，没有与生活和文学，尤其是与广东生活和文学的交流，粤派评论就不可能成长，这一点很重要。

二、世界视野。这包括世界文学的最好和最新的理论视野与作品视野。从理论视野讲，既要有专业化的文学评论理论，又要有广泛的文化、历史、哲学、社会以及其他学科视野，最重要的，是吸收借鉴世界评论成果和思想，形成独立的文学评论观念。从作品视野讲，一要关注世界的从古代到现代的经典作品和有经典性的文学作品，二要关注其他艺术作品，从音乐、绘画、建筑到影视，因为它们可能包含了很好的文学因素，或者说，从诗性要素讲，文学艺术是一致的，简单说，从理论至作品，都要形成世界视野，看到最好，才能把自己变得更好。

三、中国气派。我们既要有世界视野，又要有中国核心，这需要强化我们的传统文学和文化教养，也就是说，不能脱离中国传统本身，反而要以中国气质为核心去展开世界视野，吸收世界文学艺术以及文化思想，以发展中国文学，在发展中国文学的基本方向下，才能去更好地推动广东文学发展。必须注意的是，绝不是单方面说越是世界的就越是民族的；还有另一方面，越是民族的才能越是世界的。因此，我们需要格外注意立足中国文化，加强和提升传统文化艺术教养，比如说，中国的诗词音画独一无二的艺术特性应该融入我们的基本诗性教养中。

四、岭南特色。除了吸收世界文学、中国文学的优势，还要注意发挥岭南特色。这包括岭南生活、岭南品格、岭南经验、岭南气质所形成的粤派评论的基本整体特色，从而进一步形成粤派评论某种气质上相似的整体性风格特色。如果修旧如旧，原来怎么零散还是怎么零散，没有什么集中的突破方向，那就只有一个名不符实的名头，很难形成整体性的突破力量和影响力量。除了评论风格，还应表现并且强化岭南的文化情味，它们来自生活，渗透在作品中，既要有岭南风物人情特色，又不局限于岭南风物人情特色，应该共同深入到岭南的生活精神和生命气质中，才可能有大气象、大格局。如果岭南特色不是简单地表现为在作品中描写了岭南的风物人情，那也不表现为在评论中提到作品对岭南风物的描写，而是有更加深邃和开阔的东西。

五、个人风格。作为评论者，必须形成自己相对独立的评论风格，这是个人的现实品质和美学品质共同形成的文学品质的表现，个人评论风格是一个评论者的美学表达和美学表现，首先体现的是评论者的认真诚实，不虚浮夸饰的美学化生存态度。在一个评论者相对成熟的时候，才能形成自己的评论风格，在诸多个人的评论风格基础上，才能形成整体的粤派评论风格。而风格就是力量，没有风格的评论不但软弱无力，而且无法进入文学作品、文学现象和生活之中，因此，应该尽可能地摆脱平面化的评论一致，注意培养个人评论风格，有独特的风格才会有独特的评论。说到底，个人风格有与时代的一致性，但并不意味着与时代的评论风格以至评论风气的一致性。

六、评论建树。当有了个人评论风格，就有可能产生一定的评论建树，而评论建树恰恰是在有宏大思考时才会产生，评论建树是不囿于个人狭小眼界和生活范围的，它需要世界和中国的评论视野。评论建树绝不仅仅意味着风格独特，而意味着有成熟切实的评论思想或者评论观念出现，有内容、主题、方向、情趣的综合的评论独特性。简单地说，是要有观念的独特性，如果没有独立的文学观念，不可能有文学建树，反过来说，一个评论者的所有评论中如果没有评论建树，不可能有评论观念。

七、理论修养。有一定评论经历的评论者，都已经有了一定的理论修养，但并非就此有了定海神针。评论本身是一种修炼过程，是文学修炼、美学修炼、思想修炼、人格修炼的过程，修炼意味着不断改变和提高，在这个过程中，要不断地提高理论修养。这不意味着读过了、研习过了一些理论书籍和理论课就完成了理论修养，那样的现成理论转述，到处搬移套用文学理论，最终会将评论者变成理论搬运工。其实，能言说文学理论，只是表明评论者有了一定的理论知识背景,真正的评论理论修养,是在评论过程中不断学习、吸收、思考、借鉴、运用理论中形成的,并非是搬出一套理论来就可以照猫画虎的,而是要脚踏实地、切合实际地不断通过运用理论来提升思考和分析水平,形成符合实际的观念和思考来完成的。简单说,理论修养是在一定知识背景中修炼而完成的,不修炼,只搬移,就不叫理论修养,修养和修炼都意味着对自己的改变和理论本身在实际中的变化。

八、介入现实。如果要证明我们的评论是有效的,就要介入现实,而介入现实的标志是改变现实,文学评论的任务是帮助文学改变和提升,进而改变文学所处的现实情境。这样,就要切合中国文学和生活,尤其是广东文学与生活的现实。不切合文学现实和生活现实的评论,无法介入现实,而无法介入现实的评论只对评论者有功利作用,对于文学和生活是没有意义的。一种评论如果对文学和生活毫无影响,即使其宣称介入了现实,实际上还是虚妄飘浮的,因为它实际上没有改变什么,我们要这样的评论毫无意义。

徐肖楠

2020年5月1日

# 第一编

## 从古典走向现代

# 第一篇　论李金发的诗

## 引子

20世纪20年代，李金发被称为"诗怪"，一方面是因他与当时阵地稳固、有一定保守性的新诗传统不合，另一方面是因为他的美学原则不能被恰当地理解和认识。至20世纪后期，那些当时和之后被掩埋于时代帷幕和艺术短见之下的李金发的"怪异"之光，开始显示出纯正艺术本色，他的所谓"怪异"其实代表着20世纪中国诗歌追求纯美和艺术自我化的流向。

李金发带着他"微雨"的迷蒙一走进诗坛，便引起人们的震惊，成为五四诗人中创作最丰富而又最迅速的一个，但他始终没有被认为是具有最重要地位的一个。而20世纪中国文学的终结告诉我们，他是当时抒情诗写得最好的一个，也是对新诗发展最有贡献的一个，作为一位具有象征主义风格的诗人，他成为20世纪中国最重要的诗人之一。西方与中国在诗的审美观念上有很大差异，西方诗歌中的"纯美"观念在20世纪文化多元交融的语境中对中国诗歌产生的影响是整体性影响，很难说有哪个诗人能代表这种影响，但往往有标志风格转换的突出诗人出现。在这种整体影响中，追求诗歌自我化本质的最早影响是象征主义，由李金发开始的溢散着浓烈象征主义气息的诗歌，标志了中国现代诗的风格转换，标志着追求纯粹诗美的诗在中国的出现。

李金发虽然单人独马率先挑起象征主义的大旗，却代表着艺术的一种追求自我化本质的极端方向，在这个方向中，我们可以看到20世纪中国诗歌的根本性改变：从沿袭了几千年的诗言志、文载道传统走向创造一种艺术美、一种艺术与生命的关系。

这位"微雨"诗人在当时便已激起轩然大波，反对者和支持者态度截然不同。对于李金发毁誉不一的态度，包含着两种对诗的观念和对新诗方向的看法。以胡适为首的人仍然坚持着现实中一切都可能是诗、一切人都可能是诗人的方向。这个方向自胡适的白话诗开始，经过郭沫若《女神》的张扬，当时正在蓬勃生长。而以周作人为首的支持者，实际上是坚持了诗的神圣性和纯美性，坚持了诗的神秘性和深度性。

这本来代表了艺术从诞生起便具有的两种方向：艺术的外向化和现实性与艺术的自我化和虚拟性。艺术始终在这两端之间摆动，这两种意见的争论也是正常的。但奇怪的是，对于李金发的批评意见明显不适合李金发的作品实际，忽视了李金发诗对于诗审美特性的发挥，而这种批评意见几乎一直支配、控制着对于李金发的评价，原因一方面在于20世纪中国忙于革命、战争和建设，没有给诗歌艺术提供适宜的气氛，一方面在于当时李金发的支持者也并没有认识到李金发追求艺术自我化和生命化本质的意义。

## 一

李金发的诗与中国诗学传统和当时的新诗传统都有相悖之处，至少表面上如此。中国古典诗学中占据中心地位的是天人合一的人伦文化传统，而西方现代诗学则追求一种纯粹语言化审美而非文化性审美的空间。李金发反对的，既是新诗在语言上的浅白无味，又是新诗类似古典诗词的文化性审美空间，这种审美空间缺少语言特有功能造成的艺术自我感受。中国古典诗词依靠文化感受来形成意境，更多产生的是作者的情志和"道"的意识，而不是审美意象。

20年代中期李金发的诗出现时，以闻一多和徐志摩首倡的新格律诗，标举"和谐"与"节制"的古典原则，以"三美"对诗进行界说和限定，有意矫正五四以来新诗坦白无忌的情感泛滥和放任无度的散文化倾向。

但是，新格律诗误以为新诗的弊病全由欧化造成，因而倡导一种返回中国古典诗学传统的诗歌，实际上是一种新古典主义，但复活古典主义当时并没有根基，新古典主义也没有找到由西方诗学联结中国现代诗歌的适当通道。

李金发的诗同样因不满于白话新诗的散漫无治现状而出现。李金发把诗歌看作个人精神与心灵的升华，他的诗文白相间，中西交错，力图融古今中外于一体，是一种探索和实验的姿态。

这些诗新奇诡丽，不是沿着郭沫若确定的诗路，也不是根据一个确定的意念排列诗行，而是用诗行去创造一个含蓄、朦胧、未加确定的意象，这个意象具有神秘的象征意味，那些诗句都按照一种独特的感觉产生跳跃和连续的空间联系。

这些诗的意象，既超越了具体经验，而在一定的形而上层次上对人们的日常欲望和经验进行了突破，又充分利用了人们的日常经验，作为一种具体的感觉和情绪而产生诗的想象力，将死亡、女性、爱情等转化为一种纯粹的艺术经验和诗化感受。

大约由于人们对诗歌欧化的误读，当时的情境已不利于更加欧化，这使人们对形式上走上了欧化极端的李金发表示出疑惑和反对。而实际上，前此诗歌的欧化多半停留于形式和表面，并没有真正理解西方诗歌的艺术本质，因此也无法将中国与西方的诗歌真正融合，新格律诗同样无法将两种诗学传统真正融合，同样没能从艺术本质接近西方诗学便返回中国古典诗学传统，自然不易成功，所以新格律诗不久便自行消失。

新格律诗矫正新诗偏向的做法，是回到古典诗歌的格式韵律和文化本质的限制，在传统诗学和民间诗歌的基础上吸收西方诗学传统，而这实际上并没有发现西方诗歌的艺术自我化和生命化本质，没有找到中国诗歌的文化本质和中西诗歌中共同的生命本质。而李金发的诗，真正接近了西方诗歌的艺术自我化和生命化本质，而不仅仅停留于诗歌形式的移植。

李金发的意图虽在将中国现代诗歌径直接上西方现代诗的轨道，与中国传统诗歌理想划清界限，但他的诗真正显示的以及他自己的看法，都是重新理解诗的本质，将诗的本质不仅局限于中国古典的文史哲一体化的诗歌中，也将诗仅仅当作一种审美艺术、一种生命的审美升华来追求，而不当作文化工具来理解。

作为一个追求纯粹抒情的诗人，李金发与郭沫若这样的义化诗人的意义是不一样的。郭沫若最重要的作用是开创一代文化，创造一种诗的现代文化品质，并表现出一种古典性文化人格，他所奠定的诗体、诗风、诗境都与这种文化有关。因此，郭沫若的诗对于诗的艺术自我化和生命化品质不很在意，他的诗在很大程度上仍然贯彻着古典的载道传统，为表达和宣传一种现实的意识，情感未在诗的酒液中充分发酵便喷发出来，诗变成了白话和散文，而不是完全意义上的诗。

郭沫若用诗去开创一代文化，而李金发用诗只是去开创诗，李金发的诗仅仅在于诗本身的思考和诗与生命的艺术化关系，它不与现实直接连通，我们必须通过一座虚拟的桥梁才能到达他的诗国。郭沫若是一个文化的国王，而李金发是一个诗的国王，李金发的意义，在于他第一个写出了中国20世纪真正的偏重于艺术自我化品质以及艺术与生命关系意义上的新诗，而非文化意义上的新诗。

郭沫若所开创的诗风，正因为它一开始就具有的文化方向，使它偏离了诗的艺术自我化和生命化限制而走向过于散漫无治的极端，而李金发的诗将新诗从文化的一端或者说现实的极端，扳回到了诗的艺术自我化和生命化的一端，他所创立的纯粹艺术自我化的诗体使诗的表现从形式上和生命意识上回归到诗的原始本质：它是生命灵性的升华而不是生命的现实性表现，从而使诗这种独特的艺术品种在内容和形式上重新和谐一致，被文化破坏了的诗的独特审美形式与主题的关系得到修复。

但是，正因为李金发的诗走上了与现实不一致的一端而不合时宜，不独他，当时承认李金发的周作人等人，都是一些追求艺术的自我关系而不很关心艺术与现实关系的人。

为艺术而写的诗和为现实而写的诗，这本是两种不同的诗。李金发是新诗群体中唯一一个执着追求艺术的自我世界而绝无旁骛的诗人，他为诗而写诗，并不将诗等同于现实或当作现实的替代，他写诗是为了当一个诗人，为了用诗去升华自己的生命，而不是为了现实去写诗，不是要把种现实情感再现出来，而是必须要将一种现实情感变化为一种审美境界，变化为生命的一种理想化的、形而上的、终极的表现。

李金发为美而写诗，为生命而追求诗，不计自己的诗负载任何现实的使命和责任，而只对追求艺术的灵魂负责。李金发的诗不为现实提供理性判断，而是提供感性体验，依靠诗句所构成的整体意象来造成一种对现实的新奇感受，如若不能造成对诗中现实事物的虚拟感受，便达不到他用诗书写现实的目的。

这与以郭沫若为代表的最初的现代诗风正好相反,当时的诗风是利用虚拟事物,例如"凤凰涅槃",来达到对现实的感受,试图从诗歌中找到一条直接进入现实的道路,而李金发寻求的是从生命和现实向诗国升华的道路,他的诗与现实没有直接的通道。他始终在象牙塔中迷恋沉思,当他走向现实时便显得力不从心。

## 二

李金发是天生的行吟诗人,不是古罗马将军那样的入世者。在一个血与火交织、呐喊与奔突震荡的时代,他的诗自然不易被人们接受。在战争与革命过去以后,人们心灵平静下来的年代,他的诗才会曲折幽深地进入人们的灵魂。

李金发在不同的时间和场合,都淡然地将自己的诗当作游戏或玩意儿,从未将自己的诗当作言说真理、鼓吹革命的工具。在更多的场合,他把诗当作个人灵感的记录表,反复说诗是一种心灵的升华、高贵的追求。显然,他并不是真正将自己的诗看得漫不经意。他只是不把诗当作一种经国建业的武器或工具,不把诗当作一条径直通往现实的道路,而当作一条通往生命天国的道路。

李金发创作诗歌,纯粹是一种生命欲望向理想的升华,他是一个把艺术当作人生的太阳的诗人,他的诗就如同艾略特的《荒原》那样,在他所描写的那么多的荒芜凄凉意象后面,隐藏着一丛明净纯朴的生命之花。

李金发的诗,依靠诗人对人和现实的情感偏执性表现,来完成诗的独特意象,所以,李金发的诗中出现的人或意象、事物或情景都是偏执性或与现实有所背离的形象。这说明,李金发描写这些形象,并非是对这些形象本来的现实性质和情景感兴趣,而是有意地对现实事物进行偏执和曲折的表现。

显然,李金发并非没有意识到他诗中的事物和形象在现实中是不正常的,甚至超越人们的经验,然而,他并不是要人们从他的诗中返回到现实,而是要人们从现实升华到对诗的感受中,要人们从诗中去体验现实事物的变化,获得对这些事物的另一种感受。

李金发不会将生活与他诗中所写的丑恶混淆,而是利用丑恶来表现生命的底层,甚至常常造成一种相反的效果:因为他的诗给生命提供了一种超越生命的方法和感受。对他诗中的事物,不能从字面的或现象的层面去理解,那会形成一种分裂和曲解,从而引发误读,认为诗中存在一种丑恶和颓废,甚至有人从中发现了黑色和恶毒。他诗中的美好与丑恶、追求与颓丧奇异地结合在一起,那些丰盈饱满的意象隐藏在两种生命力量的张力之间,那些表面怪诞的事物,如生命/死亡、爱情/忧郁、世俗/天国、女性/美丑,总是尖锐地体现他纯粹的抒情要求。

李金发在现实世界中向往着幻化的世界,但并不将二者混淆等同,艺术与现实在他的诗里决不调和。李金发诗中所表现的那些关于自然、情爱、女性、美的浪漫理想,在现实中往往会被击碎,但当它们停留于诗的世界时,却会产生奇异的诗的意象,它们的奇异性就在于理想与现实的矛盾在诗中变成了一种艺术关系。

李金发在诗中保留的生命热情和幻想,并不想要在现实中实现,他的诗是生命幻想的逃亡地,在这片领地中,诗人可以独享把一切变为生命象征的权力。在现实层面中无法满足被艺术情趣培养起来的生命意识,只能逃回艺术层面;而现实层面的痛苦是无法回避的,艺术也无力加以解决,于是,李金发将他的生存现实与他的生命幻想——诗歌——分成清晰的两个世界,他为能写好诗而欣喜,并不顾及诗的抒情是否与现实相一致,他自己曾对此有过说明。

## 三

李金发的奇异诗国,既取决于他对生命的升华意识,也取决于他所受艺术教育和影响的复杂性。

李金发受到多种文化和艺术因素的影响,他研究过叔本华的哲学、欧洲美术和文学,又从事绘画和雕塑,在中国接受过深刻的古典文化熏陶。因此,他那些非常纯粹的艺术化而非日常经验化的诗,显示了单纯的诗歌艺术本色,却也包含了复杂因素的影响,很难把他的诗简单地纳入某种艺术框架,浪漫主义、象征主义都不合适,象征主义并不是他的诗歌奇异的唯一标志和因素。例如，同在法国学绘画的艾青，也受到印象派画家的深刻影响，受到法国文化艺术环境的浸染，但却与李金发诗歌的风格、观念、形态完全不同，并指斥李金发的诗不像诗。

李金发的诗虽与象征主义接近，但象征主义是一种风格性、主题性、观念性标志，李金发的诗无论在哪方面都超越了象征主义的界限：他的主题具有中国古典元素，他的风格具有绘画和雕塑技巧，他的观念具有唯美主义的美学要求。实际上，李金发的诗充满浪漫主义精神，他将日常经验进行了唯美化处理，那些日常经验的变形化、意象化和象征化处理，是一种纯粹的精神行为，与现实行为没有直接关系。重要的是，他的法国形式、象征主义的表面之下，仍是中国式内容。

李金发被视为"诗怪"，是因为他表现出极端的象征主义，而这一点，他的支持者当时也不很理解，看得也不很清楚、不很深入，因为他们都保持着与古典文化的抒情言志传统的连接。而李金发似乎沉迷于春花秋月、愁情万种，实际上他走进了中国古典文化中一直遭到贬抑的另一传统：极端地追求情感实现而无法与现实达成退避和妥协。

这种情绪大多偶尔和零散地见于我国一些著名文学作品中，李煜和李清照的作品以至《红楼梦》，都有明显的表现。李金发所喜欢的《牡丹亭》和古典式言情小说，与这种情调是一致的，而这种情调与象征主义又可以相通，和拜伦式的忧郁情结也相近。

因此，李金发实际上是中国古典文化现代转变的一种典型、一个极端，象征主义给了他古典灵性如泉之思的启悟，古典文化之流在象征主义的引导下喷涌而出。

郁情愁怨类的中国古典文学作品对于李金发具有根本性影响，而古典文学对于每个新文学大师的根本影响并不相同。缠绵多情、忧愁万种一类的文学是李金发的诗的根基，李金发的象征主义大树的枝繁叶茂，是在此根基上长成的。

与其说李金发受了象征主义的影响，不如说象征主义对于生命感受的美学玩味和对生命的精神化表现与他的古典品质一拍即合，中国古典文化中缠绵多情的故事、他性格中的多愁善感，以及他对于文学阴柔美的敏感、对中国古典忧郁的深度抑制意识，都使他具备了接受象征主义的根基。

李金发追求的女性之美显然受到中国古典文学对女性情感描绘的影响，我们可以看到隐没在李金发诗行中幽深的中国式古典意境和怨妇闺思式的悱恻凄怨，以及意象的含蓄和朦胧。这些古典式的情境和意象与后来同样有古典情结的徐志摩、戴望舒的诗歌有相通之处，而徐志摩倡导新格律诗、戴望舒从事现代诗，都在李金发之后，但也都明确地在一定程度返回古典文化。

李金发所钟情的阴柔缠绵的中国式情感，在五四以后的新文化中没有条件释放，法国的生命和艺术的自由环境，使得这种积蓄已久的情感进入诗的国度。在象征主义诗歌的表现中，李金发发现了他的古典式忧郁转化的可能：象征主义并不排遣忧郁而是追求忧郁，它不将忧郁作为现实情绪加以化解，而是当作一种美的品质加以追求。

这种与中国古典文学忧郁抒情完全不同的方式，使李金发有可能把忧郁抒情推上与以往完全不同的极端，把中国古典式的忧郁改造为具有新的美学含义的另一种东西。在李金发的诗中，自然处处具有浓烈的生命象征色彩，诗人凭借自己的感觉而将一种生命意识贯注于自然景物，使自然景物呈现生命景象，自然沧桑与人的情感迁移相印证、相牵引，将自然、生命、情爱相联结而咏叹，具有与中国古典离情愁怨传统相近相似的韵味，同时又充满西方式对自然的浪漫想象、充满情感的激荡和对理想生命境界的向往。

## 四

象征主义是李金发诗歌的一个外显标志，这个表征所包含的全部内在涵义，都与李金发诗歌的中国文化品质融合在一起。象征主义对他的影响，从根本上来说是对诗和美的感受方式与创造审美意象的观念，它必须对他的生命意识产生作用，与他的生命意识相融合，才有发挥的可能。

李金发用自己的诗在诱惑和滋养自己，他的情感、教养、生命的来源都是中国古典文化，象征主义不过是个魔瓶，瓶里的神怪是他自己，他将自己的生命在诗的王国里变成了一个生命的精灵而不由他自己控制。而潜藏在他诗中的，仍是中国文化所孕育的生命意识，是《牡丹亭》《玉梨魂》表现出的生命倾向所埋藏的象征主义艺术的根基，并在此根基上发挥象征主义并融其他艺术于一体。

如果认真地说，李金发在巴黎所写的三部诗集抒写的，主要仍然是作为一个中国人对于中国文化和生命的感受，仍然在按西方现代情趣和方式去写中国古典式生命体验。他在诗中表现的那些荒凉的意象，充满了对于悲剧性的爱情的感受。他在诗中表现的对于爱情和女性的向往，仍然是中国古典式的，它当然是梦幻的，也是悲剧性的。古典式的情恋和美好早已过去，无限的怀恋、西方艺术的震惊、中法现实的鲜明对比，都使他强烈地意识到过去的美好已逝去。

就像西方现代作家因对古希腊时代的怀恋而产生杰作一样，李金发的古典怀恋也使他的诗中产生了强烈的生与死、美与丑的对比，那些对比震荡了他初到巴黎时沉静的心灵，也震荡了中国新诗的一江春水。

但这违反了具有圆融冲和的理想之美的中国诗学传统。问题不在于描写了忧郁，而在于将这种忧郁推上了极端，以至在诗中出现了中国诗学传统不能允许的，并与这种极端忧郁相连的死亡、荒芜、凄凉、丑恶等意象。李金发将对于中国传统诗学来说是陌生的事物直接而毫不隐晦地写进了高雅的诗中，而这些诗中的陌生事物改变了人们日常经验的意义，变成一种诗学的奇异化事物，产生美学的陌生化效果，这是人们所不容易理解的。

爱与死具有同样的永恒性，像爱情一样，我们可以利用死亡的意象，集中、尖锐地探讨生命的意义。对于生命的热爱，可能激发生命无常、命运不安的神秘感，产生了生命的不丰满和枯萎感，因此，对于死亡的歌颂，可能是对生命意义的探索。

李金发沉醉于中国古典言情文学时，就已经酝酿着一种逃离现实而进入一个自我幻想的虚化情感世界、生命境界的倾向，象征主义将他这种生命倾向点化为一种诗的世界。尽管李金发受到了象征主义的深刻影响，这种影响的全部挥发却都是在李金发所受中国古典文化教养的根基之上。象征主义与李金发的古典文化情结一拍即合，在很大程度上因为它是主观化、意象化、情绪化、浪漫化的，它的非现实性质与李金发在中国远离现实而沉醉于言情文学作品的气质相融合，它的非现实性质使李金发的非现实情绪能得到充分的表现。

象征主义的主观性倾向与李金发的生命倾向是一种双向创造，并非是象征主义单向地落在李金发的生命中，而是两者之间的互相支持并平衡，产生并维持了他的诗，但这种维持不是寻求现实性的安慰，而是一种美学意义上的和生命哲学意义上的艺术与生命之间的平衡。

李金发在象征主义的诗中找到了适合自己生命存在的方式，到艺术中去存在，用艺术去完成生命，也用生命去完成艺术。从事艺术的人大致有三种：为生存而艺术，将艺术作为求生存的工具和手段；为艺术而艺术，将艺术作为与现实和功利相分离的一种纯粹的精神创造；为生命而艺术，将艺术作为生命必有的追求和本来的性质，这既是艺术创造最原始的意识，也是艺术创造最高的意识。李金发宣称自己是一个为艺术而艺术的人，但实际上他是在为艺术而艺术和为生命而艺术之间飞翔。

象征主义的感伤和迷蒙，沉迷了、笼罩了李金发的心灵世界，一方面是他的心境与象征主义相应和，一方面是象征主义也在造就他这种心绪，使他像迷恋《牡丹亭》一样对象征主义流连忘返。这对于他是一种生命的存在方式，而不仅仅是感受艺术的方式，也不是迫于生命痛苦而无可排遣，借象征主义加以发泄。正好相反，是诗人在主动追求着这种心绪，他读中国古典言情文学时，就已经在主动追求着一种愁恋的情绪，这种心绪对于他，是一种进入诗和美的境界、从而进入更高生命层次的必经之路，没有这种感受，他便写不出诗来，而这些诗又使他对这种情绪有更独特的感受。

李金发那种幽深缱绻、梦幻忧郁的生命体验，无法用五四新诗的白话倾诉衷肠，也无法用古典诗词自由挥洒，只能借象征主义朦胧的气氛、暗示的语言，将可见的物象和不可见的内在世界融为一体，寻求象征手法来表现生命中爱与美的奥秘。同时，在李金发的诗中，那些使生命不快乐的真实因素不是没有，但并没有弥漫到诗中使一切都失去了本来面目而变得迷蒙不清。

如同象征主义一样，法国也是一个触发李金发情思的主要源泉，李金发在那里更多地感受到的，是文化的活力和艺术的启悟，而不是生存的痛苦。从李金发的诗中直接解读他的现实遭遇，解读他受伤而扭曲的灵魂，与李金发的诗本来的主题和诗学目的不一致。这里更应该被解读的，是诗在形而上的层次上与更多的具体生命相融合的情景，是一种高雅庄重的生命意识对具体生存的关怀，而不能无限放大地将诗作为李金发的自传经验、现实心态去解读，这就忽视了它们是诗：应当从艺术的性质去解读它们。

而如潮般浮现于诗表面的是刻骨铭心的伤痛、萦回不去的回忆、梦幻般的爱情、荒凉灰暗的景象，这些不寻常的题材都是一种主题性事物，它们按一个象征化的主题，错落成朦胧虚化的意象，来描绘一个非现实的寓意世界，对现实事物的奇异组合和强烈变形使其诗中的死亡、流血、冷酷等具体的情景都改变为生命曲折幽深的意象，在本质上是一种浪漫主义者对于生命和现实的幻想，但却由浪漫主义的直抒情怀变为象征主义的隐藏不露。

在愁惨、荒芜、恐怖、绝望的表面景观之下，仍然会发现李金发诗性世界在深处转化为对生命的渴望和挚爱，对生存的迷恋和幻想，否则也不会表现出那么多幻想的失望了。诗的王国中的失望，并非就是对于现实生命的真实厌弃，而是对于生命追求的一种伪装，生命中没有的和无法承受的，在诗中变得可以承受，可以在诗中去寻找、实现，因此他的诗中有那么多的梦幻，而诗中的忧郁使那些无法寻求的和失去的转化成生命的内容。

## 五

李金发不但在同时代没有成为一个直接对他人产生影响的诗人，在后来也没有直接影响什么人。但他的诗给中国现代诗歌带来了巨大的震动，给后来人形成了深刻的启示。

回顾20世纪诗歌的历史，自李金发起，艺术自我化倾向便一直时隐时现地保持着，它表明与现实倾向不同的另一种对诗歌艺术本质的追求始终存在。

李金发在中国现代诗歌发展中的意义，是首先将西方诗歌追求纯美的艺术自我化和生命化倾向引入中国诗歌的领域。最初李金发这种倾向具有一定程度的模仿性，但正是这种表面稚拙的模仿，隐藏着中国古典诗歌气质与西方气质开始融合的另一种可能，正是这种模仿，成为中国现代诗歌艺术自我化和生命化倾向追求的开端。30年代以后，中国诗歌对于艺术自我化和生命化的表现，渐渐磨平了模仿的牵强和欧化的生硬，延伸出不同的风格和诗人。而李金发诗歌的潜在影响，那种启示引导的功绩，那种对艺术本身品质的诗性体悟，那种对于西方诗歌本质的另一角度理解，始终从这些后来的诗歌中隐隐透现出来。

李金发的诗作为一种诗歌流向的标志而出现，让我们看到的是与他的诗歌倾向的本质相像，并在形式上不断流变、内容上不断更迭的中国现代诗的层层波浪。

30年代的现代诗派中，朱湘对生命美的幻想的追求、林徽因同时展露出的现代主义和古典主义、陈梦家和孙大雨对生命的启悟与沉思、徐志摩对生命平庸与荒芜的表现，都与20年代诗风有了明显不同，其重要特征是对艺术自我品质和生命品质的偏重。同时，30年代出现了一群象征主义诗人，他们明确表现出对艺术自我化和生命化的体认，卞之琳的意象朦胧多义，曹葆华的景物暗示自我和生存状态，废名的意象与佛家的玄思和顿悟相关，他们在古典意境笼罩下的西方诗歌形式中，创造出一些暗示生命体验的独特意象。

30年代最突出体现对艺术自我品质和生命品质追求的，是戴望舒的诗歌，戴望舒的诗表明李金发所开创的诗歌倾向已具有发展的根基。李金发和戴望舒从不同的道路走入诗歌的神圣花园，并且在不同的交叉小径上与西方诗歌相遇。

戴望舒沿着中国古典诗歌铺设的小道顺畅走来，直到与欧洲的印象主义和意象诗人相遇，走进狭窄而悠长的"雨巷"。戴望舒将中国的文化意境与象征主义形式共同呈现于诗歌给人的直接感觉中，以修正在他之前诗歌象征主义在中国的生硬和艰涩。他力图将中国古典诗歌的成熟和现代西方诗歌的成熟嫁接并培育新的果实，这种做法注重的是中西诗歌在形式、意象、意境等方面的融合与一致，即把诗写得让中国人看来更像诗，更容易被中国人接受，更容易被认为是符合中国人观念的现代诗。这种诗歌倾向和观念，支配了30年代一直到朦胧诗以前的中国现代诗对于诗歌艺术自我化的追求。

戴望舒将象征主义诗的形式，与中国古典诗歌的意境相结合，使中国古典诗歌传统在西方诗歌形式的表面显现出来，却力图产生一种艾略特式的意象。而李金发的诗却因这种修正而显得更加独特：它们并没有任何直接的、表面的、形式上的组织和结构，以及意境和意象，但却在其中沉入了中国文化的底气，将这种中国化的生命感觉与纯美的艺术追求暗中斗转星移。

李金发是将他对生命多情缱绻的古典式感受、对于女性和爱情的敏感、对于中国古典式阴柔美的追求，与象征主义诗歌对于生命本质美的追求相一致，在借艺术观照和升华生命的本质上，与西方诗歌相对应、相和谐。这里追求的是生命本质和艺术内在品质的一致，而不是将中西两种诗歌不同的艺术境界和艺术外观品质相一致、相融合。李金发和戴望舒的不同追求意味深长，但李金发和戴望舒共同注重的，是创造出一种风格之魂与生命自我之间的艺术呼应。

在李金发与戴望舒之后，40年代"九叶诗派"的最显著标志，便是将生命追求与艺术品质作为最重要的关系加以注意，于是形式的新颖和生命的独特便成为他们的主要倾向。

"大雨落幽燕，一片汪洋都不见。"李金发诗歌落入中国现代诗歌一个世纪的风云变幻，与其他现代诗人的极大区别便消失不见。有意思的是，李金发的这种特点，既是中国现代诗歌追求艺术自我化倾向的起始，也是终端。

80年代开始得到承认的朦胧诗，实际上并不注重中西诗歌在形式和内容上嫁接的圆熟，而是采取了李金发的做法——直接移植，追求西方诗歌所表现出的生命气质和美学感受，不用任何的起承转合。朦胧诗以后，我们可以看到所有的中国诗歌都敢于舍弃中国古典诗歌的成熟，而用一种更加现代的生命感受和艺术感受去写诗。当然，这也意味着从另一条交叉小径走回中国古典诗歌的花园。

# 第二篇　张资平：20世纪中国市民小说的最早尝试

## ——论张资平及其情感幻想小说的历史意蕴

### 一

张资平可说是20世纪中国第一位市民小说家，是中国20世纪市民小说最早的尝试者，他开启了现代市民小说的风气，对以后的中国市民小说具有启示性影响。

张资平是中国20世纪市民小说最早的尝试者，他的小说对中国明清以来逐渐形成的中国市民小说传统加以现代改写，故事大都具有悲剧性质和苦难性质，然而人物的生存烦恼和生存幻想却具有一种市民化的理想主义精神。他开辟的市民文学空间更加注重个人幸福实现的可能，其后期情恋人物大多从个性主义者转变为幻想性革命者，描写了一种独特的个性主义革命者。其情恋人物表现了中国古典传统的礼制文明与受西方文化影响的现代文明交错中的市民生命情景，反映了市民知识分子来自生命的爱欲解放与文明对爱欲进行压抑的冲突，他们对于文明规范的逾越，主要来自生命的感性生存动力与理性控制之间的不平衡，其中有一种根深蒂固的对生命激情的理性控制意识，而其理性控制的特点，是以西方基督教文明的理性规范取代东方礼制文明的理性秩序。

中国市民小说的功利性和消闲性要求最早在张资平的小说中得到同时体现，这种风格的本质，从20世纪初期几乎一直保持到中国20世纪晚期的文学中。被归入海派作家的张资平，在没有去上海而在武汉之时，就已经达到了其创作的高峰阶段，并且已经明确描写了海派小说的主题，其重要作品，如《苔莉》《最后的幸福》大多发表于在武汉的那几年。而以后几十年中，在中国20

世纪文学中产生影响的市民小说的不同身影，已大多在张资平小说中影影绰绰出现，如叶灵凤的浪漫主义市民色彩、刘呐鸥的感伤气息、穆时英的现代都市情恋关系等。张爱玲关注市民生存中金钱与爱情的关系，她明确说过她曾迷恋于张资平的小说；施蛰存的东方心理小说有一家之风，而张资平却早于他进行了自然主义和精神分析双重交错的心理描写。甚至当代受市民欢迎的多角恋爱故事在张资平那里也早有先例。

同时，他的小说又迎合时代潮流和思想，是各种社会思想、艺术学说和市民情绪的时髦而奇异的混合，如个性主义、革命、战争、浪漫幻想、自然主义、精神分析等。20世纪晚期，一些具有私人化叙述风格的作家对于性欲望和身体行为的表现，在张资平的小说中也早已露出了端倪。张资平明确地表现出用自然和记录的方式来写两性关系的愿望，并在其创作中努力坚持这种愿望，只是当时中国文明情境和历史状况不允许他充分发挥对于性的自然主义描写。

在当代中国，从王安忆关于上海市民生活的一些作品开始，到王朔对于市民生存的世俗化关注，再到池莉和刘震云所描写过的平庸化市民生存愿望和烦恼，以及90年代中期以后盛行起来的一些着力于市民表象化的作家，如东西、何顿、张欣、邱华栋等对现代城市生活的平面化、零碎化描写，实际上与张资平所描写的市民生存本质不无一致之处，却又不如张资平那样具有对于文明进程思考的深刻性，也没有张资平那种对于爱欲与文明关系的复杂表现。

张资平的市民空间主要由两类小说构成：一类反映市民尤其是市民知识分子的身边问题、个人的生活琐事，描写小市民的具体生存苦恼；另一类是情恋小说，这一类小说主要描写市民知识分子的爱欲与文明压抑的矛盾，描写市民阶层的精神幻想。

在张资平的非情恋小说中，存在一种非常现实化的生命现象，即人们的物质欲望无法克服，给人们带来的是因贫困而产生的苦恼；而在他的情恋小说中，人们却可以以自己的精神满足去逃避这一现实痛苦。张资平的情恋小说从来都不现实化，而是远离人们的实际生存状况，但正是这种浪漫化的精神倾向，为市民生存提供了生命幻想和安慰。

## 二

张资平对中国20世纪市民小说的一个重要贡献，是延续了中国明清以来逐渐形成的市民小说传统，又对其加以现代改写。

张资平的情恋小说既改写了明清以来的古典市民小说的情趣、主题和传统，又改写了鸳鸯蝴蝶派描写两性关系的闲情逸致和对才子佳人的赏玩，从而产生一种现代情境中爱欲与文明相互冲突和限制的书写以及爱情至上的主题，使中国市民小说在中国现代进程中与现代市民的生存相适应。

张资平小说的情恋故事表现市民阶层在中国现代文明进程中的苦难性和悲剧性主题，以及市民夹在古典文明和现代文明困境中的现实性，其女性人物既有古典小说中女性形象的情恋追求，又有西方文明所带来的爱情至上的理想主义和个性主义色彩。

张资平的情恋人物虽然处于一种古典理性的保守倾向之中，却总是陷在精神困境中左冲右突。张资平的小说可分为三类，一类描写了金钱与爱情的冲突，这类作品中的人物企图以现实的利益得失来控制生命激情。这一类小说描写了传统礼俗与爱情的冲突，实际上是中国古典传统小说主题，那些古典式主题的小说多半是写大户子弟如何恋上风尘女子，而最终依然要抛弃青楼才女的爱情，回到礼俗制度，娶个有身份的小姐之类的故事，如《梅岭之春》就仿佛《杜十娘怒沉百宝箱》中的李甲与杜十娘的故事。第二类则是古典才子佳人小说的现代改写，如《苔莉》，克欧最终不是回到父母身边完婚，而是与苔莉一起殉情，这样的故事完全违反了古典小说的主题意向。第三类则是企图以理性来控制激情，其中包括以宗教信仰来克制激情，也包括以对婚姻和家庭的理性思考来控制激情。

《双曲线与渐近线》中出现了张资平基本的男女主人公模式：男性总是懦弱胆怯的，女性总是热烈大胆、充满了生命的刚烈之气。郑均松是一个传统的男性形象，他与青楼名妓私订终身，最终浪子回头，返回家园，抛弃爱情。而梅茵则是一个尤三姐一类的女性形象，但被张资平加以现代改写，不是依照传统观念和古典结局的套路终成眷属、择嫁从良，或是愤而殉情，而是依照《圣经》教导安于名分。韩蔚生这样的青年并没有真正清除古典理性，五四新文化条件和社会条件只是给他们提供了一种外在的自由恋爱的可能，本质上他们仍在按封建理性思想衡量婚恋。

张资平的小说虽然注意了小说的叙事功能和娱乐性质，但他的小说中的主题和内容是普通言情小说所难以具备的，他的情恋小说大都具有悲剧性质和苦难性质，他的小说人物很少有真正的快乐，那些情恋人物很少有幸福的结局。他的作品深刻描写了爱欲与文明的冲突，绝不是简单描写三角恋情的消闲小说家。张资平的小说追求悲剧性和苦难性，已不能单纯看作消闲小说，单纯的消闲类小说没有苦难性，主题不是悲剧性的，结局也往往是大团圆式的，并且很少包含历史文明与个人欲望的冲突。

张资平极端地书写爱情至上的理想主义，似乎竭力要使人生显得快乐一些，但他仍无法掩藏地描写了人生的苦难景观。他的非情恋小说多写市民知识分子艰难的生存境遇和苦恼凄伤的人生：他们经济拮据、精神暗淡，为物质生存而艰难挣扎。

这类身边小说对于社会现实的书写价值早已被文学史承认，但张资平的非情恋类小说与郭沫若、郁达夫等的身边小说并不一样，那些作家的小说比较形而上一些，对于现实具有超越意味，而张资平的非情恋小说则更加形而下一些，具有冷峻的现实性、苦难性和世俗化主题，对现实苦难更有体验意味。

张资平的情恋故事也同样书写了苦难的恋爱故事，而不是快乐的恋爱人生。张资平的不少情恋小说被一种悲剧性的气氛笼罩着，有一种必然的悲剧性结局在等待着那些情恋人物，似乎他们一开始产生情恋就伴随着悲剧性命运，似乎情恋本身就是苦难。那些情恋大多是不能完成的或失败的，情恋过程最终变成了苦难的历程，那些情恋人物努力追求理想爱情，却给他们带来了苦难，他们不是死于与性爱相关的疾病，就是自杀身亡。他们的可贵之处在于，在经历苦难、追求爱情的过程中发现了生命价值。

## 三

张资平对市民知识分子狭窄的生活空间津津乐道，但从不满足于这种市民生存的方式，并不赞美市民功利的价值取向，而是批判市民生存的庸俗与卑微。

在张资平的小说中，市民在生存中从未得到真正的世俗幸福，而是往往在获得世俗幸福的同时，失去了精神价值，于是反而要依恋和追求。张资平描写的正是这种因追求世俗价值而失去天国价值的情景。

那些失败的爱情故事，几乎每个都包含着惋惜、悲叹和讽刺，这是一幅幅市民知识分子在欲望前绝望挣扎的生动图景，这场战争中没有胜利者。他们对自己实行了绝望的救赎，却从未有哪个幸运地从爱情中得到最后的幸福，只有短暂的幸福，他们竭力追求爱情的结果，反而招致了生命的毁灭。

那些情恋人物的悲伤故事，浪漫化地满足了当时人们对个人爱情和个人幸福的想象，表现了现代情恋要求与现实社会之间矛盾的状况，表现了历史力量和道德力量冲突间的市民情感。这导致张资平笔下那些青年的觉醒性、压抑性、软弱性的同时产生，他们创造了自己的感性生命的生动性，又压抑了、毁灭了自己的情爱理想，在现实和理想的夹击下、在理性和感性的矛盾中，他们徘徊、停止下来。就像N和刘静仙，并不是寻求灵肉相融的爱的天堂，而是寻求现实生命的庇护所；或者像苔莉一样，在现代文明的过程中，在自己的现代爱欲中，毁灭自己的生命。这种悲剧性、这种被夹击的命运，道出了当时大量小知识分子的生命痛苦和酸楚。

张资平的市民知识分子的生存烦恼和生存幻想，具有一种市民化的理想主义精神。这些小说并没有完全脱离现实去言情，而是鼓动人们在当时的现实中去追求一种理想的爱情和婚姻。张资平的情恋人物具有一种幻想性，他们都绕着一层追求理想爱情的光环，抱着恋爱至上的准则，从而形成一种超越现实的理想主义精神。

中国现代市民生存的现实困境以及其教养的世俗化，使其注重利益和物质生存。但人天生有幻想和理想主义，市民生命中被压抑的理想仍然保持着，张资平的小说将其转换为情恋中的理想性和幻想性，使市民生命的现实压抑在情恋故事中得以释放，那些被市民所迷恋向往的爱情理想的表现，替换了市民对现实的理想幻梦，使市民的理想集中尖锐地在情恋关系中表现出来。

市民化的理想主义，长期以来不改变其"实利"和现实幻想的根本性质，但随着社会文明性质和精神品质的变动，其具体的内容会有所变动。从张资平的小说到张爱玲的小说，再到王朔的小说、琼瑶的小说，市民欲望和市民追求的具体内容早已大异其趣，但基本的市民理想并无根本的改变。

市民化的理想主义往往具有改善或美化现实的愿望，作为现实的一种虚幻的可替代物而存在，其中灌注了过多的实际生存、现实因素，其主要特征是摆脱现实的种种束缚和压制，以幻想实现现实中没有的自由。因此，有时这种市民化理想主义具有强烈的反抗旧制度的因素，对现实社会表达不满。张资平小说中的人物也具有这样的特征，他们反对制度化现实的主要动机，是实现和完成个人的自由。

市民化理想有多方面的内容和实现方式，张资平的小说代表着市民阶层对于爱欲实现的梦想。这种爱欲集中表现在物欲与爱欲两者之间的冲突中，与弗洛伊德所论及的性欲动力与生命、社会的关系有相近之处。这些小说并不单方面地针对物欲或情欲进行书写，而是以物欲为爱欲的陪衬和参照，对市民化的爱欲进行发挥和考验，并且往往最终的结果是爱欲得到升华，变为人的一种精神写照和寄托，战胜物欲，所以，人物在一段激烈的爱欲宣泄后，或者皈依宗教，或者忏悔死去，或者走向爱欲不能控制的极端而主动死亡。

将爱欲变为对于爱的奉献，成为了市民的一种理想主义，并将这种爱作为理想的一种寄托。张资平情恋人物表达的理想主义，针对着当时社会表达市民的不满，那些人物行为对于当时的社会现实和传统礼制文明进行了激烈的反抗，那些情恋人物在传统礼制文明的束缚中左冲右突，她们以断然决绝的情恋态度和将爱情的船与自己一起凿沉的表现，力图为自己的爱情和生命寻求一条生路，宁可毁灭于现代文明的进程之中，而不愿将自己毁灭于传统束缚之中，这种个人化行为，已转化为社会反抗行为。有时张资平小说中的人物，甚至能以精神的高尚来战胜物质的诱惑，如《公债委员》中陈仲章为了阿欢甚至丢弃"公债委员"的差事；在《忏悔》中"我"甚至可以通过净化和提升情感来面对生存苦恼。

张资平所开辟的市民文学空间与历史叙事空间的不同，在于它更加注重个人幸福的实现可能，不应否认这其中对于历史进步的追求。张资平情恋人物所保持的理想主义精神，是以个人幸福的实现加以衡量的，那些情恋人物以爱情的实现来作为幸福的标志，他们将爱情当作生命的唯一追求而常常过度，为追求个人的幸福，往往有极端行为。这些情恋人物常常不顾一切，甚至不惜以伤害别人、耗损自己的生命来实现爱情，以短暂的爱情占有和对他人的侵害，来感受片刻的幸福，而他们以为生命的意义就在于对这种幸福的追求过程中。

关于这一类人物不顾一切地追求个人爱情和幸福而招致个人的毁灭，张资平一方面描述了个人幸福的必要性、个人压抑的不合理性，描述了个人幸福在社会历史空间中的独特位置；另一方面描述了过度挥发个人压抑的悲剧性。同时，他还表述了个人幸福与社会幸福间的关系，表达了个人幸福对于社会幸福的必要补充，表述了没有个人幸福的社会其实根本不具备社会幸福的价值。

张资平情恋人物的个人幸福的失去，正是社会毫无幸福可言的表征，是当时社会现象的反映。对社会而言，由于他们所追求的个人幸福对每个社会成员而言都是可能的和必需的，他们对于个人爱情和幸福的追求，实际上也包含了对社会实现和个人幸福保障的追求。因此，张资平情恋小说中个人幸福的追求无形中与社会幸福叠合在一起，而对个人爱情和幸福的追求都表达了一种对社会的理想愿望。

当然，这是一种市民幸福，它更多地存在于个人空间之中，而不是历史空间之中，它必然具有眼光短浅、注重个人"实利"的特点。而且，追逐个人利益和幸福、发挥个人爱情和欲望，也造成了爱欲与文明、爱欲与压抑、爱欲与禁忌、爱欲与死亡的冲突。此外，张资平的那些遭受压抑的情感故事和浪漫人物所表现的，不仅是当时的社会，即一个历史阶段试图加以抑制的东西，而且是任何文明都可能会加以抑制的，当时两种文明交错的社会情景，正是这种人性与制度、文明与禁忌相冲突的独特环境。

《最后的幸福》中，美瑛反复思考之后，"知道了所谓幸福并没有绝对的，只看她的欲望能否满足……有一部分的希望或欲望受了道德法律的限制或受了夫妻名义的束缚，那个女子就不能算幸福了"。美瑛的这段思考，几乎囊括了张资平情恋小说的全部有关爱情幸福的主题思考。它们大致有几方面的内容：

1. 满足欲望才是幸福的。对于张资平的市民化情恋人物来说，欲望满足是最基本、最重要的。同时，这里的幸福是指爱情幸福。张资平树立了一个命题：没有欲望满足的爱情是不彻底的，甚至可能是虚假的，没有欲望满足的爱情幸福自然也是不可能的。

2. 将欲望等同于希望。即是说，对于张资平的情恋人物，欲望不是单纯的性欲，而是包含着对于爱情实现的希望，而爱情实现对于张资平的情恋人物一定包含着欲望实现。

3. 这种爱情实现应该是无限制的，不应该受到任何文明秩序和传统的压抑。这表明一种对于爱情的追求，真正的爱怀着对于对方的欲望和希望，而不是仅仅像《蔻拉梭》中的文如与妻子一样以生活保障为条件的和谐之爱。

4. 张资平的情恋小说强调了女性之爱、女性幸福和女性权力，而这一切都要在爱情中加以实现和验证。男性之爱由于文明对男性赋以较大权力并压抑较少，与女性之爱不一样，并不能尖锐体现文明压抑与爱欲解放之间的关系。

## 四

张资平的情恋主题，在中期以后具有愈来愈浓的个性主义色彩，浪漫爱情和浪漫革命都统一在个性主义之下，描写了一种独特的个性主义革命者，其后期情恋人物大多从个性主义者转变为幻想性革命者。

张资平小说中的这些个性主义者大多是女性，她们的独特表现是由爱情走向革命：以情爱作为自己个性解放的目标和必然途径，但她们的希望大多寄托在男性人物对她们的爱之上，而不在于反抗社会制度。这些情恋人物从沉迷于爱情到从爱情中觉醒，整个过程都具有个性主义因素，她们的主要表现或是试图固守于爱情之船而沉没，或是试图拯救自己的爱情，并将爱情与革命捆绑在一起。

将女性人物的追求主题改变为觉醒主题，这个转折使张资平的情恋主题不再具有前期和中期的复杂性，也不再在理性和感性、自然和文明、爱欲和压抑之间反复徘徊。后期的觉醒者不愿将自己毁于传统文明价值的追求中，宁肯将自己毁于现代文明进程中，力图为自己找到一条爱情和生命的出路，于是将个人爱情行为转化为社会反抗行为。当然，这些革命往往是自发的、过往的、不对现实政治构成威胁的行为，它们往往是一种文学化、浪漫化、想象化的行为。但这些个性主义者已明确地从单纯情恋中脱离出来，他们金蝉脱壳之后变成充满幻想性的革命者。

张资平的后期情恋小说，仍然保持理性与感性、自然与文明、爱欲与压抑之间的冲突关系，但理性内容有所变化。这阶段的小说中，"理性"大半被"革命"所代替，而前期小说中"理性"主要是由宗教来代表。这在张资平的小说中是个奇幻的悖论，革命本是激烈的行为，而这里革命却代表着一种冷静的理智和现代文明对爱欲的制约。何况，张资平的人物并没有什么关于革命的政治觉悟，而只是一种感性的要求。

由于这种感性的革命冲动，对革命的本质并无真正的理性认识，因而他们的革命行动也往往是感性的、冲动的、悲剧性的。这种革命行为在很大程度上与爱情相关，人物由于爱情的驱使而参与革命，这种革命行为更像一种爱情的献身行为，它们仅仅对于故事中投身革命的人物自己来说是有意义的，是为了使自己得到精神提升和情感净化，而不是实在地为社会谋得福利的理性行为。

因此，这些社会行为，主要并不是作为一种历史行为出现，而是作为主人公的个人行为出现，它们在很大程度上是为了组织故事情节，表现爱情主题，社会化行为被冠以革命的名义，在爱情主题和情节发展要求下被组织起来，于是出现了浪漫故事、爱情主题和革命背景三位一体的小说模式。

这里多少有将个性主义与现代革命相混合的含义，同时也有将革命与浪漫爱情甚至幸福幻想相混合的含义。对于张资平情恋小说中的女性人物，必须将一种个性主义的色彩涂抹于她们所爱的人物，才值得去爱，于是他将个性解放的主题转移到下层劳动者身上，并转变为一种以革命形式出现的下层劳动者的幸福观，以使人物更加适合张资平的情恋小说模式，适合小说中带有个性主义的革命主题，以表现爱情至上以及浪漫革命的图景。

## 五

张资平的情恋人物处于中国古典传统的礼制文明和受西方文化影响的现代文明交错时期，这些情恋人物的表现，生动地呈示了两种文明交错时的生命选择和社会情景，反映了市民知识分子的爱欲与现实的矛盾，反映了两种不同文明同时对他们施加的压抑和解放。

当时的中国社会，主要地仍处于传统礼制文明的控制之下，而张资平的情恋人物具有新世纪的文明思想和行为，当然不能被礼制文明所允许，但现代文明的优越在当时并没有强大到足以战胜礼制文明的缺陷，即是说，现代文明不能给他们提供足够的幸福保障和行为依托。他们被夹击于两种文明之间，既不符合礼制文明的规范，又超越了现代文明的原则，于是，只好超越一切文明规范，甚至不惜以生命殉情。

张资平情恋小说人物虽对封建古典文明采取了一定的解构行动，但也表现出对这种文明的保持，这些人物的独特之处就是在两种文明夹峙的边缘地区生存，这也是中国市民20世纪初的生存境遇。他们处于两难境地，既想要背弃封建古典文明，又难以舍弃他们在这种文明中的"实利"；既想要获得精神家园，又难以拒斥物质利益和世俗生存的诱惑。

然而，他们虽放弃了爱情所代表的天国幸福、精神家园，寻得的却又不是世俗幸福，他们并无安宁、平静、满足、安慰等世俗幸福的价值可言，他们时刻被他们所放弃的爱情所噬咬，几乎每个自动放弃爱情的人物都在几年之后试图追寻当年的爱情。爱情对于每个实际生存的人来说，是一种世俗的幸福，但对于张资平的人物来说，却是天国幸福，代表着一种灵魂对现实的、对身体生命的超越，也代表了市民知识分子寻求世俗幸福的艰难。

张资平情恋小说人物对封建古典文明的保持和解构、对于个性主义的坚持和放弃，都是一种历史体现。这种体现一方面在于表现了封建文明与现代文明交错的复杂社会心态，表现了古典文明价值在现代的变幻，表现了两种文明交战在市民社会中的具体生动情景。另一方面，在于个人幸福、个人价值、个人功利的追求在历史发展中的展现。张资平情恋小说的人物大多明确地把自身确定为衡量社会的价值标准，把自己作为真实、独立的个体，而表现出面临封建性文明体制和传统、面临世俗利益时的软弱特征。

他们一方面对封建文明和现实物欲制约下的婚恋表示不屑，一方面又无法彻底追随神圣的爱情，将人的灵魂和精神生命超越他们鄙视不屑的现实。这种自尊又自卑、愤激又无奈的边缘化和世俗化的市民心态，表明西方文明在与中国封建古典文明相遇后，中国市民社会必然要呈现出来的文化特征，而张资平的情恋人物集中表现了这种文化特征，即被封建古典文明和现代社会功利观念紧紧束缚的市民社会文化特征。

张资平情恋人物对于文明规范的逾越，主要来自生命的感性生存动力与理性控制之间的不平衡，来自生命的爱欲与文明对爱欲进行压抑的冲突。因此，爱欲与文明的奇异关系、人物挥发爱欲的奇异故事，构成了张资平小说景观的最独特之处。

张资平描写爱欲与文明的冲突有三个特点：

1. 极端地发挥爱欲。在张资平的情恋小说中，爱欲没有适度、平和的发挥，没有爱欲与文明的和谐关系，只有极端地从感性生命的角度发挥爱欲的人物，这些人物为发挥爱欲而遭受文明的压制与处罚，以至于招来了生命的毁灭。

2. 将爱欲作为生欲的一种尖锐代表。将爱欲作为生命的集中表现，而爱欲的发挥伴随着死欲，这些情恋人物为发挥爱欲不仅逾越文明规范，而且逾越生命限度，骄傲地以生命快乐原则来炫耀爱欲旗帜，而爱欲本身伴随着生命的毁灭意识，这些人物似乎在死欲和生欲的同时驱动下，拼命地以爱欲为名消耗生命能量、逾越生命快乐的限度，所以张资平那些著名的情恋人物，都只有悲剧性的生命结局。

3. 张资平在描写爱欲与文明的关系时，必然地描写了文明对于爱欲的强大压制，描写了人物为发挥爱欲而在文明之前绝望挣扎的悲剧性生命情景。这种悲剧性生命情景对文明制度的缺陷、对人类历史发展过程中的生命代价都进行了反映，表现了生命在爱欲冲动和文明压抑间徘徊痛苦、茫然无奈的处境，爱欲必然地携带特殊的历史情境和文明压抑，并在其中进行表演。

张资平情恋小说体现了理性生命与感性生命的巨大冲突，将中国传统文化与文学长期排斥和压制的性欲望还原为人性因素，将文明的现实原则和社会禁忌加以破坏，将审视婚恋的道德原则转化为张扬人性自然的欲望原则，对封建性文明的禁欲本质进行冲击，对情恋的社会性与自然性之间的关系进行探索，表明生命追求的本原性质。

张资平情恋人物的爱欲特点是：生命的唯乐法则与文明的现实法则产生了对抗。性快乐与性情感共同构成张资平情恋人物的爱欲以及小说的爱欲主题，它们分别代表着肉体生存和灵魂生存、自然生存和社会生存。对于这些人物来说，社会文明的很多规范和观念都是外在之物，而他们追求的则是生命的无拘状态。

这些情恋小说的特点似乎在于，灵魂之爱建立在身体快乐与和谐之上，灵魂救赎也建立在肉体生命救赎之上，而人物灵魂最终的飞升，则又建立在肉体毁灭之上。对这些人物来说，往往先有肉体生命的渴望，然后才有灵魂生命的相爱，没有身体快乐便没有精神快乐，爱情失去身体快乐便不可能存在。这种生命的唯乐法则产生了人物的爱情法则，他们宁肯为身体快乐付出生命的代价，而在此过程中才能找到真正的爱。因此，那些人物格外注意性的肉体诱惑力和性的品质，比如男女主人公都很看重处女之美。

对于爱欲的充分发挥和对文明压抑的极端反抗，将使个体生命走向毁灭他人和毁灭自己的道路，张资平情恋小说表现的文明与人性、现实与快乐、爱欲与文明的冲突，以主人公实行的唯乐法则与社会现实法则的冲突为标志，但基本倾向是表现人类文明法则所压抑的爱欲，而不是某个社会具体压抑的爱欲。因此，虽然这些故事中的人物充满与现实的紧张关系，他们自己品尝自己培植的生命苦果，但看上去故事却有些脱离当时的现实，人物这种爱欲与任何文明都具有的冲突关系，遮蔽了具体的社会性。

## 六

对生命激情，张资平有种根深蒂固的理性控制意识，但这种理性不是批判或歌颂的明确目标。

张资平的情恋小说表面上借理性与感性的冲突来完成故事，实质上这些故事倾向于理性，感性张扬只表现在具体细节和情景的处理上，而不在主题上，因此故事都是失败的恋情，而那些张扬性自由的新女性更是悲剧性的，人物不是制度的牺牲品和传统的现代悲剧，而是理性的悲剧和感性遭受压抑的悲剧，它们并不是简单地表现或等同于一个时代的观念和社会情恋关系的具体变化。

张资平对于爱欲的描写特色，在于将爱欲与文明冲突的生存困境书写出来，一方面描写了爱欲的充分发挥和爱欲对于文明的反抗，一方面又描写了对爱欲的理性压抑，是一种发挥爱欲与控制爱欲相悖相交的主题。这些故事，既表现了爱欲的自然本性，又表现了对这种自然本性极度释放的忏悔，因而人物大多是先表现出无所顾忌、不加控制的爱欲，然后又表现出礼俗或宗教对情恋的约束和控制。

这里面表现了张资平一种隐晦的性态度：在表现爱欲与文明的两难取舍时，从根本上并不是要彻底地发挥人物的爱欲，而是表现爱欲的限度、表现爱欲的理性制约和文明压抑的必然性。故事的深处表明作者对于人物的爱欲放纵是欣赏的，承认其自然的合法性，但又顾虑其过度纵欲对文明的损毁，同时又碍于社会礼俗对个人爱欲的压制而不能完全彻底地对其加以张扬，于是就描写了这样一些对情欲先放纵再控制的故事。

张资平对于情恋人物发挥爱欲有两个结局规定：一个结局规定是受理性控制而规规矩矩地沿着文明规范和社会理性生活下去。这种理性控制有两种形式：一种是宗教理性，一种是中国传统的礼制理性。另一个结局规定，便是人物因极端纵容身体引发疾病或遭社会处罚而走向死亡，这是一种对人的生欲和死欲与社会文明发展之间的心理和生理关系的表达，实际上还是要表达对爱欲的适度控制。虽然人物有彻底发挥爱欲的表现，而最终这种彻底发挥爱欲的结果却是失败的和毁灭性的。

张资平情恋小说中在理性控制方面的特点是以西方基督教文明的理性规范取代了东方礼制文明的理性秩序，要求宗教给予人类秩序一种理性控制，来代替礼崩乐坏的礼制文明，个体生命的肉体和精神的实在，转化为最终的无形者对生命的现实控制。

张资平的情恋人物，并不追求宗教的天国幸福，而是追求神性的现实，只有神性秩序，才能使人们各守本分名位。于是，在张资平的情恋小说中，现代理性以宗教的形式出现，古典理性则以礼制传统出现。

# 第三篇　废名：走向古典艺术精神的深处

## 一、现代性进程中的新古典主义

在中国新文学发展过程中，尤其在新诗发展过程中，由于几乎所有重要的文学家都吸收了西方文学或文化营养而开始文学创作，又由于新文学是应反对封建文化和文学而发生的，延续中国古典传统就成为一个最困难、最令人困惑的问题。并且这个问题从新文学发展之初一直延续到了20世纪末，始终没有真正解决。

废名似乎独自解决了这个难题，在他的艺术世界里，现代人的生存被平静妥帖地置放在一个古典世界里，现代文明和艺术意识被一种梦幻式的古典世界如水如雾般吸附，古典的禅思道悟也完全被一种美丽的现代艺术表现所覆盖而变成一种既朦胧又澄清的艺术世界。

这是一个奇异：奇异的艺术世界和奇异的艺术家，别人十分困难或毫无触动的，废名却早已成竹在胸、深思熟虑、轻而易举，真给人一种"拈花微笑"的感受。在中国20世纪文学最奇异的几个文学家中，他的奇异在于他最为独特、最为彻底，也最富于实践、最富于真诚地坚守了古典主义品质，坚定明确地向着古典主义回归。他作为唯一明确宣告、彻底真诚的新古典主义者，不但是奇异的，而且可能是最重要的新文学家之一。

因为，返回古典在整个20世纪中国文学发展中越来越显得突出和重要，越来越使人们意识到这是中国文学长久发展必须要面对的最根本的问题，而废名在完成这个古典与现代相接的转折中，做得最顽强和最富于启示性（但是，他不是也不可能是最完美的）。无论如何，他成为中国现代文学中一面坚守古典的鲜明旗帜。

在20世纪二三十年代，坚守古典和返回古典几乎无法想象。一方面，人们很难自觉地意识到坚守古典的意义，另一方面，返回古典也只是返回到一片空茫，人们还不知道该从古典里抓取些什么回到现代。虽然，所有重要的诗人和作家都与古典文学有着深厚联系，并且都不同程度地、自觉或不自觉地、以公开的或隐藏的方式表现了微妙的古典主义情绪和倾向性，如鲁迅对历史故事的兴趣、周作人的淡泊闲适、郭沫若"泛神论"的东方化、闻一多的"新格律诗"、徐志摩的古典意境、李金发所受阴柔文学的影响等，但他们都没有明确表达在艺术精神上坚守古典或返回古典的意识或态度。

他们有古典主义因素，但并没有形成明确的古典主义倾向性，只是在他们的作品中，表现出受到古典文学不可摆脱的深度制约。最主要的，他们往往以西方文学来融合中国古典文学，而不是以中国文学来融合西方文学，他们的立场，是西方化的中国现代文学立场。这与五四的时代文化精神和他们受西方文学启示而开始文学创作的身份是相一致的。

胡适对当时西方文学剧烈改变中国文学的"法度和技巧"极为赞赏，在胡适及当时的其他人看来，新文学是推倒旧文学之后一片全新的、单纯的美好景色。今天看来，这片景色要斑驳错杂得多，充分吸收西方文学意识和文学精神，与充分吸收西方文学的"法度和技巧"远不是一回事，它们表现出来的情景也完全不一样，而当时的新文学家们，试图用西方文学的"法度和技巧"去改造中国文学的意识本质和艺术精神，直至中国文学的文化本质。他们在当时的兴奋情景中，恍惚地误用西方文学的"法度和技巧"代替了西方文学的形式和意义的整体，无意间以"法度和技巧"遮蔽了艺术意识与精神。

"法度和技巧"其实在任何文学间都是可以相互转移的，而艺术意识和精神本质却不容易轻易融合。当时的中西文学和艺术精神并没有真正融合，甚至可以说，人们并没有看清西方文学意识和艺术精神是什么，也就不会意识到中西文学意识和精神之间的区别与融合，误以为全盘欧化之后，可能再造一个全新的中国文学，而这种"欧化"却是表面的。事实上，在"法度和技巧"上全面改写中国文学是可能的，但在意识上和精神本质上全面改造中国文学是不可能的。而五四新文学的精英们，也绝不是真正彻底欧化的，他们在实际上都受了中国古典文学精神的深度制约，但是他们当时大多对此并未意识到，或者不愿去意识到。

今天看来，新文学始终受到古典性的牵制是有特殊意义的。当时有大成或影响重大的新文学家，无一不具有深厚的古典文化教养，就是说，正是在古典性深度抑制的根基上，才有了他们的新文学成就。"白云生处有人家"，如果没有古典文学潜隐暗藏的影响，中国文学的现代性肯定不是今天这个样子。

五四文学精英们的观看立场和实践立场是一致的。首先是有了五四文学精英们眼中的西方文学，然后才有了他们用西方文学来"化"中国文学，而他们的观看立场是受古典文学和文化制约的，这证明他们的新文学成就本质上离不开中国古典文学。另一方面，五四新文学是一次西方文学的东方转移，不论其在人类文学及中国文学中的意义怎样，也不论其成功性有多大，没有中国古典文学根基，这次文学转移根本就不会发生，也就没有什么成功性可论了。

这表明，从表面上改变中国文学和从根基上改变中国文学完全是两回事。也表明，五四文学精英们都是以斩断传统而走向新文学的形象出现并自我指认的，一般研究也都认为中国现代文学与古典文学在世纪之初产生了断裂，但深究起来，这样的结论是可疑的，我们可以在整个新文学进程中不断发现古典性的存在。

废名的新古典主义的一个重要特点，就在于它显示了古典文学在现代文学中延续的可能性，另外一些文学家则仅仅显示了某些古典因素的存在，而不是其发展的可能性，如像闻一多的"新格律诗"那样显示古典因素。而废名的古典主义，在走向古典艺术精神深处的过程中，进行了现代的自我圆满、自我完成，显示了一种独立的具有古典和现代双重性的艺术体系的可能，因而对于新文学与古典文学结合、外国文学与中国文学结合提供了一个充满思考和可能性的启示。

## 二、从古典走向现代的极端与悖论

在新文学深层里受到中国古典文学的内在牵制，甚至古典文学参与了新文学的成功的意义上，废名成为这种古典影响的独特标志。

其他五四文学家大多带着古典镣铐跳舞，当初古典最束缚他们的地方，可能正是其新文学最成功的地方，而废名则把古典当作一面旗帜，让它飘舞起来，他在新文学中最成功的地方，正是他对古典发挥最充分的地方。

作为最独特的五四新文学家之一，废名的独特就在于他独自明确地打出了古典主义旗帜，并走向古典主义的深处，执守着某种古典文学的艺术精神，在他的小说、诗歌、诗论和文论中，都表现出对中国古典文学的依傍和回归。他成为中国新文学中最为明确和唯一坦然标榜古典精神的新古典主义者。

当时的新文学家，大多对古典文学有一种潜藏的深刻依恋，如同断了奶的孩子对母乳的依恋，并在他们的作品中或多或少地显露出古典痕迹，但没有一个像废名那样，坚定明确地以古典文学的某种艺术精神作为依恃，去审视中外古今的文学，并在创作中体现出这种古典的艺术精神。

唯周作人的情况有些不同，他不把新文学看作西方文学在中国的一次转移性变革，也不看作是与古典传统的空前断裂，而是将几千年的中国文学划分为"言志"与"载道"两大源流，认为新文学与"言志派"文学之间没有断裂，而且本质上是对"言志派"的复兴。周作人的观点巧出奇兵，作为废名的老师，周作人当然也启示了废名去重新认识中国古典文学。

周作人的启示，对于废名走向新古典主义只是一方面的因素，当然也有时代因素。更深刻的因素，还在于废名自己的生命气质和文化教养，周作人的观点和时代因素同样也会对其他人产生影响，而其他人并没有像废名那样，一经触悟便掉头返归古典主义。其表面的现象是：大多数人站在古典主义和新文学的两端，因此不可能真正理解和接受周作人的启示以及时代的含蓄之处，而废名却没有单纯地成为一个复古主义者，或者极端地成为一个欧化主义者，他站立在一个中间立场上。

那么，这里产生了一个悖论性的意义：废名是在所有有影响的文学家中最为坚守古典的一个，但废名只是坚守古典主义立场，并未刻意于中外文学的结合，却成为将中西文学结合得最好的一个。从废名新古典主义的单纯性和悖论性来看，这正是最出色的艺术家的一种表现，真正具有影响和启示的中国新文学重要作家，没有不包含自身悖论的。同时，这也正说明了西方文学从根基上改变中国文学是不可能的，大多数新文学家是用西方文学形式来表现中国内容，而废名则从中国古典艺术精神的立场上来看待西方文学，因此他反而做得更好。

但是，最深刻的因素来自废名的生命深处和中国文化的深处，废名的创作是他的生命表现，而他的生命是一种中国文化的表现。在废名的生命深处，有一种深刻的古典怀恋，这种古典怀恋，恰恰也是不少世界级的文学大师所具有的，比如乔伊斯、福克纳、普鲁斯特、巴尔扎克。而且，古典怀恋在现代文学家中比在古典文学家中表现得更加突出。这种古典怀恋，已成为一种重要的艺术突破力，当然也成为废名能真正融合中西方艺术的一种因素。

像所有五四新文学家的起步一样，废名的新文学创作始于西方文学的激发，他在《〈黄梅初级中学同学录〉序》中说，他"读了外国书以后才能作文"。他进入北京大学读外文系，精研西方文学，"从外国文学学会了写小说"。废名不同于其他人之处在于，他在对西方文学的横移、借鉴中启示了自己古典意识的现代生命后，立即掉头回归中国古典的"言志派"和"六朝文"的精神，并且以坚守这种精神而达到艺术圆满，达到对西方文学的融合，显示出一种比周作人还强烈的古典意识。

他从现代角度看古典文学时，发现的是古典文学与现代文学的相通性，他从中国古典文学看外国文学，或者从外国文学看中国文学时，发现的还是中国古典文学与外国文学的同质性。在他看来，庾信的赋、李商隐的诗、温庭筠的词，都潜藏着与莎士比亚戏剧和五四新诗相同的艺术因素。

这样，废名的新古典主义便具有一种极端的特异性，而正是这种极端的特异性，使他突破了一般人融合中西方文学所遇到的障碍。他站在中国文学精神的立场看西方文学，与其他人站在西方文学的立场来看中国文学完全不同。他看到的新文学，不是传统的彻底裂变，而是传统的延续，不是西方文学改变中国文学，而是中国文学吸收和改造西方文学。

从新文学的立场去吸收古典因素，和从古典主义的立场上发挥新文学，这完全是两个方向。但融合古典与现代，只可能有这两种立场，两种立场都有极端性，中国新文学的发展之初，事实上也显示了这两种极端性。

问题在于，这两种极端性对于中国新文学发展的价值在哪里？其表现是否适宜？废名的古典主义极端性表现在于：这种新古典主义并不是一种静止的古典艺术的复现，而是一种变化了的古典艺术精神。当废名认为现代和外国艺术都与中国古典艺术相通时，在他的视域中，古典是已经改变了的古典，古典既是废名所看到、所解释的样子，又不是他所看到和解释的样子，因为废名对于古典的坚守已经融入了现代意识，他是在现代文明情境中、西方文学的冲击下，坚守古典，他的新古典主义就不可能不包含古典主义之外的东西。

这并不是废名的古典主义本意，但废名的古典之新，不但在于其现代文明情境中的特殊性，而且在于其并不刻意排除什么，也不刻意保持某种纯正，而是以自己所看到的古典的样子，自自然然去走进现代性。

### 三、曲径通幽的古典主义唯美追求

废名的古典主义表现出中国古典式的唯美倾向：精致、优美、典雅、空灵、含蓄、幽深，带有几分西方式的梦幻色彩和中国禅思道悟式的虚幻色彩，使他的作品呈现出一种曲径通幽、缥缈梦幻的美丽感觉。

废名的古典主义唯美追求使他延续了中国古典美学追求而决不表现丑恶。中国文学传统中，尤其是废名所崇尚的"六朝文"和"言志派"文学，不表现生活中的丑陋，表现丑陋从根本上违反中国文学的圆融冲和观念。备受废名青睐的"温李"，是以写生命的美丽而与其他诗人有突出不同的。

受到中国古典文学美学追求的影响，废名认为艺术是美丽的，文学要把生活中的丑陋隐藏起来，他在"论新诗"时最常用的词是"美丽"，他甚至说"思想是一个美人"。废名的这种唯美倾向，也是一种纯艺术的倾向，他的一切艺术品质都由这种唯美倾向生成，他所崇尚的庾信赋、李商隐诗、温庭筠词、六朝文，也都有唯美因素，都是以文质美丽而出名。

废名的中国古典式唯美倾向与当时同样具有唯美倾向的其他文学家不同——他们的唯美倾向都受到了西方艺术思潮和艺术精神的影响，如象征主义、唯美主义等。废名从古典式的美学立场，对西方文学进行了美感阐释，并将这种阐释融合于他的古典主义唯美倾向中，例如他认为莎士比亚戏剧给人诗的感受，因为它是一个梦，而他在自己的创作中，也常注重梦的美学感受，他笔下的世界常带有梦的性质。可以看到，在废名那里，诗、梦、美轻易地就在古典主义的唯美立场上结为一体。而实际上，对古典美的迷恋、对西方文学的美学阐释、对现代生命的梦境理解三种因素的结合，使他的唯美倾向具有古今中外朦胧一体的特征，但他的艺术立场仍然是以古典融合现代、以中国融合西方，从而使古典文学中的美学因素在现代发挥出来，以创造一个独立于主流美学倾向之外的艺术世界。

废名的古典主义美学追求并非是单纯形式上的，而且是精神倾向和艺术本质上的，所以他不留恋任何古典艺术形式，也不推崇任何西方艺术形式，而是深入到古典主义艺术精神中去。这样，他的唯美追求不但与写实倾向不同，而且与其他具有艺术纯美倾向的文学家也不同。从形式上追求艺术美的效果，和从艺术精神倾向上追求美的效果完全不一样。在废名，形式与内容共融于一个意境中，文与质一体，而在另一些注重形式的作家，则注重从形式上来改变和创造新文学的形态。

当时文坛流行两种倾向：重内容和重形式。这两种形式在新文学发展初期，对改革旧文学起了根本性的作用，但在创造新文学时却都显得有些力不从心，虽然它们依然发挥着自身的优势，推动着新文学的发展。尤其是那些追求纯美的形式主义倾向，对改变中国古典文学的固定形态起了最根本的作用，对发展创造新文学的美学形态和艺术形式，都做了过去几千年没有做的事。但这里缺少的是一种弥补与中和，一种精神本质上的中西艺术的弥合。不能用废名的古典主义倾向否认其他文学家的艺术功绩，但也不能不重视废名所代表的古典主义艺术倾向在新文学发展中的独特地位，它的独特一方面在于深刻地暗示了中国现代文学发展必不可少的古典因素，一方面表现了古典因素在现代文学中延续的可能性，同时还在于古典美学形式在现代的成功表演。

废名的古典主义唯美追求的一个重要特征，是不刻意追求形式，而是专意追求美的意境。人、物、思和谐地融为一体，显出一种虚静中和的美的意境，那些悲怨伤感的情绪，被以一种含蓄的方式表现出来。这种古典式的含蓄和委婉的表达方式，与当时文坛直白浮露的风尚形成对抗，废名曾对当时创作中流行的浮浅粗陋、重内容而轻形式直言批评，提倡文质一体。另一方面，废名注重的是形式与内容在一种美的意境中的统一，所以他并不单纯追求形式。这与当时不少文学家受西方形式主义的纯美思想影响、特别注重形式明显不一致。当时的文学家，不少是从形式上来追求艺术的纯和美。废名曾批评闻一多为写"新格律诗"而把诗写成"豆腐干",这意思是说"新格律诗"只是形式上模仿古典诗歌,而古典诗歌内容的丰润却没有了。废名对冯至的十四行诗体模仿西方"商籁体"也不以为然,表明他不赞成将西方诗体横移到中国来。

但是,废名的古典主义唯美倾向具有一种矛盾的内质:中国古典文学没有独立的纯美、纯艺术的追求,通常诗必言志、文必载道,只有文化与艺术融为一体的文化审美空间,没有独立的艺术审美空间。而废名却用古典主义来追求一种纯美的艺术空间,并且被他奇异地追求到了,这对于中国古典文学的美学品质在现代的延续和改写,是一个奇异的突破。

现代文学充分发展的关建一直是中西文学的融合,而最大的困难也在中西文学的融合。中西文学精神的不一致,造成了两者间的根本阻断。而废名从两方面打破了这种阻断:一是废名对西方文学的精研使他了解了西方文学的品质,而一旦了解,他站在古典的立场上再反观西方文学,就从自己的立场上准确地知道,该吸收些什么和怎么样将西方文学加以中国式转化。二是他将中国古典文学中温庭筠、李商隐所代表的纯美和纯艺术的微弱倾向,极端地释放和发挥出来,使这种在很大的程度上长期遭受抑制的微弱艺术追求扩张为一种专意为美的艺术精神。这种纯美和纯艺术的品质,又与禅思道悟结合,更加扩张为一种玄深的美的意境,从而使西方对于纯美和纯艺术的独立追求意识,转化为他的小说和诗歌中的古典式美的意境。我们能明显地感到,废名创作中的美的意境不是向西方借来的,而是富于中国古典美学特征地在他的作品世界中自然生长的。

废名把他的古典主义纯美和纯艺术的追求尖锐地突显出来,使他的古典主义具有自己的严整性、和谐性和流畅性。废名的古典主义观念,从理论到实践,从批评到创作,从小说到诗歌,都保持了一致性,它并无断裂和缺陷,并无华而不实,而是诚实坚定、深思熟虑的。同时,这种古典主义的现代性追求也使废名的艺术世界与古今中外的艺术产生了独特的古典融合方式:他以"性情"沟通中外古今的艺术家,从而连通中外古今艺术;他以"六朝文"风格作为艺术的风格模本,将现代意识和西方风格融入"六朝文"风格;他以禅思道悟作为自己艺术世界中生命和宇宙的核心,从而构造了一个生命与宇宙相互转化的主题;他以"言志派"的艺术精神作为衡量文学精神的标准,并以这种精神来观察文学的发展。

废名沟通古今中外文学的方式,是从"性情"来许人品文,这是一种纯正的古典主义态度,但却奇异地生存于废名的现代文学世界中。"性情"在废名没什么具体明确的含义,它是一种含义模糊的概念,在很多场合下都能用,只要是有所感悟的,都与"性情"有关。但"性情"是毫不含糊的古典化观念,"性情"显然是中国古典文学"品"文学和"品"生命的传统的现代转化,它强调的是艺术思维方式的现代生命力以及它与西方文学结合的可能。废名以"性情"来许人品文,在北大讲新诗时常提"性情",凡有独特风格的作家都被他认为是有"性情"的。同时,他也注重在小说和诗歌中表现个人性情,那些人物、意境、诗句、风物都充满了废名个人性情的表现,并且尽力用独特的、充满性情的艺术形象去表达一种生存精神和艺术精神,给艺术世界赋予具有"性情"的内容。由于废名那种"心远地自偏"的生存态度,他的小说常常营造的是一个自我化的"性情"世界,这个世界的突出特征是美丽和梦境。

## 四、梦幻的古典生命灵气与意象

在废名的古典唯美追求中,隐含着一种深藏的古典式生命追求,由于这种生命追求的精神本质是人类共有的,由此沟通了废名的古典主义美学倾向于西方美学对生命本质的追求。

现代情绪外化为美丽的表象世界后,现代灵魂却藏在一片白云深处而平和安静。废名的艺术世界以一种典型的中国式美来生成:以乐写哀,以美写愁,不像西方美学那样直接描写生命的愁苦和悲哀,例如象征主义对死亡和丑陋的直接描写。中国美学和文学中的美人香草,不仅是一种象征的艺术,而且是一种象征的生命。中国特有的这种生命美景,把生命中的一切哀苦和威胁都转化为华美高雅,不像西方将生命苦恼在艺术中加以强化,而是将生命苦恼在艺术中加以淡化以至消解;不追求生命的愁苦体验,而追求生命的美好体验。

废名独特地将中国古典美学体验在他的艺术世界里加以现代转换。废名对于生命美的感受和追求有三个被强化的美的意象:

一是美丽的女性。他常用中国古典的香草美人来寄托他的生命感受，因此美人常被他赋予一种意义而格外受到重视，在他的作品中看不到女性的丑，他的《妆台》一诗最后两行是："因为此地是妆台，不可有悲哀。"这里有浓重的"温李"气息，因为在温庭筠、李商隐等人的诗词中，妆台常用来指称美丽女性。

二是田园气息和牧歌情调。在废名的作品中，现实中的丑恶和悲苦都被远离现实的田园和牧歌所幻化，那田园和牧歌离现实很遥远，而在这种田园中，人物都变得美丽而纯净、平静而从容。在他的小说中，人物和田园是同一个形象，它们互为灵肉、结为一体。人物是田园的形象，田园是人物的形象，梦幻般的田园环境对人物非常重要，所以他的小说几乎都是写乡村生活。读废名的小说，虽然人物和故事被淡化，但读田园就是在读人物和故事，抽取掉人物和故事，田园便不存在，反之亦然。这里显现出古典田园山水诗的身影，另一方面，这也是废名生命中童真之气的表现，他充满了对久远流传下来的古朴田园生活的留恋，这一点将在谈论他的古典怀恋时再次谈到。

三是禅思道悟。废名在《十二月十九日夜》一诗中说："思想是个美人。"他在作品中将思想转化为一种美的意象时，思想必定含有禅家与道家的彻悟明净、仙风道骨。在他的作品中，不美的不是思想，美的才是思想，所以他的作品中的思想表现得很奇特：它是一种感悟，跳荡变幻，无深无浅，无始无终，不必以深厚示人，而以澄明宁静创造出一片世界。

中国古典式的唯美倾向，使废名以美丽写哀愁，以淡雅写孤独，把生命的不平化在艺术的平静中，他的艺术世界由此而非现实化、超现实化了，变成了一个美丽与梦幻交织的意境化世界，一个像大观园那样美好的太虚幻境，人可以自由地在里面徜徉，把忧郁、孤独、寂寞都变幻成了美丽。一方面，古今中外文明的冲突使现代生命失重，心灵的不平衡产生了忧郁和孤寂。另一方面，古典文人式的对现实的超脱和日益浓郁的厌世情绪，使废名心态出世。于是他将现实的压力变幻成美丽的梦幻世界，孤独的灵魂在美丽的深处徜徉，而美丽的表象指向一种恒久的生命体验：梦。

作为一种古典主义唯美倾向的表现，废名的创作在20世纪二三十年代不但与当时的写实倾向区别开来，而且与当时其他具有唯美倾向的文学家区别开来，成为一种独特的美学景观。二三十年代的中国文学，虽然写实是一种流行的风尚，离开写实而专意写美和梦幻、追求纯艺术的文学家也不少，而且往往很有特性，如李金发、徐志摩。但是，像废名这样以极度古典化的方式来写美和梦幻，却是绝无仅有的，这不但使废名与当时追求纯美和纯艺术的文学家区别开来，而且使他与中国古典文学中的主要源流发生错位，在反主流美学传统中去追求和放大古典文学的另一美学源流。实际上，二三十年代的写实风尚，一方面是当时社会需要"为人生"的文学，另一方面也是源于中国古典文学的写实传统。在长期专制与伦理结为一体的人伦文化的影响下，中国文学的浪漫一直先天不足，发育不全，仅有的几个浪漫主义大家都是各自为政。不成传统、断续零散的浪漫主义还时时遭受写实传统的压制，而以美为浪漫的文学家就更少了。

偏偏废名看到的正是那些在中国文学中气息微弱的唯美浪漫主义者，偏偏要在缺少浪漫中寻找浪漫，因此，他把现实中的一切都幻化、美化、梦化了。由此，依然是出于写实传统的强大影响，在很大程度上，他已经被误读为一个反现实主义者。因为我们缺少浪漫，一切看上去不直接进入现实或不与现实对应的，我们都无法想象它仍然含有现实。这是废名曾经长期遭受冷落的一个重要原因。

废名通过梦的意象把现实在艺术中转化为一个美丽的梦幻世界，而这个梦幻化世界呈现出一种中国式意境化美学的特点，它是中国式意象本身、意象整合方法、意象思维方法与西方对于梦的艺术观念结合而生的一个美丽孩子。

废名对于现实的梦幻化、虚构化的重造，是他将现代艺术意识、西方美学追求与中国古典艺术相结合的最重要表现，通过古典意象与梦幻结合，废名生成了一种远离实在现象的超现实世界。中国古典文学中很少有梦幻化世界，梦幻多半表现在志怪传奇中，而这种民间故事化的梦幻世界多半也只是一个现实世界的翻版，很少有在文学中通过梦幻完全重构现实世界的。

废名对于梦幻与艺术、梦与诗、梦与现实的格外关注主要来自西方文学的启示。在废名，梦是诗，是生命，是美好，这是受西方艺术精神影响而成的艺术观念，并且具有弗洛伊德式的精神倾向，他是从这样一种梦的倾向来理解莎士比亚等西方艺术大师的。他的梦的艺术观念虽是西方化的、现代的，但梦的艺术转化却仍然是中国式的、古典的,主要依靠中国古典的意境观念而创造出一个幻化的、诗化的梦的世界。

这种艺术方式之下的具体现实,在艺术世界中被化解成零散的、朦胧的、漂浮不定的意象,这些意象在一种意绪、一种意境中朦胧地生成一个新世界,于是它们原来所依托的现实便消失了,转而生出了这种现实中本来没有的美丽感和梦幻感。

这是在用中国古典诗歌的意象整合方式来处理现实,废名在《〈废名小说选〉序》中提到,自己写小说是"分明受了中国诗歌的影响,我写小说同唐人写绝句一样",因为废名用诗的方法写小说,我们能从他的小说中看出他的诗的品性,而从他的诗中又能看出他的小说的品性,它们保持了惊人的一致性,因为其中流荡着一种毫无二致的古典主义品格。

## 五、童心中的古典田园世界

废名不但是一个艺术上的古典主义者,而且是一个生存上的古典世界怀恋者。对于古典世界的生命怀恋,是一个非常重要的现代艺术主题,因为人类离古朴淳厚、简洁单纯的古典世界逐渐遥远,许多重要的现代艺术家都有怀恋古典的情结,并且在他们的作品中深深打上了怀恋古典的印记,他们依赖古典的原始和质朴与现实的浮华和文明之间的冲突,来产生一种异常的艺术震撼,来创造一个复杂的人性世界。如乔伊斯对古希腊史前时期的怀恋,普鲁斯特对逝去的贵族精神和教养的怀恋,福克纳对美国南方蓄奴时代人性淳朴的怀恋等。

无论如何,艺术创造需要一种宁静的心态,而"禅"的思考给了废名这种宁静。正是这种不同于他人的心灵宁静,使废名具有了与他人不同的艺术创造性。如果简洁地说,废名创作的突出特征是梦意、禅境、童心、古思,那么,禅境与古思都倾向于古典,而梦意和童心则倾向于现代。

童心、童年情结几乎是所有大作家的标志,废名的童心有自己的独特性。鲁迅笔下的童年,充满了忧郁和苍凉;巴金作品中的童年,充满了激奋和愤慨;废名笔下的童年,有一种古典式的平静。他的小说是梦的世界,他的梦来自他记忆中的童年,他的童年和一种古老宁静的乡村生活融为一体,这生活在他心灵中始终保持着没有尘世纷扰、没有现代文明、没有世俗浊气的理想境界。这生活虽经千百年岁月腐蚀和现代文明冲击,仍保持着亘古的人性淳美品质。

童年记忆和古老乡村田园的一体化,是废名的童年情结的独特之处,由此可以发现废名的童年情结的古典之根,他对于童年所代表的古典式田园理想亲近怀念,对于现代社会冷漠和疏远。而同时代的其他作家几乎都在强调童年记忆的美好的同时,保持着对童年时所经历的古旧生活的批判,如鲁迅的《故乡》《社戏》,萧红的《呼兰河传》等。

废名独特的梦幻化田园生活,包含着一种古老的、逝去的文化与生命的同时性理想,一切田园文化或文化的田园化,都被包含在生命中,成为生命的必然的内容和主题。在中国,除废名外,还有深受废名影响的沈从文,他对古朴乡村生活同样心存怀恋。对古典怀恋的现代意识,使废名用古典方式去创造一个古典的田园世界,而这个田园世界已被梦幻化了,这使他的小说呈现了一种遥远的梦境般的生命体验。

废名小说中大量山水田园、风情民俗的描绘,代表了古典的生命梦幻,代表了一种古典的生命理想,是中国文化与作家理想的集结地。《桥》集中体现了这种田园生命理想,写了乡间的种种风俗和景致:清明上坟、夏日庙会、盂兰节、唱命画、送牛、送灯……史家庄的金银花和松树,红花山的山路和落日,枫树桥的枫树和流水,桃园、梨花、杨柳、清溪、万寿宫、家家坟、关帝庙、水丹庵、八丈亭、五福寺等,它们在人物的故事和生命中历历出现,成为小林、细竹和琴子生命中的必有内容,它们是人物生命的象征和人物生命的另一种形象,如影随形地伴随着人物,进入到人物的生命中。

这是废名古典怀恋的特殊之处:他借人物和风物,借梦幻化的田园生活,来书写自己的生命理想,书写一种充满了古老文化品质的生命向往,而不是真正在写乡间的风俗画,他的风俗画只是一种象征,一种虚化的、进入到生命深处的象征。而二三十年代大多数乡土小说家描绘乡村风景民俗,是依附于五四新文学写实的和为人生的主流,以赞美自然美好、乡村淳厚,慨叹人生艰辛,批判愚昧麻木等为主题,其意图仍然是以理性和人性来批判古典文化传统。所以中国传统的道德风化、民俗乡情大都被当作批判的对象，而中国乡村在现代文学中的这种形象，也常常是一个麻木、冷漠、荒蛮、原始、落后的形象。

废名的古典怀恋却恰好是对当时遭受批判的乡间风俗文化传统的赞美，表达一种乡村文化理想和一种质朴天真的人性，因此所有的田园景物都被赋予了诗性想象和诗性的生命含义，出现了一种田园化、梦幻化的乡村理想的形象。那些风物作为生命中的内容，成为生命丰润和欢悦的象征。他以中国的风俗文化为生命的寄托，从传统中发现美和人性，这既是写自己的生命之梦，也是对传统文化的沉沦表示悲哀。当众人都在批判传统文化的落后、反理性、反人道时，废名执拗地书写了另一种传统文化形象。这种形象并不是实在的，而是作者想象处理后的一种象征形象，但其中包含的既有现代生命因素，又有古典文化理想。

事实上，我们在废名的作品中读到的，绝不是一种实在的现实，而是梦境的现实，它们同样都是真实的，它们在人们的生命中和文学中都享有同等的权力。废名小说所描写的田园和梦境，看上去远离现实和逃避现实，但这不意味着它们不反映现实或与现实无关，而是意味着它们怎样反映现实或与现实发生怎样的联系。

重造现实，就是返回现实。实际上，恰恰由于对现实的古典化生命感受、对现实中古典美的追求，废名才创造了与古典田园理想相似的梦幻世界，来对照现实，来躲避现实的威胁。废名虽然可能被看作"厌世派"，实际上，正因为他充满了对生命的热爱，和对生活的过度的热爱，才会有"厌世"之感，才会去怀念一个古典田园世界。

所以，废名以一种极端的方式来写痛苦：把痛苦抹去。虽然废名以为人生是苦、人生是累，但从道家和佛家的角度看，人生的苦累又不是苦累，而是一种生命的必然，于是他的世界里充满了艰难和希望，却并没有痛苦。

## 六、古典意境中的现代艺术宁静

废名的小说世界，不追求与真实世界的对应，不追求人物的性格化和故事的情节化，而是追求一种古典式的人物神似和故事诗化，以达到一种人与物的意境化。废名的诗和小说都留有空白，如同中国的山水诗和山水画一样，"只在此山中，云深不知处"，以未写尽和自然隐藏来生成一种意境化的空间想象，在这种空间想象中，有一种意识流动甚至跳动的形态。这不与西方的"意识流"相同，而与中国古典诗歌中意象之间的空白和跳荡感有关，也与禅思和道悟常常向着反面转化的思考方式有关。

废名的意境化连接意识方式，是从中国古典文化中生发出来的，这并不是西方意义上的"自由联想"和"意识流"的变体，而是以中国式的诗性思维达到了与西方艺术相似的效果。这说明中西两种艺术思维方式存在相似以及融合的可能性，而不是说西方艺术方式对废名的同化，不是说废名所具有的和使用的同样是意识流手法，因为废名的古典意蕴是与他的古典化艺术思维方式共存的。

废名同时受到中国古典诗歌的意境诗学和西方的意象艺术的启示，追求一种意象与意境整合的象征艺术。中国古典诗歌的意境，创造了一个超越文字表面意义的想象境界，以产生联想自由和审美丰盈，生成余音绕梁的效果。这与西方的象征艺术效果相似，但西方的象征艺术可以是具体的，也可以是整体的，而意境艺术则主要追求整体的象征。

废名从中国古典文学诗歌的意境化象征，悟得西方的象征艺术，从而与现代艺术相沟通，以古典的方式对当时已成模式的现代小说叙事模式进行了独自的突围。废名的小说朦胧含蓄，充满隐喻和暗示，流荡着一层神秘氛围，这与二三十年代其他所有的小说不同。当时大多数小说是由鲁迅开创的现实主义小说风格，而当时的新感觉小说和精神分析式小说又非常西方化，显然，废名正在孤独地尝试着触摸中国现代小说的古典根基。

故事与诗的结合，形成了废名冲淡朦胧、简洁神秘的诗意境界，它表明了一种古典意境艺术的现代化。作为现代艺术，与中国古典意境艺术的不同是在意境中添上了人物活动。在中国古典诗歌中，所有的意象都是景物，由景物的意象构成了意境，其中人物并没有直接出现于意境中，人都隐藏于景物之中。废名的独特贡献在于，将叙述与抒情结合于意境中，人物和景物共同构成了意境，意境也生成了人物。

二三十年代，还有其他人尝试着转换中国意境艺术，如徐志摩、戴望舒等，但他们的意境艺术基本上仍是抒情化而非叙事化的，废名在意境艺术的叙事与抒情结合上做出了唯一的尝试。

中国古典诗歌的意境诗学不同于西方的象征和意象的根本之处，在于"意"与"境"的统一不是分离又融合的，而是本来就浑融一体的，"意"就是"境"，"境"就是"意"。废名的作品常常是玄思式的，这种玄思并非是单纯的"意"，而是"意"与"境"的同时生成，玄思同时又包含着生命观念和审美形式。这种玄思，不像二三十年代的其他作家那样，主要生成于西方哲学和美学思想，而是得益于东方古老的美学和禅思道悟，由这种玄思，回到古典的生命与自然、审美与非审美、文学与文化浑融一体的状态，回归到一种纯正的中国古典诗学意境，又走进了现代艺术境界。

实际上，废名的禅思道悟与其诗中的背景是浑融一体的，不懂他的背景就不明白他在说什么；不明白他在说什么，自然也不懂他的背景，这构成了他与同时代诗人的最重要区别。他的同时代人大多针对着、表现着一种具体的生命意象而达到形而上的思考，诗歌表现出一种具体的理性思考和理性化的诗风，如卞之琳。废名的诗则主要是一种感悟式思考，他的诗把形而上与形而下、具体生命与宇宙本体融合而一，变成一种超脱于生命之外又融合于生命之中的思考。

简洁地说，自然与生命、与艺术的融为一体，相互转化，就是"禅"。在"禅"的理解中，生命与自然、与艺术是不分的。这种禅思道悟的意趣，在现代作家中几乎是独一无二的，并构成了与二三十年代其他现代派诗人的巨大差异。其他现代派诗人大多表现理想幻灭、情感危机、混乱迷惘、孤独寂寞，而废名却沉浸于一个宁静幽远、梦幻美丽的世界，在其中沉思冥想、神游心驰，但他却还是一个具有古典主义品格的现代作家，因为他的作品同样有一种现代唯美主义、纯艺术思想的痕迹。

废名作品中的自然，是被"禅化"的自然，具有禅的灵气。中国古典的意境诗学，其根基在于"天人合一"的观念，表明人与自然的融合为一。而庄禅之道也讲究师法自然，在自然中寻求心灵超脱，因此，古典文学中的田园山水都带有几分空灵脱俗、超绝人寰之气。这种美学传统，在废名的小说中，得到了独特的现代表现。

废名的小说，长于写乡村宁静、和谐、恬淡的意境，其中生存的人，都被意境化而远离了现实的苦恼忧烦，人由于这种意境而带有禅思道悟的灵性，仿佛与自然的灵性合为一体，把自然包含于生命的意态中，生命的情绪弥散于自然，进入自然的深处，用自然山水与生命的一体，来完成"拈花微笑"的禅的生命意境。在二三十年代的动荡中，要保持住这样一种"禅"的生命意境，从而创造一种具有禅的古典美学意境的现代美，是十分困难的，它要求一种对现实的宁静心态，而绝大多数废名的同时代人做不到。

无论如何，艺术创造需要一种宁静的心态，而"禅"的思考给了废名这种宁静，正是这种古典式心灵的宁静，使废名具有与众不同的艺术创造力。

# 第二编

## 时代之光的变幻

# 第一篇　20世纪90年代文学时代的转向：与往事断裂中的启示

## 一

从20世纪初延续至今的现代中国文学整体发展过程中，发生了四次断裂：第一次是20年代与古典文学传统的断裂；第二次是80年代与狭隘社会主义文艺传统的断裂；第三次是90年代与从20年代起延续至80年代的宏大文学传统的断裂；第四次是2000年以后与精英文学传统的断裂。

在这个过程中，90年代文学所具有的传承意义和转向作用非常重要。伴随着四次断裂，有时是文学高峰，有时是文学低谷，而90年代文学富于意味地居于两者之间：它既是对某些刻板观念的突破，又不是完整意义上的文学高峰，因为，它是生活自由、文化自由和写作自由进行试探性突破的标志，但不是美学力量、诗性精神和文学创造融合为整体艺术精神的表现，虽然它显得热闹铺张、繁华如水。

一方面，90年代文学以新写实、个人化、身体叙事、底层叙事等文学类群命名所显示的不同表现实际上相互重叠太多；另一方面，对于宏大精神的刻意抗拒使90年代文学过于狭隘。可以看到，20年代文学和80年代文学虽然都强调宏大精神，但并不完全刻意排除个人写作的自由，只有夹在其中的50—70年代的文学对个人写作自由刻意排除，但也因为这种排除，那些年代的文学就相对冷清和狭隘。

20年代的文学在古典文学与现代文学之间起着起承转合的作用，90年代的文学在庄严崇高与反庄严崇高之间起着对峙变换作用：它首先标志出新旧文学思想的对峙，然后产生了与新的文学思想相一致的风格变换，并埋设了2000

年以后文学愈来愈反抗精英传统、让文学趋于粗俗和功利的伏笔，这显示了90年代的文学与2010年前后的文学之间有某种潜隐暗藏的传统关系。

作为现代中国文学两种叙事传统和文学精神的开端，20年代的文学断裂和90年代的文学断裂产生了两种不同的文学繁荣：宏大叙事的繁荣与个人写作的繁荣。断裂与繁荣同时并行的结果是产生了两个文学神话：一个是民族国家的启蒙神话，一个是个人自由的解放神话，这两个神话代表了两种完全不同的生存意识：一个是理想主义和浪漫主义的，鲁迅、巴金、茅盾、老舍、曹禺都为着更理想的社会写作；一个是个人主义和功利主义的，日常化、个人化等写作更多关注个人生活得怎么样。

这样说的理由依托于精英意识变化至今的结果：精英意识总是与宏大精神、理想主义、形式的庄重精美等密切相关，90年代文学既突破了七十年的现代中国文学传统所形成的宏大精神局限，又孕育了2000年以后文学逐渐趋于非精英化以至非精神化、非诗性化的趋势，这明确表现为文学愈来愈被资本和技术结合的商业文化所控制。2000年以后，许多文学作品以张扬个人为中心，明晓溪的《泡沫之夏》中明确地说："这世上除了自己，并没有完全值得信赖的东西。"而且，大多作品粗糙且重复，个人欲望、快速生产和模式化制作成为文学的主要表现，以至今天更受欢迎的是《小时代》这样语言铺张、炫富媚富的作品。

这样的文学粗鄙和文学重复能否转化为一次文学辉煌尚难定论，但可以肯定的是，这种状况最早发端于90年代浮泛的平庸化和个人化文学思想：新写实小说中的庸常叙事以安全熟悉的日常生活规避崇高与宏大的风险；身体叙事在自我迷恋的感性体验中脱离理性、国家、真理、庄严等精神追求，在此基础上延伸的新写实、新体验、新生代、欲望化、日常化都带有观念上的狭小，表面上的多元和丰富掩饰着其根源上共同的商品化和媚俗性。

可以明显观察到，90年代的文学断裂已经催生了文学意识粗鄙化的转向。前三次断裂产生的是三次文学繁荣和三次文学转向，文学繁荣随着精英精神的起伏而变化，文学方向也随着精英思想的蜕变而变化。在90年代前期，精英精神衰落就已经随着所谓人文精神讨论的不了了之而发生，在90年代后期，精英精神倾颓的表现更加明显：反精英意识开始萌发，像身体叙事、底层叙事、个人化写作等已经具有了迎合潮流和时尚而快速写作的反精英意识，这是90年代文学难出精品的重要原因之一。

所以，2000年以后接着发生的文学繁华明确表现出脱离精英精神的倾向，但这次很可能是彻底偏离精英传统、偏离文学诗性和审美本质的转向，因为网络和资本改变了文学媒介、文学生产，也改变了文学品质，网络给通过与精英文学断裂而崛起的新一代文学提供了平台，更重要的是，网络可以让文学与非文学都以文学的名义混淆共存，由此抹去文学的精英品质和美学品质。这样的文学繁荣和转向可能意味着一个悲剧：与精英文学的断裂是一次与文学本身的艺术思考和审美品质的断裂，也是一次与人类文化的根本精神品质和经典文学观念的断裂。

这样说的理由之一，来源于下一节要谈论的以90年代文学为界而发生的现代中国文学中的不一致性。

## 二

我们将比较第一、第二次断裂与第三、第四次断裂的不同和一致之处，说明前两次断裂推动了社会与文学的启蒙意识，后两次断裂则是反启蒙主义或追求个人化的，这种颠覆的核心点就是以90年代文学为界而发生的现代中国文学中的不一致性。

在中国现代文学的整体过程中，第一次断裂和第二次断裂生成的文学核心精神不一样，但两者间具有庄严崇高方向的一致性联系，而第三次断裂发生的，恰好是对第一次断裂所建立的宏大叙事传统的疏离和搁置，以此为界，当代中国文学走上了离宏大叙事和精英意识愈来愈远的道路。

严格地讲，90年代文学与当时已形成的整个现代文学传统的断裂主要由对抗80年代文学宏大叙事的意识所激发，90年代文学来源于80年代文学，但却以断然反抗80年代文学的核心精神而走上新的方向。在90年代，个人化、平庸化被崇尚，谁坚持宏大叙事和理想主义谁就守旧、固执以至不懂文学。并且，90年代文学依托于市场化现实的强大与合法性而占有天然优势，这与90年代并无明确思想方向和精神方向的社会功利意识城下结盟，最终引发了琐屑、鄙俗、粗糙的叙事。

在此之前，从中国现代文学发生直到80年代文学的发展过程中，仍然有一次表面的断裂：从表面上看，1949年以后文学的主题和格调似乎与之前完全不同，实际上，1949年以后的文学与之前的文学是一致的，它们都追求国家强大和民族振兴的宏大叙事方向，80年代的文学传统实际上是延续1949年前后的宏大文学传统下来的，像张承志的小说《北方的河》，讲述的并不仅仅是一个人的热血青春，而是表达磨砺一代人成长的精神力量，有强烈的主观抒情却没有吮吸自我的个人圈套。

只不过，由于政治方向的限制，1949年到80年代之间的宏大叙事变得比较狭隘，90年代文学反抗80年代文学的，就是这种政治化狭隘，但这种反抗以偏概全，以反抗狭隘的宏大叙事为由否认了任何内容和主题的宏大崇高，同时，也以平庸化和日常化为由否定了日常生活中的崇高因素和宏大精神。像苏童的作品跨越了80年代和90年代，其早期作品更多地包含了理想主义色彩，《三盏灯》中一个小女孩、一艘小船、三盏灯，便可与燃尽整个平原的战火抗衡，而写于90年代和20世纪初的一些作品，却不再有一组简单事物就可勾勒的美的力量，《离婚指南》《已婚男人》《蛇为什么会飞》都在世俗情景中丧失了很多灵动。

虽然，第三次断裂和第四次断裂之间并不具有文化和思想的一致性，也就是说，90年代的文学与2000年以后发生的一系列文学事件并不具有文化和思想的一致性，但两者却具有连续性：90年代文学已经暗藏了远离精英文学意识的可能，因为，精英意识与宏大思考、理想主义以及人道主义历史难以分离，于是，2000年以后发生的一系列跟新生代和新媒介相关的文学事件与非文学性，大致可以在90年代文学暗藏的反精英文学因素中追本溯源。

这个结果，在20世纪中国文学的开端与结尾中已初露端倪：20世纪中国文学以鲁迅的《狂人日记》对启蒙的推动起始，以卫慧的《上海宝贝》对个人的推崇作终，这样，由《狂人日记》确立而贯穿几乎一个世纪的宏大叙事风格被《上海宝贝》这样的琐屑叙事风格所颠覆而结束。这个被颠覆的命运违背了以鲁迅为代表的现代中国文学开创者们的初衷，也使启蒙的光荣与梦想彻底黯淡。

《上海宝贝》不是孤立和偶然的，它是整个90年代文学演变的一个终结。与《狂人日记》这样的作品相比，《上海宝贝》如果仅仅作为一个文本，其本身无足轻重，但它标志了反宏大叙事的最后结果，对它的一时推崇，坦然裸露了整个20世纪中国文学转向的欲望，也明确标志了一个时代像一道虹一样的结束，并对未来散漫无序、随意自在的文学状态充满了暗示意味。

这个终结对应了中国文学在21世纪最初表现出的一些东西，这种反抗宏大、躲避崇高的尝试在2000年以后逐渐扩散而具有普遍化、随意性，在21世纪初的10多年文学中，这些表现更加放肆，以至于在得到80后写作和90后写作以及网络写作的支持后，它们变得无限扩张，造就了流连于模糊的生活片段和情绪起伏中的青春写作，搁置了对自我与历史关系的思考，把个人生命问题推给时代。

2000年以后的各种时尚写作将文学变成了个人文化大餐，这说明90年代文学缺乏一种对抗精神败坏的思想根基和精神方向，也缺乏一种支持自身和延续自身的美学传统，所以，2000年以后的文学对90年代文学能够普遍轻视和随意废弃，推广了个人的铺张、散漫、非文学化，文学弥漫着与财富和享受紧密应和的个人气息。

## 三

在阐述了现代中国文学中几次断裂的不一致性后，我将探讨产生这种不一致性的原因：现代中国文学的整体方向中，一直都含有启蒙精神与个人精神的悖论。这首先要理解现代中国文学借鉴西方文学时没有真正学习到西方文学中历史与个人、理性与感性、美学与现实的平衡关系，然后要说明中国文学中启蒙精神与个人精神的矛盾早就存在，最后阐述90年代以后这种矛盾在市场与资本的刺激下变成了一边倒的倾向。

以90年代文学为界而发生的现代中国文学中的不一致，说明现代中国文学的整体方向中含有宏大精神与个人精神的矛盾情结和思想悖论，现代中国文学的这种内在不平衡延续到90年代文学，就与之前文学的宏大叙事传统发生了断裂，并简单地由此试图建立一种反宏大叙事的全新文学系统，但90年代文学却难以在现代中国文学中找到能支持和延续这种行为的传统。

在很大程度上，这是由于现代中国文学一开始就借鉴西方文学精神而发生，但没有找到西方文学传统中的平衡关系。在西方文学中，宏大精神和个人精神都有独立发展但不断交融的传统，这种精神传统与中国古代教化、实用、载道的文学传统和文化传统不能直接并接，而现代中国文学自身又没有建立这种宏大与个人平衡关系的结构系统。

这样，在现代中国文学中，一开始就发生了启蒙精神与个性主义的不一致，同时，这也代表了浪漫精神与现实理性的不一致，因为，严格地讲，在启蒙主义与个性精神之间，充满了变革社会的浪漫精神与个人现实自由之间的悖论意识，这种悖论意识贯穿于整个20世纪中国文学，并深刻影响了90年代文学，在两种意识不断对峙的意义上，90年代文学俨然成为现代中国文学中个性自由精神的复苏情景。

不过，在90年代以前的现代中国文学整体进程中，表达个人自由的叙事多半是单薄的个人表现，并没有能形成宏大叙事那样的主流倾向。并且，启蒙精神与个性主义在30年代的文学中一起开始消亡：启蒙所代表的人道主义和理想主义消失了，社会变革意识演变为不同政治信念的分道扬镳，而个性主义思潮很快或者演变成丁玲那样的革命小资情调，或者演变成张爱玲那样的怀旧市民情调，都失去了原初的个性自由精神。

90年代文学倾向于更加个人的精神方向和美学品质，试图从20年代以后的现代中国文学传统中获得一星半点类似张爱玲那样的资源，于是，它不但疏远和置疑50年代直到80年代的整个当代中国文学传统，而且采取了断裂与对抗的立场，但这样一种绝尘而去的行为并没能解决初衷与结果之间不对应的混乱关系。

由于90年代文学放弃了20年代文学所建立的基本的精神传统和美学传统，转而寻求本来是现代中国文学支流的张爱玲等作家的个人表现的支持，甚至视张爱玲那样的写作为全部现代中国文学的某种典范，由此对现代中国文学的主要思想表现采取了束之高阁、敬而远之的策略。

因此，90年代文学从现代中国文学中所能汲取的思想资源非常有限，于是便试图借重当代外国文学理论资源。远离宏大追求所代表的意识形态的理论呼声贯穿于90年代文学，这样的理论呼声一方面来源于那些极为个人化以至极端个人主义的生活意识,部分来源于以利奥塔为代表注重在历史中进行"小叙事"的国外批评理论。这样,90年代文学按照自身需要借道西方,对西方批评理论加以转换而反抗宏大叙事。

但实际上,外国文学理论和美学意识对于当代中国文学不过是一种理论光环,中国文学根本上还是根植于90年代的中国生存现实——倚重于追求个人幸福的现实而获得生长之地。与此相应,90年代文学偷梁换柱,将其所反抗的政治化意识形态悄然转换为市场化意识形态,并从中抹去了理想主义、崇高、庄严等精神痕迹,通过否定以往的精神立场来抽空市场化意识形态的精神内容,从而不承认市场化意识形态仍然是意识形态,也借此不承认市场化时代的文学仍然应该具有精神立场。

于是,一方面,90年代文学依靠那个年代来到中国的西方文学观念对其自身进行解释,试图以此颠覆以往现代中国文学的思想传统;另一方面,90年代文学想要依靠强大的社会变革和现实意识而建立新的文学传统。由于其放弃了80年代辉煌的叙事传统,只是以与90年代现实意识的一致来置疑宏大精神的软弱和不合法性,就忽视了当时的现实以及文学自身无精神方向、无精神立场的思想倾向,同时也忽视了90年代文学自身的无审美目标、无精神价值的特点。

## 四

虽然国外批评理论只是90年代文学发生变化的一个理由,但实际上,现代中国文学的变化与国外文艺思潮总是相关的,因此,这里将阐述中国文学在发生断裂时与外国文艺思潮的关系,从前三次依靠外国文艺思潮而改变,到第四次独立成型,第三次断裂恰好是一个转折点。这次断裂后,文学和文学借鉴都演变为实用主义;2000年以后,中国文学大致已经没有对外国文学的整体借鉴精神,也不再有外国文艺思潮对中国文学的整体影响,而是各取所需地零散关注外国文学,最多每年关注一次获诺贝尔文学奖的作家。

当代中国文学,尤其是90年代的文学,一方面依靠外国文艺思潮资源做夹生饭,一方面依靠本土现实资源做功利饭。四次断裂,发生了四次文学转变,每次断裂都与外国文艺思潮相关,每次繁荣也与外国文艺思潮相关。整个现代中国文学，依靠一次次向外国文艺思潮借鉴来完成断裂，也完成断裂之后的繁荣，然后，再次依靠外国文艺思潮来生成文学系统自身的断裂与繁荣。

但是，这种断裂与繁荣无法完成外国文艺思潮与本土社会现实之间的有效结合，只能对文学系统内部和文学思想进行单向度的短暂改变，因此它是不可靠和不完美的，只能依靠再次借鉴外国文艺思潮来修补上次断裂的问题，但再次的借鉴仍然是偏于某方面进行的，与本土现实之间的不一致仍然会发生。这证明了现代中国文学缺乏让自身长足生长的传统，也证明了每次断裂后产生的新传统的脆弱。

20年代和80年代的文学繁荣一方面来自西方文学的影响，一方面来自当代中国社会变革的影响，在这两方面的共同作用下，形成了文学的思想转折，并将这种外部的转折内化到文学行为和作品中，形成了文学的品质、风格、方向，西方文学的样本为这两次文学转折提供了强大的激励和憧憬的目标——实现人道主义和理想主义，表达对人性与现实的关怀；寻根小说借鉴拉美魔幻现实主义写作方式丰富和加深作品的文化意蕴，以西方现代主义意识审视现实和历史，探寻中国文化重建的可能性；先锋小说吸纳西方现代主义和后现代主义的观念和技巧，在叙事革命、语言实验、生存状态三个层面上进行探索。

而90年代的文学与其说借鉴和模仿西方文学，不如说以西方文学中的一些观念作为自我推动的理由和借口，其内在的更强大、更深层的动力，来自90年代文学对现实的追随依附和拿现实为我所用的渴望。由于对现实的过度依附，90年代的文学逐渐消磨了对于文学审美品质的精英追求，也省略了对理想主义和人道主义的崇高追求，试图回归到人性最基本、最实用的现实层面，受到充满诱惑的欲望现实的牵引，遵从着当时在中国现实中非常普遍、非常盛行的实用理性和工具理性——把文学看作实用的、工具的、用来表达个人欲望和完成世俗象征的手段。

可以看到，前三次文学断裂所带来的文学转变都依靠经典外国文艺思潮推动，只有第四次断裂与前三次不一样：第四次断裂对主流的外国文艺思潮所代表的文学经典的人类性和美学品质进行了改写，它们主要以中国本土的时尚文化和社会情绪为依托，借助国外流行文化并仿制日本动漫。2000年之后强盛起来的网络写作主要对应于商业化情趣，而80后、90后的畅销写作最多简单地模仿一些外国文学和动漫内容、嫁接西方文学中的一些故事套路和情节外壳，却悬置西方文学的人文理念和精神内核，如张悦然便坦承自己很多作品的故事模式都是套用了外国童话《海的女儿》。

第四次断裂告知我们，中国作家不再需要外国文艺思潮的支持就完全可以写出中国自己风格的《小时代》《后宫·甄嬛传》这样的作品，这种对外国主流文艺思潮的忽视，代表着新一代对人类经典文学的忽视，这也就意味着我们不再需要人类经典文学的主流风格，实质上，这是对经典文学精神和人类价值的忽视，而这样的意识在90年代文学中就已经陆续发生：对于宏大叙事的反抗，就是一种对于崇高、庄严、真理、理想主义等人类主流生存精神的忽视，曾有90年代从事写作的人明确地说不为真理写作，这种倾向使90年代的文学逐步卸去精神盔甲，逐步把所有的生活意向都变成了个人之间的利益纠缠，这为后来普遍的商斗、婚斗、情斗、宫斗、谍斗等主题埋下了伏笔。

90年代的文学与20年代和80年代亲近国外文学的意愿不一样，最终形成了文学方向的差异：90年代前的文学为了民族启蒙和国家强盛吹响号角，90年代的文学为追求更多的个人自由和写作空间而摇旗呐喊，两者都借用西方文学，但为不同的社会目的和文学方向去服务，90年代的文学更加追求个人生活的改变而不是文学的改变。

从这个意义上讲，现代中国文学仍然延续着古典文人士大夫"文以载道"的传统，区别只在于两者所要载的道不一样，但都是在利用文学追求某种社会目的。只不过，90年代文学创作打出的旗号往往是为了写作自由和文学自由，实际上，为了个人生活自由的意识潜藏其中，所以，90年代的文学写作者的个人生活往往是更加自由的，生活自由的前提是更加富有和更加享受，这很自然延伸出80后和90后写作对资本、奢侈、浮华的追求，就是说，90年代的文学与2010年前后的文学之间有某种传统承继关系。

## 五

90年代的文学断裂有一个深刻的内生性根源和悖论：20年代和80年代的文学断裂都有一种知识分子对其自身文化自恋情结的打破和对民族自我的文化反

省,而90年代的文学却不断积累着文化自恋和民族自大。

这样,90年代文学断然离开差不多延续了一个世纪的现代中国文学基本传统,也离开了持续近一个世纪的现代中国文学基本方向:90年代的中国文学否定了国家神话而追求个人神话、否定了理想主义而追求现实享乐、否定了宏大叙事而追求平庸渺小,这诱发了2000年以后文学对个人、享乐、琐屑的放大,诱发了这之后文学的主题混乱、风格平庸、观念放纵和价值判断的缺乏,以至于2000年以后当代中国文学陷入既无传统也无方向的境地,文学行为成为不论审美品质而完全任意的个人放纵行为。

表面上看,20年代和90年代的文学断裂都具有现代性方向,但20年代的断裂和80年代的断裂都具有一种理想主义的现实追求和人道主义的精神方向,90年代的文学则完全违反了20年代直到80年代文学的人性方向、精神本质和理想主义传统,以回归更为世俗化、日常化、个人化的本质性人性生活为名,推动一种更为实在和更为容易实现的幸福生活和文学真实为目标。

可实质上,90年代的文学推动的,既不是与天国生活不同的世俗生活,也不是与尊严相连的卑微生活,而是基本放弃天国幸福与生存尊严的、放大个人占有与放纵享乐的、从内心解放欲望的生活,所以,棉棉的《糖》中的"白粉女孩"沉浸于对时尚名牌物品的追逐,并宣称:"我们都没什么理想,不关心别人的生活,我们都有恋物癖。"

90年代的文学与之前的现代文学基本传统断裂的理论支持是:远离文学的政治化意识形态,从远离政治化的理想主义进而延伸为远离一般的理想主义和人类宏大精神,转而认为人性是更个人的和更平庸的,而文学的创造与自由相关,因而个人写作自由就一定会有文学上的创造性表现。同时,因为要求写作自由,而这种自由又是极为个人化的,因而个人写作自由等于个人生活自由,因此写作自由的实际需求暗含着个人生活自由的欲望。另外,写作自由既然是极为个人的,而个人自由是零散化的,人写作也就是零散化的,没有什么集中的社会主题和形式要求,而这正好符合了躲避崇高和远离宏大的意愿,也符合了将极为个人的感觉和情绪在作品中不加约束地释放出来的文学景观。

但实际上,无论怎样日常化和个人化,每个人都不可避免地生活在一个整体性意识形态中,区别仅仅在于是否去意识它或者是否理论化地去抽象它。

但是，假如90年代的文学承认了依然在意识形态中，其所做的反抗在某种意义上就失去了根据：它认为自身已是一种新的文学思想而与意识形态的限制无关，并以此去取代先在的文学思想，而结果，它却并不是什么新的思想，这就像魔术表演在玩障眼法。

90年代的文学并没能脱离意识形态，也没有能脱离政治语境，因此，90年代的生活和文学都体现着政治，都是政治表现。只不过，90年代文学避免自身与政治和意识形态这样的概念发生牵连，转而使用了"体制性"这样的概念来概括自己的反体制性特征和行为，这样，就普遍流行了一阵似乎一切问题都是体制性错误的文学观念。

于是问题回到了最初的起点：20年代和80年代的文学断裂都有一种知识分子对其自身文化自恋情结的打破和对民族自我的文化反省，而90年代的文学却不断积累着文化自恋和民族自大。这样的民族自大表现为各种形态的文学自大，比如对在野从俗的民间文化和浮躁时尚的生存意识不分良莠地赞扬，每出现一次新的文学形态，都会产生夸张的赞扬表述：新写实、个人化、欲望化、偶像化、身体叙事、底层、民间、人性等等，它们最初都是以炫耀的方式被冠以类群名称的，即使以代际名称划分，也是为了呈示新一代的写作优点或优势而与之前的代际进行区分，像身体叙事和底层叙事都表现了一种作家对自己所熟悉的生活、熟悉的心理的迷恋和自足。

由于对精神本质的否认和忽视，90年代的文学断裂所产生的个人叙事就与人类生存和人类文学的精神本质产生了差异。西方文学批评把与宏大叙事相对的小叙事当作叙事方式和内容的一种，但这并不意味着对宏大叙事的颠覆和对峙，相反，是对宏大叙事的一种补充，而90年代的中国文学却公开提出躲避崇高，让宏大崇高与渺小平庸对立起来。像刘恒的《黑的雪》、何顿的《我代表人民判处你的死刑》、朱文的《我所负责调查的一桩案件》、庞余亮的《教兔子如何骂人》、鬼子的《农村弟弟》、池莉的《生活秀》等多半沉浸于对琐碎、无聊、平庸、无意义的生活表征的描写，并心甘情愿地被这种日常生活所吞噬和包裹；《废都》《檀香刑》《受活》等以展示苦难、底层原生态为由展示残酷、变态、扭曲人性等诡异畸形的内容，一种病态的审美气象普遍涌动在底层叙事中。

另一方面，在重视个人叙事的同时，一些在国际当代艺术与文学中影响很大的西方批评理论却被中国文学误用了，这是有意误用，因为这些理论在当时的中国还不符合一些人的利益诉求。比如说，布尔迪厄的文化资本理论可以清楚地解释当代中国文学的许多现象，但若运用这种理论来解释，各种文学类群抢占文化资本的特性便会显露出来，这对于急功近利的90年代文学来说是极不利的，于是，文学社会学本来是揭露功利文学的武器，结果却成了功利文学获取暴利的借口。

## 六

当90年代以后的文学变成了欲望表达和欲望实现的想象，文学与精英宏大传统的断裂越来越扩大，文学已经不是精神意味的产品而是物质意味的产品，这就必然要谈论断裂之后的弥合问题：90年代文学断裂后，能否回归精英意识和宏大精神或者与经典的主流文学传统弥合以及弥合时可能发生的问题。

90年代文学在断裂之后，并未产生主动意义上的修复或弥合的意愿与行为。但20年代的文学断裂之后，30年代产生了向古典文学传统部分回归、重新寻找和依托古典文学的意愿与行为，当时的诗歌、散文以及小说中对此都有表现，比如戴望舒的诗歌、周作人的散文、郁达夫的小说等都含有古典意境。

文学发展总像是一个巨大的钟摆，不断地从一端摆向另一端，90年代后的当代中国文学向宏大精神的摆回是迟早的事情，摆回的越早，就越有利于纠正当代中国文学因过度粗鄙、平庸、个人化而产生的无价值、无精神方向的倾向，当渺小与宏大的关系平衡的时刻，将是当代中国文学发生重大变化的时刻。现在已经能从一些作家作品中看到这种回摆的可能，像严歌苓这样对西方经典文学观念、人类整体精神价值有体认的作家，当其试图寻找宏大与渺小的真实关系，就会产生《金陵十三钗》《第九个寡妇》《陆犯焉识》这样在宏大历史中重拾个体尊严的作品，秦淮河妓女、王葡萄、陆焉识等作为历史和个人共同作用的产物，以人性方向和价值立场呈现出不落凡俗的美学气质。

将90年代的文学与20世纪中国文学从整体上加以联系，从文学两极摆动的角度回到两者的断裂与弥合，可能会发现这样一些问题：

1. 从90年代的文学断裂看，它发展出了2000年以后的文学断裂，而20年代的文学方向和80年代的文学思想正在被2000年以后的文学越来越边缘化。20年代的文学处于中国古典文学的终点和中国现代文学的起点，一方面，它既不能被古典文学包含，又不能被当代文学纳入；另一方面，它有精神气质和风格传统如何被90年代文学定位的问题，90年代后文学不能接受这样的精神遗产和文学方向时，实际上是在放弃以宏大化为表面标志的深层人道主义和理想主义。

2．90年代以后的文学实际上在重建一种文化自恋，所以，文学中那些在野从俗的文化被津津乐道；那些回归帝王权术、后宫心机的官场文化和职场文化被反复品玩；那些类似三言二拍的市民情趣被到处传扬。这里出现的问题是：因为90年代的文学很少去写作和表现普遍性的人类问题，局限于90年代中国人的有限现实和生存意识、生命情趣中，就逐渐失去了在文学中对普遍的人道主义和理想主义以及与其必然相关的艺术特质的感受力和想象力。

3．90年代的文学只能在个人、日常、平庸等一些有限的概念中左右逢源，实际上，这是无法宏大才去平庸、无法高雅才去底层、无法崇高才去日常，90年代的文学似乎比以往现代中国文学的任何一个时段都热闹，但这里面有众多的类群命名和现象层叠，却缺乏独立的思想和风格，也缺乏流派和思潮的引导，而20年代的文学和80年代的文学却都有一定的、明确的文学思想的引导。这主要表现为90年代的文学缺乏一种精神主题或者思想意识。一波波文学现象迭出、一个个文学类群起落，但它们在追求什么？这是茫然的。

4．90年代文学缺乏精神主题的原因，是丢失了精神立场，没有精神立场的文学就会追随现实而浮于表现，没有生活主题，也就没有文学主题，文学写作自然就随波逐流、人云亦云，而且很可能会愈来愈专注于狭小的自我空间，难以发现、介入、提升生活。但更严重的问题是：90年代的文学很可能不是没有精神立场和精神主题，而是根本不要精神立场和精神主题，自动放弃了文学的宏大主题、理想主义、精神方向，而随着这样的放弃，也逐步放弃了与此相关的更多美学品质。

# 第二篇  在历史中寻求地位的形式主义小说

20世纪90年代的中国，尽管传统的现实主义小说仍然触目皆是，但新的长篇小说已开始出现，并且带着鲜明的世界现代艺术特色和较为纯粹的中国特色。

在众多的长篇小说形式中，以自我观照为基本原则的小说表现出一种对小说技艺为自觉追求意识，并且，这种艺术更注重形式与现实内容的相互影响，它承认文学是一种社会特殊文化的组成部分而被写作、被阅读，它不仅与社会的历史保持着联系，而且与文学自身的历史保持着联系。它的做法表明，文学首先来源于文学自身的传统，文学的任何变化都离不开自身的传统，它信奉艺术客体的自律和自足。

这种为艺术而艺术的当代中国文学意识，并没有成为小说与现实和历史的隔板，相反，成了它与社会和历史建立新联系的方式，因为，这正是它对现实进行思考而采取的态度，它对传统的把艺术仅仅归纳为社会功用的观念提出了挑战。

这是20世纪90年代一部分纯粹艺术的追求者、一部分形式主义观念的特征，它具体表现在、集中在后期的先锋文学中。在艺术态度上，这种表现不再像20世纪90年代以前那样激烈甚至偏颇，它更加深思熟虑、更加缓和，但在观念上并无真正的妥协和退缩。

先锋长篇小说至今没有一部受到较为一致的称道（正好相反，它的每一部作品受到关注都是因为它引发了争议）。虽然如此，先锋长篇小说却为20世纪90年代长篇小说提供了最重要的艺术动力。

如果从艺术本性上简洁地划分，现实主义和浪漫主义的划分仍然最富于启示，这种划分清晰地区分出两种有区别的艺术精神。中国先锋文学大致可以说代表着我们这个时代的浪漫艺术精神,而那些现实主义的长篇小说无一不受到潜在或明确的先锋文学的启示,每一次中国长篇小说的普遍化艺术转型,都和先锋小说自身的转变有内在的联系,如今在长篇小说多样化的艺术形式中,遍布着先锋小说的隐隐痕迹。那些寓意、象征、隐喻、神话等等,那些在今天加强现实主义长篇小说最有效的方式,无一不和古典浪漫主义以至现代浪漫主义——现代主义以及某些后现代主义相连。

文学的先锋性常常会造成把某些作品分隔出去的误解,实际上,先锋性主要体现在艺术精神与文体的一致性上,而不仅仅体现在单一方面。先锋小说有阅读难度,也有阅读内蕴。进入20世纪90年代,先锋小说进行了自我反省和调整,先锋的艺术精神和叙述本质在长篇小说里得到延伸和改写:一方面坚持艺术精神的极端追求,一方面用现代主义和后现代主义融合现实主义,并向现实生活靠拢。它们仍然将人的灵魂问题置于首位,试图摆脱现实表相的制约,进入生存深处的精神内质,摆脱现实的平庸性,展示某种远离权力功利意识的生命崇高性和丰富性。

先锋文学的形式主义倾向作为一种纯粹的文学实践而具有意义,其他更多的小说却主要是作为一种文化实践而具有意义。作为一种文学实践,先锋文学更多地受到西方现代文学作品和文化思潮的影响,而作为文化实践的大多数中国当代小说受到当代语境和社会实践的影响,在主流意识形态与民间文化之间、在宏伟与平庸之间来回摆动。先锋文学虽多少免不了受到大众语境的钳制,但更多的,是坚持制造自己的独特语境并在其中生存,因此,才往往显出与众不同的风貌,例如先锋文学对于个人、历史、时间的钟情始终未变。我们必须承认,形式主义小说和非形式主义小说具有不同的意义。

先锋小说的功用,首先是使我们不能再用以前的方式去阅读小说,去理解历史、人类、时空和文明了。我们以前学会去寻找的那种存在于小说之外而能被小说包含其中的那种永恒、普遍的历史和真理,不再被动地等着我们去发现,而要我们主动去构建。并且,这种历史和真理不再那么永恒和普遍了,大写的、单数概念的历史和真理,被分化为小写的、复数概念的历史和真理。过去在人们的观念中,小说与现实曾经含糊不清地合为一体,虚构世界与现实世界可以相互等同和替代,并没有明确地意识到小说构建的世界是语言的世界,是非事实性的。在理解和表达历史的文化性而非事实性、通过语言并最终在语言之中得以将其体现时,形式主义小说对虚构历史起了重要作用。

大多数20世纪90年代中国形式主义长篇小说是通过虚构历史而获得自身证明和社会承认的。但是,即使那些熟谙中国当代文学的人,也常常对这种虚构历史的小说缺乏自信、把握不定甚至保持怀疑。而事实上,形式主义的虚构方式,对20世纪90年代的大多数长篇小说的形式都产生了重要影响。不谙中国当代文学形式主义表现的人,用明确怀疑和缺乏自信的态度来看待这一文学倾向,而这种文学倾向本身具有的对文学与生命、历史与世界的怀疑精神,在怀疑中遭到压制。其原因之一,是批评者想象力的贫乏,并且这种想象力与作品本身的不一致,在寻求建立新的小说语境和小说精神时缺乏大胆的创造。其实,小说自我独特语境的建立,将使建立在当代文化根基上的小说更富于现实表现力和历史延伸力,也使这种形式主义小说语境的追求对于文学更具有意义。

这里同时提出对批评者和文学本身的挑战,实际上主要体现为一种形式主义和历史主义融合的趋向,最合适这种挑战的语境,便是最富于变化的语境,不断变化的语境使小说的形式和主题取舍在任何时候都无法固定下来,而形式主义倾向在一次次潮流转向中却坚守自己的形式和主题方向,这种坚守正是其价值所在。在变动的语境中形成的形式主义和历史主义的融合,由于随语境变动而产生自身的丰富和调整,使它既正视当代文化所引起的问题,又超越这些问题,因而,在当代文化语境的推动下,它不断地创造一种新的、使它自身得到推动又受到关注的文学的自我语境。

这种自我语境使形式主义小说获得与其他直接根植于现实的小说不同的特殊地位,即:它不仅要根植于一种现实,而且要根植于一种自我创造的独特语境而寻求自身位置,包括寻求自身在历史中的位置。这是大多数形式主义长篇小说的倾向,因此它们常常将自我放置于历史背景之中。当一种浓烈的讽刺气息,包括对自身和历史的双重讽刺,从这样的小说中溢散出来时,它便具有一种极端的和突出的后现代特征了。

20世纪90年代的中国长篇小说,并非仅仅是20世纪90年代的产物,在很大程度上,它是20世纪80年代以前的文学传统以至整个20世纪中国文学传统延续的产物，因此它包含了各种已有的艺术特征和20世纪90年代以前的全部思考，但分别在某方面更具有倾向性、表现得更突出一些。20世纪90年代文学力图摆脱政治参与，但人是政治的，语言是政治的，历史是政治的，文学也是政治的，我们只能在一定程度上摆脱政治参与，而这与是否专意于政治参与并不一致。

认真地说，20世纪90年代文学是一个政治参与和自我放任并存的年代，形式主义文学在这方面表现得更加尖锐一些。政治参与和自我放任并存，是20世纪90年代小说的最大特征，它可以看作一个非权威化的文化时代的表现，而一个非权威化文化时代的文学非权威化或边缘化，则必然地导向对权威的诘问。

但对权威的诘问并不是文学的最终目标，20世纪90年代的小说也无意于专事对权威进行诘问，然而它们的存在本身却在不断地对权威提出诘问。不论哪种形式的权威，总是被置于疑难境地，而在中国20世纪晚期的文学中，受到挑战最多的，一是政治化权威，一是文学权威自身。但是，这些诘问最终都没有答案，而文学却在诘问中变化多端，20世纪90年代的一大特征便是变化。

事实上，形式主义小说并不想使自己成为新的权威，而且不断地对自身也进行诘问，因为它们的作者都怀疑最终答案的存在，所以这些小说的形式才能不断变化。而那些力图通过某种奖项来树立某些作品权威的努力，对这些小说并不起任何作用。当然，诘问一切包括诘问自我，也潜伏着怀疑一切的危险。然而，人们似乎已公认历史存在于诘问之中。

对形式主义小说而言，最重要的：一是自我与艺术的关系，二是艺术与历史的关系。形式主义小说是在形式多元化和文学非权威化的文化语境中发展起来的，而新的、变化的形式总是与历史密切相关，在唤起对历史的关注方面，它们起了作用。对于整个20世纪90年代文学来说，历史成为一座无限变化的旋转楼梯，随着它的上升而令人目眩的同时上演着表现现实与表现文学自身的戏剧。

在形式主义小说中，文学和现实共同具有的"差异性"，开始取代作为文化价值主要体现的"普遍性"，当代文学和现实的差异得到尊重和理解，创造了一个现实与文学、文学与文学共存共享的空间。形成历史的差异性，使得历史本身包含了许多显而易见的冲突，统一的历史和普遍的民族特性遭到了差异性的正当怀疑,历史并非是一本完结了的书。形式主义小说表现的重新确定历史范围和历史存在形式的观念,以及它对当代政治和社会问题从侧面加以思考的倾向,推动文学朝着一个更广泛的现实概念和更文学化的方向发展。

形式主义小说中的历史,并不是一种后现代化的历史。形式主义关于历史的小说,是一种虚构历史的小说,它借助神灵和艺术建立历史秩序的延续过程,这种奇异的表现常常动用一些后现代技法,如断片、戏仿、反讽等,但并不是纯粹的后现代作品。它们明确揭示的,是在道德和文化的纷乱中寻找历史过程与社会价值的意向,或者倾向于对人类秩序和理性提出诘问。它们的共同特点都是依靠想象力在文学中虚构空中楼阁,不论试图寻找的还是试图破坏的,都是假设的历史对象,甚至空无对象。真正的、普遍的历史在文学中并不存在,没有真正的、普遍的文学作者和读者,因此,虚构历史小说只是某类作者和读者编造历史的虚构尝试。

形式化历史主义的显著特点是自我观照,作者在历史中用形式作为自我观照的方式,代表了具有时代特色的自觉或被历史强制的自我精神,并代表了一种有限的历史认识,即:所有的文学体系、所有的文学与历史的关系,都是特定历史语境中对人的特定审慎构建,而历史和现实、文学都并非自然天成和永恒不变的事物,它们具有事物本身,尤其是文学中的虚构世界和小说规则所决定的一切局限和优势,因为它们是被小说所给予、所表现的。

这样的小说不掩盖自己的虚构性,它具有虚构的优势,但也不避讳自己的编造性和虚幻性,并且正是以其编造性和虚幻性来给予人们独特的历史体悟。它同时又表明,虚构无非是我们理解自己和世界的与事实验证不同的另一途径,它本身可以和史籍、哲学、物理学、心理学以及其他自然科学和人文科学相提并论。

这种编造性和虚幻性突出的表现是历史神话。先锋长篇历史小说强烈地集中了个人化历史经验,力图在感受化的历史虚构中,在对历史的热情幻想中,创造以想象力超越现实而后返回现实的神话,神话对人的质疑使人从新的角度进入历史。无论历史中的人还是人生存于其中的历史,都可以在先锋长篇历史小说的形式化神话方式中加以虚构,在这种虚构中,历史和人都被非现实化地加以设定。历史作为人的背景不是确定无疑的现实存在,人是感受化的历史中的人，其中主要的，不是对现实的判断，而是对历史的判断。

　　与那些史传小说或现实化小说不同，中国的先锋形式主义化的历史小说运用其自我指喻的倾向，作为连接真实历史与现实的纽带，在其虚构的内部建立起一个世界，既与外在的历史相关联，又与这个世界内部构建的历史相关联。这类重新思考历史、思考文学自身以及它与美学和政治关系的作品，成为20世纪90年代中国最重要的一种长篇小说景观。

# 第三篇　中国先锋历史小说的神话国度

中国先锋作家那些久经磨练的笔墨，在历史描写领域里日臻精粹成熟，令人惊讶地焕发出它们深藏的光芒：先锋作家那些最有名的篇章，尤其是中长篇作品，几乎都和历史描写有关，这些小说不但保持着先锋作家的一贯风格和固有姿态，而且更加富于叙事文学的故事魅力，表明先锋作家的试验风格融古典主义、现代主义和后现代主义为一体，开始走向圆熟完善。

先锋历史小说剥去了表面化的先锋外衣，骨子里仍然坚持形式对于内容的优势，那些奇异的历史故事和人物，那些沉痛哀伤的历史沉思，那些荒败苍凉的历史情境，就是形式创造的结果。本文所论述的先锋历史小说的神话意味，只是其中的一个方面。

## 神秘的历史理想

先锋历史小说强烈地集中了个人化的历史经验，力图在个人化的历史虚构中，在对历史的热情幻想中，创造以想象能力超越现实而后返回现实的神话。叶兆言的《1937年的爱情》将浪漫爱情作为人类的一种理想，放置于1937年的残酷情境中，努力使这种历史理想在现实中存活下来，因此它建立了一种与规范化历史理想不同的历史理想，这种历史理想其实是一种神秘的人道主义，它不仅是通向现实的途径，也是通向人道主义的源泉。格非的《边缘》将母亲与父亲、"我"与杜鹃和小扣之间那种绵延久长、耐人寻味的性联系，置于人物神秘的命运和历史力量的现实化表现之中，当人物在这世界上逐一消失时，他们那种情感却存留下来，永恒不变的是人物的精神气质，历史理想正是在这样的气质中延续下来。

苏童的《1934年的逃亡》在颓败的历史中表达一种对历史幻想的热情和渴望，它的目的是编造某种历史理想，并将它置放于历史生存中，寻求历史生存与历史理想之间的相通和区别，努力使这种历史理想在现实中存活下来。《1934年的逃亡》是一种被传说、回忆、幻想所神话化的历史，它描写的是一种文化逃亡，一种人类在灾难和死亡的困境中力图精神救赎的图景，一种人类自己制造灾难和从灾难中逃亡的情景，从精神上说，它因为存在于人类的内心和文化深处，因而是永恒的和宿命的。

这种神秘而宿命的历史观，并非是一种摒弃人类今天现实制度的历史，而是要借此追究现实灾难的历史本源，追究人类灾难的现实责任，追究人类命运的迷惑，追究人类自己不断逃避灾难又不断制造灾难的迷惑之处。先锋历史小说在追究历史的起源和现实情境时，致力于人的罪愆与历史的关系，而不是得出一个与真实历史事件相符的结论。《1934年的逃亡》并未从经济发展史的角度去叙述故事；《迷舟》也没有从北伐军与军阀之间的政治对立去概括跟萧的命运相关的战争；《我的帝王生涯》并非是要探讨国家兴亡的责任和原因，而是要探讨历史的神话命运。

历史在先锋历史小说中所呈现的神话历史情景，表现为历史不是单纯作为历史事实而进入小说的，它可以包容种种复杂的不可解释的神秘现象，作为一种历史预言或神话出现。先锋历史小说所虚构的奇异神秘的历史事件，并无历史事实或真正的历史价值，但对于人类的精神得救却至为重要。在追求精神得救的过程中，人类似乎要不惜付出毁灭自己的代价。因此，那些人物都不回避自身的灾难性命运，那种悲壮苍凉、阴郁忧凄的人生价值和生存可能，散发出一种宿命论浓烈的气息。《敌人》中的赵少忠对着暗中威胁赵家、造成赵家破败的敌人冥想和等待，这既构成他的生存危机，又构成他的生存价值。而赵家将在这些轮番降临的灾难中艰难地生存延续，敌人深藏于他的内心和生存本性中：真正的敌人也许是指我们自己。赵少忠同时作为神秘的理想主义者和清醒的现实主义者，以一种超越和想象的态度，在那个年三十之夜，出现于儿子赵龙的床前，将赵家神秘的命运与人类的历史神话合二为一。

格非的《边缘》中，"我"与杜鹃、小扣、父亲、母亲的关系，以及"我"在战争中的经历，不过表明人类在这段历史中的精神历程。而影响

"我"的命运的种种神秘因素，在当代中国历史的背景下始终发挥着偶然性作用。当"我"濒临生命和时间的边缘回首往事时，那些影响多少人命运、牵动多少人心魄的历史事件，在"我"的生命中都变得十分轻淡、遥远，真正亲切而令人难忘的，却是人生中种种偶发的事件、神秘的变迁以及留存在心中的幻想和渴望。人生命运的不可预测和神秘性，将重大的人类历史事件变成了个人神秘命运的某种神话。

这里，人的命运与历史形成了某种神话联系，结论似乎是：人只能从一系列神秘的偶发事件和征兆中来认识历史和自己，他们的生存证实了我们对自己、对命运和历史的理解，不论是《敌人》中的赵少忠、《边缘》中的"我"，《风琴》中的赵谣还是《枣树的故事》中的尔汉和岫云，都在长久的等待中任凭历史将他们的命运轮廓勾划出来，而他们的命运形式也将历史呈现出来，他们融合个人命运的神秘性与历史的现实性为一体，成为历史的一部分，又孤独而神秘地分离出历史。

这种神秘而可怕的神话化历史，完成了人物对自己的塑造和对历史的理解，在结尾时，人物对自己的命运和历史都有最后的洞察：历史并没有什么不同，不同的是人的命运，人出现在历史的每一个时刻，终有一个时刻历史会重复它自己，人在历史重复的时刻也会重复自己。《边缘》中的主人公就是这样托借灯草和尚去参悟的：盈盈一水间，脉脉不得语。人在历史中相隔十分遥远。

## 宿命的历史力量

由于先锋历史小说对个人命运的历史化抱有强烈的信任感，相信个人命运肩负着历史责任，而个人命运又是宿命的，因此有种历史宿命论的意味。再加上，这种个人命运处于一种颓败的历史情境之中，神话的历史宿命论意味便不可遏制地浓烈溢散出来。

先锋历史小说描绘了历史宿命的神话化力量操纵人的命运时种种错综复杂的表现：苦难、罪愆、堕落、灾祸、机缘、差错、预兆等，并使这种历史宿命的观念体现于观念本身所需求的种种形式，由此将这种历史宿命论现实化。

这些人物被从常规历史中排斥出来，而这正是他们来源于历史宿命深处的标志，他们对于敌人、罪孽、死亡、性欲等的醉心迷恋，成为他们制造历史宿命的方式。他们因与历史宿命冲突而遭受毁灭，便与构成他们生存环境的种种历史因素处于奇特的矛盾关系之中。他们在自己奔突的欲望和激情前显得十分软弱，于是用自己的欲望和激情去反抗历史，但在历史力量面前同样显得软弱。归根结底，他们将像《我的帝王生涯》中被放逐的燮王一样，进行的是与自己的历史同时进行的斗争。

这些历史宿命的神话在于：人与历史对抗的斗争无穷无尽，而这些循环往复的斗争从来不能超越历史。这些人物因在与历史对抗中不可能得到救赎，而沦为历史宿命的奴隶。这些人物不能不受历史约束，但试图避免自己对历史所塑造的人格的无条件服从，并因不能以这种个人生存方式超越历史生存方式而苦恼。这些人物表面上好像接受了历史宿命，像赵少忠、萧、被废黜的燮王、尔汉、岫云、福贵等，都屈从于历史对个人命运的安排，将历史中个人的失败作为历史存在的理由和真正的体现。

先锋历史小说对历史的神秘化理想，重复了古希腊精神对历史的规定，使历史在这些叙事话语中、这些古老的故事中、这些对历史的现实化更改中，返回到史前那种神性高扬又走向没落的神话时代。先锋历史小说将历史的颓败，变成个人的历史宿命，便创造了一个个肩负命运，与古希腊悲剧相似的神话人物和故事，神性带给人类的常常是无法摆脱的灾难性命运和哀伤，命运的变幻莫测变成了历史宿命的主题。格非的《迷舟》中，人生无常的主题与特定历史力量相连，便变成了历史宿命的主题。一切偶然形成的神秘因素变成了一种宿命力量，编织着他走向毁灭的命运，北伐战争在这里并不是文献史料化的历史，而只是作为人物命运的背景和施行者，人物对于自身命运的操纵变成了历史的一部分。

余华的一些人物，同样蒙着宿命的阴影，注定走向劫难和死亡。不同的时代，在《活着》中的福贵身上体现出共同的宿命结果，因为历史的改变只是不断地对福贵的命运进行塑造。作为不同历史时代的共同标志和结果的福贵，在明确的历史时间里历经劫难伤痛，修炼出豁达开朗、乐天知命的生存观，他明白他的命运在他因赌而输尽家财时就已经开始了。

由于余华那种独特的对宿命论的理解和表现，他的叙事话语具有一种奇异的历史感。他的大多数故事没有时间性，似乎没有明确的历史标志，但他那些古老的人物总是带着一种神秘的历史感，仿佛他们从古老久远的历史中而来，永生不死。《难逃劫数》中的老中医和《世事如烟》中的算命先生这样一些人物，暗示了罪愆和灾难的历史渊源，将现在的情景推移进历史的隧道。

历史总是对这些人物产生宿命的威胁，而这些人物的选择和行动在这样的历史规定中丝毫不起作用。《风琴》中王标的伏击、《仪式的完成》中民俗学家对仪式的复现、《1937年的爱情》中丁问渔和雨媛对爱情的选择都不起作用，个人意志和力量显得荒谬可笑，与历史发生冲突的结果，不是灾难就是死亡，人们为欲望付出代价，为失败而牺牲。

这些编造的历史宿命论的阴影，隐约透出历史的真正身影。灾难、罪恶、欲望、暴力不仅在编造的历史中存在，在真正的历史中也同样存在。当《迷舟》中的萧、《大年》中的豹子、《边缘》中的仲月楼、《敌人》中的赵少忠被历史所吞没时，他们注定的命运是对残存于现实中的历史本源力量的反抗。但愈是反抗，这种力量就愈是强大，他们的命运愈加无法挽救。赵谣、沉草、尔汉和岫云等一系列人物，在遭受历史愚弄的同时，也参与了这种愚弄自己的历史。他们对历史和命运的理解，对欲望的忍耐和发泄，对仇恨与死亡的追求，不仅代表了历史对旧家族的毁灭，也预言了历史的自我毁灭，预言了现代人毁灭自己的历史因素。他们无奈而坦然地接受了命运，就像赵少忠接受了自己的永恒敌人，也就肯定了战胜自我和历史的悲剧性可能。这种思想借用处于古希腊神话和悲剧意识中心的宿命观点，把对能预见到的宿命力量的反抗，作为历史的本源力量。

然而，这些人物的特殊性就在于他们超越人的历史事实处境，进入历史的形而上水平，被置于高于历史的愿望之中。《我的帝王生涯》中的第五代燮王被贬抑成历史哀怜的角色，却因此而升华为哀怜历史的角色。这个人物在登基、废黜、成为庶民的三个生涯历程中，在作品所创造的历史背景中出现，本身就是现代历史中欲望征服历史的失败结果。人物所经历的三个人生阶段，实际上是中国绵延几千年的历史的缩影。人物在苦竹寺的修行，实际上是对历史宿命的感悟，因此才会对自己的八年帝王生涯并不在意。历史对于任何人都是一样的，因此他端坐于苦竹寺中，远离历史，捧读《论语》。

人物成为一个历史的因素，那些神话般的历史事件似乎都离不开他们自己的参与。历史规定和摧毁他们，他们也规定和摧毁历史。这种个人和历史之间的永恒斗争，便是历史宿命的真正含义。苏童的《罂粟之家》中，人物为欲望、灾难和罪恶所支配，毫无希望地与历史抗争，抗争的结果是加速了自己和家族的衰亡。《妻妾成群》中的颂莲，力图与命运对抗而自觉参与了摧毁这个家庭的斗争，并在摧毁这个家庭的行为中摧毁了自己。毁灭自身与毁灭历史是共同发生的，她在家庭争宠中所显示出的全部活力，都是毁灭性的。

## 现实化的历史神话

由于这种神秘的历史理想和颓伤的历史宿命，在中国先锋历史小说中，完整、理性的历史神话被打破，代之以零散、神秘、奇异的历史景观，以此破坏和重建历史神话。历史在这些叙事中以极为个人化的形态出现，变成一种对它们所破坏的、正在失去的历史神话的叙事修整和挽救。

重要之处在于，先锋历史小说常常不顾历史事实而去建立一种历史的文化精神气质，独特的叙事形式成为这种历史气质存在的唯一方式和根基，历史在这里成为一种形式的效果或产物，它与规范化历史的区别在于：不以适应历史事实的形式去表现历史，或者说，先锋历史小说的外壳无法盛装规范化的历史内容。

先锋历史小说放弃了表面化的、瞬时即逝的历史现象和景观，深入与现实相通的历史文化情境和人文内涵，呈现与我们观念化和制度化的历史并不一样的面貌，那种来自传统的历史能被我们的现实感受和历史事实所验证，而先锋历史小说的历史通常难以被我们的观念所接受。

先锋历史小说力图将自己的历史神话国度与现实相联通，在这种历史神话中含有种种现实化的因素。神话本身具有超越时间的历史精神含义，其对于现实的永恒制约才构成历史。现实与永恒之间的关系，或者说现实与历史的联系，首先是非时间性的，它不受任何具体时间的限制。

先锋历史小说要么没有任何时间标志，例如余华的《鲜血梅花》《世事如烟》《难逃劫数》等，时间标志只是一个虚位、一个时间容器，而不是这一时间标志出的某一段具体历史，如《1934年的逃亡》《1937年的爱情》等，这些时间标志已被故事本身虚化和消解。历史文化的非时间性特点在任何时代都是相通的，这正是现实与历史神话相联系的本质所在。苏童的《我的帝王生涯》之所以能写出一个时间和地点都不明确的帝王生涯，原因即在此。格非的《大年》描写了在历史和现实中都同样存在的人类的恐惧。他的《迷舟》描写了一个北伐战争时期的故事，但萧的命运与历史的联系只是寓言化的，由于在小说中人的命运给当时的大战蒙上了一层神秘的影子，历史就成了人物命运的演绎或印证。这样描写的历史，显得对历史的制度化因素浮光掠影，与制度化的历史格格不入。因为这样叙述中的历史特点在任何时代都是相通的，那些具体的制度化区别在这里演变成历史文化精神的连续性。

然而，不能认为这种历史描写就远离现实。应该说，先锋历史小说正在由历史寻找现实，由历史返回现实。

这里，讲述古老的历史神话，并非是先锋历史小说向历史领域迫不得已的逃亡，而是借讲述往事进入现实，借对历史容貌的故意涂改思考历史的本性，借对历史的形式化构造来重新创造历史。它在表面上呈现远离历史而又缠绕历史，逃逸历史又返回现实的形态，就像格非的《敌人》中所描写的恐惧一样。敌人总是压迫、缠绕赵家，又总是不呈现它的真实面貌。先锋历史小说始终萦怀对现实的留恋，就像《敌人》中的恐惧贯穿于历史和现实一样，那些对古老往事的叙述，不过是填充和超越现实之后返回现实的方式，并且力图以此完成对现实的救赎。

在先锋历史小说中，历史的苍劲与古老成为与现实世界联系的主要方式。历史的古老文化意蕴，在历史故事的任何层次都显露出来，那些荒败、凄凉、灾变、暴力、疯狂、性欲、错乱、宿命、机缘都携带着历史的古老罡风。这些历史的缺陷性文化特征与制度化现实令人震惊，相互对照，即显示出两者的不同，又显示出两者潜在的交流，由历史的古老来肯定现实的稚弱，在现实的历史宿命和生存的历史无根中，表达历史的缺失和现实的破裂，那些神秘的宿命、充满灾难的衰败、个人化的家族、血缘相传的欲望，成为历史的现实化结果或现实的历史化体现。

因此，那些充满幻想的童年、若有若无的传说、断续不接的家史，被叙述阻挡在遥远的现实以外的地方，而那些"多少年以前"和"多少年以后"的叙述语式，又成为历史与现实连接的通道。苏童的《枫杨树的故事》和叶兆言的《夜泊秦淮》成为这样一种历史神话叙事的典范，那些古老的历史故事，同时盛装了历史和现实。在叶兆言的《1937年的爱情》中，现实化的背景与浪漫化的爱情形成了历史的悖反：两个在不应该恋爱的年代而恋爱的痴情者终于被历史毁坏了爱情和生命。

这里，是刻板的、逻辑化的历史与不符合这种历史逻辑的历史神话荒谬悖反。

# 第四篇　中国后期先锋小说的想象化奇幻真实

## 一

中国后期先锋小说注重想象性、注重虚构化，专注于历史在小说中的想象性实现。初期先锋小说停留于语言形式实验，未能创造出与现实世界相融合的虚构世界，其虚构世界过于语言化而与现实相游离，但后期先锋小说中的虚构世界虽初露端倪，却正因其在语言形式实验中的千锤百炼，而显出语言化、想象化、奇幻化的虚构世界。

种种形式化手法观念仍渗透于后来那些著名的先锋小说中，奇峰突起的先锋历史小说特点与前期先锋小说有深刻联系，它们在本质上是一体化的。重要的并不是这些形式化语言和手法本身，而是运用这些语言和手法的观念。象征、隐喻、循环、迷宫这样一些手法谁都可以用，但博尔赫斯和阿兰·罗伯-格里耶用起来并不一样，先锋小说和非先锋小说用起来也不一样，甚至先锋小说的前期和后期用起来差异也很大。

后期先锋小说找到了运用形式化语言和手法的观念与角度，把它们变成了先锋历史小说的基本叙述语言和手法，因为本质上这些不同形式的语言和手法具有一种想象化的气质。比如人们解读《褐色鸟群》有三个叙述圈，而这是阿兰·罗伯-格里耶的典型手法，《褐色鸟群》模仿这种手法的重要之处不在移植，而在化云为雨，将这些手法撒播于其他作品中，将这种手法与其他手法相融合而变幻出不同的虚构历史图景。格非能这样做的根基，在于对小说想象观念的理解，那些小说的虚构真实都建立在想象性之上。如果注意到想象在先锋小说中发挥作用的重要性，会发现《褐色鸟群》只是在一个人想象中发生的事情，由于想象可以将任意不同的人物和事件相连，就产生了小说中几个人物超越时空的联系，其中并无规律，只要作者愿意，他可以将已有的叙述重新组织。

小说世界的真实离不开虚构，古典小说真实和先锋历史小说真实的主要区别在于，古典小说真实并不能直接到达现实，它仍然处于语言世界而非现实世界中，它虽不能将现实真实与虚构真实融为一体，却能最大限度追求两者的一体化，以两者相似到几乎可以相互替换的似真性来追求真实性，努力追求两者的融会和叠合。先锋历史小说则放弃将两者合二为一的幻想，不再以在小说中实现现实世界为目标，而追求一种与现实真实并立的真实，与现实真实相疏离又相融合，远离历史事实和规范，却又返回到历史本质的另一面。先锋历史小说并没有一个确定的真实和确定的历史可以表示，它们只有在自身产生的同时才产生历史和真实，它们只是在想象化的历程中将一种历史和真实勾勒出来，并不断加以修改，以表明对历史精神化进程的执着思考。

出于对文学想象性的注重，先锋历史小说在种种具有诡谲奇幻魅力的虚构情境中与历史对话，追寻历史真实的起源，它不再由历史事实、历史规则、历史文献、历史传统、历史观念构成，而由文学想象化的语言事实构成，将人们熟知的历史惯例和规则纳于虚构之中，将小说中的虚构世界变成历史的独特起源。

于是，先锋历史小说似乎有意给人们造成一种想象化感受，历史的真正秘密深藏于虚构中的传说、轶闻、野史之中，但这些被故事形式化的虚构真实奇特地令人联想到在那些故事中隐藏的真正历史情景，把其中的个人命运与历史相连，将个人和历史的联系扩大为民族的甚至人类的命运的隐喻。对于颂莲、岫云、福贵、杜鹃、蒋氏、沉草、赵少忠、萧、丁问渔、雨媛这样一些人物奇怪命运的描写，充溢着对历史的强烈暗示，以改变历史表面形象来达到还原历史本质的意图。

这些小说虚构出来的历史，把那些深藏并可能未被人们意识到的历史本质变成一种充满预兆、神秘、欲望和片断的历史，变成一种真实历史的隐喻和象征，而不仅仅是表面事件，而虚构的真实与历史素材之间的关系，又导致先锋历史小说在与历史对话时获取了历史的精神和气质，而不是表现可验证的历史事件和人物。这种认同历史的方式，既是从历史中获取真实的方式，又扰乱了历史真实同虚构真实之间的界限，历史事物在这里并不明确成为历史真实的标志，而种种风格奇异的历史情境才是历史真实的策源地。

先锋历史小说对历史充满想象力的奇幻描写，显示了对历史真实的特殊感觉方式，这些奇幻性历史所包含的内容完全违反了纪实性历史可能的存在性质，它们不与历史事实和规范相对应，而是超越它们的限制，改变了纪实性历史通常规范的观念，对历史真实用幻觉化的奇异描写加以探求，让幻觉化的历史在文本符号中显出新的历史真实。《我的帝王生涯》对历史采取了一种忧伤而无奈、平静而旷达的态度，在第五代燮王端白由帝王而平民、由平民而寺僧的生涯中，让历史体现出它的荣辱盛衰与精神化本质的关系；《1937年的爱情》用一种悲愤中沉思、浪漫中冷峻的态度，再现了1937年的历史情景，让历史事实在人物命运中构造出新的意义，以让人们对历史重新体验；《边缘》则表达了一种沉寂而幽远、旷达而执着的生存态度，把历史变成一种与个人命运息息相关的循环历程，而其中的种种历史事实都被个人命运吸附融化。

这样的奇幻历史描写，用虚构去强调事实，让事实去摧毁虚构，在两者交相作用的矛盾中层层叠印出历史运行的真实面貌，将两者在互相拆毁又互相重建中融为一体，形成同时面向虚构和事实、奇幻和规范的小说真实。

## 二

这种虚构世界的真实性，一方面体现在先锋历史小说与现实相互包含的关系上，一方面体现在先锋历史小说对非现实因素的发挥中。真实本身在现实世界中受到限制和遮蔽，实际上我们并不能明确分辨现实中的真实与虚假：我们见到的和认为的真实，可能是虚假的，也可能只是真实本身显露的一部分。真实的更多部分和真正状况，不能完全在现实中显示出来，而只能在虚构世界中显示，并且不能被其他虚构和现实所显示的真实所替代，它的真实是对它自身的反映。

由于这种形式观念涉及对真实的表现和对现实的改组，先锋历史小说在自己的传统延续中将表面化历史切割得七零八落。《青黄》《风琴》《1934年的逃亡》《罂粟之家》《鲜血梅花》《枣树的故事》等作品，似乎对历史采取了随心所欲的做法，并造成了人们正面和反面的误解。但实质上，这些小说是在用历史碎块严格有致地拼装一个完整的历史，至少想造成一种完整历史的印象，只不过这种历史的构成规则与事实性的规范化历史不同，它完全是精神化的。

对先锋历史小说的历史完整性的理解，将使我们从总体的历史真实性气质上看待那些由传统、片断、印象组成的历史碎块，这就像对意识流的理解一样不容易。中国当代文学曾一度将意识流误解成在小说中将人的意识整体打碎，想到哪里就可以写到哪里的写作风格，但意识流在西方的成熟运用是将人的破碎意识在小说中仔细精致地按一定规则镶拼起来，《尤利西斯》《乞力马扎罗山峰的雪》《喧哗与骚动》《奇境》都是这样的典范作品。

先锋历史小说对历史的叙述缺少规范和理性的制约，受到传闻、轶事、猜测、预兆、鬼魂、野史等神秘因素的影响和侵蚀。神秘主义使处于历史与现实交接处的历史真实变成一种复杂变化的历史形式，因此历史常常变成一些任意、神秘、奇怪的往事与回忆，被各种意外因素幻想化和神话化，它与有具体事实的规范化历史并不等同。

先锋历史小说在追究历史真实时，致力于人类的精神本质与历史之间的关系，而不是得出与真正历史事实相符的结论。《1934年的逃亡》并未从中国20世纪30年代农村经济破产的角度去叙述故事；《迷舟》也没有从北伐军与军阀不同的政治立场去探讨战争；《1937年的爱情》不是要对1937年的抗日战争进行纪实性描写；《活着》也不是要对中国当代农民命运作出政治结论。这种任意性使先锋历史小说的真实性受到怀疑：这种历史当然不可能完全真实，它只是一种幻想的、神秘的真实。

采取这种对真实非现实化的写法，是因为不能借助于现实真实来表达意义。这种任意性的有限历史真实就其本质而言，是要将人类历史与个人命运融为一体，将历史真实还原到一个令人困惑的神秘起点，以探究历史现状的古老源头，探究历史真实的复杂面貌。历史并不能排除人们借助虚构和神秘对它进行探讨，因为它的现状和规范压制遮没了它的一部分真实，除非借助于虚构，这部分真实永远不能显现出来。而作为一个超越现实真实的世界，后期先锋小说以历史真实改写现象真实，以达到对现象真实的怀疑，用不可能来揭示可能，用神秘来暗示真理，用虚构真实来描写人类历史中的精神化本质。

这种非常规历史的描写，并没有剥夺历史在虚构中的真实可能及其真实的本源性。对于历史真实的虚构性规定，一方面是对历史真实的现实性承认，一方面是对历史真实的现实性困惑。在这种矛盾性的表达中，才出现了种种诡谲多变、游移不定的历史情景，显示了小说叙述对历史的重新理解和思考，从历史面貌的奇异变幻中引发人们对历史本质的思考。

如果把虚构历史看作历史在小说中的延续，两者便实际上从未分离。当谈论历史时，也包括虚构对历史的估量、评价以及重新创造，其真实性的本源正是来自历史。所以，后期先锋小说描写的那些残缺不全、充满可疑之处的历史片断，不能不是人类整体的一部分。

## 三

先锋历史小说神秘化、虚构化的历史真实，在表面上背离现实化历史，实际上以虚构形式返回历史的完整性和精神性过程，这些小说对历史形式化的奇特处理，是在向完整的和精神的历史跋涉过程中寻找一条属于自己的必经之路。当现实化历史仅仅作为历史现在的一端而无法容纳整个历史、无法达到历史久远的另一端、无法实现历史完整性时，先锋历史小说创造的奇异化、幻觉化历史力图呈现历史的另一端，修补历史被遮蔽的另一面。

后期先锋小说的作者对于历史真实的追求并不可能完全成功，他们对于历史奇幻性的追求也不能以偏概全，但当现在无法存留于绵延久长的历史中时，他们始终坚持的虚构化奇幻历史拆解了历史的现在一端，将现在的具体情景完全变成了深藏的历史完整性的另一端。

在种种虚构化历史的掩护下，后期先锋小说执着地保持进入现实化历史的姿态和权力，它们所描述的那些历史情景，与中国历史尤其20世纪中国历史的事件和主题在本质上紧密相连。格非、叶兆言、苏童、余华的许多小说都是用虚构人物将那些真正的历史事件串联起来，使这些真正的历史事件在人物命运的描述中产生不同的意义。这些真正的历史事件，在先锋历史小说的虚构世界中产生的意义与对这些事件的纪实和实在情形的意义并不一样。

在真正的历史背景中演示历史的虚构性和人物的历史性，这在先锋历史小说中是共同的。在先锋历史小说的虚构世界中，所有历史事件只发生在一个人物的命运中，而不是普遍发生在实在世界中，这些历史事件是人物生命的一部分，而不是普遍对人具有意义，但人物因被放置于历史中而具有真实的历史气质，历史因人物命运演变而显出其含义的丰富性。实际上，这些历史故事和人物只能生存于小说的虚构世界中，这些历史事件和人物并没有与真正历史直接沟通，它们的真实性必须经过人们对历史理解的转换。

对历史情景重新组装的不同方式，确定了先锋历史小说对历史的不同叙述风格，也确定了先锋历史小说对虚构真实的不同关注方式。虚构历史真实不等于现实历史真实，用现在的观点和事实将历史加以固定的现实化历史真实是有限的历史真实，虚构历史真实是另一种真实，主要表达历史的精神化历程。苏童的家族化历史诗性、格非的迷宫式历史循环、余华的冷漠化历史温情、叶兆言的古典士大夫式雍容典雅的历史沉思，都在他们各自的虚构历史世界中完成。

如果强制先锋小说描写的历史与历史事实相应和，虽保留了被事实所规范的历史，却失去了其中的想象化历史真实。如《1937年的爱情》中所描写的全面抗战、南京大屠杀背景下两人刻骨铭心的爱情，既十分渺小，又十分沉重，它负荷着整个民族经历的灾难，而当民族危亡在脆弱的个人爱情上显影时，那爱情和历史同时变得博大深沉、沉痛悲愤。这种爱情与全民族命运并不相应，但这种不合时宜的爱情却突出了南京大屠杀这样的人类历史悲剧。

## 四

后期先锋小说的奇幻功能，在于创造一个与现实性真实世界相疏离又相融合的虚构性真实世界。这是对古典真实的挑战，古典真实论认定小说能够再现现实或实在世界，按这种方式解释世界真实与小说真实的关系的小说具有现实真实性。先锋历史小说却表明小说真实不可能离开虚构而独自依赖现实存在，并利用虚构世界的性质，利用虚构性语言变幻现实的神奇性，利用其形式化的手段，对历史进行幻觉化改写，在对历史精神历程的追寻中，创造一种虚构化的历史真实。

古典小说强调了小说的现实性一面，先锋历史小说强调了小说的虚构性一面。虚构化的历史真实和现实化的历史真实并不互相对立、绝对分离，而是互相包含的，它们只是在表面上呈现不同的形态和倾向。

历史在虚构中延续，现实化历史真实也在虚构真实中得到延续。在先锋历史小说中虚构的历史，不可能真正丧失其现实化的历史真实，它们的表面故事距离种种历史事实和由现实规范的历史很遥远，其历史的精神气质却返回到现实化的历史真实。先锋历史小说不可能变成纯粹的虚构，那些历史的往事连带着个人命运在小说中复活，同时包含了历史和现实、过去和现在。现在对往事的虚构本身就包含着历史真实，虚构真实是历史真实的一种完成形式。

一个由想象、幻觉和语言迷津构筑的形式化历史只具有象征化的真实意义，不可能求得它与具体历史真实的叠合。在历史的精神化过程中，沉迷于历史情境的虚构人物与执迷于创造历史迷宫的叙述者，同时获得虚构真实与历史真实的交汇点。作为这种真实性叙述形式的操纵者，先锋小说家们利用历史的虚构感觉来操纵具体的历史真实，在对文献资料和规范典据的瓦解与破坏中，获得对历史真实的感悟。因此，这些小说在破坏历史真实的同时也在创造历史真实，割断历史的同时也在延续历史。

在20世纪中国文学由一种真实向另一种真实的转移中，先锋历史小说的叙述形式和策略所造成的虚构化历史真实虽匹马单枪，却冲锋陷阵、独当一面，在传统文学真实中开辟了一块园地。由这些小说，人们认识到虚构可以对历史任意组合而创造属于虚构的真实，在虚构中表达对历史的思考而不违背历史的气质。

## 第五篇　想象与梦幻中的叙事
　　——论红柯的小说

　　红柯的小说是离市场化时代最遥远的小说,在一个丢失现实梦幻和文学梦幻的年代,红柯执着地构造着他的现实之梦和文学之梦:他将现实以遥远的神奇方式梦幻化了。红柯的作品在市场化时代将人们带回一个古老、梦幻的叙事世界:对传说、神话、梦幻的钟爱,使红柯的诗性生存意识总是将传说与真实、现实与历史交错编织,在梦幻般的编织中把人们在带向远方。

### 一

　　90年代末期,先锋文学的梦幻被荒疏已久,红柯重新给文学吹进了梦幻之风,使文学回到文学本来的品质中,回到文学的想象和梦幻的世界中,我们再次感受到了文学的梦幻本性,感受到了我们还有超越现实的生命之梦。红柯的小说是远离身边现实的生命传说,从中常常无法读出身边感受和身边故事,无法读出人们的现实利益和生存痛苦,也无法用一种感受时尚快乐和世俗幸福的实际眼光进入红柯的世界、看待红柯的人物:那是一个和人们此刻现实不一样的世界,那是一些与人们身边人物不一样的人物。红柯的世界平静而沉思,红柯的人物单纯而天真,你无法因这个世界和这些人物而激发对现实的冲动,但它有种神秘而朦胧的气息,总让你沉思而梦幻……

　　一种诗性化的生存、一种诗性化的叙事,总是梦幻的、想象的,而真正的梦幻和想象都是少有利益欲望的、少有世俗享受的。现实利益的诱惑,使市场化时代的文学产生了大量的欲望化想象,文学中现实的想象化享受,代替了现实本身的喧嚣,以供不能在现实中得到利益享受的人去获得想象性利益满足，这使文学愈来愈露骨地成为一个现实享受的搬运工，试图使文学成为世俗生活的享用者。在市场化时代，我们如何用弱化的诗性感觉去追求遥远的诗性生存精神？更深入的问题在于：不仅是我们是否还有诗性生存的感觉，也不仅是我们是否愿意要一种遥远的没有可享受性、可食用性、可装饰性的文学，还在于：是否还有文学愿意、能够给我们一种诗性的生存精神而不是文学化的生命伪装。

红柯和他制造的梦幻，与人们的城市、与人们正在享用的城市文学那么不同，甚至与那些描写乡村旷野的文学也非常不同。在市场化年代，乡村与城市同样被现代文明和市场力量所控制而丢失梦幻，就连乡下的猫也和城里的猫十分相像，于是乡村的田园梦幻不再飘浮。文学也变得极为现实化，成为对没有梦幻的现实进行包装的容器，给予人们残缺的现实。而红柯的世界是与城市相对抗的草原、庄稼、森林、荒漠、苍鹰、骏马、野驼、红鱼，他的艺术精神是富于传奇性的历史精神与生命精神的融合，他的人物是具有天真纯朴、清澈透明人性的人物。在红柯的世界中，保留了那些亲切的、散发着草木气息的遥远幻想、神奇传说和童话梦幻，它们像在历史河流中隐约可见的漂浮物，时不时地冒一下头，给人们一个令人渴望的诗性暗示，使生命和历史在刹那间变成一种诗性的感觉和精神。

## 二

红柯以现代人的身份，进入一种古老悠远、梦幻想象的生存方式。这种生存方式的原初形态可能触动了红柯作品中人物和叙事的形成，但它只是红柯想象出来并通过人物和叙事完成的生存方式，不可能是在实际历史中保存至今、完好无损的生存形态。它的意义就在于它的梦幻性和想象性，这种梦幻中向往、想象中完成的生命意识和生命形态，不可能在实际生存中实现，只能在文学中实现。人物的诗性气质和叙事对生命的诗性追求，使叙事和人物成为一种神话的、梦幻的传说。这种想象化、梦幻化的生存方式，无论现代人还是古代人或是原始初民，都无法真正身在其中，它只是一种文学的与精神的人类生存方式。这是草原、森林、戈壁、野驼、骏马、牛羊的空间，是梦幻化的动物和植物的空间,远离人间烟火的空间,一个人可以变幻为动植物、动植物可以变幻为人的世界。

一般看去,红柯世界中人与人的关系不重要,人与物的关系才重要,甚至人与物的关系几乎变成了物与物的关系。因为每一个人都有一种物来象征他的生存。而每个人与物的象征关系,就决定了他怎样做人,红柯的人物依托物的形象而在现实中梦幻般生存,比如说,盛世才的象征是狼而绝不会是马;马仲英的象征是马而绝不会是狼。人可以借物以梦幻的方式逃离现实,他与物的关系使他逃脱了他与人的关系。这表明,红柯用这样一种梦幻生存一直要逃脱的是人与人的关系,但最终借这种梦幻生存要进入的仍然是人与人的关系:红柯想用这种人与物的关系去修改人与人的关系。在遥远的戈壁上出现了梦幻般的野驼,在如水的草原上出现了神奇的植物马,在不枯的哈纳斯湖中出现了美女般的红鱼,而它们与历史和人性融成一种生存的诗性、一种生命形象,与成吉思汗、马仲英、兵团人如影随形地相依相恋,那些野驼、骏马、庄稼、树木都变成了人的生命形象时,一切都发生了梦幻的变化,在童话与神话的奇妙境界中,生存焦虑都融化在生命的天真纯朴和清澈透明中,人在与自然的亲近中返璞归真,在专一而平静的生命形态中保持高贵,物的单纯品质在与灵魂天真的融合中使人具有了诗性的生存精神。人与人的常态关系和现实关系是红柯不能改变、没法改变的,于是他借用一个人与物相互幻化的童话世界和神话方式,借用原始信仰和天真人性去改变人的生命气质。原始本质和天真人性给予红柯的直接启悟,显得比古典哲学和现代哲学让他展开的理性更有力量、对他更有影响。

万物与人共同一致的梦幻化变幻,是红柯的梦幻化叙事和梦幻化世界的主要资源之一。把一切都想象为生命,把一切都赋予一种共同的生命品质,万物就可以变幻,人与物、人与自然就没有了界限。红柯的梦幻化叙事方式,使我们在红柯的不同作品中和不同的人物中发现一种共同的诗性气质,梦幻而混沌的整体诗性存在使红柯作品中的各种生命现象创造出一种超现实的感觉,这使万物与世界都变得奇异,产生了一种神奇性和童话性。把自己想象成一匹马、一棵树、一片湖,也把红鱼、野驼、庄稼都想象成自己。不同的生物与同一种生命气质的关系,构成了这种生命品质的不同表现,把这样一些表现重新想象和幻化出来，就构成了红柯的那些单纯的故事：它们总是同一种生命故事的不同表现，这些单纯的生命故事体现了现代文明与天真纯朴的关系，而现代社会须要保持这种天真纯朴的生命之气。如果丢失了这种生命的天真纯朴，红柯作品的生命梦幻就没有了意义，没有了神奇。对生命天真纯朴气质的梦幻想象，使红柯的人物和事件脱离了原本的历史和现实，被放置于童话化的世界中而具有了诗性，人物的传奇行为使他们不可能与常人一致，而红柯的人物和世界依赖于与常人的不一致，尤其是与市场化时代世俗幸福的不一致，深入人的诗性生存。

红柯小说以想象性和梦幻性抗拒现实的不可回味性和利益感受的单调性，红柯世界的想象性和梦幻性远离利益化尘嚣以及文学的实用主义，它并不作为现实的工具性和表面性依附而存在，既不将文学作为获取利益的工具，也不将文学作为宣传利益的工具。红柯的童话化世界以现代人的身份，代表着现代文明，去体验和感受一种想象化、梦幻化的诗性生存方式，这种诗性生存无法等同于实际生存，它永远是在梦幻中的，永远只在精神现象的层面出现。由于想象和梦幻，红柯在历史深处和草原远处都得到一种单纯和天真的自由，一种没有现实污染和历史钳制的纯净的自由飞翔，这种自由，表现为以物为象征的诗性生存精神。为表现自由的生存精神，他以一种对生命梦幻化、想象化的理解进行生命叙事，对生命进行诗性生存的构造。红柯的生命存在方式是非实用、非现实的，这种生存方式给予市场化时代的重要意义在于：红柯的人物不是仅仅为了活着去使用生命，他们只是在做生命中本来该做、命运中注定要做的事，不躲避、不逃跑，并因此实现生命的意义。在红柯眼中，"存在"与"活着"完全不同。像马福海、丫头、马仲英、阿连阔夫、营长这样的人物，他们已经将他们的生与死完全融入一种不变的生命活动中，从中飘荡起一种让人追恋的、梦幻的生命精神，而不是社会利益确切体现的现实生命价值。生命的利益存在，已被梦幻的存在改变了。

红柯的梦幻世界提出了一个问题：在市场化时代，文学不谈利益与欲望、快乐与享受行不行？这里，就产生了自由与梦幻、与想象的生命关系和文学关系，这个梦幻世界中的一切，在人们能真切体验的具体生存中、在市场化时代的利益现实中、在市场化时代文学的欲望表现中，是找不到的。现实总是有生存缺陷和生存焦虑的，市场化时代的文学以现实来填补现实，就是以缺陷和焦虑来填补缺陷和焦虑。而红柯的小说以梦幻来远离使人们充满欲望的现实，以梦幻的丰满和无限来修补现实的干瘪和有限。当红柯的梦幻无穷尽地铺洒在月光下的草原上和哈纳斯湖上时，它并不真正是无限的，并不能真正无限地满足人们的梦幻愿望，但它的确是给了现实社会一个无限梦幻的可能。

## 三

红柯的童话与梦幻世界的突出特征是它的精灵化。红柯的小说有种精灵化的感觉，精灵总是给予人们美好的梦幻。在人类的生命经验中，在许多文学和艺术作品的世界中，我们都可以感受到生命的精灵在飞翔。而在市场化时代高楼耸立的城市幕墙中，在车水马龙的现代人群中，在市场化社会的利益化欲望中，精灵似乎躲藏了起来。到哪里去寻找精灵？我们迷茫地徘徊在市场化时代的街头和文学中。在红柯的小说中，我们重新看见精灵在飞翔，一切都被精灵化了：红鱼、银鹿、狐狸、野驼、骏马、湖水、草原、雪山、树木、庄稼，一切都晶莹闪亮、具有精灵一般的灵性和神性。精灵就是人的幻化，而精灵化的物又化作人，物具有人的生命气质，于是一切都充满了想象和隐喻，产生了类似童话和神话的世界，人物的梦幻化、神奇性和传奇性，使一切都恢复到原始天真的精灵状态，恢复到人的生命与自然、与艺术一体化的神性时代，似乎整个世界都是精灵在游走，而人和世界受到神性和灵性的控制，人像精灵一样生存着，动物和植物像精灵一样生存着。精灵化的结果，是人可以成为一匹大灰马，像马仲英那样；是人可以被树修改而有自己长成一棵树的感觉，就像《金色的阿尔泰》中的营长那样，也可以像红鱼、狐狸、银鹿一样成为图瓦人的女人，像母狼一样成为一个美妙妇人。人与物的关系变成一种精灵化的关系时，不同于马克思所说的人与现实的异化关系，也不同于巴尔扎克笔下贵族道德与金钱的现实关系，更不同于市场化时代欲望和利益的现实关系。这种精灵性是对现代文明、现代社会的缺陷的思考和灼见。

精灵的特点是天真，精灵与精灵之间的关系是单纯的，精灵对于整个世界没有什么复杂的考虑。在红柯的精灵化世界里，在人与自然的精灵化关系中，人与物的灵性可以相互置换转化，人不再与自然有极大区别，不再是游离于自然之外的另外的东西，而是像自然化成的其他自然之物一样的神奇，像红柯的小说中的动物、植物一样，生命在这种遍布神奇的幻变中，回到天真之本、童话之初，远离现代社会的喧嚣与焦虑，静静地想象人的纯粹的快乐。人与物间的精灵化关系形成了红柯作品的精灵化诗性，这种诗性流动在精灵化的人与物间，诗性的生命灵性使人与物的世界变成人与自身的世界，物是人自己的另一个形象，他人也是自己的另一个形象。当人在人的关系中时，即在现实中而不在红柯的精灵化世界中时，人受到现实的压迫，变态而拘谨；在红柯的梦幻化、童话化世界中，在精灵化的物中时，人变得自由而天真。红柯的精灵化世界中的重要关系，不是人与物的关系，而是人与物的关系中隐喻的人与人的关系。在精灵化的世界里，在人与物的精灵化关系中，人的关系反而单纯明净，动植物间的关系以及人与动植物的关系，便象征了人与人的天真单纯的关系。这种精灵化使人们按红柯的想象去想象人性特点、生命意义和历史变迁，因为他用精灵化的想象神奇地改变了人、生命和历史。例如说，马仲英在历史中是个类似绿林的豪勇军阀，可在《西去的骑手》中他却洋溢着一股蔑视阴谋、蔑视卑琐的生命精神。由此，小说中的马仲英与现实中的马仲英不同，也使历史改变了模样。

红柯的精灵化和童话化世界是对生命和灵魂的双重认识，精灵就是灵魂的表现。生命的高贵在于灵魂，生命没有灵魂的依托就没有存在的必要了，而当人死亡时，他的灵魂保存在另一种物的形式中，人与物是灵魂的两种形式，他们统一为精灵。红柯始终在执着高傲地强调：人是高贵的。人的高贵是灵魂的不变，改变灵魂将是非常悲惨的，因为灵魂只能在天使与魔鬼之间变换，所以他歌颂阿连阔夫、马仲英这类人的灵魂不变，马仲英高贵是因为他没有被盛世才改变灵魂。灵魂的不变不但可以使人精神永恒，而且可以使人青春不老、容颜不改，就像《乔儿马》中的马福海那样。不变的灵魂是单一的，但又是双重的：一个不变的灵魂同时存在于物和人中，你得依靠物的灵魂去护佑人的灵魂。红柯的世界，没有抽象的泛灵性，只有具体的物灵性。在红柯的精灵化世界中出现了生命的两重性，并相对于现实的生命两重性而拥有同一个灵魂：如果灵魂有两种形式，生命也就有了两种形式，在红柯的物与人的幻化精灵世界中，人可以以两种形式生存。生命既在物的形式又在人的形式中、既在神性又在人性中生存，这是现实生命无法做到的，现实生命无法在这种梦幻化的双重形式中生存，于是现实生命就产生了梦幻化向往，而生命的历史性和瞬间性在梦幻化中具有了同时性并融为一体。这样，生命的认识和生命的过程都有了双重性，人对于自身的认识和对于他人的认识，或者对于物的认识，就变成了对于自身的两种生命存在形式的认识，于是两种生命形式具有了复杂的相互置换关系。例如说，人们对于马仲英的认识，常常是通过他那匹传奇的大灰马来想象，而他和大灰马一样神奇，一个不化，另一个也永生，人们就是这样产生了生命的奇异想法。而哈纳斯湖畔的图瓦人，是通过红鱼、银鹿、植物马来认识自己的，读者又是通过这些物来认识图瓦人的生命意识的。马福海是通过飞禽走兽来认识自己的，读者又是通过这些生物来认识马福海的天真和单纯的。

## 四

红柯的梦幻性的文学世界，在市场化时代独特地返回到文学的自由特性中，在想象与梦幻中重新给人们以自由，借把自己幻化成物，像动物和植物一样去感受生命，在精神上重返自由。人怎么可以变成一匹马、一只羊、一棵草？动物和植物又怎么会具有人的灵魂？在红柯的世界中，这一切都可以神奇地实现，在红柯的人与物的梦幻关系中，人获得了自由。生存的自由，在红柯的世界中神奇地化为动物和植物，人的自由与物的自由相互幻化，当人成为骏马、野驼、庄稼、树木、红鱼、银鹿、草原、轻风时，他也就获得了自由。人和物之间，不仅是相互转换，而且相互崇拜，《乔儿马》中的马福海对自然的崇拜和狼对他的崇拜、"美丽奴羊"对人的崇拜和马仲英对马的崇拜，在本质上都一样，这种崇拜的幻化导致生命的最高价值——自由，对自由的迷恋与向往，使人在物与人之间自由变幻，获得真正的自由。在人的社会中，人是不自由的，与盛世才对抗的马仲英、被盛世才迫害的革命者、参加三个月学习班而变成"垃圾王"的父亲、与督办对抗的阿连阔夫、离开深山而走向山外的马福海，都是不自由的。但在物的世界中人反而是自由的：作为马的马仲英、作为树的营长、作为虎的父亲、作为红鱼或银鹿或狐狸的女人、作为羊的屠夫都是自由的。在市场化时代的文学中，人们的生存焦虑不会得到消解，只会被虚假的快乐所遮蔽，在红柯的梦幻世界中，生命像没有一丝重负的草原和没有一丝压抑的天空一样天真纯净，人们可以在其中寻找自己的纯真本性并平静地生存，不必像在市场化时代的大多数文学中那样感受焦虑和压抑，不必像那些欲望化人物一样去咬牙切齿地关注现实，也不必像那些时尚人物一样去追星赶月。

执着地追求一种生命的天真单纯的品质是红柯追求生命自由的独特方式，而自由的最终实现可能是以死亡的方式或者幻化为物的方式，从根本上看，红柯追求自由的方式就是追求天真，而天真只有在梦幻的童话的世界才可能存在，于是红柯追求自由的方式便是追求梦幻。单纯的生命品质，使人物不断追求一种精神自由。红柯的生命品质，是一种朦胧简洁的形象和行为，无法用理性去思考，更适合用感觉去体验。他的叙事简洁单纯，没有复杂的思考和内涵，表达的只是单纯天真的思想和情感。他的人物没有思想使命，没有社会品质，但有生命与历史的一体感和精神自由感。在红柯的世界中，主要活动的只有两类截然不同的人物：一类是代表单纯文明的人，是纯净的、天真的、善良的；一类是代表复杂文明的人，是肮脏的、阴暗的、邪恶的。纯粹的人与物的亲近，就是与自己灵魂的亲近，与同类人的亲近，与另类人的远离。这实际上启悟了人们：在复杂的市场化文明中人们缺少灵魂的亲近，而人们可以在红柯的梦幻世界中寻找灵魂的亲近。红柯的人物几乎不思考，只是感受着生命、追求生命的自由，仿佛这种追求与生俱有、刻骨铭心，并因此去执着追求一种天真单纯生命品质的朦胧表现，这就是红柯对于生命的独特理解和表现方式。过多的思想内涵反而不适于红柯的风格，并会因思想和表现的复杂性而破坏红柯风格的独特性。

红柯的纯粹化和天真化世界，使人在诗性生存的向往中，回到一种原始天真、浑然不觉的纯粹生命状态，以获得那种类似红鱼、类似植物马的神奇的生命感和生命力量，以及纯粹的生命品质、纯粹的生存精神。天真和单纯的生命是一种纯粹的生命，纯粹的生命是一种诗性，只有天真的灵魂、单一的品质和纯净的情感，才会带来生命的勇气、意志、信仰和意义。这样一个象征的世界中，人的存在意义是返璞归真，远离现代文明焦虑和市场化的现实欲望。人将自己幻化为自然之物后，一切人的样子和人的关系都发生了改变，人在物的世界中以人的方式存在，或者物在人的世界中以人的方式存在，都是生命纯粹化的结果。在纯粹化和天真化的意义上，物的世界成为人的世界反而能发现人存在的意义，或者寻找到另一种生存方式。在这种纯粹化和天真化的意义上，人才进入了人与自身、人与自然的自由和谐关系，寻求到生存的非焦虑性。红柯的梦幻世界就给予了人们得到这种自由性、展开这种自由飞翔的可能。生存的焦虑具有两种性质：一种是由于对现实不附和而追求自由所产生的，一种是由于对现实的附和而反自由所产生的。追求自由而发现焦虑是为了祛除焦虑，而红柯的特点是并不发现焦虑、祛除焦虑，他的纯粹化和天真化世界直接将一种反焦虑性、非焦虑性以原始、纯朴、天真的生命表现还给人们。

万物与人共同一致的纯粹和天真感，产生一种强大的对生命的敬畏。在红柯的诗性生存精神里，纯粹和天真是可敬畏的，它是世间唯一无敌的，当你真正纯粹之时，世间就没有能超越你、奈何你的力量了。生命可以幻化，可以化为物、化为精灵、化出童话、化出神奇，生命就获得了敬畏。红柯的叙事表面是敬畏自然，但生命像自然一样纯粹和天真时，生命便获得了像敬畏自然一样的敬畏。红柯的人物具有的生命渴望，可以强大到使他把自己想象成不同的东西，想象成另一种生物而在死亡中重新获得生命。红柯一直在写生命的高贵和永恒，当生与死、人与宇宙没有了疆界，并相互伴随成为对方的影像时，真正的自由和永恒就诞生了。红柯作品中生存与死亡的关系有独特的梦幻化想象，生命有独特的纯粹和天真品质，于是红柯世界中的生命意义不在于生与死，也不在于生命过程，而在于生存诗性和天真品质，所以，红柯作品中人物的生死永远是个谜：生与死都是彼此的另一种形式，两者之间没有真正的疆界，生命由此变得独特、自由而耐人深思。

## 五

红柯世界中表达了一种对生命和历史的灵魂态度,没有不同文明的复杂思考和焦虑,没有对于文明的比较和批判,只是在表现灵魂与文明的关系,表现灵魂品质对于文明的影响。红柯的人物,不是逃离历史和文明,而是逃离文明的复杂和历史的非人性,逃离复杂和异化而向往清澈透明、纯净质朴的生命气质,而这种生命气质与原始自然的生存环境非常亲近,所以表面上看起来他们是逃往原始的人物,而原始自然的呼唤,实际上折射着现代文明中人对纯粹灵魂的诉求。红柯的人物,通过将物消融于自己而将历史与文明融入自己的单纯,因与世界的距离而产生的孤独感和焦虑感也由此消除。

在红柯的世界中聚集的那种让人敬畏的纯粹的生命力量,与阴谋和邪恶相对抗,但仍与现代文明相融合,对自然的想象并不意味着对原始邪恶的祛除。红柯的诗性生存表现,并不否定现代文明和历史本身,而是在文明和历史中追求一种具有诗性的灵魂和生命,这并不是简单地寻求和表现一种反对文明和历史的道德精神或者道德品质。红柯的生命纯粹是非现实化的,它是一种对生命的诗性生存感觉和生存追求,只有在生命纯粹之中才可能产生这种诗性生存,而这种生命纯粹在远离现实的、想象的地方产生。红柯用这种想象中产生的诗性生命感觉和生存精神,写生命、写历史、写自然,使人性和历史在诗性的生存想象中,产生童话和梦幻,对动物和植物的生命感觉替代了对人的生命感觉,就很自然地产生了纯粹的生命感觉。在市场化时代,仅仅作为道德品质的纯朴在交错的现代社会准则中因利益的冲击而变得衰弱不堪,而红柯的生命纯粹在远离市场化社会的地方默默生长。在物与人的单纯天真形成的诗性生存精神中,一切都变得不再常见,它们变得平凡而神奇、真实而梦幻,历史、文明、人性、政治、阴谋、灵魂,都与野驼、银鹿、红鱼、骏马一起在草原和荒漠浮动,共草木庄稼悄无声息地繁衍生长,没有惊天动地的文明震荡和历史沉浮,只有单纯的生命品质和天真的生命情感,在莺飞草长中引发对生命纯粹的默默敬畏而思考现代文明中的人性品质。

表面上,红柯的世界产生了对现代文明进行消解的印象,实际上,它消解的不是某种确定的文明或者某些确定的文明方向,而是不同文明中的同一种邪恶。而现代文明的复杂，可能就是这种邪恶的一种表现。因此红柯的作品中没有明确的对文明本身的褒贬态度，只有对与历史相关的具体生命情景的表现。《西去的骑手》中的盛世才，与《老虎，老虎》中的强暴母亲的班组长，都具有相似的邪恶，这种邪恶的共同特点是阴暗性，他们的邪恶没有本质的区别，盛世才的监狱和班组长的学习班在摧毁人的灵魂上是一致的。同一种邪恶，在不同的时代有不同的表现，但任何文明都包含邪恶，这不是历史本身的问题，而是人的灵魂的问题。因此，对抗邪恶的方式，也不是以历史的方式而是以灵魂的方式，灵魂化为物、化为精灵来对抗人的复杂性与邪恶性的结合。对抗邪恶的，可能是马、驼，也可能是虎、羊，这样以单纯方式存在的灵魂，以想象的物存在的单纯性，消解了现代社会与复杂文明结合的阴暗性的邪恶，灵魂与单纯、光明和天真融合就能消解、对抗邪恶，因为这样，灵魂就不能被改变、消灭，反过来邪恶的自然就受到压制。历史并没有改变邪恶，是灵魂在压制邪恶。

由于对文明复杂性的远离，红柯人物的生存价值就仅仅是生命价值、灵魂价值，不是历史价值、文明价值、政治价值和社会价值。换句话说，红柯人物的价值没有文明和社会的负累，而只有生命对于自己灵魂的肯定或者反过来灵魂对于生命的肯定，历史和文明因为灵魂的肯定才存在、才有意义。社会价值往往是整个社会认同的一种利益标准，否则共同的社会价值无法建立。市场化时代社会盛行利益化价值标准，社会价值的公共性和普遍性来源于其实用性和利益性，并由此构成人的世俗幸福和现实生存，而这样的生存价值与红柯的人物南辕北辙。红柯人物的生存方式，对市场化文明形成挑战，它寻求一种天真向往和灵魂快乐，而不是利益追求和欲望倾诉。对于灵魂价值的肯定，在一定程度也必然是对社会价值、历史正义的反抗。对于红柯的人物，灵魂正义高于历史正义。例如说，像盛世才这样实际的历史人物，可能做了一些对于国家有益的事，但本质上在《西去的骑手》中这个人物是被鄙弃的，因为他的灵魂不好。红柯的人物，并不为历史和社会实现而去完成生命存在，而是为灵魂的价值去完成生命存在，历史价值和社会价值不过是其生命的一部分，而且并不是最重要的。但是，反过来具有灵魂正义的人物对于自己灵魂的追求，却必然地肯定了历史与文明的价值。

## 六

红柯的想象,在灵魂与历史间飞翔,就像草原上的苍鹰盘旋回荡在天空与大地之间。在红柯的作品中,灵魂就是天堂,历史就是大地。红柯以童话的方式、神话的方式、梦幻的方式去写灵魂与历史、政治与人性、阴谋与天真、邪恶与纯朴。简洁地说,红柯以想象和传说的方式写历史,以写灵魂的方式写历史,以写人性的方式写政治。历史和人性被传奇化的同时,人物也被传奇化了,人物的诸种事迹不在叙事中具体清晰地出现,而是朦胧含蓄地呈现出水月雾花,历史和人性在这种叙事中朦胧幻化了。历史的人性化与传奇化、人物的历史化与传奇化,使人们在叙事中看到了一个被改写的历史和人性,与人们通常印象中的历史和人性并不一样,历史仅仅成为作品中人物的生命情景,体现人性语言和人性品质。

红柯的作品总是多重历史相叠而只有一种灵魂品质,充满了对历史的灵魂幻想和人性怀恋,年代的遥远把这种幻想和怀恋推得悠久而回环。即使像《哈纳斯湖》这样不谈政治也不具有具体历史背景的叙事,也将历史、传说、神话与当代生活交融在一起。《库兰》中,同时并列了几条历史线索:成吉思汗的时代、普尔热瓦尔斯基的帝俄时代、阿连阔夫的苏维埃政权时代、新疆督办杨增新的时代。这样的历史并置与交错,在红柯的叙事中是一个惯常的主题性结构,不同的历史在同一的人性故事或灵魂故事中产生联系,历史的并置突出了某种不变的灵魂品质和人性品质,使同一的灵魂品质在不同的政治背景和历史阶段间飞翔,也使不同的历史文明具有了同一的人性考量。灵魂和历史在梦幻中重叠的叙事结构中,具有这样的特点:历史在叙事中飞越时空,同时又端然不动,因为一种灵魂品质并不在历史中发生变化。我们始终看到同一个历史形象:那是一个想象的、梦幻化的、传奇的历史,那是一种同一个灵魂在其中穿梭飞越的历史,任何实际的历史都在其中被改变了形象。历史并没有真正飞越时空,那只是一种想象的连接、灵魂的连接,历史也并没有真正端然不动,历史在真正的时间里移动了,但在红柯的世界里那只是红柯所梦魂萦绕的一个灵魂、一种生命气质对历史的凝视和规定。

红柯作品以灵魂的好坏来思考政治、以人性的优劣来表现政治。在历史中写灵魂、以人性写历史，使红柯的作品出现了一种奇异的景观：不但以传奇写历史、写人性，也以传奇写政治，政治成为灵魂和人性的表现，政治、历史、人性都在灵魂中一体化。而这样一种政治与人性和灵魂结合的历史不论怎样变化，都始终分为两种人性和灵魂，或者分为双重呈现的历史：一重历史是人性而纯朴的，是天真的人写成的历史；一重历史是野蛮而复杂的，是阴谋的人写成的历史。人性和灵魂简洁地分成两个极端：邪恶与善良。而邪恶是复杂的、阴谋的，如盛世才、邱毓芳、杨增新之类，善良是单纯的、天真的，如马仲英、盛世骐、阿连阔夫那样的人。单纯天真者的政治是坦率、真诚、人性的，复杂阴暗者的政治是阴谋的、虚伪的、非人性的。在这样一种界线清晰而相互印证的历史中的人物，不论其政治目的怎样，由其人性表现就能判断其政治品质和政治目的的善恶。因此，红柯的世界中的历史是政治伦理化的历史。在红柯的世界里，不同政治品质的人，实际上是两类灵魂与权力结合的结果。马仲英代表的这类人是单纯天真的，有信仰、有忠诚、有荣誉感和情义，却没有权力和利益目的，盛世才代表的这类人复杂而多变，没有信仰和忠诚，没有荣誉感和尊严感，无情无义，却有着专注而强烈的权力欲望和利益目的。

  红柯作品的一个主题是人的灵魂不被改变。盛世才的政治最可怕的地方，就是他致力于摧毁人的灵魂。于是，一种阴谋与政治的联姻被以灵魂的方式加以思考，英雄主义、理想主义的人物，总是败在阴谋中，像马仲英这样的人物就败在盛世才的政治阴谋中。马仲英代表的这类人，包括被盛世才处死的那些革命者，要在历史中追寻自己的灵魂而行，而盛世才代表的这类人，却致力于摧毁人的灵魂，致力于摧毁人的英勇和忠诚。在红柯的世界里，人不被改变灵魂的唯一可能是幻化为物，当人像物一样时，别人是拿你没办法的。而当人真正能幻化为物，物就有了灵魂，是与通常概念的人的灵魂不一样的灵魂，是与非人相对的人的灵魂。红柯的世界中一直飞翔着这样一种灵魂：星星、石头、草木、大山、动物中都藏着这种灵魂，所以红柯小说中的人物，都有一种物与之如影随形、伴随左右。《西去的骑手》中那四百多被盛世才处死的军人的灵魂是火，火是永恒的，是不能被改变的。他们在临刑前燃起了火，用火来象征自己的灵魂。历史就是这样写成的：那些不愿被改变灵魂的人在寻找他们的灵魂。

灵魂与文明的一致性，使红柯笔下的历史与文明保持了单一品质。所以，红柯的世界里没有文明的时间区别或者历史区别，红柯不关注现代文明与古典文明、城市文明与乡村文明的区别。不动的生命品质或者灵魂，也有相似或相应的不动的历史与文明，生命的活跃与变动，不过是体现和展示一种不变的单纯天真的品质和澄明透彻的历史，并不意味着历史和文明的复杂变化对于生命的改变。红柯作品中的人物实际上没有个人化的历史表现。历史是变化的，而红柯的人物，只是在不同历史中表现一种不变的生存诗性，我们无法从这些人物身上看出历史的变化。红柯的人物在一种生存诗性中保持生命静止，保持一种品质。这生命品质与人物的生存精神相对，在历史中不变。这就是红柯将生命与历史融为一体的简洁方式：历史完全融化为生命，而生命始终如一，历史巨变、沧海桑田都无法改变人的生命品质。

红柯对于灵魂在历史中飞翔的想象，把人性、命运、文明、历史、自然全都融在了一起，把对于世界的思考，变成了对于历史的想象、对于自然的幻化，那些草原、湖水、雪山、荒漠、骆驼、牛羊，都成为人的命运、人类文明品质的象征。你就是那匹骏马、那棵树时，就像马仲英、阿连阔夫、营长一样，你才会有透彻的思考，而这透彻本身又是简洁的，人由此变得单纯透明，历史也由此变得单纯透明。红柯需要的是一种单纯清澈的生存环境和人物关系，以表现一种天真单纯的文明品质和历史品质，灵魂不变，时间和文明却在变。在现实中，历史和文明能改变人的灵魂，在红柯的世界里，历史和文明却不能改变人的灵魂。于是，与不能改变的生命一起，历史和文明也端然不动，总是同一个历史和同一种生命，生命总有共同的、唯一的品质，这种品质就是单纯和天真。在这种品质上，人与人、人与物永远相似，永远没有根本的变化，原始的生命意识始终遗留在现代生命中，所以现代生命可以从生命的单纯天真中寻求到欢乐与净化，因此红柯的人物大都是清澈透明的人物，他把那些混浊不清的人物留给了黑暗。

# 第六篇 毕飞宇的小说：象征现实主义的价值

## 一

要发现一个作家的价值，至少要从两种基本关系出发思考作品：一是作家与作品的关系，即世界怎么影响作家和作家怎么体现在作品中；一是作品与世界的关系，即作品怎么进入世界、影响世界、改变世界以及世界怎么接纳作品。

毕飞宇的小说有一种简洁的深入，成就了一种"象征现实主义"风格，象征与现实总是不断交集在这些作品中，既描写出细密坚实的现实，又包含一种含蓄柔韧的象征意味。其中的象征并非刻意为之，而是自然怀有的一种流荡在虚构的真实情景中的象征气质，在那些意味深长的故事、人物、细节之后，会生成一种更深刻或者更广阔的想象。

这样的象征现实主义作品的核心之处，是从作品的细密编织中浮现理想主义情怀和人道主义情怀，会让人联想雨果那些充满人性魅力的故事和广阔大气的风格视野，也会联想那些最美的英国式简洁叙事。

毕飞宇的小说中的生活就像历史冰山的现实一角，它们总在深处若隐若现地与历史精神浑然一体，这些小说感性的丰满的直觉与理性深入意念、相互推动，在理性与感性相连的敏锐触觉中延伸历史与现实：看上去是离我们很近的身边生活，实际上延伸进历史而与我们的更宏大生活相关。

作品中的人物所经历的，是历史的连续性，这样的描写是延伸生活，不是对生活的超越，超越可能是脱离现实的。所以，毕飞宇所写的这个时代生活与以往时代生活相接、以往时代生活与这个时代生活相接，正像他说的：必须经历，无法回避。

毕飞宇的小说顽强表达生长于现实中的文学理想主义，不断锤炼形式与内容一体的风格，有感性表面与理性内核的一致，既不完全讲故事，又不完全讲意义，由现实主义的形式与意义的一体而体现简洁深入的风格和情趣。其主题和内容总是极为贴近现实生活，没有远离现实或者游离于现实，不描写偏激怪异而无关现实的情景，不空幻装扮而高调演唱人性，不用让人炫目的语言方式和叙述方式，其叙述简洁快速，流畅密集，不拖沓繁冗，连续不断的细节像河流一样流过。

所有这些聚集为一种象征现实主义，像《玉米》三部曲那样有现实遐想，像《青衣》那样有生活咏叹调，像《哺乳期的女人》那样带有象征的情节，像《推拿》那样汇聚生活中平静的隐喻，像《上海往事》那样让故事趣味和人物命运不离不弃。

对毕飞宇自己和对所有人的写作都非常重要的，是毕飞宇所说的"小说清晰地呈现一个作家的精神走向"，这是一个作家对写作的自我引导。毕飞宇说，小说是虚构的，作家的精神走向不是虚构的，实际上，很多作家的精神走向是颓败的，甚至可能是根本没有精神走向的，一个没有精神走向的作家，不但不可能真正进入现实，而且是不可靠的。

毕飞宇的小说显示的另一特殊气质是将生存与美相连，表现在从底层升华的精英意识，表现普通人的尊严、高贵、体面的美，既无浮华也无鄙俗，保持文学的庄重品质与高雅情趣。由此，毕飞宇的小说表现出一种人类性意识的大气、个人生活世界中的广阔理想情怀，并由生命大气的细致之处体现文学大气。

也许正因为这样，让我们能从毕飞宇的小说里找到沉稳而精致的叙述，这样的作品正在扎扎实实寻找并实现与人类经典作品的联系，而与人类经典作品的联系，就是与人类性生活的具体联系，这远比那些高调演唱人性的作品更加可靠。当代中国小说不能通过自我言说和自我确立实现经典化，我们需要继续寻找经典可能和经典气质，寻找中国小说与世界经典小说相联系的地方，这似乎正是在毕飞宇的小说里不断实现的。

正像连续不断的人类经典作品才能体现人类性，体现一个作家风格和作品意义的，是一个系列的作品，而不是个别的、孤独的作品，这也正是毕飞宇所说的一个作家的精神走向由一系列作品来体现，这也是艺术风格和艺术价值的体现，这对毕飞宇、对每个当代中国作家，都很重要。

精神走向已经决定了作品进入象征意味的可能，这样的小说中，现实的象征性就来源于精神走向的引导，显然，毕飞宇小说中的艺术大气也来源于此，即能在一个小世界中舒展出广阔情怀和普遍精神。一个作家的写作若盲目而没有预先设计，将不会有这样的大气象，当然，这样的艺术设计对语言方式和叙事构成同样起引导作用。

## 二

毕飞宇的作品中包含着这样两个问题：作品为什么这样写？作者希望用作品达到什么样的目的？这最终涉及作品与世界的关系、与我们正在经历的生活的关系。作品中的每个人物都试图改变生活，但改变生活的动力和目的是什么？这个问题由作品中进入到了现实中。

一个作家怎么生活就怎么写作，有什么审美立场就有什么生活立场。无论从毕飞宇对自己的写作要求讲，还是从毕飞宇的作品看，生活在这个时代的毕飞宇仍然是一个经典人性生活和理想制度的提倡者，因此他的作品中没有飞扬的时尚生活，却由对现实简洁而端然的描写宣扬了他对时尚生活的见解。

我们的生活准则基于现实的经历而非文学的经历，适合于产生现实作用和现实行为。毕飞宇作品中人物的生活方式和处世态度产生了一种不同于现实中人们看法的观点，这种观点不会被现实中的人们所轻易领悟，却一定会触发人们对现实的美学警觉。就是说，根据作家的经历，这些作品用语言方式和虚构方式得来一种生活观念，而不是生活现实。

虽然时代为毕飞宇小说中的观念带来了决定性影响，但却让毕飞宇更加执着于写作之初就朦胧萌生的现实主义写作信念，并且将单纯的形式主义化为象征现实主义，这正是一个作家日渐深入艺术与现实的成熟表现——真正的作家从不随波逐流。所以，这些小说变化是毕飞宇对生活见解方式的变化，也是从起点开始的艺术表现的改变，是毕飞宇的小说叙事日臻精美的推进，而不是风格的根本改变。

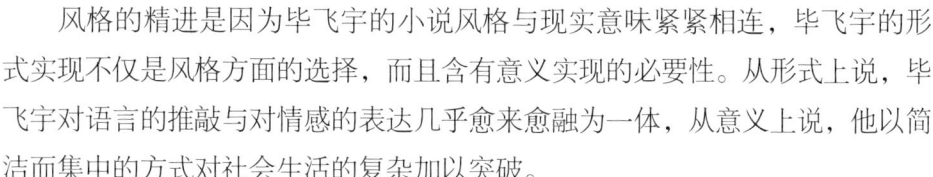

风格的精进是因为毕飞宇的小说风格与现实意味紧紧相连，毕飞宇的形式实现不仅是风格方面的选择，而且含有意义实现的必要性。从形式上说，毕飞宇对语言的推敲与对情感的表达几乎愈来愈融为一体，从意义上说，他以简洁而集中的方式对社会生活的复杂加以突破。

这不是信手拈来、随意写出的，而是要煞费苦心、怀着坚定信念才能达到的，因此，作品表面上是一种朴实的现实主义风格，实际上深含了象征意味，这样，毕飞宇就让人们进入了他的小说世界，这个世界在其他作者的作品里不会被体味到。

现代主义以至后现代主义的文学特点往往被说成更关心作品本身的结构、叙述、语言以及在艺术中的地位，毕飞宇虽然了解这一切，仍旧集中于把一种广阔的现实主义带进小说中，并不在形式变幻上下功夫，而是通过坚持小说叙事的基本内核来让小说的形式和内容更加简洁、紧密、精致。

毕飞宇追求的象征现实主义与文学的高雅、庄重、精致相关，这是在发现、延伸、确定小说的另一种传统，对小说进行贵族化、精英化的美学形式操纵，但作品的内容并非让上等人舒适地享受或者让底层人纵容地扩张，恰好相反，这些人物饱含了毕飞宇所认定的人类天性，但并不是写底层就要写得粗糙鄙陋。

这样的艺术姿态与艺术观念有关，也与作家的生存立场有关，更与历史的美学方向有关。小说家进入历史时，会有被历史消灭或被历史中粗鄙力量同化的危险，在精致与庄重中坚持历史中的人性信仰和良知力量，并不是一件容易的事，让下层人为人性说话又不丑化或美化历史和艺术自身，更不是一件容易的事。

这些作品也许缺乏欢乐，但不缺乏高雅与尊严，毕飞宇抓住了一些当代中国小说所放弃的人性传统问题，并在一个新的方向上展开。仔细阅读会发现，开始让读者感到平静的东西，正是后来作品取得意外效果的地方，因此，毕飞宇的小说常常会有一种极致的生命行为和细微的心灵状态，这让他的那些人物有一种普通生活中正在失去的特殊的人性味道。

毕飞宇的作品结局往往突出一种轻悲剧情调，轻悲剧情景并非是迷惑人的技巧假象，故事中现实幻梦的真实是生存轻悲剧情景的来源。结局是对整部作品过程回应的必然结果，实际上是小说形式对冷峻现实的回应，发生在人物身上却是令人惋惜的，这产生了一种轻悲剧效果。依据个人想象来安排生活，无疑是对自己改变不了世界的抗议，但也是至少要改变对世界看法的表达，个人在现实中的轻弱无力反而激发一种改变自己的愿望。当现实被理解为必然包含这样的轻悲剧因素时，作品就会让人们去尝试着改变关于生活和生存、现实与真实的观念。

细节差别、心理差别、经验差别是所有这些风格魅力的源泉，也是一个有限制的生活世界力量的展现，如同福克纳的小说对世界性质的隐喻一样。所以，毕飞宇的世界往往是一个小世界，人物的生活背景往往是一个小圈子，像《推拿》仅限于一群盲人推拿师的生活，但梦想和愿望却让他们超越狭小的圈子。这些小人物并非没有自己的梦想，但他们的梦想都融化在同一个团体规则的奋斗中，他们几乎没有差别地拥有共同的团体意识，即使受到历史摒弃，置身于大事件之外，他们总有自己的生存空间，并在其中巩固自己的生存意识，在这个过程中，他们孤独的情感有了相互依靠的温暖。

## 三

毕飞宇的作品关心正义比关心自由更重，试图把一种新的有爱有恨的人物引进文学，对于所描写的人物，毕飞宇赋予古典主义的人性同情、自然主义的性格爱好和浪漫主义的忧郁向往，但同时又赋予现实主义的冷峻格调。

作为一种文学手段，毕飞宇的人物的生活区域，不仅是一个诸多人物都熟悉的风格性地域或背景，而且是一种城市、一种乡村或者一种观念的区域，比如"沙宗琪推拿中心"就是一个观念性区域，是一个形成其人物特点并具有一种集体身份的生活区域，在这个区域中就像在一个古老部落中一样，生活着同一种人。

这样的人物对于生活有一种理想化愿望，但不会放纵欲望，欲望并不是这些人物生存的唯一驱动力。这些作品中的人物追求自由生活，但不追求随心所欲的权利，无论性爱还是财富，他们坚持的都是个人生活中的美好意志。而在另外一些作家的作品中，欲望常常推动性爱、权力、财富以至语言，它们都变成了作家颠覆和报仇的行为。

毕飞宇小说中的人物并不是按道德原则塑造的，却以想象塑造了一种道德背景，因为他在这个想象的背景中思考良心，想要从良心去解释人物内心的矛盾，以至这些人物最后带有伦理的色彩——这样的良心渴望总在小说最后呈现出来，比如《推拿》中盲人推拿师最后的集体表现、《哺乳期的女人》中惠嫂对旺旺的同情、《相爱的日子》里"他"送走"她"。这些小说中的人物获得一种纯粹的想象空间，超越现实伦理限制，被实现的生命可能只有在这些小说中才能去追寻，而这些人物所完成的，可能是他们的实际生活，却是现实中的幻想，正因为这样，这些小说对更开阔的现实才有意义——人们总在寻求幻想的实现。

毕飞宇的小说很少安排快乐欢悦或者激情昂扬的结局，这表达了一种对生活的冷静判断：生活的艰难和生命的受难，但这里面却有一种不屈服、不依附、不粗鄙的坚韧核心，那些蒙受历史痛苦的人物都通过自我痛苦而觉醒，将个人生活变成一种对生活的探索方式，他们与生活的裂缝、他们的激情与满足之间的裂缝，从不弥合，却在不知不觉中完成了对梦想的窥探。

他们失望是因为他们有愿望，虽然他们少有希望，但他们的希望与失望之间留下了可能的空白，在这里，可以展示他们平凡而坚韧的命运，不是欲望原则与心灵法则之间的平衡，而是欲望本身的心理矛盾的分裂。

毕飞宇精通心理矛盾的细腻表现，他的细节张力与故事主题一致，引导了不太可能存在的虚构化世界，他为他的故事、人物和场面吸收了大量的现实材料和民间成分，却用来表达一种推向极致的当代生活观念，作品既是当代历史命运的隐喻者，又是个人经验的解释者，并且同时包含了忧郁的成分。

把具体人物与象征意味相连，就是把具体生活情景与更开阔的生活相连，如"文革"的生活、王家庄的生活的展开。如果不是这样，这些被虚构的具体生活就失去了被虚构的意义，据此，有限就是极致，深入人物的个人生活就是展开普遍生活，在这里，用概念和术语圈住人物、阐释生活的方法行不通，这里没有刻板深奥，只有简洁生动，这正是好作品该具备的品质。

毕飞宇的人物走进人们特殊的生活视野时，有两个条件是起码的：一是这些人物保持在一种传统生活观念中，二是这种生活观念强调一种决定怎么生活的基本人性原则和精神原则，他们无法超越，所以，不是因对抗和冲突而变成精神献祭，就是坚守自己的原则而孤独生存。

在《玉米》《青衣》和《推拿》这样的作品中，历史轰响掩盖人性声音的情景一再出现，小说人物摆脱不了生活难以承受的重压，也无法显示个人自主意志，但却出乎意料地表现出个人的人性魅力，并且以他们特有的生存方式加以体现，这种生存意味具有一种象征性，比如《哺乳期的女人》中的惠嫂是唯一能对七岁的旺旺怀有人性关怀的人。

但是，正因为是象征性存在而非现场性存在，这样的人性魅力往往是悲剧性的，人物总是疯了、死了或逃亡了，这显示的是当代生活或者具体人性处境的压力，并且，这些压力要为这些人物的命运负主要责任。虽然，这样的人物重新陷入失望，总是出现理想主义幻灭的永恒循环，然而，这并不否定人物的个人性格魅力，也不否定小说暗示出一种生活的期望仍然存在。

这样的个人性格魅力常常在于，毕飞宇敏锐地写出每一种人物所处生活的每一个细节差别，其叙述带着一种诗意的绝望和忧郁的关心，他惋惜小说人物为命运而作的努力总是被世界打得粉碎，直落到走投无路的境地。这也是由人物悲剧性命运产生的对生活的一种思考，有时候，这似乎不是社会的过错，而是人物天性造成的结果，比如，悲剧意味可能是玉米、玉秀、玉秧三姐妹有不同天性带来的的结果。

这些人物的处境表达了一种当代中国生活特色：对过去的美好感到幻灭、对日益变化的社会感到隔膜、对全面接受一切的人生感到恐惧，做过去的人难，做现在的人也难，这样，就与他们本来的意识传统、生活愿望和身份地位发生冲突，并且因此而受难、而无奈。

不论这群人物的存在是否是作品所提供的对抗个人生存危机的防线，这些作品的情节、主题、场面、细节、故事都是对解决现实问题的探索，至少，它们提供了一种亚里士多德所说的净化可能，这并非是一种现实中的道德主义，而是一种现实中的象征主义，这就是象征现实主义的一部分含义，它们在抵御现实的失望时带来了希望，以一种忧郁的净化起到对生命的保护作用。

于是，这些特殊人物集结在一起，形成一种对历史可能性的幻想，而不是关于生活现场的一堆事实、权力、财富和怎么生活的公式，也就是说，是一种有血有肉的情感过程，而不是刻板的生活教义。这样，我们就能理解为什么他们能依附于这种历史幻想而确立共同的命运。这些作品通过这样一些人物去测量生存与实际世界之间的距离，表达对有缺陷生活的直觉和在失望中的彻悟，这些小说因此而让那些沉静的生活开始波动。

## 四

毕飞宇的小说带有一种忧郁气息和特殊的历史感，这种忧郁气息和历史感来源于他小说中的现实和梦想，它们总是像一棵树一样向上伸张个人梦想，又向下牵连历史之根，这样的世界从来不是孤独的或者只属于现实本身，这也是这些小说中的现实有象征感的原因，它们造成了我们的每一种现实都处于历史路口的情景，而这种生活给人无处可去的忧郁感。

这些小说描述了历史进程冲出个体经验时的力量，人物作为现代生活的象征而表现出忧郁的、悲剧的、平静的、无奈的、激情的感受，包容了在历史路口的某些现实，过去与现在、自我与历史同时呈现，并力图由此确定自我的存在意义。这种对历史和自我同时并重的意识，在毕飞宇的小说中十分重要，人物似乎总是作为一个历史的象征而出现，生活是灵魂深处历史与自我互相冲突的标记，它们不自觉地从那些人物的存在中涌出，就像熔岩一样。

面对历史的感性控制行为，毕飞宇的小说暗示出一种理性真实世界，这只有在这些小说与现实的联系中才能被发现，因此不能削减这些小说的语言真实和情节真实。毕飞宇的小说让真实人群中居住着想象人群，旨在建立一个作者自己熟悉的真实世界，在这个世界中，人物必须了解他究竟想要什么才能生存，而毕飞宇必须了解怎么让读者相信这个世界的真实，并进入这个世界，所以他的小说中有大量的细节真实，有时就是以细节的意象构成一个故事，比如《哺乳期的女人》和《相爱的日子》。

这样的文学真实所暗示的和肯定的，大大越过了这个时代中国现实生活力量所控制的范围，但这种描述绝不会是全面超越的描述，毕飞宇的特点正好是集中在他所选定、所判断的生活范围和观念中。在这样的有方向、有控制的描述中，他的人物和故事是严格限制的，正是在这样的叙述节制中，那些人物流光溢彩,那些故事突破生活。

这些小说探索的,不是不同的生活,而是同一种生活中的不同倾向和情绪,这表明同一种生活必须容纳不同的主题和不同的生命。生活是冰山,小说是冰尖,毕飞宇的小说既在生活中又突破生活,因为这些作品中的生活不是单一的。由于这些小说由探索一个具体时代而包含了不同生活主题,这样的生活意味就会在任何时刻都可能是有意义的,这些必然地在小说中融成一个个人物的生命主题,从而具有了融合更多现实生命主题的可能性。由此,这样的表述反思并对峙于我们单向度的享受性时尚现实。

毕飞宇的人物来自生活的不同方面,但实际上他们是一群由相似的自我构成的特殊人群,他们以彼此的相似性而聚集在一个街区里,这也许是为什么一群彼此相似的盲人推拿师能聚集在《推拿》中的缘由。所以,在一种特殊的历史生活中的玉米、玉秧、玉秀三姐妹,让三种人生实际上交错为一种人生,构成了同一个人物必须具有的三个方面。这三个女人生长于田野间,意味着一种坚实生活中的梦想,梦想与现实的交叠和同一,是毕飞宇小说的一个特点,在《推拿》中,不同的盲人推拿师的梦想在同一个梦想中展开,这样的现实与梦想的关系,不是清晰的有界限的交错,而是混融一体的同一生活世界。

在毕飞宇所构成的特殊街区中,一种连续同一的人性文化仍然坚韧存在,在今天这样的时代,要想抓住这样的有经典人性传统的文化,就得提防被历史的恶意所同化。如果不希望像另一些人那样去品玩历史中恶的意味,要抵抗当代生活对作家自我的恶意化,别无他路,只有让写作的精神完全献身于一种生活立场,只有恰当地对生活进行判断,才可能对作品中的一切进行艺术判断,以完成毕飞宇所说的历史、哲学和语言的不同方面的生活。

## 五

让这些人物在气质和品性上相似,是毕飞宇的一种风格,这种人物相似的风格在女性人物身上尤其突出。

在毕飞宇的小说中,对女性描写得十分摇曳多姿、细腻得体,表现出一种女性生活的从容激情,这种对女性的细腻是对世界的细腻,这种对女性的激情是对世界的激情,这种对女性的体验是对世界的体验,由此而进入一个男性意识化的女性世界,更准确地说,是进入一个男性虚构化的女性世界。在这个世界中,女性本身以及女性的性感和生存意识都是象征,是一种不可能在现实中实现而又为人物所渴望的性感和生存,这种女性化生存需要毕飞宇这样特殊的细腻才能体现,需要毕飞宇这样特殊的理性与感情的相互依附才能呈现。

这与一般女性作家笔下的性感、自我和身体不一样。从自我感觉和自我身体的女性写作意识出发,虽然包含个性经验代表的更多数、更广阔的女性体验可能,甚至包含从女性世界走向整个世界的愿望,却仍然会受到女性自我的限制。毕飞宇的作品想要的,不是一个男人的世界或女人的世界,而是一种生活。

所以,这些小说中的人物所追求的不是一种生活超越,而是一种生活极致,这是他们的梦想和激情所在。但这样的生命倾向往往因与现实差别过大,就像伊卡洛斯用蜡翅飞向太阳而坠海一样过于理想主义,导致这些人物往往由于自己的天性而没有什么好的结局,不是疯狂,就是死亡,要么就是失踪。《推拿》看上去是很平实的内容,但当这群盲人推拿师将他们平常的愿望凝聚为团体的观念意识,一堆平常盲人就显出一种极致的情感震撼。

如果毕飞宇作品中由男性视角化的女性生活或者女性体验出发的世界是有意味的,它就是值得探索的生存经历,而这种经历并非仅限于女性所知,而且在作品中被男性所体验而构成生活世界,这样的生活世界不同于现实生活世界。这就是男性用女性生活观念在虚构世界里获得的生活,所以,那些人物会和现实中的人们有所不同,如果一样,也就不会是成功的小说了。

当代男性作家笔下的女性人物有两种:一种像毕飞宇的作品一样,有类似《红楼梦》中女性人物的气质感受,对自己的女性人物有深入的角色体验,体现出一种男性视角的女性感觉力量——妩媚动人、不顾一切的追求;另一种是海明威式的,体现出一种男性的力量,一种需要男性保护的女性的多情和性感,比如《丧钟为谁而鸣》中的玛丽亚。

毕飞宇作品中的女性是一种生活和生命的象征,他对女性的体察增加了作为男性作家体验和虚构的可能。写作就是体验和重构生活,当一个有能力的男性作家将虚构想象与对女性的想象体验相结合,更能体现出一种风格性特点,这意味着毕飞宇对生活有着独特的体验方式和写作方式。毕飞宇作品透露出,男性作家除了极端发挥男性特质,也可以极致发挥女性特质,归根结底,这增加了生活可能和艺术可能。

毕飞宇小说中的爱情是一种突出的人性梦想,这样的爱情绝不是性欲自然延续或者时间自然延续的必然结果,而是人性之爱与生命之爱相遇之后发生的。在《相爱的日子》里表达的爱情理想,是为他人着想和付出的爱情,这种为他人的爱是真正的爱,而一般人可能不明白男主人公怎么会就这样放弃了有相爱可能的她,只有男主人公自己明白是怎么回事。在《推拿》中,表达了只有在什么也看不见的特殊生活中,爱情才可能真正坚实有力、温暖可靠,所以,这群盲人推拿师推拿的不是别人的身体,而是自己的爱情和梦想,是生命之爱和人性之爱,而《上海往事》中的小金宝完全没有爱情,也就没有生命的活力和梦想,最终把女性梦想完全埋葬在对自己命运的冷峻态度中。

# 第七篇　无法与中国传统断裂的神秘文学和风情文学

## 一

贯穿在西方文学传统中的是神性意识，而贯穿在中国文学传统中的是神秘意识，中国式神秘主义是一种古代中国文化的根源和集体无意识，这似乎是无法避免的整体性文学传统意识。

中国先锋文学最为激进并且影响后来诸多文学现象，看上去似乎它们受到现代西方文学的强烈影响，其实也离开了西方的神话意义和神秘意识，走向一种中国式神秘主义。它们骨子里隐藏的而且借现代西方文学爆发的，还是一种神秘的中国文化意识和中国文学传统，并且，这已经变成了一种当代中国文学的习性。

时尚中国习性文学的神秘主义深植于中国古代文化根源和集体无意识之中，它们对奇异和神秘着迷的原因有三方面：

一是处于传统中国的世俗生活实践和生命体验中，对儒家文化疏远、对神秘文化亲近，也就是说，对儒家教化疏离而对神秘命运更感兴趣，因为儒家教化的都是确定的现实经验，而实际上人们将幸福感寄希望于人生的神秘变异。

二是当代中国义学无法克服传统生命体验的局限，停留于对西方神性文化的被动模仿，将神性误解为类似中国传统神秘意识一样的东西，无法进入更广阔的生命空间。

三是没有神性向往和神性经验的传统，也没有与之相关的文学传统，无法以神性文学传统为基础而创新当代中国写作方法和文学观念。

这三方面缺陷普遍存在于当代中国文学中，也使当代中国先锋文学处于神秘历史的拘囿,从而停留于中国传统神秘习性在当代生活的演化中。所以,先锋文学之后的中国文学仍然延续了这三方面的缺陷。这种缺陷的延续可以由两方面来观察:

一方面,是寻根文学中像《棋王》那样代表纯正儒家文化的作品被人们疏离,而像《爸爸爸》那样表现在野从俗文化的作品情趣被发扬光大,以至在后来的诸多作品中都有类似表现,像贾平凹、莫言等的作品在很大程度上都依托于民间文化的传说性和神秘性,这种传说性和神秘性延续到2010年以后更加放纵和普及,于是便有大量的玄幻、怪异、穿越等稀奇古怪的习性文学奇观出现。

另一方面,是中国当代文学中的习性奇观与西方文学中的神性奇观不同,当代中国文学习性奇观缺乏"天空"和"大地"之间的意义。海德格尔特别欣赏荷尔德林的诗,认为这些诗表达了"天空"和"大地"之间的意义,他认为,能够真正表达思想的语言是诗的语言,这可以理解为诗歌以及文学是思想奇观。《悲惨世界》《老人与海》《喧哗与骚动》这样一些作品,都是以平凡现实去呈现、发现、寻找、创造伟大人性的思想奇观,思想与神性相连,思想奇观就是神性奇观。当人思考存在,其实就进入了神性存在,思考存在是试图攫夺上帝的荣耀或者说神的荣耀,尤其是,文学的想象性思考是无边的。海德格尔认为存在是一片林中空地,它处于天、地、神、人之间,天空是明亮敞开的,大地是隐藏关闭的,神是神秘之域,人是生存之域。

时尚习性文学的误区在于把历史归于神秘的单一性,失去了神性,自然也失去了存在。文学存在进入了语言,而语言是存在之家的一部分,人的一部分是栖于语言之家的。从海德格尔出发,语言以至语言形成的文学所显示的,是既敞开又隐匿的意义,因此,神的神秘性最终落于人的身上变成神性存在,这样的神秘性不是唯一、孤独和最高的。

虽然时尚中国习性文学走向更开阔的描写空间和更多样的描写方式,但它主要是由模仿现场生活事件而发生的,并且,从根本上难以克服中国传统文学与文化意识,所以,任何对当代西方文学的形式主义模仿,实际上都来源于中国文学深处的习性,也来源于当代中国文学对西方现代主义和后现代主义文学的误读。

这种误读无法克服时尚习性,所以这种误读至今还在中国文化精英中发生，他们误读了亚里士多德的模仿理论与后现代主义文学的关系，他们从后现代主义哲学观念出发以片面的、唯一性的方式进入文学，扭曲了亚里士多德的文学观与后现代主义文学的辩证关系。实际上，亚里士多德的学说和后现代主义学说不是分离的，它们都与一种超越具体时代经验的神性诉说相联系，都在推动、延伸、修补一种对人类的永恒思考，对人类的永恒思考当然是神性的。

## 二

当代中国先锋文学似乎最具有神性追求，这恰好是由于它们深植于中国传统意识中，而不是像它们表面所呈现的那样深受现代西方文学影响。它们对后来的各种文学影响都很大，这当中，神秘化、奇幻化与后来的中国文学联系最深。

当代中国先锋文学有逃往历史、神秘主义、语言感觉三大法宝，这三种主要的探索都是有问题的：逃往历史避开了历史的直接性和历史的未来感，把历史用作对付现实的武器；神秘主义避开了对现实的明确回答，让现实消融在无边无际的神秘主义中；语言实验有成功也有失败，但毕竟改变了当代中国文学的语言感受和语言方向。

除了使先锋文学被迫停止的社会因素和文学因素，让先锋文学自动停下脚步的，有两大致命问题：一是神秘主义；二是不追问存在。这两大问题不但是先锋文学的问题，而且是中国文学传统和文化传统中一直都有的问题，当然也成为当代中国文学的通病，先锋文学之后的所有当代中国文学重要作品，几乎都有这两大问题，这也是当代中国文学难以出现有人类生存意识和价值感受的成果的重要原因。

哲学不追问为什么存在，就是生活不追问为什么活着。通常，中国传统习性重视活着，不重视为什么活着，先锋文学保持了这种生活本能和习性，这也是余华的《活着》为什么能成为先锋文学重要作品的原因：活着就是旷达，活着就要想得开，再进一步延伸，就出现了在同一中国传统中延伸的阎连科的《受活》和刘震云的"故乡黄花"系列。于是，《活着》作为先锋文学的重要标志，其实标志了先锋文学并不先锋的本质，因为他们无法逃逸出中国传统习性生活的限制，后来格非的《人面桃花》和苏童的《碧奴》都有这样的依附或者回归习性生活之嫌。

中国文学一直偏重于"志异"——记述异事异变，从《山海经》开始，经过魏晋志怪、唐宋传奇、明清小说，直到《西游记》《聊斋志异》出现，中国文学大多记述神秘事件而没有什么神话意义，即是说，中国当代小说缺乏《荷马史诗》那样源远流长的讲述神性向往的传统。

这种志异传统或者讲述神秘事件的传统是中国文化的一种重要表现，也是中国文学传统的三大重要线索之一——这三大线索与当代中国文学密切相关。仔细观察与中国文化相连的中国古代叙事文学，会发现有三大线索：教化文学、神秘文学、风月文学。

需要注意几个问题：

1. 教化文学与政治相关，但并非国家文学，也不是宏大文学，不是讲述人类理想主义的神性文学。

2. 严格地说，教化文学是政治和道德的教化文学，但它总是出于本能地往神秘文学和风月文学两边偏，所以我们看到在以教化带动的中国主流文学的延续过程中，总是会顽强地、间杂地不时出现神秘文学和风月文学，以至最终神秘文学和风月文学渐居主流地位。

自《三言二拍》开始，明清以后，市民风情和神异仙妖在文学作品中大量出现，不但短篇作品出现了《聊斋志异》，即使长篇的《水浒》《红楼梦》也都以神异为引，《西游记》更是神异的集大成者——《西游记》的神异是世俗生活的变异表现。

3. 风月文学其实是市井文学，只不过，这种市井文学的内容主要执迷于男女风情或男女风月，以琢磨品味男女风月为主要趣味。要注意的是：风月可能是风情，但风情并非爱情，它一是指才子佳人终成眷属的实际求偶过程，二是指天赐良缘的意外情遇。这种风月文学有色艳癖恋、琢磨把玩、物得情变、奇情怨叹的特点。

中国古典文学中的男女风情是男女相遇时的惊叹之情和怨叹之情，要么是《西厢记》式的，要么是《杜十娘怒沉百宝箱》式的，不是西方的骑士与贵妇人之间那种可以没有实际结果的精神追求，而是彼此郎才女貌、门当户对的实际婚配或相反结果。所以，有《西厢记》和《牡丹亭》这样的婚姻结果，有杜十娘怒沉百宝箱这样令人惋惜的结局，也有秦淮河名妓董小婉、柳如是与才子相遇的故事。

天赐情缘或风流艳遇更是一种民间风月，这种民间风月愿望或者民间意外情遇故事，从《卖油郎独占花魁》一直延续进当代中国文学，演变为贾平凹作品中那个木讷少男与风流妇人之间的艳遇，这种传统进一步扩展，就可以看到莫言的《丰乳肥臀》中一个女人与七个男人间的风流故事、金庸的作品中一个男人与七个女人的风流故事。

## 三

正因为中国教化文学一直不守规矩和信条，就时时会偏向神秘和风月，常让神秘和风月去演绎教化的传统，所以，一旦当代中国社会和文化对文学教化的管束骤然放松，中国文学就像一匹脱缰的野马奔向神秘和风月，并且由此彻底放弃教化讽喻之责。

当代中国文学中也典型地体现这种特质，例如贾平凹的作品的变化便显示了这种特质，这些作品从最初的《满月儿》，几经周折，终于以《废都》回归风月传统，这是挡不住的本能，同时既显示了风月传统的强大，也显示了风月现实的强大。

20世纪90年代初开始，从贾平凹的《废都》等一系列作品和林白、陈染的作品一直到20世纪最后一年卫慧的《上海宝贝》出现，当代中国文学从不同层次和方面偏向风月文学或者风情文学，而此前的先锋文学则偏向神秘文学。

将风月文学的现代表现往前延伸，就可以看到鸳鸯蝴蝶派小说对古典风情意识的变化表现，更有张资平、张爱玲、东吴系女作家的小说等一系列强大的铺垫，中国古典风情文学的现代延伸表明，中国现代社会对风情文学有各种不同层次和角度的依恋与癖好。

如果从群体表现而言，东吴系女作家在这方面的表现很典型，很能说明中国文学的一种现代特质，她们试图将中国传统的风月文学改变为有西方浪漫风情意味的情恋文学，只不过，由于她们生不逢时，湮灭在历史风尘中，所以东吴系女作家今天不常为人所知。

实际上，中国古代文学传统的风情依恋和玩物癖好中，含有强烈的窥探私人空间的意识，而且，民间本来有普遍的窥私意愿，总喜欢追问打听别人的事。在很大程度上，当代中国文学描写私人空间和民间生活的意愿与这种窥探意识相契合，躲避崇高而描写平庸生活和日常生活的文学倾向使这种窥探意愿同时得到了文学和现实中的有效生发点。

一方面，那些从20世纪90年代开始的对平庸生存和日常生活的描写，多多少少与此有关。另一方面，当然也与专事描写私人空间以至暴露身体隐私和精神隐私的描写有关。因此，这其中既有女性文学对个人隐私的细致琢磨和对身体行为的着迷，也有其他文学对窥探的放纵和把玩，比如刘震云的《手机》便是借手机功能的新鲜生活感受而发泄陈旧的窥探欲望。这是广泛普及并受欢迎的，不论在乡村文学还是在城市文学中，都有对当代生活中窥探欲望和本能描写出来的新生活形态，有的甚至专事于此，津津乐道。

当这种窥探意识和欲望专注于某个方面、痴迷于某种满足时，就产生了变态欲望和畸形心理，在文学中衍生出一些奇怪的情景和异常的表现，从窥探别人的家事私情、言语行为，到窥探别人如何痛苦、如何受难、如何产生羡慕嫉妒恨，借此满足一种施虐感和受虐感。比如，《丰乳肥臀》写了身体异常和感觉古怪的恋乳癖，这是传统窥探意识的一种衍化，而《檀香刑》写了对想象并制造别人的身体痛苦的迷恋，两者都有施虐和受虐的满足，这是在观赏、品鉴、玩味变异与受难，试图把它们当作一种精美感受来满足，当作一种生命奇观来满足。

实际上，有政治教诲、道德教诲和社会教诲意义的教化文学没有完全根本地控制住中国文学传统，所以，那些神秘文学和风情文学能以各种形式在当代中国文学中大爆发；所以，有正统教化意义和古典文化意义的阿成的《棋王》与演绎在野从俗文化的韩少功的《爸爸爸》虽然同时在寻根文学中发生，但《棋王》的影响极为有限，而《爸爸爸》那样的作品却大行其道、广为流传，以致王安忆这样极为坚守现实主义文学传统的作家也按捺不住神秘主义的诱惑，写出了《小鲍庄》这样非中非西、不伦不类的作品，其中中国神秘主义与西方神话相扭结、政治现实与神秘命运相扭结，最终王安忆无法继续写这样的作品，而是写出了《长恨歌》和《天香》这种远离神秘和风月的作品。

# 第三编

## 不逝岁月的激情

# 第一篇　首届广东文学名家的风采

一个作品要有精气神,才立得起来,否则,无论多么奇巧,只能是少数人把玩的玩物而已。那些红色经典作品,都有自己的精气神,他们的作品才能长久流传以至成为经典。红色经典是在特定年代形成的、书写特定年代生活意味的文学作品,过了那样的红色年代,我们就再也写不出来了,所以叫红色经典。广东军旅作家三剑客的作品能留传到今天,是因为都有自己的精气神,对于这样一些红色经典,如果对他们不屑,就是对我们自己不屑;对它们失去了起码的敬意,也就失去了自己起码的尊严,因为这意味着不懂一个国家以至人类的尊严。

至少,英雄无国界,英雄是人类性的。广东军旅作家三剑客所写的英雄是人类性英雄,因为所有的人类英雄都一样:他们都不是为自己的,而是为他人牺牲的。红色英雄来自红色经典,红色经典写的是红色主题和红色生活,红色经典是中国的经典,经典首先是民族的,然后是人类的,至少我们自己独特的命名对我们这个民族的现代历程赋予了意义和象征,无论《红色娘子军》,还是《西沙之战》,或者《欧阳海之歌》这样的红色经典,对它们持有异议者,都不懂得生命的、民族的和人类的尊严。在中华民族面临生死存亡的时刻,那些当年十二三岁、二十二三岁的人站出来出生入死,挺起了民族和国家的脊梁,在战火中成长为作家、写出了文学作品,今天我们中的一些人却要否定他们的生命和作品,这样的事情在整个世界范围内都是荒唐的。

## 一、梁信的作品:精神血脉的红色经典标志

梁信的作品是革命历史的红色经典,是精神血脉的红色经典标志。它们

突出特有的理想主义气质并叙述生活中的革命精神，作品从始至终形成了一条精神血脉，这是一个有层次、有逻辑、有方向地逐渐形成，并不断延伸的精神血脉，沿此散布的各个重要作品像精神支点一样，生发出民族、国家与个人的精神经历，人物和故事构成一种精神形象，凝聚一代人的现实经历和理想憧憬。

梁信的作品是一代人激情中的国家尊严标志，它们让生命风云际会于宏大生活，写出一代人生命情怀中的国家命运、国家历程、国家精神、民族脊梁和历史转折，在其深度叙述中，视点不停留于单独的个人琐事，而是把宏大生活与个人生活结合得很紧，对信仰与生命情怀、艺术与理想主义、时代与革命精神的结合点聚焦得很精确。

梁信的作品中完全不同以往历史的个人命运放射出生命大气，让个人命运贯穿复杂的激情生存情景，"彩袖殷勤捧玉钟，当年拼却醉颜红。"奔放而深情，幽深而炽烈，大气而细腻，将生命经历突出地用生活形式表现出来，提供了历史与个人共同存在的独特生活领域，将个人经历置于主流生活之中，理想主义与日常生活相互融入，个人生活变成充满信仰的共和国之歌，生命理想演化为激情澎湃的生活。

梁信的作品把人间正道演化为生命之魂。梁信将生活转化为艺术的能力特别强，对生活的关切敏锐、细致、大气，写出了从平常生命到人间正道的生命之魂，写出了时代和历史中的命运之神，每一个生命细节都成为中国命运的具体体现，人物都表现在历史节点上，是大历史中的具体生命情景，在宏大历史中表现个人成长，以个人命运演绎中国命运。

梁信的作品是生命理想与审美理想层层融合推进的生命写作。梁信的艺术创造力特别丰润坚韧，他的生命理想与审美理想、生命经历与作品经历密切融合，不断推动提升了他的生命和作品，让他的作品在相当长时间里持续不断地出现，每次出现都引起强烈关注并感动人们，让人赞叹这样的精彩故事和主题力量，这表明他创作的热情和生命力极为旺盛，显现了他激情浪漫的光明生活精神。

## 二、金敬迈的作品：红色经典的时代信仰

什么样的时代有什么样的作品，金敬迈的作品是具有时代信仰的红色经典，它们把时代的信仰变成具体的生命形象，把时代的理想主义转化为普遍的现实生活，在特定时代给予人们特定的精神力量、生活方向和生命依托，突出了红色生活的时代信仰、生活价值和文学品质。

金敬迈的作品告诉人们特定生命形态是怎么存在和为什么存在的，以个体生命细致体味20世纪60年代的中国生活精神，与其说写出来的是个人生命形态，不如说是时代生活形式的标志，是整个时代凝聚在一个人生命中的表现，所以《欧阳海之歌》当时流传广泛，人们争先恐后阅读这样的作品是在阅读他们自己，阅读整个时代。

金敬迈的作品善于表现个人化的时代命运，突出时代精神特点，也包含生动的个人生存气质，让中国整体生活风貌从中浮现，写出了个人迎向时代的精神气质，其塑造的生命形象在特定时代"东风夜放花千树，更吹落，星如雨"，变成遍及他人的生活情景，由此连接我们不同时代的共同生活、理想、信仰、现在和未来。

金敬迈的小说将人格精神与文学作品的主题和内容结合在一起，将生活的真实表达与作者的人格情怀结合在一起，形成生动明确的时代主题和声情并茂的叙事。这样的人格化叙事让作品成为性情表达和人格表达，特别能够体现生活真实和生命真诚，表现人格情怀与人民心声的共同之处，这在《好大的月亮好大的天》当中有特别的表现。

金敬迈的作品激情而富于生活情趣，从真诚出发而自然流畅，没有刻意的扭捏和歪曲，与现实生活贴合得非常紧，酣畅淋漓地突出生活精神，精神主题在作品中顺流而下，叙事内容一气呵成，能迅速地把一些最重要的叙事亮点突出出来，把生命的复杂情感聚焦在不同的生命时间关键点，清晰地构成叙事的形式和意义，这样的作品风格一直延续在他的作品当中。

## 三、张永枚的作品：红色经典的军人精神

"醉里挑灯看剑，梦回吹角连营。"张永枚的诗歌是表现军人精神的红

色经典，以军人为题材、主题、抒情对象和意境中心，写作立场植根于时代生活和国家精神，将对祖国的忠诚和个人的情怀融合在一起，特别善于表现军人精神并以军人精神引领作品风格，表达如歌的军人气质和军人生活。

张永枚的作品由中国军人生活生发具体的诗歌价值和普遍的生活价值，表达的既是军人生活，也是普遍生活，写出了军人情感中的普通情感，演化出普通生活中的军人生活，从中可以清晰地看到当代中国层叠相生的生活波澜，由此延伸出中国国家力量和日常生活经验的交织，既在和平年代的军人生活中折射社会变化，又能看到军人在特殊事件中的表现，由此看到国家生活在特殊历史事件中的风貌。

张永枚的作品写出了诗化历史感和诗化理想主义，通过诗歌激情诉说如歌历史，让理想主义的军人生活风情和军人生命气质在诗歌中飘动飞扬，让理想主义与中国重要的历史转折在诗歌中举杯邀明月，从军人生活看与理想交织的时代变化，从抗美援朝的作品到《西沙之战》，再到改革开放后的作品，所表现的军人生活标记了中国重要的历史事件，成为一段段中国历史的标志。

张永枚的诗歌把军人生活诗意化，让军人生活演化出诗意生活，表达出军人生活中的诗意或者诗意的军人生活，既写出了军人的诗意生活，给军人带来诗意生活感受，又让诗意生活进入军人生活当中，让军人生活变得更加有诗意，让军人真正感受到心灵中和生活中有这样的诗意。

张永枚的诗歌充溢对军人生活的诗意直觉，建立了适合军人生活、军人观念、军人兴趣的军人诗歌风格，形成一种清新旷达且适应军人欣赏趣味的诗意表达形式，能够被军人普遍理解、接受、喜爱、流传，表现了别有情趣的美学化品格和诗意魅力，也确立了其诗歌的生活价值和风格形式。

## 四、陈国凯的作品：大风起兮云飞扬

陈国凯是处于中国变革时代开端的写作者，也是开拓这个变革时代文学的写作者。这个时代整体性文学和个人化文学必然向人类生活和经验展开，个人与宏大、细微与巨变交集，变化、发现和经验让陈国凯有意无意地在中国眺望世界，朦胧进入从未见识过的生活世界，变成与这个时代人类命运相关的中国命运见证者、阐发者、表述者和书写者。

陈国凯写出了针对整个国家变化的时代思考,一方面,通过人物和叙事浓缩广东社会变化与社会价值观;另一方面,小说中的生活演变围绕国家主题产生戏剧性变化。中国变化与广东经验、国家精神与南方生存、国家主题与南方叙事、时代生活与人性变化、改革历史与个人命运交汇,形成了陈国凯叙述生活的主流风格,这既是艺术风格也是生活风格。

陈国凯把个人生存与宏大生活结合在一起,善于写出个人命运与历史转折的融合,使宏大生活有生动的个人感受。日月之行,若出其中。星汉灿烂,若出其里。在历史波光里体现宏大叙事中的个人价值,在历史重要时刻展现普通人的命运,在个人生命历程中展现历史趋势,从生命和人性写出国家命运与个人生活的精神联系。

陈国凯的小说与主流的前沿社会意识紧密结合,追踪报告广东社会的前沿性现实,在时代层叠和风尚变化中体现社会价值与生活风格,传达前沿社会意识与广东社会变化形成的时尚社会风范,由此在改革之初深刻影响了中国人的生活,也使小说的主题内容与内地小说明显不同,并成为后来南方小说主题的发端之一。

陈国凯的小说朦胧透出南国生活风情与南国生活精神结合的南国情调,正是这种非常生动的南国情调与生活形式结合在一起的文学风格,成为后来南方文学的一个个性传统,陈国凯的小说不仅朦胧体现了这一特点,还成为近几十年来南方文学形成的起始标志。

# 第二篇　古典情思中的当代生命顿悟

## 一、怎么看古典生存和古典生存让今天怎么样

在刘斯奋的诸多文化艺术成就中，有一个根本点，这个根本点是什么？我在思考时有三个打破、三个放入：打破单纯的就文化成就谈其文化成就、打破就刘斯奋这个人谈其文化成就、打破就历史谈其成就；放入更广阔的生活看、放入我们正生活于其中的时代看、放入未来的生活看。

这几方面集中为三个问题：1. 他为什么写？2. 谁在看他写的？3. 人们为什么去看？这三个方面含着一个根本的问题：文学与生活的关系，即文学与生活共同的最重要的东西是什么？是什么将文学艺术与生活联系在一起？

可以简洁地将一切对《白门柳》的言说概括为：我们怎么看古典性生存和古典性生存让我们今天怎么样。

这是让人们愿意阅读《白门柳》的原因，也是人类生存和文学存在的永恒问题，对任何一个时代、一个民族或国家来说，这个生存问题和文学问题都永远存在：只有能将过去转化为现在的人，才能面对和拥有未来，而文学是最重要的转化生存的形式：将文学转化为生活形式，也将生活转化为文学形式。

这也是对《白门柳》不同方面的言说的核心根基，如果学术、艺术、形式、语言、历史不同方面的专业言说不能在这个基本点生发，就可能是浮泛的，所有一切都是从这个根本点延伸辐射的，不和这个根本点结合，就可能是隔靴搔痒。

这也是生活在同一时代而代际不同的人能相互沟通的根本，这个时代的前几代人常常会觉得：1. 和现在的年轻人不是一回事。2. 和现在的世界不是一回事。而所有在这个时代从事文学的人也有两种情况：1. 类似诸多网络作

家那样把文学只当谋生工具而对文学品质不屑一顾。2. 多数人会觉得活在当下却没有活在文学中,不知道该怎么看待文学,不知道文学未来会怎么样,也不知道一个从事文学的人的命运会怎么样,对文学的一切都是茫然的,当然也就不知道该怎么写作,或者在茫然中勉强生硬地写作。

这样,我们会发现《白门柳》以一种艺术中的新古典主义形态和生活中的新古典主义精神为风格标志。这意味着我们仍然需要古典生存中的精神,而古典性生存精神既是《白门柳》与我们今天生活联结的纽带,也是我们今天的生活仍然不能割舍的。古典生存精神与日新月异的时尚生活的关系才是我们真正关心文学艺术、关心《白门柳》的原因,也是在快节奏的智能化生活中保持和证明我们生存之心的可能。

一切科学技术都将随岁月流逝而更替,唯有文学艺术不能随岁月而逝,文学艺术体现了人类的美学化生存方向,体现了人类的爱与美之心,爱与美是科学技术不能制造的、是智能化生活无法替代的。刘斯奋所追求的古典文人生存精神在很大程度上也是一种美学化生存精神,这样的美学化生存既包括诗词歌赋,也包括才子佳人。《白门柳》以柳如是的爱情引发整个故事,在整个叙事中贯穿着爱情和美人——美人代表了美,也代表了文人的生存情操和品行,所以屈原以美人香草比喻自己的品格和理想,与《白门柳》相应,刘斯奋的现代人物画中多半是美女,而且是广州式的女人。

刘斯奋自幼受家庭文学熏陶,从青少年时代直到大学中文系毕业,都在进行文学积累。文学要积累,积累出经验,经验出感觉,如果勤学苦练却写不出文学感觉,积累就毫无意义,因此重要的是培养文学感觉。文学感觉在很大程度上是生存感觉,可以说,在文学中培养文学感觉就是培养生存感觉。这种文学与生存共同需要的积累和感觉在《白门柳》中爆发,《白门柳》成为完成生存和命运、文学与追求的一个契机、一个形式。《白门柳》之后,刘斯奋的生存感受从激情如火到激情如水,文学中的如火激情逸散到书画中的如水激情。刘斯奋的每幅山水画中必定有大水——奔腾之水、浩荡之水,没有狭小平静的一泓之水。

也就是说,刘斯奋的生存感觉和生存理解最主要地集中在《白门柳》中。刘斯奋必定是对《白门柳》中所写时代的生存有感觉,才会去写这样的生存，没有那种感觉，不会那样去写；没有那种感觉，不会有激情，而那种感觉出自独特的生存个性和文学观念，每种个性和文学观念之下，都会有不同的文学感觉，而不同的文学感觉会有不同的生存和文学的激情与风格，会写出不同的作品，所以，个性和激情是创作动力学的基本要素。

一部有关历史的小说，写过去的事情，和我们今天的生活没什么直接的联系，我们为什么要去读它？读它的人当然会怀着不同的阅读期望：有人读知识、有人读历史、有人读学术、有人读思想、有人读爱情，但最根本的，是小说要有小说的情趣。小说情趣吸引着人们去读它的不同方面，这些不同的方面最终会融合在情趣之中，小说要有情趣才能吸引人，要有情趣、意味和感觉才能吸引人，而不是单靠思想吸引人，小说最终不能作为思想表述形式出现，尤其不能作为刻板的思想出现，如果读小说只是为了读思想，读小说就不如读论文，写小说就不如写论文，小说的思想是融化在小说的情趣中的。

但情趣是什么？情趣就是我们怎么生存和对生存得怎么样的感知，情趣是美学化的感觉、意味、激情，情趣的核心和方向都是爱与美，与人类的美学化生存方向和生存期望一致。于是，要将生存情趣与美学情趣、生存感觉与美学化感觉融为一体来集中地看《白门柳》。

## 二、复活古典生存精神的文化意味和美学意味

《白门柳》融入了当代中国生存心态和生存意愿，其中重要的不是历史怎么样，而是怎么诉说历史中的古典生存精神，也包括以什么样的生存心态和审美情趣去表达古典生存精神，由此触发的是进入生活和对待艺术的态度，这决定了对生活与艺术间关系的把握以及进入文学的形式，决定了表达古典性生存意味的审美独特性。

这样，《白门柳》就以一种新古典主义形式和精神为风格标志，突出古典文人式的生存精神、理想情怀、文化怀恋，表达对古典生存精神的致敬和对当代生活的思考，成为对当代中国小说写作有明显启示的文学现象。

我们首先会意识到《白门柳》中古典生存精神的复活，意识到古典生存精神与当代中国生活的独特联系。形式和内容、艺术和生活的思考与古典性结

合，表达了对久远的古典天空和大地的敬畏。在当代生活中的古典意趣和精神怀恋润物细无声地融进小说中，在古典怀恋的文化心态中呈现出历史景象和风流人物。

《白门柳》满怀对山川大地、家国天下、历史风情的精神思悟和文化抒情，从中既能看到"家事国事天下事"，又能听到"风声雨声读书声"，在小说特有的激情与细微的交织中点染当代情怀、透出现实感悟，而不同的读者也可以从中得出不同的阅读感受：可以将这些篇章分别看作文化怀恋、思想感悟或者知识寻访、历史追忆，不论看作什么，从《白门柳》中的每一个场景，都能感受到置身于当代生活而对中华历史中壮阔情景和生命精神的感叹情怀。

对古典生存精神的复活有独特的文化意味和美学意味，《白门柳》以复活古典生活的精致和古典精神的高雅为目标，其表达古典性文化感受和审美情趣的深意，并不仅仅在复活历史和文化遗产，而是要复活古典文化品质和美学气质。这既是某种当代中国生活的呈现，也是某种当代生活意义的修正——一种融合于典雅风情和微言大义的生活意义被重新表达，并对古典生存形式与当代生活间的关系加以解释。

对古典生存精神的景仰是刘斯奋以《白门柳》走进当代中国生活的基本立场，对历史风云变幻之际人事风流和历史际遇的流连忘返，成为对当代生命和心灵的启悟之地，由此保持与这个时代的密切关系。表达古典性生存的目的不是要澄清历史生活，而是发现一种古典生存的意味，其中必然地包含着对古典生存精神的探求并思考今天生存的目的。

无论当代繁华纷呈还是现实精彩异样，刘斯奋在《白门柳》中都能自由而有方向地释放当代生存追求，为自己寻找到一片可以向上仰望的精神星空，在生命的崇高感、浪漫感中激情感悟现实。作者试图让人们从古典性生存精神中延伸出当代生活感受，帮助人们建立古典性生存精神与当代生活之间的有效通道，也体现出这个时代我们要寻找什么和依托什么去写作、去生活。

不能建立起两种时代之间的生活联系，《白门柳》便成为一种单纯的古典生活模仿和复现，而不是历史的美学表现。《白门柳》力图向古典生存追求的，不仅是形似，而且是神似，说明了作者内在精神的重要，也说明了从古典精神塑造当代生活的可能。如果不具备从当代生活出发去寻求古典精神的气质，单纯的外在生活形态模仿和复现就是没有价值的。

可以把《白门柳》看作同时包含着历史回望、当代思考与艺术激情的生活长卷，也可以看作寻访精神家园和流连人物风流的生命联想。所以《白门柳》淋漓尽致地展现古典名士风流的生存精神和生存心态，小说中所抒写的一切都透出当代的沉思和遐想，也透出古典性生命意趣和心灵向往，带着读者穿越历史大地、走进文化天空，分享由当代生命感悟的一处处古典性生命意境，力图恢复一种中国古典传统的高雅和大气，并由此对当代生存进行道德性和思考性的描述。

## 三、蕴含当代生命情思的文化抒情风格

《白门柳》突出了一种文化抒情的风格，将生命情思、审美情趣、文化怀恋、叙事意义融为一体，这种风格的诗学张力在于：以最古典的精神容纳最当代的内容，从而扩展文化表现。面对当代中国艺术与生活的情境，《白门柳》试图将古典文化感受和审美感受运用于当代中国生活中令人们焦虑的主题，由此，古典生存形式与当代生存表现之间产生了张力，这种张力含有怀恋古典生活精神的审美意愿，也是能让当代人进入并思考的文化抒情空间，这不可避免地导致了怀恋古典而反思当代的意趣，所以，那些被人咏叹、引人思考的人物风志才会大量出现于《白门柳》中。

这样的文化抒情风格并不会简单形成，古典生活形式和生活精神的重现，可能并不完全取决于传统文化品质怎么样，也不仅仅取决于历史生活在当代情境中的变化，还取决于古典生活与现代生活之间的联系，《白门柳》正是以古典怀恋在两种生活之间建立了意味深长的联系，这种联系可以复现更深刻的审美情趣和生活意味。《白门柳》中的风流名士和金粉佳人钱谦益、冒襄、黄宗羲、柳如是、董小宛等处于历史动荡、秩序混乱、难以选择生命价值的时代，但由此恰好鲜明地突出了各种不同的精神气质和人格品位，其主流依然是优雅高贵的古典风尚气质表现，这些人物的不同生存情景联结了当代生活与古典生活。

如果没有优雅高贵的古典向往，没有接受古典情思的熏陶，自然也不会

有小说中的生活情趣和文化判断。在《白门柳》里，当代人所接受的，主要并不是小说，而是一种情趣、一种生活、一种艺术、一种哲学，这一切都融合在古典性文化的抒情感受和审美意趣中，接受这种美学化的生存指导去生活和写作，才是最重要的，由此出发，达到将文学转化为生活形式并激励当代生活的目的。在这个意义上，才能实现克罗齐所说的一切历史都是当代史，才能实现布罗代尔所说的历史如歌。

作为时代思考与生命感悟相结合的小说，从《白门柳》中的生存情景可以联想一种古典生存意趣的情景。人们可以由《白门柳》仔细品味：当历史带走了过往烟尘，当凝视化成了华美的记忆，当人们从繁华喧闹的城市去眺望那些远去的古典风情，那些静穆或激情的精神人物和生命情景仍然横亘在当代中国生活深处，启悟人们从那些历史精神情景回到自己的生活，去寻访自己在当代生活中所要依托的心灵故地和诗意家园。

从这样的生存情思和审美意趣出发，《白门柳》由对古典精神的生命衷情而开启当代生命顿悟。也许，《白门柳》的一个主要意图，是将当代人的生活带入一种古老激情与当代繁华的相互交织之中，然而，这样的意愿和情怀并非能在现实中唾手可得，而要在繁花似锦的时尚生活中去静心寻找和品味。

怀着这样的古典生存情怀和审美生存意愿，刘斯奋才能在时尚生活中引发自己的审美思悟、引发自己的时尚生活智慧和文学智慧。就此而言，《白门柳》试图开辟、发现和表现的，是古典性的当代情感状态，也找到了适合这种情感状态的历史与现实衔接的形式，体现出艺术事件与生活事件的相互包含和转化。

不论就中国小说的存在还是就《白门柳》的产生而言，任何艺术事件的出现，都必定有与其相应的艺术经历和社会基础，如果《白门柳》所显示的某种古典性文化倾向和生存倾向在当代生活中存在，那么，这种艺术经历和艺术事件就构成了《白门柳》中历史与现实的交汇点，并且就有来自《白门柳》对这一领域的值得探求、写作、阅读的价值。

当代中国的生活方式和处世态度具有不同于古典时代的特点，《白门柳》的特殊性，恰在于其以古典方式进入当代生活，所表现的内容与当代中国生活其实结合得很紧密，其所思、所想、所感都离不开当代中国人所关注的，也离不开当代人的生活情趣和生存意愿。"昔我往矣,杨柳依依。今我来思,雨雪霏霏。"千年经历尽在不言中,当当代生活风格和写作方式与《白门柳》融为一体时,其中所包含的怎样写作与怎样生活、阅读什么与寻求什么就有了一致的方向。

这种艺术经历与生活经历交集的情思与意味,不应该仅被少数人所知所感,而应该被更广泛地引入生活形式、引入文学观念,以古典精神观察当代生活、贯穿当代内容,以此追求当代中国的生活风尚与文化气质。

## 四、古典生存精神进入普通生活的美学

《白门柳》的古典性精神形式和文化形式为什么会在这个时代重新深入人心?由生存精神的穿越出发,《白门柳》有了艺术穿越和美学穿越的意义。由于古典文化延续至今而形成的普及性,由于这部小说本身的文化包容感,这种古典穿越在当代中国具备了以高雅内容进入普通生活的可能,它对中国生活和艺术的不同层面而言具有极强的美学黏合性。

这样的古典性生活形式与生命空间的追求在《白门柳》中有几个明确特点:1. 画龙点睛:以中华人物回溯历史价值;2. 志史书文:以一种知识背景描写中华风物价值;3. 神游精汇:以一种精气神韵来贯穿历史和当代生活之间的价值联系;4. 六艺俱应:以政治、经济、文化、艺术、军事、科学六大方面事件和人物的汇聚来集中显示中华精神价值。这些方面,基于古典与当代的一致性传统而在《白门柳》中得到和谐释放。

当代小说与生活是一体化的,当然也与审美生活是一体化的。《白门柳》以小说形式对当代生活形式和生活风格提出了理解,这种理解从当代生活出发,并表现当代审美意趣,于是就产生了小说中的古典气韵与时尚生活风格结合的可能。从这样一种立场出发,《白门柳》这种文化咏怀的小说方式有两个特点:一是加入了文化延续与当代繁华之间的联结关系,二是冲淡了黯然神伤的忧患感受而加强了壮怀激烈的明快情怀。

当代小说是当代中国生活和当代中国艺术经验的一部分,一方面,如果失去了作为当代生活一部分的意义,一切所谓流光溢彩都会成为浮光掠影;

另一方面，只有有人类性价值的生存，才会让文学作品在人们的生存中代代相传。

《白门柳》能让人触悟，是它适用于当代作家去设想自己处于与古典时代完全不同的境地，但又必须由当代生活去感悟小说中古典的意境、生活和人物，以与当代生活逆行的方式去激发新的生活向往和艺术形式，而不是仅仅在描写内容上返回古典。

刘斯奋的特点在于，他不愿意被动地笼罩于古典之下，而是主动出发去寻找古典生存与当代生活的美学联系。小说必须给历史生活以形式和意义，而小说又无法给出能被普遍感知接受又包罗万象的复杂生活观念，《白门柳》的特殊性在于与古典生存形式形相远而意相近，明净单纯的古典性气质成为今古相接的精神连线，刘斯奋以一种小说中想象生活的简明性和单纯性进入历史生活与当代生活，由此带动当代生活返回古典风流，在这样的诗性化生活空间里，解决生活与艺术、形式与意义的问题。

这样，《白门柳》呈现出一种古典情怀与叙事形式之间的清晰性：内容坦然、意义明确，并且具有宏大性思考导向，在非常鲜明的叙事形式和人物形象之上，自然呈现着一种意义和情趣。但是，这个意义和情趣背后，隐藏着一片让人思悟的历史事实：古典道德和古典纯真在当代生活和小说中已经普遍流失，于是，这种古典与当代的艺术差异和生活差异，突出了古典情怀的迫切性。

在这种由文化宏大和道德情怀形成的小说形态中，可以看到对当代生活和艺术的一种独立悟性。对于当代中国生活经验和艺术经验、对于大多数当代中国人，《白门柳》实际上运用了既高雅又浅俗、既宏大又平庸、既崇高又个人的艺术表现方式，并因此而可能被广泛理解和接受。

20世纪80年代以后的中国小说一直面临着向宏大和个人两个极端分裂或者剑走偏锋的问题，在《白门柳》中，由于古典生存形式与古典精神对当代中国各个层面的黏合性，在一定程度上便解决了宏大与个人、崇高与平庸、主流与民间、高雅与浅俗的结合问题。小说的特殊形态具有雅俗共赏的格调，既能让普通大众领略，又能使知识分子感悟，便容易将国家、知识分子、民间融为一个阅读整体，并以此将空间与生活的普遍性相联结。

从《白门柳》自身的表现和立场看，似乎恰好由于其脱离了当代小说的现成形式和主题，运用了古典生存形式与主题，反而更适合进行当代生活中的思考并建立相应的风格。由于这种写作与当代生活的紧密联系，反而奇妙地用古典气质体现出当代写作方式与生活方式的一体化，这既是对写作的发现，也是对生活的发现。

重要的，不是从《白门柳》表面能看到的一些特点，而是内底里一种对古典生活气质和古典美学气质的追索、对古典价值和精神的景仰才是《白门柳》的形式基础。小说的形式要有古典生活形式和态度，在精神上回到古典并学习和仿效古典、将小说写作与古典精神相结合形成了《白门柳》的个人美学和独特风格，并借此在当代小说格局中宣示了一种独立的寻求，以显示这个时代文学的多样性。

# 第三篇　用生活憧憬和生命激情刻下时代记忆

## 一、让这些小说成为时代流向的标志

小说的意味和情趣随着现实生活变化流转，但小说的经典核心意识不会发生什么变化，最好的文学作品总是经典文学意识随时代变化后形成新的作品，即将经典转化为时尚。

所以，低估了章以武，就低估了文学随生活一同变化、经典随时尚一同变化的魅力。章以武的作品最重要之处，在于它们是一个时代和生命的流向性与标志性作品，这些作品往往写在生活变化的最前沿：它们标志了一个时代、贡献了一种生活。但以往评价章以武，多半只盛赞他是南国生活、城市生活、改革生活的最早反映者之一，而这样的评价未深入肌理，也未能真正发现章以武作品的文学价值和生活贡献。

章以武的作品有非常明确的阶段性时代标志，也有整体性文学流向与生活流向的标志。大约间隔5—10年，章以武就会写出一部有时代流向性和标志性的重要作品：1983年是《雅马哈鱼档》，1995年是《南国有佳人》，2011年是《太老》，2016年是《唏嘘》，作品中的描写主题和内容逐次变化，每一部作品都标志了一个阶段的中国生活的变化和流向。由于中国生活变化的速率越来越高，随着越来越现在的生活现场，这些作品的时间间隔变为五年，从《雅马哈鱼档》到《唏嘘》，已经发生了很大的变化。当然，其中最出色的，是20世纪八九十年代的作品，它们标志了风云激荡而又意气飞扬的生活年代。

当章以武的作品突出了时代的意味和情趣，也就突出了其本身的特点。当然这样的时代感不是背景感，而是真正将文学作品中的生活融入时代生活。每一个作家都有自己的时代性，有的作品体现为对时代过程的细致表现，有的作品体现为时代转折的流向和标志，而章以武的作品的时代性和文学性融为一体，既体现为对时代过程的细致表现，也体现为时代转折的流向和标志，标志了与时代转折一致而风生水起的生活，也标志了随时代转折而柳暗花明的文学方向。

这并不是章以武生而逢时巧遇了时代，而是他以他的文学积累选择了时代，他以他的文学机敏和美学感悟与时代风格达成一致，从而形成了个人化风格现象。时代既不能完全决定章以武所描写的主题，也不能完全决定他所采取的形式，因为时代并没有让每一个人都成为章以武这样的作家，也没有让每一个人都写出这样的作品。

时代的普遍生活由主流生活意识和生活形式所体现，章以武能够至今保持其小说在一个时代发生转折时的标志性地位，是因为他像任何时代的作家一样，不喜欢被剥离在时代主流之外，而愿意在激流勇进中百舸争流。这是章以武的小说能够产生影响的重要地方，因此，那些小说中所描写的生活后来一直处于中国的主流文学中，一直与后来的中国生活和中国文学保持同样的主题倾向和情趣意愿。

当一个作家处于自己的时代文学主流中，而时代文学主流与人类主流文学相一致时，这个作家才会被文学桂冠的光芒所升华。任何作家都以自己被划分在人类主流文学之内而自豪，至少，章以武这样的文学家要表达的，是基本的人类主流生存价值，要表现照耀人类光明前程的理想主义和人道主义。章以武的作品内容不以肮脏和污浊为主体，他的主题都是对人类光明生活的向往，所以，在《南国有佳人》的结尾，在经历了心灵洗礼和生命坎坷之后，所有的人物都回到了较为纯粹的人性中，对于章以武来说，这是自然而又必然的人类生活方向。

章以武的文学作品从应该反映有价值的生活的基本观念出发，在今天的文学与生活中，我们不但不会改变章以武的作品最初出现时的兴奋，而且也不能改变它们的主流文学位置，因为，这些作品中的重要篇章总是与主流的生活变迁相连，并且成为今天的主流化生活的文学先声。因此，章以武的作品中表达的虽然是市井生活，体现的却是主流生活，体现出一个时代的主流文学家的特点和倾向。

## 二、触动新生活观念和生活形式的起点

章以武这样的作家的重要性,在于及时地让我们注意到并震惊于过去没有注意到的生活深处的东西,让我们注意到正在身边发生的社会现实。

因此,章以武的作品的意义,不在于写作什么内容和怎么写作,简单说,就是不在于用什么方式去写作南方城市生活,而在于写作出来的是什么,或者说,其作品写出来的意义在哪里。因为,写作南方城市生活的作品很多,作品出来后,要对现实生活发生一定的影响、让生活形式产生观念性变化,才能真正产生写作南方城市生活的意义。

在一定程度上,从一些章以武的精华之作,能看出中国文学这些年延续下来的大致写作状态和情趣风貌,也能看出中国文学这些年的大致精神方向和风格特点,既显示出这些作品与当代中国文学的普遍联系,也加强了文学与现实的普遍联系,并且,由这些作品深入了当代中国生活。

近几十年中国文学的改变,意味着中国人用语言所表达的生存经验的改变,也意味着生存方式和表达方式的改变。章以武的小说提供了一种新的生活方向和生活标本,也提供了人物标本,成为中国未来的普遍生活一个重要的发生点和启示点,这种生活的特征是个性化、日常化和幸福化,这样的生活把个人生活与宏大生活、日常生活与国家生活融合在一起,表现出一种生活的张力和活力。

当章以武的作品开始爆发出独特的光彩时,发生在历史转折中的中国生活有了与以往不同的经验和感受。如果新的生活感受无法转化为逐渐形成的生活观念和逐渐丰满的文学观念,也就无法转化为更多人的自我感受和自我想象,反过来,每一个人的自我感受和经验都可能通过文学转化为更多人的生存观念和生活形式。

章以武的作品的意义,就在于让人们形成一种新的生活观念、完成一种新的生活形式。作为一个作家,章以武首先关心的,不仅是文学作品怎么反映现实,而且是如何让自己的作品进入现实,是他的作品在生活中如何产生影响的可能,是他作品中的生活与现实生活所具有的一致性;在这样的可能性和一致性中,才形成了他的作品切实存在的真实性力量。即是说,章以武的作品中

的象征性生活与现实性生活真实地相互映照，而这样的相互映照一定发生于具体的时代生活中。

新的生活经验产生了章以武必然的表达需要，也必须得到他在作品中的语言和文学的探索、建构与确认。对处于个人与世界、微调与巨变交集时代的章以武来说，巨大的变化、令人欣喜的发现和起伏的经验让有他意无意地同时眺望现实和未来，让他在文学作品中去想象和进入从未见识过的生活，变成与时代相关的生活经验的见证者、阐发者、表述者和书写者。

章以武的许多作品都是在这样一种朦胧初生的大文学方向中发生的具体文学情景。于是，章以武的小说表现了改变人们生活观念的细微事情，将一种既在现实中发生又成为未来理想的憧憬注入生活，整体性生活和个人化生活与生动的文学表达融合一体，同时在章以武的作品中展开，形成了章以武的整体性文学方向和个人化文学体验。

因此，章以武能敏锐迅速地将中国生活的前沿变化反映进文学作品，又让它们迅速进入生活。而这样处于前沿变化中的生活，其实与当时中国的大多数地区并不相同，但却成为后来中国的主流生活。这是作家通过个人创造力所发现的生活，在有意无意之间发现了生活中有重大价值的东西，就像处于《南国有佳人》中俞华的盈盈一握之间，而这样一握的发现，符合后来发生的中国生活。

如果章以武的作品最重要之处，是它们作为一个时代的流向和标志而存在，那么它们就一定来自并且反映了值得探索和重视的时代生活经历，这种经历将不仅限于被这个时代的人所知，也不会被后来人所忽视，因为，发生在章以武的作品中的生活形式和社会人情，已经产生了一种不同于以往的生活观念以至文学观念，并深刻影响后来的生活和文学，其中最为典型的范例是《雅马哈鱼档》《南国有佳人》《情满珠江》，如今，当年富于南国生活特色的日常生活在中国已经"飞入寻常百姓家"。

南方化城市生活成为后来中国主流城市生活的起点，而南方化城市生活既是章以武的作品的源泉和基点，也是他作品中透露出的中国文学的未来转向。实际上，章以武的作品突出体现的特色之一，是南方化和城市化的生活，并且以南方化城市生活特色突破了某种现成的叙事传统，表现出对后来的诸多文学叙事的启示。比如说，《南国有佳人》中俞华、林文康和湘妹子之间的故事，直到今天还在中国生活中、中国文学中发生。

其实，湘妹子从乡村进入城市的变化，暗示了中国的文学新时代体现出的可能与方向之一，是从乡村描述和自然描述变成一种城市化生存景观的描述，这其中最初体现出的，恰好是南方从一个农业化、田园化的社会走向一个城市化、时尚化社会的过程，章以武的小说既处于这个过程中，又起到了开端作用。

## 三、将一种生命经历铭刻在中国生活中

可以由章以武的作品考察中国文学的变化和文学家的想象力，这就要意识到在我们身上和文学中发生了什么和改变着什么。这是一件既有趣味又需要沉思的事情，体现出我们的文学抱负以及文学承担的变化，但也必然渗透着我们的生命经验和生活趣味。

人们需要在文学作品中获得生动而具体的生命体验，历史对历史研究者有用，而文学对生活的人有用，文学不但改变了人们对自己生活的盲目和无知，而且给予了人们光明的前景，这鼓励人们从章以武的作品中获取新的生活体验和生命感受，把作品中人物的生命经历变成人们共同经历的象征。

章以武的作品突出了今天许多文学作品与生活密切相关的特点：有大气开阔的生活视野和光明的生活信心，将历史转折与生活风格的转化同时体现出来，以国家精神和国家生活的引导为生活的方向，把当代生活变迁的阶段性历程和国家生活经历变为个人经历并进行具体表达，突出了个人生命在生活过程中的深长意味，成为一种文学表现宏大生活的全新开端。

章以武的小说不是作为历史出场的，而是作为历史转折中的中国当代生活场面和生命情景出场的，它们表现了那些宏大历史中的细致生命褶皱，并且成为这样的生活中的生存意义的第一次记录。这样，章以武的作品中展开的，都是细致的生命表现，而那个时代的特点，正是每天发生在人们身边的细微事情。

这些生命的点点滴滴细微变化的快速积累，变成了改变人们的巨大力

量，章以武的作品恰好就渗透在这样的最初的时代生命情景中，恰好就是在人们身边的生活中发挥影响，并成为改变人们生命的力量，比如《雅马哈鱼档》中那些与鱼档相关的事情每天都在改变着人们，吸引着人们的生命意愿。

所以，这些小说不是单纯作为历史路口的生活反映，恰好相反，它们是进入历史生活中的具体生命的活动，正因为如此，这些作品中的历史才生动如歌，才会建立起与人们生活相连的有效通道。这些生活和人物的意义一方面导向一种国家风格影响下的整体生活憧憬和生活观念，一方面导向在时代变化中的个人生命。

事实上，章以武作品中所发生的生命经历已经载入中国生活的史册，这样的生活主题和生命内容已经进入普遍的中国生活世界。在当时，这样的生命向往和渴望也许不能被深刻领悟，但给人们带来了憧憬和欣喜，并且将类似《雅马哈鱼档》和《南国有佳人》这样的生命意愿普及进中国生活，当时在章以武的作品中的新的生活观念后来风行于中国大地。

于是，在充满绚丽诱人光彩的生命活动中，章以武的作品将一种强烈的个别化生活推广到普遍生活中，将一种突出的南方生命气质变成一种不自觉的文学表达，并由这样的文学表达重新发现和建立隐藏在现实中的生活动机，从而与后来将要发生的普遍生活形式相关，这使文学与正在发生的现实自觉达成了结合，让任何一个后来的作家都意识到自己身上有前面几代作家的影响。

这样的寻求文学与现实联系的做法，不仅是在寻求时代生活的特殊性，而且是要把过去被忽视以至排斥的生命经历———一种带有普遍生命特质的生命经历添加进来，以扩大我们对时代、对自身、对未来的了解。正是由于这样的作品中生命化生活的推动作用，让原来生硬的生活传统开始失效，当初特殊的南方生命经历也最终变成属于中国共同生活的有普遍意义的生命经历。

章以武在他的这些小说中表达的对生活的见解，实际上是对生命的见解：经济发展不是目的，而是一种完成生活、发展生命、修正人性的手段，因此在文学作品中要描写和表达一种更加富于人性化色彩的生命和生活，而当时中国的时代变化，为这样的文学表现带来了决定性的变化。当时改变文学的动力来自两个方面：一个是文学讲述什么样的生命要重新定义，一个是社会生活开始瓦解单一而走向纷纭复杂。

章以武对随着时代轰鸣而来的生活中的人性变化极为敏感，并且注意到，人性光芒在新的生活中不再生硬刺目，而是柔和温暖并富于起伏。章以武对经济进程中的生命经历仔细体味，发现国家经济变化的目的不在经济，而在以经济推动生活变化，经济发展要带动生活风格发生改变。这引发他的生命迷恋和人性迷恋，让他有可能根据他所观察到的，对生活进行有更加丰富人性的文学创造，对生命的天性向往进行细节性描写。

这些作品一般从普通生活以至日常生活层面描写重要事件，小说中的社会理想与生命变化和人性变化紧密一体，并且排除了过分介入的权力关系。于是，在章以武的作品中，发生了这样的生活情景：人的生存意志和力量与时代变化相融合，便能改变人们的命运。《雅马哈鱼档》《南国有佳人》都突出地体现了这样的生命天性与时代际遇的关系。

细致的生命和人性观察让章以武的故事丰满而有张力，人物之间的关系更加接近于返璞归真的人性单纯。在章以武的作品中，所有的生活描写都具有后来中国生活的象征性意义，各种思想、情感、传统风云际会，已经摆脱了古老的生存格局，也有了相应的描写方式和叙事格局，但仍有一些根本的纯朴之情流荡其中，并且，这些作品保存了在中国经济发展过程最初阶段中人的古老单纯和激情向往的同时并行，将其变成一种印迹铭刻在中国生活中，成为一种中国现代生活发展的胎记式流向和标志。

这些小说中描写了随着最初经济发展而失去古老纯朴时所爆发出的人情与世事，也描写了人性在经济生活变化中的美好坚守和创造激情，并且留下了纪念，让人们至今仍怀念当时的生命激情和理想，让这些小说和人物的个人经历具有了广泛的意义。时至今天，如果不了解这些人物，就不会了解我们自己；如果不了解这些故事和人物，就不会理解隐藏在今天生活深处的生命核心是什么，就不会了解中国生活中的当代精神传统和人性传统。

## 四、追寻理想主义的风格化意味和情趣

章以武的作品至今熠熠生辉，观察这些作品，它们深深蕴含着一些本质性的文学问题：文学的意义是什么？文学的重要性在哪里？正是来源于一种坚

韧的文学要进入生活的信念，这些作品才具有了写作和阅读的意义，才会较长久地存在。

尽管章以武的小说存在着与同代作家的许多共同点，它们仍然在对时代生活的反映和表达上体现了自己的独特性。因为，章以武的小说同时包含着特殊的历史感、城市感、南方感和生活感，正是这种交织在一起的特殊感受，变成了这些小说处理生活的美学化形式，也由这样的小说感，形成了中国处于时代转折时刻的奇异生存感受，这使这些小说的动机、题材、内容、主题都向着一种现代性文学视野和境界转化。

当时的中国文学表明，如何找到真正重要的主题和形式成为当时的文学的必要动力，需要章以武这样的作家，需要不停地对生活和文学做出判断，以寻找正确的文学方向。章以武所在的时代，恰巧是一个作家需要重新判断和确认理想主义的时代，这需要认真对待新的时代生活的价值观念，从而找到自己作品中生活的可靠性和作品的长久性价值。

基于以往中国文学所经历的文学标准发生的微妙的变化，在章以武的作品中，小说是什么样不仅是风格和语言的选择，还含有一种生活的必要性。于是，章以武的小说标志并带动了后来中国文学不断发生变化，也延续为今天的诸多文学作品与影视作品中的主题和内容，例如说，许多商业文学、职场小说中的情景仍然与《南国有佳人》有异曲同工之处。

章以武的作品与时代的适应，在于他文学思维方式的独特和判断生活的机敏。新兴的经济体制催生了新的生活形式，与此相应，新的生活形式催生了新的生活主题和新的人物，这支撑了章以武的小说的叙事内容和故事结构。章以武的作品中人物的产生，正是因为他和他的人物保持了对新的生活力量的敏感，比如俞华、阿龙、乔真真都是当时处于时尚生活中的人。章以武把这些人物、把文学作品中的生活，看作有生活逻辑和生命特点的想象性现实情景，也把它们看作包含人类性价值并且提升现实生活的美学化生存形式，而不是简单地看作与时代生活对等的、镜子式的反映形式。

与此相应，章以武的作品有一种既个人化又普遍化的特色风格，有个人叙事风格所特有的意味和情趣，可以突出体现南方文学的风情样貌，也有深入普遍文学的内涵与特色。不过，无论章以武的小说怎样带有个人的南方化和城市化色彩，仍然含有普遍生存意愿，并且来自普遍文化传统。像《太老》中的李凡丁和乔真真之间的爱情故事，以大幅度的年龄差距体现出爱是超越一切的，这样的男女之爱即使在今天的生活和文学中，其中的意味也是"半卷湘帘半掩门"，这种爱与生活观念有关，也需要文学观念的仔细体味。

对于中国文学的或生或长，这些年来人们运用过不同的文学观念和准则来判断，当章以武的《雅马哈鱼档》《南国有佳人》这样的作品出现时，多少改变了以往的对文学该写什么的看法。因为，章以武的作品发现了一种过去没有被发现过的中国现代生活，并成为一种普遍生活的憧憬和准则，甚至提供了对以后中国生活可加辨别和判断的生动流向和标志，也产生了与此相关的文学流向和标志。

从当时阅读和今天生活的意义上说，章以武的作品不仅仅是一种美学化的语言形式，更是一种美学化的生活形式。文学就是一种生活，作家写给当时人和留给后来人的，都是一种生活，只不过，这种生活是象征性的生活。章以武的作品中的象征性生活与现实性生活相互映照，一直延续至今。这些作品再次证明了，只有在文学作品被阅读和接受的意义上，作家才能为自己是一个作家、为自己能写出作品而欣慰，在生活和文学的双重意义上，作家才能存在下去。

这就是说，任何一个时代的作家和作品都必定有自己的生活情境、文学传统和美学基础。章以武当然已经从以往伟大的文学传统中学到了许多，但更重要的是，他也从时代生活中学到了让他激动的东西，并将两者恰当地结合。对于文学，并非仅仅随波逐浪就能写作和判断，必须有一种相对稳定的核心文学观念来引导，否则，对于新的文学现象就只能或者反对或者支持，或者习惯成自然。

章以武的作品出现的年代，中国文学正背负着一系列新的"主义"使命，现代主义和后现代主义已开始出现，但章以武的小说坚定地返回到稳定而坚韧的现实主义，以关注和发现身边生活而给文学带来一系列荣光，它们既向以往传统中的僵硬部分挑战，又灵活地带来了新的主题和内容，重新表达了文学的重要、文学的意义、文学与生活的关系。

# 第四篇　让文学保存生命的悠久魅力

## 一、精致而纯粹的优雅格调

我以为，散文最重要的特点是格调怎么样，格调会最终区分散文的优劣以及美学品质。

范若丁的散文集《失梦庄园》中，流溢出对生活进行美学化处理的极高品质——范若丁以优雅庄重的散文格调、精致简洁的叙事艺术、生动纯净的抒情感和细致深刻的生命洞察力，创造出了20世纪中国的另一种生活：一种不同于剧烈的历史震荡、骄横的乡村粗鄙、自得的日常争斗的生活，无论在文学中还是在现实中，这不但是一种生活，而且是一种生活品质。

可以用精致而纯粹的生命向往与文学理想的融合来概括范若丁散文最基本的美学特点。这些散文纯粹而精致地融合了生命的诸多优雅美好的品质，也融合了诗歌、小说和散文的诸多要素与特点，诗歌意象、散文抒情与小说叙事水月雾花地朦胧一体，充满迷离梦幻的诗性情趣，呈现了一种纯净而活力充盈的生命之美、丰满而富于美学弹性的形式之美，最终给予人们充满浪漫诱惑的象征性生活之美。

我以为，文学与生活的关系有两大方面：一是文学作品的主题和内容要呈现一种有价值的生活，二是要在形式上对生活的主题和内容进行有美学价值的处理。在范若丁的散文中，这两方面得到了令人惊讶的完美统一，无论从语言还是从结构、从情趣还是从格调、从气质还是从风格，这些散文都表现得精致而纯粹。

阅读范若丁的散文，会发现只需要用文学最基本、最简洁的诗性品质来看范若丁的作品，就可尽得其神韵，它们精致而恰当地融合了诸多诗性化的形式要素。这是一部散文集，集子的名字却像一部小说集，而小说与散文清清爽爽地交叉其中，就像一个布置精巧的带交叉小径的花园，可以通向小说，也可以通向散文，想象性和虚构性精粹地融于纪实之中。

因此，这些散文在形式上和内容上都有很独特的韵味，它们别致曲折，有张力且回环无尽，一些文学的基本文体区别特征在其中消融，这反而淋漓尽致地发挥出文学灵性和文学格调，我们不但可以用散文的基本要素来衡量这些作品，还可以用散文之外其他文体的形式感受去品味这些作品的情趣意味。其实，这是真正好的散文，好的散文虽然纪实，但那也是一种心性之实和性灵之实的格调。

要表现得精致和纯粹并不容易，首先，作者要有对于文学作品的精致和纯粹的美学观念，然后才能去努力实现这样的特点。文学与生活是一体化的，有了范若丁对生命的美学形态的追求，有了对生活的精致而纯粹的诗性要求，有了时时刻刻、点点滴滴地美学积累和生命积累，有了生命的美学形态与文学的美学形态的水乳交融，才能形成文学作品的精致而纯粹的美学形态。

如果迷恋粗鄙丑陋，便写不出这样的精致纯美的作品，范若丁的作品决不关注粗鄙丑陋，并且排除粗鄙丑陋，而且，范若丁的作品中决不出现阴毒险恶的内容，即使写那些似乎执拗朴拙的山民，也极力写出他们的爱与美、他们的善良与尊严。

于是，每篇作品都流溢精致高雅的趣味，一种庄重高尚的格调从中浮现，纪实性现实在这些作品中变得如梦似幻，所有对生活的回顾都充满了大气和怀恋，在那些难忘的乡间习俗和民间事物中，写人物风华、演非凡故事，也从中流荡出人性情思和生存精神。每篇作品都精心构造，简洁凝重，又极为清晰流畅，起伏跌宕的情节变化蜿蜒于故事之中，既有流急湾缓、曲径通幽，又有风霜雨雪、金戈铁马。

## 二、让生命获得悠久的活力

《失梦庄园》中，有一种奇异的、久远的、充满美学灵性的生命力量和生命格调。这些散文绝不是单纯的文学作品，而是一个个灵动的、充满纯美和灵性的生命形象，从中焕发出生命精神和生命品质的光芒。虽然这些散文大多写在20世纪90年代，但令人激奋的是，这样的篇章在中国至今少见，在广东的当代文学中，则从未有过。

也许，这既是90年代的文学激情和想象力解放的标志，也是作者个人生命力的一种回归和爆发。这些作品既不是可以放在那里品读欣赏的，也不是游离于我们生活之外的，因为它们不是写出来的，而是从生命中流出来的，这些散文的美完全与范若丁生命的美以及作品中人物的美融为一体，共同融为一种美学化的生存情景和生命形象，并且生动有力、柔美激情地进入我们的生活。

范若丁的作品中的一切，都是怀着对生命的激情和尊敬写出来的，从中可以看出范若丁对于生命的敬畏和崇拜。这些作品中敬畏和崇拜的，是爱与美——即使是政治信仰和民族精神，也都跟深长意味的爱与美相连，这不但是对普通人的生命表现和记述，也是对范若丁自己的生命品质的表白和重述。

作品中的生命回忆表达了作者对生命的基本态度：对以往的回忆不是对过去的简单记录，而是具有保持生机的重要使命，这些作品所具有的艺术力量让生命获得了悠久的活力。这些回忆在作品中，也在作者的血液中，它们包容了作者的生活，并把它们转化为文学生活。从这些散文中可以看出，范若丁少年时代便已在不停地聚集和培育一种独特的生命力量，至他的中年时代，这些力量孕育蓄积已久，终于遇到了一个引发激情喷涌、生命飘逸的时代。

时代让范若丁的激情沉寂，时代也激发这些激情像浪漫的云一样层层飘起，在这些散文中参差错落的浪漫的云的映照下，我们会由衷地感受到生命的优美和纯粹所产生的魅力。这些在作品中发生的美学化生命纯粹，来自那些美丽少女，也来自底层的质朴人群，他们的生命之美交相映照，与范若丁的生命一起共同形成了悠久的生命魅力。多少年后，作品中的那些人已经逝去，但他们的生命精华却留在作品中让我们纪念，与此同时，范若丁也把自己的生命留在那些作品中，让后人体验，但纪念和体验的深处，却引发了我们对自己的重新感悟。

这里有深入意味的是：一方面，这样的怀恋是我们今天存在的必要方式；另一方面，我们有必要将这种回忆方式的延续看作今天能激情生活的自我意识。因此，这些作品将诸多文学生活转化在现实生活中时，记忆和历史都已不再重要，历史和记忆都是生命的背景和依托，而且依靠那些一个个飘逝的人物而存在。

范若丁的人性、人格和生命与这些作品不可分离地融合在一起，形成了这些作品的格调及其文学品质，与其说他写出了这些作品，不如说这些作品形成了他的生命经历，当这样的品质融入作品而呈现出生命形象时，这个生命形象便具有了人类性品质。于是，范若丁的散文不仅仅是乡土中国记忆，不仅仅是个体生命经历，而是与人类性生存息息相通的生存经验和人性感受。对人性与生命的关怀，变成了那些乡土记忆和人间烟火，既形成了作品中的人物品质，也形成了范若丁的生命品质，形成了范若丁的散文的理想主义品质。

## 三、一种象征性的有价值的生活

《失梦庄园》中的生命经历就是美学经历，范若丁从生命关怀、人性关怀的角度去关注现实，在大多数人眼中司空见惯、熟视无睹的情景，在范若丁的眼中却不一样，并且被如梦如幻地加以处理。这种美学化方式的突出特征也许就是梦幻化，而这样的梦幻化具有象征意味，既象征范若丁自己的生命，也象征人类性生存和人类性品质。

范若丁的美学品质、教养和性情，让他对生命情景极为敏感，也让他有了将这些生命情景美学化的象征性。"失梦庄园"既是对梦的失落、怀想、追寻和遗憾，又是对现实的梦幻化、对刻板历史的梦幻化，这样，从范若丁的生命梦幻与美学化角度所关注和描写的生活现象与事件，就同时形成了美学化生存形式和表达形式，呈现了美学化的象征性生存品质而与众不同。

我一直认为，文学作品要进入生活、要对人们的生活产生影响，才会有艺术价值，才会长久留存，才会让人们反复阅读和体验，这主要依靠象征性的有价值的生活和生命感受去形成一种生存品质和诗性品质。范若丁以自己的记忆将生活戏剧化，以想象和梦幻寻求中国现代历史经验中的诗性成分和抒情成分，并把它们塑造成为可以明确依托的美学化生命意志，重新进入现实生活。

这些作品中的美学化、想象化、梦幻化所形成的美学化叙事和象征性生活，形成了对现实有梦幻意味的深刻改变，以至虽然恍如隔世却与现实息息相关。奇妙之处在于，不论历史怎么变化，生命的基本品质不会变，这才是文学要表达的主题，文学中的象征性和想象性所构成的生命，不是简单化的生命与历史的关系，如果要单纯表达历史，有历史著作和思想著作就可以了。

这样的美学化生存在范若丁的作品中，突出地表现为两方面的象征性特征：一方面，是生命的精神特质，一切都包含融化在作品中的生命形态和生命活动中，成为一种象征性生活，这既有对作品中人物生命活动的描写，又有作者自我的写作精神活动，它们共同体现出一种生存品质的象征化映照。另一方面，这样的美学化生存体现在文学形式里的象征性的延伸中，从语言到文体都体现出美学化生存倾向，因此生成一种与生存倾向相一致的象征性表达方式，作者和人物都因作品的象征化形式而真正存在于生活中，从而形成了美学化生存形式与文学作品精美品质的一致。

实际上，《失梦庄园》中的梦与现实、梦与庄园、失梦与寻梦等，早已不分，它们既是现实中的梦幻，又是梦幻中的现实，它们的根源在于范若丁始终不肯放弃的对生命的美好寄托与希望。这些作品中的人物和事件、情感和思想因此而如梦似幻，在梦幻与现实的双重契合中，一种真切的生命体验反而闪烁其中，水波与月光交融般地产生了一种象征性生活感受。

## 四、诗意生存中永远的爱与美

爱与美的生命精神和生命依恋是《失梦庄园》的诗意中心，所有的诗意都从中而发，这一切都集中体现为他对爱与美的充满希望的追寻。

我以为，人类性价值集中体现为爱与美，并成为人类生存的核心品质与方向。因此，范若丁的这些作品的重要性，并不在于表现了民国时代的乡村政治、伦理、风情，也不在于记述了日常生活记忆和历史变迁记忆，而在于表达了一种生命中的爱与美的变幻与想象。作品中的庄园像大观园，范若丁在一个个女性的美好情感熏陶下成长，从这个意义上说，《失梦庄园》很有意味之处，在于"失梦"与"庄园"叠合，在于爱与美的激发与表现。

虽然范若丁的一系列作品所记述的，大都是历史中发生的事件，但转化为美学化事件后，其主题并不是写历史和记忆，而是借历史和记忆展开一种对爱与美的回想和怀恋，回想和怀恋都是美好而且无限的，虽然在怀恋美好中有美好被历史毁坏的遗憾，但主题不是批判和谴责，这些作品通过呈现历史变化中一些美好事物的被毁坏，去赞美爱与美在心灵和生命中的永恒不灭。

这些文学中发生的记忆的最大特点，是有爱与美的主题性和倾向性，所以，记忆只是生发作品中一切感受的依托，这些作品中发生的，不仅是乡土中国和苦难记忆，记忆在作品中已被梦幻化、被改变，记忆中的生活已经不是原来的生活，记忆已被虚构化和想象化，而乡土、苦难等也已被改变，变成一种精神化和美学化的现象来启悟人们。

文学记忆为了爱与美而存在，爱与美变成一种记忆，也变成一种真实，是美学化的主观记忆和想象性真实。在文学作品的记忆中发生的感受，才是真正的生命记忆，而那些没有爱与美的记忆，除去资料价值，基本没什么文学价值。记忆总是被人们不断改变的，记忆对每一个人都不一样，所以，实际上的记忆是什么并不重要，重要的是记忆让什么事情重新发生，变得神奇而抒情；重要的是记忆让生命感受长久留存了下来，不管时光有多长，这些记忆永在。

看范若丁的这些作品时，会有一种激情感、怀恋感和难忘感，在生命中，在心灵中，梦幻化中的庄园不断远逝，却纯美而无限地延伸在以后的生活中，虽岁月时光已逝，那些故事却不断变幻，仍然历历在目，已被爱与美的魅力涂抹得流光溢彩，让范若丁和每一个阅读者无比怀念。

在生命存在中，吃喝住行都不重要，重要的是爱与美，多少年过去后，人类能够留下的，只是爱与美，这部作品充分地体现了这一点。在生命中和生活中，如果没有了爱与美，我们将一无所有，如果说这是一部梦幻的记忆，那都是对于爱与美的梦幻和记忆，所有的生命经历都因此而高贵化、尊严化了。

这部作品的重要性就在这里，即使没有这部作品中的所谓乡土中国和历史记忆，我们还有其他文献和作品，但若没有了这部作品中的爱与美、没有了这部作品中对生命的珍重，我们将失去很重要的生命体验和精神财富，并且无法补偿。

## 五、宏大与个人相融的诗性意趣

正因为范若丁的散文具有强大的象征性，因此就绝不是所谓大散文的概念所能言说的。大散文和小散文的概念都是从纪实性出发的，而范若丁的散文以象征性超越了一切现实束缚和概念束缚，超越了大散文与小散文之间的界限，澄清了中国当代散文广泛扩散并以讹传讹的大小散文的言说谬误，开辟出中国当代散文的一片更广袤领域。

其实，大散文之说本来有误，散文本无大小之分，只有优劣之分。什么是大散文？是不是有宏大视野和历史概括的是大散文、描写群体记忆和民族气质的是大散文？是不是写了乡土中国、写了苦难和历史就是大散文？而专注于个人生命、从个人生命出发的是小散文？很多所谓大散文表达对历史和文化的感悟与想法，而作者自己的具体生命却并不在其中，排除了个人在历史和生活中的生存，历史和生命似乎只是一个散文作者的观察言说对象，只是一个可以借以表达的支架。

在范若丁的散文中，宏大和个人两者是融为一体的，个人在宏大之中，宏大在身边发生。从宏大与个人相融合的意义上出发，范若丁的散文的最突出特点，恰恰在于个体生命形象与历史中的生存现象是融为一体的，这既不是乡土、苦难与逆境所能界说的，也不是记忆和历史所能概括的，而是在范若丁的生命和他所怀恋的那些生命之中，在他自己的生命想象之中，在他表达的中国形象之中，也在人类性生存之中。

这样，范若丁所记述的自己所经历的人性沧桑，不仅是个体生命的，还是整体历史的，人性在生命和历史中的神奇梦幻化，形成了这些作品，也形成了这些作品中的生命感受和人性感受，这样的美学化记忆、想象与表述，改变了现实与历史的模样。

所以，《失梦庄园》中生动的、美学的力量，既不是通常会见到的历史与现在、过去与今天的紧张关系，也不是被喋喋不休渲染的生命与存在的紧张关系。虽然在这些作品中出现的历史背景会有隐喻的意味，并且被质疑，但很少有政治化的紧张关系，反倒是在紧张环境中有一种轻快明朗、激情浪漫的生存观念和生命表现，让人怀念和依恋。

一般当代中国文学作品中存在的历史生活无非两种：要么批判，要么赞美，其主题都是政治与历史相关的生活，甚至，似乎不批判就不是文学。但范若丁不肯让他对过去生活的理解和感受服从于简单或者单一的概念化生活，在范若丁的作品里，看不到多少明确的具体批判，但又隐藏着深刻而悠久的人性思考和生命思考。

很多中国当代文学作品看待以往生活以及现在正在经历的生活时，自得于用混杂着批判、否定、质疑和讥讽的态度去看，并且自认为深刻，以此为荣耀。而《失梦庄园》中看待过去的生命遗产，却钟情于一种纯粹的净化和美的生活眼光，这使那些逝去的生命变成了一种美学化的悠久生命感觉，变成了一种存活在今天现实生活中可被触摸的生命感觉。

# 第五篇　在时代中飞翔的灵魂向往

谢望新长期从事文学文艺工作并居于重要地位，他是20世纪八九十年代广东最出色的批评家之一，同时又写得一手好散文，他是学者化的，又是抒情化的，他以抒情和思考并行的姿态与风度去展开一种智慧写作，并以这样的写作意愿深入生活的细微之处，由此生发对生活加以琢磨和分析的行动，同时也生发一种相应的写作行动。

他的学识与教养造就了他对高贵生存精神的追求，而这又使他的文学写作从中受益，他对这个时代的中国社会、文学、情恋、人际关系等都有深刻的见解，尤其对文学艺术的见解与情趣使他的写作不时闪现出一片片光芒。作者最主要的东西，是对一种高贵生存的向往，作者最主要的追求与写作的素质结合，形成一种独特的诗意氛围，敏感的观察、细致的描写、精致的分析都被运用到作品里。

## 让文学照亮心灵与现实

一种对历史的崇拜与对文学的虔诚在《谢望新文学评论选》（上、下）中隐约浮现，这些文学批评就像一条流淌的河，从20世纪80年代流淌到今天，水流不时在阳光微风下泛起流光波影。这条河主要流经了80年代，今天仔细观看它，仍能捕捉到那些泛起的闪光，而静下来时，会听到一些声音不断地在潺潺流出：理性、激情、历史、人性、心灵、艺术、诗意……

这些批评从历史到个人、从现实到文学、从过去到今天、从艺术构思到人物塑造、从作者风格到语言文字，涉及甚广，洋洋洒洒的批评中不仅浸润着文学的智慧和诗意，也透射出对人生的思考、对精神的追求和对历史的认识。

不论时代和文学怎么变化，这些评论所包含的文学内涵和生活魅力始终在那里——由于坚守了一种经典的艺术追求和生命追求，它们始终在那里。

今天看来，让文学艺术照亮人的心灵与现实始终是谢望新的批评所追求的，也是这些批评今天仍旧能够在那里的原因。艺术是一片保留地——照亮心灵与现实是这些文学批评的核心，因此，这些批评是一些文学批评，又不完全是文学批评，而是生活在那个年代的一个人、一些人的心灵记录和历史记录：他们有着共同的对文学和生命的真诚，努力发挥着自己的想象力，创造着这个世界的另一种生活。

我们可以超越那个年代的生活，但无法超越这样的艺术追求和创造意识，这正是这些批评在那里的意义。在这些批评中，我们不断看到那些生命的闪光和生活的变幻，也看到了一种艺术精神流荡其中。所以，在这些批评中，我们看到了当年那些作品面对现实而创造出的一个个梦幻故事，而这些批评对这些故事进行了重新诉说，为我们留下了那个年代对文学的特殊经验和记忆，由此，这些批评在文学和生活中留下了自己的印迹。

谢望新的批评，在20世纪80年代是一种敏锐智慧的批评，在21世纪的今天，这些批评仍然透射着文学智者的光亮和启示：一个文学批评者要有意识地不断培养、训练自己去感受生活中的真实与美好，这种有意识地培养和训练其实是一种对生活的发现，谢望新的批评中不断出现这种特征，不断发现文学艺术与现实的种种联系，因此在他对诸多作家、作品和现象的评论中，我们都可以看到一个时代的写真和一种文学的美感，看到两者在不同作品中联袂生成。

谢望新的主要批评活动在20世纪80年代，那个年代，中国由经济改革发端，逐渐进入由物质丰裕到精神发展的阶段，文学在其中起着重要的作用，而谢望新的批评则起着把一些重要的、与人们密切相关的文学作品传递给人们的作用，这些批评将当时的社会理想与文学理想同时加以叙述，对于改变人们的生活品质、帮助人们理解文学、进入一个新的社会理想助益良多，而历史的庄严和个人的价值逐渐在这样的批评中被正视。

在谢望新的批评中，不时出现"历史"这个字眼。这些批评崇尚历史，崇尚个人在历史中的位置，并在不同的作品批评中对此加以演绎，于是，面对不同的作品，这些批评形成了同一主题下的不同批评表现。

生成谢望新的批评的，主要是80年代，那个年代的历史风云推动着人事沧桑，于是在谢望新的批评中强调了一个时代的特点：主宰个人命运的是历史法则，而不是个人欲望。所有被这些批评所谈到的作品中的悲喜苦乐、人性优劣，以及情节、构思、细节、人物、语言，都被还原为一种与历史共命运的信念。因为，在当时所有作品的表面风韵之下，都有着更本质的变化：那就是随着历史而变动的价值观念。

当把文学放置在历史的基础上，就产生了用艺术去探究的历史，也完成了文学世界，没有任何应当排除在历史大门之外的文学问题。文学是历史精神的塑造者，80年代的文学是80年代的中国精神、中国理性、中国激情的塑造者，而谢望新的批评将这种中国情景、中国经验保存下来，并使之具体呈现为对广东文学和中国文学的阐释。

## 集理性和激情于一身的理想批评者

在20世纪90年代以后的中国文学中，个人逐渐占据突出的地位，而在80年代的中国人心中和文学中，宏大历史与崇高精神是一种骄傲的标志，那种对历史和文学双重崇拜的热情交织在一起，在文学和生活中炽热燃烧，正是这样的情境推动成就了谢望新的批评，也成为他批评中最重要的成分。这样的批评和当时众多文学批评一起，推动了中国现实与文学的关系走向一条前所未有的道路。

因此，在谢望新的批评中，充分体现了那个年代、那种文学的重要特质和价值，人们通过文学，通过这样的批评，开始走向一种憧憬，一种希望。因此谢望新的批评激情地追求一种理想主义，他以及他的批评不会因为理想主义的高度而厌倦，所有评论的巧妙分析、精心研究、努力挖掘都带着激情的精致和理想主义的奥妙。而今天，是个粗糙的时尚年代，这些评论与今天一些批评的粗制滥造和假大虚空相比，显出一种追求经典批评的努力。

谢望新的批评突出了80年代的生活风格和文学特质：不追求实用主义，不贪婪，不阿谀——利欲熏心和权欲横行是不可想象的，对文学的阐释和对现实的认识绝不会从这里开始，写作者也不会想要用文学从现实中获取什么，而是体现了一种虔诚和敬畏、一种纯净的心情。由于突出地体现着这样的身份和主体意识，这些评论从不满足于与现实的对应，而是追求对现实的超越，或者以文学去深入现实更隐蔽的部分，以确立文学与现实之间相互依存的关系。

从这样的立场上，这些批评产生了经典化的文学意识和存在的意义，相信文学由人与世界的关系所决定，因此，不论文学表现比生活贫弱还是比生活更有活力，这些批评都会指出来。从这些批评中可以看到，现实是一种秩序，文学也是一种秩序，这些批评会同时抓住这两种秩序，试图从中找到平衡点，并由此去解释世界和艺术。

因此，这些批评总是在探求作品生成的原因和人物的未来性，总是要求文学作为现实证据的同时也作为现实的理想，总是精细地寻找从现实到文学之间那些奥妙的连接和不同的阶段。如果拿今天的一些批评与谢望新这些批评相比，会发现许多今天的批评损害了文学的尊严，流于书面文字形式。在谢望新的这些批评中，文学的价值在于达到一种美好而高雅的精神状态，而不在于哗众取宠、巧舌如簧，文学是为文学、为人生的，与实用和"实利"无关。

一个理想的批评者，集理性与激情于一身，既是生活的想象者和享受者，又是生活的观察者和评判者，谢望新并没有让一种气质妨碍另一种，而是让两者相得益彰。理性的思考是谢望新批评的一半，另一半是激情的想象。这些批评的艺术想象带着社会想象，对社会的理想主义激情带动了社会想象和文学想象。

这些批评相信，没有对现实的提升，就不会有现实的真正价值。因而这些批评对美与诗意的追求是自觉的和纯粹的，这样的批评核心使批评将诗意和美紧紧与现实连为一体。被评论的作品已经对现实有所创造，但谢望新的批评力图将这些作品以至作品中的生活再提升一些，追求一种更加理想化的文学情景，宁肯放弃现实也不放弃文学。于是，这些批评以人性为核心，把性格、人物、情节、抒情这些要素理想化，通过精心细致的批评，进一步完成生活与文学的关联。

这些批评总是用清澈而睿智的眼光去塑造文学与现实的关系，去凝视文学与现实的深处，理性而激情、准确而想象化地去捕捉现实，从而探索人的存在、评价文学天性与现实体系之间的联系。这些批评将诗意想象与历史过程、浪漫情怀与经典价值意图相关联,这并不是一件容易的事。

于是,谢望新的批评崇尚美好的东西和人类经典的存在价值,但不因此流于古板;积极活跃地跟进形势,但不流于浮华浅薄;爱好想象与浪漫,但没有因此而忘记现实;富于对文学感悟的灵性,但没有远离批评的理性。他的批评,在那个年代,在很多方面都表现出一种独立精神,并且,在表现这种独立时,显出一种温文尔雅、才思敏捷的品质,因此能在那个年代的批评中为人们所称道,也为今天的人们所怀念。

# 第六篇　宏大叙事中的生命精神

## 在历史如歌中衷情理想主义

在吕雷的作品中能明显看到理想主义在飞翔，这种理想主义的核心是人类的进取精神，这让吕雷的作品透彻地表现出一种大气。他的作品常常是对历史沉思与现实激情的独特叙述之作，其历史精神与艺术表现结合得异常紧密，以至于使阅读本身成为在小说世界里对历史的阅读，而历史本身已滴滴融入在小说世界流淌的故事中。

吕雷的作品是一个小说家与历史的对话，给现实以历史的想象与体验，这取决于小说怎样去思考和表现历史，以及这种思考和表现的独创空间与历史本质、人性精神的相符程度，这使小说必须是对历史的另外一种解释。

吕雷的长篇小说《大江沉重》通过人物命运与历史的伴随，去揭示和思考历史，用小说所创造的虚构真实去超越现实真实，使人们获得对历史的想象性体验而不是历史本身。《大江沉重》娓娓诉说着历史中人的命运，这是它抗辩与诉说历史的独特方式，但无论如何不可能让已越过被叙述年代的读者去重新体验真正的历史，也不可能让历史在小说中重新发生一遍，能重新描述和体验的只是历史的真实性。

《大江沉重》所叙述的20世纪90年代中期的中国经济发展情景，不能替代真正的中国经济改革的全部历程，但小说所叙述的这段整体历史中的片断情景，却可以让人体验到一个整体的历史真实空间，体验到中国人的生命精神与历史进程之间的复杂关系，也可以由沧宁小县发展的情景，体验到中国经济发展全部历程的艰辛和辉煌。

这种充满历史感的叙述空间包含着被小说叙述的过去与现在。现实总是包含在历史之中,《大江沉重》中被小说叙述的中国历史,也包含着人们生存的现实。但是,历史存留于人们的记忆中却渐渐远去,复苏于小说中却不断与生命融合。《大江沉重》所描述的生存现实,把历史变成一种永远的生命。按法国历史学年鉴学派大师布罗代尔的说法:历史是一部交响曲。按意大利哲学大师表现主义美学家克罗齐的说法是:一切历史都是当代史。在这个意义上,《大江沉重》在与历史的关系中显示了小说的独特性,并为将一种历史命运延续为现实担当重任。

## 新历史精神的现实乐章

中国20世纪最后20年的历史主题是改革与经济发展,或者说历史主要表现为改革与经济发展,这注定了凡描写这20年历史的作品都不能超越或者抛弃市场经济的主题,但这样被反复重写的主题,如果不能写出某种独特性,肯定会招人烦。

《大江沉重》是具有新理想主义、新现实精神的新改革小说,或者说一种新现实主义。描写中国经济发展的小说,大多是以小说的现实内容和主题先行取胜,而《大江沉重》反演绎政治思想与经济政策、反演绎改革概念、反追随时尚文学潮流。历史发展在《大江沉重》中没有游离出故事而仅仅成为一种背景,也没有像报告文学那样把现实照搬进小说而代替小说内容。

《大江沉重》描写了90年代中期中国发展的多向度历史和多质化社会,而不局限于某方面、某领域对经济改革的描写,这与此前80年代以后描写经济发展的大多作品不同。《大江沉重》对沧宁县市场经济的全部领域中的迅速发展进行了描写,既具体地描述了不同社会领域的变化,如反贪、炒楼、建县、修路、筑堤、促农,以及城乡关系、干群关系、工农关系、政商关系、国有与私有关系等,同时也以对县城各方面生活的描写,突出地象征和暗示了中国经济高速发展各方面的整体性变化和多质化变化。

《大江沉重》创造了一种文学人物的真实性,他们同样表达了现实的意愿,但是以更加文学化的叙述和人物来完成一种文学精神和现实精神的同质性与同构性。《大江沉重》坚守了小说叙述的根本使命,采用了经典性的艺术原则：用传统的情节性故事和冲突性命运去写历史。在当代叙述方式令人眼花缭乱的年代，用这种经典的现实主义方式去写历史，尤其是写改革，其实很不讨好，也很不容易。

《大江沉重》面临着两个叙事难度：一是从内容上讲，面对过去已有的改革小说有重写同一主题的难度；二是以经典的现实主义方式来写一个中国当代的经典题材，这具有小说叙述形式与技巧的难度。《大江沉重》克服了这两种写作难度，产生了独特的新改革小说的形态：它不是对改革与历史关系的老派叙述，又确实重新独特地叙述了这个主题。《大江沉重》重新叙述改革这个主题在叙述方式上的一个独异之处：一个真正的改革者，不是仅仅提出一些思考，而且要做出实效。邝健童以商业谋略与竞争的方式来发展沧宁经济，这种奇思异想的描写展现了发展经济的思想与发展经济的行为的结合。

《大江沉重》中以商业谋略的方式发展经济的思考与行为集于邝健童一身，于是产生了小说中耐看且好看的主要特点：悬念性与冲突性。小说中沧宁的发展波诡云谲，圈套、谋略、交锋，一环扣一环，有探案小说和战争小说的意味，使读者不断产生着新的阅读期待，而邝健童像个帅气的将军，又像个充满智慧的侦探。这既成为人物特点，又成为叙述特点，也成为主题特点，当然也成为改革作品的独特表现。

由这个独异处出发，改革主题在《大江沉重》中具有饱满的情节与丰富的冲突性，故事本身的戏剧效果完成了人性、生命与历史的融合。仅仅玩弄叙述策略、翻新出巧而不具有故事性和历史性的小说，其实是很容易写的，写小说困难的是将历史在人物命运中叙述出来、将生命在情节编织中表现出来、将人性在戏剧冲突中展示出来。

在《大江沉重》中，由于把对历史的解释、对现实的意愿与一个充溢着虚构性的世界和想象性的故事融合在一起，完成了一个进入历史、又超越历史的故事空间。历史为《大江沉重》提供了一个现实性真实存在，故事性想象对现实进行突破，产生了一种对历史的虚构性叙述，创造了一种超越现实真实的现实，为阅读建立了一个虚构性真实世界，于是，它成为一个虚构性与历史性并存、现实性与想象性融合的叙述空间，以历史贴近现实真实、以想象超越现实真实，使小说生成了沉重与激昂、苦难与幸福、艰辛与振奋相互交织的冲突性主题,历史本身具有的力量和生命本来具有的精神在这种冲突性中强烈振荡。

小说要真正具有艺术的生命力,就要同时具有历史的理性与叙述的感性。《大江沉重》一方面表现了改革现实的存在,一方面又成为这种历史存在的形式。作为一部所谓"主旋律"的作品,很容易简单地跟进现实,以现实内容替代叙述本身、以思想演绎替代主题构成。但对于《大江沉重》,阅读到第二章以后就很难再漫不经心了,它的叙述张力和故事节奏环环相扣,使阅读者被小说紧紧抓住,更无法看开头、看中间、看结局地跳跃式阅读了。

《大江沉重》的主题沉实,内容密集,叙述丰盈,没有拼凑和拖拉之嫌,而有余言未尽之感。《大江沉重》已不再是一种刻板的、流行的改革模式化生活,也不是公式化的、事务化的一个小县委书记的公务生活,而是在发展市场经济年代一个人以至一群人、一县人的历史命运。历史集中在沧宁这块狭小地域和短暂时间里集中爆发,而不是在漫长时间里拖沓徘徊。在现实性和想象性共同构成的虚构空间里,历史因叙述而改变、而变幻、而生动、而延伸。

这样一个强大的叙述主题和沉实的叙述内容,并没有用复杂的叙述策略去设计,而是严格按照经典现实主义的写作方式,在历史与命运的线索上,集中描写了三大块内容:第一块是受命、上任、建县;第二块是筑堤、炒楼、促农;第三块是修路、建桥、反贪。这三大块内容紧密有序,交错展开,相互勾连,围绕着历史发展的中心构成饱满的张力和长度,如一张满弓决不松弛虚张,每一大部分或小部分又都各自具有主题,围绕着各自主题并不枝蔓。如修堤与促农两部分连为一个整体,为修堤,也为左墩村农民利益,邝健童前往左墩村,由此引出赛龙以及乡民族约等民俗民风,将民风民俗、民气民意与改革之风结合在一起。

## 历史、生命与人性的艺术冲突

作为一部反映中国20世纪末历史的庄重而又激情的小说,《大江沉重》与小说中描写的人物命运、小说中叙述的沧宁景观,都处于一个历史的转折点上。在这个历史转折点上,许多平常的事物都有了叙述意义、传奇色彩、人间沧桑和历史正义的可能,这一方面取决于历史本身,一方面取决于小说的叙述。在小说中,既书写了人的正气与经济发展,又写了英雄主义与儿女多情,现实力量与人物命运的力量交相碰撞出艺术的激情与人性的激情。

《大江沉重》要产生一种历史与生命双重震荡的效果其实很困难,它至少面临着两个难题:一是它避不开历史,避不开人们正生存于其中的改革现实,这可能使它困于历史本身难以展开想象,也使它可能流于文献性和纪实性,因与现实过度亲近而丢失了小说更应该侧重表现的人物命运。二是写这段历史,就避不开写改革。改革类的作品自80年代初期一直延伸到20世纪末年,改革起始年代的重头作品以及源源不断的类型化作品,使人"至今已觉不新鲜",很难不落俗套而又超越80年代那些名噪一时的改革作品。

《大江沉重》在饱满的冲突中叙述历史、生命与人性,艺术冲突的主要根基是人的命运与历史的冲突,以人与历史的冲突来写人性、写生命、写情感与历史的关系。人物、事件、情节都围绕着历史而形成。但人的命运不是悲剧性的,也不与神秘的历史意愿和历史的整体方向相违背,而是与历史意愿和历史的整体性相一致,充满着奋进和激扬的正气。邝健童等人的命运和沧宁的命运与历史的局限性和偶然性产生了冲突,如沧宁发展初期的穷困、如国家房地产市场政策的调整等,但这些冲突都皈依到历史发展的整体性中,历史整体性本身是一个隐性的象征,历史的个别性并不是小说的主体与主题,真正的主题与主体是在历史发展、经济发展中的人性化主题,如邝健童炒楼失败后谢颖仪对他的支持、施之锐对他的理解。

要写故事,就要写生命、写命运。《大江沉重》中抓住读者的始终是人物命运,而人物命运又与历史、与沧宁县有关。一个小县城的变化,像一滴水暗含着大江大河,投射出中国的历史命运。有人是创造历史的人,有人是享受历史的人,有人是解释历史的人。如果说,吕雷是用小说解释历史的人,那么,小说的众多正面人物就是创造历史的人,而这正反映了中国对于民族历史和人类历史的创造。于是,借人物命运演改革风云、寓历史进步于小城变幻成为《大江沉重》艺术成功的突出之处。

人无法逃脱的是命运,但人更无法逃脱的是命运在历史之中、被历史所规定,而小说的任务就是让人物命运表现出历史的轨迹。人物要表现历史,他就必须既具有历史品格，又具有个人品格。《大江沉重》中的人物所具有的某些品格是历史规定的，而他们所具有的历史品格也表现了历史特征。如一往无前的开拓创造精神已不是改革起始阶段的人物特点，而是市场经济迅速发育时的人物特点。

人类的命运是永恒不变的，但不同的历史阶段留给人类不同的印迹。经济改革的不同历史阶段出现了不同的人物，表现了历史的不同需要。《大江沉重》的历史主题是中国发展，发展的历史主题给予小说中人物的命运影响，不同于其他改革阶段人物的命运。在20世纪80年代初，一系列耀眼的改革文学人物出现后，改革文学人物开始具有了相似性和概念化的特点，而《大江沉重》中的改革人物则具有突出的个人品格与历史品格结合的特点。

## 好看的个人故事中的宏大叙述

小说是历史与生命双重叙述的独特领域，《大江沉重》在历史本质与生命故事、宏大理性与个人感性的结合上，是一种独特的表现。一方面，单纯讲述历史会变成历史教科书，历史必须在小说中成为一个好的生命故事。另一方面，小说的优越在于描写人性化、精神化和心理化进程，但若不与历史进程结合在一起，便可能流于个人生命描述而丢失了人的历史品质，甚至会丧失艺术大气。小说总会偏于历史或个人的某方面，很难也不会有个平衡标准，但独特的结合方式总会产生独特的艺术效果。

历史的本质是人的生存，人的生存与人的生命精神又是小说叙述艺术追求的本质。动人的小说，常常是人物命运中折射着巨大的历史身影，清晰而朦胧。《大江沉重》是一部把改革的历史性写得好看、将历史与人物命运共同呈现的小说，或者说，这是一种把宏大历史叙述与个人生存叙述恰当结合的写作方式，把一种个人情怀与历史原则结合起来，既有沉重厚实的历史内容，又有激情昂扬的个人生命；既有现实尖锐的生存感受，又有叙述生成的诱人生命精神。

《大江沉重》中的历史中的个人命运，表明人的个体生存与历史的紧密关系，也表明在中国经济发展的年代，同样可以有一种非绝对个人利益化和非个人欲望化的生命方式，不一定像大多数城市小说人物那样仅仅关注个人生存的渺小化、琐屑化、消费化、平庸化和快乐化，邝健童表现了对世俗的疏淡，他的性格是喧嚣中的平静、浓烈中的清澈。

《大江沉重》所描写的特定历史阶段的个人命运，与历史既相冲突又相融合，历史是一种激发和触动，邝健童、施之锐、夏淼淼的生命精神由历史所塑造，给予他们在历史中的生命爆发点，他们的生命便燃烧得格外耀眼。换一种平庸生活和平凡时刻，他们可能就终生庸碌无为。邝健童若不是在一个特殊的历史时刻成为了沧宁县委书记，可能就还在广州市当个普通干部。施之锐、夏淼淼也是因沧宁建县而改变了人生，人物命运与历史的关系异常密切。

# 第七篇　历史时光中人性善恶的教益

中国当代作家每一次对历史记忆的重新挖掘，都是一个切入今天生活形式的新立场和新角度，也是对生存现实和生活传统的新发现。肖建国的《中锋持球》以追怀生存品质的沉思目光，重述了20世纪60年代到90年代的30年里一个地域所发生的中国生活，从一个中国小县变化的生存景象，写出有普遍意味的当代中国生存景象。

这部小说中有作者个人生命难以泯灭的心灵精神，也有回溯以往时代的族群思考意味，小说的意味深长之处在于：以善恶对峙为集中意象而表达的地方生活有象征意味，这必然地含有对人性的韧性生存进行思考从而探求今天生存方向的文学目的，其突出意义，在于让人们记住那段历史时光中人性善恶的教益。

## 一、人凭借善恶之分而创造生存本质

《中锋持球》所贯彻的道德化人道主义观念，建立了小说中人性生活和道德情景的唯一情境，目的是发现历史中的人性品质与今天生命意义的共同空间。小说以20世纪60年代成立的一支湖南地方中学篮球队为核心，参差错落地编织不同人物的故事，有技巧、有方向地组织了对一个地方30年生活的叙事，其中的个人生活事件看似微小，但与当代中国人性背景发生联系时，就产生了有更大精神含义的地方性生活事件，这样的事件在中国当代生活变化中产生了普遍意义。

这部小说作为文学的存在不是一般的生活存在，它发现善恶交集碰撞的电闪石火，探讨当代中国历史中的人性存在：黄知福、王庆生、黄德傲等代表着恶，王大保、钟海仁、唐红卫、六富叔等代表着善，历史、现实与生命经历的融合，生成了小说的文学意义。其特殊意味，在于对历史中日常生活的善恶和道德化人道主义进行细致描述，也在于对中国生活中人性传统的发现：善或者恶作为人性血缘传统，对身边的人有相互濡染、引导、培养的作用，王大保、钟海仁都受到父母人品的影响，而黄知福则对王庆生、黄德傲等有恶德恶行的示范作用。

同时，这部小说揭示了中国当代生活中政治生活和伦理秩序与人性品质的敏感关系：每个人的生命中、每个人的身边生活中，都有善恶之争，每个人的生命值都以善恶标志出来，围绕着中学篮球队所发生事件中的每一个人，莫不如此。这个小县的历史过程中和政治秩序中，无论发生什么事件，都是善恶斗争的过程，历史和政治对人的影响都发生在每个人日常生活的善恶之间，历史事件和政治文化无非是善恶斗争的情境。实际上，这样的地方小县生活的所有历史性、政治性和经济性特质以及过程，都会在小说中人文社会的伦理秩序中具体体现，所有人物的生活都是中国文化传统在当代的延伸。

这样，小说故事化地表达了人与善恶的关系，以揭示善恶观念对峙为核心主题：人凭借善恶之分而创造人的生存本质。对于肖建国来说，历史是用来居住的，不是用来考察的，他看重的不是历史怎么样，而是生命怎么样，追寻历史和重建历史不是这部小说的必要目的，这部小说也不是历史的必要形式。在这样的观念之下，小说深思熟虑地组织了中国生活30年的时空结构，联结了不同人物的故事，有层次、有选择地进行叙事，它深入人性所完成的，是对历史善恶的意向性回忆与思考。

当主要从个人生命进入生活而联结历史时，就形成了历史中的生活史，小说在尽力恢复历史维度的同时，对善恶之间的复杂关系进行诉说。各方面的细节表现、各层次的主题描述，都集中于历史中的人性维度——小说本身的叙事内容就从"文化大革命"前夕一直延续到改革之中，而其中人物的人性品质并无改变，一直在时间里、在历史中延伸和表现。通过注意历史与人性的无限延展，小说唤起对生活和文学中人性渊源的注意，并由此对当代中国生活进行某种重新认定和思考：这样的文学风格强调文学叙事的社会历史情境，也强调当代生活精神与文学的关系，更重要的是强调文学艺术本身的人性倾向。

这部小说中的生命回忆不是概念化的或者模糊的，而是清晰有效地表达出确定的道德方向与人性精神，并体现文学对历史和生活进行创造的个人风格。历史是这部小说诉说人性品质、产生生命意义的背景，肖建国依托历史背景，对事件和人物做出倾向性的人性安排，对不同人物的故事进行精心组织，让它们具有确定的主题意义和方向，从而形成现在的生命情景，形成对生命的判断和思考，由此包含着与其他生活相互联结转换的生命可能，变成人们今天生活的一部分。

## 二、坚守人道主义生活形式

在辨识人性善恶的主题结构中，《中锋持球》力图用文学方式坚守不同历史情境中的人道主义生活形式，还原历史中的日常生活人性情景，审美化地表达个人生命意识与日常生活在剧烈的历史变化中的相融——这是肖建国进行小说修辞的必然主题，也是这部小说中的叙事要实现的目标。

20世纪90年代至今，在追随时代日常生活的中国小说中，炫耀个人庸常习性和欲望意识已经达到极盛状态，而这部小说却追求在历史变动中个人的人性品质的柔韧不变，由此表达在任何情况下个人的人性品质都与人类生存的宏大性相关。小说所呈现的情景深入了比表面变化的个人、充满欲望的个人、摇摆不定的个人更持久、更隐秘的个体生存意识，既不随波逐流于推诿历史责任，也不单纯质疑政治动机——那样的质疑容易而时尚，但缺乏生活和艺术的根基。

与常见的描写中国20世纪60年代到90年代生活的小说相比，《中锋持球》使用了一个关注宏大叙事和文学厚重意识的意向：在日常生活中辨识人性品质的善恶，通过一个个普通人物的生活，对历史中与人性善恶相关的个体生存进行文学解读，想要追求历史中平凡个体的意义，并竭力让它们在这部小说中、在历史中留存下来。

对以往历史和逝去的生命时光，可以用不同方法去编织故事，这部小说的特质在于：以日常生活的小叙事，提供对人的本质和历史本质的解释，并赋予它们不同的意义。这部小说的叙事内容去除了宏大事件，只留下了宏大背景而进行日常生活叙事，但其中所包含的人的本质生存和人道主义，却又与历史本质和宏大生活在暗中相依相生：人的本质才是所有宏大叙事的本质。

这样，这部小说的小叙事就与宏大叙事结为一体，就可以把普遍的"文化大革命"叙事演变为一个地方几个小人物的恩怨情仇，但这样的恩怨情仇中，却深藏着人性善恶的起伏，人性的起伏纠结变成了生活中真正的情节，而不是让政治化的历史事件占据主角，这实际上重新提供了关于历史事件的意义。

于是，这个故事的独立价值之一在于：在一个有宏大意义的历史时间背景中，却排除了各种宏大变化，让历史如流水般在普通人的生活中流过，让历史真正变成了日常生活中的人物故事，借历史事件中的日常生活，来深入人类终极理想与实现可能之间的关系：不论历史怎么变化，人性中善与恶的区别和对峙始终不会变化，善与恶只会在不同历史条件下有不同表现，不会有根本的变化。

从对日常生活中人性善恶的思考立场，这部小说延伸出更宽泛的生活形式含义，并使这种生活形式的感受变为有普遍意义的生活行为，由此去扩大对当代中国生活的了解。这样，就不是对"文化大革命"本身进行泛泛批判，也不是对中国经济改革之中的社会情景做简单回顾，而是对这段历史中的人性表现、对这种人性表现的现实延伸进行思考。小说中的历史时间和背景，成为一个具有更宽泛意味的象征性结构，人物和故事成为扩展生活的隐喻，它们把人们熟悉的小说叙事与特定的生活判断串联了起来。

这部小说的核心，始终是在当代中国日常生活形式中区分人性善恶，是坚守不同历史情境中的人道主义生活形式，小说的主导情节与当代中国的生活形式相应和，产生了这个日常生活善恶叙事的因由和方式，在这个过程中，过去的生活形式被赋予了特定虚构形式中的意义。由此，作者精心编织形式结构，在小说中建立了一个历史善恶与人间常事、日常人性与伦理秩序相接的生活形式，并让每一个读者都处于这种生活形式感受中。

## 三、让小说成为人性教益的呈现和源泉

人类对生活和文学的想象力所形成的人类之善，是否真能在文学中改变历史？《中锋持球》中的善恶判断对生活的真正意义在于，把一段地域时空中发生的历史生活，变成读者可以从中识别善恶的故事。小说更在意的，并不是已经过去的历史时间，而是一些人物、人物的故事以及生命经历，所以，在小说中看不到对以往年代刻板空泛的诉说，只有具体的人物、事件的细节。

看上去小说描述的是过去的生活，实际上其中的人性表现都在今天的生活中，历史只是一个人性发生的背景和框架。当人们进入那些故事和人物，去联想、联结更开阔的生活时，对应于今天的生活，这部小说就产生了隐喻功能，人们看到的不仅是那些人物和故事，也是人们自己和身边生活。这样的联想、联结，正是来源于故事中的普通人物和日常生活，为了让人们能够对故事中人物生活的普遍性有所感知，肖建国有意采取了这种描述生活的叙事态度、角度和结构。

可以肯定的是，这部小说延续着《荷马史诗》和《伊索寓言》那样的叙事传统，力图让故事给人们以教益或者教化，所以集中表达辨识善恶的人道主义，并且突出表达这样的思想：由于邪恶的人更加善于利用不断发生的新历史条件，人类难以彻底战胜邪恶并实现彻底的人性之善，但人类的生存韧性在于不向邪恶屈服，因此，这部小说不仅要呈现人性——在这样的人性呈现中，历史并不重要——更要成为人性的源泉，因为文学家必须倡导善而泽福于人类。

在这个意义上，所有的人物和故事，都具有寓言化意义，由这些细小而琐碎的日常生活情景可以延伸到更多人的生活中。于是，这部小说作为特定时代生活的表现和组成部分，对于什么是有意义的人的生存方式，给出了自己的看法：生命意义一定与善恶相关。这样的观念源自人性深处和这部小说本身，也源自作者对现实与小说主题之间关系的思考。在描述一系列相关的事件和人物时，作者按照自己所观察到的人性方向进行判断、组合叙事，赋予历史事件的编年纪录以情节结构，通过叙事话语的技巧化，去实现人道主义的故事描述。

这就不仅是关于过去事件和历史过程的模式，也是一种生存意义的陈

述,因而,作为一个表达生活的象征结构,这部小说不会去按照事实再现历史中的事件,而会注意生命情趣和故事结构如何让人们兴味盎然,在故事的生发中,让人们进行善恶思考和人性判断;在人们的生活经历中,充入这部小说所体现的情感价值,让人事善恶形象地浮现在今天的生活中。

读者看到,这部小说中的恶人,像黄知福、王庆生这样的人,在任何情况下都会充分利用不同历史条件追逐自己的欲望,但在任何历史条件下,善良的人,像王大保、钟海仁这样的人,都会端然不动地坚守善良的信条。这就是说,在任何历史情境中,善良的人都不会改变他们的本性品质,都会在日常生活中坚守作为人的道德底线,他们可能偶尔会像唐红卫那样犯错误,但不会长久坚持恶的欲念,即使自己的身心因此而受到损失,也不会改变自己的善良意愿。

善恶之间的根本区别是:善良的人为了别人生活得更美好而能付出自己的爱;恶人为了实现自己的欲望而伤害别人的身心和利益。这些日常生活中的道德化人物,说明在任何历史条件下,人都有能力让自己得到人性净化和升华。于是,这部小说中的历史浸染了浓烈的人道主义色彩,这样的道德化历史与政治化无关,它由于日常化而道德化,道理非常简洁:历史的道德秩序就像这部小说中那样发生在普遍生活中。

## 四、由对人性善恶的判断说出小说的意义

作为一种写作意识的表现,《中锋持球》是深思熟虑之后努力达到的结果。中国小说今天纷呈并置,蝶舞蜂飞,但对于肖建国这样有生命责任感和人道主义意识的小说家来说,最主要的思想与艺术视点是不会轻易改变的。肖建国赋予具体的情节结构和他所希望产生的意义以历史生活,也就赋予同样的意义以今天的生活,因为今天与过去中国生活中人性的表现依然相似,由此展开对今天生活的思考。

肖建国的生活思考和善恶判断,形成了小说中的文学思考和审美判断。使这部小说形成的文学观念一定来源于生活观念,将这种观念性的生活表达于小说中时,有什么样的生活就有什么样的文学,由此可以看到肖建国的生活观

念与小说的联系。这样,小说的诸多人性判断就不是刻板的人性概念,而是叙事的意趣,就产生了人物与故事层层相间、阡陌相连的叙事情景。

贯彻了肖建国的生存观念和叙事观念,就形成了这部小说自身的历史和命运的行动,去扩张和推进那些生活中不为人知、不为人记的人物、事物或者事件,将一个故事与一个故事、一个人物与一个人物相连,使整体性叙事将零散的东西彼此相连,就构成了一种中国当代生活记忆,也构成了一种对当代中国生活的善恶判断。

对历史的判断与对人的判断是两回事,人在历史中充满了复杂性,而历史往往是单一的,由单一的历史性质去判断人常常是错误的。从人性善恶出发的艺术判断之所以对肖建国有吸引力,关键在于历史与人性的关系:如果不能把这部小说中的善良人物变为历史的化身,就只能把人物寄托于人性的坚韧及其整体性力量。

所以,它由诸多人物组成整体性故事,故事中的不同人物与事件细节之间,始终存在着联系、进展和意义,变成了一种整体性生活,而人们作为历史和生活的读者与承受者,必须探索以及解释小说中发生的这种整体性关联,小说也就引导人们变成小说的参与者,于是,整体性故事就是整体性生活,人性力量在整体性生活中才能真正显现。

于是,这部小说必然从历史中人的不同方面去描写人,从人的整体性生活去描写人,关注点不在历史,而在人,其寓意,恰好在于经由对人性善恶的判断,说出这部小说的全部意义。小说为沉默而生是一种笑话,如果这部小说没有说出想让人们看到的,而让人们去猜小说隐藏的,实际上就是小说内存的精神主题空空如也,说明小说与现实间有一道精神鸿沟。

肖建国关注的,不是从政治化角度批判生活,而是在不同历史情境中的人性,这是小说立足的思想根基和形式核心。这部小说更着重表现的,是日常经历中的生命精神、人性善恶、善良的坚韧、人性的传统,并且明确说出了自己的生活判断和文学判断。

重要的,并不是过去发生的事情,而是过去生活过、至今还在生活的一些人,他们能让小说为他们记上一笔,要么因为其人性优美,要么因为其恶劣品性。如果回首往事让时尚生活中的大众居高临下、淡然处之,对生活不屑一顾，那么部小说中的历史则让肖建国深入今天生活的腹地，将过去变成一种今天的存在方式。

  显然，这与其他小说提供的人性解释和历史解释不同，人们没法确定哪一种更好，但可以由这样的叙事观点去追寻历史中的人性表现。因此，这部小说重述历史，不但是想回溯过去时代人们的生活形式和情感立场，而且想用小说的优势提示在不同历史中为什么要坚持同样的人性精神，是想换一个背景、换一种方法来观察人，并将处于这种观察中的人的可贵之处作为纪念留在生活中。

# 第八篇　美学化生命经历中的诗意情缘

## 一

《收藏岁月》是一部别有情味和意趣的作品，是徐春平和徐春莲多年从事收藏、从事文学的升华与结晶。在这部作品中，我们再次体验到人的生存从根本上是美学化的：收藏要有美学化方向的引导，才有收藏的境界，岁月也要有美学化方向的引导，才有生存的境界。

在这部作品中看到的收藏与岁月，让我们情有所钟：任何收藏都不能收藏历史，能收藏的，只是历史中代代生命对岁月的感悟，而文学是对收藏的收藏，是对收藏的升华。从这样的立场出发，《收藏岁月》是徐春平和徐春莲的生命向往实录，也是一片片理想的美学化生活风情，它把收藏之内的专门生活与收藏之外的普遍生活曲水流觞般摇荡在一起。

很多文学作品追求的是诗意生活的实现，而这部作品追求的是诗意生活的情缘。这部作品表现了作者经历中的诗意生活的起源：每一个人都有自己的诗意生活的情缘，而每一个人的诗意生活的情缘都与人类的久远生存相接，源远流长、隐约婉转，要尽情追求才能"众里寻他千百度，蓦然回首，那人却在，灯火阑珊处"。

于是，诗意情缘成为隐约含蓄的向导，对收藏的迷恋和对岁月的沉思与对生活的诗意向往融为一体，成为《收藏岁月》的中心。从这部作品中的每一个描写区域、每一种生活情景、每一个人物形象，都能感受到作者的理想情怀和现实声音，都能感受到诗意沉思的追寻和浪漫风情。无论是在毛泽东的书单生活中，还是在苏东坡的风流遗迹中，无论是在瑞士的静谧雪山上，还是在广州大剧院的生日时光中，总是长相思、勿相忘，作者沉迷于生命的悠远情意和沉定思绪，总是能让人禁不住地探古寻幽、流连忘返，并由此让这些作品成为生命的生长之地、体验之旅和长久之思。

这部作品想要在普通生活中抓住诗意生存的情缘，所叙述的收藏生活和日常生活都表达了有价值的生命和生活，也呈现了美学化的生存向往和文学行为，从而让生命更有情趣和意味，让自己也让人们对生活更有情思、更有追求、更加专注、更加真诚。仔细品读这本书会让我们感悟到：作者尽情地把自己所经历的一切都留存在作品中，帮助我们更好地体验自己所经历的岁月，也帮助我们把更久远的岁月融进生命。

这些作品在现实和文学、记忆和生存之间细微地流淌，在历史秘藏中深情追寻生命印迹和人情世故，不仅是在追寻个人风情和生活意趣，还与特有的社会史、风俗史和心灵史紧紧连在一起，在对历史风烟和生命神奇的体味中，叙述各类人物的想象面影和各种传奇故事，抒写特殊情境下的生存向往以及与之相连的风俗人情，既有收藏的体验，也有岁月的激情，既有心灵与生活理想的情趣，也有灵性与生命情志的浪漫。

在这部作品中，灵动的诗意生存空间星罗棋布，生成现实经历与诗意生活彼此交融的摇曳情景。行走在这些作品中，我们一面伴随作者游历收藏的诗意情趣与文学的抒情景区，一面从作者的浪漫情意中汲取现实生存的优美感受。打开这部作品，会发现，这里到处飘荡着生命的深长意趣：毛泽东的读书情怀，苏东坡的神奇命运，凤求凰红丝砚的楚楚动人，著名昆曲表演艺术家柯军素颜的风情魅力，弗拉明戈舞的诱惑，冰雪家园的遐思，父母乡愁的幽深，一切都融成一层层神秘悠远的诗意化生命气质。

风物常宜放眼量，这部作品让人体味到：收藏不是收纳和品鉴，而是发现和深入，不论对文物还是对生命，都是如此，收藏和文学都是发现一种生活风格和生命质地，这在徐春平对毛泽东的发书单的几番探询和与凤求凰红丝砚之缘中得到格外体现。

任何文物，包括毛泽东的发书单，包含的都是生命的痕迹和历史的痕迹，徐春平对毛泽东发书单的探寻，实际上是对毛泽东生命痕迹的追寻。在对毛泽东发书单的探询中，可以看到历史的痕迹和生命的痕迹交错在一起，蜿蜒曲折，饶有情趣：是否存在另一个毛泽东？这是哪个时期的毛泽东？而这样一些思考和探寻,这样的对毛泽东生命痕迹的追求,与毛泽东的一生可能有什么样的密切关系?和我们今天的生活与生命之间是一种什么关系?这是在正史之外非常有意思的一种生命探讨,却更加富于生活气息。

## 二

漫步在这些作品中,你会轻盈安静地与生活中平常而又难得的感受不期而遇。作品中的一切经历都是美学化的,美学化的生存向往引导着这些作品,引导着这些作品中的生命情致。如果说,收藏暗示了历史的影像,岁月隐喻了生命的坚韧,那么,诸多的现实生活情景就承载了生命血脉的流传与艺术精神的执着。如果说,收藏为这些作品带来了悠远的生命情怀,那么,文学艺术就为这些作品带来了无限的生活向往。当历史送走了往日的烟云,当生命不断进入现实的每一片角落,这部作品中收藏的记忆和文学的憧憬为我们带来了岁月的荣光,为我们凝结了一曲曲华美的生命乐章。

若要以收藏和文学阅尽人间春色,这些作品中的生存感受和品质就要有美学化生存的引导。这部作品的收藏激情与岁月激情是一致的,收藏生活与文学生活是一致的,生活立场与写作立场是一致的,这些作品以收藏和岁月的美学化衷情为主导,对生活进行美学化处理、保存、发扬,在久远年代里打捞并收藏以往有价值的生活遗存,也在现实的深处寻找今天有价值的生存记忆,在真实的生活遗迹和风俗人情中,还原人生本色和历史风情。

收藏要收藏岁月,文学要抒写岁月,收藏岁月的层层生动情景让美学化生存发生在我们的身边生活中,这会把一切历史和普遍生活都转化为当代生活和个人生活。徐春平和徐春莲把每个个别的生活体验都与我们这个时代以及我们的生活世界相连,甚至尽情与未来的生活情思相连。历史本来是枯涩生硬的,当这些作品中的历史变成了岁月的生动形象时,就会让我们生动地去进入和体验无痕岁月,去把自己与更久远、更无限的生活联系在一起。因此,这些作品中不仅有激情快乐和平静幸福,还有历史苍凉和生活苦涩,让人多情应笑却并不早生华发,不论收藏还是岁月都尽在不言中:昔我往矣,杨柳依依。今我来思,雨雪霏霏。

从《收藏岁月》中，可以深切地体验自己时代的久远生活和身边生活，让我们在普通生活中有一种独特的美学化生存方向和美学化生存感受。这样的美学化生存感受一直萦绕着作品中的日常生活，萦绕在作品中的每一处地方，延伸到在广州大剧院观看《威尼斯商人》的上演。在不同的地方有不同的生命感受，当徐春平到达湖北黄冈时，是悠远的人物联想；当徐春莲到达瑞士雪山时，是瑞士雪山的那种清净纯粹如童话、如仙境的冰雪家园般的感受。他们以自己远近高低各不同的美学化方式，尽力把横看成岭侧成峰的生活情景描述出来，追寻彼此相似的有价值的生活，并且想把它们传递给人们去感受，这样就有了这本错落有致的书。

下半部《岁月》更加集中明确地表达了追求爱与美的美学化生存主题，所以徐春莲在下半部一开始的引言中写道："虽说生命的过程，往往就是个忘却的过程。但我相信，怀揣一颗听雨的心，让清幽的禅意填满胸腔，在叠增的岁月里，总有一天，灵隐禅踪，北峰茶韵，还有这浑朴简约、通旷清逸的大雅之家，都会和我的梦不期而遇。"这是徐春莲在下半部中一直表达的一种浪漫和清雅，像少女怀春，像稚子期盼，总是怀着一颗梦想和纯真的心。

《收藏岁月》的美学化生存意义在于：收藏和岁月都是对生活的美学化发现和经历。从这部作品可以感受到，岁月和收藏都是发现，是对生存世界、生活风格、生命质地的发现，是发现一种生活或者一种生命，是发现生活或者生命的一种特殊意味。在发现生活和生命的意味上，《收藏岁月》的各个篇章无缝融合，在岁月中收藏生存，在收藏中发现岁月，在收藏岁月中发现生存主导的品质和生命生长之地。当徐春平在作品中把自己的收藏经历转化为文学经历，当徐春莲把生活吹皱的一池春水留存在作品中，一切经历就都变成了美学化经历，历史就变成了生动可感的美学化生命形象。

因此，这里面充满了生命与文物、人物、历史、生活关联的美学化意趣，徐春平开篇对毛泽东这个人物的浓烈意趣，同样也是他对待其他历史人物的浓烈意趣，对苏东坡和其他人物的追寻也是从这样的生活立场和历史角度出发的。徐春平为探访苏东坡故地而游历湖北黄冈时，他不断想到的是一个遥远的苏东坡，并从中萌发了自己对苏东坡的憧憬和想象，当这样一些想象与所看到的苏东坡遗留下来的文物联想结合起来,就很自然地生发了一种当代的生活情趣。

## 三

对毛泽东、苏东坡、米芾、容庚、柯军这样一些人物的衷情,当然来源于对文化艺术本身的衷情,而这样的文化艺术衷情必然与长久的阅读有关。徐春平和徐春莲与文物和历史的不解之缘,其实是与文化艺术的不解之缘,是与文学艺术作品所包含的人性品质和生存理想的不解之缘,在两个人以诗意情缘共同联系而构成的作品中,<u>丝丝缕缕贯穿的</u>,都是文化艺术情缘和理想主义生活情缘,这也是他们从事文学、阅读和收藏的起源。

因此,徐春平回忆了父母亲对他的教导和对他阅读的引导,详述了父母亲有意无意引导孩子们走上阅读之路的经历。这与徐春莲后面所写的父母亲对孩子们生活倾向和生命品质的引导、对孩子们的阅读影响和文化影响都紧密相连,同为一体。从这本书开篇的徐春平的第一篇作品开始,徐春平的各个篇章就和后半部徐春莲所写的各个篇章紧密交织,兄妹之情与文化艺术之情、阅读之情与父母之情水乳交融,它们紧紧相连,如涓涓细流密切交汇在一起而形成生命的河流。他们的生命历程从开始就像一条弯弯曲曲清澈流淌的河流,他们的收藏是从藏书开始的,藏书是从阅读开始的,阅读是他们生命源流的根本源头,而这个源头正是在他们的父母那里发源的。

一个有爱的人,总是感谢那些给予自己美好的人,也想把自己的美好情意给予别人,而这部作品所记载和纪念的,总是那些对别人奉献自己、让别人过得更美好的人。这样的感情是我们生命中最重要的感情,也许一切情意,一切夙愿,一切与世界上各种事物的缘分,都可以集中在我们生命的爱与美上,而在徐春莲和徐春平的作品中,最终集中为他们对于父亲和母亲的爱,也在于他们的父亲和母亲对他们培养起的爱,这让他们的作品充满了爱与美。

如果没有这种爱与美的培育,也许就不会有他们这样的人生,不会有他们在这部作品中对整个世界内涵的理解和表达,不会有他们对生命以及生活的爱与美的感受,所以整个作品的核心是对爱与美的表达,而整部作品的高潮集中表现为对于父亲和母亲的爱，集中表现在他们对于父母亲的深切的怀念和感恩中。在徐春平的《永远是鸟咬来》《父母亲引我们走上阅读之路》和《我的藏书之始》中，在徐春莲的《寄往天堂的家书》《没有乡愁的乡愁》和《捡拾时光的流痕》中，情深意切地表达了这样的情感，这是他们对于自己父母的美好的情感，也是所有对于父母有美好情感的人的纪念和感受。

正是从这种从小被引导、被培育的生命气息和生活感受出发，徐春平和徐春莲走到任何一个地方，进入任何生活，在寻访文物、探求遗迹、流连自然、衷情艺术时，总是沉思于、感悟于他们所经历的事物和徜徉的场所，实际上都是在探询历史人物或者现代生命的遗迹。毛泽东的书单、苏东坡的遗迹、容庚先生的墨宝和柯军的表演艺术，都是时代遗存于中国生活的，这样一些遗存当然具有文献价值，而在这部作品里，文献价值实际上更加深刻体现出的，仍然是生命价值。

对生命价值和人物意趣的向往，产生了收藏的情缘和岁月的情缘，从中生发了非常强烈的发现生命的意愿，也生发了诗意生活的情缘，从而与历史生活和现实生活保持了热爱生命的美学化历史连线。这样，在自己的生活中，徐春莲就有了与柯军、瑞士雪山、《威尼斯商人》的诗意情缘，徐春平就突然与苏东坡几次不期而遇——在湖北黄冈于东坡赤壁碑阁里看到《荔子碑》后，不到一个月，在汕头又收藏了苏东坡串钱木雕像，从汕头回广州不到半个月，又看到了《赤壁赋》青花方瓶残件。从这个经历中，可以看出一种浓烈的美学化生存倾向与诗意情缘，在徐春平的生命中，留下了太多的对苏东坡的衷情，所以才不经意间不时与东坡老人不期而遇。

实际上，徐春莲与徐春平共同关注的，是人物与生命的诗意神韵，是生活的诗意情缘，所以，徐春平一开始写毛泽东的发书单，执着地追寻毛泽东的发书单的隐秘，由此发现毛泽东的早年生命理想表现，而毛泽东的生命理想必然与中国历史密切相连。徐春莲的下半部一开始写的是容庚，接着下一篇就写了《素颜》，写的是一个当代人物的灵魂：著名昆曲表演艺术家柯军的心灵世界，由此素颜露出并且牵引之后内容的，是艺术品质和人性品质，是生命本身迷人的质朴和特定的性格力量，写素颜的魅力，实际上是写生命理想的魅力、生命品质的魅力。

所以，这部作品很自然地从生命品质和生命理想出发，有文物，有历史，有现实，真切地进入到了艺术文化和美学化生活中。尤其是徐春莲的作品，内场曲折幽深，层层叠叠，有表演，有艺术，有书法，有绘画，有文学，有舞蹈，仅从各篇的标题，便能看出这样一种丰富性。当《弗拉明戈舞的诱惑》中写到75岁高龄的演奏弗拉明戈吉他的"活化石"帕科·佩纳带着他的弗拉明戈舞团来到广州，表演饱含感情的艺术盛宴《生命之舞》时，作者让人深切地感受到，岁月是一条河流，而生命从岁月的河流中激情而又平静地流过，把痕迹留在了一支支流淌的生命理想之歌中。

## 四

文学风格就是心灵风格和生活风格，心灵风格就是进行美学化处理和表达的风格，不论徐春平和徐春莲的文学形式、技巧、语言的表现有什么不同，心灵倾向决定了对生活怎么进行美学化处理和表达，决定了文学作品的形式与意义怎么发生。由于徐春平和徐春莲心灵倾向的一致，他们所有的文学写作的细微区别，都融合在同一的文学风格倾向中，融合在同一的美学化生存倾向中，由此也就构成了同一本书的一致风格表现。

《收藏岁月》在表现丝丝入扣的现实生存感的同时，也表现出有心灵珍藏意味的理想生存感。徐春平和徐春莲钟情于与美学化生存相融的心灵升华，凭着《收藏岁月》的美学化气质和品性，在不同的篇章中以同样的深切去引导和升华生命，而这些作品中深刻的含蓄痕迹，就是共同的生命崇敬和心灵纯净。当这些作品带来了有价值的生命主题与有情趣的生活意向时，在作品中所记录的个人的有限生命与普遍的无限生活之间，就能找到一种普遍生活与特殊生存意味的平衡，借助这种平衡，这些作品把个人生活世界与叙事、抒情和哲理融合成一种文学形态。

这样，生动的情思在理想与现实之间对映流动，诗意的生活情趣随处流动、委婉曲折，美学化的思绪不时生发、简洁清晰，作品中悄然飘溢着生命的沉静感、希望感和亲近感，无论是收藏意识中的那些远去情感，还是日常生活中那些瑞士雪山上的情愫，无论是对父母之心的倾诉，还是对深入肌肤血液的阅读生存感，无论对历史文物还是对生活现实，都剪不断地、丝丝缕缕地渗入生命，从而倍感珍藏生命感受的可贵。

好作品不是写出来的，而是从生命深处流出来的。《收藏岁月》有作者的人格投影和生命活力，有率真坦荡的精神亮色和深切情意，再加上凝练干净的文字和富于情怀的想象，形成《收藏岁月》自由自在的意趣，不但有感人的生活光泽，还能够使人在思想的天空尽情飞翔，在徐春平的那些不断探问文化艺术与生命品质关联的作品中，这尤其能表现出来。一方面，徐春平的这些作品以平实真切、简洁清晰的笔触叙写收藏生活与普通生活相连的希望和感觉，并由此引发对历史、人生、城市、乡村、自然的存在感和美学化生存思绪；另一方面，这些作品又写出了当代生活中人情风物之间的心灵联系和生存状况，由此而让人体验生存情境的变化，引发现实生活中的生命意趣。

与其说《收藏岁月》是在感悟人生的同时用生命和心灵去感受自由、自然、历史和文学艺术，不如说这些作品表达了对于特殊生命情境和情志的诗意兴致和诗意情缘。岁月就是生命，生命就是岁月，但生命留下了痕迹，岁月却没有留下痕迹，这使生命比岁月更长久，因为生命总是有一颗诗意的初子之心，有一种不断与精神、浪漫和梦想相遇的诗意情缘，这样的情缘贯穿作品的始终。所以，我们在作品中看到徐春平和徐春莲在生活中细致地收藏和品味岁月，两人的风格和经历似乎都与收藏和岁月有不解之缘。

徐春平的散文总有一种挥之不去的收藏情结，而徐春莲一开始也从收藏谋局开篇，所以下半部的第一篇就写收藏容庚先生的墨宝，但这只是一个引出更宽阔世界的引子，更深入更曲折的，却是之后连续涌出的岁月天地。徐春平和徐春莲所有的描写都自然平静，历历道来，如数家珍，好像在非常平静地跟自己、跟朋友们聊自己生命中各个不同的时刻。在他们看来，作品中所汇成的自己的生命经历和生命感受总是有一种深情，总是有一种不可忘怀的东西，但讲给人听时，却非常的亲切自然、优雅沉静、简洁细腻。

徐春莲所写的下半部《岁月》，与徐春平所写的上半部《收藏》的风格相似，与生活相连，又有不完全一样的内容，但上下曲折流淌的意趣和品质相互映照，别有风情。两人的文笔都非常地简洁流畅，清新疏朗，徐春平的笔触就像一竿两竿修竹，徐春莲的点染就像三朵五朵梅花，从中小桥流水，曲径通幽，清新空旷，迷人悠远。徐春平的写法是非常清晰地贯穿到底的叙事写法，从头至尾的叙事，非常集中，有清晰的主题与线索，而徐春莲的写法则是纵横交错，内涵丰富，从天地到文学艺术，所写的内容自然融合，关注风物和生活的白描式印象，简洁而又深情，强烈而又细腻。

  当徐春莲把瑞士雪山比作静谧空灵的世外桃源时，道出了自己的心灵家园感受，而用脚步丈量瑞士雪山时，是静静地用自己的心灵在行走。作品中所写的家园感受，不是仅仅两个概念或者两个词语所能概括的，更有让人身临其境并深入其中的那种切实感受。我们可以深切地体会到她那种第一次和雪山一起在晨曦中醒来的情思，就像她在作品中所说，梦萦深处的这片宁静，静得似乎能听到雪花落地的声音，这能让人深切体验到属于生命本色的沉静与纯净，没有喧嚣与浮华，也不需要考虑其他任何干扰生命的因素。

# 第四编

## 虚构世界的意味

# 第一篇　从传说到沉思：重述传说的叙事期望与历史意味

## 一、传说化小说的叙事期望

我将鲍十的《生活书》这样一些系列小说称为"传说化小说"：东北平原写生的"写生"面对的就是传说，在这些小说中，传说既是故事的传说，又是历史的传说，也是现实的传说；反过来说，传说既是传说的故事，又是传说的历史，也是传说的现实，因此是"传说化小说"。

这种对传说的写生意味，一是"写生"出现在它们与现实的直接关系中，它们在民间原生而具有面对现实的民间直接性；二是"写生"表明它们作为一种尚未突出集中出现过的叙事情景而呈现在当代中国文学现状中。它们隐约显示了当代中国小说与几方面的联系：与故事的关系——小说在当代中国怎样讲故事；与历史的关系——历史在当代中国小说中怎么出现；与现实的关系——在当代中国写什么样的小说；与民间的关系——当代中国文学如何与民间性结合而产生当代变化；与传说的关系——小说是否与当代中国生活一起远离传说的生活。

有意味的是：从这样的小说写法、从这样的传说化小说中，会产生什么？人们希望产生什么？每一种文学都与其产生的特定时代相联系，并对特定生活有所贡献。在当代中国文学中，鲍十的这种传说化小说风格此前没有明确清晰、突出集中地出现，却曾在20世纪80年代和90年代的一些小说中有过类似的倾向性，但那种倾向性不像鲍十的《东北平原写生集》对于民间性的回归这么彻底，也不像鲍十这样对于已有的小说复杂技术观念放弃得这么彻底。在时下中国，这种放弃和回归有着特殊的意味：其主题意味和风格意味不但与时下中国文学现状做出某种对抗,而且与以往的当代中国文学景观有所不同。

鲍十作为这个时代的作家,首先发生的是与这个时代的关系,然后才是在这种时代与作家的关系中的写作。然而,一旦开始写作,任何人都不得不面临庞大而悠久的人类生存传统和文学传统以至美学传统,人类文明传统所共同拥有的精华自然就凝成了经典而笼罩人们。因此,实际上,每个作家都一方面面对自己的时代,另一方面不得不面对文明社会的经典。鲍十的态度十分坚定而明确:他就是一个执守经典观念而从事写作的作家,他用他的《东北平原写生集》再次显示了这种观念。

鲍十的《东北平原写生集》像这个时代的另一些中国作品一样,具有一种特殊的时代感与历史感,可以将这些小说作为一种叙事标志,由此去看待有类似鲍十这样写作意愿的一些小说家和这样一种小说追求。作为一个坚守故事传统的作家,鲍十用这些小说对现实和文学同时自觉地询问:这样做可以吗?这样做可以实现什么?当代中国能够通过重回文学叙事的朴素状态而获取叙事动力吗?在历史中讲故事,还是在故事中讲历史?这种种关系或者界限当然不是小说就能清楚界定的,这些界限似乎本来就混淆不清,但小说恰好是在交叉小径的花园中获得想象空间的。鲍十的这些小说努力发挥了小说与现实关系的想象特性,既提供了历史素材,又提供了故事趣味。

因此,传说在鲍十的这些小说中的转化或者鲍十对传说的重述是个有探讨趣味的话题,这种趣味是这些小说的"写生"写法和意向同时构成的,于是,民间传说在鲍十的这些小说中如何构成意义以及构成什么样的意义成为在当代叙事中可以延伸的话题。

中国传统文学一直与民间有若有若无的关系,《诗经》《山海经》《聊斋志异》,宋词、元曲、唐传奇、明小说都起源于民间。那么,当代文学叙事重返民间的意义在哪里?如何重返民间?当代中国文学与民间性的关系如何处理?小说的民间性与民间性小说有什么关系?鲍十的这些小说在当代重返民间,这种返回民间的方式和观念与以往时代完全不同,如果深入鲍十的这些传说化小说,这些问题就能被隐约觉察出来。

## 二、与形式相关的生活意识和生活风格

《东北平原写生集》这样的小说以民间化的、传说的方式叙述了一些现代中国角落里的往事，当然，这种进入历史的方式同时也在进入现实，生成了一些特殊的传说化历史感受和叙事感受，它们触动了人们在现代中国历史路口对当代生存的另样感受，也促成了对族群文明意识的某些思考。

这些小说以现代民间传说为历史细节，细致地描述了历史的政治力量与族群的血缘力量交融时的民间情景，对在历史中消逝的个体景观做了耐人寻味的回溯，也描述了历史力量冲破观念化社会时，个体化进程中所发生的各种错综复杂的经验：滑稽的、悲哀的、无奈的、悲剧的、讽刺的、无助的等。

这样的传说化历史描述，以小说形式体现为一种生存观念的形式化情景，而这种形式从这种观念本身的复杂性和不确定性中产生，从而运用了适用其形式本身的传说化历史主题，使人们处于一种生活意识和生活风格的交叉路口。

这种叙事感受有些类似于20世纪八九十年代某些小说那种进入历史的感受，有些人曾将一些有那种感受的小说称为新历史主义小说，我对这种说法并不认同，但我从我的角度承认这样的小说在当时有特殊的历史叙事品质。现在，《东北平原写生集》这样的小说又带我回到那种叙事感受，同时也带我朦胧回到写作那样小说的年代的历史感中：叙事感受总是与历史有千丝万缕的神奇联系。

但鲍十的小说又与20世纪八九十年代的类似小说有所不同，例如与郑万隆的《异乡异闻》系列有所不同。但有意味的是：两者都采取了系列小说的形式，而没有采取长篇小说或者偶一为之的单独篇章形式。这说明，从20世纪80年代起，人们已经有意地试图从一种更完整的历史感与现实感交汇的生活观念去构筑小说世界，也从这样的小说观念去发现生活世界。在这一点上，这些小说家似乎有相同的意愿。

但可惜的是，到了90年代后期，这种意愿几乎完全停止下来，而现在，鲍十的写作重归这种意愿，鲍十以现在这样的小说形式、以一种新的叙事姿态，接续了他在《我的父亲母亲》中曾经朦胧憧憬的那种小说世界。一方面，鲍十

的这些小说更追求回归民间叙事的朴素无华；另一方面，鲍十的这些小说更追求进入小说叙事的本源动力——传说。更重要的是，鲍十的写作年代与八九十年代完全不同，因此，这样的写作有了与这个年代的特殊关系：经典文学与时尚写作的关系、文学喧嚣与安静思考的关系。

一是《东北平原写生集》这样的写法远离时尚趣味；二是这些小说的内容与80年代和时下的文学内容都有不同；三是这些小说中包含的生存意识与以往不同；四是这个时代理解文学与现实关系的观念与以往不同；五是这个时代小说写作的观念与以往不同。这些关系，使鲍十必须考虑，也必须做出选择，同时也必须重新面对文学写作与现实生存的关系，《东北平原写生集》可能正是鲍十多年来进行这样一些思考的结果。

我无法将鲍十的系列小说《东北平原写生集》以及传说化的小说写法与这个时代的日新月异相提并论，但其中的写作动机、题材选择、主题立场、叙事感受仍然不能不与这个时代相连。时下中国是经典的社会理念和文学理念面临危机的年代，但我看到，鲍十作为作家与经典的社会理念和文学理念保持着顽强联系，并借此划开与同时代另一些不同立场作家之间的清晰界线。

当然，如前所说，我已经发现，鲍十现在这样的写作与80年代的某种整体写作倾向具有深刻的联系。因此，我以为，这既是一种文学传统的延续，又是一种文学新意的寻找，同时，也是文学经典理念不断生成新的文学情景的具体理由。

由这些民间的、传说的历史情景，鲍十的这些小说试图再次告诉人们，小说并不是单纯作为时代路口的回顾而进入文学的，而是作为当代生活的一种象征包含历史情景，并具体体现为各种叙事现象和不同时期。因为，不同时期的历史并不重要，重要的是与这些历史时期相连的不同生活意识和生活风格，它们在小说中必然以不同方式体现为不同生活情景。

在鲍十的这些小说中，不同的生活就体现为传说的不同情景，这些传说的重要性，恰在于其处于真实与不真实之间的含糊状态，因而，这种含蓄的传说图景反而是对不同生活风格和历史时期的有意味的理解，这种理解的特性具有反思与期望的同时性：人们对今天的生活风格怎么看，其实决定了人们对以往生活风格怎么看，反之亦然。

### 三、对历史整体思考的风格意向

我以为,鲍十的这些小说对历史态度与传说化叙事同时实现,由此表达了一种叙事风格和文化风格的同时存在,这种存在一方面显示了小说自身某种风格的延续,一方面表达了产生某种小说风格的特定历史时期的延续:80年代的影子在今天生活中依然存在。概括地说,就是一种文学风格总是和一个历史时期相联系,并且总是会延续进以后的生活、影响以后的文学。

《东北平原写生集》这样一些系列小说不像80年代类似的小说那样戏剧性地再现历史,也不像鲍十自己当年的《我的父亲母亲》那样单纯地置身于历史之中,由对现实的理解转向对历史的理解。与当年对历史和现实进行秩序化与戏剧化叙事处理不同,这些小说很大程度上脱离当代中国文学叙事的常用规程,以民间化的传说方式对生活进行不动声色的处理,叙事主要由民间诉说者决定,而小说作者努力隐藏于零度叙事。

于是,鲍十的这些小说有意味的是:它们一方面体现了那个年代的叙事趣味在今天的变化,一方面体现了那个年代的文学风格在今天的变化——这里的风格含义不仅有单纯的小说形式含义,而且有生活风格、政治风格和社会风格含义,总体地说,是某个阶段的历史文明风格。这两方面共同形成了对今天文学秩序和文明秩序的思考与反抗,同时,它们还形成了对历史本身那种僵硬进程的思考与反抗,希望历史更加柔韧和宽容。

虽然不同时期的文学在不同时期中具有大致一体的文学风格,并且伴随着相应的生活风格,但如果能简洁地将生活与艺术共同概括为某种文明的风格,那么就会大致发生这样的情景:原始社会对应于浪漫主义;农业社会对应于现实主义;工业社会对应于现代主义;消费社会对应于后现代主义。这些阶段性的文明演进与文学演进给文学带来的,是越来越坚实稳固的经典体系,直至进入媒介时代,这种经典的稳定性和唯一性被打破,文学也由此产生危机。鲍十的这些小说产生于这一文学风格变换时期,必然让人们去意识:这种经典写作的坚持对这个时代的中国文学意味着什么?或者,这能否使人们更深入这个时代的文学形式和内容?

从一种风格的角度去看,鲍十善于将当代生活延伸进以往生活,再将以往生活拉进今天的生活。作为个人的风格，这些传说化小说体现了鲍十作为小说家自己的手法和观念特色，体现出特有的形式规范和主题内容，例如以小说的方式重述传说、将民间纪实与小说虚构相融合、注重叙事的民间原生状态等。这使既依托这些传说又展开这些传说的小说本身有了传说的特点，而传说的重要特点之一是其叙事的朴素单纯，于是，这些小说也就有了传说的朴素单纯的叙事特点。

这种写法的含蓄处在于：将离人们不太远的生活推得很远，使人们与这种生活因拉开距离而产生怜悯与遗憾，让那些生活在这种感受中的人们再回到现实。这些小说中的很多篇章在写20世纪六七十年代的事，最远的生活也不过是三四十年代的事，但看上去，这些生活是即使经历过那样年代的生活的人也不一定熟悉的另一种生活，那样的生活被遗忘在历史的角落，不是今天能自然想象和随意感受的，从而似乎与今天的生活没什么直接关系，而鲍十的这些小说似乎在将它们复活于人们今天的生活感受中。

风格还是回到了对小说本身的思考。小说一方面导向个人，一方面回到社会。小说的这一功能在90年代后半期的中国是被普遍承认的，并且可以在诸多作品中被确认。但在90年代后半期的个人化写作中，小说的这一双重功能被偏置于个人一端，这样的意识一直延续到2010年以后的生活和文学，并且被不断放大。在这样偏执一词的情景中，鲍十的这样一些小说在很多人眼中已陈腐不堪。当然，轻蔑和否定都是容易的，但类似鲍十的这样一些小说的风格虽被轻蔑和否定，却仍在那里，并不能被那些不承认它们又不了解它们的意识所中止、所颠覆。

这样一些对生命的关注有别于那些反映当代享乐生活的文学，也有别于那些用相似模式和套路制作的文学：这里仍然在强调文学的个人风格，这种个人风格的含义不同于个人化写作的含义，这不是停留于身边琐事的那种写作自由。今天进入了后风格时代，人们更加喜欢没有风格、没有个性的写作，媒介化、制作性的奇异表现已经离开了风格的本来意义。这样说，并不是简单地指责晚近文学和新贵文学没有风格与个性，而是说明整个历史时期正在进行风格变换。

我由鲍十的这些小说的风格联想到的是：今天强调的不同风格，有可能只是手法、语言、内容、形式的不同，而不是生活思考和价值判断的不同，但这两者本来是一体化的，今天却被人们泰然自若、名正言顺地分割了，而鲍十似乎在自己的作品中缝补两者的裂隙，努力找到一种使两者自然融合、同时实现的写作。

实际上，所有狭义的、表面的风格都与深度的、广义的风格相连，即艺术与思想相连。风格就是文学家对生活的整体思考所表达呈现的状态，没有对生活的整体性思考，就没有具体的表达风格。一个文学家有可能同时融古典主义、现代主义、现实主义、浪漫主义为一体，那是因为他已经有一种对生活与艺术关系的整体性思考。例如说，雨果和巴尔扎克都有一种对时代的整体性思考，却选择了不同的表达风格。鲍十现在的风格由传说化小说体现出来，其实还是因为有了对这个时代生活的整体性思考，所以他才这样去写作。

## 四、重述传说的当代现场与叙事想象

沿着鲍十的个人风格出发，在这些以地方名字为题、以民间传说为主体而构成的东北平原故事中，小说的叙述者和小说中的民间叙事者的共同叙事态度是：慢条斯理地回忆着往事，故事有一种安静冷寂感，似乎远远地观看着那种生活而描述着，这产生一种故事的情境感和叙述的时间感。生命的恍然逝去与历史的长久延续婉转相连，由此飘溢出一种现实意义和生命气息——这就是民间传说在小说中演化出的生存感受和历史想象。

鲍十以小说的方式重返民间、重构传说，其实是试图在当代中国文学与现实的纷乱关系中寻找一种文学与现实的得当关系，一种小说的得当表达方式。这些小说与民间性的关系提示出来的是：以什么样的立场和方式去面对传说，就是以什么样的方式去进行叙事，或者说，就是叙事者想让传说在小说中变成什么样。《西游记》《三国演义》《水浒》《三言二拍》都有作者与民间性传说的关系以及面对传说的立场。

时下的中国文学虚构，尤其是80后和90后作家的虚构写作，远离传说和民间性的支撑，这种远离未必完全不当，因为文学总是在从民间发生而远离民间后又重返民间的过程中，但这种远离并非是任意的，而是包含着对民间性的创

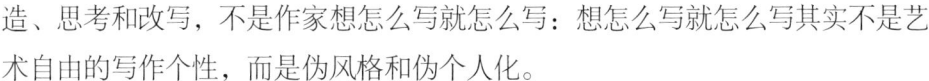

造、思考和改写，不是作家想怎么写就怎么写；想怎么写就怎么写其实不是艺术自由的写作个性，而是伪风格和伪个人化。

在鲍十的这些小说中，传说被彻底地进行了文学改造，我们会发现，这些小说中的传说被改变了单个传说本身具有的民间的、零散的、个别的、非审美的特点，被写进这些小说的传说有了其自身的连续性、整体性和审美性，也有了向外部延伸的历史感和现实感。

这些传说化的小说逐次相生、纵横相连而形成一个独有的东北平原世界，成为现代中国历史中的一块小说版图，并以其特有的叙事构成了东北平原世界存在的理由，在这块暗示与想象相生的东北平原上，生存情景、生存意识与生存方式紧密缠绕为一体，生成历史的想象景观。

虽然这种想象景观带有传说意味和民间色彩，但对传说的想象或者对民间的再虚构正是这些小说的特殊空间。作为传说与想象、民间纪实与文学虚构并行的结果，无论作者还是读者，甚至那些仍然在传说的口口相传者，都无法也没必要考证这些被鲍十小说所描述的传说的真伪，只需要借此进入一个历史想象和生命想象的空间，正是在这个意义上，这些小说借助传说产生魅力，而传说借助这些小说深入人心。

除了与叙事起源、叙事传统以及叙事动力的关系，这些小说的民间性还发生着与历史的关系。这些小说向人们展开的，是另一种历史——民间传说中的历史，那么，我们能够在这些小说中看到：民间性历史与制度化历史有什么样的区别？制度化历史在这些小说中怎样被理解或被质疑以至被消解？也许，这种小说化的传说或者传说化的历史正是对制度化历史的修补和展开。

对于在当代生存必然映照下的历史，小说家是借此观照当代生活的观察者、呈示者和思考者。在鲍十的这些小说中，他无法把历史中个体的偶然性看作历史的必然性，但是，正是必然的历史酿成了个体的偶然命运，这使小说中的个体——即人物，在历史中留下了一抹惨淡的痕迹。

因而，像鲍十的这些小说中的人物一样，任何小说中的人物实际上都面临着历史的巨大压力，只不过，人物面临历史压力时的态度、表现、意识不同。鲍十的这些小说中的人物的最突出特点，是他们面对历史时毫无知觉，或者说对历史没有主动性。若这些人物有生存的自觉性，他们根本就不会是现在这样的命运：历史和他们自己都不会有小说所叙述的结果。

将鲍十的这些小说与其所表达的历史联系起来，这本身不是目的，而是一种方法，借此，人们可以由鲍十的这些小说观察到的，是作家的存在与风格的存在，是文学的延续与历史的延续之间的微妙关系。人们可以这样看这组小说：它们既提供了历史的叙事说明，又提供了叙事的历史说明。而这样的说明与这个时代相连时，就必然是阶段性的表现：也就是说，人们在这个时代的叙事，最多只能提供阶段性历史的情景，而这还要求叙事不能像空中礼花一样是瞬间性的，或像装置艺术一样是物理性的，而是真正有时间性的。正是在叙事的时间性中，或者说，在叙事延续于时间中时，鲍十的这些小说才产生了如何让传说存在于生活现场的意味。

## 五、凭借传说而成为观念性生物的小说仪式

进一步展开看，这种传说化小说形式不仅是一般性进入历史和小说的方式，而且已成为一种鲍十的小说仪式，或者说，是鲍十进入历史和小说的仪式。

在这些小说中，鲍十对传说与历史的关系、对故事与历史的关系进行了仪式化传说的处理，传说成为这些小说中必然出现的仪式。这些小说总是借助传说在小说中的仪式效果而将自身隐入现实；同时，传说也成为这些小说中人物的生命仪式，人物借助这种仪式而变身为一种对历史命运的暗喻。

这种仪式化的叙事处理，使传说与小说一起获得与历史同在的价值和荣耀，并由仪式化本身的强制性而导致对残存于现在的历史幻想的清除，从而倾向于把历史看作控制个人存在的强大力量：历史可能随时扭曲个人、让个人由历史意外而离开或摆脱惯性生活意识与立场。但即使这样，在这些小说中，人物仍然都在被动地做出选择，这种选择仍是个人对历史的自我决定，虽然可能导向人物的自我毁灭。

于是，这些小说中个人徒然反抗历史的行为变成了一种个人献祭历史的仪式；于是，就有了历史的苦难性问题，我们可以由此提出历史的苦难性以及历史的苦难性由谁来承担的问题。

在这些小说中，我们看到，历史进程必然携带着历史苦难，那么，除了

我们自以为已经确定知道的他人的以及我们自身所承担的苦难，那些在传说中逝去的人不是同样也承担着一种苦难吗？那些苦难是否随着已经逝去的传说而随风飘散？以这样的方式去理解苦难，才有可能意味深长。

有苦难，就有同情与怜悯，鲍十不能将他心目中的个人命运单一地看作冷酷无情的历史情景，而是力图从这种情景中透出同情与怜悯，这种同情与怜悯就是这些小说中的传说世界的人性特征：这是与普通世界相对抗的、由这种传说仪式所确立的世界的人性特征，这个传说世界把人看作历史的又超历史的传说生物，他们只在这些传说中存在。

那么，在以往传说——或者说以往的逸闻故事差不多销声匿迹的当代中国生活和文学中，这样的有关平常人的、毫无娱乐性和享受性可言的以往传说似乎在丧失情趣价值的同时，也丧失了意义价值，不论它们的存在还是消亡，都不会被人们所关注。

在这样的风格转换时刻，鲍十写作这样的传说化小说有什么价值意义和阅读趣味？如果传说可以确立一种人类价值和诗性价值，比如，在《荷马史诗》中，传说是人生存的一种可能性，《荷马史诗》便凭借传说而确立其自身的人类价值和诗性价值；那么，在当代，这种古老的生存可能与生存诗性已尽皆失去，当代人用什么替代人的传说性而生存？因此，鲍十这些小说的发生方式富于对诗性价值的暗示意味。我以为，鲍十凭借讲述这些传说而成为小说家，而这些传说中的人物凭借传说而成为历史的人，这些小说由这两方面去建构人作为人的观念，于是人在成为传说性生物的同时，也成为观念性生物。

生活在当代中国而又找不到现成观念来支撑当代生存的鲍十，就必须用经典来支撑时尚生活，他试图用这样一些小说化传说、一种传说仪式来肯定当代人与历史的关系，并借此反思当代人的生存；用这种小说化的传说仪式，去想象人对历史的干预和对现成生活的干预，这些传说信息所带来的遥远、含蓄、暧昧，说明人必须用自己的行为验证历史和现在，并由此回溯过去、确定今天。

这些小说可以看作当代自我在历史中呈现的另一种形象和另一些场面，自然这也是当代生活风格的另一种历史镜像：这是力图确定个人存在意义的一些镜像，也是某种历史记录，它一方面由作者的意愿导向今天的生活，一方面又被这些小说自身导向一种历史生活，对这两方面的同时接受，让人们承认这些小说产生于今天的社会思考和社会方向。

## 六、反抗故意遗忘的精神选择

最终不得不说到鲍十这些小说与记忆的关系。这些小说化传说是一种历史记忆，这其中，传说所携带的民间历史与制度历史直接相对，但传说本身的故事性也正好形成了小说的想象世界，在鲍十这些小说的民间性与故事性重叠的世界里，民间传说的特殊记忆形态以及小说重述传说所形成的特殊形态都在发生作用。

人类的历史是由人类的记忆塑造的，而人类的记忆是反抗遗忘与故意遗忘同时发生的过程：一方面是挖掘、恢复和发扬某些记忆，另一方面是埋葬、遮蔽和压制另一些记忆。这样一些记忆过程，总是由不同的社会制度需要和生活主导风格决定的，于是历史既与制度相关又与民间相关。但是，制度记忆是人类的核心记忆，民间记忆与制度记忆不同，因此，民间记忆总是飘浮在制度记忆的边缘。

文学记忆是一种人类的独特记忆，从文学记忆的审美性、想象性和虚构性方式出发，鲍十的这些传说化小说将民间记忆的直接性与小说记忆的间接性结合，形成一种历史图景，试图由此恢复一种生命与历史的细节记忆，将在历史中被渐渐淡忘的生存经验以文学想象的方式重新挖掘出来。显然，这些小说既挖掘了那些边缘的、飘浮的、被遗忘和被遮蔽的记忆，又展示了民间记忆本身的含蓄魅力。

传说这种记忆总是在历史中被渐渐淡忘，除非它们变成一种文献记载或者被文学重述。鲍十的这些传说化小说将历史的记忆变为一种小说中的传说图景时，它不是文献的，而是审美的；不是确定的，而是想象的，这就显示了其作为民间记忆和文学记忆，与制度需要的历史记忆完全不同。于是，当传说被鲍十的小说重述时、当传说变为鲍十的这些小说中的情景时，过去的往事在当代变成一些故事性记忆，这些记忆成为一种既有启示又有趣味的人类记忆：重述传说就是重述记忆。

在这个年代，时尚中国只按我们此刻需要的感受方式和生活方式去记忆，而将此刻不需要的一些记忆故意遗忘，免得它们干扰我们今天的生活。而鲍十的这些小说偏偏要恢复远离这个年代的一些记忆，将人们可能遗忘或者已经遗忘的一些往事激发出来，让人们回顾一些被故意遗忘的生命经验而思考今天。

鲍十的这些小说在捡拾20世纪90年代以后容易被人们遗忘的一些记忆，这些小说对民间记忆的重述是在反抗遗忘：既是反抗正在发生的遗忘，也是反抗已经发生的遗忘。时尚中国和消费生活的生存观念使我们有意识地遗忘了此前生活中的一些非欲望和非享受的生活，免得它们妨碍今天的生活，尤其是不思考的生活和纵欲的生活。

很多遗忘都可能是故意的，人类遗忘什么其实多半是有选择的，人类常常遗忘那些不利于自己的生活方式，记住那些有利于自己的生活方式，有选择地遗忘某些事物，记忆某些事物。在90年代以后，人们容易遗忘的是不利于90年代以后的生活方式和精神品质的事物，而这些被遗忘的事物中，可能含有对人们的生存来说至关重要的精神品质，只是人们因为要保护自己的现成生活而想要剔除这些品质。

因此，鲍十的这些小说对遗忘的反抗在很大程度上是一种精神选择，是一种生存方式的选择。问题在于，人类不得不选择记住或者忘掉某些事物，即人类不得不进行记忆选择，因为人类总是不愿意将全部生活记住，而愿意疏忽掉那些让他不满足、不愉快的事物。因此，痛苦的记忆往往成为批判性的和纪念性的，快乐的记忆成为赞颂性的和现实性的。于是，记忆和遗忘、选择和反选择就成为人类迫不得已不断进行的工作，而文学在担当这一工作时尤其具有特殊性，这也使鲍十的这些小说对以往年代的中国生活的记忆具有特殊性。

现成记忆就是现成历史，实际上，我们时刻都在按自我的需要去完成、复制、放大现成记忆和现成历史，记忆与历史的核心有一个自我形象，而这个自我形象所据有的核心价值，将决定记忆的取舍。鲍十的这些小说放弃了现成记忆和现成历史，于是鲍十的这些小说中有一个不同于一般性当代中国经验的自我出现，由此，现成记忆和现成历史被破坏，转而引发人们的另一种当代生活感受和历史思考。

# 第二篇　生命与历史的另一面：在美学化意味的虚构世界里生存

## 一、拼图化的文学表达与生活探索

今天所处的时代，是文学性遭到置疑的时代，什么是文学成了问题，而郭小东的小说《当太阳成为河流》仍然执守于、探索于他心目中的文学：那是一种充满诗性感受和美学意味的世界，这表明他是清晰而坚定的文学理想主义者。即使到了这个极重形式主义与不屑形式主义两种倾向并存的文学时刻，郭小东还是孜孜以求甚至更加积极地进行纯粹的文学实验，正是这种对文学纯粹性的渴望以及文学独立性的追求，形成了他饶有意味的文学风格。

资本化时代的中国文学，五花八门的写作纷至沓来，即便昙花一现也要在所不惜地一搏出位。一方面，任何文学形式或任意文学写作都可自创武功，谁也不稀罕谁；另一方面，仍然有人为着高品位和高层次而津津乐道于所谓的后现代主义文学，并以此炫耀，他们以为后现代主义就是最高层次，自以为或者被说成是后现代主义就不得了。郭小东很明白这样的噱头是哗众取宠，他的文学写作不属于任何一方面，他只是认真执着地表达文学衷情，而不玩什么花头名目。

很多人可能已经不屑于纯粹的文学实验，而我仍将文学实验看作一种对作家的美誉，因为真正的文学实验从来不容易，作家有追求、想创造、能写，才会形成实验。今天的小说名头杂多纷乱，却鲜有真正的文学实验，而我把郭小东的小说看作对小说形式和观念的探索，也看作对生活平面化、相似性与无价值的处理方式的探索。

处理文学不可能与处理生活无关，因此，在今天这个繁华缭乱、一切都不新鲜独特的时代，仍然可以将郭小东的《当太阳成为河流》看作对生活的独立探索，虽然是虚构的河、虚构的人、虚构的故事，以至虚构的太阳，但这部小说构成了一个世界，通过这部小说的特有形式，作品中的世界与我们的现实世界相连而产生意义。

这部小说在运用文学手法时，将故事、人物、事件、情节、时间、历史形成拼图化的结构形态，这不只是一种文学表达，而且是生活探索，这样的拼图化结构形态带有减少生活整体性压力的色彩。通过这部小说对价值、习俗、传说、人物、个性、地域、时间、事物等等的拼图游戏，小说中的人物会在只属于他自己活动的那部分领域中寻找躲避整体性命运的地方。

但既然是整体性命运，就终归躲不过，比如红军时代的德邦最终完全违反个人意愿，身不由己地杀死了许多红军，这并不是由他的个人存在因素所能决定的，而邢礼从小到大以至最终的命运也不是由他个人意愿所能决定的，这让人联想到古希腊史诗和戏剧中的人物命运以及阿兰·罗伯-格里耶的小说中的人物命运。

所以，我们既无法在这部小说中找到个人的强制性命运，也不能只信任个人生存片断，这部小说的所有叙事都在告知这一点，这里，个人分裂和人性异化并不能抵御和对抗生存痛苦，也不能依靠自我完成去进行生存选择。出现在这部小说中的人物并不能随意变换自己的身份和角色，他们的行为和精神以至生存定位都必须有所依附，比如船、船门、太阳河、时代，因此他们不可能是那种有确定性生存意向的人物，而是一些不断在犹豫和疑惑中寻找出路的人。即使是作品中的作者，也在不断破解生活之谜，正是追踪生活中个人和事件之谜的感受，让作者来到船门寻找真相，由此形成了小说中的一系列故事。

作为一种处理文学与生活的观念性样本，这部小说本身对作者观念的现实可能性进行了文学想象和描述。小说以四个故事在太阳河四百年的版图上穿行：乾隆年间"人犬"的惨剧、1928年百余红军战士在八号河血流成河、1968年冬至百余下放干部信童言而误入沼泽丧命、21世纪某高校胡九道院长变疯与教师邢礼的失踪秘密关联……这部小说是一部进行特殊叙事的小说，其叙事的特殊首先在于叙事线索的设计，它从古代的一个点铺撒、扩散到当代中国生活的很多个点，又从破解当代的一个生命之谜开始，不断延展故事，让故事发生在各种猜想中,让一个个猜想相连。

这样,这部小说虽然叙述了一条河畔的四百年生活历史,但真正融合的时间不仅仅是四百年,而是不知有多少年,小说中的任何一个传说,比如说老羽客和风角的游方途中所遇,便可无限延伸,而书中的诸般事物多有前缘,延伸相接,开阔无边,变成了一个互相交错的生活时空。这样的写法、形式、结构、主题,是作者文学观念的表现,也是作者生活观念的表现。

## 二、用新的方式面对人类新的生存状态和文学状态

对文学理想和人类理想的延续,会让人们用新的方式来面对人类新的生存状态和文学状态,所以,各种新的小说或者小说的各种新尝试,试图以各种不同的方式来观察人的生活和人性状态,《当太阳成为河流》便是这样一种新尝试。

为表达和实验这样的生存观念,这部小说尝试用一种新的风格和形式进行叙事探索,将不同的故事与不同的时空交错,古代、现代、当代人的意识和行为都被船门这个地方所吸引并集结,用意识交错和结构主义的叙事手法来再现传说、记忆和意识行动,揭示今天中国生活中代际相叠、时空相连的隐秘之处,并将其组织在文学行为和叙事结构中,从而让人们看到各种生活印象在反复出现的原型中的统一、各种人性心神在人物和故事中的闪动。这种意识流动和现象学的方法,形成了纷繁复杂的意象的统一,而不必被分割为零散的不同感受和片断,这样,这部小说用生活的断续性表达了生活的完整性。

因此,作者郭小东直接出现在作品的人物群中,总是"路漫漫其修远"地不断追索生命与现实的真相。这部小说也许起源于作家的一种最当代、最尖锐的想法,即把生活以至当代中国的时尚生活看作是有问题的,在这个有问题的意味中,郭小东才会去寻求一种独特的小说表现。这部小说虽然书写了四百年间船门这个地方的历程,却成为一种当代中国生活的标志:有了怎么看历史与今天联系的观念,才有怎么看今天的生活的精神立场、心灵立场以至诗性立场,才可能去进行有意味、有效果的诗性想象和诗性突破。

于是,这部小说突出了一种特殊的感受:生活世界并非总是实用的、现

在的、刻板的，也是奢侈的、心灵的、精神的。我们的生活世界本来就包含艺术化和诗性化的虚构世界，郭小东的这部小说突出了人们的现实依托于虚构而存在的神奇性。这个世界完全依靠小说自身的文学虚构系统而存在，然而，这个虚构就是另一种真实，是与现实不一样并与现实共同存在的真实，它虽与我们身处的现实真实相连，却不是现实的简单镜像。

1995年，我在《外国文学评论》上发表过对西方后现代主义小说的思考——《后现代主义小说的有限真实》，那时我并不知道今天会在郭小东的小说中遇到类似我当时评论的西方后现代主义小说那样的小说情景。那以后，我在评论中国小说时，很少遇到能发挥我对后现代主义小说的看法的作品，也很难找到这种可能。因为，真正的后现代主义是现代主义和古典主义的延伸，郭小东的这部小说似乎体现了这一点。

郭小东的这部小说将古典主义、现代主义、后现代主义的小说观念和技巧都表现了出来，其语言和描述富于中国古典文化特性与文学意境感，其形象简洁而类似于白描，其铺叙和拓展的洋洋洒洒像中国古典诗赋的铺排。而其结构观念和叙事手法以及故事类型，则与现代主义和后现代主义叙事方法密切相关，扁的人物和圆的人物观念同时出现，比如阳一和德邦都是同时具有简单与复杂、极端行为与深藏意愿的人物。

同时，这部小说以虚构贯通古今、接阴阳两极时，让一条独木舟穿越时间河流，连接不同时空的事件和人物，让现实进入虚构——比如让当代中国作家史铁生进入作品，却与虚构人物邢礼之死相连——这样就把虚构与现实随时缝合，体现出一种小说叙事的似真性效果。

似真性是现代主义和后现代主义的一种重要小说观念，这是依托于读者知道虚构中包含了现实而产生的感受，让读者在阅读时如同置身现实，处于现实与虚构不分离的状态。这部小说似真似幻，作者自由地讲入虚构，却恍惚身在现实，在现实中与虚构人物交流，与他们生活在一起，去感受、去思考。

这是典型的后现代主义写法，这样的写法将自己所创造的虚构直接拆毁，告诉读者这是虚构而不是现实，但又把现实恍然变成虚构，让虚构牵引着读者，让读者去猜想：还会发生什么？是真是假？而这是读者反应批评观念意义上所生成的叙事。

这样，这部小说与这个时代更普遍的小说并不一样，也与这个时代不多的精英小说有所不同，它并不把中国这个时代的精神衰败现象单独提取出来，而只是把这个时代当作整体生活的不完整经历去部分地呈现和体验。

于是，这部小说将生活中的混乱有保留地接受下来，并将这种混乱与以往历史整体性地相接，以一种神秘文化以至文明血缘的代代相传去相互贯通、去连接叙事与现实，但又明确体现一种不可逃避的历史命运，并试图让文学以一种更理想的方式对此加以改变，这种想象的更替，允许这部小说用一种自己的方式去应付生存的难题。

## 三、让小说具有心灵维度、情感维度和审美维度

对于这部小说，更多可以关注的，是思想的想象性和审美性表现，这让小说变得神奇，具有心灵维度、情感维度和审美维度，而并非仅有单一的社会维度。无论对文学的认知和解释，还是对现实的叙述，这部小说都表达了小说和文学并非社会学文本而是诗性文本的观念，因此这部作品决不会追随并局限于社会表达，也不会变成文学相对主义意识的直观文本。

这部小说表达了作者对文学和小说的本质性想法：小说并非只是可以解读思想、批判社会的文本以至工具。这部小说既带有社会文化色彩，又带有文学实验色彩；既带有个人想象色彩，又带有历史神秘色彩，诸多方面汇成一种个人命运和历史命运，对现实关系以及个人生存的表达，体现了作者超越于具体当代生存局限的想法。

我不能肯定作者在提供一种与时尚中国的资本化生活对抗的个人防线，但这部小说的所有情节、主题、情感都表达了对解决生存问题的探索。这些探索里微妙地包含了在时尚中国中个人的生存感受和生存意义以及个人危机和时代危机，反映了个人与时代的关系，反映了当代中国生活中的个人化过程。

"伤害"和"被迫"相连而成为这个小说中的一个主题，并在叙事中反复出现。这个主题演绎为一种流连于情感、神秘、生命、死亡的各种说法和想象，它们既来源于个人，又来源于时代，既有古老神秘感，又有现实宿命感。这种叙事和虚构，以及这样的古老神秘感与现实宿命感，对于人们怎么认识自

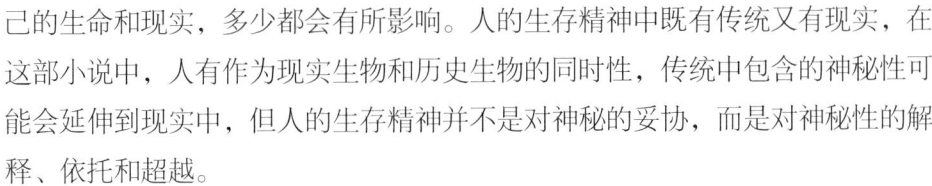

己的生命和现实,多少都会有所影响。人的生存精神中既有传统又有现实,在这部小说中,人有作为现实生物和历史生物的同时性,传统中包含的神秘性可能会延伸到现实中,但人的生存精神并不是对神秘的妥协,而是对神秘性的解释、依托和超越。

这部小说不虚幻,但有神秘感,神秘感一直都是这部小说的一种美学趣味。船门这个地名、客栈、建筑、家具、木材、植物、河流、船,每处都与神秘相关,到处都飘出丝丝的神秘气息,这种气息浸润着故事中的每一个人,似乎每个人都携带着一丝天机,在神秘感中见识到命运和宇宙,这其中不乏道家文化师法自然的根基。

与神秘感相关,恍惚感是这部小说的另一个特点,船门是虚构的,故事是虚构的,但又有实实在在的当代生活穿插其间,作者处于虚构与现实之间而连接两者,把诸多想象串接在一起,在一种整体生活中与现实相连。

在这样的叙事观念根基上,这部小说将大量素材、知识、经历加以想象和虚构,像女娲补天一样将诸多五彩石连缀成云,在实际叙事过程中包含了意识流动、时空跨越和结构板块,结构与解构同时进行,但又以传统的小说写法一以贯之:沿着同一个故事时间线索往下叙述,又在故事描述中以中国古代诗赋的铺洒方式泼墨于叙事之中。

重要的,是这里随叙述而出现的生活感觉,这并不是一种单纯的神秘感,而是一种整体性生活命运,看上去轮回转换、天地一体,实际上,深藏的神秘感还是与人的生存本质相连。所以,参与作品中的生活叙述者郭小东并不相信玄幻之说:玄幻是无边无际无方向的,而宗教是有生存信仰和生存方向的,也许,正因为叙述者有自己的坚定判断,所以他穿插在古往今来中,清醒自知、往来自如,虽然诸种情景、状态、事件、人物包围浸没了他。

这些文学手法造成的生活印象和感知情景,会放置并体现于人们的生活记忆和生活意愿中。在这部小说中,人的这种生存意识是作为一种应对现实生存的手段出现的,人因此而可能去克服被动性生存:生活并不是让仆人们替我们去做的,而是靠我们自己去完成的,但这种观念已被个人混乱的不可逃避性所取代。

由于当代中国的资本化生活中个人混乱的不可逃避性,这部小说将个性分割表现，而非集中表现。个性的分裂和极端是这部小说的人物在生活中的主要表现，也是他们在断裂中延续生活的主要生存手段，他们的个体变化依附于生活的整体性变化或者历史变化，所以，这些人物对于决定和选择自己的命运是无能为力的，这体现了一种历史力量对个人命运的支配。

于是，这部小说中的人物存在变成了人对自身存在的疑问的探索，人的现实表现变成了可移动的装置和暂时性的结构，那些人物会随时产生让人意料不到的变化，不论是红军时代的红军战士李达文、国民党人陈明、八弓峒峒主德邦，还是"文革"时代的孩子与下放干部，或者当代资本化生活中的官员、教授、研究生、摆渡者，他们都有这样一种不明真实并随时会变动的特性。

因此，我们看到的人物会产生意外的变化，人物好像是一个不断在寻找自己真实身份和表面角色的人，而这两者难以统一，就像我们看到的现实生活中的人也并没有完全把他们自己坦露出来，邢礼的死亡也许就源于那个深藏的自己。在这部小说中，人物与自我之间的关系、与时代之间的关系被有意地撕裂开来，以使人物能够躲避生存的恐惧、愤怒和绝望，但人物并不能通过扩大与自身的感情裂痕来安慰自己，反而加剧了生存之痛。

## 四、故事本身包含的世界是无边蔓延的

一部具体的小说不是彻底的社会文本，它一定有自己特有的诗性特质，这影响到小说叙事的稳定品质，也影响到小说叙事的变化，但现代小说的人物和故事的定型无论怎么变动，依靠的还是人类生存的基本原则：政治的、宗教的、伦理的、心理的。在这部小说中，虽然加进了一些宇宙无边的神秘性描述，但更主要的部分，仍然尖锐而又充满想象地面对着当代中国生存现实，作者试图从这种现实中抽取出一种可以观察和分析现实的观念性样本。

对这种观念性作用和行为的关注，导致作品塑造了一些有观察、分析价值的人物，这些人物具有一种简单而又包含隐喻的生命特点，这是在日益复杂的当代中国社会中的技术性和时代性的特点表现。这部小说进行这种特点表现时，并不把心灵与时代、精神与技术加以等同，反而更加关心心灵结构和行为与当代生活结构和行为的关系，以探索一种对当代中国现实的理解和适应，试

图将文学性的生活观察和演绎变成人物的情感方式和行为方式,以借文学想象而生成一种生存状况。

无论怎样,无论从形式出发还是从主题出发,小说都逃避不了生存问题,也就都必须生发历史意义、生命意义、美学意义、诗性意义,于是,这部小说体现的核心意识仍然归结到了文学与现实的关系上,体现了作者怎么看生活、怎么写生活。

我们看到,这部小说有独立的文学形式和清醒的文学内容,以此去澄清这个时代的文学相对主义迷雾。文学从来不会处于相对主义似是而非的迷雾中,如果认为文学在这个时代陷于迷惘混乱是必然的,并把自己投入文学的迷惘混乱,其实不是时代和文学的迷惘混乱,而是自己的迷惘混乱,自己迷惘混乱了,也就看不明白生活和文学了。

这部小说无论在风格思考还是意义范围上都有明确的方向,因而值得关注。不能认为只有那些眼下最突出或最尖锐以至最风行的小说才是真正的生活报道者,郭小东的这部小说可能在寻求一种含义深刻的世界,也可能在利用一种相似性和现象学的方法去重新组织世界,但无论如何,我们不能将其看作主观茫然和散乱无绪的任意写作行为。

这个时代的文学作品如果要引起别人的注意、要超越自己、要显示作品的独特性,除了一些真实的追求,还要有许多花头,所以,为了追求形式和内容的新奇,一些作品会刻意舞刀弄剑,但实际上可能对真正的文学意味似懂非懂。

但郭小东的这部作品并非项庄舞剑、意在沛公,而是就在文学意味本身。作者自然纯熟地运用了许多文学实验手法,比如将作者自己写进故事,让作者成为作品的一个人物,又加入读者的感知和读者现实,从而与故事融为一体,但故事本身又非作者亲历的,不是完全的第一人称叙事,反倒有种全知全能的叙述角度。在这种第一人称与全知叙事以及阅读感受融合的叙述中,作者与故事、故事与历史和生命、历史与生命、生命与生命、故事与读者现实都融为一体,前后相连,复沓出现,不断隐现于传说中的船门这个地方。

在这样杯觥交错的时空光影中,作者始终借第一人称挥洒着一种浪漫、一种激情,让小说有种随着太阳河而热血奔突的感觉。在故事的行进中,这部小说不断插入叙述者的判断和认知、讲述和猜想，让现实与故事、真实与虚构混为一体，正在叙述的故事魅力、以往的人事风尘，比如红军时代、"文革"时代的事件和人物，不时中断又不时相接，牵着读者心思，让读者猜想他们的变化、挂念他们的命运，在这种猜想的心思中，作者的插入让虚构与现实浑然不觉地连为一体。

由于这部小说中故事本身包含的世界是无边蔓延的，所以，小说中没有一个真正的主人公，也许作者自己是真正的主人公，因为我们看到作者似乎洞晓一切又参与一切，他似乎是个影子在故事中到处飘动，而一般上帝叙述视角只是观察和参与故事，并不能同时出现在故事中和读者的现实中。

所以，这部小说中人物多而人事少，虚构多而现实少，幻觉多而怪力少。因此，它不可归类于玄幻小说，也不可归类于悬疑小说，但两者的叙事因素兼而有之，增加了阅读趣味，于是小说便呈现了如梦如幻、如虚如实、恍然在四百年间游荡的感觉，但仍然可进入现实，这与一些人物的身份虚幻不明而不能进入现实的小说不同。

作为一种看上去似是而非的相似性生活表面的反映，这部小说中的强与弱、善与恶、真与伪、对与错都无法明确地加以判断，但却似乎都在一种迷蒙中、在一种神秘中渐渐显露，这能帮助小说将人物和故事加以容纳和控制，并组织各种当代生活情绪，显示对当代生存的思考，而这种具有张力、相互交错的叙事，是所有这些生存情景的发生情境，这部小说可以由此表达生命经验的变化和交织。

不断的分离与统一是这部小说占主要地位的叙事风格，用普通小说手法，完全得不到这部小说现在这样的叙事效果。这里能把互不相关的人物和事件难以想象地组织在一起，依靠人物与生存环境、故事与现实事件、真理与谬误之间的悖反来建构故事、平衡冲突。实际上，正是人物与事件的各种不可思议和难以平衡，构成了小说所表现的文学观念与生存观念的对应，这样的叙事成为观念的表现，也必然成为观念本身构成的一部分。

# 第三篇　触发轻微浪漫的诗意：平静生活的故事情趣

## 一、对故事性叙事的形式追求和意义发现

张梅的《游戏太太团》不以市场化的新鲜内容取胜，而注重故事性、趣味性和叙事的节制简约，给人们带来了清新的叙事世界和有趣的阅读体验。叙事的故事性、趣味性和简约性，正是小说作为叙事艺术的最重要元素。

在主流文学以内容新锐和语言时尚而取胜的年代，人们普遍忘记了故事趣味和故事意义，而《游戏太太团》对小说的故事性、趣味性以及叙事节制的关注，显示了对小说叙事本质的回归。市场化年代的小说，往往以内容或语言的单方面叙事元素被指认为小说，在小说偏重现实内容和语言感觉的叙事情境中，在漫无节制和散漫喧嚣的任意叙事风气中，在人们淡漠而麻木的小说感受中，《游戏太太团》的故事性叙事荡起了一股清流。

正是在这样的意义上，《游戏太太团》对张梅意味着一种叙事变化，对中国小说也意味着一种叙事思考。市场化年代中国小说的叙事常常远离小说的故事和形式，人们更热衷于那些在小说中表演变幻的耀眼内容，实际上，这是20世纪80年代以后中国叙事的痼疾。人们从单纯的反政治叙事到热衷宏大叙事，再从放弃宏大叙事到追逐庸常叙事，再从庸常叙事延伸向个人叙事和身体叙事，主要都是以内容的变幻在吸引人们的目光，其中虽然先锋叙事努力追求过形式和故事，遗憾的是，故事的幻想抵抗不了现实的诱惑，先锋小说的诗性追求最终落于在艺术中获取的利益生存。

幸好张梅并没有掉入这样一路过来的一连串叙事陷落和偏误中，她像一个激流中的沉静岛屿，平静地坚守自己的风格，这是她能在《游戏太太团》中

独立形成一种叙事意味的原因，也是在这种风格中突出叙事的故事性、趣味性和简约性的原因。

小说是语言艺术的最大考验，张梅从散文走进小说，她的早期小说缺乏故事性，带着散文的随意性情和漫不经心，而《游戏太太团》明确告诉人们张梅的叙事发生了转折。大约从20世纪90年代末期开始，张梅越来越注意对故事的想象和构成，她在90年代后期不断醒悟的故事性叙事意识，终于在《游戏太太团》中被凸显出来。

这种故事化叙事一来表现了张梅长期从事叙事的一种自我突破，二来表现了这种故事化叙事中隐含的现实与叙事、形式与意义的关系。张梅的小说形式的新转折，意味着她的小说意义的一种新转折，这部小说的成功，不在于它表现了什么与现实的对应，或者颠覆了什么现实，而在于它发现和改写了现实，《游戏太太团》的故事性引导着人们在叙事中顺流而下，让人们津津有味地读完小说而去发现现实。

小说对现实的发现从来也离不开小说形式，很难把小说的形式与意义分离开来，一种形式就是一种意义，看一部小说独有的意义，就是看其独有的形式。在一定程度上，小说的形式甚至比意义更重要，不懂小说形式，意味着不会写小说，小说世界必须作为另一种现实才具有意义，而另一种现实，首先在于修改现实和发现现实的方式，或者说在于小说世界的创造方式。

张梅对故事性叙事的形式追求和意义发现，在《游戏太太团》中得到集中的释放：这部小说的故事性叙事精巧而机智、严谨而流畅，富于想象和趣味性。小说要去完成一个整体性的故事和生活，一般散文和诗歌的片断性和随意性都会受到故事的挑战，而叙事要依靠想象力把破碎的世界组成一个有趣味的、有意义的叙事整体。这部小说以故事的方式去发现一种游戏太太团所代表的特殊生活，又通过这种特殊生活去发现现实中隐藏的东西，因此小说中的主人公最终发现她们所经历的生活并不是她们表面看到的样子，需要深入追踪蛛丝马迹而发现自己的生活：没有这部小说发现现实的故事，就没有这部小说对现实的发现。

对于故事的完成，并不是单纯的叙事技术问题，而是叙事想象与现实的关系问题，如果小说缺乏故事性，就意味着想象力的荒芜，或者至少意味着想象力没有生长起来。故事是语言与想象结合而展现活力的最终幻想地域。故事与叙事想象、叙事意义是一体化的，《游戏太太团》不仅意味着张梅的小说产生了叙事的故事性变化和转折，也意味着张梅的小说有了一种新的意义方向和想象方向，也意味着张梅的人物和叙事对现实的态度发生了变化。

每一个故事，都是一种现实，都隐含着作者本身以及叙事包含的现实态度和观念。《游戏太太团》用一个故事虚构了一种现实，太太团在两次短时间的游历中，遍历了现实中的诸多层面和侧面，集中而有趣地表现出太太团的生命和生活。没有故事，就没有这个虚构的小说世界，而虚构世界就是另一种现实，这部小说作为一种语言方式和艺术方式，其最重要的特质是叙事的故事化。

从这部小说与世界的关系看，是这部小说中的故事在发现和改变着世界，这部小说呈现的生活意义在太太团的故事中，不在现成文献和条规的刻板意义与历史中。小说不同于其他一切事物的独特之处在于故事，故事是对世界的发现，也是意义的创造。小说的生命和活力都在于故事，有故事的人才是鲜活生动的，一部好小说，首先是一个好故事。

这部小说中重要的发现，是人们生活的碎片遮掩了生活的真实。这个世界到处都是碎片，人依靠自己存在的意义生存至今，也依靠意义把破碎的世界连为整体，而故事是意义和世界、是人类和历史的最独特的存在方式。这部小说中假想的、少数人的生活集中突出了普遍生活的散乱元素，太太团的集中生活表现了一种普遍现实和普遍心理。这部小说的意义，其一在于把破碎的生活变成一个完整的故事世界，其二在于把一个无限完整的世界变成了故事中的生活碎片，而这些碎片又在一个不断发生、最后没有结果并无限延展的故事里。

直至小说结束，人们看到了由太太团代表的许多市场化年代人们生存的碎片化的、无着无落的心态，却仍然不清楚那些人物究竟想了什么和做了什么。在太太团的游历中，一种普遍化的受市场化现实制约的人与人、人与金钱的关系既淋漓尽致又欲说还休、既昭然若揭又时隐时现。人们的心思难以揣摩、人们的关系诡秘难测、人们的生存变幻不安，而这一切都以利益为中心，这正是这部小说在故事中渐渐深入的主题。青青的丈夫明绚与刘经理的情人简之间的关系始终是不清晰的，而青青却宁肯生活在明绚爱她的梦幻中。

## 二、寻找故事、趣味与简约

《游戏太太团》表现出张梅的叙事转向和叙事追求,而这种转向和追求与张梅对叙事艺术,尤其是对西方叙事艺术的了解和体验紧密相关。所有的文学震撼都是故事震撼,所有的叙事意义都来源于故事,这在西方电影大片中有明确的表现。西方叙事的故事意识很强,不论是古希腊的史诗式叙事,还是塞万提斯的历险叙事和巴尔扎克的历史叙事,或是普鲁斯特和乔伊斯的内在化叙事,或是卡夫卡的外在化叙事,或是西方电影大片的立体叙事,故事都是叙事的基本支持。而张梅的这部《游戏太太团》很靠近西方的叙事意识,从故事结构到故事细节以至故事语言,都有一种对西方现代小说叙事品位的追求。

由《游戏太太团》可以看出,张梅对西方小说涉猎颇广,并将阅读集中在一些她深有体验和感悟的小说中,这些作品形成了她对小说叙事的理解和感受,并影响了她的叙事风格。这些作品没有被刻意模仿,却融入了她的叙事意识。《游戏太太团》并没有单纯模仿某一西方作品或作家,但受到了西方现代小说的总体倾向的影响,而其中有些作品可能被她格外钟爱。这种博采众长并融为一体的成熟叙事令人感叹,当下叙事中已很难见到专注于叙事方式而不偏重内容的作品,张梅这种沉浸甚至陶醉于叙事艺术本身的叙事态度和格调,需要一种面对艺术和生命的真诚。从《游戏太太团》中,人们看到的不是一种叙事技巧的搔首弄姿,而是叙事和生命的真诚以及对现实与叙事关系思考的真诚。

《游戏太太团》有一种带着淡淡现实忧伤的趣味性。《游戏太太团》在叙事的趣味性中引导着现实内容的出场,并隐藏着一种淡淡的人性忧伤,这种忧伤来源于故事对现实的深入和发现。这种深入和发现,这种叙事的独特,在于把人们身边耳熟能详的、非常普通而又严峻的现实用一种趣味化的叙事方式表现了出来。而这种趣味化的叙事方式,产生着小说中人物感受的神秘性,这种叙事的趣味性和神秘性不断产生、相叠、消失,诱发阅读的期待和渴望,并为小说把人们身边的现实变成了这种谜团相叠的生活而赞叹。

故事一开始便连续产生悬念和神秘:1. 事件——青青追悔的心态表明这是一件不该发生的事情。2. 人物——冷傲的简小姐出场暗示了人物性格后面可能隐藏秘密。3. 人物关系——青青注意到明绚时不时的暧昧躲闪的声音和神情。4. 对话——人物对话简洁含蓄，跳跃悬置，使人感到话没说透，表面话语之下藏有玄机。小说中的神秘性和趣味性一直牵拉着人们的最终阅读，但它们直到最后也没有消失，人们仍然不知道所有人物的最终命运，却为已发生的人物命运和现实而哀伤、怅惘、无奈。

张梅显然对西方现代各种叙事形式的趣味性非常关注。叙事的趣味性一直是西方小说传统中的重要成分，流浪汉小说、市民小说、历史传奇等都与此有关，西方20世纪50年代以后的小说更加注重趣味性，后现代主义里程碑式的小说《洛丽塔》便极富于趣味性，很多小说常常用一种很富于趣味的叙事形式来盛装或融合一种很严肃、很高级的意义或内容，例如侦探小说、惊险小说、神秘小说、黑色幽默等形式，托马斯·品钦的《万有引力之虹》、阿兰·罗伯-格里耶的《橡皮》都具有这样的叙事外观。

《游戏太太团》用旅行中的谋杀可能来吸引人们的阅读注意，并由此揭示人的心理状态和现实关系。在这样的写法中，可以看到阿加莎·克里斯蒂的侦探小说的影子，而圈套和猜忌则可以让人联想到阿兰·罗伯-格里耶的《橡皮》和《嫉妒》，还能发现电影小说《去年在马里安巴》的影响，甚至在第95页上出现了与《去年在马里安巴》中相似的"拜占庭风格的花园"，小说中电影画面式的简洁描述和对物象的隐喻，也有阿兰·罗伯-格里耶之风，小说中还出现了几处对梦的描述和关注，弗洛伊德的白日梦在其中隐约闪现，而青青的人物格调也与此相关，她总是恍恍惚惚，一时清醒一时迷蒙。

《游戏太太团》还有一些哥特式小说的感受。哥特式小说是一种趣味，有个基本特点：人物走进了一座城堡或老宅，就是走进了一个预谋或圈套，那里到处都冒出丝丝诡秘和奇怪，人物越来越陷入莫名的恐惧和浓重的阴郁中。《游戏太太团》一开始，有一种神秘和紧张的哥特式小说的气氛，只不过与哥特式小说的阴郁荒凉背景不一样，是一种有点英国现代小说中郊游意味的背景。《游戏太太团》一开始就以当事者身份回叙，懊悔和醒悟的口吻造成了一种人物掉进了一个圈套或错误的悬念，而对这是个什么圈套，圈套怎样形成、怎样进行、产生了什么结果的关注，抓取了读者的阅读注意。

但重要的是，作者需要通过这种阅读趣味来表达另外的东西。张梅对故事的叙述，并不是要解开圈套的秘密或者破除圈套，也不是讲述圈套中的人物命运，而是要讲述人物在圈套中的心态和某种现实关系。这与哥特式小说不同，哥特式小说直指对上帝的仰望，表达正义与邪恶的较量，而太太团里的人物只是随波逐流地尽欢尽乐，没有什么正邪是非善恶的意识，这正是市场化年代中人们被利益和享乐所遮蔽之后的普遍生存表现。《游戏太太团》中没有上帝，只有人生的游戏，却透出一种哥特式的叙事趣味。

《游戏太太团》是一种简约叙述，叙述上非常有节制，不铺排蔓延，如影视镜头叙事一样，简洁的叙事场景如一个个镜头画面相连。故事中隐藏的东西被故事本身约束着，不使其漫溢出故事，直至故事结束，被隐藏的东西仍然像海中的冰山一样不肯全部显露，这使故事始终具有趣味性，并诱发着人们的想象。

如果不加叙事节制，这部小说可以再延伸出一倍的字数，比如将小说中已有人物关系细细扩展开，便有了诸多内容可写。但这样一来，叙事效果便破坏殆尽。不多说、不解释的叙述反而获得了一种不断激发读者兴奋的效果。很多叙事者都总想把事情说透、说够，而《游戏太太团》叙事的简约含蓄，却让人总有点不明所以，要对叙事琢磨一番。对人物的不透彻叙述，让读者对人物为什么这样说、这样做去进行猜想，而这常常形成了对故事和人物的猜想，吸引着阅读。

简约的叙事，让《游戏太太团》以一个故事串联了许多生活场景，诸多生活场景连续出现，共同构成故事主体，没有浮于故事之外可有可无的描述、若即若离的背景，也没有游离于故事之外的抒情和议论，没有渲染的场面和蔓延的细节，这非常符合亚里士多德所确立的经典叙事：严谨、简洁、整一，具有古典主义三一律的时间、地点、情节一致的格调。

这种有节制的简约叙事，表现为工笔画式的语言描述，并不像泼洒水墨画一样大片大团地用笔，而是清晰简约地用笔，点到即止，没有大段的铺叙和比喻。另一表现为切入式的情节联结，情节变化很快，没有大的曲折和起伏，却连续向前延展，并不停滞于某处而拖沓不动，阅读起来轻捷流畅，就像电影镜头的切换一样，迅速进入情节，进入角色。

《游戏太太团》标志着张梅的叙事想象、叙事技巧、叙事语言都已相当成熟，并融于故事中不着痕迹。这部小说本来已集中了张梅的叙事经验，也集中了张梅繁复而又单纯的叙事意识，它们都在小说的叙事历程中表现出来。

现在的叙事怕的是观念问题，而不是技术问题。《游戏太太团》的故事本身仍有缺陷，但那主要是纯经验和技术的缺陷，而不是小说的本质性意识和观念的问题。与张梅此前的作品比，《游戏太太团》具有故事性的结构整一性，而《破碎的激情》则主要是一种象征性的意义结构所组成的整体，缺乏故事的吸引力。

《游戏太太团》重新集结和表现的叙事经验与锐气使人们相信，张梅为自己的叙事开出了一条新路，也加强了中国小说回归故事的召唤，相信张梅在新的叙事风格中会写出更好的小说。

### 三、平静中的欲望与圈套

《游戏太太团》让人在心里流过一种平静而忧伤的叙事感觉。阅读《游戏太太团》的感受，就像在林中空地上静静地看着一条河流流过，所有那些小说中的故事情景都清澈、舒缓、澄明地流动着，然而，到终了，却静静地看着一种忧伤。没有激烈和喧嚣，所有的生存险恶和内心盘算都被化为一种平静的生活与忧伤的叙事。

《游戏太太团》的突出之处是描写了一种与欲望的忧伤密切相关的"圈套式"生活，而在这个圈套中挣扎的是一种平静中的纯净、纯净中的忧伤。整个小说中青青的经历，使人感受到她一直在圈套中生活，这个圈套包括藏在幻想底下的忧伤，只不过两次太太团游历突然改变了她的生活涵义。如果没有两次太太团经历打破了她所有的生活幻想，如果青青的生活和爱情都是表面真实而彻底虚幻的，如果她一直在圈套和虚伪中生活，那么，她原来一直以为真实的生活对她意味着什么？

青青经历的是非常普通的生活：郊游、旅行、聊天、吃饭，如果这样普通的生活尚且暗伏着圈套，那么我们每一个人的普通生活还有什么本真意义可言？科学的发现对人们有实际的用处，而小说的发现却不能满足人们的需要，无论人们是否写诗，都不能不生活，即使人类不写一首诗，对地球也照样毫无影响。小说的发现，是发现人们隐藏在现实外的另一种生活，是发现人们没有意识到而又应该意识到的生活，是讲述一种通过其他任何形式不能发现的生活,如果用对市场化年代人们生活的某种阐述能替代张梅的《游戏太太团》,张梅就不必写小说了。

张梅的小说中一直有一种都市欲望与纯净心灵之间的二元对立,在《破碎的激情中》,这种心绪集中表现为三个人物生活中理想与现实的分裂,这种分裂在《游戏太太团》中又开始融合,变成一种平静的忧伤。人物的心灵和现实都开始变得平静,心灵与欲望的二元对立具体地演变为都市文明与原始纯朴之间的互补和差异。在乡村和自然中发生的,仍是城市文明的故事,背景的转换,表达了一种过度沉溺于城市欲望之后的清醒,表达了心灵的倦怠和逃亡。

因此,在《游戏太太团》中表现出两方面重要内容:一是城市文明的忧伤。城市欲望和生活风格对人从心灵生活到实际生活有一种毁灭,故事中的男人们全毁了,他们不得不设圈套使自己从以前的生活中消失。二是城市逃亡情结。故事的两个背景都是在乡村和自然中,这令人想起欧洲浪漫主义小说和旅行小说的情调,例如《感伤的旅行》和英国湖畔派诗人的那种情调、那种城市逃亡意识。这种浪漫和原始意识,在市场化的当代中国演变成一种大众化、时尚化又庸常化的周末聚会或长假旅行,那是一种有闲和有钱的消费主义生存标志。

张梅以往作品中人物的理想主义实际上都是虚空的、漂浮的,与现实没有什么直接的关系,与人物也没有什么具体的联系,而真正的理想主义精神与人的现实生存是一体化的。所以,那些飘浮的理想主义都败落了,它们没有根基。它们最终像落叶归根一样都归于世俗生活,融入和消亡于平静的世俗认同中,生命意志和原始动力都已消失,理想主义激情和欲望激情也都平复下来,平静的生活像一片湖泊那样让人完全接受,欲望和虚伪像一枝花静静地停留在你的身边。城市的喧嚣和狂欢已激不起热情,他们平静地享受着纷繁的生活,并把这种享受当成必不可少的生活风格和现实。

张梅把一种高雅的文学意识与一种俗常的生活结合起来,在一种平庸的市场化情景中,却发生着另外一种情调。周末旅行其实只是被叙述所利用,在小说中发生的,除了圈套,主要是主人公青青眼中所看到的一种现实和她心里发生的事情:她在乡村和自然中的感受,一种心理现实。小说中有几次点到梦境、巫术和心灵感应,甚至在几个地方专门写了青青的梦和算命。严格地看,故事中发生的圈套，也只是被叙述本身所利用，叙事并不是为了讲述圈套，而是讲述在圈套中的人物状态，它是用现实状态来写心理状态。

太太团的每一个人都在这样的生活中。城市所标志出的罪恶、欲望、争斗、盘算、虚伪、圈套，被太太团带到了乡村和自然中，都隐藏在太太团的活动中，烙刻在她们的生命中。而城市与乡村原来所对立的一切，城市中的一切反诗意生存，都是太太团这样的一群一群人塑造的，她们塑造了这一切，本能地又要逃避这种压力，逃避时却又把这一切带到了乡村，生存的卑琐与虚伪在这里产生了新的圈套，被更深地掩藏起来。

人性沦落和欲望狂欢在张梅以往的作品中也出现过，但一直是以迷茫和矛盾的态度表现出来，她的人物既反抗着人性沦落和欲望狂欢，又享受着金钱和欲望带来的快乐。张梅的小说中始终流动着这样的矛盾和纠结，始终希望着既能安然接受一切，又能从中保住或追求到一种纯真。这种人物，来源于典型的广州人的生存态度。广州人往往对生活安之若素，不激烈、不反抗、不思考，能够非常实际地接受生活，并为能够得到生活的快乐和享受而庆幸，不会去为理想主义或诗意激情而去破坏自己已经享有的一切。

人类的生命欲望是生存动力，有欲望才有进步，但有几方面的问题：一是什么样的欲望；二是怎么实现欲望；三是实现欲望后干什么；四是欲望使生活和生命变成了什么样。一句话，欲望必须升华。而在太太团中，欲望没有升华也没有坠落，而是变成了每一个人的平静生活和平静本性，这是最可怕的。每一个人都不会为了欲望去和别人搏斗，但每一个人都在时刻满足着自己每一个微小的欲望，没有残酷和激烈，却平静而自然。

平静地享受生活已变成太太团世俗日常生活的一部分，她们习以为常，并不去有意实现欲望，却在不断地享受欲望。唯一可以辨认的，是青青这样的人还力图在这种慢慢发生和持续的、可怕的、无意识的平静生活本性中寻找每一丝纯情和梦想，并尝试以此代表自己的纯净心灵。但是，经历了20世纪90年代以后利益化暴风骤雨的袭击，能保持的纯净所剩无几，大部分纯净、纯真、纯情都被伪装化、自我装饰化，那些经历过这一切还能纯情的人，例如米兰这样的人，只有在静夜中才能闻到她的幽香，而青青这样的人却在寻找欲望的忧伤和纯净的忧伤。

# 第四篇　沉静世界中的怀想：从现实的逃亡中想象尊严

## 一、在遥远依恋中追忆逝水年华

魏微的叙事追求沉思平静的感受，表达一种遥远的依恋，时光在其中舒缓地流淌，有种追忆逝水年华的意味。魏微并不追求颠覆或破坏，而是将经典叙事元素尽量吸收到她的现代叙事中，把现代与古典的一些叙事情景在她的作品中进行演化，用乡村触动城市的情感，用过去激发现在的心灵，用一种古老、经典的叙事情调给现代生活以久远的怀想。

这让她的风格具有怀旧之风和古典传统，也让她的叙事沉静感伤。作为一种主题情调，两种不同的生命情景错落相叠，产生了感伤的思绪，贯穿于魏微的大多数作品中。在一种沉静感伤的情境里，流荡出细密、敏感、丰盈的情致，那些叙事中的明艳和纯净，使感伤变得空濛而透明；在娓娓诉说中，家乡的种种旧物和情景让叙事在人们心头颤悠起挽歌情调般的回忆。那种带着20世纪前期作家风格的叙事情调，将其主题、内容、语言都融为一种感伤的回想，在现代与古旧叠合的情韵中进入一种生活。

作为一种主要的叙述情调，这种感伤有时沉重、有时轻淡；有时浓烈、有时缱绻。《姐姐和弟弟》中莫名的惊恐、《乡村、穷亲戚和爱情》中人间的疏远、《化妆》中情感的轻贱、《薛家巷》中家族关系的冷淡，都令人沉重。然而，同是这样一些作品中，既流荡着对理解和真情的渴望，也不断怀恋人的单纯和天真，具有一种温情的感受。甚至《十月五日夜风雨大作》这样有两种信仰对峙和斗争的作品，也被写得温情而感伤，有一种恍然回首、沉思不语的感觉。

深入这样的叙事内容、叙事主题和人物品质，她的叙事表现了一种挽歌式感受。尽管是一种温情的挽歌式态度，魏微作品还是在感伤中寻求着一种逝去的理想主义精神，寻求着另一种生活，而另一种生活会引发造就另一种生命。魏微试图用这样的叙事风格去创造一种生命，以超越自己和生活。

在魏微作品中被深入探讨的，常常不是表面的日常生活、不是男女间的事情，而是两种不同的生命品质以及它们相互间的关系。一个生活在市场化时代的人，两种不同的生命在她的同一种生活中相互背离又渴望融合，这是魏微作品中感伤和失望深处的东西。

也许由于感伤，魏微作品的主人公常常因夹在意识与生活中而迷惘，她们最具有强烈意识的，甚至最刻骨铭心的，是对乡土、土地、自然的记忆，常常意识到纯朴、忠诚、尊严这样一些与生命本质休戚相关的品质，悲哀地感受着它们正在从自己身上流失、从人们的日常生活中崩溃，由此对现有生命失望而感伤。因此，人物并不满足于人们通常的幸福感，而魏微自己也不能像大多70后作家那样享有当代欢乐和幸福，不能像他们那样在时尚和城市中升腾，而是像湖水一样沉落在生活的偏僻地方。

在魏微感伤的庭院深处掩映的，是尊严。魏微作品的所有感伤中都潜存着一个主题：人的尊严，怀旧、感伤与尊严融合在一起。尊严是比纯朴更为深入的主题，魏微作品在不同情况下都提到了家族的尊贵和自我的尊严，作品为生命的尊严而感伤，感伤来自对寻找尊严的渴望，也来自对失去尊严的失望。魏微作品中的人物实际上在市场化时代和城市生活中没有精神依傍，于是她们起身向乡村、小城和过去走去，试图在回想中净化片刻，让自己在精神上有片刻的休息。这种精神依傍已谈不上精神信仰，但具有一个精神核心：尊严。

在魏微的作品中，人的纯朴品质伴随着人的尊严感而远去。人格和身份都与尊严相关，某种身份或人格，与其包含的尊严成分相关。尊严感在城市喧嚣和欲望生活中已消失，要找回做人的尊严，就要改变自己的时尚身份：或者尝试着变成另一个身份，或者返回童年时代。在魏微的叙事中，尊严与纯朴相连，而纯朴与人的贫穷和过去相关，贫穷和过去代表着纯朴和尊严。在市场化现实中要保持纯朴和尊严是相当困难的，她不得不变换身份，变成一个贫穷的人或者过去的人，才能去与人的纯朴和尊严亲近。

魏微作品的另一个与尊严相关的主题是失望。作品为人物失去尊严和保持尊严而感伤，也为失去尊严和保持尊严而失望。那些人物常有一种理想主义的渴望，更多的，却隐藏着对现实和自我的失望。这样的感伤和失望，来自乡土化的古旧情感和纯朴人性，也来自对生命的想象性创造。这种对现实和生命的失望，明显对市场化时代的欲望生存、享乐生活、利己主义表达了质疑，但魏微作品中的人物缺乏理性沉思和理性信念，她们的失望主要是情感的和想象的现实态度，失望之后仍然空茫和怅惘，找不到一个确定清晰的精神方向和生命意识。

进一步深思，这种对尊严的感伤和对尊严的失望，可能还包含着对现实的批判。当一种文学叙事以感伤的挽歌情调出现时，其中的现实批判程度即使很轻微，也不可能不引人注意。农耕式自然生活或古旧式市井生活无可挽救地在市场化中没落，但这种没落却表达了一种对想象中的高贵、尊严、忠诚、单纯的挽歌，在魏微作品中，这些生存品质与那些衰落生活本来是一体化的。

在这样的叙事中，能感受到人物的单纯、天真、忠诚和尊严，也能感受到他们的固执、麻木、呆滞、守旧，从中可以体味出作品对两种人物、两种生活的矛盾态度。作者无法断然舍弃一端而选取另一端，在这样的双重态度中、在别无选择的夹缝中，作品表达出一种挽歌式感伤。而在叙事中闪出的各种光泽伴随着感伤，在作者的回忆和触摸中被突出了。

挽歌式的回忆语调对魏微作品很重要，对往事展开回顾往往与依恋和感伤连在一起。魏微作品中常常用沉思语调和回忆视角展开叙事，沉思与回忆在魏微作品中不可分离，没有那些回忆，便不可能有那种沉思，反之亦然。在魏微作品中，常常可以看到一个女性在叙述自己的孩提时代或青春时光，但又可以体味到叙述者与她的过去有一定的分离，她在冷静地观察和回想自己的过去。

这种感伤的回忆是天真与成熟、理想与现实、过去与现在的混合物，既是主题又是内容。这种叙述方式有点像20世纪二三十年代的乡土叙事，也有点像张爱玲小说中对旧式家庭的人性沉思。苏童曾经把这种追忆和依恋改写成逃亡和返回的意象，魏微作品则皈依和延续着乡土叙事和张爱玲小说的风格，使之有与其相似的语言和文体，也有相似的情怀和意绪。

这种回忆的语调，对中国那些20世纪初期怀恋的、乡土的叙事内容和主题进行了改写，却模仿延续了那些语言和格调，它特别适合怀旧情绪和感伤感受。挽歌的回忆既是叙事风格，也是叙事意蕴。即使在魏微一些与现实贴得很近的作品中，比如《化妆》，回忆也占了很大成分，而回忆的语调和感觉则似乎贯穿于作品中，丝丝渗出，不绝于缕。回忆是过去，沉思是现在，过去与现在，即两种不同的现实和两种不同的生命，既分离又融合。

叙事者沉静地看着的，是过去的另一个自己，那个自己本色而单纯，叙述者将自己推得很远，推进了过去的年代，那种生活也质朴而缓慢。叙述者冷静、克制地叙述着以往的生活，观察、思考、怀恋地观察着另一个自己和另一种生活，由于对现实的失望，由于远离或逃离现在的隐隐慰藉，这种叙事格调始终带着一种感伤。人物的变化由于始终没有逃离现实的身影，她们的回归现实便产生了感伤，这种感伤情怀与人物基调的一致性，使感伤的沉思感和挽歌情调更加突出。

感伤是一种美学品质，它拒绝市场化年代简单的轻松和快乐，愿意让灵魂有所承担、让生命有点沉重感。当魏微无法面对历史而怀有宏大的感伤时，她面对自己的生命有了弱小的感伤，并以这种感伤去关怀生活和文学。文学叙事中的日常生活是另一种生活，魏微作品对日常生活描写的独特性，就在于从与人们习惯的快乐立场相反的感伤立场去体味日常生活，把过去与现在、乡村与城市两种日常生活同时在叙事中加以比照和描述，把实际的日常生活转换为回忆生活、风俗生活或沉思生活，从中发现日常生活更潜在的内涵，因而产生一种感伤的思绪。

## 二、以表现双重生活和双重性格而进入生活

魏微追求一种审美距离，用逃离日常生活去发现日常生活，将生活在城市中的人带离他们的身边生活，把他们放置于乡村、土地、风俗生活或者过去的时光中，使他们似在自己的日常生活中，又不在自己的日常生活中。魏微作品的遥远故事走得并不太远，它在城市的一些角落轻轻飘荡、在小城和乡村缓缓落下，这些作品更相信一些质朴生活和单纯品质对人们的影响。这样，魏微

作品对现实的遥远描写又回到了现实中人们的身边。

在魏微作品中的生活，多是似乎离人们遥远又近在咫尺的生活，比如像《化妆》那样突如其来的返璞归真，然后又恢复人物现有的生活。这样一种微小的发现，常常使人物和作家自己从日常生活、身边生活和平庸生活中挣脱出来，超越出来。这样的独特叙述视野和生命体验，让人们从自己的身边生活走向一种更广阔的生活，它很可能仅仅隐藏在人物的心灵中和现实的深处，并不轻易露头。而这是一个作家必然的命运，一个作家的独特和价值就在于：能从自己的狭小生存中发现更广阔的生存和更多的写作可能性。

对于魏微，这种支持就是抓住过去或回到贫穷与土地，在追忆时间中产生发光岁月，在土地沉静中抵抗城市喧嚣，在穷困的单纯中远离富有的异化。在魏微作品中，大城市人希望在童真回忆、青春时代、质朴乡村、平静小城或者突发奇想中返回人性自然和生命梦想，这样的时刻，常常是在眼前生活中回忆着20世纪90年代、80年代甚至70年代的生活。这种怀旧情绪氤氲浸染着魏微的作品和人物，在魏微最重要的作品中，几乎都涉及乡村、小城、童年、少年的回忆，这种风格与20世纪二三十年代那些文学家对乡土和童年的回忆有相通之处。

魏微作品中描述出纯朴恬静的小城和乡村生活情景，它遥远、古老、凝然不动，使人们无法用现在的身体和欲望去感受和体味，只能用这种被描述的生活去想象，因为那不属于我们的现实体验，而只是遥远的回想和记忆。

富有意味的是，即使人物的现场生活也被这种遥远的生活浸染了，她们常常在消费生活现场和市场化时尚中反叛和突破，试图改变自己的身份，使自己返回到一种被怀恋而逝去的生活和生命中。在魏微作品中，即使那些典型的城市人物，她们的性格和情感也常常是在对遥远地方或过去时光的怀恋中被突出的，这样的人物，常常会忽然产生与时尚和潮流不相宜的思绪，与人物自己的享乐情调有不一致的地方，而作品的叙事常常就发生在人物这种不合时宜的时刻，凭借这种人物突变的叙事触摸人物心灵深处的意识。

所以，在魏微作品中有身边的和遥远的两个世界：孩子、少女、乡村人、小城人的世界和成人、大城市人的世界，魏微站在市场化时代的立场，借孩子和乡土的眼光深入城市的日常人生和生命感受，又借成人的和想象的立场将记忆与现实、城市与乡土、纯朴与欲望两个世界相连。魏微作品将现实看作两种世界，将人们从现实的单方面限制和束缚中解放出来，使生命在她的叙事虚构中得到更自由的升腾。反过来说，魏微作品对虚构叙事具有的意义，是使现实不在虚构中成为被动的镜像。

魏微作品借前一个世界的表面性和单纯性，去深入市场化时代，避开了利益、欲望和享乐的遮蔽。有了另一个世界的比照，现存的世界变得更真实、更完整、更有生命气息，祛除了时尚生活的片面性，把个人化的零碎性组合了起来，把生命从欢腾与狂热的自我妖魔化中惊醒了出来。而那些与现实生活具有一致性的欲望叙事和享乐叙事，并不怎么能带来警示和思考，反倒鼓舞了我们被现实妖魔化，以致现实对我们变成了一种咒语而无法挣脱。

于是，在一部作品中表现双重生活和双重性格，是魏微作品另一种进入生活的方式。在叙事中和在现实中，在内心里和在外在世界，魏微和她的人物常过着两种生活：那些人物常常从现实自我中逃逸出去，分裂为两个人，一个人同时过着两种生活。魏微作品中的主要人物，大都具有时尚印迹，在叙事一开始，她们常以一个向往大城市时尚生活的人出现，但在叙事中他们有了变化，叙事就是依托于她们的变化而形成。

人性品质由纯朴天真逐渐变异为功利化和欲望化，是魏微作品里不断描述的。人本性中有一些伤害人本身的东西，它们像蛇一样盘踞在人内心，许多作品都描述了人在变化过程中一些让自己害怕的东西，比如《姐姐和弟弟》中的情景。警惕人的变化，警惕人自身，"认识你自己"，是魏微作品从两种生活和两个世界的双重叙事中力图发现的，也是她一直在成长的过程中表现的。

魏微作品中的人物大致分为两类：一类享受着现代生活，为时而变，但又不时地反省自己的生活，试图返回一个原始的、纯朴的自我。这样的人物往往是一个主动思考、主动回忆甚至主动逃亡的人，她们在不同的作品、以不同的名字和身份出现，却具有同一种人格或生存格调。她们的相似性表明了作者始终有一种固定的思考倾向和情感倾向，并试图在不同的人物表现中把这种倾向深入下去。

另一类人与大城市中的新一代不同，他们是上一代人，他们与乡土化和风俗化的古旧生活联系更为密切，但他们与新一代的迷惘其实是相同的，他们不清楚自己这一代的生存意义。在魏微作品中，个人与乡土的联系是人物一个重要的生存依托，回忆中的孩提时代常常与乡土相连。成人的经验与孩子、青春的经验、城市的经验与乡土的经验相互叠合交错，以一种经验对另一种经验的观察，帮助人物成长和体味人世沧桑，帮助人物去完成一种更加完整的生活。

那些人物不时要逃往过去和乡土中的单纯来净化自己。小城和乡村的生活纯朴、平静、滞缓、单调，让人怀恋，又让人试图逃亡。江南作家的逃亡情结似乎特别重，苏童和格非都是既逃出农村又逃回农村。魏微也是这样，只是她不像苏童和格非那样有枫杨树和麦村那样的地方可逃，她的逃亡有些盲目，不知何处是依归。在城市享乐、欲望中她们找不到生命之根，乡土、贫穷、过去给了她们生命的纯净感，但她们又无法扎根于乡村和贫穷，也不能永久停留于过去，她们在过去与纯朴中寻求到生命信念后，又返回自己的现实。

她们似乎永远没有成熟，始终面临着精神成长的焦虑和不安，并且常常试图返回童年时光或青春时代。这些人物或者处于童年时代和青春时期，或者在成人后又忽然有了童真单纯或躁动不安。在她们已成形和稳定的现实生活中，她们不时地会违反她们的成熟形态或者被她们接受的行为规则，奇妙地反抗一下以返回想象中的时光。她们所面临的生存处境，正是魏微作品在苦恼着和探求着的问题，然而又是在文学叙事中无法解决的问题。魏微用这些人物在寻找一种生存精神，这种精神方向的不确定性，使这些人物总是处于成长和寻找的阶段。

这种精神的迷惘或不确定性，推动她们的精神向着古朴和时间回返，这反映了市场化时代人们混乱而真实的精神处境。魏微作品中虽没有什么明确的精神超越情景，但却有人物不时的精神逃亡尝试，魏微用乡村、土地、童年和过去这样一些情景试图打开精神之门，为时尚而享受的日常生活寻找一种精神逃亡的可能性。这些人物在沉沦或欢腾于市场化时代的生活时，并没有彻底放弃对一些古老纯朴的生命品质的向往，并用乡土生活和童年生活作为这些品质的保留地。这使这些人物仍然保持着一定的精神立场和历史立场来关注自身行为，并为自己精神和灵魂的沦落、为人类纯朴品质的沦落而满怀感伤。

## 三、含蓄深沉而悠远纯朴的想象性生活

作家们具有的是不同的想象力和想象力观念，但不可能完全抹杀想象力。魏微作品的想象性在另一方向上发生：它不是在现实生活的直接反映中，而是在对过去的回忆中，它也不是在外部生活的变化中，而是在内心生活形成的叙事改变中。魏微作品来自内心，不来自身外，魏微看到的现实与大多70后作家看到的不一样。她用她的内心改变着外在的现实，通过叙事改变着现实。她的叙事流连徘徊于古朴与时尚、成熟与无知、城市与乡村、贫穷与富裕的交叉地带，使她的叙事呈现出与现实不一样、也与大多70后作家的世界不一样的世界，这是她内心的世界，与大多数人习惯的世界不太一样。

这样的想象性决定了她的叙事风格，如果没有对过去生活的想象，仅凭她现有的日常经验，便不会有她现在这种风格。另一方面，她的风格也被她相对忽视的想象力所弱化，她无法将她的现有生存经验用想象力更强烈、更独特地发挥出来。当时那种文学意识转换对她的影响，导致了她现有风格的形成，也决定了她的风格基本稳定不变。当然，这种影响包含张爱玲对她的直接影响，因为张爱玲是被个人化写作极为推崇的一个个人叙事楷模。

魏微的叙事依靠对日常琐事和平常心理的细密描述而形成，以人物的人格化想象和精神变化来推进叙事，人物情感和人格的想象性变化产生了人物身份的变化，也产生了人物对现实的态度，这种现实态度和身份变化改变着人物关系，变化着的人物关系就是叙事的基本结构，在这样的叙事结构中，人物的精神底色被显现，突破了人物表面的精神格调和身份格调，叙事开始发生转折，叙事趣味和叙事意义凸显出来。日常生活随着叙事平缓自然地展开，没有大的事件和冲突，也没有曲折的情节变化，人物几乎在叙事中保持不变，人物关系也并不复杂，叙事沉静、理性、有节制。人物的情绪变化带动着叙事，但人物的情绪却被作者冷静地控制着，不是任情任性的冲动，而是舒张有序地流动，语言的精致、简洁和流畅，含蓄有效地形成了流动的叙事感。

魏微作品中不断发生着悠远纯朴的想象性生活，试图从中表现一些比表面叙事情景更含蓄、更深沉的东西。忠诚、尊贵、理想这样一些市场化时代缺失的概念和意义，常常在魏微作品中聚集并且爆裂出火花，并在人物的想象中

发生。这样一些生活概念是魏微作品的核心意识，而在回忆和乡土中发生的想象是核心叙事方式，那些人物常常以某种想象方式去尝试有限地实现这样一些核心生活意识。人物对现实的想象是受现实限制的，在回忆中的想象是尽量自由的，可以尽量展开在现实中不容易被接纳的意义和价值。

魏微作品的一个特点是用内心去改变现实，而她叙事的过程往往是这种内心外化的想象性过程。当魏微作品的人物不能用现实去改变现实时，就试图用内心改变现实，把现实变成更适合她们内心需要的生活。而这种内心的外化实际上很难成功，于是这种内心的外化就变成了一种想象的实现：或者像《化妆》那样改变身份，或者像《去远方》那样在想象中逃离现实身份所限定的生活。

面对现实的焦虑、紧张、压力和欲望，魏微作品的人物逃进了想象的乡土单纯和年少天真中。这种逃亡笼罩着生存的压抑，那些回忆中的生活，很少有能保留下来的，过去的欢乐和单纯正在流逝。并且，那种遥远的、流逝的美好，在很大程度上是作者对生活的一种人格化想象和渴望，是城市立场对乡村、现在立场对过去的审美创造，如果不是在想象中，历史和实际中的过去与乡村会是另一个样子。站在一种人格化的生活对另一种生活的想象中，贫穷和过去是生命之根和生命精灵，土地和纯朴养育了人的忠诚。

魏微作品中人物的现实生活与她们想象或怀恋的生活相对分离，人物同时生活在现实的和想象的两种生活中。在现实中，这些人物活得琐碎、平庸、享乐，可又觉得欢快灿烂。但对另一种生活向往的情绪会在一瞬间袭扰她们，搅乱她们的日常生活秩序，让她们暂时地释放内心的压抑，片刻地反叛自己的现实生活，这时候，她们试图回到过去的纯真或质朴，逃离现实的烦嚣和平庸。

而这种对自己进行想象的固执个性，与大多数城市人，与大多数和她们身份相当的人是极不一致的，所以《化妆》中的人物想要由一种身份改变为另一种身份是不被允许的，身份设定了她们的地位，也设定了她们的情感、思绪甚至人格，而她们不时想要改一改的，就是这样一些精神性的东西，想要不时返回的，也是这样一些精神性的东西，而精神气质是看不见、摸不着的，只能由人物自己来感受，只能隐藏于人物自己的内心。人物让它们表现一下，是对自己的安慰。

　　这样的人物沉静而有点怪异，时尚而有点古旧，她们的敏感和想象力让她们有些不安分，但又随波逐流，追赶时代变迁，她们有时会显得有些神经质，会歇斯底里地发作一下，很快又恢复平静，恢复她们在人前挺着的模样，恢复她们被时代塑雕的本性，恢复正常的生活形态，她们依然是一副衣冠楚楚、幸福快乐的样子。但是，这种偶然的自我突破，已经遮掩不住她们心底的感伤，叙事通过她们变化的内心去触摸日常生活形态深处的人性和历史。

　　这些突然的生命爆发，构成了魏微作品的叙事核心和框架，也构成了叙事主题的深入和人物的迷人处，人物的难以琢磨和突发奇想，是叙事引发读者关注人物情绪的主要方式和叙事思路。叙事的迷人处和深藏处就在于人物这种对自己生活进行想象的属性，这产生了她们那些遥远的怀想和现实的偏执，也才有了这些叙事本身。

　　这种在内心进行想象而改变现实的叙事方式，使魏微作品中没有什么外在的情节和冲突，叙事来自人物的内心生活，而不是来自外部现实的变化。这些叙事常常由人物内心相互背离又相互扭结的两种生命气质和人格活动组成，叙事的结局往往是人物内心活动和变化形成了另一种现实，或者是从想象生活平静地归复于现实。这样被叙述的日常现实，有精神化和人格化的痕迹。我们可以清晰地发现，魏微作品中的现实都被那些人物想象化、人格化了，现实被人物按照自己的人格方向去想象，人物既把她们的现实人格紧紧捆绑于现实，又情不自禁地把现实按她们的人格进行演化。

　　人格力量的变化与人格化想象形成了魏微作品叙事中的现实变化，不论这些现实在遥远的过去还是在纯朴的乡土，或者近在咫尺。两种背离又扭结的人格力量的活动组成了叙事主题和内容，也是基本的叙事动力，并产生人物的性格魅力和性格深度。人物的人格是一种想象化的、感伤的人格：她们一方面享受、依附、欢呼着现实，一方面抵制、叛逆、批判着现实，而这同时也是她们对自我的态度，是她们的人格态度。现实被她们的这种态度人格化了，她们感受的，不过是这种人格化、想象化的现实。

# 第五篇　战争抒情中的诗性正义与人类精神

将历史的个体时空与人性的悠远之思、将生命的沉痛之境与人类的理想之光融为一体，是《己卯年雨雪》的重要叙事特点和艺术风格。熊育群试图进入一个他从未写出过的世界，也让读者有一番新的体验：庄严与苍凉、凝重与激扬、严峻与抒情、现实主义与浪漫主义相互交织在一起，这些诗性元素相互伴随而并行出现。

小说触及抗日战争的全面生活，虽然描写了各种生活情景，却井然有序地建立主题和形式引导下的叙事内容，努力用一种多层次、多角度的人道主义和理想主义去建构、设计小说的世界，让人们通过小说去正视与历史有关的生存见解以及当代生命意义，这使小说在历史与现实、小说与现实之间建立了意味深长的关系，也深入了中国小说与日本小说以至世界小说之间人类共同方向的联系。

## 一、凝重与激情的诗性正义

一部作品如果不能对世界有所改变，就没有意义了。《己卯年雨雪》表达出一种诗性正义的愿望和情景，这种由诗性显现的生存正义不是依附于历史表面去宣扬正义，而是深入抗日战争中的生命本质去发现正义，发现正义与个人生命和世俗生活形式的关系，使正义获得独特的存在形式和内容，更深入地表达生活与正义的诗性关系。

诗性品质的优劣，在很大程度上是人性的善恶、心智的正邪，是对正义性生存的趣味，而对正义的狭隘理解就是文学叙事的狭隘趣味。诗性正义可以概括一种具体的生存品质或正义生存的审美特质，它带来一种蔓延于今天生活形式的美学性情，使更广泛深刻的正义遍布个人生命与日常生活。

这部小说尽力将抗日战争中的生命、人性、文化与战争之间的关系表现出来，这不仅是民族主义的，更是与普遍人类正义相关的。这样的正义情景有普遍的人类性意义，所显示的诗性正义是一种生活正义的美学性情、一种美学化的历史观和生命观。作为一部包含敏锐观察和细致描述的文学作品，小说显得沉实而有耐心，这需要对所写内容的深思熟虑，也需要经过长期艺术锤炼的形式意识，这不仅是风格方面的特质，还含有一种主题意味，含有诗性正义的必要性，要在不偏不倚的冷静叙述中露出诗性正义的倾向。

这部小说体现了熊育群自己的诗性正义写作方向，因为当代生活的无序，一个生活在当代的小说家，必然是某种人类理想的倡导者才能写作。任何写作方向都是思考的结果，有无方向就是有无思考，《己卯年雨雪》认真、执着、深入地对抗日战争以及战争的破坏和影响进行了思考，试图从历史事实中写出一种人性力量、一种诗性正义以至一种理想主义方向。

任何诗性正义乃至理想主义都是人类整体的，不可能是单独个别的，这部小说的故事和主题也同样体现了一种广阔的人类性召唤，它不是更民族主义、更自我化的，而是更宽阔、更普遍的，试图让我们的生活变得更有人类性内涵，这体现了中国当代小说的一种诗性观念变化，诗性正义成为这样意图的一个主题标志。

这起源于对当代生活某些方面的警觉，坚持认为当代普遍生活隐含着某些危机和问题，坚持表达那场侵华战争似乎过去了、然而并没有真正过去的现实。所以，用小说形式从一场严重的历史危机中引申和表达诗性正义，这样的文学表现，是将过去混乱的生活当作今天生活的一部分接受下来。

这样，小说逸散出一种诗性正义的特殊历史感，这种历史感造成了人们更细致、更有心、更深思的生命体验，这样体会的小说人物及其生活，总是与小说外的时代事件交织在一起。为了更有真实性力量，小说中虚构与事实交错，虚构中深深植入隐藏在故事、人物和叙事方法后面的历史事实，这样的历史事实令人深思。如果现在我们这个时代的人们还被历史和现实遮蔽着，坚持错误的生活观念和历史判断，就需要这样的小说来警醒人们。

这部小说与现实的独特联系，不仅在于两种相互矛盾与抵制的生存观念和生活形式的差异意义，也在于不同生存观念和生活形式相互理解与转化的可能。这可以看作一种由探索历史而处理当代生存意义的方式，它提出的问题是：为什么要从中日双方的角度去反思抗日战争？这样的反思对于今天中日双方以及人类的现实和未来有什么意义？叙事的必要在于，小说对抗日战争所提出的思考是中日以至世界避不开的，这个文学主题作为生活主题迟早要来，而小说正是这样一个生活主题的存在标志，也是这样的小说必然要出现的标志。

熊育群显然意识到，历史本身就是一个强有力的现实，但在这部小说中的历史，应该比现实本身更有力，更能深刻地说明问题，这正是文学与历史事实不同的地方。仅仅作为证据和资料的历史事实是刻板被动的，难以发挥现实作用，也容易被忘却和遮蔽，而这部小说作为诗性思考所能长驱直入的，恰好是历史所不能深入的地方。

这不仅是要让人们不能忘却历史记忆，更重要的，是力图用这样的历史记忆去改变现实生活意识和当代生存世界，因为那种侵略性生活观念可能仍然隐藏在现实生活中。作为文学中的历史或者作为历史化的文学，这有助于人们找出历史中新的现实路径，并把人们牵引到没有概念化的历史限制的现实中，从而将现实无限延续，将作品中的生活延续进现实，也延续进这部小说自身。

这种历史与现实相交错的形象，让人们无法轻易忽视、遮蔽、遗忘过去的记忆，从而变成了与某些轻视过去的意识进行搏斗的记忆。由于文化差异，人们对过去会有不同的记忆，其中，只有共同的人性教养和人性传统，才会让不同的记忆通往一个共同的方向。

同样信奉儒道文化，出于对正义的不同认识，会产生不同的行为：日本人信奉武士道精神，中国人敬重替天行道意识；日本人有扩张侵略意识，中国人有保家卫国的民族气节；日本人讲王道，中国人讲人道。不问敌我的左太乙对生命的人道怜悯只是中国文化的一半，讲究做人气节、抵抗侵略是中国文化的另一半，而儒道相生的文化是中国文化的核心，它们与正义结合时会真正发挥有效力量。于是，中国传统的儒、道、佛、医、武各方面思想在对侵略者的抗击中汇为一体：儒家的左太平、医家的药店老板、道家的左太乙、佛家的地方寺庙主持、武家的祝奕典等。

生命之道并非仅仅是自然之道，它与文化有关，与人性有关，与正义有关。因此，从根本上，那场战争是文化战争、是观念战争，这种文化和观念的差异至今仍在，从这样的思考出发，也就有了这部小说的大气。有了从生命和人性出发的大气，所有情景都因人间正义而生，所有情景都体现生活正义和诗性正义。作品描写长沙会战中营田一带的情景时，虽然连局部的正规战争都没怎么描写，却写出了一种宽阔和激情。由于正义、人性、生命、文化的一致，出现了全民共同抗击侵略者的情景：共产党、国民党、正规军、游击队、民间武装、农民、教师、学生、商人，他们的行为近乎完全是被日本侵略者的残暴行径激发的。

作品试图为处于人类邪恶困境中的生命找到一种解答：生命是否成为人类邪恶的牺牲品？而这又重新提出人类正义以及表达正义的诗性正义，因此，日本人侵略意识的真正危害，在于给他人造成生命灾难的同时，也给自我造成了心灵灾难和精神灾难，这就是诗性正义所能深入的精神地带和心灵地带。在抗日战争中的武田夫妇，陷于自我的困境，无法超越观念性自我，其生命意识曾经完全被侵略意识所侵入却自以为正义。

这样的民族自我和正义意识，都不是人类意识的抽象，小说中，侵华日军自以为代表的正义是由他们的残暴行为所诠释的，他们的行为与他们自以为代表的正义正好形成相悖的情景。小说中的日本人物可能失去了对自我异化的察觉，从而产生了与抗日战争关联紧密的生命行为和焦虑绝望的自我保护意识，然后又需要从这样的意识中获得新生，武田夫妇都面临这种情景，成为复杂民族文化的自我身份证明。

因此，对历史正确的记忆是求得现实生存的必要方式，这部小说并不用说教去矫正历史记忆和人性记忆，而用故事和人物去提供一种必要的记忆参考，这种文学方式对历史记忆的延续，有赖于作品本身对历史的诗性表达，即，只有将历史彻底美学化，才可能显露生命的人性成分。这样，小说试图超越单一视角看待日军侵华中的事件和生活，而有些人则可能否认自身生存观念的历史性，并抵制从更全面的历史视角去重新认识自我，从小说的后记所述情景看，这是完全可能发生、甚至正在发生的，一些人仍企图把历史封闭在自我狂妄之内而不愿改变。

## 二、抗击灾难中升华的儒道人性观

人不活在阳光下就会阴暗,熊育群的《己卯年雨雪》要让人道主义阳光照耀抗日战争中的生命。小说由今天的生活现实触发,从那场战争中的具体生命情景出发,谋求一种当代世界的人道主义观念,试图找出人类对侵略战争的共同理解,这是小说的一个重要特质。小说中的情景不是仅仅用一个中国作家的视角去描写,而是要写出一种既有特殊意味又能被人们普遍理解的人类性内容。

作为象征性人性情景进入那场战争中的具体生活,由生活和人物的象征性,去包容战争引发的种种生命情景和文化现象,成为生活与文学的无限生命主题以及无限现实关系的一种表现。于是,就像小说中人物的生活那样:战争中的人依靠他们的本性在生存,这对有些人是尊严与光荣的,对有些人却是耻辱和愧疚的。战争不是他们的全部生活,但仍然是生活的一部分,因而那场战争也成为他们生命和人性的一部分,甚至成为一个尖锐的生命表现。

在这样的生命表现中,人性的善与真、爱与美并非单一构成的,而是多元构成的,并非只有唯一路径,而是殊途同归。在小说中可以看到,中日民族、儒道精神、自然信仰、政治信仰皆可达到人性的理想,只在于是否承认这样的人性理想,在于怎么认识、怎么行动和是否去行动。

小说的动机、题材、情节、人物的设计,是从战争反思延伸向生命反思、人性反思、文化反思以及人类生存的意义,细致地描述了人类的善良、正义与同情的人性力量,描写了中国与日本相近的自然化生命观和儒道思想,其重要的特点,是突出了中国式儒道化人道观念:儒家重生存气节、道家重生命权利。

由于中国儒道式的人道观念,尤其是道家式人道观念,小说中主要人物有神秘主义与生命之源相连的生命感觉。有时候,这样的心灵方式是一种思考方式和艺术情趣的最好说明,这也许是采用神秘主义引入生命感受的情趣方式,也是一种生命的独特思考和体验。小说中通过民间自然信仰与道教文化的关系,来突出描写与道家意识相关的自然化生命关怀和人道意识的主题。

熊育群从自己的诗性立场着重进入的,是发现处于可能的真实历史中的不同人真实的生存方式。所以，小说提供了一种特殊的生存情境，让人们去生活、去感受。侵略战争意识潜移默化又不可抗拒地摧毁了许多日本人的身心，也给被侵略国家的人民带来了灾难，但更让人深思的问题是，因为对侵略意识缺乏正确认识，这种身心摧毁仍然延续在今天的生活中。只有进入这样的情境，在相同的情境条件下，像那些人物一样去生活、去感受，体会到人物的生活感受，才可能触发自己真实的感受，才可能理解和融入这样的生命，从而提供让现在人们生活得更真实的生命依据。

熊育群不肯让心目中的伟大人类精神被粉碎在一种非人性的残暴阴暗中，所以，描写了以主要人物为代表的正义精神和人性意识：人类命运正是由每个弱小个体的行为汇集成伟大精神而决定的，因此，人是历史的，又是超越历史的，人的存在因此成为神话。

整部小说一直暗含这样的生存神话意蕴，直到最后以未了结的故事和人物命运作结尾，引人产生对这样的命运之后的想象——祝奕典和千鹤子在最后时刻的相互同情和理解怎么样了——才真正完成了这个关于人的存在神话，小说力图通过整部小说的厚重篇幅对这个最后时刻进行探讨。由此，小说集中地表达了熊育群对于人存在的一种观念，也意味深长地提示了文化冲突的深刻性与文化融合的可能。

这部小说中的生命有差异、冲突，也有理解和融合，问题在于能否达到以及怎么达到理解与融合。熊育群关心、同情小说中人物的心灵生存状态，但并不偏于一面、执于一词。日方情侣经历了被蒙蔽、侵略、反思和觉悟的过程，而中方情侣则经历了被摧残、被欺辱、被毁灭而又抗争和宽容的过程，一方释放兽性，一方释放人性，但双方都在那场战争中觉醒、变化、理解、融合，这就是作品的人道主义主题。

书中那些情景描写让人们去细致了解生命与人性的关系，那些生命情景提醒人们：生命与人性共在，要了解那场战争和战争中的生命，就必须了解人性。这样的主题思考对小说的构成至为重要，它贯穿整部小说的情节和人物，一直延伸到小说的后记。后记很重要，不只是对小说故事真实性的事实证明，也是对人道主义生命意识的格外强调。

小说试图以那场侵略战争的非正义和非人性来观察人，关注主要人物的个人心灵与普遍生活的关系，并由此去描写个人命运和行为，试图寻找能激发今天的人们发生改变的感情方式或心灵方式，希望人们用更理想的方式应对人类现实。对于主要人物的定型，靠的是人道主义各种原则：政治的、宗教的、文化的、民间的、心理的，这是与战争中的非正义和非人性对应的，但也因此而具有更广泛和更普遍的正义感和人性感，并非仅仅停留于过去历史中，这样描写的小说人物具有在当代中国社会清醒思考的特点。

从侵略者和抵抗者、发动战争和抵抗入侵、中日文化的双重角度描写历史，使小说中两种力量总是处于相互悖反的扭结中，由此产生了叙事的张力和意味，但小说的叙事构成目的却是促成反人性意识和行为发生回归人性的转化，这就产生了对生命与人性、儒道精神与虚妄信仰的戏剧性处理，各种戏剧性的细节化效果导致过去仍然存在于今天的感受，让人们震惊于过去而警醒今天。

在小说中发生的情景中有深刻意味的是，那场战争本身的重要性在于人们怎么看待战争中各种非人性意识，其中武田夫妇表现了看待战争的视角转变：有非人性的观念，才会有非人性的行为。因此，小说并没有倾向于仅仅把历史看成左右个人存在的力量，小说中各种个人化的非人性行为是令人难忘的，但与其相对的人道主义行为以及每个个体生命并非在徒然反抗历史的生动图景，也是令人难忘的，小说由此探索历史为什么会这样发生，成为让人性自我和文化自我作为历史实体而出现的一个场面，认识民族自我、人性自我和文化自我，力图确定人在那场战争中的存在意义。

## 三、苍凉抒情中的理想主义与美学性情

不论从与历史的关系还是从与现实的关系出发去看，《己卯年雨雪》这部长篇小说都有极为端正而苍凉的主题，在庄重严峻的现实主义倾向中，将伤感情味与理想主义交融，包含了一种浪漫主义情调。因为其苍凉抒情的描写，因为对世界充满了同情和希望，形成了苍凉的人道主义和理想主义的倾向，对人物的惋惜和期望，对自然和生命美好的同情与依恋，都表达了这样的倾向。

这部小说不是仅仅写敌视和仇恨，而是写了残酷中的苍凉气息，它写的

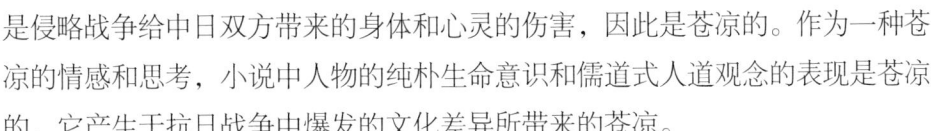

是侵略战争给中日双方带来的身体和心灵的伤害,因此是苍凉的。作为一种苍凉的情感和思考,小说中人物的纯朴生命意识和儒道式人道观念的表现是苍凉的,它产生于抗日战争中爆发的文化差异所带来的苍凉。

小说从中日双重角度重述历史记忆,最主要人物是一个中国男人和一个日本女人。这两个人从相互敌视到相互融合,经历了血与火的残酷洗礼,经历了对他人的认识理解,经历了生命净化历程,也经历了相似的生命纯朴和人性的唤起过程。这个过程一方面证明了人类本来有共同的生命美好本性,也证明了生命美好本性容易被破坏,而恰好是那场战争对人性恶的释放,破坏了中日双方的人性美。

在日本侵华的残暴,在苍凉的生命中,小说激发出一种对美好生活和生命的诉求,并力图以此情景改变世界、改变生命,让生活和世界变得更美好。它用审美方式让战争苍凉进入人们的生活意识,把历史化的过往生活美学化地变成对现实生命的呼唤,力图唤醒人类深处的良心和同情,从而改变可能仍在现实中延续的狭隘愚蠢习性。在这个意义上,小说的故事与生命一起生发诗性正义的美学力量,也使人类变得更理想主义。

如果人们不警惕,那场战争的残暴情景仍然可能重新发生。今天中日双方都不再有多少人因那些情景感到苍凉,而熊育群具有与众不同的忧思,因此才写出这部苍凉的作品。对因侵略战争造成的心灵创伤和生命阴影,这个苍凉故事做出了中国风格的细致推敲和诊断,因此它是一个典型的中国故事。

虽然是从一个中国作家的角度来叙述这个苍凉庄重、凄伤的故事,但叙述角度却力图化为中日双方共同的心理视角。这种双重现实视角和叙述视角,具有超越单纯中国视角而成为国际性视野的意义。不论这种叙述有多大作用,这种视角的出现就是更广泛中国叙事的意义。

这个中国故事描写巨大的文化差异和人性差异,这是造成战争中人性残酷和人性苍凉的一个重要原因。故事戏剧性地表现了中日双方对生命理解的文化差异,并将这种文化所形成的生命差异加以美学的引导和转化,变成一种生命的苍凉情景和思考,同时又在这样的苍凉生命中引发激情的怜悯和宏大的开阔。于是,在带来苍凉美感的同时,在带来对日军侵华行为的愤恨和憎恶的同时,文学的形式主义转化也带来了历史冲击当代社会的美学特异力量,呈现出历史力量在当代社会的演化，由此发生多层次的生存经验和人性体验的交错。

生活正义和诗性正义对邪恶的抗争，让小说深处流淌着普遍人性意味和苍凉意味，表达战争灾难破坏人性与用人性重建生活的隐喻关系，体现生命力和人性力量的顽强柔韧。平静的日常生活被侵略者破坏，但人们仍然要活下去，凭着战胜侵略者的信念不断重建被破坏的生活，然后再被破坏、再重建，整个小说中的战争过程，反复体现了这种顽强、柔韧而激情的人性。中国普通人的生活总是被邪恶破坏了又重建，无论怎样都得在邪恶和残酷的威胁下生活，对每一个人都是如此，不管在普通人的婚丧嫁娶中，还是在左太乙与自然相依的生活中。

这是一种苍凉而令人叹惜的抒情叙事，因此，小说的前半部写敌意和仇视，后半部写反思和变化，可是，这种人道主义能改变这场侵略战争的什么本质吗？最多只能改变个别人的生命，小说中只能改变千鹤子和武田修宏。所以，这是一种苍凉的人道主义，也是浪漫主义和理想主义的。左太乙的道家生命思想改变不了战争，千鹤子的美丽忧思也不可能仅仅依附于自然的安谧美景。生命并非仅仅是自然化或者道家化的，小说中任何一个人都无法脱离战争而独自生存或者独善其身。

所以，左太乙的道家式人性根本无法改变千鹤子，对她的宽容和救助能感动她，却无法改变她，只能证明她也有相似的生命同情意识。只有让她亲眼目睹与她的纯朴人性相反的日军野蛮残暴行为，她才可能改变。千鹤子所接受的文化教育已经人为地蒙蔽了她的本真良心，她对日本的侵略行径没有意识，反而自以为在帮助中国人，而她的丈夫武田修宏也因此而释放野蛮和残暴。虽然抗拒残酷的生存意识和历史意识是小说的一个主旨，但它不是片面的历史紧张感，也没有削弱人物和故事的动情之处，在故事曲折和情趣委婉中，透出一种抒情的庄重和苍凉的正义。

在历史与文化生存观念的差异与重叠中，苍凉的美学性情和诗性张力让故事能够宏大地展开，让小说形式蕴含人类品质，让人物能够以生命韧性交错相连。这样一种历史中出现的人的形象是小说突出的地方，在对人的生动想象中，人的形象苍凉而凝重、昂扬而沉思，形成了无法改变的小说自身的现实，由此变成了存活在历史中的人的现实，或者存活在现实中的人的历史。

熊育群努力用文学赋予历史事实、生活情景以形式和意义，重述生命的失去，是希望生命不再失去，不再发生生命的灾难。尽管苍凉，作者试图通过艺术把生命还原进生活，把生命中被夺走的再还给生命：生命可以被夺走，但生命中的人性精神，生命中的爱与美、正义与尊严，却无法被夺走，这是历史正义和人性正义，也是诗性正义。

# 第五编

## 诗意生命的光辉

# 第一篇　在历史如歌中唤起美的生活形式与诗性精神

## 一、美治的象征与超越：当代中国的精神缺陷和理想距离

在当代中国远离张竞生当年所处时代的情境中，张培忠关于张竞生的系列著述突出了张竞生的美治社会理想，构成了与当代中国生活独特的紧密联系。

张培忠关于张竞生的系列著述，既具有象征意味，又具有超越意味，而这种特殊意味正是一种当代中国的文化矛盾所造成的，这种文化矛盾其实体现了中国现代精神进程的迟滞：一方面，性社会学、性文化在当代中国早已见多不怪；另一方面，一种美的生活观念或者美的观念文化在当代中国仍被忽视。

在张培忠所汇集的张竞生的言论中、在其所描述的张竞生的美治主义观念体系中，性文化与美生活是一体化的，就是说，它们的精神本质是一致的。这种被挖掘、被重现的精神本质，是张培忠关于张竞生的系列著述要突出体现的，也是应该在当代中国被格外关注的，因为这种精神本质与当代中国现实生活有一种差异，这种差异体现了当代中国的精神进程和精神形象。

自2008年3月至2012年7月，张培忠连续著述及编写了以描述和介绍张竞生的生活与思想为主题的一系列著作：《浮生漫谈——张竞生随笔选》《文妖与先知——张竞生传》《美的人生观——张竞生美学文选》《爱情定则——现代中国第一次爱情大讨论》《老吃货、吃不老——张竞生的养生食经之道》。从中可以看到，张培忠对张竞生的美治主义理想的精神崇敬。这些著述看似涉及不同方面，实际上有逻辑上的一体性、严密性和知识上的系统性、延伸性，它们是一个在美的生活观念指导下具有整体性的知识系统，它们既发端于张竞

生对生活和世界的认识的核心思想，也来源于张培忠对张竞生的认识的核心理念。

张培忠的这些写作是揭露遗忘和反抗遗忘同时发生的过程，在这里，重新发现某些历史记忆与历史曾经对某些记忆的压制有关，于是，这种写作既在今天与过去不同年代之间的记忆中形成，也在今天这个年代的具有不同身份和意识的人中发生，那些被特定年代和人们故意压制的，正是今天这个年代张培忠的这些写作想要发扬的。

在很大程度上，张培忠关于张竞生的系列著述是一种反抗遗忘的精神选择，也是一种生存方式的选择。问题在于，现代中国生活不得不选择记住或者忘掉某些事物，即我们不得不进行记忆选择，因为我们总是愿意疏忽掉那些让我们不满足、不愉快的事物。

张竞生和他的思想就是当年被中国生活的主观意愿所忽略和忘却的，而今天，张培忠关于张竞生的这些系列著述是一个不断恢复完整生活的过程、一个不断还原历史的过程，也是一种对功利主义生活方式的反抗。张培忠关于张竞生的系列著述将现代中国已经遗忘的、反功利主义的某种精神气质挖掘出来，使现代中国生命有更加丰富的层次，使现代中国生活有更加完善的形象，而张培忠的写作方式和风格使文学在担当这一工作时尤其显出特殊性。

张竞生是一个在现代中国文化史、社会史、艺术史中曾被忽略的重要人物，他在哲学、美学、文学、性学、人口学、社会学、民俗学、逻辑学方面的贡献日益显出重要性，而在这个张竞生的思想渐为人知的过程中，张培忠对张竞生的介绍、论说、记述、编写起着举足轻重的作用，这些著述一方面全面地描述了张竞生的形象，一方面普及性地推广了张竞生的学说。

张培忠认为张竞生的主要成就在于：一是美育的研究与传播；二是率先提出计划生育；三是设想未来社会婚姻的替代制度；四是参加革命活动；五是从事乡村建设运动。这种概括非常简洁准确。

这种概括中隐含着一条思想脉络：这几方面其实具有一致性，它们统一起来都是为了建设一个美治主义的理想社会，倡导一种健康的、美的生命与生活。张培忠也正是从这样一种美学思考线索出发，在对张竞生定位时，没有将张竞生个人化和狭隘化，也没有单纯地只是从文学对文献的描述和组织出发，而是从历史与社会的诸多方面解读出张竞生的人生价值与历史价值的一致性，这种解读也符合张竞生自己对生命与社会的美治理想，就是说，在张培忠关于张竞生的这些系列著述中，形式与内容、主题与构成是深度一致的。

## 二、当代中国生活方向：对这个时代的粗鄙生存的反抗

张培忠编著的有关张竞生的这一系列书籍告诉我们，由张竞生所突出的具体文化情景标志特定的中国生活方向，张竞生的美治主义的立场是一种面对生存的态度。这意味着，虽然张培忠的写作对象是另一个时代以及那个时代的人物，这种写作却并没有远离这个时代，而是深入这个时代的精神深处，以一种对美治主义的精神崇敬，来反抗当代中国的粗鄙生存和精神萎缩。

在当代中国，我们只按我们此刻需要的功利感受和生活方式去生活，我们时刻都在按自我的需要去完成、复制、放大生活，这个生活的核心有一个自我形象，这个自我形象所据有的核心价值，将决定生活的取舍。而当代中国的生活核心与自我形象在很大程度上由于功利性，仍然是粗鄙化的，因而生活方向也是不清楚的，大多数人由于粗鄙意识，对生活是茫然无知的。

张培忠有关张竞生的这一系列书籍在廓清人的粗鄙、去除人性迷懵方面起到了启示作用。我们的生活是反抗遗忘与故意遗忘同时发生的过程，一方面是挖掘、恢复和发扬某些生活，另一方面是埋葬、遮蔽和压制另一些生活，张培忠有关张竞生的写作在倡导一种美的生活观念，也是在帮助我们寻找和恢复一种反粗鄙化的生活方向。

我们现在普遍感受到的生活取舍与张竞生那些观念的联系是：一方面，张竞生那些对生活中美的力量的发现仍未被重视，另一方面，张竞生当时所倡导而未能实施的性学观念今天已变成了见多不怪的普遍生活意识，例如，2012年10月6日在广州举办了"第十届全国（广州）性文化节"，这在张竞生倡导性学的年代是不可想象的，张竞生当年正是因倡导性学，导致了后半生颠沛流离。

一方面性文化作为俗文化而兴盛，另一方面美文化作为高雅文化被忽视，这种背离情景，恰好体现了一种当代中国生活方向，也体现了张培忠有关

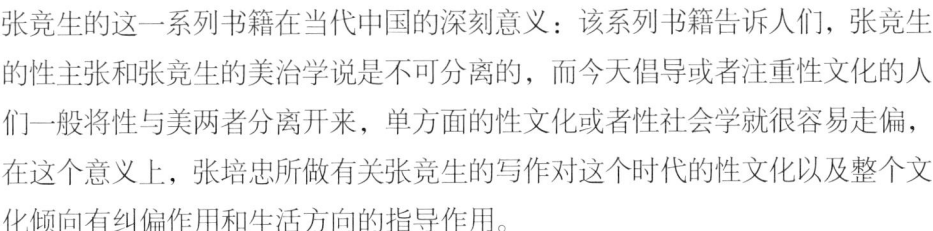

张竞生的这一系列书籍在当代中国的深刻意义：该系列书籍告诉人们，张竞生的性主张和张竞生的美治学说是不可分离的，而今天倡导或者注重性文化的人们一般将性与美两者分离开来，单方面的性文化或者性社会学就很容易走偏，在这个意义上，张培忠所做有关张竞生的写作对这个时代的性文化以及整个文化倾向有纠偏作用和生活方向的指导作用。

这引起我们深思：什么使张竞生的全部论说一体化？它们是怎样一体化的？这种一体化的核心是什么？深究下去，实际上，张竞生的全部论说是以美学立场面对历史和社会的：从美治主义的立场面对具体生存。因此，张培忠的系列书籍在阐释和描述这种生存立场时，实际上既在为我们这个时代解答张竞生的问题，也在解答这个时代怎么面对生存的问题。

这需要我们去认真解读和体味张培忠的这些书籍，既需要精英读者的主动思考，也需要对大众阅读的引导。如果这样做了，我们将从这些书中被引向一种对生活、生命和历史的发现，因为，这些书的重要意义在于：将一种与独特的美学思想、生存立场紧密相关的生活形式和生命观念展示出来，使一种美的生活和乌托邦主义在当代中国生活中被加以关照，使当代中国意识到一种理想主义的生活风格和生命形态。

从对生存立场的思考出发，张培忠对于张竞生的美治主义生活观念的推广、介绍和认知，是对于我们这个时代鄙俗生活的反抗。张竞生所追求的这种美的生活，来源于古希腊，而张竞生当时试图将这种追求推行于中国，这种不合时宜使其被误读和被排斥。

而张培忠将张竞生所追求的这种美的生活观念的意义在这个时代展示出来，却是非常必要的。因为，由于传统的衰弱和现实的鄙俗，大多数中国人，甚至不少知识分子或者精英阶层，对于美的生活形式都是所知甚少的，甚至，由于美的生活与功利的生活常常可能形成冲突，很多人对于美的生活是抵制的。

因此，张培忠以张竞生为主题的写作是在倡导一种美的生存，是对我们这个时代粗鄙生存的反抗。

### 三、思悟性写作风格：从生活中发现艺术与精神的美

感性与理性同时具备的思悟性写作风格是张培忠写作的一个重要特点。在这样一个较少思考的年代，像张培忠这样执着思考而写作的美学立场值得敬重。

从张培忠对张竞生的描述和评价中，可以发现：张培忠是写作者也是感受者，是想象者也是思辨者，是理想主义者也是现实主义者。既能写具有文学意趣和情致的纪实文学、人物传记，又能进行严谨的逻辑概括和理性剖析，并且将思考和精神气质贯注在全部写作中，这在当代中国文学中是不容易的。

在描述张竞生所体现的各种特殊性时，张培忠的文笔简洁清晰而有思考性，对张竞生及其历史、生命、生活、时代等多方面的思考在文学写作中融为一体，这种思考性写作体现出张培忠的文学观念和审美观念的特质。

文学要独特，首先思考要独特。张培忠对于张竞生的所有记述、介绍、概括，都包含着思考，而我们这个时代的写作难度也在于思考，大多写作不愿思考或无法进行思考。同时，这种写作的难度不仅在于这是个难以进行思考的年代，还在于写作者必须具备思考的素质。

显然，进行张培忠这样的写作，需要真知灼见，也需要历史、社会、文化、艺术、风俗各方面深厚的知识背景，并具备将所有的思考体现在写作中的文学能力，这种文学能力尤其体现在对张竞生传记的写作中，将思考、纪实与艺术统一而体现出一种写作风格，既是勇气，也是能力。

一方面，像《文妖与先知》这样的非虚构作品具备了虚构作品那样的叙述延展空间，这种延展不以单纯的事实性、文献性为重，而是将生活事实所形成的生活事件转化为艺术事件，以文学空间中的思考去深入生活事件，特别注意安排与生活事件相关的思想性和精神性联系，由此展开的，是一种简洁清晰的美学效应，但包含着张竞生的个人生活事件对现代中国历史和文化的深长影响，并将这种影响以美学方式集结在一起，爆发性地进入当代中国生活中。

另一方面，张竞生的个人生命态度体现出一种与今天现实的矛盾性，这使这样的写作具有一种与现实建立联系的操作难度，它需要一种思考来找到现实的入口和接受点。因为，像张竞生那样的生命态度在今天仍然是不普及的，

这比照出当代中国生活精神状态与物质状态的不平衡。

因此，张培忠对张竞生的个人言行及其相关事件的文学思考和描述，使现代中国社会的某种精神本质呈现出来，并延续至今。张竞生的传奇性隐藏在这种精神本质中，因而成为谜一样的事物，张培忠一方面解读这种神秘性，一方面进行透彻、细致的具体描述，使人们能清晰地看到张竞生的生活情景与精神气质一体化的形象，但这种被解密的形象又必须放在现代中国历史文化以及精神进程中。

这就是这些写作作为文学的独特性，这些记述通过文学思考而发现张竞生的意义与现代中国的精神历程，以及两者间的关系，这使对张竞生进行描述的意义远大于单纯记录事实文献的意义。而这种发现代表了张培忠的生存意识、生存态度，这与被张培忠所发现的张竞生的生存是一体化的，由此共同归因于一个精神本质：只有具有相似的精神本质才会有相近的发现。

这样，张培忠的写作不仅在发现张竞生，还在发现张竞生在当代中国的生活价值：美治主义的生活形式和生活风格。思考与生存是一体的，怎么思考就怎么生存，张竞生的生存与思考以及张培忠的写作都体现了这一点。因此，张培忠的写作中，发现张竞生这个人并不重要，重要的是发现一种生存思考、生存理念和生存意义，这可以集中简洁地概括为对美的生活的发现。

张培忠的这些写作在当代中国的意义，就在于倡导人们从生活中发现一种艺术与精神的美，这与当代中国的欲望性生活追求完全不同。因此，张竞生对于美的生活的发现可以启示当代中国超越现实理念，张培忠的写作意义也由对当代中国生活风格的思考显示出来。

## 四、艺术直觉与精神本质的力量：唤起理想主义的生活形式

一种美的生活形式，将全面地影响人们的生存观念和社会理念，甚至影响历史变迁和时代风尚，张培忠对于张竞生的介绍和认知，正是以这样的理念为基础，以发现美的生活为核心意识去展开的。

在张培忠关于张竞生的系列著述中，张培忠对于张竞生的认知和介绍简洁、清晰、集中地概括了张竞生的美学思想和社会思想的核心意识。张竞生

的全部学说都从美学观念出发,将美学推广到全部人生,将人生和社会都艺术化,力图以美和艺术完成一种生活形式和生活风格。实际上,张竞生所谈论的衣、食、住、行、娱、性是在具体地从各方面体现美的生活。

因此,张培忠的这个系列,不只是对一个历史人物的记载,也不只是一种纪实文学作品,其所突出的不仅是张竞生这个人物,更重要的,是突出了一种世界观和生存意识。这样,这些对张竞生描述的意义就不仅仅限于某种学术领域,也不仅仅限于产生一个人物的地缘因素和风情文化,而在于精神的、思想的、文化的、生命的统一层面,在于现实与理想、历史与个人、身体与精神、实用与诗性的关系中。

这其中,一种高扬的理想主义、一种乌托邦精神照耀着张竞生的生活与思考,也感动着张培忠去推崇这样一种生命精神和生存思考,在某种意义上,可以从张培忠的书中看到类似堂吉诃德那样的张竞生。

张竞生的"美治主义"理想在当时几乎是异想天开的,但是,从张培忠的书中可以看到:有了张竞生那些乌托邦式的遐想,才会有张竞生那些具体生存观念和竭力推行这些观念的生活实践,也才会有张培忠对一种理想主义精神的文学思考和描述。

这些对张竞生的文学思考和描述突出的是:不单纯描述一个停留在书中的人物,也不泛泛挖掘一种遗忘在过去的理论,而是试图建立当代中国的生活形式,建立总体社会实践与个人生活观念之间的桥梁,使一种中国的生活理想与生存现实、理论观念与个体实践间能相互启示,从而洞开中国生活的一扇理想之门。

从这种理想主义精神和生活形式出发,是文妖还是先知已不重要,因为,从当代中国生存看,张竞生的思考和观念既不是妖言,也不是预言,只是一种理想主义的追求、一种美的社会和人生的观念。即使在当代中国消费主义、利己主义、享乐主义流行的社会情境中,张竞生的理念仍然显得很独特,而张培忠对其的推介也显得很独特,这种独特性的根本特点是不依附大众心理、坚持一种精英知识分子的思考和理想主义精神。

即使离张竞生倡导美治社会几乎过去了一个世纪,中国仍然未普遍达到认识和接受这种美治社会的理想主义境界,甚至对这种美治理想毫无意识,既不主动寻求，也不被动关注。这种有些悲剧意味的情景，正是张培忠推介张竞生的美治主义理想的时代意义和价值，也是我所说的象征意味和超越意味的体现。因为，这种理想主义可能只是一种象征，当代中国仍然无法达到那样一种认识水平，更不要谈超越了。

## 五、艺术直觉：唤起具有美学激情的生活力量

在张培忠的这些著述中，感性知觉和理性思考结合而产生了一种艺术直觉特质，这是张培忠对张竞生所发生的艺术直觉，也是作品对读者所激发的艺术直觉。这些著述，除去组织与编录的张竞生及他人的原话和文献，其余的文字一方面是文学纪实，一方面是思想随笔，甚至，这两者不时地相互交错、紧密结合，一方面具有文学的形象性、情感性色彩，一方面具有思想的严谨性、逻辑性力度。

在张培忠有关张竞生的著述中，每部书都有前言，这个前言往往就是理解张竞生的生存观的核心出发点，这个特点尤其体现在对张竞生言论的介绍和解说中，张培忠总是言简意赅地概括和突出张竞生言论中的基本观念，指出其理论特点、其当时以及后来的价值和意义。

这种具有理论意向的前言，表明张培忠的思考和写作动力，也表明了张培忠执着、认真的写作态度。同时，这种对张竞生深入理解、简洁阐释的前言，增强了张竞生的观念与读者间、与现实间的联系，有效地带动了读者对这种有特殊性的文化观念的理解，这成为张培忠的这个系列书籍的一个难得的特点。

张培忠为我们呈现出这样一个形象：张竞生在生命前期是试图提升现实的理想主义者，在生命后期是试图改造现实的理想主义者，前后生命相连接，既体现了他个人的生命情怀，又体现了他对社会的人性关怀，同时，也体现了他的理想主义与现实的矛盾性。

如果要全面地、形象地、生动地了解张竞生的生活，要看《文妖与先知——张竞生传》，若要深入地发现张竞生的生活意识，要看《美的人生观——张竞生美学文选》，这两方面使张竞生成为一个日常化与宏大化结合、

现实主义与理想主义结合的形象。美的生活意识和美的社会观念，是张竞生的生存与思考的核心，其他一切都围绕这个核心而生成，包括张竞生的一生经历：从他对现实的突破到他对现实的服从都是如此。

体悟和概括的结合既形成了张培忠的艺术直觉，又造成了这些作品给予读者的艺术直觉。于是，从这些作品中的艺术直觉向我们走来的，是一种激情的、理想主义的形象，又是一种冷静的、现实主义的思考，这种感性魅力和理性力度同时形成一种美学感悟力和影响力。

从这些书所给予的艺术直觉中，我感受到，张培忠的写作及其所做的相关工作的更重要处，不在于让人们知道有张竞生这个人物，也不在于唤起与张竞生个人有关的历史记忆，甚至不在于将张竞生的观念和学说在今天展示出来，而在于唤起一种更广大的、具有美学激情的生活力量：这就是文学记忆的独特作用，它与单纯的历史文献、历史记忆并不一样。

## 六、切入文学：切入写作对象和作者自己的精神本质

张培忠的这些写作所体现的一个重要特点，是从美学立场挖掘被遗忘的精神气质，发现曾经被历史埋藏的张竞生一体化的人生和思想的精神气质。同时，张培忠的这种从美学立场出发的文学思考和文学想象，也具备着与张竞生一致的精神气质，这种精神气质使这些写作不同于套路化的文学纪实和一般化的文献记录。

在张培忠的写作中，这种追求美的生活的精神本质体现为文学本来的艺术品质，而没有将文学当作某种职业性写作目标和写作对象。所以，在张培忠的写作中，切入文学，就是切入写作对象和作者自己的生命态度与精神本质，作品由此显出文学记述的含蓄、深长、久远，这些作品就不会是由一些现成的术语、套路、事实去串接套用，也不可能是一些空洞的理论和认识能决定的。

非虚构文学与虚构文学的根本一致之处，在于不是对历史起记录事实的文献作用，也不是恢复某种历史记忆和历史面貌，这样，在张培忠的写作中，产生了审美与文学、诗性与生存、历史与文献、事实与想象、描述与思考等多方面的统一，并且没有刻意为之的痕迹，而是由一种精神性写作气质自然

生成。

如果这些作品单纯停留于正名人物、恢复记忆、挖掘事实，它们的价值就不是很高，问题在于，直至今天，张竞生思想的价值还处在云里雾里，人们通常只意识到他所做的那些事情，对他的精神影响估计不足，而张培忠的写作的意义，就在于发现张竞生的思想价值和精神价值，从思想史和精神史的角度挖掘张竞生的精神气质和生存启示。

我们看到，这种气质和启示同时在文明性、历史性、生命意义、生活形式、社会管理、情感关系等多方面发生作用，这些方面的作用和启示共同体现了张竞生所追求的"美治主义"的体系构想和乌托邦精神。

实际上，张培忠的这些著述为我们呈现了张竞生人生的矛盾性和张竞生理论的矛盾性，而这只是一种精神气质与那个时代的矛盾，也是这种精神气质与我们这个时代的矛盾，这与现代中国的生活意识、社会条件、历史传统有关。

可以从这些著述中看到一条张竞生的生命与思想的轨迹，其中一种本色的精神气质始终不变：他从一开始倡导性文化而脱离当时的社会现实，后来在饶平从事乡村建设运动而切近现实社会，这当中有个巨大的转折，但又不离其对社会的本来理想。张竞生倡导性文化而遭人鄙视，部分原因是他人格上的弱点所导致的言行不一，无法将其美学理想在个人生活中彻底实施，但在乡村建设中虽可以部分实施其理想，却无法尽如人意，这是令人深思的：这两方面说明社会传统与他的乌托邦之间的相互背离。

张培忠的这些著述从各方面描述或者透露了这种矛盾，表现了这种矛盾的历史意味和文明意味。正因为这种社会历史现状，张竞生的激进与胡适的稳健形成了对比，成为两种历史倾向和国民特质的表现，因此，张竞生从在北京大学开始走向没落，而胡适从在北京大学开始走向辉煌。同时，这也是西方美育思想在中国的命运。主要的，不在于张竞生和胡适个人的价值，而在于历史怎么选择价值，它们只是某种历史倾向的标志，他们对不同价值的选择就是对历史的选择。

## 七、并不只是性的解放者：美治观念体系中的性学观念

由于张竞生的精神气质，才有了张竞生的性学观念。张培忠的著述让人们通过张竞生的观念去领悟一种生活观念、发现一种生活形式。

张培忠的著述提醒人们：如果只看到了一个性观念的解放者，而没有看到这些观念对生活的意义；如果只看到了一种性文化的学术思考，而没有看到一种从生命价值出发的美的生活追求，就低估了张竞生的意义。

张培忠对于张竞生的性观念的评价很独到：张培忠认为性学只是张竞生的思想体系中的一小部分。所以，在张培忠的介绍和陈述中，张竞生对于性的认识与他对于生命的认识同出一源，衣、食、住、行、娱、性是一个完整的生命构成系统，这个系统以对美的生活的关照为核心，互为参照，缺一不可。

张竞生的性学特殊性在于其美治观念。张竞生将中国社会发展分为几个阶段：鬼治的原始社会、德治的古代社会、法制的现代社会，而更高阶段的社会应该是美治的。这样，张竞生的思考从古希腊将哲学、美学与历史、生命的一体化结合出发，使他的美学不仅停留于艺术，还与人生和社会结合，成为人生美学和社会美学，这样就有了整体关照生活的美治思想。

其性学观念的特殊性，是作为美治观念体系的一部分而存在。在张竞生的美治主义思想体系中，性爱是真、善、美、德一体化的爱，既是个体的又是整体的。这与当代中国的一些性社会学者、性文化学者不一样，不能从当代中国单纯的性学角度看张竞生的性学观念，因为张竞生的性学观念来源于他的美学体系。张竞生的美学思想受古希腊文化和法国文化的影响，既注重某种理想性、浪漫性，又提倡人与自然一体化的自由和美好。这种观念里，既将生命与性爱从个体上统一起来，又将人类社会的各个发展阶段连接起来。

张竞生以性文化为先锋，过早地试图将一种生命哲学推向人们。当张培忠今天将张竞生的这种生命哲学推向人们时，性文化已日常化，性关系已时尚化，性观念已公众化，人们已经能相当普遍地、自由地看待性关系，但张竞生性学观念中的深意和真谛仍未被普遍领悟。

这主要是因为与张竞生的美治主义相关的性学观念来自西方传统，中西生活方式、观念、态度本来就有深度差异，而当代中国仍在积极复兴国学和传

统文化，张竞生的这些观念远离国学传统，就仍然不容易得到理解和关注。

在这个意义上，张培忠的写作与生命、与时代感受是一体的。当张竞生的与性学相关的美学思想没有被认识到时，它们对现实生活和未来生活的意义也就没有被认识到，因为当代中国生活始终没有认识到生活形式对生活风格和生命本质的引导意义。从这方面说，张培忠的著述为我们寻找生活的精神引导提供了一个具体而生动的开端。

# 第二篇　从生命尊严出发：把人类光辉记载于文学星辰中

一部真正的文学作品就像一颗文学星辰，记载人类的灵魂光辉。南国无高原，但《南国高原》中的南国有心灵的高原、精神的高原、生命的高原，有让人昂然崛起的人类信仰高原，有让人肃然起敬的人道主义高原——那是仰望星辰的高原。

## 一、流荡在生存现场的激情：个人行动中的诗性正义

我们这个时代，面对生命，人类既在科学上又在精神上处于十字路口，《南国高原》面对这样的现实迷惑而激情思考，运用医者悬壶济世的特殊情境，书写一个人以至人类在这个时代的命运，激荡出人类处于文明十字路口时的科学态度和文学态度，既反映了大多数人让生命更美好的现实意愿，又反映了那些无法抛弃的消耗生命的现实欲望，作品和人物的态度正是在两者扭结中的一种精神选择。

《南国高原》就像一颗文学星辰安静地升起在我们身边的现实中，却多少面临生存现场激情暗藏的情景，也有些类似于20世纪初期中国文化精英和科学精英艰难选择一种生存态度和文化态度的情景，这部作品表达了那时的精英意识遗产在今天生活中的作用：徐克成似乎就从那样一个时代的精英意识中走来，因此，《南国高原》中有一种高贵的人物风范，表达出一种与历史相接的特殊感受。

这种特殊的历史感就是从个人生命进入宏大生活，就是个人的高贵感和平民的高贵感，这种高贵感是《南国高原》的美学亮点。在徐克成的个人行

动中坦然表露和体现出一种宏大的生命倾向、一种人类性的精神关怀,这不仅是必然的,还成为支撑作品整体的核心意识。并且,这种精神倾向直接引导、淬炼了叙事风格,作品层层相连、顺流而下,简洁明朗中流动着一种激情与大气,坦荡思考中飘溢着自由欢快、激情温润的感受,在作品的前言后记、章节引语的引导下,一种理想主义的生命尊严和人类尊严在作品中和人们心灵中轻轻升起。

作为人物传记式的非虚构文学,对一个人的记述其实是极为个人化的,很难将一个人的具体生活与人类的理想追求结为一体,但《南国高原》坚持追寻人类理想追求照耀下个人的高贵生命品质,由此进入对个人与国家、平庸与宏大的独立思考,通过将个人行动和精神置于人类精神图景与文明状态之中,实实在在地把宏大主题与个人生活结合。这首先取决于作者真实地具有宏大的生命意识,然后才能细致地将其融合在写作状态和审美意识中。

生活在当代的中国文学家绝不可能像古代文人那样独守节操,无论当代生活如何混乱,他必须以思考而不是以文字——不是以文词制作——介入当代生活,才能真正表现出文学家的责任感,而这可能来源于他所崇仰的信念。在《南国高原》中,刘迪生明确表现出对徐克成生命精神的崇仰,并且宣扬他的崇仰和见解。

在这样的立场上,才能写出这样的作品,而这样的作品也必须表达他对当代生活和生命的见解、态度和向往。正是出于对某种生命信念和精神的敬畏,让刘迪生不惜在浩繁杂多的信息材料中辛苦耙梳,去努力建立一个清晰而有象征性的宏大生命空间,清理出一个有心灵冲击力和形象深刻性的故事。

《南国高原》以几个清晰的话题概括集中非虚构信息资料,通过一个个相互勾连的话题来组织信息、结构叙事,最重要的,是通过话题的自主性,赋予所有非虚构信息一种不受非虚构限制的精神自主性,这种连续不断的精神自主性归向主题想象,建立起一种人的主体性空间。

正是在这种精神自主性归向主题想象的过程中,由话题组织的每一章非虚构内容层层展开,又将一个个话题的单元叙事联结为一个整体性主题叙事,虽然罗列事实,引证信息,但却将事实信息转换为描述一种生存精神的叙述想象。作品中的徐克成在完成个人的医学理解和医学贡献的同时,也形成了个体化生命进程中的形象,形成了种种个人和社会历史的错综复杂的经验,并使这些经验体现于产生这种错综复杂的形式需求本身,作品中包含的纷纭内容由此而获得意义和形式,从而完成了形式与主题一致的整体性。

这样,《南国高原》以历史性、命运性、故事性相结合的方式,记叙了徐克成和作者对个人生存与人类存在的理解,表达了这样一种观念:在社会历史方式中转化的个人生命方式已经不是徐克成个人的,而成为可能改变人们生存态度的普遍社会情感影响。作品对这种给别人也给自身带来的情感影响进行了详尽记述和推敲,细致地展现医学力量与情感力量融合在个体生命上所产生的光彩,并描述了这种个体力量如何冲破固有医学观念、世俗疾病观念与欲望生活观念的一体化对人的限制。

我以为,这是一种诗性正义和美学正义的具体体现,因此,《南国高原》在追求一种有道德的写作,作品对徐克成生命精神的崇敬和对生活真相的思考就是这样的表现。作者在《南国高原》中不仅起着报道传达现实信息的作用,而且帮助读者判断评价所描述人物的价值,作者要挑战的叙事难度不仅是叙事趣味、叙事结构、叙事层次,更在于理解和呈现人物深处的生命道德。

于是,《南国高原》再次宣告了个人才能与社会历史、文学写作与人类精神之间纽带的重要。如果把刘迪生的写作动机、题材选择、主题确立与一种写作立场的美学转化相连,会发现这个时期的中国文学普遍面临着写作立场的选择和转化问题,这种迫切性和尖锐性已在《南国高原》对写作风格的选择中显示出来,这种选择所决定的,不仅是写作的命运,还是与社会命运相关的每一个人的命运方向。

## 二、美学直觉与生命大气并行:将医学行动变成生命体验中的优美

《南国高原》对生活和生命所展开的形式给作者的审美心态与风格带来了深刻影响和变化,这在作品的结构、描述、人物中都细致体现。遇到一个人、写作一部作品而产生美学风格变化,这对作家是有决定性影响的,所以在

后记中，作者刘迪生意味深长地强调了徐克成的人生经历与历史转折的对应，也强调了美学化人格与功利性社会的关系。

美学选择或者诗性选择使作者选择了写这样的作品和人物，以这样的道德立场去叙事、去写作——怎样写作就怎样生存，生存立场就是审美立场，在这个意义上，作者将徐克成的医学生涯转化为审美生活形式和文学形式，这种生活以诗性方式直接呈现就宣告了一种对美的生活追求。

当对生活和人物进行美学选择时，诗性正义随之发生，于是作者和作品的选择成为对人类生存态度的美学判断。作为文学作品，《南国高原》一方面被作者自己和作品中人物一体化的意愿导向一种美学生存，一方面不得不让自己的发生意向与现实冲突；一方面它被读者的意愿和观念激出一种美学生存相遇，一方面它因产生于社会现状和需求而被社会现状和需求所制约，即是说，美学与现实常常相悖，而作者和人物都在从中选择。

《南国高原》的文学选择，与作者的美学立场相关，迸发出捕捉人类和生命光辉的美学灵感，这种美学灵感与每个历史时刻和个体时刻同时相关，如果不能找到这个时刻，文学家将一无所有。因此，每个作家都要弄明白，尤其是通过写作和作品弄明白：生活世界与历史的关系。刘迪生通过对徐克成的医学追求和探索的描述所完成的正是这种关系，这与刘迪生的写作自我不谋而合。

于是，刘迪生在作品中确立的文学主题就与徐克成在医学中确立的生命尊严主题一致起来，这个主题就是在后现代文明和后世俗生活的境遇中谋求一种科学精神与人道主义一致的社会，由此发现和完善生命在当代世界中自我存在的意义——生命在高级化过程中的意义：假如人类是太阳神，那么科学与美学就是太阳神的双驾马车。

这产生了《南国高原》的一个风格特点：将徐克成的一系列医学行动变成一种生命体验中的优美，这种优美而淋漓的表现是作者通过鲜明的选择、观察、体验普通生活而完成的一种美学效果，这种美学表现在直接呈现和具体表达中所包含的诗性直觉。因此，通过繁简交错、粗细均衡的配置，《南国高原》表现出一种大气而简洁的美学风格，语言的清新与晓畅、人物行动的精确与细致、新闻式的散文与故事化的叙事、密集而直接的敏感，都生发出主题力度，表达了对现实的美学直觉。

对现实的美学直觉与对生命的大气同时并行，医学家和文学家一样，似乎能偷窥上帝的秘密而创造生命，从而攫夺上帝的光荣，像徐克成的医学行动一样，《南国高原》从其他生物无法比拟的人类伟大入手，去完成文学行动，这个行动尝试具体清晰地表明：人类的伟大在于人性、人格、精神和心灵的伟大。

以医者崇敬生命、创造生命的感受去关注生命，这既成为作品的主题，也成为作品的内容，在形成徐克成个人的生命美德的同时，也形成了生命美感，作品摇曳在这种生命美感中而灵动绽放，这正显示了作者在人物表现中找到了自己的审美风格。这当然是与作者自己对生命美感的发现一起完成的，作品中的生命美感成为作者、人物和作品共有的审美情趣和生活立场，这种审美情趣与立场形成了作品抒情而简洁、干净而大气的叙事风格，在这样的风格中，激情与沉静交织、评说与叙述并行。

因此，作品的每一章都是人物生命过程的一个主题阶段，各章的组合就是人物生命主题阶段的变化转换，所有的凝聚和分散都集中于医者的誓言生活和天职精神，不论在"文化大革命"中，还是在市场化以后的世俗欲望中，徐克成的品格和情性几乎没有改变，他的生活核心和生命深处始终是救治病人、给予生命美好的信念。徐克成个人生活中的一切都与医学事业相关，作品既描述了人物如何感受改革之初深圳的前沿气氛，也描述了人物如何身处人事纠葛中，但这些感受和事情都与医者的职业精神相关，并且从中表现出，不论社会改革还是人事变化，对待医学、面对生命其实是人性和人品的问题。

报告文学的叙事角度和主题形式与选择题材密切相关，作者采取了将人生主题阶段与医学过程相并置、让作者自己治病和得病的经历与人们普遍的生命过程相一致的写法，这体现了作者突出主题的艺术思考和把握简繁的叙事技术，显示出一个优秀的报告文学作家必须具备的处理素材和叙事的能力。

## 三、既被历史规定又超越历史：发现并塑造我们生活的神话场面

贯穿于作品中的美学风格生成了一种神话意味，生成了一个与医学相关的生命体系的精神世界或神话世界，在这个神话世界中，作者对人物的讲述超越了对个人的有限标准，传达了一个精神形象，由徐克成的故事创造和叙述的人物，就是按这个标准塑造的；同时，这生成了超越于作品之外的作者形象，作品中的人物体现了作者刘迪生的另一个自己，变成了作者的一种精神实现。

《南国高原》试图彻底表明：在后世俗生活中的命运可能取决于怎么看待生命，所以，徐克成认识到和坚持的基本医学观念与他对生命的敬畏观念紧紧相连，他的系列医学工作和救治行动集中揭示了他对人的基本观念：人凭借敬畏生命的人道主义精神而创造了自己作为人的本质，人因创造自己的生命神话而成为名副其实的神话性生物，因而人是一种既被历史规定又超越历史的生物，正是在这样的观念的坚守中，徐克成能够冲破医学本身所带来的限制而做出贡献。

从这样的立场出发，《南国高原》不是对医学的理解和贡献的单纯描述，而是有关一个人的神话般的故事的记述，但这些故事发现并塑造了我们的生活。通过书中医者与疾病、医学与生命的故事，可以探索我们的渴求、恐惧和期待，它揭示出我们心灵中尚未触及的领域，引导人们领悟生活的真谛。它本身似乎在描述一种医学神话、一个医者与人类的神话、一个医者执着追求和创造的神话，借此描述了人类生存精神的神话、一个人性与慈爱如何发生的神话：这个神话不但挽救了别人和医者自己的生命，也给予更多人生命的希望、给予人类未来以美好的曙光，这本身就像神的启示一样散发光辉，而这种对神的启示的诉说就成为这部书的内容。

这部书告知人们，这个神话一直真实地存在于人们的生活、身边、经历中。按照这部书中人物和作者的思路，我们会发现一种非同寻常的真实，观察它对生活的影响，就获得了一种新的眼光。这部书中的人物和故事似乎像神话一般不可思议，但却提醒我们：什么是人性的真谛，这个真谛正在人与生命的

关系中显现。正因为这种生命神话就在我们身边的生活中,它并非是依靠文学强行给予我们的真实或者真相,而是改变我们的心性,让我们获得希望,把我们带向一种更充实的生活,而不仅仅停留在治疗和疾病中,这正是徐克成专注于医学的神话意义。

徐克成这样的医者一次次去创造挽救生命的奇迹,似乎具有了神话和史诗那样的效用。简单地说,神话性来自一种誓言精神,若没有医者的誓言精神,就不会有徐克成这样的生命,也不会有这样的医学事业,作品中描述的一切,都在誓言精神的照耀下。希波克拉底誓言说:"无论至于何处,遇男或女,贵人及奴婢,我之唯一目的,为病家谋幸福。"当徐克成的医学活动与生命活动融为一体而构成叙事时,其中被突出的,是医者的天职和誓言精神与医者的命运之间的关系,在这种关系中,诸多细致的场景和活动呈现出来。

因此,《南国高原》就不是单纯作为人类历史和文明路口的一种科学反映而进入医学,而是作为一种生存神话反映包容了这个时代最为尖锐的生存现象:那些病人来自不同的民族、国度、阶层,有富人与穷人、得法者与倒霉者,在这里,都变成了被神眷顾、被同情、被怜悯、与疾病顽强斗争的人,这一切都在作品所记叙的徐克成的医学行动中得到展示和体现。

让自己活着的神话尊严和为别人活着的神话尊严是同时实现的,并体现于那些既是日常平凡工作又是伟大精神历程的疗救中,这也是对他人和自我的治疗与拯救。这让徐克成的生命历程中没有与治病无关的个人生活,只有医者的誓言生活和天职生活。所以,作品只是简略地描述了徐克成的童年和少年生活,对他的家庭生活以及与工作无关的生活几乎没有描写。

作为人类自我呈现、自我反思、自我崇敬的一种神话场面,《南国高原》出现在人类科学与文明进步的历史中,它力图通过人物去描述并确定人类医学,确定医者与病人存在、人类存在的意义,并肯定为这种意义而进行的努力。这是中国为确定这种存在和斗争所进行的第一次长篇文学记录,在这个意义上,文中所详尽评述的一切,将成为人类生命史中特殊的文学碑文。

## 四、从心灵去诉说的故事：命运誓言和生活事件里的戏剧性

《南国高原》在讲述徐克成进行生命选择的连续结果时，也告诉了人们这些生命事件为什么发生和怎么发生的故事，这必然走向人物生命深处的精神品位和人物立场，由此超越了一般对事件的单纯记述。徐克成的生命由一系列的医学活动构成，在错综复杂的各种情景中，面对疾病，他不得不作出选择、解决疑难，从而形成了作品中讲述生命活动的故事行动。

在《南国高原》中，刘迪生将那些医学过程和事件灵动有序地与人物活动相互编织，让现实事件在人物生命精神的引导带动下有了一种故事感，因此，它们在这里不是纯粹的事实信息或真相信息，而是带有象征和隐喻意味的信息，它们对人物的生成和表现起着至关重要的作用，因而被赋予人物生命空间中的想象感和故事感。

冲破困境、解决冲突是很多人的生命欲望，也成为很多文学故事的核心动力，《南国高原》也以生命欲望形成的冲突构成故事动力，但它与另一些作品的区别在于：很多作品中人物的欲望冲突是为自己的，而《南国高原》中面临的困境冲突、突出的生命欲望，大都是为他人的。

这部作品中的人物活动显示出徐克成的每一次挑战、每一次奋发，都是竭力要给这个世界更多的生命机会，给这个世界更多的美好感受，这就不是单纯讲述一个医者的治疗故事，而是讲述徐克成如何在困难和逆境中、在不可知的条件下，如何将一颗美的心灵贯注于医学活动，这使故事有了灵魂，变成了心灵故事。

因此，刘迪生说这是一种徐克成的审美趣味。这样，在阅读《南国高原》时，人们更渴望的，不是为治病去认识这样一位医者，也不是仅仅倾听一个医生的传奇故事，而是从美的精神和心灵上与他亲近，故事所产生的对生命的鼓舞效用让人们更愿意读这样的心灵故事。

再现事件和过程，就是再现心灵价值和生命精神，而不是重述单纯的医学事件和过程，这时候，报告文学所具有的时效性被《南国高原》的精神延展所突破，时效性不再成为问题，人物命运所带动的戏剧性过程浮出水面，于是，《南国高原》的叙事结构和人物经历在主题的组织下形成故事性或戏剧性——徐克成这个人物的命运本身就很可能具有戏剧性。

《南国高原》中的徐克成给人力量和慰藉，不是因为作者选择了徐克成作为作品主人公，而是因为选择了徐克成的生命精神，以主人公的生命精神作为故事的集结点和核心点。在很多情况下，徐克成可以选择另外一种命运，那很可能平庸而幸福，不会有什么艰难和波折，但徐克成的选择却是打破平庸的稳定生活。

这种性格的闪光点在于，从童年、少年、求学、步入社会，一直到成为名医，徐克成都有不懈的理想主义追求，这种理想主义与他的医学生涯紧密一体，决定了他后来的一切故事。这种追求建构了作品中人生的戏剧性，即使与领导和同事发生冲突，徐克成也坚定顽强地坚守和实施自己的人生信念，正是在对他不断努力打破现实困境的描述中，作品产生了生活事件本身的故事性。

《南国高原》中叙事场景的灵巧转换与叙事主题的坚定引导构成了叙事的整体性和连续性。每个场景转换都表达一种观念、一种意义，并由此生发和集中一章内容，相互回环延展。每章的引语就是一章的主题观念，各章主题最后汇聚于全书的主题，每个场景对应于作品的一个主题意向，也对应于人物生命的重要阶段，将生命的个别情景与人类生存的宏大精神细致相接。故事场景与宏大精神共同聚焦主题，使读者关注叙事的主题焦点，由此，各场景内容脱离了简单事实、刻板信息、泛泛而谈的控制，让意义、情感、启示共同在叙事中呈现，形成逶迤曲折的叙事效果。

按照古希腊的叙事观来看，正像亚里士多德所希望的叙事环节相连为整体一样，《南国高原》中的事件和场景变成了人物的命运元素和生活世界，关注事件过程的同时，再现人物命运和人物经历，也强调出生命活动中蕴含的生命精神。人物的所有医学智慧，不过是生命精神引导下发挥出来的生命灵性，它必然转化为人物故事的美学情趣和诗性生存。因此，那些故事能编织往事且仍能在今天显示效用。

## 五、有意无意预设的象征意义：形式和趣味中的观念引导

形式和趣味就是意义：一种意义观念贯穿于《南国高原》的文本活动，也贯穿于作品中被记叙的徐克成的生命活动，作者在作品中倾注的对徐克成的钦敬之情，表达出作者自己的生存观念，并与作品中的人物精神合为一体，由此使作品既有个人生命的动人之处，又有人类精神的光辉。

《南国高原》以一种作者的观念去确立作品的核心，用这个观念引导下的主题去组织全部叙事内容。在这个意义上，《南国高原》要表达的生存精神将作品变成了一座真实矗立的生命纪念碑，并且由这样的个人生命表现出人类生命的象征意义。

由此，《南国高原》必然以自身的诗性知觉和文学意味呼唤一个人物的出现，突出一种生命精神。所有的那些医学资料都因与人物的生命一起活起来而变成了一种生命体验的必然元素，作品的主题性、技巧性、美学感受都融为一体，才塑造出徐克成这样具有诗性激情又有科学理性的人物。

而一种对生命的崇高敬畏在作品发生之前，就已经存在于徐克成的生命活动中，然后以文学方式和审美趣味发生于作品中，即是说，在作者动笔之前，这种写作过程已经在徐克成和刘迪生的生命活动中开始了，只不过，作者最终通过非虚构文学特有的与现实直接相接的方式，呈现了这种生命过程和生命精神。

在以文学的诗性感受去演绎徐克成生命的真实性和现实性时，《南国高原》中的个人生命历程和人类生活世界似乎都受到了非虚构文学本身想象力的控制，但这并不妨碍作品展开人物无限的生命精神，在这种无限展开生命精神的意义上，作者就可以给人物生命不断注入现实信息，让其转化为尚未展开的精神生活实践，让读者从中感受到人物的无限生命力量，这样就形成了一种精神无限延展的想象空间和诗性生存。

在对徐克成生命的直接触摸中，《南国高原》以呈现徐克成的真实生命来描述现实世界的意义，我们感受到了作者与我们同时身临其境地观察、倾听、思考、描述、生存。作者集中描写了人物治病救人的活动，放弃了个人生活的有趣和活跃所能带来的叙事灵动，这使大部分叙事内容避不开刻板枯燥的医学过程、资料、数据，整个作品只有最后一章集中描写了与徐克成个人相关

的生活，而这仍然包含同事和病人将他视为医者而与他相处的生活。

可以看出，刘迪生对所有这些新闻阅读、数据了解、专家咨询、人事采访，都有意无意预设了一种象征意义，让其与事实一起形成主题贯穿其中，这使在作品中活动的一切元素都不再孤立和刻板，人物和事件也不再简单地停留于现实生活，而是富于隐喻性地结为一个整体。《南国高原》的文学与社会间的关系既由其形式本身所激发，又被其形式意义所引导。文学与社会间的关系意识对写作和生存的自我意识至关重要，它决定了写什么和怎么写。

作为一篇对故事情趣感、视觉画面感和文字简洁感都很注意的非虚构作品，《南国高原》极为讲究层次和结构，在叙事节奏和叙事秩序中展开情感，给人一种激情又理性、从容又渴望的叙事感受，在这样双重感受交织中的井井有条、娓娓诉说，是《南国高原》的叙事难度。这绝不是埋在资料堆中的流水账式叙述所能完成的，作品中虽有大量的调查报告、新闻报道、病案资料、治疗程序等出现，但作品已经不是这些材料所呈现的表面事实过程，而是流溢在这些事实中的生命灵性和诗性描述。

这种有意无意的预设表明，一部真正有意义、有价值的作品，一定是在作者的生命中积累、在现实中找到了凝聚和爆发的时刻，这与作者的核心生存意识相关，刘迪生已经有了这种核心生存意识，所以能与徐克成的命运一拍即合，这已经不是一个简单的报道者与报道对象的关系，这有效地表明了文学家平日的生活与写作的美学立场、诗性情趣多么重要。

非虚构文学的直接性道德价值和美学功用在作品中被刘迪生所明确意识到并具体推演，记述了生命在这个年代的具体体验过程——既有生理的又有心理的——也就成为了当代生存的必然历史。对于这种精神和身体的双重生命历史，《南国高原》是学习者也是考察者、是记录者也是思考者。实际上，从很早开始，人们一直试图在文学中这样做，刘迪生在《南国高原》中做得具有特殊性，因为他的写作立场和观念有所不同。

文学常常不得不对生活进行美学选择，《南国高原》的情景表明，刘迪生不能把已经完成的现实看作无法逾越的障碍和历史的必然界限，而是将现实视为一种完成创造的道德压力，至少，在浩瀚的生活和繁多的资料中，完成文学选择是困难的，而这种选择就是用美学判断去完成一种诗性正义。

# 第三篇　以人民为诗的爱与美

## 引子：秋韵把爱与美融入生命和生活

黄惠波的诗歌与当下在诗人圈子里被普遍认可的诗歌不太一样，我以为，黄惠波的诗歌是千林一叶的人民诗歌，黄惠波是百舸争流而独立洲头的人民诗人。他当选为中国十佳当代诗人、中国新诗百年百位最具实力诗人，获郭沫若诗歌奖、香港金紫荆征文奖，但他的诗歌具有独立意味，不追逐诗歌潮流。他的独立是诗歌行为的独立，也是诗歌品质的独立，是一个有追求有坚守的诗人的体现。

对人民诗歌而言，或许黄惠波最明白什么叫做"工夫在诗外"。或许人们实在难以把一个整天忙碌于基层琐碎事务的人与三十多年的业余写作和一千多首诗联系在一起！更难想象一个长期没有得到"专业和主流"的诗歌圈子足够关注的诗人和作品在大众领域广为传播，而且，他的诗歌深井里似乎还在汩汩地流出清泉，毫无枯竭的迹象。每当有人向他询问如何作诗时，他总是说："我真的从来没有想过诗歌是什么。假如你真的热爱诗歌，请你首先热爱工作和生活。"

我们集中从二个方面去思考：一是黄惠波为什么写诗歌？二是谁在阅读黄惠波写的诗歌？三是人们为什么去看黄惠波写的诗歌？我们不是单一地就黄惠波这个人谈其诗歌，不是仅仅就中国诗歌谈其诗歌，不是孤立地就其诗歌文本谈其诗歌，而是放入诗歌与生活的久远联系看，放入更广阔的人类诗歌看，放入我们正生活于其中的中国生活看。

进一步去看，是黄惠波的诗歌要表达什么样的诗意感受和美学意趣。黄惠波多次谈到他对秋的衷情，以此表达对人民的忠诚和痴情。三十多年来他写了一千多首诗,出版六本诗集,皆以秋为名或者与秋的意蕴相关。就像在一个交叉小径的花园里,也像在一座布满高架桥的城市中,进入黄惠波的诗歌,需要一个引导我们的意象标志,这个意象标志就是:秋韵中的爱与美——生命和人民的爱与美,这既包括诗歌的形式意象,也包括生存的主题意象。

实际上,我们需要通过秋韵意象去思考生活深处和诗歌内在的爱与美,全面谈论黄惠波的诗歌是怎么融合为一个象征整体的。爱与美跟秋韵紧密融合的整体意象有多方面的联系,一是与黄惠波生命的联系,二是与黄惠波生活的联系,三是与中国现实的联系,四是与人类生活的联系,五是与诗歌的联系。

我们发现,黄惠波的诗歌根本点是要让诗歌给予人们爱与美的生活,爱与美既是黄惠波的诗歌与我们今天生活联结的纽带,也是我们今天的诗歌仍然不能割舍的情思。这是人们关注黄惠波的诗歌、愿意阅读黄惠波的诗歌的原因,也是人类生存和文学存在的永恒问题:对任何一个时代、一个民族或国家来说,美学化生存向往和诗意生活精神都永远存在。一切科学技术都将随着时间不断更替,唯有文学艺术永在,文学艺术体现了人类的爱与美之心和美学化生存方向。

爱与美的主题融入黄惠波的生命和生活,具体地转化为以爱与美为中心的诸多秋韵意象。通过这些意象,人们可以生动领会到人生风情和黄惠波的诗歌魅力,这既是黄惠波的诗歌的整体意象,也是珠玑流光的个体意象。秋是黄惠波的诗歌中出现最多的语词,黄惠波的诗集都以秋为核心语词来命名,充满了色彩和意蕴的魅力。

秋韵意象在黄惠波的诗歌中到处出现,爱与美是黄惠波的诗歌中所有秋的共同主题,贯穿在整个诗歌抒写和叙事中,以不同的形象、不同的形式特点出现,但表现共同的诗意生活精神。

## 一、以人民为中心的立场和意境

对于寻找诗歌价值观和诗歌精神,对于介入中国生活的诗意存在,黄惠波有着强烈的渴望和勇气,这激发他对人类命运和普遍生活世界的探索,也激发他完成对自己的心灵和生命的探索。黄惠波寻觅着独出机杼而自成一家风骨的诗歌向度，自由而坚定地追随人民的脚步，让自己的心永远随着人民的心而跳动，以人民为师，表现人民，深入人民的内心，表达人民的诗意声音，建立适合人民生活、人民观念、人民兴趣的人民诗歌风格。

人民诗歌有四方面含义：一是以人民为描写对象、题材和主题；二是为人民而写诗，不是为个人和诗歌小圈子写诗；三是所写的诗歌要建立适应人民欣赏诗意的形式，能够被人民所理解、接受并且喜爱；四是所写的诗歌要给人民带来诗意生活感受，让人民生活更有诗意，让人民生活演化出诗意生活的意味。

黄惠波的诗歌以人民为中心语境，有对人民生活的诗意直觉，从更注重世俗化和附庸风雅的诗歌走出来，从高高在上俯视生活的诗歌中走出来，飘溢出对生活的多情想象而走向人民诗歌，注重表达人民的悲欢离合，深入生活中的现实，让诗歌从虚假的远方走向真实的人民身边，让人民能普遍理解、接受并热爱诗歌，从而形成一种清晰旷达的直觉化诗意表达方式，确立自己诗歌的美学化品格和诗意魅力，确立诗歌的生活价值和风格形式。

"多情谁似南山月"，黄惠波对人民如此专注和深情，人民生活的每一种状态，都会引发他的叹息、激情、沉思、振奋，他的钟情如此集中专一，因而成为当代中国极少以诗歌钟情于人民、并将诗歌与人民奇妙融合的诗人。黄惠波似乎得了人民的诗性，以人民为美、以人民为诗歌的主题和意象，在对人民美好生活诗意吟咏的瞬间，黄惠波的诗歌爆发出充沛的情感意象和思想力量，让人民的诗意带起人间一片丰盈润泽的生动情景。

他以人民诗歌而展开一个纯粹的人民世界，他对这个时代生活的诗意理解和美学化感受，集中在人民诗歌中迸发出光彩，由爱人民、赏人民、品人民而关注灵魂生存、高雅生存、庄重生存，由对人民的敬意表达对崇高的理解、对文明的传承。这是诗歌对人民生活的诗意思考，也是诗歌给人民带来的思考，也是诗歌对人民的召唤，使这个时代现实中的人获得一种人民向度的诗意生存，进入更高的生存境界。

他在诗歌中表达了对人民的深情关怀和对人民的敬意，以人民为诗而巧得天工，似乎机缘巧合，无意间触动了千年沉默，一步便迈进了诗歌与人民的奇缘。将人民与诗歌结合似乎是天赐良缘，实际上是时代的风云际会：时代给黄惠波以人民抒情的诗意情缘，而黄惠波也以美学化机敏抓住了这个诗意情缘，看似得来全不费工夫，实际上，这些诗歌并非信手拈来、随意轻歌曼舞，而是因日积月累的生活与诗性紧紧凝聚，才风生水起。

每个时代的诗人都有其与时代相适应的特点，黄惠波突出了个人生活精神与人民生活精神结合在一起的诗歌意向，执着地关注人民在现实中的生存情境和深层意味，探询人民深藏的理想神采，以诗歌与人民相遇的光华，撞击出百转千回的人间风流。如果说，人民情韵象征了现实的久远沧桑，那么，诗歌意趣就代表了人民生活的灵动。

几千年的中国生活和文学中，已多有对人民的吟咏，当黄惠波在这个时代集中地重新诉说人民、重新咏叹人民时，就突出地呈现了一种以诗歌咏怀人民、以人民诉说时代的特色，在诗歌与人民相遇的时代生活中，让人民有了可以从中仔细体味时代诗意的感觉，让时代有了人民的诗意生活光彩，并且将这些感觉和光彩接引到人们的日常生活中。

近在身边的现实与独有的时代情怀催生了黄惠波层层叠叠的咏怀人民之作，诗歌让人民的世界五彩斑斓，既现实又梦幻，既有共同理想和无尽活力，又有柔软心灵和灵动个性。诗歌中人民的延伸和变幻给人现实如歌的感受：沧桑的人民、悠远的人民、坚韧的人民、尊严的人民、高尚的人民、纯朴的人民、多情的人民、美好的人民、个性的人民、普遍的人民。

漫步在黄惠波的这些人民与诗歌构建的街巷和广场，畅想大地和天空，随时都会与这个时代的细腻感受、悠远情怀不期而遇。诗歌与人民激情而又灵动地融合，诗人从人民的现实情境和诗歌的现实意境中获得诗歌意象，通过诗歌中的审美情思和智性张力打开了人民的心灵，照亮了世界的隐秘部分，也升华了人民与人间世界关联的意象和情趣，给人们提供了不一样的阅读体验，在现代人民情境中展开了人民的诗意含义。

历史走过，人民还在，而今，在黄惠波的诗歌中，人民与现实的情缘再续、风情依旧。在诗歌中可以看到，时间的洗刷给人间世界留下了不可磨灭的生活印迹，而人民在生活世界不断挺立出现，显示了因诗意生存而变化万千的人民情意，也突出了这个时代关注诗歌与人民生活之间联系的特点。

对于我们这个时代的生活和诗歌，人民诗歌是一种全新的生存感觉、人生经验和诗歌经验。就对诗歌形式的美学判断而言,黄惠波的人民诗歌的主题简明清晰,意趣不言而喻,殷切不言自明,往往不需要我们去琢磨看懂了什么,而只需要我们看见了什么,我们就是什么,因为它们的情思来源于心灵现实,其心灵意象本来就来源于人民,"清水出芙蓉,天然去雕饰"。

我们看到,那些流传久远的诗歌常常是有简明魅力的。但对于一些不理解人民诗歌的人来说,人民诗歌的简明魅力实质上就是剥夺了诗歌的含蓄深入之处,剥夺了写作者建立在自我人生经验上的审美理解和个性表达,他们在自己的诗歌与人民的理解之间,建立了自说自话的一言堂。但是,什么是含蓄深入?如果没有深入,含蓄的诗歌语言就只是诗歌形式表面的一袭美衣,而黄惠波的人民诗歌恰恰建立在深入人民生活中。

当然我们不能以一般性的人民感受作为衡量所有诗歌作品是否有存在价值的唯一理由。因为,人民诗歌是诗歌的一种方向、立场,是诸多诗歌中的一个独特标志,但并不是唯一的诗歌标准。不过,在人民诗歌中,黄惠波正在走向一片开阔的天地和崭新的形式探索,在追求某些诗歌设计和诗歌形式的能力时,发现人民诗歌形式呈现之处的生活价值,因为,人民性是与诗歌中的根本价值——人类性价值——相通的。

人民之爱的核心精神是什么?这些诗里,蕴含着一种崇高之爱的精神:爱己才能及人,爱人类才能思万物,爱我们的母亲,才能爱我们的子孙,由人民生存的核心区域延伸出共同的生存精神和不同的生存表达。

我们相信,人民诗歌探索的价值取向,不仅仅是肯定诗歌的价值与人类性、人民性价值的一致,而且是让我们从人民中再次了解自己,看到在生活世界的一种更开阔的认知抉择,这就是追随人民的生活脚步,而不是收敛保守自我世界,是永远随着人民的心灵声音,让自己的心永远随着人民的心而跳动。

对人民的诗意情怀构成对自己心灵和生命完整探索的更高要求、更高标尺,自我和诗歌都是与人民的生活和情感相通的,是以人民为中心的。正如黄惠波自己所期待的,要以诗歌完成对自己心灵和生命的探索,也完成对美好生活的性情憧憬和理想主义情怀。

不过,这个对自己的完整探索与以人民为中心的诗歌表达有什么样的具体关联呢?当诗歌与这个时代的人民相遇,便碰撞出时尚生活的一个个亮点,层层闪烁时代的整体性生活特点，也体现了诗人的个性化生活特点，最重要的，是突出了诗人联结时代生活与人民情趣的诗性想象。黄惠波从人民在诗歌中的形象和意趣出发，敏捷而奇妙地建立了诗歌与人民之间的意象关联，以人民变幻重现现实诉说，以人民之思而让现实如歌，由此深情理解时代，进入时尚生活。

这就体现出黄惠波自己的诗歌个性，也就体现出诗歌个性的三个要点：第一，这个诗歌个性不是指人民生活中的唯一个性，而是指整体性的人民生活所表现出来的诗歌作者自己的个性；第二，诗歌中人民形象的个性要彻底落实到具体的诗歌设计、形式、主题和内容上去；第三，在高度个性化的同时，人民诗歌的形象应该强调普遍可理解性——这是我们尤为需要认真思考的，因为这就是以人民为中心的基本立场和意境。

诗歌代表人民，人民代表世界，诗歌中的人民生活因诗歌而人性化、美学化，由此，自我对人民世界的认识起于身边而终于遥远，无限延伸的人民世界与诗意生活相互印证，诗歌与人民既有界限又无界限，在铺排渲染的人民诉说中，诗歌为人民的诗意生存寻找现实的证明，为自然万物寻找人民世界的归属，人民世界由此变成诗性世界、由此变得晶莹剔透。

于是，不同时期的人民、不同肤色的人民、不同形态的人民、不同阶层的人民，分别象征了不同的人间情味和千古风流：人性、人民、人情的种种意趣，都被不同的人民生活加以体味和象征，并不断以这样的象征意向对诗歌进行形式引导、对人民进行主题变幻，构成诗歌中不同的人民的隐喻和意象，于是，一片片、一层层人民意象变得无限，其中的深意也变得无限。

## 二、人民诗歌象征的人民性情

什么是人民诗歌？美学性情也是人民性情，这形成了黄惠波的诗歌中美学化和诗意化的人民性情。在每一个由人民构成的异彩纷呈的生活角落，都能寻找、发现和感受到诗歌的永恒魅力，也由此感受到人民的永恒诗意象征，由此进入每一个人的诗意情缘。

在人民诗歌的观念基础上，黄惠波形成了自己的诗歌与现实之间的美学判断，形成了自己的诗歌的主题逻辑、修辞逻辑、风格逻辑、诗意抒写逻辑、诗性构成逻辑，形成了自己的性情化诗歌形态和美学化诗意格调。这样的诗歌格调是同中国人民的呼吸和情感深深相通的，自然也是我们理应进一步去发展和深化的诗歌格调。

生存立场就是美学立场，怎么写作就怎么生存。对于诗人来说，一个以写诗为己任的人未必是纯粹的，这样的诗人写出的诗歌也未必是纯粹的。对于黄惠波，以人民为诗、以人民入诗是诗歌与人民相遇的美学化情缘，表达了诗人的生活性情和美学意向，也形成了诗歌的格调和象征。

在黄惠波的诗歌中看到的，似乎是具有人民意味的时代生活表现，但深入进去看到的，是诗歌本身的美学化生存，而诗歌又深入了人民生活，于是人民生活与诗歌意象发生共鸣。诗歌意义以时代现实中的人民意味直接出现时，人民意味转化为美学化生存立场和诗歌立场，从而让人们进入由人民诗歌意象形成的共同的生存空间。

人民诗歌强调个人与人民、诗歌与人民的共同的诗歌意义。当诗歌依托这个时代的生活感受和诗人个人的风格情趣，对古老的人民和生活重新定位、理解、抒情，以诗歌深入人民的世界时，就决定了诗歌以人民为诗意情缘，以人民品质和意象为物象世界的审美特性，带来人民的诗意活动和美学化生存的愉悦。

诗歌作为创造诗意生活的最基本形式，应当是沟通人民与诗人的桥梁，只有当诗歌传达的意义和情感是诗人和人民所共同理解的，人民诗歌才构成清晰而有魅力的意象。人类漫长的共同生活中产生了大量共同的表达诗歌意义和情感的形式，这就构成了有关人类诗歌的形式与主题的统一，也构成了它们的共同理性和共同感性。

基于同一形式与主题层面上的表达意愿和理解动力，诗歌内涵的普遍可理解性在人们彼此之间缔结了一条共同的纽带，使得诗歌的普遍交流成为可能，诗歌的交流就是人民之间的相互交流，就是心灵和诗意生活的共同交流，利用这一类的诗歌交流，诗人向人民传达人类生存的美学化情趣和意义。

实际上，普遍的诗意可理解性就是普遍的诗歌逻辑性。要使诗歌是清晰而有魅力的，就需要在诗歌中把握三种逻辑：现实逻辑、形式逻辑和主题逻辑，在此基础上形成的诗歌风格和生活格调，就使诗歌从高高在上的诗歌形态中摆脱出来，从强调世俗化的诗歌内容和形式，走向一种更切入人民性的诗歌表现。

我们看到了诗歌与人民间共同的生活逻辑和诗性逻辑，深入人民性与深入人性相一致，深入人民性与深入诗性相一致，人民在象征性意义上出现，成为诗歌的一种品格表现。人民与诗歌互为镜子，相互映照，诗歌与人民你中有我、我中有你，就像水中有月、月中有水，月光朦胧和水色迷离都是诗歌与人民的情致，诗歌和人民都代表人性、象征现实。

在黄惠波的诗歌中，人民格调是宏大与个体的共同生活形成的，在他的诗歌里发生的是象征性人民生活，是人民的尊严、幸福、欢乐和意趣的象征性表达，这样的人民生活和人民诗歌的象征意识，同时包含了诗歌的现实主题和形式表达，人民生活与诗意生活、诗性构成有机地结合起来，在这些诗歌中，无法将人民性与生活性、现实性与浪漫性、政治性与艺术性分离开来。

人民和诗歌都在生活中、在生命中，诗歌将一切发生的现实统一起来，而在黄惠波的诗歌里，人们在其中。虽然，有不同的个人和人民的生活，就有不同的诗，但这些不同的诗歌却有诗歌和生存的一致性，最终，人民消融在诗歌里，共同的生命敬畏和生存信仰把一首首诗歌结为一个统一的生存整体，《胡杨·秋问》就有这样突出的表现，成为人民生活的诗歌亮点。

黄惠波不单纯是为写诗歌而写诗歌，也不是为写人民而写人民，他以人民为镜、以人民为媒，让诗歌与人民在美学化生存意义上统一起来。既从诗歌出发看人民世界，也从人民出发看诗意世界，两者在诗歌的形式和人民的意象中获得统一，人民情韵由此激发，人民象征由此实现。

显然，黄惠波的诗歌中的人民已经不是一般意义上的人民，它们的意义已经因美学化性情和诗歌形式而意象化、象征化了，人民所散发出来的意象气息与沧海人间如此吻合，超越了仅仅作为刻板概念的人民的范畴。人民不仅是引发诗歌的灵感和素材，还形成了诗歌本身多姿多彩、悠然飘动的风貌，形成了以人民为中心的诗意情境，现实与象征、浪漫与严谨并存，映照着中华古老土地上的人民生活，也映照着此刻正在经历的人民生活。

追求人民诗歌的风格方向和价值取向，对于这样的风格情调的评价，其实包含最基本的对诗歌艺术个性的评价。在艺术个性与人民生活一致的基础上，长期的基层工作经历，使黄惠波深刻地体会到基层工作者的真情，写下了不少感人肺腑的诗篇，具有普遍的可理解性，这意味着艺术个性的人民化，也意味着从生活个性走向诗歌个性，并且由此建立了诗歌与现实的关系，最终使诗歌走向人民的价值所在，建立最后的形式格调。

诗歌和生活都有人民性，诗歌和人民都属于生存，因此，诗歌的单一人民性和诗歌中简单的人民生活并不存在，诗歌的人民性和诗歌生活情味必须是象征性的。经过黄惠波的诗歌抒写和重述，人民发生了一种诗性象征的精神变化，产生出一种美学化象征魅力，这便是诗歌呼唤人民诗意生活所创造的——有人民美好生活就会有人民诗意生活。

这样，在黄惠波的诗歌中，人民似乎在不停地进行诗意生活的诉说，黄惠波灵动地以人民生情、以人民寓情、以人民抒情，写出了以人民为对象、以诗歌为形式、以爱与美为主题的象征性诗意生活。

在黄惠波的诗歌中产生了这样的变化：人民的外像之情变成诗歌的内在之质，这其中融合了黄惠波的个体经历、生活经验以及诗性资源，这才能让那些人民意象如此生动，随人民而生的诗歌象征意蕴，既演变为诗歌本身的形式特性，又掩映在时尚生活与古典生活的交错中，形成了诗歌丰饶的情趣和人民的深意。

当我们沿着每个人的诗意情缘漫步在诗歌与人民所构筑的诗意生活中，似乎仍然能够看到那些以人民为证的人类背影，逡巡在诗香四溢的人民生活景观中，似乎仍然能够仰望那些高山仰止的人类精神和非凡影响。

这些诗歌中的人民世界，是象征的生活世界，也是现实的生活世界，人民性与诗意生活一体而多面的变幻，让生活荡漾出人民的风情。所有的沧桑与美好、伤痛与希望都在其中蕴含，从朴素深刻的人民，到华美如画的人民，从心怀梦想的人民，到朴素如歌的人民，展示了让人们着迷的多姿多彩的人民诗意生活，满足人民日益增长的美好生活的需要，让人民有无穷的诗意生活想象和体验。

人民既是生活形象，又是诗歌意象，奇妙地突出了诗意与人民、诗歌与人民合而为一的象征意蕴。诗歌意象让人民去除了概念遮蔽下的单调枯干，让人民的诗意生活变得圆润晶莹，变得丰满而有灵性，有张力也有弹性，人民因诗意而有人性、人品、人意、人情，人民性变成了心灵性和意象性，人民品位变成了诗歌品位、人民意趣变成了诗歌意趣，人民不再宽泛、空洞、生硬，不再脱离人的生活和生命灵性。

一切外在事物皆由心性而生，人民诗歌中的一切神圣之眼、一切性灵之源，都既与黄惠波的生活经历有关，也与黄惠波的诗歌经历有关。如果黄惠波没有写诗的经历，如果他没有关注人民的情趣，一切诗歌与人民之缘都无从谈起。在生活中与人民不断相遇的机会，让黄惠波能关注人民与诗意生活之间的曲折婉转；对诗歌的教养和写作，让黄惠波能从美学化生存去关注人民与诗歌关联的奥秘。

## 三、从生命纯粹的诗性原点出发

诗歌对生活的改变让历史如歌，而历史如歌让诗歌深入生存，于是诗歌成为人的尊严、人的象征、人的诉说、人的思想、人的激情、人的精神，由此，诗歌具有了诗歌自身的纯粹。

黄惠波的诗歌呈现了什么样的现实、现实是否发生在这些诗歌里、是怎么发生的，是要探究的，与此相关更要探究的，是黄惠波的诗歌发生在现实中的纯粹性。这不但是诗歌对于个人生命的重要性和必要性，甚至也是诗歌对于这个时代仍然存在的重要性和必要性。

我们为什么需要诗歌，为什么钟情诗歌？因为每个人都以自己的独特体验和感觉在生活，每一个人都可以在诗中找到自己的生命力量，找到诗歌的理想主义的纯粹。黄惠波的诗歌想要给予人们什么样的力量？想要找到作者自己的什么力量？这取决于黄惠波自己以什么样的独特体验和感觉在生活。

一个突出的问题是：人民生活没有诗意吗？显然，黄惠波必须要在给予人民诗意生活力量的时刻，才能找到自己的生活力量和生活精神，其诗也由此显示得更加深刻广博，这意味着，黄惠波以诗歌把自己融入生活时，要有更普遍的生存意味和生命情怀，这样，黄惠波的诗歌纯粹性，就来源于从人民诗意生活和诗歌纯粹本身的双重表达。

黄惠波的诗歌除了纯粹的艺术性，还有一个显著特质，那就是他作为从政者的写作身份，恰恰是这个身份所体会到的时代经验与生命经验，使他的诗歌有明显的辨识度，从而区别于很多同时代诗人的写作。

黄惠波的诗歌有现实性、形式感、纯粹性这三方面特点，这三方面一是不以诗歌去追求现实功利的诗歌纯粹，二是与现实零距离融合的理想主义表达，三是由此形成的诗意灵感和诗歌形式。

在很大程度上，这三方面都来源于他身份的独特性。他身为国家公务员，与其他诗人接触生活的方式和范围有所不同，其最突出的特点，是因工作之故而更广泛的现实直接接触，因此他不是为诗而诗，而是为现实而诗，为人民而诗。

黄惠波深深体验到白居易所说的"文章合为时而著，歌诗合为事而作"，他的诗中排除了在现实中刻意寻找诗歌而"为赋新词强说愁"，也排除了以诗歌为稻粱谋的潜在因素。这两种因素其实是诗歌大敌，黄惠波的诗歌从生命和生活的纯粹出发，排除了这两种对诗歌有深刻危害和潜在威胁的因素，产生了他的诗歌纯粹性。

这样，由于双重写作身份，他的诗歌摆脱了生活的功利性羁绊，也没有刻意的写作表现，反而见出了难得的真诚、性情和风骨，也就见出了其诗歌的纯粹。并不是每个人都能这样做的，这源于他作为诗人的独特和他生命的独特，所以才能写出那样的诗歌、产生那样的诗歌纯粹。

诗歌的纯粹、忠诚、真实，就是生命的纯粹、忠诚、真实，这在黄惠波的诗歌中得到尽显风流。黄惠波不是专事写诗的人，也不是职业文学工作者，他没有必要用诗歌为稻粱谋，诗歌也并不是他作为一个政府公务员的业余爱好，而是他生命的一部分，是我们的现实的一部分，也是他作为国家公务员情怀的一部分：这是他为人民而工作的理想主义情怀。

黄惠波在诗中的热忱足以让我们相信，他的寄托、理想、情怀、生命的源泉和力量，很大程度上都集中体现在诗歌里，对现实和人民生活更好的殷切期望，也同样写在他的诗歌里。他的诗歌不但能将一个人的生活变成更多人的生活，把实际的琐碎生存和工作事务变成诗歌作品，还能将诗歌转化为自己的和别人的生活形式，让诗歌激发、改变生活。

因此，黄惠波的诗歌虽在工作间隙写成，却是日积月累的理想主义情怀，绝非花前月下的闲情逸致。正因为黄惠波由自己的生活身份而深入体验生命，他的诗歌反而见出了纯真和质朴，他找到的，是这个年代深刻在他的生命里的感觉，他把这些感觉转化为美学化的语言、诗句和形式，将这些诗歌重新注入我们的生活，转化为他自己的和我们的生活形式。

由诗歌纯粹性产生的，是黄惠波的诗歌的特有形式感，他的情怀和诗思与现实一碰触，就有了他的诗歌的主题感和形式感。

与现实的零距离接触，生活中特有的诗人与公务员双重身份的写作，形成了黄惠波的诗歌灵感和形式，也就是说，当他的信仰、情怀、担当碰触到现实时，当长期孕育的诗歌灵感遇到现实时，就化为他的诗歌思考、诗歌主题和诗歌形式，诗歌就成为他的生命主体形式，形成了诗歌中的生命力量和生命精神，这就是诗歌改变现实和生命的奇妙之处。

写作身份的双重性，形成了黄惠波的诗歌的现实性、形式感、纯粹性这三方面特点，这三个方面产生了写作与现实关系的独特性，而这源于身份的独特，一般的诗人不可能具有这样的独特性，首先是一般的诗人不可能像他这样去大面积地接触生活，而能这样大面积接触生活的一般公务员不会去写诗，也就不太会有诗人之心和诗人之悟。

从自己的特殊写作身份出发，也从自己在现实中作为一个国家公务人员的工作身份出发，黄惠波在诗中表达的，是以人民为自己的生活中心，以人民为诗歌的中心情境，把人民放在最高位置上，是对亲人、故园、底层人群、普通人民的爱，并且为人民而追求诗意生活、钟情爱与美的生存。

今天的国家公务人员与古代士人有些类似。其实，中国古代的文人与官员并不分离，中国的古典文学传统一直是士人写作，几乎所有的文学家都是士大夫。他们的写作风格和生存倾向与政治理想和政治抱负密切相关，这恰好是因为他们有独特的身份地位和生活品质所致。今天的公务员写作同样如此，黄惠波的诗歌所反映、所抒写的独特性，都来源于他的独特身份中的生活感受，没有这样生活的人，是不能写出来这样的诗歌的。

一方面，士人写作本来是中国文化和中国文学的一种传统，另一方面，今天中国的公务员文学与官场文学不是一回事。什么人都可以写官场文学，而公务员写作只能由有一定公务身份的人去写,因为身份的与众不同,公务员能体验到的生活会和别人不一样。与公务员自身的写作相关的,是特殊的生活情境,是在共同的时代生活中特殊的生命体验。

写什么、怎么写都和黄惠波的独特感受相关,文学观念与生活观念相关,怎么生活就怎么写作,诗歌立场就是生活立场。表面上看,黄惠波的诗歌与他的工作完全是两码事,他可以不写诗歌,诗歌对于他没有生活必需品的实际意义,但深入他诗歌的腹地,就会发现诗歌与他的生活是水乳交融的。

诗歌纯粹的本质和标志都是理想主义的纯粹,黄惠波的诗歌让我们相信,重要的并不是以什么身份写诗,而是我们在诗中找到什么,每一个人在诗中找到的并不是诗本身,黄惠波的这些诗中塑造了一个抒情者的形象,表达了这个形象用诗歌在干什么的意向:他力图由诗歌找到并且实现一种爱与美的生活。

如果没有他对亲人、家庭、家乡和人民的爱与美的思考,就不会有这些诗,不会有这样的主题、内容和风格。爱与美是一种理想主义和浪漫主义情怀,当然也是更加广博和深入的现实主义情怀。理想主义和浪漫主义会让一个公务员对现实有更高的期望和实现。

把这种体验转换到诗歌中去并不是每个人都能轻易做到的,同时,将生活形式转化为文学形式,也显出了诗人自身的特殊性。现实性和浪漫性的要求和感受对每一个诗人和读者都是一样的,区别在于,每个人进入和感受现实与浪漫的方式不一样,黄惠波的方式是直接将诗歌与生活相连,不必经过中间的复杂转换,这使他的诗歌表现出一种体验和思考的直接性以及与现实融合的直接性。

## 四、生命纯粹与诗歌纯粹相一致

黄惠波的诗歌是从这个时代现实出发的,因此成为这个时代的某种特征性表现,也是这个时代的某种诗歌和生命的纯粹性表现,体现出他的生命纯粹与诗歌精神相互融合的风格和方式。要透彻地了解黄惠波的这些诗歌,就要透彻地了解他对生活的诗意敏感与执着热爱,要通过黄惠波的这些诗歌去发现在他的生命中发生了什么。

生命纯粹与诗性原点、生活身份与诗人身份本来是一致的，这发生在中国悠久的文学传统中，也发生在黄惠波的诗歌中。每个诗人都有自己的时代感受，当一个诗人以自己的方式与时代结合在一起时，诗歌就有了无法替代的独特性，在时代身份中保持生命真诚，就有了诗性纯粹的原点。

屈原的香草美人与屈原的身份并不分离，但是在当代中国生活中，这一传统有所弱化，而黄惠波重新接续了这样的传统情结，以自己的生命体验延续着屈原的古典诗歌发生方式，以《胡杨·秋问》与《天问》遥相呼应，表达了香草美人与宏大高远水乳交融的情怀，不以写诗而喧嚣矫情，而以写诗通向开阔激情，从自己的特殊生活身份出发，让诗歌有了特殊的纯粹性。

以时代的生活身份和古典化的生存感觉写作，使黄惠波的作品在这个时代有了特殊意味，也使这些诗歌有了对现实一往情深的理想主义意趣。就此，在黄惠波的一个个诗歌时刻，生命发生了奇妙变化，生活也发生了奇妙变化，由于诗歌感觉和诗歌意象，诗人自己所经历的一切丰富了他的生命体验，也丰富了诗歌表现，在《蚂蚁与上帝》和《圣人与农夫》中，同时呈现至高无上的荣耀与低处卑微的生命。

每个人的生活身份不同，所发现的诗歌和生活也不同，生活身份决定了黄惠波作为诗人的存在感，决定了他的诗歌方向，也决定了这样的存在和方向怎么表达。诗歌与现实之间的一致或者差异，来源于诗人的生活立场，黄惠波的诗歌所表现出的诸多生活意象，可以从他的生活立场中直接体验。

诗歌的纯粹在于与生命纯粹和美的纯粹相融合，《霞光是捉摸不到的》就是在纯粹中发生的心灵事件。黄惠波是一个善于倾听现实声音并将现实重新敲击出声音的诗人，他的诗歌是现实的一种声音，这里流淌出诗歌的纯粹与人的纯粹，正是这样的纯粹，让黄惠波的诗歌与生活相连、与其他诗歌相连、与每个人的生命经验相连。

黄惠波从生活走向诗歌，又从诗歌走向生活，再从生活进入生命、慰藉生命，生命纯粹与诗歌纯粹相一致，诗歌纯粹由生命纯粹与生活真实的无间关系形成，心灵真实与形式真实相一致，形成了黄惠波诗歌中的现实真实和生命真实，以此为生活的真实起点，我们可以体验、观察、学习生活，从而重新感受和进入生活。

在明确的诗歌意愿和诗歌表达形式中,黄惠波的诗歌呈现了诗人的生活心态与诗歌天赋的激发之间的有机联系,深入地表达了诗人纯粹的生存感觉、情趣、心态和生活意向。这样,诗歌中的独特生活感悟,春风化雨般地让人们经历重新发现生活的过程,对生活真实的了解、对生活世界的想象都不再单一。

诗歌形式是对一个人和一种生活的真实考验,每一个真正的诗人都会让诗歌尽量接近真实的生活,每一首诗歌都既是现实主义又是形式主义的,尽量接近真实的生活就是尽量纯粹,而生活形式与美学形式在诗歌中的一致就是诗歌真实和诗歌纯粹。

诗是人的标志,人是诗的标志,有什么样的生活,就会写作什么样的诗。那些诗中没有现实和时代的诗歌,也没有诗人自己;那些诗中没有对他人生命关怀的诗歌,也没有诗人自己的灵魂。那样的诗歌是空的,而走向黄惠波的诗歌时,出现的是充满生命敬畏的诗歌纯粹。

在个人与时代、生活与诗歌、生命与敬畏的并行交织中,黄惠波的诗歌并不玩味于抽象的概念,而是保持诗人的自我清醒,保持对复杂生活的判断。激情而纯粹的格调会最终区分诗歌的优劣高低以及美学品质,而要表现得激情而纯粹并不容易,如果生命中迷恋粗鄙丑陋,便写不出这样的精致纯美的诗歌,黄惠波的诗歌决不关注粗鄙丑陋,并且排除粗鄙丑陋,极力写出人们的爱与美、善良与尊严。

有了生命与美学形态的水乳交融,才能形成诗歌的简洁而纯粹的美学化形态。于是,就有了黄惠波对生活诸多要素的恰当组合,也就有了对诗歌诸多形式要素的纯粹性组合,生活中所有的要素都可从这些诗歌纯粹中获得,情怀、理想、希望、尊严、自由、优雅、人性、品质都可以从中获得,而诗歌语言的拓展、延伸、借代、隐喻、虚构等完成的诗意生存,也可以从象征性生活感受中获得。

生命纯粹让诗性纯粹体现在生活要素所完成的诗歌形式中,诗与思、情与理、意与趣的光影交错,让黄惠波的诗歌充满了弹性和张力,形成了诗歌中的现实和历史,也形成了诗歌本身的纯粹和生命纯粹,诗中的物象和事件并不会有实际发生的效果,却由此具有了象征性、精神性、纯粹性的意义。

于是诗中的各种感性形象在激情中挥洒,理想主义在冷静纯粹中进行组织,形成了他的审美直觉中的诗歌结构和表达手法,形成了感性与理性并行的意象结构,诗人在这个总体结构中,完成各个细微以至宏大的篇章,在爱与美的情怀和传统中,透露理想主义诗歌的整体性、主题性、意象性感受。

因此,黄惠波的诗歌绝不是茶余饭后用来消遣玩赏的,它们包含庄重的生命意味和高雅的生活情趣,记录和表达了这个时代的生命如何看待自己、展示自己和走向更广阔的世界。除了表达生命的敬畏,黄惠波的诗歌也是不同的生活和不同的个人之间相互昭示和联系的方式,不同的人通过这些诗歌进入共同的生活。

这些诗中的每首诗,都有一定的特殊源泉,都传递着诗歌与人们相连的生命体验,《献给母亲》是一个典型的范例。钟情于一种纯粹的美学化生活,这使那些逝去的生命变成了一种美学化的悠久生命感觉,变成了一种存活在今天现实生活中的可触摸的生命感觉。走进的是物情俗事,聆听的是人间风流:当历史带走以往生活的风烟,当传统变成今天生活的种种风情,沉思和华美便一起唤醒人们的当代迷蒙,走进人们久远而清晰的心灵。

## 五、在诗歌中起舞的爱与美

当人们不知道诗歌、不关心诗歌时,实际上是不关心、不知道更美好的事情。"大地沸腾时我独自沉默,大地沉默时我仰面长歌"(《秋问集》),通过诗歌,黄惠波想让人们知道更多美好的事情。黄惠波的诗歌不仅是让更多的人去钟情诗歌,不仅是让更多的人去写诗和读诗,而且是让更多生命去知道和钟情更美好的生活。

这不但是生命中最重要的是什么的问题,而且是诗歌中最重要的是什么的问题。

对于黄惠波的诗歌的美学价值,不能由这个时代的个别生活或者诗人圈子来认定,而要由普遍生命和时代生活来认定。如果要看黄惠波的诗歌的存在意味和诗意价值,就必须要看这样的诗歌是什么,它们写了生活的什么,给予了生活什么,以什么样的方式去完成诗歌,其中有什么样的诗歌情趣与格调、意向与个性?

诗歌表达成什么样、对现实产生什么作用,是作者能否写出对现实有意义的作品的前提,黄惠波的诗歌在表达现实,更重要的是在进入现实,不能进入现实的诗歌对生活有什么意义?

对文学作品的美学价值的最简洁的衡量方式是:是否有爱与美,是否启示、给予了人们爱与美的生活。黄惠波的表达不是单一的呈现现实,而是有目的的表达,要引导人们生活得有诗意、有爱与美,要让诗歌给予人们爱与美,要让诗歌引导人们生存得更美好,也让人们的生活变得有更多的爱与美。

有很多诗歌没有给予生活什么,这样就难以判断其对生活的美学价值。道理很简单:文学作品存在的根本原因,不是为了表达自己,而是为了让他人阅读,诗歌主要不在于写出来,而在于有什么样的诗意形式和内容让人接受,重要的是对人类美学化生存主题的引导,是某种主题意象让人思考和感悟,不是能侃侃而言地描述某种现实内容。

黄惠波的诗歌显示了诗歌的价值不在于是否彻底体现了个人的体验和价值,也不在于是否彻底反映了现实,而在于是否具有对生活美好的引导力量,在于表达生命诗意和生存神性,如果诗歌体验中渗透黑暗阴郁的力量,那不会是诗歌的本质,因为如果不能引导生活,所表达的所谓诗意可能是虚假的,甚至是恶毒的,那一切就都是没有价值的。

黄惠波的诗歌的一个重要目的,是要给予人们更多的爱与美,这也是黄惠波主要表现的主题之一。这些诗歌的美学化生存意义在于:诗歌和生活都是对生活的美学化发现和经历。因此,这些诗歌里面充满了生命与生活关联的美学意趣,当这样一些自己的想象与生活联想结合起来,就很自然地生发了一种当代的生活情趣。

从黄惠波这些诗歌可以感受到,诗歌历程就是生命历程,生命历程就是爱与美的历程,在这个意义上,才能产生诗歌的诗性历程或者美学化历程。用诗歌尝试寻找、发现、改变生命的品质,力图让诗歌表现出有价值的生活,这不仅是意识到个人生存的价值,而且是意识到了诗歌的价值与力量的真正源泉。

在发现生活和生命的意味上，当黄惠波把自己的生命经历转化为诗歌经历，当黄惠波把生活吹皱的一池春水留存在诗歌中，一切经历就都变成了美学化经历，现实就变成了生动可感的美学化生命形象。生活和诗歌都是发现，是对生存世界、生活风格、生命质地的发现，是发现生活或者生命的一种爱与美的意味。

爱与美的立场形成了黄惠波对诗歌的崇高信念，爱与美的观念决定了黄惠波的诗歌的纯粹品质。爱与美就像神的生活一样是永恒不变的，只要人类在，爱与美就在，对爱与美的无限向往，是诗歌无限的希望，也是黄惠波对生命的希望，诗歌就此成为生活和生命的象征。

当生命处于爱与美的美学化情境中，黄惠波就把个别的生活体验与我们这个时代以及我们的生活世界相连，甚至尽情与未来的生活情思相连，在诗歌抒写生活的层层生动情景中，让爱与美沿着诗意情缘发生在我们身边的生活中，这会把一切个人生活和普遍生活都转化为诗意生活。

严格说，爱与美的生活就是诗意生活，如果没有诗意，也就没有深刻的爱与美。如果我们要简洁含蓄地概括爱与美，可以把爱与美概括成诗意，可以把爱与美的生活概括成诗意生活，如荷尔德林说：人诗意地栖居在大地上。

所有的人性解说都是抽象的，所有的诗意表现都是含蓄的，所有的爱与美的表现都是鲜明的。爱与美表现得形象、具体、生动、直接，但诗意难以像爱与美一样明确呈现，诗意没有具体的形象可以明确捕捉或者实现，比起爱与美来，诗意表现得更丰富、更广阔、更含蓄。而爱与美跟诗歌结合，就会让诗意生活呈现出更好的感觉，对于这样的感觉，黄惠波通过自己对生活的美学化直觉去发现。

爱与美的表达让人感受到黄惠波的理想主义情结。黄惠波的诗歌有浪漫色彩，意在更高的生活，流溢浓烈的理想主义气息，却执着于对现实爱与美的关怀，可归溯到屈原所确立的香草美人的理想主义情结和传统。这样的理想主义虽志在高远，但并不是轻蔑现实、忽视现实的。

他的诗歌中，可以看到一碧如水的纯粹感、一如既往的真善美理念，可以看到久远生存情怀，可以看到美好而坚韧的理想主义向往。像《2015年3月18日》这样的作品充满美的意味和象征，澄明干净，没有阴暗晦涩，都是对爱与美的热切渴望。一方面，这些诗歌中的爱与美组合并化解了现实中各种不同和对峙，一方面，这些诗歌专注于爱与美的生活方向，集合诗歌的各种表现而变成爱与美的生存情景。

以爱与美为主题的生命性情就是理想主义的诗歌性情，在诗歌的浪漫挥洒中，黄惠波回到了他的现实原色和生命底色，抒写美好生命的激情，倾诉一种理想主义生活的浪漫情怀。因此，黄惠波的诗歌显出明确坚定的立场、方向和理念：让生活变得更美好，像《城中月》所表达的，即使一座城堡也有美的时刻一直在人的心中。

写下这些诗歌的时刻，黄惠波显然明白：在我们这个时代，最重要的，不是欲望满足和享受升级，也不是科学技术的耳目一新，而是保存美好生活和爱与美的生存感觉。这一切都与诗歌相关，也在黄惠波的诗中表达出来，他的诗中表现的，不是通常人们所关注的生活怎么样，不是功利性的生活得失，而是为什么生活、钟情于什么去生活，是生命细微之处中隐约起伏的沧海桑田。

往事越千年，今天人类似乎一步就跨越了漫长的农耕时代，一切似乎变得与以往不一样了，但在这个时代的诗歌中留下的东西，却像树与石子、星空与玫瑰一样贯穿在时代生活中，那些歌咏爱与美的诗歌也在其中。这样，黄惠波的任何一个作品都不再是单一的，也不是存在于虚空的时间中，而是具有相似的精神主题，表达悠久的人类的爱与美的生存价值，具有开阔感和整体感，与人类的所有诗歌相连。

爱与美让历史如歌，这不但让历史拥有了如歌的形式，还让生活拥有了如歌的品质。黄惠波紧紧依托于自己对生活中爱与美的感受，从模糊的感受中激发出清晰的诗歌灵性，抓住了每一首诗歌的核心，才能写出那些在心灵中飞翔的诗意感受，并让读到它们的人怦然心动。

## 六、拥有爱与美的浩大气象

在对他人的爱与美中融入自我、在关怀普遍生活的爱与美中表达个人，形成了黄惠波诗歌中的双重生命存在，与他人在爱与美中的相互融入，让你我在诗思诗情中彼此不分、相依相印。在他的诗歌中，不论星光日月，还是人间风情，不论吟诵什么，由什么而起，最终常常是爱与美的抒情，诗中一切都境由心生、情有所托，诗思与诗情、形式与内容在爱与美的生命情怀中鸾凤和鸣。

爱与美的感情是我们生命中最重要的感情，也许一切情意、一切夙愿、一切与世界上各种事物的缘分，都可以集中在我们生命的爱与美上，而在黄惠波的作品中，常常集中表达为他对于父亲和母亲的爱，最终集中为他对于世界和人民的爱，这让他的作品拥有了爱与美的浩大气象。

因此，在他的作品中，常常会由普通的一人一事展开一种广阔的胸襟、坚韧的生存、光明的态度和慈悲的性情，像父母亲的形象就凝结了黄惠波所有对于爱与美的生活的想象与表达，而这样的诗歌的高潮集中表现为对于父亲和母亲的爱，表现在对于父母亲的深切的怀念和感恩中。

在诗歌中，黄惠波情深意切地表达了爱与美的情感，这是他对于自己父母的美好情感，也是所有对于父母存有美好情感的人的纪念和感受。一个有爱的人，总是感谢那些给予自己美好的人，也想把自己的美好情意给予别人，而黄惠波的诗歌所记载和纪念的，总是那些对别人奉献自己、让别人过得更美好的人。

这既是对父母和亲人的爱，也是普遍的对他人之爱。黄惠波对生活的零距离真切体验和表达，来源于他对普遍生命的爱与美的深刻关怀，诗歌意识最终来源于他生活中爱与美的立场和观念，产生了他的作品本身的诗性之美。这样的诗性之美与生命之美相一致，这是诗歌与生命共生的古老源泉，由此生发了作品中所有与生活亲密无间的感受。

所以，黄惠波的诗歌价值，也在于他的父母亲对他培养起来的爱。如果没有这种爱与美的培育，也许就不会有黄惠波这样的人生和诗歌，不会有黄惠波的诗歌中对整个世界的理解和表达，不会有他对生命以及生活的爱与美的感受。

父母亲的一生与他们的生命态度相映成辉，黄惠波把小时候和父母亲在一起的时光、把零散的生活串联为一个爱与美的生活整体，构成了父母亲平静而庄重的完整人生，从中我们可以想象他们的日常生活风貌、质朴的生存情怀和生活精神。

第五编　诗意生命的光辉

　　看看黄惠波在诗中所写、所坚守的，比如一棵草、一只鸟、一片光，会看到在人们生命中、在历史更迭中永恒不变的，作为我们自己生存的一种证明。因此，看黄惠波的诗歌有些像看辛弃疾的词，黄惠波的诗歌意味敞亮也性情豪放，虽然这些诗中写的是南方的大地和南方的生命经验，却既有南方的润泽和细致，又有北方的豪情大气，有风花雪月，也有金戈铁马。这其中深藏着中华民族特有的诗歌传统和生命情怀，也深藏着当代的诗意生存。

　　现实也许本来是枯涩生硬的，当黄惠波的诗歌变幻出爱与美的生动形象时，就会让我们满怀激情地去进入和体验生活，去把自己与更久远、更无限的生活联系在一起。因此，黄惠波的诗歌中不仅有激情快乐和平静幸福，还有现实苍凉和生活苦涩，让人多情应笑却并不早生华发，不论诗歌还是生活都尽在不言中。

　　诗歌中的一切经历都是美学化的，美学化的生存向往引导着黄惠波的诗歌中的生命情致。黄惠波的作品不仅写生命的不同，还要将生命与他所怀念向往的爱与美连在一起。这尤其在他描写山野、乡村、草木、花卉的作品中突现出来，由此，对于家乡的怀念就与生命的向往连为一个整体。

　　对于黄惠波，如果说，诗歌暗示了现实的影像，生活隐喻了生命的坚韧，那么，诸多爱与美的情景就承载了生命血脉的流传与生命精神的执着；如果说，现实生活带来了悠远的生命情怀，那么，诗歌艺术就带来了无限的生活向往。当现实送走了往日的烟云，当生命不断进入现实的每一片角落，那些诗歌中的记忆和憧憬为我们带来了生活的荣光，为我们凝结了一曲曲生命乐章。

　　若要以诗歌阅尽人间春色，诗歌中的生存感受和生命品质就要有美学化生存的引导。黄惠波的诗歌激情与生活激情是一致的，诗歌理想与生活理想是一致的，生活立场与写作立场是一致的，黄惠波的诗歌以对生活的美学化钟情为主导，对生活进行美学化处理、保存、发扬，在现实的深处寻找今天有价值生存的记忆，在真实的生活遗迹和风俗人情中，还原人生本色和现实风情。

　　漫步在黄惠波的诗歌中，你会与生活中平常而又难得的感受不期而遇。作品中所写的那些过去的平常事，很多人都会经历、会回忆，但在黄惠波的作品中，普通的生活情景被美学化地处理后，表现出美学化生存经历和生命经验的情景，让我们的生命生发美学化意义和情趣，不论什么都饶有意蕴和趣味。

黄惠波的作品常常从一个事物切入生活，所描写的并非是单纯的一人一事，而常常是由一人一事引发的更广泛更久远的遐想。当黄惠波的作品从一种具体的生活延伸出另外一种生活时，人物与生命间那种普遍而广泛的关系，形成一种深刻的生命表现和人格表现，也形成一种有生存信念的形象，所以作品中的人物代表了黄惠波的一种生存态度，就像父母亲的形象所体现的那样。

出于这样的遐想性诗歌气质，黄惠波时常会在普通经历中触发一片曲折回环的遐想，但这些延伸的遐想中一直会有一个爱与美的核心，这个核心将会超越作品中所描写的具体事物或者具体情景，对于生活有普遍的象征意味。

一触即发地挥洒出一片遐想的爱与美的风情，并且常常让这样的风情产生象征意味，是黄惠波对生活进行美学化处理的特点和结果，比如对于草原、沙漠、胡杨的抒情，最终把这些清新而富于美感的诗歌事物写进了我们的城市生活，让我们能普遍地怀有这种诗意的感觉，让我们在普通生活中有那样一种生动的激情感和浪漫感。这就生成了黄惠波心中的世界，而心中的世界是每一个珍视生命、热爱生活的人都有的，这是最终要表达的核心。

黄惠波善于从一件事写到另一件事，从一种生活写到另一种生活，由此展开生活的丰富和广阔，同时也由此产生作品的意义和生活的意义，不论是国内与国外、现在与过去、城市与乡村，还是不同生活阶层和生活人群之间，所发生的遐想和比较都有对生命、生活、时代、国家的思考，无论他走到哪里，都会生发这样的生命情思。

从黄惠波的诗歌中，可以深切地体验自己时代的久远生活和身边生活，让我们在普通生活中有一种独特的美学化生存方向和美学化生存感受。这样的感受一直萦绕着我们身边的生活，萦绕在诗歌中的每一处地方、每一处情景中，这些诗歌以自己远近高低各不同的美学化方式，尽力把横看成岭侧成峰的生活情景描述出来，追寻彼此相似的有价值生活，并且想把它们传递给人们去感受。

# 第四篇　执着于诗性镜像：将智性触觉深入诗意生活

## 一、时代生活中的诗性突击

如果一个时代有一个时代的诗歌风格，那么诗人能做的，就是在生命领域内展开对时代的敏锐捕捉，以及对生活的诗性突击。黄礼孩的诗歌主题倾向于自由与生命的关系，诗中的一切都自然流溢着他的生命特色，并且必然地表现了这样特色的诗性意味。

不过，黄礼孩的诗歌和生命精神中，依然透出时代的巨大痕迹。时代是无法脱离的，即使黄礼孩的诗歌不直接表达时代的事件，也在时代的每一事件之中，只是，诗人对此有不同表现，这既在于他怎么看生活，也在于他怎么看诗歌。所以，黄礼孩的诗歌与其他人诗歌的不同，就在于他怎么看诗歌与时代、诗歌与生命之间的关系，在于他以诗歌表达了生命在这个时代生活中独自存在而又与世界秘密相连的情意。

《谁跑得比闪电还快》以精练的语言、澄澈的意境表达一个时代的难言之隐，时代的强大与个人的渺小、时代的快速与个体的奔逐形成了相互指认的同一特质，诗中以生命经验和心灵诉求的双重纠结而呈现真相，引发"我要活出贫穷"这个执念，它既是物质的，也是精神的，既是生活的，也是生命的。当诗人感到时代丛林在飞，其实是追逐着生命在飞，是疲倦的心在不可遏止地飞，人生如闪电转瞬即逝，却有光从自我的开裂中迸射下来，以体验生命在时代之中的精神气质。

他力图举起一面关于诗与现实的镜子：关于这个镜子，有多种折射，也有对同一镜子的不同解释。在《谁跑得比闪电还快》这部诗集中，每一种具体事物都与镜相关，所有的诗也都与镜相关。于是，什么是镜？是诗如镜、镜如诗，还是诗人如镜、镜如生命？是进入还是折射？是好像还是不同？什么是如镜、造镜、越镜？镜子就是现实和生命，如、造、越都是语言形式，不论如镜还是造镜都是诗歌与现实生命的关系、都是诗与镜的关系。

在《被抵押的日子》中，诗歌在深入生活的感觉、轻轻叙事的片段和另一个自我中同时出现，而暮色、黑暗、夜晚这些光的反面形象折射了掩藏的光，借此折射生活、感悟生存，也成为生存自身的借镜意象或者镜像，而这样的镜像意味深长地隐藏了自我。这样的场景、画面和形象的片断在《条纹衬衫》中同样出现，悖反的事物构成生活的象征形象，光相对于黑、病虎相对于蝴蝶逆向并存，以一个事物引申出改变与愿望的并存，也引申出不可改变的猫头鹰藏在口袋里的梦中镜像般生活。

镜像有时就是命运，但这个命运是理想和信念构成的命运。在《牧云》中，再次出现"命运"这个在别的诗中多次出现的词语，但这个命运却不是限制于单一方向的宿命，而是更开阔悠远的事物，是在极小生物中展开一种开阔悠远，是一些意外依附于事物而形成变化的命运，也形成诗性惊异。"牧养怜悯和思想"是个令人惊异的想象情怀，它与云和上帝相应，构成一个命运与博大交错的诗意空间，仿佛一个生长于现实中的遥远神话，所以，"牧养怜悯和思想"的少年一直在诗人的生命中，也在我们的身边生活中。

这些镜与诗的关系中，总是充满形而上的思考张力、充满包含辩证关系的生命精神，在这样的诗性张力和生命精神中，虽然不时感性迷茫，却含有坚定的理性方向，并且努力以诗为由向着这个理性方向延伸。正是这样的诗歌镜像扩大了生命、生存、诗歌以及诗意空间，以至诗中似乎有一个可以在其中无边延伸生命的空间形态，而这种生命形式表现在他所钟爱的那些具体的语词、意象、情境和诗性形式中。

## 二、形式与修辞中的诗性惊异

当我们要进入黄礼孩的诗歌时，或者要进入这些诗歌中的现实与生命时，可能会对它们感到迷惑，诗中可能产生的诗性惊异会让你迷茫不安，但执拗地进入想象之境，进入一个理性与想象并行的空间，你就会感到它们熟悉已久，并且让身边事物与诗意相连而气息缭绕，柔韧丰润。

这些诗歌所产生的陌生性，是诗性惊异实现的基本表征之一，黄礼孩的诗将自己的独特审美感觉突然地触发出来，让我们感到惊讶和陌生：这些诗似乎在我们前方等着我，又似乎我们曾经一掠而过，忽视了它们，如今它们再次让我们回首顿悟。

这样的诗性惊异常常来源于修辞学感受，这些诗以修辞激情去建构卓有成效的表达话语，富于语言和思维的技巧，诗思微妙而比喻空灵。修辞方法对包含诗性惊异的感觉和形式起到了一触即发的作用，以至他的隐喻和节奏感有时比诗体形式更重要。有时候，这些语词、意象、情境和诗性形式表达了一种随着生活节奏起伏的自然舒畅；有时候，它们表达了对生活的奇异感觉；有时候，它们表达了对生活的重新组织和想象。

弧形连接和滑动是黄礼孩的诗中一个特殊的修辞手法。《看不见的鸟》有简洁密实的思考空间，在完整的跳跃弧线中形成完整的跳跃意象，在相互背离悖谬的事物联系中找到诗意的存在。《被命运看见》是个系列语句组成的片断，也是由跳跃性弧线联系的简洁叙事，其想象空间在叙事弧形连接中变得丰盈柔韧，让我们在隐喻和暗示中看到与爱情、艺术一体的缪斯神形象，而爱与诗都在时间中。《花布衫》从身体到灵魂、从实体到象征勾连得极其巧妙，又有让人慨叹迷恋的想象空间和追怀之情，空着的花布衫把身体的想象形态和灵魂的难忘之情都意外地表达出来。

这样的诗歌形式和语言完成的诗性结构中，显现出一种独出机杼的简约诗艺，这其中包含了他所有的简洁提供的特点。他的简洁非常独特，能在极小的语言形式中建构一个跨越的空间。要把很多事物压缩在简约的诗句中，甚至压缩在两三行诗中，是一件很困难的事，这需要进入诗歌的机智，需要有对生活的独特感觉，也需要有诗性之思和智性之思。

《一些事物被重新安排》是圆桌式循环诗歌，可以从诗末起读，从诗末倒着念第一句，这样的首尾倒置阅读有更富于变化、更耐人寻思琢磨的意味，也证明了这样的诗像圆桌一样完整一体，以至可以循环阅读。这是好诗的重要标志之一，你可以从任何地方起读，但不能脱离这首诗的整体。这样前后连接循环的圆桌式诗歌,是长期积累的经验和思考形成的。

有时候,这样的诗就像设置了一个精致的画框,把生活镶嵌在里面,从画面的哪一处都可以开始延伸视线。《生活的警句仅是一朵花》处于生命的警醒状态,是警句式诗歌,因此出现警句式生命复苏,哲思短句片片相连,警句式哲思处处从生活景物出发,像触击生活的水花,一个警句能绵延出一片意思,是诗意的形成方式,也是生命的思考结构。

这种智性之思和诗性之思的更根本意义,不在于把我们引向诗歌,而在于把我们引向一条走出生活迷宫之路,这种智性之思和诗性之思是生命与天性、自然与信仰、诗意与生存共同给予诗人的馈赠。

这些诗并不满足对现实的直接效应,它们尽量满足认识内在差异后的诗性惊异,它们涉及更深的意味:如果没有诗歌去这样做,生命以及生活中的诗意会进一步丧失,当然这很可能是作者以至评论者的一种极端认识,是自己生命意识中某种特殊倾向的比喻,正像布莱克所说:我们看到什么就变成什么;而爱默生说:我们是什么就只能看到什么。

黄礼孩的诗似乎企图连接和超越布莱克与爱默生这两种不同的观念倾向,从自己的诗中拿出自己的理解见识。所以,压抑并不只是外在的东西,那种有内在差异性的苦恼——看到什么和变成什么的苦恼——就是他的特征,就像他自己的天堂。他的意识很自然地反映在他的诗里,以一种微妙的状态对生活做了回答,意图捕捉那些并不在现实中却又在现实之上的光。

## 三、语言星际黑洞中的意象群落

诗中含有意象群落也是黄礼孩的诗的一个重要特点。黄礼孩的诗往往主题清晰、隐喻曲折、修辞凝练,以片断和画面相连而叙事,透出一个画龙点睛的诗眼或者由诗意形成的核心,却连带着一个意象群落。

黄礼孩的诗中可能有由诸多隐喻或者意象构成的一个整体意象,也可能有诸多个别意象相连而不出现明确的整体意象,也可能在一切描述和想象中只有一个意象。意象必然是象征的,也许是意识到一个比喻以至意象的不充分,他通过诸多比喻和短句相连来表达更完整的意思,或者有意连续延伸某个具体意味。

在黄礼孩的一些诗歌中，语言构成的意象化片断和警句式意象出现在叙事中，语言的弹性空间被充分打开，自然的大海与人间世界、自由与困兽的主题意象，出现在天空、星光、夜晚、大海、玫瑰等诸多意象组成的意象群落中，被深入和被提升——一切都是为自由而存在的铺垫、隐喻。等待自由与时间融为一体，隐喻出人类最终的海洋，这成为诗眼。在《一棵树》中，小小的心成为诗眼，黑暗成为形而上的普遍意象，而在黑暗中飞翔的个别的心被点染提升。

《星空》中，生命和生活的诸多与唯一之间的关系依靠诸多意象生成群落而得到表达。《夜气》中依靠连续的意象生成得到表达，身体连着灵魂，怀念连着生灵，信仰连着生命，暗影连着清晰，群星连着明天，一个个意象相连。《庇山耶音乐会》中是意象叠印融合的感觉，音乐与生命、生活与大海，情迷的女伶与歌声都融成一种海水与火焰交汇而幻化成涌向远方的一片叠印融合的意象。

这些诗组成一个系列画廊，有印象画派式的景致、事物、思绪，片片飞扬又静静落下，每个都有一个闪光的意象亮点，沉思与修辞、理智与情感、语言与生活共同构成片片闪光。《野火》中，一切都是人与野火的闪光，一切都在野火的闪光中，人与野火成为互相对映的镜子。《花园陡然升高》中也有印象画系列式的三个片断，智性与感性、生命与情感构成了似乎悬浮而幻觉的三个空间层次。

在这些意象形成的过程中，黄礼孩充分发挥了语词自身的生命力，可以用语言不断深入、延伸甚至旋转事物。这些诗的语言极度凝缩，形成一种语言黑洞，就像星际黑洞一样，不断地吸附和改变事物。《朗读者》中，语言的张力和感觉的改变不断发生，成为一个个引喻阅读和引申生活的由头，迂回曲折地进入一种语言和声音构成的生活，这样的生活有宽阔的延展意味，一连串比喻性片断相连，组合成朗读者变化的形象、阅读的想象、朗读者的想象、对阅读者的想象，最终形成一个变幻的对生活的想象，两个方向的象征表达改变了阅读和生活的单一形象。

这些诗不一定用诸多语句构成一个整体形式，而是用诸多语句自身的意象组合成一个整体，常常是一句话一个意象。这个整体中的系列意象有线性流淌过程或者空间交错过程，阅读和写作过程就是排列这个结构的过程，你无法进入结构排列中，就无法去写作和阅读这样的诗歌，简单说，因为不是简单的线性贯穿，就有了诗性难度和美学意味。

这个结构排列出现实和生命，也排列出生命的核心，《风中谈话》从纪念、记忆、声音、混乱、尘埃、尊严、理想一直到文学，语言形成了诗歌而深入岁月，语言找到真实的生命，风中谈话就是风中语言，生命的声音飘动，在风中轻微地延伸、颤动、飘落在生活中。

在诗歌语言的形式结构中，黄礼孩的诗形成了自己的语言观念，这个有他自己诗歌特点的语言系统，有助于组织他对生命和生活的思考，在对生活的思考中，他也为自己而思考生活的一切。不过，他的这种诗歌思考在很大程度上是形而上的，是抒情式的形而上沉思。

## 四、双向力量中的辩证诗歌思维

黄礼孩的很多诗集中在不能得到和难以把握的困惑以至秘密上，诗歌似乎成为无法表达的隐喻和象征：以另一种方式去观看的艰难和特殊同时在诗中出现。这时，这些诗以诗的力量暗示一种超越，即以另一种方式把自身和诗歌传统的偶然性引入一种辩证的形而上关系中。在否定性中生成肯定性，形成了一种形而上的辩证思维方式，这样的双向突击和扭结，就有可能打破每首诗自身所形成的外部局限。

重要的是，这些诗中所遇见的每一种情景，都包含着对偶然性的双重姿态，由此达到一种对现实状态的实现和揣摩。这产生一种不可触及的境地。我们需要既承认自身的不确定性，又必须为自己找到生存的方向，这既成为诗歌的感知，也成为诗歌的描述，其重点不是在现实，而是在诗歌艺术的极限。黄礼孩希望由诗歌获得在现实中不能获得的东西，希望如此之邈远，暗喻无法实现的需要。

这样，黄礼孩的诗似乎得到一种无法言说的暗示，执着于将看似矛盾的事物并列，并由此既形成他的修辞方法，也完成诗歌的形式使命：在他的诗歌中，生命和诗意就像一只古老的纵帆船，总是处于前主帆和后主帆两种力量同时张开的饱满中。

在《黄昏，入光孝寺》中，黄昏的暗与光孝寺的明相间，生命在明暗间受到庇护，而在同一生命需要与生命意识中，宗教将生命和生活相通与相连，这会让人产生遥远、博大与个体生存关系之间的联想，于是光在暗的难以触及中，与影相连，光影互证，光影互融。《与扎加耶夫斯基共进早餐》在一点一滴的生活事物中呈现晨光与自由的主题，把简单平常的早餐和自然无奇的木兰延伸向生活，生活精神与诗歌之声共同构成诗意感受。

黄礼孩的诗中的很多隐喻都让光直接出现或与光有关系，事实上，在黄礼孩的诗中，一切都可能变幻为光，《香水师》中的香水师与香水在一起就是与光在一起。但有时，这直接构成了反讽的风格，比如光总是伴随着阴影出现，这其实表达了一种隐忧，这幻想的光似乎从未在生活中真实存在，而只是不断地出现在诗人的梦中、诗中和想象中，所以光只是成为一种真实实现的象征。

这是某种意义上对轻松生活的反讽，在这种对生活的隐喻性修正中，某种生活的微妙性以至惊异感从中产生。有时候，诗句的这种微妙感直接在诗题中显示出来：很多诗的诗名常常是整首诗的最后一句或者其中一句，但这一句既可以延伸，又与诗中其他诗句相连，延伸和连接的地方又有其他意味产生。这样的诗名常常并不能概括诗的主题或者整体意象，这违反了一般对诗题命名的方法，但却产生一种诗性惊异。

于是，在命名和去名之间，黄礼孩的诗也找到了一种张力，这看似漫不经心，实则包含一种费心专注：一个意思在其他的意思中、诗意在整首诗中不停滑移，并不去刻意突出一个集中的意思（但同时，黄礼孩也有一些命名诗完整一体，是另一种风格）。与严谨的向单一方向流动的理性诗相比，这样的诗更富于具体事物感，并且以这样的感觉重新介入生活。

就像雨果的"美在丑的旁边"的美学对照原则，在黄礼孩的诗中，总是两个相悖事物结伴而行，当然，这样的背离和并列也是诗歌必然性的双重体验和独特诗性效果。《它在摆脱速度带来的繁华》让蜗牛的慢速安静与时代的快速喧嚣形成对比，在欲望的时代感中寻找宁静的生存体验和生命境界，把与众不同的生存感觉集中于蜗牛的象征表达。《飞鸟和昆虫》也是在高与低、翅膀与树枝的并列中生发出诗意。相似的是，在《最后时刻》中以不同事物突出了一种事物：内心与黑暗、内心的火柴和心灵的压抑、黑暗中的美与光共同形成内心的隐身之火。

这些诗中的生命压抑是特殊压抑，只有在诗中唤起并增强了生命感受力才有这样的压抑。内在的生命差异造成了这样的压抑，造成了诗歌中不同事物相悖又相连的差异，也造成了光的上扬，最终由美学空间中的差异造成了诗性惊异，这样的美学意味与生命和历史重新建立了关系，超出了被一般解说的可能，也超出了平庸生存的可能。于是，细小与开阔博大的关系形成潜在的生活态度，《细小的事物》对此有明确言说。

在特定的生活观念与诗歌形式的融合中，细小事物的意义和个别形象的变幻延伸进博大开阔的美学空间，然而，却由此反而更加注重细小事物，也由此必然地言说了两者的辩证关系。这些细小事物总是不单一，总是引向一个相反的方面，有反悖的趣味和惊异，它们绵延而成了开阔的生命和生活，由细小走向尊严的高贵。

## 五、诗歌信念与理想中的独自存在

黄礼孩的诗的一个基本特质，是执着于一个坚定的诗歌信念立场和朦胧而来的诗歌理想而毫不改变。象征性的背离和并列，表达了伤害与获得、欣喜与苦恼，虽然代表了一些无法遏制的痛苦意味，但却有一种天堂感和永恒感，暗示出信念和理想对生命的重要意义。细小和反悖是黄礼孩的诗的两个倾向性特点，另一个倾向性特点是：在细小事物中变幻生命感觉而不改变立场和品质。

在这些诗歌包含的基本语词、意象、主题和形式中，我们可以发现这种诗歌信念和理想的立场，这在他所有的语言表现中能被普遍感受到。他眼中的生活、现实、世界是以诗歌为主导或者说以信念为中心构成的，实际上，这比一些笨拙的与现实构成直接关系的诗歌要灵敏得多。所以，《芒果街的魔法》是生命魔法，在芒果街的细小事物中变幻生命，改变生活，而魔法器具会从生命中变幻进现实。

这种诗歌理想和生活信念的突出结果，就是构成了他诗中独自存在的情景。独自存在让生命延伸的意味和生命联系达到博大状态，独自存在表达了具体生存与情境的关系。独自存在不是孤独存在，独自一个人不等于孤独，孤独往往没有任何关联事物，独自一个人有延伸和周边，就是诗中那些事物。《独自一个人》中有极为醒目的独自存在的意象：没有草木可修剪的花园、水滴、地铁、云朵都是生活的隐喻象征，它们构成在生活中而与生活有距离地独自存在。

黄礼孩用他自己特有的独自存在、用他自己特有的含有哀伤感和命运感的语言方式，在诗歌中展开对生活纯粹的诗意想象，这些想象生成了对生活的改变。与悖反意味共存的是纯粹诗意，而这种语词方式所形成的张力既造成了反悖效果，也造成了纯粹的诗性想象空间。

纯粹的想象要有纯粹的诗意感受和诗意生活，《人与家禽》表达人为与自然、本真与道德的思考，《飘香的饭菜不需多余的技艺》中有遥远不动、端然在心的生活。《童年是一块糖》是作为诗人必须纯粹的一个标志，诗中的纯粹情景让杨桃花的影子、蚂蚁与童年梦幻以及一生的梦幻生命融成一体，保留在诗歌深处，月亮与兔子把生命拉回童年记忆的纯粹，童年的糖是一种悠远的憧憬和思恋。

独自存在表现在他的诗中，时或透出一种莫名而突兀的惧怕，是每个人都可能有的那种惧怕。惧怕常常会引起对事物和人间的冷漠和空白，人们常常并不失明，却只能看见空白，而一个诗人，能在普通生活的空白中看出一种光明。黄礼孩在惧怕和忧伤之后，常常没有空白，而是重振光明与热情，惧怕决不会导致他从一处生命空白走向另一处生命空白，只会让他在诗歌中保持独自存在。那些生命中的空白并不是只在他的眼中，但却时时又在他的眼中为我们呈现，并且由此迸发出光芒——凝视我们内心的空白和沮丧。

在黄礼孩的诗中，生活的危机和恐惧是与诗歌的联想一起不断产生的，也是一起不断被克服或者越过的——虽然是超越，尽管越过但并不意味着消失不在，尽管独自存在，却依然要不断地顽强克服孤独、沮丧、失联等。在诗歌中虽然他不断回首，却又不断地向前走，前方一定有一个他所相信的终点，尽管这个终点是无限延伸的、难以驾驭的，这给予有条件实现的"终点"一种价值含义，暗示"终点"与"途中"的微妙联系。

有意味的是，与这样的诗歌理性相关，在他的诗中，他对自己的生活，对自己被选择作为诗人出现，仍然不时飘过疑虑。《一个害羞的人》中虽然写了外国诗人，同时也许就是黄礼孩自己作为诗人的根本形象：诗人不应该是傲慢的，诗中用各种细节描述的诗人的形象，就是诗人自己与生活关系的镜像，这里精心挑选的事物前后联系而涉及诗人的自我认识。《从故乡射出去的箭》《在甲乙村》体验了别的诗人安石榴和梦亦非的生活，表达了一个以故乡为依托的生命之梦，写作的漂泊与诗人之梦是一体的，以故乡为依托的诗人始终在生活中寻找什么和做些什么。

独自存在有一种哀伤感和命运感。《谁跑得比闪电还快》集中代表了他的忧伤感和命运感，对时间和生命的思考与时代紧紧相连走向远方。《小兽》表达了在巨大世界中的无所依托，所以能写出"体内的月光"这样动人而抒情的爱。与此相似，《窗下》的雪和光象征爱和被爱，让透明纯粹的爱的渴望与孤独、哀伤相依傍而存在。《困顿》是与《花布衫》相似的哀伤和忧郁的咏叹调，诗人不可能不把自己的忧伤的纯粹写进诗中，"没有人能将一片叶子带走"。《丢失》《远行》《永别》《许多事物在失去》《礼物》都表达哀伤与空幻中的安慰和爱。

刻意而更深的心灵忧伤感受中，也隐含着情欲的神话，这有时暗示着爱情的失落忧伤，但也有神话一样的向往。灵魂与身体是爱情必然的双重体验，也是生活必然的双重升华。爱情得而复失，失而复来，在诗中有不同的表现，有时是花布衫，有时是邻国少女，有时是独坐的回想，这些形象的比喻与省略加在一起，变得曲折幽深。有时，没有对爱情的任何直接描写，但我们从诗中主要的独自存在意象中看得出来。爱情存在，爱情也在隐身，但并不消退，爱情其实代表诗歌主人公的生存心态和生命象征。

# 第五篇　向着太阳飞翔的天堂鸟：阮雪芳的诗带给我们什么

## 一、让生命和时代留在诗意生存中

一个诗人不仅应该带给我们诗意和审美理想主义，还应带给我们对生命和时代的深入理解。作为一个语言感觉和审美能力日趋与时代同行的诗人，阮雪芳的诗中有一种执着的时代生命感，她以安静的激情、忧伤的心灵独树一帜，将诗歌风花雪月的纤柔不断与铁马金戈的大气交错，让生存在时尚中国的人类的急迫感透迤穿越她的诗中，美学和诗学上的成熟化为了具体的诗意，娴熟的语言技巧和庄重的生活观念结为一体，形成了明确的风格方向。

她的诗简洁、凝缩、精致，含蓄不露，不事张扬，却有一种关怀现实的宽阔情怀，散发着一种柔韧内秀的激情气息，不拘泥于狭小自我，产生对单一事物的开阔浪漫想象，以此寻找和发现诗歌情趣与生活意义："进入雪地旷野／一只手在梅花的窗前移动／仿佛发生了什么？／光从另一个地方返回／灯下读着别人的故事／书页翻动／出生，相爱／死亡充满了无色的智慧／神在何处？事物敲击大海之门／灰手套漂浮在水面，别人／用上了你的名字，你教她相爱／并将最初的梅花变成虚无／时间永在。"（《另一种声音》）这些诗无论视觉还是声音、气味都感觉独特，在现场生活中弥漫象征性想象和梦幻，却又流溢一种生命自由感，既有叙事化的整体抒情感，又有浓烈溢散的具体生活感。

她形成了自己的美学性情，清楚自己想要什么生活，也知道自己想要什么诗歌，她的诗歌风格与生活风格、诗歌观念与生存观念融合一体，用诗歌去实现以至开辟尚未实现的想象可能和美学可能："头顶小径交叉的命运／延伸没有形象的城市／你不能说出全部／生活，多么糟糕。"（《麋鹿说》）这种美学性情的重要之处，是让诗歌进入具体生活，又在诗歌和现实中找到另一种生活，并由此改变我们生活中的庸常状态："只因生活那一股毁灭的力量／才使我们痛切又如此执于存在。"（《生活》）于是两个重要的主题贯穿着她的诗，一是在时尚中国的生存信仰，二是对生活表象与本质的认识："溃败的春天从一到无／在伟大事物到来之前。"（《弗里达》）

在当代中国诗歌不断分化和弥散的杂乱倾向中，尽管她的诗中包含各种个人和时代的疑惑与悖论，却逐渐走向一种更庄重宽阔的诗意生活，激发她诗歌的，恰好是各种相互不一的生活情景和生存态度。她拒绝诗歌传统的中断，也拒绝诗人矫情的敏感，是对反浪漫主义、反理想主义、反精致庄重的认真反拨，也是对诗歌的自我迷恋和自得其乐的反拨："藏身其中的这个执念是什么／一种勃然闪光的东西。"（《证词》）她追求诗歌的现代性，但从不刻意分裂诗歌的传统性。现代诗歌虽然与古典诗歌似乎截然不同，却充满同一性内涵，因为诗歌包含一种拯救人们于当代困境的精神传统，或者说包含一种美学化生活传统，因而她的这些诗也在帮助人们摆脱当代困境："不要挖他人灵魂的沙／不要在蝴蝶停落的地方起舞。"（《证词》）

从诉说日常生活的美的形式这一立场，她返回诗歌精神的核心传统，从而进入这个时代的现实，反过来诉说和验证这个时代的生活形式与诗歌精神。对于她，只有在她的诗歌艺术中，才可能真正生发世间生活怎么实现、能否有意义的问题。与在日常生活中对身边事物的诗意敏感有关，她用美的形式描述日常生活，从周围世界的各个方面汲取灵感和动机，以隐喻和象征的方式去构成那些具体事物，抓住想象中的现实，也给以真实的生活感觉，以此达到宁静自在的诗意境界："我想起深冬的傍晚／雪花白蝶似的在后院里飞降。"（《时间》）

她的诗在表面的晓畅清晰中，包含着非同寻常却又受人欢迎的生命、生活和诗歌味道，三者一体是她诗歌的美的特殊形成点。有了生命和生活的真实体验，就不会矫情、不会虚假，有了真实的意象和体验，才会去寻找诗歌的语言，当自然流畅的生命真实进入她的诗中，诗歌才会生动地展开，她想要做的，是怎么以最得体的想象与虚构去完成这种真实。为此，她的诗正在破坏她以前所接受的一些诗歌成规,对于她,诗并不一定要批判、痛苦,虽然时尚中国普遍的诗歌情调在训练她寻找一些所谓深刻的痛苦,但她骨子里流露出来的却是根本的爱:"当他们一个接一个地离开／现在,你坐在客厅/透过镜子的影像,儿子／那个年轻人正第一次使用／你微笑,看着。"(《一把剃须刀》)

她由诗去探索生命和生活,而不是探索诗本身的存在;不是仅仅表达自己的感觉,而是有能被更多人理解的感觉;不是专注于一些个人情味极浓的诗句,而是对身边生活有种宏大意趣的关怀;不是让人不知所云,而是清晰地让人知道她在关注什么;不是关在诗歌书斋里玩味诗歌,而是力图让诗歌对现实有所表现;不是随时触发个人情趣,有感觉就随意写,而是有思考、有方向、有目的地去写。我们所经历的一切,都以具体的情景在她的诗中出现:情爱、歌声、城市、乡村、母亲、孩子、荒野、星空,在这一切中,有时我们只是《幸存者》中的幸存者:"他们坐在户外酒吧聊天／肉体的轻,灵魂的重。"闲谈别人的生活而庆幸自己的生存;有时像《偏爱》中"似乎这样,大家都／有了一颗水做的心"。

所以,她用生命去有方向地体会诗和生活的意味,语言就是生活也构成生活,她的诗中同时有诗的社会历史方向和诗意生存方向,语言在这样的诗歌方向中形成,又推动这样的诗歌方向。这是由她长期培养的诗歌方向和诗歌风格自然而然形成的,而她的特点就是在不经意间一触即发,时常处于有意与无意之间的诗意朦胧状态,这样,在生活中就不必刻舟求剑地寻找诗歌。《孩子》写孩子的神圣和衷情、母亲的博大和尊严,充满勇气和信仰、期待和欢欣,当孩子从神的手中像雨滴一样落入母亲的生命时,母亲对孩子的珍视感非常强烈,这时神的脚下滴落的雨珠成为孩子的独特意象,这个意象展开为神之子与人之子的同一,孩子和母亲相连而共有的神性如此深切。

## 二、从诗歌延伸向生活的整体诗意

在阮雪芳的诗中,发生了一种艰难的诗歌意愿与行为,她不是把现实事物肢解分离,而是把生活的碎片在诗歌中镶嵌为一个整体,把身边的一切变为一种人们容易读懂的诗意形式和生活形式，这种整体性意识与人类性开阔的诗意生活相连。

在激变而不可捉摸的时尚中国，阮雪芳似乎一直在倾听一个具有神性的整体性诗歌的声音，在这个声音的教导下，逐渐改变单纯叛逆的思维，稳重安静地回归核心性传统，正是她这种整体性思考与表达的诗歌方式，让她比别人更轻盈灵巧地穿过了似乎密不透风的现实之墙。她的诗歌似乎总是完整地出现，她对各种事物的诗歌体验和诗的主要内容，都有一个明确的整体性美学性情和诗歌立场，把各种思想和生活的片段编织为一个和谐整体的观念直接影响到她的诗思形式，这既包含一首诗的构成，也包括各个诗篇的构成。

她的诗从诗歌延伸向生活的整体性诗意，以鲜明突出的个别意象而构筑整体性诗歌世界，让诗歌与周围的现实建立起持久的联系，也为她的艺术信念和想象能力构造了一个整体性现实世界，以说明，在充满怀疑和不信任的时代里，要找到内心信仰的源泉和安慰。

于是，把各种思想和生活的片段编织为一个和谐整体的观念直接影响到她的诗思形式，这既包括一首诗的构成，也包括各个诗篇的构成，因此，她的诗中并没有不可调和的矛盾，对各种事物的诗歌体验和诗的主要内容，都有一个明确的整体性美学性情和诗歌立场，即使在一个狭小的世界里，她也尝试去完成生存的内在整体性："仿佛一个裸体的女人／正抱紧她的灵魂／奔跑而过／肮脏的街道四处延伸。"（《分居期的女人》）

具体的生活感受中含有整体的象征性，将生存情境与生存自我的联结延伸向整体性生活。由于追求一种诗意整体性，她诗中反复出现的母题汇集成不同诗篇和同一风格的整体性主题，用来顽强介入因习性生活和心灵衰退而造成的生活荒芜。实际上，她在诗中收集生活的碎片，并试图给予其秩序性和整体性，这个秩序性和整体性带着灵活的、清新的、转变的活力，对每一生活时刻的意外都给予一种生命感，以感受这个世界。她用她的诗的整体性来对抗生活碎片，在她一遍又一遍发现诗歌想象中的生活整体性时，那些诗歌想象的短暂时刻，变成了生命的长久安慰，当她承认黑暗、混乱、碎片、毁灭的同时，也来到了用诗歌挽救和创造那些被毁灭情感的时刻："而你看见死亡沉睡在我的蹄下／驯服、克制／隐忍的美德／自由的雪花／从同一条河流上啜饮／狂野的

春天。"(《麋鹿说》)

写出一种和世界相联系的人类性体验是她的特点之一，从与自己身边生活相关的事物或事件出发，时刻关注诗意，就会有从此刻到永恒的诗思，就会像《时间》那样展开生命："而在一个清凉的胴体下／看到万物突然惊醒的春色／一场无人享用的盛宴。"她的诗的意境、情趣、思绪完全超越了狭小的自我关心和性别关注，在安静大气中进入诗歌的宽阔，那时就会感受到《像荒野结满霜花》中写的"那么多的夏夜只记得／你清凉的胴体／像荒野结满霜花／像湖面站立天鹅"。在诗中她能时而壮怀激烈，时而伤怀迷离，却并不随意写作，而是有意为之，即使在现实中一碰一触，也都依托于内在的精神情境和生命主题，像《皈依》那样触发远离尘世的美对生命的净化："而是庙里有一个和尚／长得俊极了／看见他／我就感觉自己干干净净／仿佛从未受过伤害／从未历经生离死别。"

她以灵动的语词、鲜明的比喻和突出的感觉传递了一种人类性感觉效果，这些语词、意象、主题、内容本身就是一种诗歌思维方式，并不是某种刻板思想的传达方式，这正是她的各种比喻和象征所追求和实现的。她的诗轻盈灵动，严整而有韵律感，修辞上的含蓄蕴藉与形式上的明快多姿，简化了技巧上的复杂和繁冗，这里包含了灵动的诗歌语言和飘逸的诗歌智慧，流荡出变化的韵律和朦胧的意象，却不时闪现与人类性无法分离的意味。《分居期的女人》中那种表面与内心、美与日常生活相连而形成的情境让人震颤：身体是孤独的，却是神圣的，它与灵魂一体，像教堂一样纯洁神圣，所以这种身体与灵魂的美可以忽视肮脏的街道，美的纯洁和孤独在美的裸露中同时迸发出来。

这样的人类性整体感觉需要深入体会诗歌本来的精神和意愿，而不是刻意地按照某些概念去寻求，概念的寻求会在诗歌中将生活与诗歌分裂。在她的诗中，概念的痕迹日渐消失，灵动的想象日渐生发，就像清晨小树林中的露水片片闪光，却受同一个太阳照耀。风格化追求让她的生活与艺术日益密集联系，以至她的生活也可能变成了一种诗的隐喻和象征，她生活中和诗中的一切都成了象征，都成了这个诗歌整体性的组成部分：男人、女人、孩子、母亲、树木……《一把剃须刀》中的那把剃须刀就像杜尚的《泉》一样，给它一个艺术情境它就变成了一个生命象征，这把剃须刀在诗中有了自己的艺术展厅，有了突出的艺术意味和效果，有了生命与人类整体的概括力与想象空间。

### 三、忧伤的理想主义者之歌

阮雪芳的诗为当下的中国诗歌提供了一种清亮的色彩、优雅的形式、简洁的情感和真实的生活事件，也为人们提供了诸多从传统生活中走来的现代生活价值，在种种对于生活变化来临的预感中，她的诗对于个人生活忧伤动人的抒情与理想主义交替穿插其间，形成了她特有的忧伤的理想主义风格。她在这个时代中的理想主义信念成为她的诗中极深而又不断汇聚的一泓生命之水，这就是她的诗歌道路和生命道路。

她怀有浪漫的激情和悠远的想象，写的却大多是一些平凡而高贵、沉静而尊严、无言而庄重的事物和人物，这里悄然蕴含着一种遥远的理想主义生活气质。她不停地用诗歌把生活感觉变得更雅致，因此，她用诗的语言和想象组成了一个精美的世界，那些瞬息即逝的、令人沮丧的各种事物都被她赋予了另一种意味，风、海、山、水珠、城市都参与了她诗中的精美建筑，它们时而像音乐一样流荡，时而像精灵一样飞翔。

这也许成为今天现实中浪漫主义者的一个标志，在她的诗中，多少可以看出一种以美人香草指代理想的痕迹。她有自己的理想生活，却让自己沉入生活而虚构一个带个人感情色彩的世界，这有时是极端的幻象，而这个幻象作为虚构的极端却对现实有意义，只要这个幻象不消失，一个理想的生活对于她个人而言就是一直存在的。在一个诗歌容易成为标志而不容易成为真实生活的时代，她靠写诗而让自己成为一个有意愿、有信仰的人，带着一种敏锐和感性的整体性意识，去生活、去思考，并完成诗歌。

在日常生活信仰的普遍衰落中，信仰的必要性却在她的诗歌中与日俱增，诗歌因此成为一种永恒的最高虚构。找到了这种虚构，诗的主要观念便是一种心灵想象，并在诗中发挥作用，这种最高虚构的想象方向之一，便是疏离现实的限制。这些诗中的世界与神话不同，也与她所知道的现实不同。虽然时而孤独，没有真正的神照看，但拥有生存其中的世界的生存神性，她就会在信仰的情感中洞察母亲、孩子和幸存者。她倾心关注生存信念，即关注一个没有

信仰的人与有信仰的人有什么区别,一个有信仰的人如何处于一个没有信仰的世界。

对于她,信仰就是能否接受和怎么接受这个世界的问题,所以,在她的诗中,会有诸多提问,出现心灵挽救和精神恢复的努力:《午后》表达出一种理想和灵魂的向往,有梦幻一样的奇思妙想,又有背后的隐喻空间,鸟是生命,水是现实,太阳是理想,三者混融而成生活。信仰是美的生活的母亲,但信仰必须存活在身体里,所以她有身体与灵魂的共同生活,以感受那种永不消失的信仰。《广州街头》中灵魂感的生活要和身体感的生活融为一体,总有另外一种生活安静地轻轻地存在,却深深叩击心灵,让心灵不能彻底平息。

"黑暗怀着悲悯/光线摇着喜悦",这种总是相扭结的生命力量是她诗歌的艺术动力和主题成分,相互包含而又背离的力量含蓄而有张力,无尽延伸了想象,这使诗歌不是单一浅薄而是羽翼丰满。一个意象,两个翅膀,同时飞动,就像一只向太阳飞去的天堂鸟。忧伤的理想主义始终是她的诗歌的方向,总有一种相反的暗喻为诗歌增加了张力,内心生活的丰富柔软与美学性情的安静平常,让她从不喧嚣混乱,一切都美丽有序地在她的世界中结为生命的年华。所以,她能在忧伤中产生一种生命的勇气,把冬天的冷雨变为令人昂扬振奋的《奔跑的水晶》:"冬天第一场雨/奔跑的水晶,在都市/造出旷野/接近美好总令人心跳/白昼永远是盲者的深渊/而生活自有明亮的部分/去爱,你想爱的/去见,你想见的/穿过风中的树/在雨里游荡的电车。"

尽管含着忧伤,在一个不纯真的年代,阮雪芳的诗抒写着纯真,执着追求爱与美、理想主义。她的诗像天堂鸟般地从广州这座大都市飞向另一种生活,她的诗是她的理想主义翅膀,她的翅膀追随着时代的风。时代的风从来不会停,就像她的《追火车》那样,从来也没有追上火车,但追火车的那颗心灵却永远留在她的生活里,刻在她的记忆中,那种纯真和追忆正是她的诗所发现的生活的迷人之处。

所以,她描写的爱与生命既是理想主义的,又是伤感主义的。她的诗清新自然,优雅纯净,会时而泛起一种纯真的牧歌情调:外婆的纯真、孩子的纯真、母亲的纯真、烈士的纯真、女市长的纯真、地铁男孩的纯真。让我们感动的,是这种深藏的、坚韧的、悠远的纯真,这样的纯真受到现实的伤害,却又真切地挺立于现实之中。在爱的纯真后面，她收敛起不安的锋芒，但无法把握的命运感又形成了她欢欣与压抑并存的想象方向，也形成了她诗中的悖反事物间的美学张力，如果没有这样一种坚韧的纯真方向，就不会有她的诗的更多设想、情趣和意味。

抒写漂泊者的纯真是她的一个独特主题，爱与故乡都变成了生命纯真之根，爱就是漂泊者寻找的精神故乡。她的诗中贯穿着几个相关联的主题，表达生命关系和人类共同的关怀，漂泊者便是这样一个具有主题性的反复出现的形象，这个形象会不时变化，穿越一个个生命苦恼和自己的梦，保持穿越的勇气，设法获得生活信念的飞跃。她的漂泊感中令人惊异地保留着依恋和怀想，虽然从相对保守质朴的地方逃向个人主义集中和投机冒险的城市，却透出深深的纯真。想逃离地方生活的单一、偏执和狭小，不愿停留在一种固定的生活形象和文化思想中，让中国的大城市有了很多漂泊者，而真正的诗意上的漂泊者，是在她的诗中出现的那样的漂泊者。《地铁里》是一个集中的漂泊生存意象，将城市感觉、地铁情景替换成精神漂泊的自我感觉，让人感觉到每个人的漂泊都是心灵漫游和生命历程。

要有生活中的纯真和单纯，那是诗性惊异的基础，生活逻辑是诗歌逻辑，如果诗人平常没有诗歌表达的逻辑秩序感，没有对生活的诗性惊异感，便无法观察生活，也无法写出有艺术逻辑的作品，不会有这样的诗性意味的组合和流畅连贯的语言。生活变动和城市压力既形成了她的精神漂泊感，也形成了她独特的纯真衷情，在这个时代普遍的精神漂泊中，她却像个圣徒一样跋涉，去追寻生命纯真和上帝之光，这样的诗中有种理想化的传统中心意识，就像她在诗集前的题言所说的那样。

## 四、双重感受交错中的美学性情

在资本化和时尚化所推动的中国生活中，在历史、社会、个人、自我的诸多脱节中，阮雪芳的诗显出柔韧执着的意义方向和清新温雅的风格情味，显出不高高在上而与现实紧密贴合的诗学趣味，独特地向人们呈示了生命的特殊性和美的诗性惊异。

她的诗含有两种生活力量并行的双重美学性情,她的诗歌观念隐约穿行于诗中却并不模糊,这让她的诗思清晰可见,而激发这些清晰诗思的,可能恰好是各种相互纠结的矛盾情景,就像《理想》:"你眼中的灯／摁灭四周的光／你体内的黑／却一点点加深／谁饲养了理想这头雄狮／谁就得交出整个山头和月光。"她坚持从浪漫主义和理想主义的角度探寻现实的秘密,总可以看到幽昧与光明、理想与现实同在,总有个忧伤而欢欣、坚韧而灵动的身影在闪动,也许,这和忧郁的美学本来就与浪漫主义和理想主义相联系有关。

诗歌想象的种种特点,在她诗中的时尚中国生活场景中表现出来,以澄清她自己的迷惑,不再为生活表象所陶醉。诗成为一种确定的诗意生活,也成为并不确定的实际生活,成为她的以至读她诗的人的生命事实,成为打开生命存在的钥匙。诗中强大的城市压力、令人惋惜的乡村情景、生存的梦想和古老的神性都发出了声音,不论抒情还是理性,不论牧歌还是沉思,所有她所关注的重要主题都在其中出现。

她通过诗歌将对事物的疑惑不解清理出来,这些诗力图成为理解生命和世界的支点与小径,虽然不完全清晰,却让你可以去相信,因为那里面有种理解生命和世界的象征和隐喻。一种诗意感觉就是另外一种生活,然而,这样的感觉之中还有更真实的生活,这真实的生活却需要在生活现场中得到提升和超越,她的诗中所有身体和街头的情景都得到了超越。《分居期的女人》中,突出的是一个抱紧自己灵魂奔跑的女人形象,精神恍惚和心不在焉是这个形象的表面,而深处却充满象征意味,她深藏了自己的内心伤害以及生活中的威胁和疼痛,在一边聊天一边想象中完成自己的心灵安慰。

她的诗虚构一种能容纳她生存情结的想象生活,总是在对两种不同质的东西做出一种倾向性的选择和反映,在双重生活和诗歌倾向的并行甚至扭结中,她的诗总是有一个身心和诗性的方向,这个写作方向有种对生活的忧思和哀伤,而忧伤与欢乐并行的双重性,恰恰是她的诗的一种内在张力。忧伤总是与理想交错,它们分别有不同的隐喻和象征的意象,抓住了她的诗中的基本意象,就容易抓住她的诗中的其他意象,就容易读懂她的诗。《火的酒中》以火酒相撞的激情表达爱,也表达爱的欢悦之中隐藏的忧伤和怅惘,而在生命的哀伤中,挺立起一种生命的尊严。《情人节》也隐含有这样的主题意味。

真实的双重生活和双重自我的交错产生了诗意生活形式，但必须在其中找到引导自己生活的方向。她诗歌中反复出现的意象：静、轻、光与某种暗藏的力量结合，见出她的诗歌的美学性情，成为生命和诗歌纷繁形式的渊源。《亲爱的速度》用生命速度表达生命轻微与力量之间的奇妙，《当我离开》写生命轻微中唯有心灵的光让身体与众不同，《野马》中野马的生存情境隐伏着毁灭它的美的威胁。

同时，一个诗人还必须担负用美学意味启示他人生活的责任，现实与自我的诗歌分享感，常常变成了一种心灵探索方式，让她自己和读者同时变成了秘密分享者，因此，诗中常有叙事者或抒情者与诗人自我之间的双重关系，这也形成了她的诗歌在双重关系中的诗性张力，忧伤之美的情味感觉常常与理想力量的想象同时生发，既怀恋了生命和情爱的时光，又表达了美的柔和与力的刚烈双重交织的生命感受。《驯虎师》里，孤独麻木的动物园看守年轻时的生命中，突然出现一个月光似的女人，表达了一种温柔力量让野性力量感动的意味；《在爱开始的地方》中开始爱的地方是结束爱的荒原，因曾经丰饶而令人怀恋，并由爱会再次繁华而获得生命信念和生活信仰。

于是，悠远呼唤和微妙转变常常构成了她的诗思，这些诗思并非无知茫然，而是走向一种浪漫式激情，这火一样浪漫激情的深处，却是深泉一样水的安静。这些诗歌是时代的安慰、生活的安慰，也是诗歌的安慰，这种安慰来源于她的诗总是超越出狭隘自我，找到了自己藏在那些诗歌根枝间的露水。当她找到这些如圣水般的露水，它们就成为对抗生活混乱的精神支点，所以，她的诗中总是同时出现激情与安静的双重性，这常常体现为她的诗中不断出现的意象——火与水。

虽然她的诗中时常出现两种不同的生活方向和思绪，能听到她内心两个声音在争吵，两种相互抵抗的力紧紧拧在一起，但她的诗中总有一个方向，由两种不同的力向前推进，再加上形式上的委婉表达和内容上的明晰逻辑，整个诗变得非常精致干净。《生命》只有两行，却在两行诗句中推开一扇门，看到一个生命空间；《时间》将时间与空间组合交错而产生一种独思时间的情味，这样的独思时间的意味也轻轻地嵌入了温馨的双重情感，具体地化为一个在独思时间找到的想象身影，时间可能隐喻另一个人的存在、离开和等待。

# 第六编

## 南方生活的情韵

# 第一篇  怀着书生的诗意力量：让文学恢复精神选择

## 一、在书生精神撑起的天空下生存

在詹谷丰的散文集《书生的骨头》中，那些不可磨灭的时光、难以忘怀的故事和令人钦敬的人物，都包含着思想的、情感的、知识的力量，它们连为一体，形成了一种精神的、心灵的和有教养的别致气息，表达出一种深入思考：时尚中国的文学家面临一种当代生存的困境，但文学作品却必须充满人类性精神——这是一种能被当代中国生活普遍接受的生存精神。

从一种特别的情怀和意向出发，詹谷丰的这本书以自己的精神立场重述了一场中国历史创造活动之后的精神图景：随着封建时代古典生存意味的完结，一片新的精神天空在现代中国形成，这首先是由知识分子去拨云见日的。

由此，"书生的骨头"的命名意味深长，这部作品中的书生是对中国现代知识分子的一种特别命名，处于这场精神创造活动中的书生，既不同于西方意义上的知识分子，又不同于中国古代的文人士子，书生的骨头就是书生的精神，它来源于中国古典精神传统又完全不同于古代书生品质。

这样描写的精神气质既包含了西方最佳的生存精神，又包含了中国古典的最佳生存气节，同时，又深入了这种生存精神与时尚中国现实的扭结。在这场前无古人的精神创造活动中，作品中的那些知识分子既身先士卒于现代先锋，又有自己的古典退守原则，在进退之间，他们形成了一种中国现代知识分子的精神谱系，也完成了一种中国现代知识分子的精神气质。

作品的难度在于，要描述现代中国知识分子这种现代生存精神，不同于描述古典中国文人或者更普通的生存图景，它要既切合现代精神，又有古典意味；既有历史深度，又有现实意义。这样记叙和描写的特殊意向在于，那种包含古典品质以至古典传统的现代精神气质，必须这样结合才能生成，这是中国现代生存情境的特殊性要求，同时，这种现代精神气质又要启示当代中国普遍生存才能产生更深长的意味。

作品中所写的内容，鲜明地表达了詹谷丰的写作意向，也由此意向体现出作品的深度感和张力感，这种深度感和张力感来源于文学表述的简洁流畅，也来源于思想意向的坚定明确，以至作品中的人物和事件本身就包含着意义，从而，作者不必多说什么去提醒读者。这就是散文的真正力量：不需要作者在作品中加入过多的主观评说，这是在写作达到一定层次才可能发生的。

他这些散文的文学语言、主题内容、审美形式、接受方法，能被文学爱好者和知识分子接受，也能被更广泛人群接受，作品简洁深入，好读又耐读，能让人一下子读懂又愿意去反复读。作品不晦涩也不混浊，虽然言辞语言都极为简洁工整，却灵动透彻，始终清晰表达一种明确的意向性内容，在这种意向性内容里，已经明澈地包含了主题观念和精神走向。好的散文总是具有这种透明清澈性，不让人去费心思琢磨，这是作品产生非虚构直接力量的特点。

任何文学都不仅仅为单纯的阅读愉悦而存在，詹谷丰明白，作为文学家，对时尚中国生活以及文学的软弱和混乱情景，他必须以他的文学作品赋予形式和意义，以让人们更能理解和认识自己的生活，他必须给予现实、给予时代、给予人们、给予生活一些有价值、有意义的东西。

这要求一种简约和谐但却包容深刻的文学观念及散文形式，这部作品细致地体现了詹谷丰对现实和文学的同时思考，也贯彻了作者对文学的一种观念性意识，在简明扼要中包含思想的含蓄和诗性的美感，这是主题与形式间产生的诗性与意义的张力，这首先取决于写什么，也取决于怎样写得精致深入。

所以，这部作品含有一种简洁性和深入性，还含有一种普遍性。散文要写得简洁清晰，但要有深入性和普遍性并不易，这种简明和普遍不是简单肤浅和随意蔓延，只有有意识地集中于某个方向的主题性内容而深思熟虑时，才可能达到这种简洁的深入与普遍的一致。

在这样的明晰透彻、简洁深入中，詹谷丰不仅用历史的和现实的方式去思考，也用审美的和诗性的方式去思考，不仅用一个今天这个时代的中国文学家的方式去思考，也深入中国古代文人的精神方式和中国现代知识分子的精神方式去思考。

## 二、发现现代性古典情怀的精神遗迹

一部作品是否有价值，一在于是否有独特性，二在于写出了什么，詹谷丰如果去写别人已经写出来的，或者写别人也能写出来的，就没什么意义了。詹谷丰所着力深入的，是精神气质对这群知识精英产生的深刻影响和改变，由此独特地深入中国现代知识分子的生活情景，别致地勾勒中国传统文人精神在现代环境中的延续、重组和消亡过程，这显示一种现代性的古典情怀，我们可以把作品中的情景当作现代生活的古典精神遗迹去看。

真正的文学写作必须有精神选择，即使在这个难以建立精神立场的年代，文学仍然避免不了有无精神立场的问题。在时尚中国，写什么或者不写什么，不是作家的能力选择，而是作家的精神选择，作者能凭借写作智慧决定的，虽然主要是能力倾向和情趣偏好所选择的形式，但是，有什么样的精神倾向，就会选择什么样的内容、题材、主题，而这是与形式选择和写作智慧一体的。

因为散文与现实的直接精神关系，詹谷丰的写作选择了明确坚定的精神立场和精神方向。对于有功利性目的的写作而言，写作是没有精神方向的，而詹谷丰的写作不是那种功利性目的很强的写作，他的写作追求一种精神方向。《书生的骨头》的目的，是记述中国现代知识分子精神气节上的一致，这样的一致，体现出作者对联系现实与历史的一种古典性精神的坚韧思考。

这不只是以一种古典化的生存气质深入到现代生存精神中，而且表达了作者自己的精神立场或精神选择。这样的写作，与中国的写作时尚以至知识时尚不一致，恰恰是这种不一致，显出一个写作者的品质，而这种写作品质与作品中所描述的精神品质相一致，成为这个年代独立可贵的写作品性体现。

怎么写作就怎么生活，写什么就是在生活中想要什么，就像詹谷丰在作品中所写的有不同意义的各种人体姿态一样，写作本身也有不同意义，有不同的方向和目的，而写什么的选择就体现出詹谷丰的写作意义。詹谷丰选择了散文这种非虚构形式，就是因为散文可以与现实直接相连，能更直接表达作者的现实意向和精神倾向，而不必通过虚构转换而影响作品直接触及现实的力量。

这部作品的深意不在仅仅让现代生活的古典精神遗迹高高矗立在我们的生活中，而是试图从以往的精神描述中寻找这个时代的精神之路，试图从对历史尘烟的喟叹中找到在场生存精神。从历史中抢救和挖掘一种生存精神，远比对历史的重新理解更重要，这部作品所做的，不是对历史记忆的恢复，而是对一种生存精神的追寻，是突出凝聚在中国现代知识分子身上的人类精神记忆。

人的记忆有对生存现场的倾向性，人们总是试图去忘却或者遮蔽难以立竿见影的功利性记忆，而这部作品找回的，恰恰是时尚中国正在逐渐掩埋、遮蔽和遗忘的精神记忆，当人们随着这部作品中的历史印迹而重返精神原乡时，就会和作者一样从精神记忆的恢复中返回生存现场。

这样记叙和描写所突出的核心意识，在于这些中国现代知识分子要保留知识自由和精神独立。作品抓住了中国现代知识分子精神生存的关键之处，表达了极为个人化又具有一致传统的个人精神气质或者道德品性。这些知识分子对政治制度和社会问题的看法可能不一，但在对待现实问题的个人气质品性上，都具有传统士大夫的情结化倾向，也有个人化的现代生存精神，但也由这种个人化的气质品性而产生与现代秩序的复杂关系，这是令人感到困惑的地方，也是作品突出描写的。作品所探索的，正是古典与现代、个人与宏大之间相互转化的精神关键点。

因此，作品的更普遍意味在于，试图在中国古典文人的生存精神与中国现代知识分子的生存精神之间、在中国现代知识分子的生存精神与当代中国的普遍生存经验之间，找到一种关系，以保持一种可能的更普遍生存精神，知识分子不过是普遍精神的切入点和典范化的个人。

## 三、古代精神传统与现代文明方向的结合

作品试图将古代精神传统与现代文明方向结合在一起，并体现在现代中国知识分子身上，由此将古代文明情结和古代文化过程转化为现代的伦理秩序与精神规范。这当中虽然隐含一种不明确的精神信仰，但明确地体现出一种现

代与古代交融的知识分子气节,比如:在权力面前宁折不弯,在抗击日本侵略时团结一心、艰苦抗战等。

与此相连,作品的另一个特殊之处,在于描述了中国式精神传统与现代生存经验的关系。作品不是局限于个别人的传记式记述,而是描述了诸多知识分子的生活,突出描述强调的,是一种普遍影响中国文化和生存的精神传统,它是诸多知识分子共同的根本精神传统,由此形成了知识分子的普遍精神生存图景,也形成了现代中国的普遍生存经验。

作品特别强调精神传统,细致地写到从王国维到陈寅恪、从陈寅恪到刘节、从陈氏家庭到众多知识分子、从各所名校到西南联大、从个体知识分子到中国文人的整体传统。这些知识分子精英在不同程度上都刻有中国古典文人精神传统影响的痕迹,所以,《民国的长衫》中所延续的,不是一种衣着外表,而是一种精神传统。这个传统中,延伸出各种不同的表现。在作品中,知识分子的表现有可敬的,也有可叹的,刘文典不畏权势顶撞蒋介石可敬,但他在抗战中又受普洱磨黑的大盐商张孟希之邀而擅离教职,这都出于他的性情。然而,即使这样的性情,也有所为有所不为,比如刘文典对陈寅恪以至陈氏家族恭敬有加,从不任性而为。

知识传统就是精神传统,知识和精神与权力间,也有一种传统的不相容性,但通过作品中的知识分子行为可以看出,有一些知识分子总是努力划分一条不可逾越的界线,把象征着真理和自由的知识领域与权力领域分隔开,以确立和肯定自己的身份,但同时在作品中也可以看到:知识也是一种权力,知识分子的性情和气质会让他用知识权力与政治权力、商业权力进行对抗。

这种知识的力量和知识分子的力量包含中国文化传统中文人特有的性情、品德、气质、教养,因此才成为特殊的精神力量,具有特殊的中国现代知识分子的精神作用。比如陈寅恪被誉为"教授中的教授",他学识渊博、治学严谨,显示出知识力量和学术风范,与他的气节风范紧密相连。

在作品中可以发现,作为知识分子,就必须要有气节、品性、教养,尽管这可能与有限度的社会理想不对应。但这样的性情与教养和判断有关,也与生存观念有关,率性而为要看对什么人和什么事,这里面要思考的,是在品性和气节中有什么样的思想观念和精神立场,有观念和立场才能有判断,生活和学问都需要判断。

这种精神传统在抗战的艰苦中坚持和凝聚,变成了一个生活世界,人类精神在正义中得到发挥,这些知识分子的大气、执着、坚韧、理想主义都变成历史精神和普遍情怀。而今天缺乏的,正是这种精神传统的影响,没有精神传统就无法培育精神立场,由此见出作品突出精神传统的深意。

作品中的知识分子让人们去对比今天的知识分子,中国今天缺乏当年那些教养、品性和气节,这是作品在深入思考的。知识的深处是人类的精神,知识包含人类精神才成为知识,知识分子有人类精神才成为知识分子。作品因为深入了这种知识分子的精神含义和人类的生存精神,才具有了知识的力量和知识分子的力量。

## 四、现代生活形式构成的古典气质

与此相关,作品一个特别之处在于,作品中所写的中国现代精神情景由不同知识分子的不同生活形式构成,而不是由知识性和学术性行为构成,作品的耐人寻味之处就在这里,最根本的意味,是这些知识分子在生活中都有共同的精神气质。

在作品中,中国现代知识分子的精神气质集中体现为日常生活中的行为,"有些姿势,是属于一个时代的。其实,坐、卧、起、立、跪,乃至作揖、鞠躬、握手,所有的动作,都是心灵的姿势,都需要一根骨头来支撑,没有了卧床的身体,也只是一具皮囊"。作品通过描述中国现代知识分子的精神气质如何在日常生活中发生,去描述中国现代知识分子的精神谱系如何构成,这样的生活感受让人切实体验到一种历史感与精神性融合的真实生活情景。

作品主要描述的,不是中国现代知识分子怎样做学问,而是描述他们的精神气质在日常生活中如何发生和实现,描述他们如何将现代知识分子精神传统所形成的教养贯穿于他们的日常活动中。这些知识分子怎么生活就怎么做学问,这是根本的,也是更深刻的意识,所以,《书生的骨头》的特殊之处,在于讲述以什么态度生活。

作品中詹谷丰所写的生活情景,集中代表了某种精神取向,既是作者的，也是作品中人物的，这样的写作本身有普遍性，被这样写作的历史事实也有深刻性。作为具有普遍性意义的写作内容，这些内容既不是局限于知识分子身份的，也不是局限于历史区域的，而是与更普遍的现实相连。詹谷丰所致力的，正是打开这样一个无限现实主义的空间。因此，作品中所写的一切都是非虚构散文所必须遵守的事实，但又不仅仅是事实——事实不会简单地在精神世界中发挥作用。

这样的写作方式后面隐藏着作者的生活形式，也隐藏着重要的历史事实和中国现代知识分子的生活形式，在这些历史事实和生活形式中，作品挖掘出隐藏的人类性精神。作品中的诸多知识分子身上，这种人类性精神都有明确体现，尤其在这些知识分子的抗战表现中有突出体现，而在闻一多这样的道德与学术合一的化身身上会更加集中地体现。

詹谷丰虽不去讲述人们熟知遍数的知识建树，却描写与这样的精神气质相关的现代生活情景，由此描绘出不同于中国古代，不同于西方，也不同于中国当代知识分子的精神特质，并突出书写了这种中国现代知识分子特有的气质。作品所写到的那些知识分子几乎无一不是在西方学成归国，又都有深厚的中国古典文化造诣，他们对中国的现代教育、国家制度、社会民生有一致或相近的观念。

作品想要提示甚至给予现实一种生活形式和生活精神，而不仅仅是知识分子的生活情景，作者这样写有人类关怀意味，而作品中的人物精神则具有提示人们怎样生存的启示和带动意味。因为具有自己的生存气节和生存立场，无论在艰苦的抗战时期，还是在生活条件优裕的环境中，他们都能保持自己的生存品性，如果没有这样的立场，就不会有他们的行为，作品由此警示今天中国的知识分子，缺乏精神立场就会随波逐流。

于是，作品中集中表达了一个精神主题：一个中国现代知识分子该具有什么样的品性和教养。这可以延伸为一个知识分子以至每一个普通人该怎么生存，这个问题一直延伸进今天的生活中。书中的人物告诉人们：有了一定的品性和教养，面对任何事变、处于任何环境，都能够处变不惊、处惊不乱。

保持做人的气节是这些知识分子安身立命的根本之处，他们保持做人的立场与保持做学问的立场是一致的，所以，刘文典顶撞蒋介石、闻一多因刘文典擅离学校而开除刘文典、陈寅恪在王国维葬礼上下跪等，才有独特的意义。这些行为是不同知识分子在不同情境的不同表现，却具有相似的风范，表现了相似的生活精神和生活准则。

## 五、自由与中国知识分子传统气质的混合

这些知识分子的生活情景散落在现代中国生活中，作品像一条线串起了这些散落的珠子，来回答一些让人深思的中国现代历史以及今天现实的生存问题：生存可以是自由的，问题在于，自由是什么样的？自由不是无限的，一个人的无限自由一定会破坏他人的自由。可以看到，书中这些中国现代知识分子，都在一定程度上克制了自己的自由，尤其是在抗战时的西南联大期间，而那些不对自己有一定约束的知识分子，则可能造成对整个现代秩序的不良以至不利影响。

在作品中，可以看到自由与中国知识分子的传统气质混合在一起，有时让人迷惑。这样的情景呈现出来，富于意味。任何自由都在一定的秩序之中，自由是渐变，不是突变；是平衡，不是极端。品性、德性、真诚，是教养，是性情，但不是思想信仰和精神立场。很多知识分子坚持自己的品性和德性，是真，是性情，但不一定是坚持信仰和理想，于是，性情和自由就容易混淆。

中国现代知识分子的生存精神是人类精神，而不是知识分子专有的，知识分子不过集中体现了这种精神，这就是知识分子的本来意义：知识分子的存在本来就是为了传递人类的精神传统，因此，作品中的知识分子的精神来源、生存目的都与对知识分子本身的认识有关。

作品中有个重要的提示：这群知识精英依靠自身在建构一种特殊生活形式和生存情境。书中的这些书生有一种特别的生活情境，他们既有中国古代书生的气节和性情，"谈笑有鸿儒，往来无白丁"，又有西方精神影响下的现代知识分子的教养和学识，虽未入仕途，但在中国的现代发展中起到了中流砥柱的知识作用和精神作用。这样，书中所描述的他们的生活情景，就呈现出中国现代历史进程中的精神图景。

非常富于启示的是，这群知识精英自身就在建构这样的特殊精神生存情

境，而不是制度和时代赐予的。这是至关重要的，这就在提问：今天我们有无这样自我建构精神情境的生存精神？今天我们不能只是讨要给予自己什么，自己却什么都不做。建构一种精神情境，也就是在建构人类精神情境，于是，作品重要的是，描述了这群知识精英在生活中对生存精神的点点滴滴的自我建构。

如果仅仅把这些行为看作学术风范和知识分子精神，就看得狭窄了，因为这些行为深入了良好的人类性教养和品德中，对每一个普通人都有意义。在普遍性中找到特殊性而又回到普遍性，并不容易，这是一个有追求的写作者必须面对的。所选取的材料不同，所注重的意味也不同，詹谷丰选取具有特别精神倾向的内容去写作，让自己的作品有特殊的形式意味，又将其融入普遍性接受中，被一般写作所普遍忽视的，正是这部作品所要强调的。

被记叙在这里的生活情景富于隐喻意味，它们所连带的生活形式和生活精神则有普遍意味。知识分子做出的，不过是普通人的典范表现，没有什么鹤立鸡群的意义，这样，这些情景与知识分子的身份没有根本的必然联系，但与怎么做普通人有必然联系。商人、军人、政治家、普通平民，也同样都需要气节，只不过，作品里的这些知识分子为人表率，而这些知识分子能为表率的原因，是因为他们有精神传统，他们的精神行为来自一种精神传统。

狭窄地看，就只看到书中的这些人物；开阔地去看，就会看到每一个普通人和普遍的生存情境与生存精神：以对历史的重新发现来进入现实，在历史与现实、个人与族群的相互联系中，发现一种对不同时代和不同人们来说都共同拥有的生存品质。

作品中所描述的形象之所以启示了人们的精神生存，是因为他们充满精神生存光芒，适于解释当代中国生存所处的困境，并且具有引导人们走出困境的意义。这样的精神图景书写，来自生活态度决定的写作观念，而另一些文学家仍然在莫名其妙的变态生活中品玩，则因为他们与詹谷丰的严肃和庄重完全相反。

詹谷丰的写作表明，时尚中国的文学家并非在精神上无家可归，在这个以自己的精神引导自己攀升的散文世界里，詹谷丰能得心应手，来源于他对现实的思考和判断，这是一个文学家不断写出新的作品并完成相应诗性表达的前提，詹谷丰能深入的地方，恰好是作品通向现实的入口处。

## 六、力图达到对现实的精神改变

詹谷丰的写作情境，不像这部作品中所写的那些知识分子处于精神昂扬的情境，但他又力图超越当代中国知识分子（包括文学家）的精神困境，进入当年那种自由挥洒的精神情境，正是在对这样的精神情境的回溯向往中，他得到了让自己的写作精神和写作状态挥洒的文学方式，得到了像上帝一样窥探生存秘密的文学力量。

今天的情境中，似乎已经在时尚喧哗中难以言说理想主义和精神信仰了，那么，强调一种古典性与现代性结合而生的精神气质，反而变得更为现实。在作品中，可以看到中国古代制约个体行为的品行规范隐约出现，这种品行规范与精神气质紧密相连，但那种成为道德主体的气质，那种对伦理的追求愿望，主要是为了证实某种中国式的集体准则，并由此赋予个人一种生活形式，依照这种生活形式，可以让自己被别人所辨识，为后世立下楷模。

于是，作品实际上提出了如何将中国古代文人道德规范转化为现代伦理和规则的问题。我们在书中看到的是中国现代知识分子在现代中国情境里如何坚守中国古典文人品质或者气质，这进一步转化为今天生活情境中以及生活形式中的传统精神气质问题。但这种对个人气质的塑造，有时会与现代生活系统的法则发生矛盾，因此，这些极为个人化的气质行为，反而体现出对整个社会精神秩序的作用，作品显然意识到了这一点，并有意去强调在精神区域中发生的生活情景。

詹谷丰想给予读者什么，在很大程度上决定了作品的影响力。写什么对散文很重要，怎么写非虚构作品，一定会依托于写什么。一部文学作品，不仅在于怎么写，也在于写什么，如果它与现实无关，人们便不会去读它。所以，《书生的骨头》的力量，取决于它能说什么，取决于它说出的能否影响或改变现实，而不在于随便说什么都行，不在于说的单纯形式，也不在于文辞语言的华丽表面。

作为非虚构作品，《书生的骨头》的核心是怎么处理真实，这里没有虚构世界的委婉曲折，而是由人物的气节真实表现出作者的性情真实。虽然作者尽情挥洒自己的情怀和性情，但这种情怀和性情不是直接慨叹抒发，而是通过作品所描写记叙的人物精神表现出来，这里有真实的人物和事件，也就有真实的精神表现，由此见出一种历史的精神痕迹，从中体会一种精神气质的真实。

这来自他对作品中人物精神的深入理解和认同，他只是一个这种精神的记述者和发扬者，他并没有做什么阐释，一切都在不言中，这正是这样的散文的实在处，也是这样的散文的妙处：一种追求真实和真相的散文，而不是夸夸其谈的散文。

在散文这种与现实直接相连的文学形式中，詹谷丰的作品不是作一些单纯的风物咏叹，而是要以美的形式对现实进行处理，让作品给予现实一种直接冲击感。这部作品必然包含詹谷丰为什么讲述一种精神的意识，即为什么写作这样内容的主题意识。詹谷丰想要让人们意识到：这个时代我们需要什么、这个时代以前我们有过什么、我们遗忘了什么、我们疏忽了什么。

力图达到对现实的精神改变，是这部作品的根本意义，詹谷丰不写对改变生活没有意义的事物，他所写的一切事物都有明确的意义，因此，通常他的散文不会去写风花雪月，而是去写一种有庄严宏大感受的事物。对于詹谷丰来说，这部作品不仅仅是怀旧、回忆、追恋、慨叹，如果这样，作品就会显得肤浅了。詹谷丰的意图在于发现古典气质与现代精神结合所形成的现实改变，作品提示人们思考的，不是作品中所深入的那种精神产生的时代，而是詹谷丰重新讲述这种精神的时代，也即我们需要深入这种生存精神的时代。因此，在这个时代重新讲述这种精神会产生什么意义就很重要。

# 第二篇　在身边触摸思想：让思想的诗性柔滑如水

## 一、追求思想就是生活：重述和转喻的叙述式思想散文

追求思想就是生活。艾云钟情于伟大思想家的精神纯粹性，她的追随足迹遍历那些思想家的心灵领域，这对她是一种生活。她不停地捕捉那些思想伟人的思想光华，边读边思边记，大量阅读后只有一张纸片的感悟，然后，她像缝纫一件精美的衣服一样，将那些流光片羽一针一线地连缀起来，这样就出现了她的那些重要作品，比如《用身体思想》《理智之年》等，我眼前放着的她2013年出版的两本新书《玫瑰与石头》《寻找失踪者》也是这样写作出来的。

《信息时报》的记者徐培木这样评述艾云的写作："艾云是一位作家，但她几乎从来不写小说，所有的文字都来自她读书的心得。这些读书心得在常年的积累中变成一个知识体系，文学经典的虚构场景在她脑中成为历历在目的日常景观，哲人的思想和生平对她来说是同样的熟悉。沉静的阅读、渊博的知识加上细腻的思考，为她的生活增添了一层独有的美学感受。"

艾云在连缀对思想与生活关系的美学感悟时，写作了一种叙事式思想散文。也许，艾云觉得无法用小说这样更为虚构化、故事化的形式产生意义，但又需要一种灵动的叙事去传达思想，所以采取了叙述式思想散文的形式，以文学叙事和思想论说的同时发生来产生形式意义，让思想的含蓄与现实的直接并辔而行。

艾云对思想的文学转化是通过重述和转喻完成的，艾云在作品中重述思想以及与思想相联系的传记、笔记、文学作品，然后形成对现实的转喻。这些重述和转喻包含了艾云所有的形式准备和意义思考，产生了艾云作品的一些特

质：思想的叙述与叙述的思想、思想的想象与想象的思想、思想的意象与意象的思想、感觉的思想与思想的感觉、灵性的思想与思想的灵性、情趣的思想与思想的情趣，这使人感到，思想是有生命、有呼吸、可触摸的。

艾云以这种特有的叙事式思想散文去体现一种文学家存在的意义：用文学实现思想家的思想，把逻辑的、历史的、概念的思想表现转换为美学的、诗性的、含蓄的语言表现，用某种简明具体的审美形态去表达和转喻那些深刻厚重的思想的含义。由此出发，艾云写作了我将要论说的这些叙事式思想散文，这些作品一方面敏锐地关注当下的思想现实，一方面细腻地将一些思想情景转化为文学形态，尽可能实现文学形式与意义一体化的思想情景，从而生发出这种叙事式思想散文。

艾云这些对思想的重述和转喻不仅是一种个人的文学行为，还体现一种以写作形式和阅读感受出现的历史变化、一种个人生活与公众生活的精神分析。就当代中国这几十年的社会变化来说，这是一些对快速变化而令人眼花缭乱的性、财富、文化等级、功利主义等进行反思的社会态度，由这样的基本立场出发，这些思想活动才最终变成了艾云的写作活动。

因此，这些作品不仅在文学范围内发生意义，而且在社会史和文化史的意义上出现。那些被重述、被转喻的思想照亮了作者的生存状态，也用来观照这个时代的生存现实，一种思想与现实的比照在艾云的这些作品中随情随性地出现，借东西方思想的差异来思考当下，尝试找到一些普遍性，让思想的光辉照进现实之窗，于是，我们看到了思想蔓延在当代生活的一种可能。

## 二、在荒芜中顶出嫩芽：不可逃离的思想和精神的纯粹性

在杂多混合的形而下的当代生活中，通过对思想的文学转化，艾云完成了对思想和精神的纯粹性追求，以这些重述和转喻所迷恋的具有精神和思想纯粹性的生活，针对现实描述出一种简洁而清晰的理想生活线条，这可能是艾云创作这种叙述式思想散文想要产生的最好效果。

关注艾云的写作，是关注一些在功利主义环境中仍然顽强发生的生活想法，是关注这些想法如何真实地发生于我们的生活又存在于我们的生活中。20

第六编 南方生活的情韵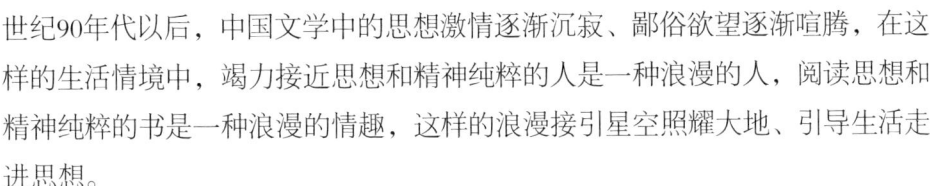

世纪90年代以后，中国文学中的思想激情逐渐沉寂、鄙俗欲望逐渐喧腾，在这样的生活情境中，竭力接近思想和精神纯粹的人是一种浪漫的人，阅读思想和精神纯粹的书是一种浪漫的情趣，这样的浪漫接引星空照耀大地、引导生活走进思想。

而我们阅读艾云作品时面对的而又被艾云作品所坚守的，是这个时代不能被普遍接受的生活精神的纯粹性。艾云的这些作品表明，一个真正的文学家不会像当下一般文学从业者一样逃离思想和精神的纯粹性、逃离生活现实，反而是深入现实的，但前提是，没有思想和精神的纯粹性，就只能以欲望的方式虚幻存在于现实之中，不可能真实地深入现实。

不过，要保持纯粹性，就要保持安静和无欲，此刻的艾云作品让人们看到另一种可能的生活：在精神荒芜中让思想嫩芽顽强顶出、安静迎风。艾云在她安静的写作形式和意义中，对她的生活世界处理得得心应手，她为人们提供了一种进入思想世界的可能与启示，但并非所有人都可以自由进入其间，因为人们首先要有一种生活精神，然后才能有一种生活自由，这并不是简单意义上的文学感觉和语言功能所能营造的效果。

艾云作品所发生的背景不同于以往中国作品发生的时代，艾云作品所处的历史时期已不能以单一思想去理解，这些作品与生活的思想关系是不稳定的、非常模糊的。当代中国生活对思想具有强烈的怀疑情绪，反过来，艾云的作品对当代中国生活具有强烈的怀疑情绪：按照一般人的理解，思想和精神的纯粹性显示了对整个现成生活的威胁，而艾云所担心的，却是现成生活对精神与情感的纯粹性的威胁，以及最终对作家进行艺术创造可能性的破坏、对文学写作纯粹性的破坏。

从20世纪90年代以来，在生活和文化领域中，普遍出现了反理想、反崇高的倾向，这证明了艾云的担心。虽然20世纪90年代以来，人们把精神纯粹和思想纯粹看作一种生活意识和文学意识的问题，但那些首先倡导躲避崇高的人，原先却正是依靠宏大和崇高确立了头脸地位，当他们有了地位，就反对崇高，而他们反对崇高之后，再也没有写出像样的作品。

具有破坏性的是，在躲避崇高的倡导下，谈论思想和精神开始在文学中变得可疑，而反对这种倾向成为艾云写作的一个重要生发点，也是艾云这些作品质疑思想背景的核心意识。所以，艾云这些作品竭力追寻的，是一种纯粹的精神漫游和理想主义，并且与当代中国的功利主义和鄙俗生活截然相对，思想生活的上升与鄙俗生活的下坠冷冷相峙——让两种生活毫不相同而对比鲜明，在两种生活之间明确划出一条界线。

## 三、超越现实的思想想象：没有想象就没有进入

在艾云叙述思想的清澈文字和朦胧意象中，不仅要进入西方的思想事实中并像西方人一样思考，也必须运用一种在当代中国既有独特性又能被广泛接受的文学形式，这种形式很可能就是一种想象的思想存在和思想联系。在当代中国文学家普遍面临的思想困境中，艾云的作品表达出一种态度：那就是必须对当代中国的精神颓败与生活形式间的关系进行清理、指出方向、给出形式和意义，而这需要一种超越现实的思想想象。

艾云的作品一直在细致而想象地追寻思想的光芒与力量，这些作品以现当代思想为生发点，以精雅的文字密集地编织自己的思想想象，并贴切对应于现实，就像张开了一张闪耀想象的语言之网，网住了现实的种种思想情景和情感情景。艾云在作品中对早些年的思想情景哀婉细致地怀恋，通过一些人物和事件的回忆重述了那些过往情景，试图追寻并找回遗落在那个年代的精神光华，但隐含其中而且更重要的，是由此想象了那些过去的思想可能生发的魅力，以此坚定地反抗当下毫无思想想象力的功利性。

在艾云的作品中，有一种想象的思想秩序，它决定着艾云所关注的生活世界。艾云将思想与当代生活以及普遍生活相联结、相比照，对这些思想展开了想象，因此，只要发现不存在主体对现实的必然认同，或者说不存在主体对现实的必然屈服，就产生了想象的思想秩序和生活秩序，而这样的生活秩序可能与现实并不一致。艾云的作品就是表达这种不认同和不屈服以及另一种现实的可能，在她的想象的思想秩序和生活秩序中，构成的是与现实不一致的经验存在，由此在对现实的思想想象中确立自我。

但使这种想象的思想表述变得更为重要的，却是隐含在其艺术方法后面的思想事实：没有想象就没有进入，当下缺少一种思想实际可依托。21世纪中

国文学已处于思想的悲剧背景中，艾云试图突破这样的文学悲哀和思想寂寞，所以，艾云所借用的伟大思想必须转化为当下的某些生存意识。

于是，思想在艾云的作品中被层层叠叠地想象性重述，正是由于这思想的想象建立了与现实的联系，在文学中开始将似乎远离当下的某些思想演化为一种生活事实，这些思想重述才可能不是概念照搬，因为思想重述的意义完全来自发生这种重述的生活现实背景本身，从这些思想想象中发生的这些思想重述就形成了艾云作品的叙述式思想散文形态。

我们可以看到，对思想的想象遍及艾云的作品，让艾云的作品因这种想象的思想而具有一种思考的学院式纯粹性。艾云作为一个非学院派的知识思考者，反对思想的盲目性，并且通过对思想的想象去突破这种盲目性，这富于知识警示意味。

艾云通过思想想象而具有的思想突破，不仅显示了当代中国文学学术研究思想力的匮乏疲软，在更深入的意义上，提醒了思想想象力与生活精神的关系：文学思考是一种思想与情感同时存在的精神形式，也是关于普遍存在的生活形式；也再次提醒了对文学承认的另一种可能：即承认文学不仅是一种审美形式，而且是一种审美想象的知识形式，它常常要通过文学对思想的想象去实现。

## 四、意象式思想回环：灵动感受与生动图像中的生活事件

没有思想就没有主题，今天很多中国散文沉醉于品味风花雪月、人事风流，但我们常常不知道那样的文学作品到底要对人们说什么，而没有思想是当代中国诸多文学作品中普遍存在的情景，但艾云的思想散文的独特之处，就是总在清晰地传达一些纯粹的思想。

对于思想的概念性和逻辑性言说，人们要么去费力理解，要么置之不理。作为一种叙述式思想散文，艾云要同时突出的：是思想的清晰与意象的朦胧——思想可以通过意象无限铺张；是理性的直接与感性的含蓄——理性可以通过感性变成生活经验；是美学的感觉与历史的言语——美学依托于历史而展开想象。这种双重向往所产生的思想的简明性和含蓄性，使艾云关于思想的言

说深入浅出，易读易懂。

但这不意味着肤浅，而意味着一种独特的文学深入，表明思想的意象要求与清晰的美学方向结合的需求所引导的风格方向。这种思想的意象性来源于艾云不断采用的将思想与生活联系的比喻方式，这使作品不流于刻板的概念性直接表述，而是不断通过语言的意象婉转逶迤地转喻而来，于是这些作品所表达的一切都具有明确的语言形式意味，即由此形成的思想意象将现实事物与一种浪漫意义结合在一起，让思想的语言形式耐人寻味。

当艾云的作品注重思想的感觉性时，我们会发现：让思想发生生活效果的、让思想逻辑变成生活逻辑的，不是思想本身的深刻性，而是思想原初的生动性：思想原初发生时，本来就是生动的，那种生动来自朦胧的意象。当艾云的作品以感觉和意象削弱思想的刻板理性而增加思想的生动可能时，就要强调思想对于感官的依赖，这正是文学可以发生的地方，也提高了语言因素在思想结构中的地位，形成了从形式、内容、形象、叙述一体化去认识的思想意象。

艾云的作品通过叙事将思想转化为思想的意象，这种思想意象包括思想本身的内容和意义，这种叙述式思想意象不是刻板单纯地对思想进行理性解说，而是通过叙述思想与思想者的生活以及与当代中国生活的联系情景，去实现这种思想意象，这样的思想意象常常含有转喻意味。

于是，艾云的作品变成一种能在读者心中唤起思想灵动感受和生动图像的媒介，作品描述作者对相关思想的感受、知觉、经验的重现和回忆，产生一种意象式的思想回想，这种回想在一个历史时间里回环，就像人类对自己思想记忆的久远回溯，又与诸多现实情景产生联想，变成一个思想与情感、历史与美学的复合体，思想就变成一种心理意象与奇特感觉结合的生活事件。

这一切被表现出来——对读者也对作者——是通过作者对事物的思想洞察来实现的，也是通过作品中的叙事、场景、人物、感悟、沉思、历史、情感来实现的，这形成了艾云追求优雅精致、含蓄连绵的风格，在这种叙事式思想散文中，由于思想意象的蔓延，审美感觉和灵性诉说的漫溢，那些文字独具语言风采，而那些过去发生的思想之事正在某种意义上成为今天中国的生活现实。

进行思想言说是一件困难的事，当思想转化为思想意象时，变得朦胧含蓄、变化不定，但却具有了感知可能。如果思想是放在那里给人看、给人品味、给人敬奉而不能进入生活的，那我们要思想干什么？艾云的明喻和隐喻的思想意象给思想进入生活提供了更大可能性：叙述式思想意象不是思想本身，但这种意象更有思想的情味感受，更有可能从感性进入生活形式，这样，艾云让思想意象的叙述变成思想进入现实的一种方式，而不是仅仅停留于思想事实之中。

## 五、灵性言说：灵狐深入思想密林之中

艾云在沉静地写作与阅读，也在激情地思考与生活，这种美学化的思想守望，能让她从现实中灵敏地穿越历史时空，奔赴雅典的公民广场，也来到自由讨论的身边生活圈中——这需要一种灵性：生活灵性、写作灵性、思想灵性。艾云作品中呈现的是有情节和人物的思想叙事情景，形式与意义、美学与历史结为一体，羽化为灵性的思想感受，思想的灵性成为艾云的叙述式思想散文的个人风格标志。

艾云出书不多，这不意味着她写作无能，相反，这比那些日产万字的作家更含蓄、更有韵味，这是因为她的小量写作中包含了大量阅读，也因为这些写作中飘逸着思想言说的灵性，这首先来源于对思想的钟情。在这样对思想的灵性评说中，不必追究作者怎么说、用什么文体说，只要细读下去，就会渐渐清晰了悟。

在艾云的作品中，思想常常被转化为思想者的生活，同时，艾云努力将那些被她阅读的思想转化为自己的生活形式，并与当代的普遍生活形式相连。不论对艾云所重述的思想做何评价，通过艾云的重述和转喻，思想变得具有深入生活的可能，那些似乎刻板的理性言说变为流畅的美学感觉。

艾云这些作品最为贴近生活的，最有灵性、想象性、感受性的，是以解读言说思想家个人生活的方式来解读他们的思想，尤其是把这些思想家的个人情感与思想交织于生活的感受，又以这种言说情感与思想联系的方式进入生活。这些作品对思想者、思想者的生活和感受进行想象，似乎在梦幻中，在历史中，在时间中对思想者的生活呢喃细语，这些想象的思想叙述在作品的灵性

思考中绽放为一种思考的幻觉，使作品有种灵幻的感受。

当思想与生活这样相互映照和融入时，那些似乎枯涩的思想变为生动的生命活动，这至少是因为，它们是在灵性感受和诗性追求中完成的，它们在变成一种文学精美形式的同时，也变成了一座精神伊甸园，在这种形式主义的思想转喻中，我们可以感受到一种生活哲学对生活形式的灵性引导。

《寻找失踪者》和《玫瑰与石头》是艾云在2013年出版的两部新书，已经有几年未见到艾云的新书面容了，看到这两部新书，自是有种不愿忘怀的东西再次归来的感受。这两部书带着朴素的妆容摆在我眼前，却透出一种似曾相识、朦胧诱人的灵性，你无法从书的装帧看到书的细致内容，但你若多少了解一些艾云的写作内容和风格倾向，同时又喜欢读她的作品，你就会充满阅读的渴望，就像准备揭开新人盖头一样怀着憧憬。

同时读这两部书是一件奇妙的事，这两部有些不一样的书，在血脉相承中又很一样，它们都涓涓流淌着艾云的写作风情，却又不一致：《寻找失踪者》偏于智性和历史，《玫瑰与石头》偏于灵性和美学。这两部书像姐妹俩彼此相像，你中有我、我中有你，相互融会贯通为一体化风格：既透着智性思考的大气，又挥洒着灵性润物的秀气。

在艾云的阅读和对艾云的阅读中，都需要安静的心灵和机敏的灵性，需要细致耐心地品味。艾云的这些作品没有刻意追求宏大历史，但已经以丝丝如缕的灵性进入人类思想星空的宏大之下，真实的人性和永久的光明不会不与人类的具体生活相连，只是，表面的道德脸谱与深刻的道德心灵完全不是一回事，光明渗透在艾云对思想的传达、转喻、重述的灵性中，让我们柔和地感到一种思想的灵性在润泽普通生活。

从这样一种写作立场和现实思考出发，艾云以自己对思想的灵性感悟建立了一个属于她的自由空间，形成了她所有写作的那种高雅大方、灵性飞扬的风格，那些对鄙俗的离弃和对梦想的向往有一种灵性言说的感觉，华美的文字和细腻的感觉润滑了逻辑分析和概念解说，以免阅读者在严密逻辑和概念分析前失去审美知觉和思想想象。

对思想的灵性言说构成了艾云叙述式思想散文的文体形式的风格核心，由此可以自由挥洒对思想的灵性感受，包容抒情、想象、议论、遐思、感觉，又不离所阐发思想的核心。艾云能巧妙地不歪曲思想的原意,又精美地插入她自己的心绪,这使被表述的思想层叠相依、抑扬顿挫,一切对思想的想象、感觉和灵性都挥发出来,达到了一种诗性精神的优雅感和超越感,呈现出某种处于思想梦幻中的闪光色彩。

## 六、优雅与浪漫:丝丝如缕的思想诗性感觉

也许,让思想转化为文学形式和生活世界的诗性感觉成为艾云作品的重要特质。以叙事的、想象的、灵性的方式表达的思想是诗性的思想,这种诗性的思想情态表现为感觉与沉思,感觉与沉思在艾云的作品中一泻千里。

诗性的思想感觉在艾云的生活中、身体中、头脑中,在她的生活世界里也在别人的生活世界里,在她的书里也在别人的书里,她尝试以诗性方式将自己所生活的思想世界融入我们每一个人的世界——当然,这就是她想要人们去读她的书和思想者的书的原因。

以对生活者的思想世界的感觉进入思想者的生活世界、以对思想者生活风格的叙述进入思想世界的感觉——这样的方式在对思想的叙述和想象中融合出一种交织其中的生活感受:思想让人清醒,感觉让人优雅,诉说让人沉静,向往让人激情,这使在叙述中行进的思想意味依托于文本风格,又超越于文本的有限空间。

因此,我们无法仅仅把艾云看作一个当代中国的普通散文写作者,却忽略了她的散文形态中思想的感觉特质和她对思想写作的执着。正是由于艾云对历史、美学、生活世界、现实的思想感觉,才使她的散文与同时代的其他散文有不同的质地,使她的思想感觉成为当代中国散文的一种有意味景观,也超越了同时代某种女性散文写作的狭窄。

艾云的作品有一种读与思优雅一体的感觉,这种感觉气质飘荡在艾云的作品中,使艾云的书成为不是为一般人准备的书,甚至不是为一般精英阶层准备的书,而是为那些有浪漫灵性、追求高雅与恍惚的人准备的书,但又是为每一个人准备的书,只要你向往这种精神质地,但又需要对生活和思想的机敏感觉。这是为那些专意进入诗性思想感觉和美学生活感觉的人准备的书,一个人

有了专门读书的感觉，才会有生命延伸和生活世界的真实感觉。

这是一种优雅的和浪漫的读书与写作，读这样的书需要独思静处，当用一种优雅的姿态和语言去表达一种思考时，就有了对思想的诗性感觉，它不是直接进入思想的逻辑言说，而是进入对思想的柔韧感觉。作者面对思想与现实边读边思，因为丝丝如缕的感觉，书虽然好看，却不是轻易能读懂的，要读这样的书，就要准备思考——它不是那种一望而知、看过即扔的消遣书，而是在某种程度上可以反复读的书。这样的写作和阅读需要一种优雅、精致、浪漫的感觉，这需要提问：你准备好优雅了吗？在自己的读书空间里随着那些思想意味飘舞飞翔，可以从中汲取一种高贵、独立、自由的生活感觉。

诗性化的思想比逻辑化的思想更具有普遍接受的可能，将思想诗性化是艾云的一个诗学观念，当然，也一定是一个生活观念——在我看来，文学永远都是生活的观念性体现。艾云在作品中旁征博引、引申发挥，不断变动现实与思想之间的距离，潇洒从容，娓娓动听，扩大了知识空间与审美空间的密集联系，也使文体变得灵动丰盈，从中流淌着精简优雅、清晰含蓄的思想感觉。

思想的诗性化气质流淌在艾云的字里行间，这种思想的诗性气质、诗性转化，变成了她的文学灵性和语言灵性，为了避免单方面判断的错误，也为了充分展开思想意味，艾云不仅在作品中讲解她所体会的思想，还在文本中完成一些讨论和争辩，这与古希腊的苏格拉底、柏拉图等人用对话展开思想的方式有些相像，沉静思考与激情诉说交错相连，也像镜头摇动一样远近交叠。

由于这种思想的诗性意味和灵性气质，这些作品既透着文艺缪斯撒落在山林的自然灵性，又具备当代中国城市生活空间的审美意味；既映着思想的光华，又折射当代现实的变化，借助这些写作，艾云想使当代中国的一些人获得一种诗性的自由生存，获得一种个人感觉与想象中的思想魅力，就像偷窥了上帝的荣光。

因此，在艾云的写作中呈现出一种生活形式：生存不断进入感觉、智性不断进入灵性、思想不断进入想象，或者相反，感觉进入历史、感性进入知识。不需要刻意追求，这种生活形式就具备了文学灵性和写作个性，进入写作，就是在挥洒她自己的生活灵性，所以，一旦开始，就会洋洋洒洒、挥霍不尽，生活感觉已经直接转化为思想感觉。

由此，在艾云的作品中，本来是少数人的生活却被更多人感知，变成了多数存在的可能。因为这样，在艾云的这些思想感觉、思想灵性中，所有的知识结构、学术训练、艺术背景都渗透转化为一种生命感觉，这种感觉一旦进入与其相连相宜的思想情态和生活形式，便会被激发出像花蕊绽放一样不断张开挺立的情态。

# 第三篇　张鸿的生命之心与文学之意

## 一、在内心的诗意中开始现实生存

张鸿的作品中的文体技巧和语言品质虽然重要，但不是张鸿的作品的根本风格特质，张鸿的作品的根本风格特质之一，在于其中所包含的诗意生活的意味。张鸿的作品与其他非虚构作品的区别，不在于一般的文体区别和文体表现，而在于张鸿的作品要表达什么样的诗意感受和美学化意趣。

与此相关，也在于用什么样的美学化形式处理生活，以产生诗意生活的意味。张鸿的作品有一种整体性的美学化风格倾向，把简洁干净与含蓄委婉交织成一种诗意化生活意味，从容率真、明媚犀利、意趣开阔、形式多彩，形成了张鸿作品流荡变幻的诗意化生活领域，也确立了张鸿的作品与生存的美学关系，是一种真正发自生命和生活的文学表现，而不是作为文学写作的职业对象出现。

张鸿的作品不是要在文学作品中另立一个与现实生硬不同的所谓诗意领域，不是自以为是地去描写现实中本来不存在的诗意真相，而是力图通过对生活的诗意化处理，去除生命的迟钝和遮蔽：生活的激情、理想、光明和美都是诗意，它们本来就在我们的生活中，我们看到的，是张鸿怎么去感受、发现、深入它们。比如，在《每张面孔都是一部经书》中，名人的爱与普通人的爱交融相连，你会由此惊讶地发现，每一个人的生活都可能因充满了衷情而获得升华，在这个意义上，每一个人都可能平等地获得相似的诗意生活。

怎么生存就怎么写作，内心的诗意生活怎么样决定了作品怎么样，从张鸿的诗意化生活特质中，浓烈地流溢出美学化生存情思和形式感受，生成一种成熟而独立的风情并茂的文学情景，也是生命经历与主题意趣、内容表现、风格倾向保持一致的美学化情景，作品所表达的对生活的判断、所生发的意趣和所流露的性情，都来自美学化生存的诗意表达。

这样，在张鸿的作品中，现实性生活被张鸿的诗意化知觉改写为诗意化生活，于是，作品中纪实生活之下深藏的诗意化意味便呈现出来，它们本来并不可能像在张鸿的作品中那样存在于现实中，但由张鸿的作品曲水流觞地迂回曲折于现实中，我们可以由张鸿的作品去体验到现实生活中的诗意。

于是，张鸿的作品如春风野火般层层片片地点亮内心的微明之火，表面的美学化情景即是内心的诗意化情景，在内心的诗意化生活中，开始诗意化的现实性生存由象征性生活进入现实生活，从诗意的象征意味出发，给予生命现实性启示，可以在生活中广泛延伸演化，对生活进行更广泛深入的感悟。

沉浸在生活与内心、现实与象征的美学化交织中，让张鸿的作品与她的生命编织在一起，深入现实生存情境，悠悠追寻生命的存在之情和人类的生活之源。那种接续人类以往的净化生命、提升生活、追求纯真的感受，在这些作品中如早晨的清雾袅袅升起，又如流光溢彩，散入寻常百姓家；那些似乎随意拾起而又精心琢磨的描写，唤起了每一个人可能的诗意化生存经历，唤起了普遍的对所经历事物的重新体验和挚爱。

所以，在她的作品中，我们看到有历史与生命相结合的诗意化生存痕迹，有生命意识与普通事物相结合的诗意化生存情境，有世界著名景物的诗意化风姿感觉，也有来自中国乡土风物的诗意化精神。这样的作品表达着世界与中国、爱情与生命、艺术与历史等关系，贯穿了从古代到现代的情思，包含了从历史到今天、从中国到人类的感悟。

## 二、性情中的生命衷情和文学憧憬

让美学化的性情和气质直接袒露在作品中，激发点染作品，并且影响作品的风格气质，是张鸿的作品的重要特点。真实的生活性情对文学作品很重要，没有文学性情也就不会有真实的生活性情，生活性情与文学性情一衣带水，对生活没有美学感受的人是拘谨的，自然难以有性情。

张鸿的作品的特色之一，在于有独立的美学化生存性情与气质，由此激发出普通生存中的诗意生活，并且引导作品的主题与形式。《编辑手记》《大地上的标记》中的评点完全来自张鸿的美学化性情的选择和触悟，而《每张面孔都是一部经书》和《高剑父》中更是四处荡漾张鸿的性情，由作品中的性情化描写而改变刻板的事物感受。

张鸿的作品挥洒出一种美学的生活性情，我们可以看到诗意性情与普通生存细致相融的美学化生存意识，这样的诗意生活性情既是生活的，也是文学的。张鸿的作品中的人间情景都被张鸿的性情加以演化，在这个意义上，性情就是美学感受，就是作品的内容、形式和意义。作为一个有美学化性情的人，张鸿可以在一个简洁精致的空间里，让狭小的生活领域获得无限的美学光辉，在作品中演化出一派有独特美学气质的作品风光，由此让生命、生活、历史以及作品本身都获得一种美学化的品质和方向。

性情带动散文之神，神在散文作品才在，神是主题气质和作者性情形成的作品核心，诗意气质与作者的诗意性情相关，诗意性情与生活性情相关。诗歌要含蓄，小说要故事，散文要直抒性情，深藏不露的作者性情、不动声色的散文气质必定是虚假的。人们常说散文要有情怀，但情怀要在美学化的气质和性情上表现出来，没有美学化的气质与性情，无论怎么说有情怀也是虚假的。一个在文学作品中弯弯绕绕、不露真情、刻意修饰生活和自己的人，不但作品写不好，在生活中也必然是一个遮遮掩掩的人，不可能美学化生存的人，也不可能美学化写作。

生存经历对于张鸿这样的人一定是诗意的和性情的，在张鸿的作品中也一定是诗意的和性情的。既然散文直接表达生活性情，那么，张鸿所有的非虚构文学作品其实都是有共同的性情和气质的，其非虚构文学的诸多形式无非是审美性情和生命性情的诸多表现。这样，从看似与一般散文短制不一样的长篇传记《高剑父》，到从编辑身份出发感悟的《编辑手记》，再到表达自我情怀的《每张面孔都是一部经书》，都有共同的文学气质和诗意性情。

张鸿在作品中流畅地袒露自己的生活性情和诗意性情，这表现为坦然率真的美学化生存向往。张鸿的作品绝不虚假矫情，绝不故作多情，以美学化生存性情唤起了人们对生活的迷恋和情趣。在这样的性情描写中，不需要装模作样的对历史的虚假疑惑，不需要对人类所处境遇矫情的关怀，一切都在真实的性情化的细致表现和美学化的生存判断之中。

在文学作品中，用什么证明生存之心？从自己的生命性情出发，对生活的执着衷情和敏锐感悟是张鸿的作品核心，让张鸿深入生命的无限领域，从自己的内心衷情出发，去追索身边生活的价值，也憧憬遥远相连的生命意识，探讨那些似乎简单却处于幽深意味中的事物，在短暂的生活中带着悠长的回忆和沉思。

那些集中在张鸿的性情领域的摇曳丛生的描写，那些风情万种的人物，那些时明时暗的内心幽昧之火，那些远近高低各不同的长篇短制，都集中凝聚在对生命的美学化生存观念上，那些安静的事物在张鸿的风格领域中跳跃灵动、相互牵连，完成了对生命的憧憬和对文学的衷情。

### 三、以意趣凝聚情思而形散神不散

张鸿的作品与其他人作品的区别，也在于美学化感觉和美学化处理所形成的意趣的不同。不但《每张面孔都是一部经书》这样的叙事抒情作品意趣盎然，《大地上的标记》这样的作品对散文作家和作品的选择也充满了标记式的意趣。意趣是张鸿作品的散文之神。张鸿的作品的长处，在于其常常有清亮剔透、直入生活深处的意趣，以独特意趣凝聚情思而形散神不散。

张鸿的作品并非是将一系列的语言情景串结起来，表达散漫华丽的生活感受，而是有独立的散文意趣作为核心，带动整个篇章焕发语言神采和形式魅力。文学意趣来自其敏锐的艺术判断、灵性和感悟，对生活和文学的敏锐发现、思考、判断带动了张鸿的写作，也成为张鸿的作品与众不同的色彩和亮点。这让张鸿的散文看似平常，实则有因与众不同的发现和判断而产生的独特意趣，有沿着形式和主题枝干所蔓延的意味，有美学化处理方式所带来的灵动流荡其中。

美学化生活观念与文学观念是相互映照和发现的，怎么生活就怎么写作，审美立场就是生活立场，这在张鸿的作品中非常突出醒目。所以，作为有文学编辑身份的张鸿，常有出人意料的神来之笔，比如说《大地上的标记》和《每张面孔都是一部经书》这样的标题，便足以显示其独特的发现的可能和魅力。

文学方向和文学发现都是生活的,说到底,文学是由对生活的美学化感觉所生发的美学化处理和美学化表现,最终形成美学化意趣。张鸿明白,玩语言的散文和诗歌与玩技巧的小说一样,都缺乏美学化生存感觉的婉转悠长,好的散文并非仅仅是语言感觉,还要有美学化意趣深入其中。这不同于一些偏重语言感觉的散文——语言极美却缺乏意趣之神,当缺乏画龙点睛的美学化主题意味时,自然也就难有语言之美、生活之美的意趣。

文学意趣首先是生存之心,有了生存之心,才有了张鸿的作品之意,而作品之意又证明了生存之心。对于张鸿,这样的生存之心必须是美学化的,并且,她将自己的美学化生存理念贯彻到了自己的生活和文学写作中,无论读到什么、看到什么、听到什么,最终在张鸿的笔下都会变为写成什么的意趣。

于是,就有了她汇集在作品中的诸多美学化生存发现和文学表达融合的意趣,人们会觉出,张鸿的作品总是离人们的身边生活零距离,总是零距离地表达这个时代的生命感受,但又有诗意生活的意趣。这样,从文学意趣与生命普遍感觉中触发的美学化经历,变成了张鸿自己的和更多人的生存经历,于是就有了那些作品中的生存发现,也形成了张鸿的灵动敏锐的美学化表达方式。

## 四、灵性中的情感幻想和美学化生存

另一个引发张鸿与文学特殊关系的,是"灵性"。我很看重以灵性来区别文学品质,为此,2016年我出版过一本书:《灵性生存:走向生活与文学的深处》。张鸿在《编辑手记》中对黄咏梅如此评价:"对人性的细致入微的刻画是她的长处,我个人感觉这种写作状态不是光学习能得到的,需要的是用心的体悟和人的灵性。"这段评价与张鸿的作品相关的有两处,其中一处是细致,另一处就是灵性。

在张鸿对黄咏梅的评价中,我不在意"心的体悟和人的灵性"这样的评价,在这样的中国式评价中,人性早已被说滥了,被说得无法区别什么是人性、什么是非人性，许多中国文学的非人性都被说成是人性，而"心的体悟"也可以说有就有、想怎么说就怎么说，这样的概念可以随意套用，真假莫辨。但灵性做不得假，一个作品有无灵性，一看便知，是可以与作品对应检验的，比如，黄咏梅的作品是可以看出灵性的，而张鸿的作品也含有灵性。

张鸿的作品包含着对生命的灵性感悟，像阳光透过树叶在地上一样，掩映不住地四处透着灵性。灵性并不是一个简单的概念，灵性包含着张鸿所有的文学教养和文学感觉，能写出一种美好精致的独特感觉才是有灵性，写出灵性能检验一个作家的各个方面：纯粹、理想、尊严、神性等等，这样的文学表现来自一种韵味深厚的灵性感悟。

张鸿的不同类型作品同属于一种灵性的表达，同属于一种精致的风格追求，在张鸿的作品中见不到粗俗鄙陋，张鸿不轻率、不粗疏，不随意去写，不是什么都写，而是有选择地去写，有时如一竿两竿修竹、三点五点梅花，虽寥寥数语的点染，却疏落有致，见出有心性、有性情、有判断，然后才能将这些汇成一种诗意化感悟和诗意化秩序。

有选择必然有节制，选择和节制形成了一个个精致的文体空间，这样的作品将对历史的思考、对文学艺术的见解、对生命的关怀在灵性感悟中融为一体，其中对于生命一草一木的触及、对生活一事一情的关注，都透着敏锐的洞察和透明的灵性而浓烈流溢，这与那些写了大片的文字却没见出什么主题性内容的作品不一样。

在张鸿的作品中，多处透出对单纯而纯净的理想或者生命的灵性感悟，在《山高谁为峰》中，她发现了普通边防军人生命中的简单而纯净的理想，并且对此充满崇敬和羡慕之情；在《每张面孔都是一部经书》中，张鸿对爱与美十分钟情，她的钟情见出她对情爱的性情和灵性感悟。

这样的作品让灵性的激发和流荡来带动生命自由、诗意生活，带动语言形式和文体结构，敞开了散文写作的自我可能，敞开了散文的美学化可能，也敞开了象征性和现实性生活空间，让人可以从这些作品中沿着作品的美学化生存方向和目标，在现实世界中专注于这些语言形成的情感幻想和诗意生活。

## 五、细微与大气共融的格调

文学格调与文学大气、文学细节同时相关，而且，文学的细微触觉并非俯仰皆是、人人可得的，文学的细微之处是评价一个作家的根本之处：写不出细微之处，也就写不出大气感觉，自然也不会有像样的格调。

张鸿对黄咏梅评价的另一处敏锐地方，是文学描写的细微之处。张鸿也是一触一碰都能触及灵魂细微反映的人，这是她长期的文学工作和训练培养出来的文学知觉，并且由此形成一种文学格调。

张鸿的作品常常由细处触发，对生活画龙点睛地抒情寄怀，但不单纯写景，也不单纯寄情，而是总在叙事中展开生活情趣、联想抒发生命情怀。在张鸿的作品中，那些历史事件、生活故事、重要人物、普通生命的情思细细展开，层层交叠、处处生发，外在现实转化为内心细微的诗意体验，所有的文学情景都是由张鸿的内心情景转化出来，所有的生活都在张鸿的想象和联想所生发的情思中存在，由此在生活中延伸和深入。

这样的一件件小事、一点点思绪微小而无限延伸，变得悠远开阔，完全改变了微小事物和细致情感的单一与局限，激情和深沉从生命中迸射出来，如焰火升空般从生活的大地上激发，完成了对生活和生命连为一体的形象。丰富而有弹性的内容被细密地集中在一个事物上而展开张力，在一小片文字的描写中，说理、叙事、写人恰当地融为一片风情，体现了张鸿的作品从单一事物向更多事物、从细小生活向宏大生活延伸的格调。

我所说的宏大，并非是历史和生活事件的宏大，而是身边生活的宏大。事实上，宏大在每一个人的生命中，一个人若无崇高的理想主义向往，不可能真正有生命价值，这一点，在张鸿的作品中体现得非常清晰：在《高剑父》中，个人命运的细处融入了历史变迁和艺术理想的宏大；在《每张面孔都是一部经书》中，对人类历史上一些著名文学艺术家的情爱描述有宏大感受——爱与美的普遍和永恒就是宏大。

在张鸿的作品中，细节有力量，宏大也有力量，张鸿的作品能将细微与宏大结合因而更加有力量。一切宏大和深刻，都必须在细致中表达，但细致的表达不是啰唆的表达，而是简洁的表达，细致与简洁本来不是分离和对峙的，却被许多人误解了。在张鸿的作品里,我们看到了细致与宏大的透亮结晶,生活真相与生命真谛都清澈敞亮地呈现在这些作品所表达的生活中,清晰而透彻,没有重重叠叠的相互碰撞、相互纠缠不清的内容。

## 六、美学化判断引导的风格格局

文学作品的格局,常常会给人直观的美学化品质的印象。由于张鸿融入生命本能的美学化生存向往,张鸿的作品善于对生活进行美学判断,由此带动了她对文学作品的品质的判断,文学作品的格局处处都在,穿插分布在具体的作品表现中。这样的美学判断与格局突出体现在《编辑手记》《大地上的标记》的评点中,但更有深度意味和美学化意趣的,是体现在《每张面孔都是一部经书》和《高剑父》这样有具体生活内容的生命描写中。

这些作品中的美学化向往为现实中本来存在的风物人情重新树立或者启动了一个主题和表现形式,把生命的更多更深的内容如喷泉般激发了出来,于是一切有限的风物人情在张鸿的作品中都变幻出一种无限魅力,由美学化向往生成了对于每个人都可能有意义的主题性感悟:在《在大地的标记》和《每张面孔都是一部经书》中,我们都可以找到一个个有交叉小径的内心的秘密通道,那些张鸿所经历的生活变成了每个人都可以拥有的美学化经历。

由于张鸿的作品表现出敏锐的诗意感悟和清晰的生活向往,它们有一个诗意生活核心,就形成了一种有美学化主题引导的作品格局,这与那些让人读后说不清读了什么的作品不同——那些作品既找不着主题,也没有核心内容,而张鸿的作品要说什么是很清楚的,这与她作品中美学化生存向往所形成的诗意生活有关。张鸿总是有一个清晰的美学化生存之心作为作品的核心,对生活进行美学化主题向往之后,再对生活进行美学化形式处理,然后再提供给人们一种美学化感受,最终把她的作品变成一种可以普遍感受的美学化生存形式。

张鸿的美学化向往能发现普通事物中的诗意价值,并且转化为相应的美学化风格形式,这样,从张鸿简洁而清晰的表达中,我们能得到生存的主题性感悟。在这样的诗意向往引导下,张鸿让自己不同的作品,传记、评点、手记、抒情、纪实、短制、长篇汇成整体性风格空间,不同作品来自同一诗意倾向和向往引导的主题表现，在共同的想象空间延伸，展开结构性的整体表现魅力。

在美学化生存向往的天空下，这些作品凝聚在一致的风格格调之下，不同篇章交错勾连、跳跃滑动，相连为一个整体，结为一个充满张力的风格结构。有一个个不同内容的主题和形式空间，又有共同的美学化格调，不同的生活被富于意味地压缩在一个个篇章中，一篇篇作品就像一层层云霞相互交错勾连，其中的美学化秩序同时给予生命、个性、散文、生活以深邃的空间。

美学化风格引导的整体性风格格局中，散乱无序的生活被诗意发现所集中，变成凝练的美学化处理与表达，那些散漫无奇、普遍蔓延的生活，既被不同的美学感悟和意趣尽情地点染生情，又被一个个集中的美学化主题向往组织得井然有序，它们有层次、有节制地发生在作品中，形成了张鸿的作品中特有的美学化风格秩序和风格格局。

# 第四篇　香灵东方：洒满香意的生命世界

## 一、香意生活的心性智慧和审美感觉

一个香灵在东方莎莎的散文中飘动，对香意的灵悟凸现了诗意的生命品质和美学象征。一个作家出风格并不容易，出主题与形式凝为一体的精粹风格更不容易。在东方莎莎多年的艺术积累和自我诗性教养之后，一个香灵飘动在她的散文中——香灵飘动勾勒了一个精致的艺术意象，其情趣、主题、语言都极为一致地形成风格化描写，对生命的香意思考和香意情趣，转化为有象征意味的风格方向，连带出散文形态的灵动剔透，片片香草般的作品像水波一样摇曳流荡，敞开了这些散文的美学化结构空间。

香意生活既是东方莎莎作品的主旨和灵魂，也是她的普遍诗意生活形式和特殊生命情趣，如若没有这些作品的表现，就没有她的生命情趣和生活形式。个人的生活形式决定了相关的审美方式和写作方式，东方莎莎以个性化方式在人类艺术传统的河流中汲到了自己的一掬诗性之水，以特别的生活形式和生命方式写出香意主题的一系列作品。

所以，我们会在她的散文中，时时看到一个飘动的散发香草气息的美丽精灵，这些散文由此闪动着独特的心性智慧和审美感觉，浮现出特殊的诗意生活情景。进入这样以香意规划的散文世界，就像进入彼此交相延伸的香草丛中，让人流连忘返于其中的花园小径和田野阡陌，想起"巧笑倩兮，美目盼兮"的风情，也会闻到洒满香意的散文世界中的"红楼余香"，这样的诗意生活情景，可以用香气横溢这样的字眼去描述。

香气氤氲的散文验证了东方莎莎自己的生命心性，也验证了独特审美经验实现的可能："我收藏了一些笔形香水，每当拿出来欣赏、品味时，我竟然都有想送给鲁迅先生和许广平先生的冲动。我相信，如果时光穿越到上个世纪二三十年代，如果有这样一个机会的话，鲁迅先生不会驳我面子，因为他在生活中其实是一个很有情趣、很会享受生活乐趣的、可爱而有点童真的人。他平易近人，不会把同样有点可爱有点童真的我拒之门外。许广平先生更不会拒绝，因为她是一个有广阔胸怀的人。"（《给鲁迅与许广平送一支"笔"》）

东方莎莎特殊的生命感觉产生了生活的诗意感觉，有了她那些对生活的诗意感觉，才有了她作品中那些审美感觉的奇妙喷涌，才有了那些香意散文中的层层香气。在这样一个时代，有独特生命心性以及相连的审美感觉并不容易，特殊的审美情趣和诗意感受并非一朝一夕能形成，需要有对诗意生活的长期追求、敏感和触摸，这并不能刻舟求剑、故意为之，只能"清水出芙蓉，天然去雕饰"。这是东方莎莎一点一滴逐渐汇聚、一情一景逐渐培育出来的，它们像一条条涓涓流淌的溪流，终至培育成《闻香识花妖》这样一片香色凌波、光影流荡的文学湿地。

东方莎莎似乎从一开始就在不断寻找、培育生命中的香意，香意与诗意、与生命、与生活之间有审美呼应关系，只有在这样一种审美呼应关系中，这样的香意散文才可能构成审美主题和审美逻辑，其他作品不可能替代这些作品，不可能构成相同的审美效应，这样的生命和生活感受，只能以东方莎莎特殊的香意形式和香气感觉而存在："这款男香中的柑橘和甘草气味是我从小就喜欢的，甘草、烟草和广藿香更是老爹喜欢的。连那瓶身上粗犷却不缺乏内涵的装饰，我也觉得很像老爹那类老派男人的风格，瓶子上针脚密实的粗线，使我想起老爹的一件劳保服上的粗线。"（《心水香，送老爹》）

作品不仅仅依靠词语的调度和情景的再现，还通过延伸香意主题得到最佳呈现，在以香意为中心的文学修辞系统中，无论象征还是比喻，无论情景还是人物，香意的种种意象都纵横相连，花、草、味、人、情等交错表述。因此，在东方莎莎的作品中，种种审美的形式策略不可能与香意形象的普遍生活主题自由分离："在'冷水'男香尾调的淡淡烟草味中，我依稀看见拿着烟斗的艾瓦佐夫斯基坐在岸边的礁石上，他不慌不忙地吸着雪茄烟丝，目光落在不停拍打礁石的巨大浪花上。海之手好似在弹着礁石琴，那一簇簇浪花绽放出琴

音,高低起伏的旋律让天边的残阳也得到力量,它也不失时机地给灰蓝的海水描上了几缕橙红。"(《海之恋》)

香意在东方莎莎的散文中生发重要的修辞作用和美学作用,成为诗意生活和纯粹生命的象征性表现,各种人物和事物变化出具体的香意形象,并赋予香意形象独特的价值和意义。东方莎莎对香意形象的种种描绘,其实是对自我形象的描绘,也是超越自我形象而融入普遍生活形象的描绘,这个形象一旦脱离作品中的审美自足体系,就不会产生更好的文学修辞效果和美学象征意味。

香意生命的特质在于心性,东方莎莎的香意从根本上是心性香意,是一种生命品质的象征,每个人的生命都可能与香意相连,但因心性不同而各自不同。东方莎莎的所有香草、香水、香气、香味、香情、香思,所有的品位、情趣、象征和比喻,都在于心性,把这样的心性香意与普遍生命相联系时,生命的一切就发生了奇妙改变,让人们对生命和生活有了另一番感受和情意。这样描写的散文世界既有共同的香意特质,也有同一的心性色彩,却又有各自不同的表现,所以,在东方莎莎的香意散文中,可以看到诸多生命表现:古代和现代、中国和西方、个人和民族、作者和作品中的等等。

## 二、闻香看世界:香草般典雅的诗性向往

与其说东方莎莎的香意散文有助于解读个人写作行为和生活行为,不如说这些散文有助于对生活形式中诗意时间的有效普及。东方莎莎的散文所做的,不仅是将层层叠叠的外在香气感觉情状描摹出来,还要让作品和生命飘溢丝丝缕缕心香气息,以证实诗意生活的存在。

东方莎莎意识到,作为一个文学家,她的香意散文要证实的,不仅是生命、个性、主题和风格的存在,不仅是这个年代个人生命和女性生命的特质,更重要的,是证实日常生活的普遍诗意可能,在这些作品里,个人、女性、普遍生活与文学的诗意信仰结合,生成了作品与现实相联结的诗意生活:"在古龙水中,我最喜欢4711。将它喷一点在我手掌上,首先到访我鼻息的是橙子、柠檬、桃子和罗勒清新的果酸香气,好像清晨在山野中推开木门迎面扑来的一阵微风,我眼前就慢慢走来了一个'头上戴着洁白簪缨银翅王帽,穿着江牙海

水五爪坐龙白蟒袍,系着碧玉红鞓带,面如美玉,目似明星,真好秀丽人物'的北静王水溶……4711冰爽古龙水同样出自皇家,它不但是德国皇室专用品,而且还曾经是法国皇室和俄罗斯皇室最爱的香水!这款有200多年历史的'化石级'古龙水,开场的香味鲜活而透明,就像洗完澡后清爽干净的味道。一款清雅干净的香水,是该配一个清爽洁净的人的。北静王水溶和它相得益彰。"(《送一瓶"4711"给水溶》)

这些香意散文之所以会受到人们的欢迎,是因为它们将生活诗意化地呈现后,为人们重新打开了现实生存,通过这样的诗意情景,人们找到了进入自己现实生活的路径。这意味着,激发对生活和生命的香意感受、写出香意散文,并非东方莎莎一厢情愿的行为,它位于这个年代人们所向往的诗意生活之中,虽然具有乌托邦般浪漫色彩,却有抓住现实生存的纪念性:抓住了一种香意感受,就抓住了自己生活的可纪念之处,否则,人们就可能对自己的生活毫无知觉。所以,香意生活并不仅仅是东方莎莎作为女性作家的特有发现,香意散文也不是她作为女性作家的唯一标志,这些散文的根本意趣,在于把人们的普遍生活变成了有诗意感受的生活。

无论怎样,如果没有东方莎莎在生活中的诗意感受,就不会有这些香意散文的诗意普及:以香意为中心形成的诗意生活,对任何身份的人都是根本的,核心在于能否发现和发扬自己的香意触觉。香意生活是诗意生活的普及,香意情趣是诗意情趣的普及,香意触觉遍及生活中的普遍诗意。本来,东方莎莎在这些散文中所写的生活和人,就是普通的生活和人,比如父母、老额吉,只是,由于她善舞香草而变幻魔法,变幻出种种奇妙情思,在香气、香味、香水的氤氲中,变幻出普通生活的香情、香思和香意:"乌兰老额吉的一生也和'千里之爱'三瓶香水的三色契合:少女时,额吉追求白色一般纯洁的爱;中年时,坚守自己的爱情信念,从千里之外来到丈夫的故土,心灵中有红色的赤诚;而到了晚年,看透世间苍凉的她,有橙色一样的心胸,如秋后的土地,收割了,满是草垛,却不凄惨。"(《乌兰老额吉》)

由香气不断培育、凝聚、激发的,是生命智慧、生命情趣和生命心性,它们在文学中表现为诗性智慧、诗意生活和审美情趣,反过来,这些作品中的诗性和诗意又启示生成了更高的生命感受,没有这样的生命情趣,就不会有这样的诗意情趣。在《闻香识花妖》的前言中东方莎莎提到，父母在她幼小时对她的培养与她今天对香意生存的感觉有关；有心人还会注意到，她对《红楼梦》中的人物和事物与香气的关系格外钟情，以红楼香意牵一发而动全书，生出满篇香蕴、香思、香情，情意绵绵，别有风韵。

这些散文本身就在证明，写这样的香意散文要有独特的香意诗性触觉，这样的香意诗性触觉与文学教养和审美悟性有关，也与人生经历和生命灵悟有关。任何纯粹的诗意感觉都不可能在文学作品中被强行写出来，而是与生命中点滴积累有关，因此，香意散文与东方莎莎的文学教养有关。这是由长期的文学教育、培养、熏陶和思考形成的，而文学教养是人的品质和文学品质的来源与表现，这绝不是凭任意的文学经验、知识、身份、地位就能达到的，有了比一般人更敬畏文学和生命的心性，才可能达到。

东方莎莎散文的主题和形式特点，就是以香意情思为意向，发现并钟情当代中国生命的自我感受与审美品质，而我们这个年代的生活情境，让这样的钟情格外重要。这样的散文以香意美化和诗化了我们的生命，集中表达并诱发了东方莎莎自己的生命感觉和审美情思，也引导激发了每个读这些散文的人的生命感觉和审美情思，在更大程度上完成并普及了我们这个时代的诗意生活。没有东方莎莎的香意生命特质，便不会有这些香意散文；没有这些香意散文，就不会触动这个时代人们更多的、更广泛的诗意生命情思。

香意情思突出了生命之思的特质，将人生的感受和体验与香草、香水、香气、香味、香感相连，就不会有泛泛人生。虽然每个人都会有生命之思和香草之情，但以香意为情思延伸出对生命和生活的美学化处理，却并非人人能为，甚至并非每个文学家都能为，这就是东方莎莎的文学特色和生命风格所独有的。

不论对现实生活还是对文学作品，每个人都会有自己的诗意感受，作为文学家的东方莎莎与常人不同的、也与其他文学家不同的，是她那以香意为核心而凝聚的诗意生活感觉，香气凝聚的诗意感觉让人们对生活有所发现，也让人们对生活有更高雅、更精致、更美学化的情思向往。

### 三、让香气般的典雅透彻到底

没有真纯生命品格的人,自然也不会发现生活的典雅,因为典雅是一种美,粗鄙既与典雅无关,也与美无关,炫耀粗鄙的文学自然也不会有审美感染力,无论中国的古典文学还是当代文学都是这样。

追寻香草般的生存意境,就会有一种对美的生活的向往,也会有一种典雅的生存向往。在屈原向往的香草美人世界里,被香草和美人所隐喻的生命品格散发着典雅的幽香和清纯,而对于东方莎莎,香气既是生命也是生活,在散文中嗅出生命和生活的香气与美,与努力寻找一种生命和世界的典雅是一回事。

作为一种典雅的审美直觉,当这种闻香看世界的嗅觉能力表现在东方莎莎的具体写作行为中时,就是一种对生命态度和生活风格的典雅追求,其中对优雅、高贵、尊严的追求是核心意识。在这样的典雅天空下的日常生活和写作中,看不到小情小趣的津津乐道,却看到激情如水的透彻明朗。

说这是典雅的审美知觉,是因为东方莎莎的散文中不对香水和香气做粗俗的、欲望性的判断与描写,因而也不对世界的粗鄙浑浊进行揣摩,而是如清流般对美的生活进行富于典雅气息的清澈描述,这与那些迷恋粗俗卑琐、琢磨小情小趣的日常生活描写的作品不同:真正的典雅之气虽然关注日常生活,却飘荡回环着美的生活之气、端然大方的生命之气。

当东方莎莎的生命感知、生活风格、审美知觉与对香气的典雅感受融为一体而婉转流动在她的作品中时,东方莎莎想要的生活就浑然一体、含蓄玲珑地呈现为一种典雅之美。这样,东方莎莎的散文里,没有厚重历史,却有浪漫情思;没有风花雪月,却有日常凝重,它们会引发人们的激情向往或者深沉叹息,就是因为有一种典雅情思婉转逶迤地透彻其中。

这些作品含有的典雅诗性特点是:既激情如水,又沉思如水;既有中国古典风情意味,又有欧洲文明气息,这种品质来源于东方莎莎生命过程中被中西文化的典雅不断熏染的过程。这其中,柔美与激情同在,东方莎莎敏感的女性触觉和激扬的艺术情思融成了一种格调和情趣,其酣畅大气接近于男性气质,而想象的轻灵、思绪的连篇、情感的细腻、语言的精细却富于女性气质。

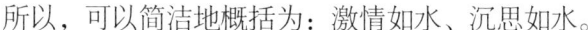

所以,可以简洁地概括为:激情如水、沉思如水。

激情与沉思共同形成了东方莎莎的典雅性特点,而且,是一种极有气质性的女性典雅,那些流淌的文学,处处泛出这种女性典雅的水波:"来水乡之前我曾徘徊在我的香水柜前,心想着到底该用哪种香水才配得上水乡的气息,在我收藏的几千瓶香水中挑出一种,还着实不易呢,我左挑右捡,抽出了'一生之水'。选择它,是因为它是最早的一款水生花香型的香氛,一开始,莲花、甜瓜、玫瑰、仙客来、小苍兰悉数到场,尤其莲花带来飘逸的水生花清香;然后登场的是百合、牡丹、铃兰和康乃馨的复合香味,我好似看到这些花儿正被朝露亲吻着;最后上来的是压轴好戏,桂花牵着晚香玉,雪松、麝香、龙涎香携着异域木材,它们悠然起舞,将花香沉底,让洁净流畅的泉水之香发挥余韵。这款1994年菲菲大奖的获得者,让我身在水乡万般自如。在水乡的气息和'一生之水'的气息蜿蜒交错中,我更恍惚,恍惚中,我却清晰地想起一个人来,一年前和他认识的场景翩翩而至。"(《水乡的气味》)

也许,这种女性典雅的意味中包含着香草与美人的一致性,而香草与美人自春秋和古希腊时期起就一致性地象征着美的生命与生活。

东方莎莎的散文中始终保持对美的生命与生活的向往,这让我再次想到:文学无法阻止邪恶,但文学可以阻止我们做邪恶的人。发现一种美的生命气息,就会判断一种美的生命价值,或者反过来,当判断一种美的价值时,就在发现一种有理想主义感受和价值判断的生命气息。

东方莎莎将香气与美的品质相连而对生活进行发现、辨认、追寻,因此,以香气来象征美的生活对她是很自然的事。美所具有的本质香气隐约流淌穿行于她的作品中,并成为她的作品的精神向导。美可以引领我们上升而不致下坠,就像歌德在《神秘的和歌》中说的那样:永恒的女性引我们上升。这样,在东方莎莎的散文世界中,芬芳的美无处不在地引导她前行,也引导着读者进入一个朦胧氤氲的世界。

东方莎莎似乎在一种对香草的执迷中走入一个内心深藏的美的世界,并将这种内心的美外化于周围的外在世界,又吸收外部世界的美转化为内心的梦想和憧憬。不论她对父母的依依深情,还是对异国相识的回味,都充满这种美的向往和想象,有时给人一种逃离现实而飞往理想的浪漫之感,就像古希腊神话的代达罗斯想要逃离现实中囚禁他的迷宫一样。

这样,在东方莎莎的散文中,让人目眩神迷的,并不是奇情异事,而是一种单纯的美的憧憬、一种普通人情怀中美的生命感受。在东方莎莎的散文中,我们能看到生命单纯所产生的魅力、能看到美的生活的不同情景,这些情景都很平常,没有浮华炫耀和眼花缭乱:"香樟树球形的树冠在天空中划出优美圆润的弧线,它们和直立的盐井架相映成趣。香樟的特殊香味和盐巴的咸味混合在一起,让人在兴奋中有些虚幻之感。好日子不期而至,甚至令人不敢立即相信。但缥缈是短暂的,因为盐巴的气味在吐纳间渐渐让人气息稳定,回归踏实。"(《盐,温暖流动于血脉中》)这与那些记叙描述日常生活时把玩现实、故作身姿、把常情常事弄得矫情做作的散文不一样。

东方莎莎的散文中,不论是温馨的还是坚韧的,不论是个性的还是常情的,不论是时尚的还是经典的,总有种让人进行美的想象和回味的情愫:在一种追寻美的理想主义的平常生活中,清醒敏感的头脑生发出生活现状思考,叩拜自然的情怀托起生命崇敬,细品人生的情意流溢着沧桑往事……

## 四、浸润着诗性信仰的审美直觉

经历了诸多人事沧桑和生命风华后,东方莎莎的作品仍能保持一种执着追求美的生存的品性,是因为东方莎莎的作品和生活中保持着一种诗性信仰。我说东方莎莎的散文是香草散文,是因为这些散文的精华散发出对香气的精细辨别力和审美直觉,而这种香气辨别力和审美直觉的核心是对美的生存的诗性信仰。

正因为东方莎莎让自己的生活和生命浸润着美的信仰,才能产生生存的诗性感受和散文的审美直觉,才能去培育散文的香草感受。因此,东方莎莎的散文只描写美的生存,避开邪恶的气息,这些描写中的诗性,如绛珠草滴滴还泪于生命般的痴情……这才使她的散文精华如同片片香草引人向往。

由此,那些东方莎莎的散文精华透露出,她不是将散文作为职业对象去写作,而是作为心灵的梦幻、作为生命的信仰去描述。这与那些铺张而喧哗地记述一时一地景物和事件的散文不同,也与只为将自己的感受用文字表达出来的散文不同。

能在东方莎莎的散文中看到的是，她那些最好的散文就是她生命信仰的一部分，与她的生命不可分割，就是在这个意义上，我将她的散文精华称为她生命的香草，而她似乎一直沐浴在这些香草的天空下："我的书桌上总会有一瓶香水占据一席之地，它就是'芝恩布莎'的'白玫瑰'……这'白玫瑰'之香，混合了香桃、天竺葵、檀香木、铃兰、鸢尾花、肉桂、麝香、香草等香气，让我想起春天的罗马尼亚，那个以白蔷薇作为国花的东南欧国度。当我嗅着'白玫瑰'香水时，我总看到那上下波动的黑白琴键，看到那些写满音符的作曲稿纸，此时都化作喀尔巴阡山麓绿色草原上的蔷薇、月季和玫瑰，它们璀璨夺目，千秋万代，永开不败。伟大的音乐作品，是为能够感受到她真谛的灵魂而存在、而隽永的！"（《我是贝尔塔》）

于是，在东方莎莎散文的大多街区中，都有与某种诗性信仰隐约相连的浪漫感受，在这些散文中徜徉，有时就会为了寻找某种信仰的依托而去精神漫游。对生命和生活的美的信仰，是东方莎莎的散文灵魂，那些与美的信仰共生的典雅风情，在东方莎莎的香草丛上如晨雾般朦胧浮动，吸引着写作者和阅读者流连徘徊，而那种与美的信仰一起飘飞的思绪，吸引着人们仰望星空而栖息于其中。

这种香草一样散文感受的独特性，即这种作者自己香草一样生命信仰的独特性，并非是用一些文字能堆砌制造出来的，没有生命中那种信仰贯穿其中，就没有那种简洁流畅的文学整体性，也没有那种香草般的审美感受。在当代中国文学状态中，可以看到有一些散文的文字或者语言显得华丽炫目，但那也只是文字在散文现场，而生命不在散文现场。

文学现场是语言与生命同在的，更深地说，就是文学与生命信仰同在。因此，从一个人的文学作品中可判断其是否有信仰、判断其生命品质，进而可判断其文学的意义和价值，即所谓文如其人，生命信仰就是文学风格："他们留下的无形的爱的力量仍旧感染着我。我沿着那爱的足迹感受这温情。我知道这细雨是在浇灌着这足迹，在润泽着这足迹，这足迹就像一颗爱的种子，已经在西湖边上生根、发芽、开花、结果，生生不息，永不泯灭。"（《在秋天的西湖边读雨》）

东方莎莎的闻香看世界不仅仅是在闻和看,更是一种生命思考:如果能撒出一片生命的浪漫幻想,荡漾出美好生活的独特气息,那就意味着嗅出世界的正邪善恶,就是判断生活的高低贵贱、粗精俗雅。

东西方的游历和不同生活角色的经历,使东方莎莎思绪敏感、情趣独特,但又保持冷静和坚守,不被四处的生活恶俗所淹没,也不因见多识广而玩世不恭,因此,她的散文毫无轻飘之趣和浮华之感,而是始终保持对生活的独立立场和沉静思考:"西藏,那庄严的布达拉宫,那轻灵的格桑花,那圣湖边虔诚的祈祷声,那华丽的唐卡,那挺立的喜马拉雅山,那神秘的雅鲁藏布江大峡谷,当然是无比圣洁的。但是,我更要说,那些个被称为'世界工厂'的地方也是圣洁的,因为它们牺牲了自己曾经田园般美好的环境,承受了本该属于世界各地的乌烟瘴气。它的圣洁在于它的承担。"(《莲花上的香巴拉》)

因此,这些生命遐想是对生命圣洁的崇敬之思。东方莎莎不时被普通的生命活动所感动:草木、大地、亲人、友情,但这些人事风华又与历史、他人、自我、人性、高贵、尊严等紧密相连、深度融合而反思生命。这并非奇闻轶事的集锦、搜奇猎艳的迷恋、猫情狗趣的把玩,而是以生命融入写作,以思考叩知天下。

这样,在东方莎莎的散文中,我看到的是生命中的思考时间,而不是职场中的写作程序。人们在日常生活中实际上会目不暇接,但是否会有感想、有思考,关注什么、写作什么、怎么关注、怎么思考、怎么写作,却是大有区分的。

在日常生活中,人们不时会遇见象棋和动物这样的普通事物,但想法却会大有不同:在象棋中,东方莎莎看到生命与历史;在人与兽的区分中,东方莎莎批判人比兽更过分。在这里,我看到的是东方莎莎的思考知性和文学直觉,写作与现实的联系靠这样的知性和直觉去建立,这里包含着生命立场与审美立场、生活风格与写作风格的同时实现。

于是,在东方莎莎所描述的生活和她所显示的写作中,是一片安静和单纯,不装腔作势、不假扮鬼脸、不矫情撒娇、不家长里短、不街谈巷议、不庸俗委琐,避开喧嚣与混乱、欲望与权力、占有与享受:"腊梅并没有鲜艳的色彩,也没有惊艳的外表,它无声无息连着那深褐色的枝条开在阴冷的日子里。

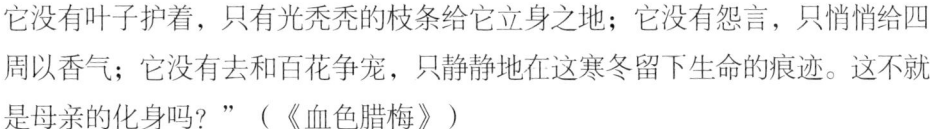

它没有叶子护着,只有光秃秃的枝条给它立身之地;它没有怨言,只悄悄给四周以香气;它没有去和百花争宠,只静静地在这寒冬留下生命的痕迹。这不就是母亲的化身吗?"(《血色腊梅》)

东方莎莎正是我所希望的那种生活与写作都一致地具有某种精神方向和理想主义立场的人。东方莎莎的散文简洁、干净、雅致,这既表现了她的生命风格,也表现了她的文学风格,所以,她虽然注意用笔的分寸和行文的结构,但显然不是那种熟练工匠的粗制滥造或者有意雕砌,而是深思熟虑之后的一片纯情。

# 第七编

# 后现代文学衍化

# 第一篇 《红与黑》的多重象征猜想

"红与黑"的超越性在于其多重隐藏的象征性。"红与黑"不仅是历史生存的象征,也是人类精神生存的象征。"红与黑"是意义的悖谬结合与相互转折,不是单纯的对立或对等。两者之间并存又对抗的关系,表达了司汤达对历史与人性的尖锐观察和迷惑不解,同时又显示了司汤达坚定不移的理想主义信仰。"红与黑"代表了人类精神生存和历史生存的艰辛与矛盾性,由此我们可以猜想"红与黑"的多重象征性:"红与黑"象征着理想与现实;"红与黑"象征着荣誉与耻辱、高尚与卑鄙,也象征着爱情与阴谋、纯真与虚伪、忠诚与背叛,最终,"红与黑"的根本象征归结为正义与邪恶。

## 一、对历史与人性的尖锐观察和迷惑不解

法国现实主义小说奠基者司汤达的《红与黑》深藏着象征性的艺术生命力。《红与黑》诞生于惊心动魄的法国大革命之后,已经具有了纪念碑式的历史性意义。《红与黑》经历近两百年的历史风雨和文学沉浮,如今它依然风姿绰约,情韵动人,这也许直接印证了"红与黑"的象征意义。"红与黑"的象征意义一直是个有趣的话题,也许,我们至今还缺少对"红与黑"的一些奇思妙悟和艺术猜想。

对于"红与黑"的象征意义,一直有两种主流解释。一种认为,"红"象征拿破仑时代与资产阶级革命,"黑"代表波旁王朝和封建黑暗。另一种认为,"红"代表红色军服,"黑"代表教士的黑色教袍,它们代表着于连的个人欲望和目标。前一种是历史化的观察,描述了一种历史存在的方式,把"红与黑"看作两种历史力量的冲突。后一种是一种个人化的解释,把"红与黑"

看作个人选择和自我冲突，描述了一种个人奋斗的历程。而这两种看法又常常合二为一。

这两种主流看法，对"红与黑"的象征意义加以限定。"红与黑"的象征意义就像一条流动的河流，这两种主流看法就像两道堤坝，把"红与黑"的象征意义围堵在一个峡谷里：不是革命就是保守，不是教士就是将军，要么就是历史与个人的"既是……又是……"的模式化重演。

"红与黑"的象征意义，似乎并没有被真正深入地理解，其原因可能在于：没有意识到"红与黑"的悖谬性和多重性，而是将"红与黑"这一意义整体用二元思想切割开来。"红"与"黑"既不是纯粹的肯定，又不是纯粹的否定，它有一种反意义限制性。"红"与"黑"好像同时既处于对方之中，又独立存在，明亮的红色包含着黑色的暴力，黑色的奋斗中又包含着红色的理想。"红与黑"将生命与死亡、自己与他人、理性与感性、理想与现实、爱情与阴谋都结合成一体，在这种状态中，讨论真理、爱情、死亡、美，看到欲望与人性的冲突、个人的迷惑与历史的奇异，发现历史的精神进程。当"红与黑"的象征意义漫溢出堤坝、流向朦胧诱人的艺术旷野时，在其流过的痕迹上，可以采摘到缤纷的艺术果实，一个生动、丰富、深藏、含蓄、流荡着想象性和感染力的《红与黑》艺术空间在雾色中展现出来。

人们对这样的比喻耳熟能详：这是个于连式的人物。这种比喻既用来指艺术人物，又用来指现实人物。《红与黑》的时代早已随着大革命的硝烟飘向历史的深处，但《红与黑》中所描写的生命品质、生命欲望和生命理想，从历史深处闪烁出朦胧幽深的光芒，照耀着现代人的生存。"红与黑"不仅是历史的象征，还是生命启示录。当我们从古老的生命源头走向现代时，情感与心灵并没有因历史时间和具体个人而受到限制，它们在艺术中是一个自由飞翔的精灵，不同的时代和读者在《红与黑》中读出的是不同的身影和情景，人们从自己出发进入艺术时空而超越自己和时代，而被教科书所规定的"红与黑"则渐渐远去、渐渐模糊。

我们越过20世纪而对《红与黑》展开遐想时，符合了司汤达的意愿。司汤达说：我一定要为20世纪写作。《红与黑》已超越了"1830年纪事"，司汤达写下副标题"1830年纪事"时，也许不仅是提醒人们这是真实的历史叙述，更含有深意的是暗示人们其中隐藏的历史与生命的超越性。

"红与黑"的超越性在于其多重隐藏的象征性。"红与黑"不仅是历史生存的象征,也是人类精神生存的象征。"红与黑"是意义的悖谬结合与相互转折,不是单纯的对立或对等。两者之间并存又对抗的关系,表达了司汤达对历史与人性的尖锐观察和迷惑不解,同时又显示了司汤达坚定不移的理想主义信仰:"红与黑"代表了人类精神生存的艰辛和矛盾。

## 二、"红与黑"是理想与现实的象征

"红与黑"是理想与现实的象征。于连是一个理想主义者,而不是一个简单的、单一的个人奋斗者和野心家形象。个人主义者是于连的表面形象,理想主义者是他的深度形象,个人主义与理想主义在于连身上悖谬地结合为一体。于连在小说中的表现,是一种个人主义和理想主义同时发生、压抑、转折、高扬的过程,可以说,在这个曲折起伏的过程中,于连所有的个人奋斗行为,都为他理想主义的最终爆发做铺垫,形成了一种理想主义极端性的尖锐表现。

司汤达认为一切伟大作家都是他们时代的浪漫主义者。于连对于"红与黑"的追求经历,代表了人类理想与现实的关系,代表了人类对理想主义的最终追求和精神历程。人类始终有一个理想主义的起点,于连对拿破仑的崇拜以及所受的卢梭和伏尔泰的影响,使他的生命展开了一个理想主义的起点,但种种现实黑暗的弥漫升腾,使他从理想主义的明亮天空向沉沉的大地坠落,就像代达罗斯的蜡制翅膀因离太阳过近而融化,于连转而去追求教士的出人头地和贵族的权势地位。但理想主义精神是人类的不死鸟,理想主义总是不断地遭受现实的侵蚀、破坏、损毁和压制,理想主义与现实的对抗可能是失败的,"红"可能会衰减、变节、向"黑"转折,但"红"的精神永不毁灭。于连最终放弃上诉和忏悔,在法庭上慷慨陈词、控诉黑暗而迎向死亡时,那只理想主义的不死鸟重新在他心中升起而自由飞翔。

于连可以放弃理性的死亡而追求感性的生存,但他没有。那么,他为理想主义献身还是为个人奋斗献身便"剪不断,理还乱",他在"红与黑"之间的转换，用单纯的个人奋斗难以概括，因为个人奋斗的本质是个人生存和个人主义，而于连的人生起点包含了对人类理想社会的向往，他的人生终点又表明了他为心中的理想主义拒不投降。"理想主义者"成为于连的一个重要标志，个人主义者恰好是理想主义者的对立面，两者在《红与黑》中相互悖逆又同时出现，显示了司汤达的精神主题：他迷惑于现实黑暗和理想光明的并存、相悖又不断转折，但他又坚信理想主义对于人类的升华与引导。"黑"代表了现实黑暗的强大，"红"则代表了理想主义的不死。从人类的精神本原出发，于连是一个人们乐意看到的回归理想主义的天涯浪子，甚至是英雄，《红与黑》对于连的天路历程的描写明显地表现出一种精神导师的倾向。

### 三、"红与黑"象征着荣誉与耻辱、高尚与卑鄙

"红与黑"象征着荣誉与耻辱、高尚与卑鄙。生命历程是一个经受诱惑的过程：利益、金钱、权力、美色等等诱惑的过程，而于连的独特之处是始终受到"荣誉"的诱惑，他为荣誉而追求地位，为荣誉而放弃金钱和爱情，为荣誉而走向耻辱，最终为荣誉而迎向死亡。"卑鄙是卑鄙者的通行证，高尚是高尚者的墓志铭。"于连追求荣誉的过程，是由高尚变为卑鄙，再由卑鄙变为高尚的过程。真正的荣誉，在于连一开始追求它的时候，就已经渐渐模糊、渐渐衰变，变为一种对社会地位的迷狂渴望，在于连生命的最后时光里，它才又返璞归真，转变为生命和人性的尊严，而在这时，于连才意识到他不断追求的荣誉已蜕变为一种耻辱，因而拒绝在耻辱中忏悔和求生，让高尚变为自己的墓志铭。

司汤达的父亲是律师，司汤达憎恶他的好斗、务实和市侩习气，而倾心于母亲家族的贵族精神和尊严，在外祖父的教育和熏陶下，他具有了一种启蒙思想影响下的荣誉观，并将这种气质赋予《红与黑》中的于连。于连对于拿破仑功勋的崇拜，是一种欧洲传统中崇拜英雄主义和荣誉的独特表现。古希腊的英雄和中古时代的骑士，常常为荣誉而战。这种荣誉传统，在欧洲的贵族和平民中，表现为一种不平等的精神权力，似乎荣誉成为一种贵族的专利品，一种贵族的标志，同时也是一种精神品质的标志。贵族为保持家族身份和家族品

质而追求荣誉，平民要得到荣誉便得去追求与荣誉相应的地位。在这种表面情景下，人性尊严深藏其中。作为平民的于连，自幼养成了一种贵族式的高傲和孤独，却没有贵族地位，并因没有贵族地位而不能实现自己的人性品质和生命理想，不能获得荣誉感，反而因平民地位被蔑视，因具有知识尊严和理想主义精神被嘲笑和羞辱。拿破仑的出现，改变了贵族独享荣誉的观念，平民可以用战功和业绩来获得自己的尊严和荣誉。拿破仑的功勋是一种平民荣誉的顶峰表现，由对拿破仑的崇拜和对卢梭、伏尔泰的信仰而养成的人性尊严，在现实中因失去拿破仑后而变成一种空幻，这种空幻依附于现实而被黑暗所吞没，滋生出人的卑鄙和耻辱，却仍被于连视作一种高尚和荣誉来追求。

于连的爱情表现是他追求荣誉的顶峰时刻。他从报复蔑视他的贵族开始他的爱情冒险，到对抗他所蔑视的贵族而终结他的爱情浪漫，从与德·瑞那夫人建立情爱，到与玛特尔小姐建立情爱，都是为了名誉和地位，对于他来说，爱情的权力是一种身份和地位的标志，没有地位便没有荣誉与爱情。他将地位等同于荣誉，为了"荣誉"而出卖爱情，但却不为金钱出卖荣誉，这与追名逐利的势利之徒完全不同，也与个人奋斗者形成了区别。

在于连生命的终点，他终于明白了：人性的尊严是真正的荣誉，而为了这种荣誉放弃的爱情，是真正的爱情。

## 四、"红与黑"象征着爱情与阴谋

爱情与阴谋也是"红与黑"的一个象征。《红与黑》当然是一部伟大的爱情小说，它的伟大之处在于历史与爱情的结合，历史波折成为爱情波折的因由，爱情成为历史的身影。而历史中似乎暗藏着阴谋，于是《红与黑》中的爱情与阴谋便非个人化了。《红与黑》描写爱情的独特在于阴谋的伴随。于连的爱情的奇异和尖锐之处，是爱情从阴谋开始，这既包括于连自己的阴谋，也包括他人对于连的阴谋。一开始就是阴谋的爱情，最后却演变为真正的爱情，无论于连还是玛特尔都是如此，这既出乎他们自己的意料，又证实了阴谋对爱情的不可战胜。

于连的第一次爱情中，他真正爱上了德·瑞那夫人；第二次爱情中，玛特尔真正爱上了他。由阴谋产生了两次爱情，阴谋最终都被爱情所消解，人的情感本性净化了自己的心灵。玛特尔崇敬自己的一位祖先，并效仿这位祖先的精神去爱于连，这暗示着一种人类精神传统在爱情中的延续。而另一些人，如瓦列诺这样的人，是用阴谋去摧毁爱情而不是激发爱情的人，当于连与德·瑞那夫人衷情倾诉、玛特尔亲手埋葬了于连的头颅时，证明爱情是任何阴谋都无法摧毁的。

《红与黑》不仅是历史过程的叙述，还是精神历程的表现。作为一个曲折的爱情故事，《红与黑》并非是一种三角式的回旋，而是生长在历史的峰谷之间，满溢着历史的大气，将历史的转折和精神的波折与爱情的曲折合为一体。爱情使历史有了一种生命感，而历史的力量使爱情震撼人心。爱情的峰回路转，伴随着历史的柳暗花明，历史与政治的合谋，使爱情阴谋与政治阴谋联姻，爱情与阴谋在历史中曲折起伏、相错交叠。在历史中变迁沉浮的爱情，往往就是历史的独特影像，两种历史力量的对抗与妥协表现于爱情中，使爱情满溢着阴谋与反阴谋的气息。于连对德·瑞那夫人从最初的虚假爱情，到后来对她英雄救美般的怜香惜玉，与大革命后平民与贵族的对抗以及大革命培养的英雄气概相对应，而于连对玛特尔的利用和对她的感情的屈服，则表明了向贵族的妥协。这种爱情在深层意义上，表现了法国大革命的转化，或者说，于连的爱情是随着法国大革命的历史转化而发生的。

## 五、"红与黑"是纯真与虚伪、忠诚与背叛的象征

"红与黑"也是纯真与虚伪、忠诚与背叛的象征。人类历史中，纯真与虚伪交错和转折着，似乎纯真必然伴随着虚伪，虚伪成为人类丧失纯真的巨大威胁。于连从纯真变为虚伪、由忠诚走向背叛，再由虚伪变为纯真、由背叛归复忠诚的生命历程，似乎就是人类精神历程的一种象征，表达了人的历史真实性，表达了人与自身邪恶相对抗而获得的人性尊严和生命价值。

《红与黑》中，于连、德·瑞那夫人和玛特尔小姐，分别代表了三种不同的纯真，他们三位一体而形成"红"，与代表虚伪的"黑"相对立。于连的理想主义与倾情之爱、敏感与自尊，形成了他平民的纯洁本色；德·瑞那夫人

对爱的真诚和渴望、对爱的焦虑和愧悔，表现了一种基督徒式的纯洁；玛特尔的浪漫与高傲、自由精神与反抗精神，表现了一种理想主义的贵族式纯洁。

但这些纯洁，被一个个阴谋和成片的虚伪所包围、所败坏。像贵族和教士那样已经具有权力和地位的人，似乎常常扮演着虚伪的角色，而那些想要取得权力和地位的人，也常常陷入和学习虚伪，似乎纯真将使一个人在现实中的一切都被葬送。于连痛苦地认识到，纯真将使一个人一无所有，而虚伪则可以使一个人一夜暴富、顷刻成名，得到许多他本不该得到的。于是，他由最初的纯真和忠诚，堕入背叛与虚伪的深渊。在于连虚伪与背叛的阴影蔓延中，他对周围的人几乎没有一个不欺骗的，而他欺骗得最深的，往往是最信任他和对他帮助最大的人，他完全隐藏了真实的自己，以至于"最亲密"是他最大的伪装。

使于连败坏纯真而走向人生的第一个转折的，便是蒙蔽德·瑞那夫人，德·瑞那夫人的爱唤醒了他的纯真而鄙弃虚伪，但贝尚松修道院使他非常冷静地意识到虚伪的强大而再次扮演了虚伪的角色，这一次他由爱情的欺骗者转为信仰的欺骗者：他由拿破仑和共和主义的崇拜者，伪装成宗教的信仰者和贵族的追随者，并再次扮演爱情的忠诚者，欺骗玛特尔小姐来换取贵族地位。人性深处的矛盾、人类正义与邪恶的斗争，在这个过程中尖锐挺现。于连试图蒙蔽的纯真，唤醒了他。他的虚伪的爱情，不断地激发出德·瑞那夫人与玛特尔小姐真挚的爱情，这些爱情所表现出的纯真又反过来影响了他。应该说，于连最后在狱中和法庭的表现，是在最初德·瑞那夫人对他的爱情中埋藏下来的。于连在生命的最后日子里，即纯真与虚伪最后的搏斗中，才可能认识到：丧失纯真，便同时丧失了爱情与荣誉。

于连在故事终结时爆发出的最后和全部的生命纯真，把"红与黑"的意义推向顶峰：人的本性纯真，是人类生存、发展和建立社会关系的基础，也是人自身的邪恶最终无法战胜的。

## 六、正义与邪恶是"红与黑"的根本象征

最终，"红与黑"的根本象征归结为正义与邪恶，相信这也符合司汤达写《红与黑》时对人类理想的憧憬。《红与黑》在这个意义上，成为精神启

示录式的作品，而绝不是一部历史教科书或社会发展史，也绝不是仅仅讲一个悲剧性的爱情故事或者告诉人们某种个人的毁灭，它的深处埋藏着"圣经"式的启示，可以让人们去反复读它，它告诉人们的是人类如何了解自己和追求理想，与人类的自我毁灭构成了永久的对立。

《红与黑》中，正义与邪恶并不是两个简单的概念或者两种清晰而界限分明的人性，而是两种复杂的人性倾向，人类的正义是在这种复杂的混沌中逐渐挣扎出来的，小说中的种种因素汇合起来，才能形成某种顽强挺进而朦胧深藏的正义倾向，当仔细寻求这种正义倾向而向作品深处走去时，才会像发现隧道深处的亮光一样为其所吸引。

在《红与黑》中，正义与邪恶混合在一起就像酒与水的混合，我们无法用常识去分辨酒与水，只有让酒燃烧成蓝色的火苗，那剩下的就是不能燃烧的水。正义与诸多因素混合在一起，变成一种复杂因素相互作用的过程，而不是一种单一的盛装在容器里的现成物，这是司汤达对正义与邪恶的独特理解。司汤达的《红与黑》，在19世纪最早将正义的精神变成了一种混合的想象存在，变成了一种在想象中的持续存在，他并不想将"红"的意象变成单纯的意象，而是有意构造一种红与黑的混合意象，诸如革命、历史、爱情等都是这样一种混合意象的表现。尽管革命和爱情的意象使人们无比快乐，但也无比痛苦。我们经常见到的邪恶是反人性的，而正义是拥抱人性的，于是"红与黑"变成一种人性和反人性的意象。"红与黑"将罪恶与美德合而为一，使人既憎恶生命又迷恋生命，在这种情感悖谬的状态中隐含着最具人性的因素。

《红与黑》中两个场面的暗示性和预示性，典型地表现了"红与黑"所代表的正义与邪恶的悖谬性结合和人性化结合。于连去德·瑞那市长家前，他去礼拜堂祈祷，由于红色窗幔的遮挡，屋里一切都变成了血洒般红色：圣水、椅子、椅子下面的纸（宣告路易·索黑尔被处以死刑的纸张背面写着"第一步"）。红色成为生命、爱情、正义、激情的象征，而宣告死刑的纸张的黑色阴影在红色中出现并蔓延，追求红色的第一步也是黑色的第一步，这是一个不可避免的结局。玛特尔对她一位祖先的崇拜，成为另一个预言和暗示。这位祖先是16世纪法国皇后的情人，为友情和政治理想而参加政变被砍了头，皇后亲手埋葬了情人的头颅，玛特尔每逢四月三十日都为这位祖先穿黑衣致念，并效仿皇后埋葬了于连的头颅。玛特尔把这种行为当作对某种理想的追求，她对于连说过：共和时代是一个英雄时代，那时的人不像当今这样自私卑贱。鲜血与黑衣、理想与现实、高尚与卑贱再次在预示中出现。

《红与黑》对于正义与邪恶的表达，对于人性和理想主义的创造与发挥，在于将正义与邪恶用"红与黑"的两重性扭结在一起来突出人性和理想，而不是将两者割裂开来。红色变成火燃烧起来，穿透和瓦解了黑色的边界，于连既感受着红色的灼烧感，又独处在黑色的冰冷之中。红色既不是对黑色的纯粹否定，也不是对黑色的屈服。黑色中的红色，邪恶中的正义，不是否定人性和理想，而恰恰是对生命一种独有的热爱和肯定。因此，红色的温和外表包含着黑色的暴力，黑色的邪恶中突出着正义。

《红与黑》描述的是正义在19世纪中的一种状态，也是理想主义在现实中的可能性。这种悖谬的"红与黑"在文学史上具有特殊意义，是因为司汤达在一个独特的背景上将理想变成了世俗、世俗变成了理想，将正义变成了邪恶，邪恶变成了正义。就人性而言，司汤达既拒绝以往的单纯的否定性正义，也批判了现实中的邪恶，他用正义与邪恶的悖谬结合来对抗神学和贵族，也用"红与黑"的悖谬结合来暗示生命中的力量和美德。

于连在"红色"的教堂中的场面和玛特尔埋葬于连头颅的情节，出现了两个祖先，而这两个祖先（虽然于连的祖先只是一个可能的暗示），对于理想的追求和反抗现实的精神气质是相通的，于连和玛特尔对祖先的分别效仿，实际上是对这样一种精神传统的暗示，两个家族的两位祖先在精神上是一体化的，小说开头于连在教堂的场面，与玛特尔葬于连的情节前后相连，出现了一个统一的主题，表明人类精神血脉相连、传统相续。于连和玛特尔都被鲜血的红色所暗示，红色不仅是生命追求的象征，也是人类精神主题的象征。

# 第二篇　后现代小说自相怀疑的有限真实

## 一

　　小说经常同自身沉重的以模仿再现真实的传统斗争。到了今天，传统的模仿再现真实的论点已不能获得充分圆满的解释。小说真实应当模仿社会真实的观念，其实是暗示现存社会合乎逻辑或永远不变，而这既没有给予文学真实以属于自己的领域，也不能在事实上成立：社会现实总是无限变化的，它不能使小说真实被固定化。

　　社会真实包括所有现实事物的可理解性和范例，对于这样一种受现实事物限制的真实，小说总是依赖于自身叙述形式的设计对其进行开拓、改变、增补，以它对文化产生意义的方式创造真实。模仿真实的基本职责是再现客体的原样，而某些现代小说对真实的理解和处理是：或者放弃现实真实再现的可能，突出非现实真实的特点；或者故意将现实真实与虚构真实相混淆而使两者分辨不清。总之，都不用虚构去模仿再现一种固定于虚构之外的现实真实。

　　这样便划出一条界线，文学真实在过去是一种可以确定解释的东西，小说真实性的任务，不过是使现实的真实得到明确的艺术再现，这种再现的真实很容易获得现实性的品格。但是，在今天的许多小说中，现实真实世界是一回事，虚构真实世界又是另一回事，而这种令人困惑不解的虚构世界却被用来解释现实世界。

　　传统小说不变的现实对象、准确无误地复制现实的信念、井然有序的叙述形式都表明了一种受理性制约的真实性的再现，而这种艺术的理性真实与现实的理性真实密不可分地结合为一体，以现实理性作为艺术理性的基点，现实真实以理性为旗帜堂而皇之地遮蔽了虚构真实,理性真实理所当然地将非理性真实从小说中排挤出去。

理性真实所代表的现实因素在小说中一直占据主要地位,而非理性真实所代表的一部分虚构性因素始终不能对小说真实发挥作用,这种状况到了20世纪开始颠倒。从50年代起,后现代小说的出现使小说中现实真实因素被迫退出统治地位,大量虚构真实因素的涌入,使得现实性因素变得复杂、隐晦起来,真实本身已不再可能像以往的现实真实那样一目了然、稳定不变。真实在虚构中变得隐晦含混、游移不定、无法确认,小说创作显出非理性的倾向。

法国新小说作家娜塔丽·萨洛特认为,阅读新小说不是轻松的娱乐,读者必须与作者一起探索深层次的真实,运用自己的想象力,从小说提供的变动不居的形象中,抓住事物的真实面貌,而不是仅仅让小说给予读者一种现成的真实。另一新小说作家阿兰·罗伯-格里耶提出,小说家的重要任务是运用非人文化的、不带任何主观色调的语言,客观、冷静、准确地描绘现实世界。

与传统小说大相径庭的是,虚构真实因素隐匿在现实真实因素中进入作品,表面上显得是再现现实真实,实际上人们无法用现实真实来加以解释,因为它们是虚构真实因素的伪装形式,只有在虚构世界中才能被理解,才有意义。罗伯-格里耶一反从人物出发讲故事、通过人物看到真实的传统,其一系列小说中的具体真实的事物,《橡皮》中的橡皮、《窥视者》中河边的阶梯、《嫉妒》中蚰虫的印迹等,作为单纯的现实真实事物是毫无意义的琐碎的细节描写,作为虚构事物则暗示了人物在物的包围中的真实。

这种虚构真实在现实中常常因为其无意义和莫名其妙而被看作是不真实的,并不造成一种像现实本身一样的可信感。在这样的小说中,现实真实因素已完全被虚构真实因素所包围,现实真实因素与虚构真实因素不分彼此地相互融合、扭结在一起,在这两者的逆反交点上,虚构真实成为小说真实的决定点。

现代小说是创造尚未存在的事实,不是再现已存的真实,小说对真实的创造,就是抛开现实真实是唯一真实的观念,特别是抛开那种现实就是真实的观念。小说作为对于真实的表现,不再表达先于小说而在的设想中的真实,因此小说不可能是纯粹的真实或对真实的再现和模仿，它是一种自主的真实，它与真实世界的关系是：它改善了那个已存在的真实。

这样的小说可以揭去近两千年来笼罩在真实身上的面纱，不再为现实真实装腔作势，粉饰遮抹。由此而导致的结果是：小说不再被视为光滑的镜面、现实真实的传声筒，评价小说真实不再仅仅从社会、道德、心理、哲学、文化和商业性标准或其他什么价值基础出发，而从小说为自己的真实而构成的艺术形式出发。这样的小说从现实内容和虚构形式两方面产生了对传统真实的怀疑。萨洛特的小说和罗伯-格里耶的小说都是从对传统小说真实的怀疑为其出发点的。

由于现代小说对于真实注重的是创造，是艺术自我构成真实的可能性，那种固定化了的、一成不变地反映现实的艺术真实便不再被信任。对传统艺术真实的信任一向是以艺术对理性的尊崇为基础的，对传统小说真实的怀疑，则是非理性主义精神的典型表现。怀疑主义是20世纪西方小说的普遍特征，怀疑主义精神在现代主义和后现代主义文学艺术体系中都占据核心地位，因此在现代主义小说和后现代主义小说中都包含一种怀疑的真实，尽管它们怀疑的核心和倾向不同。

由于现代主义并未完全放弃理性真实的理想，它的怀疑论的症状是抛弃模仿，追求一种带有强烈主观倾向的形式主义艺术，利用神话、隐喻、象征来远离现实主义的真实。把现实真实主观化或经验化的做法，典型地体现出现代主义的非理性真实观，但也同样体现出这种非理性真实与现实真实之间的决裂的不彻底性，也体现出这种非理性真实对于虚构因素的排挤和压制。

现代主义所确立的意识描写技巧和心理现实小说最典型地体现出这一特点，因为，意识流小说对于主观真实或心理真实的追求仍然是一种再现真实的追求，所不同于古典主义小说的，是用非理性的内容和形式来追求理性——一个力图再现外部世界的真实，一个力图再现内部世界的真实，它们都不是虚构意义上的真实，仍然是一种现实意义上的真实。

现代主义在破坏了现实主义的真实性准则后，试图建立另一套假想真实的准则。而后现代主义则存心破坏现实主义和现代主义共同信守的真实性准则，消除那种定型的假想真实，打破原有虚构真实的范围。它注重的是艺术自身、艺术的历史及艺术的过程与真实的关系，而不管它是否与一种设定的真实相一致——无论是外部的还是内部的，也不管它能否隐喻、暗示、象征我们这个世界的真实。

后现代主义的真实观虽有偏激之处，但它力图矫正现代主义遮蔽真实的错误。从后现代主义的角度出发，虽然艺术创造了真实，但它所创造的真实只能在艺术中寻找到，现实中找不到艺术创造的真实；现实不能直接生产出艺术，当然也就不能直接具有艺术的真实，反过来，艺术也不能生产现实的真实。

这样，后现代主义就彻底把现代主义通过意识通道而与现实真实藕断丝连的关系割断了。这在某种意义上是浪漫主义意识的继续，浪漫主义和后现代主义都表达了一种对现实的不信任和力图摆脱其控制的态度，因此，浪漫主义可以说是后现代主义的前阶段，浪漫主义对现实的怀疑精神，被后现代主义吸收为基本内核并发展为成熟形式。

## 二

怀疑真实，是对生活和艺术的双重怀疑。当生活真实不再可靠时，传统小说真实的那种反映现实真实的可能性便不再存在，只剩下了虚构真实。而当虚构真实不再可以被确定解释时，便排除了小说真实的唯一出发点，当然也包括排除现实真实成为虚构真实的唯一出发点，理性的真实因之不成为唯一的真实，真实也就不能仅仅从理性出发去解释。这样，现实和理性结为一体的小说真实便不再成为唯一的存在。

小说中的真实首先是从现实中遭到怀疑的：如果现实真实不可靠，小说真实便不可能来自现实。许多西方现代小说，通过对现实真实的不信任态度，表达了对小说真实的不信任。

要反映一种现实真实，首先是这种真实本身不能被怀疑，而后现代主义的真实，是从对生活本身真实性的怀疑开始的。这样，现实真实存在的根基受到了动摇。人们是否能够依靠真实性而存在？在多大程度上，人通过逃避现实而存在？如果生活本身是不真实的，真实是被逃避的，小说真实又是什么呢？

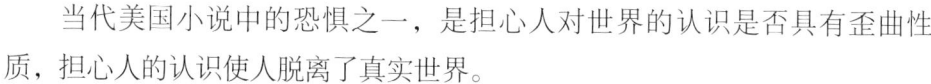

当代美国小说中的恐惧之一,是担心人对世界的认识是否具有歪曲性质,担心人的认识使人脱离了真实世界。

当代美国小说《卡波特·赖特开始了》便表明了生活真实并不像表面看起来那样具有简单明了的性质,真实事物并不都符合人们对它们的认识,人们获得的所谓真实并不是确定可靠的。小说中的主人公赖特因无聊而强奸妇女,但法院和各种新闻工具对他的报道、说明,却编织了许多故事而隐藏了真相,使赖特的故事成了对他自己而言都完全陌生的东西,而真正说明事情真相的较真实的书却不能出版。小说最后说:害怕事实,美国。没有一个国家在人的面具上装上了一副这样虚假的外表。小说表明,当代美国社会总是把真实遮盖起来,使人们无法了解真正的事实,人们正是在这种不知真相的情况下生活,一旦人们知道了真实,也就无法维持那种表面看上去真实的生活了。

品钦的小说《V》结尾时,赫伯特·斯坦西尔在知道V的真面目,即真实之前,就故意躲到其他国家去了。在品钦的《拍卖第四十九批》中,主人公奥迪帕·玛斯渴望真实,但又对真实表示怀疑和不信任。对一切表示怀疑的结果,是她在怀疑中的幻想本身也成了问题,真实只能在一种她与他人的无声秘密通信交流中才存在。

在冯内古特的《黑夜母亲》中,主人公一直躲避在他的伪装身份里,人们不知道他的真实情况,他也不知道他周围的真实情况。他不知道,他最为信任的一男一女都是苏联间谍。知道他真实情况的这两个间谍不愿为他证明,另外一个唯一愿意证实他真实身份的人却又必须保守秘密,他只好躲躲藏藏地活着。当他知道了一切,而他又能被真实地加以证明时,他却为逃避真实而自杀了。

再者,真实性即使存在,能否追求到也是个问题,真实本身并不能被一劳永逸、毫无痛苦曲折地追求到。

美国当代小说家巴思的《烟草经纪人》提出了如何认识真实的问题。如果我们对世界的认识不过是一种不真实的虚构,并不符合实际情况,并没有清楚地觉察事情的观念和事物之间的矛盾,我们对事情的解释便没有真实的价值,只能像《烟草经纪人》中的库克一样,隐入虚假的世界。库克以天真和高雅自诩,对历史和现实都充满了不着边际的自我幻想。他把一个混乱和罪恶的殖民地设想为高尚典雅、庄严神圣的乐园，在不了解真实情况的条件下，把自己的庄园赠给了一名无恶不作的歹徒，让他把田庄变成了贩毒和卖淫的魔窟，而他自己因一无所有而不得不卖身为这所庄园的奴隶。库克的错误在于一直被自己的观念所虚构的真实所蒙蔽，而虚构的真实似乎是得到真正的真实所必须付出的代价。

索尔·贝娄的《雨王汉德逊》也表达了追求生活真实的困难。汉德逊越是追求生活中高尚的事物，他所追求到的东西就越是显得不真实，因此他自以为是在寻求高尚的事物，却往往干出蠢事。他想寻找生活真理，但真理却被遮蔽起来了，他家里的藏书中到处夹着他父亲当书签用的一百美元面额的美金，而他却找不到生活的格言。

既然现实本身的真实存在这么多问题，我们无法了解现实中的真实是什么，或者说现实本身失去了可能的真实性质，又怎么可能反映出这样一种现实真实呢？因此，在后现代小说中，当没有必要去反映现实真实、也不可能反映出现实真实时，小说便故意制造一种虚构真实来与现实真实相对抗，以表明两种真实同样都是不可靠、有问题的。

在纳博科夫的《看，那些小丑！》中，真实被纳博科夫用来与假想人物纳博克罗夫特相对抗，小说的主题是从哈哈镜的角度去看待真实。在纳博克罗夫特的孩提时代，他闷闷不乐，他的姨婆教给他看小丑取乐：树木是小丑，字词是小丑，地位和金钱也都是小丑。把两件东西放在一起，如笑话和比喻，你就会得到三重小丑。来！玩吧！虚构世界！虚构现实！

这样的作品，旨在故意混淆虚构真实与现实真实。这种故意混淆的真实，并不能达到真正的真实，但通过对现有真实的怀疑，表明自己作为一种怀疑的真实的真实性。

文学真实在过去是一种可以被确定解释的东西，小说的任务不过是使现实的真实得到艺术的再现，这种再现的真实很容易获得现实性的品格。但是在一些后现代作品中，真实世界是一回事，小说中的虚构世界又是另一回事，而这种令人困惑不解的虚构世界却被用来解释真实世界。

## 三

　　一种虚构真实的可能，首先是叙述真实的可能。古典意识的叙述真实依赖于现实真实，依赖于理性化的和秩序化的叙述。当理性现实被怀疑时，理性叙述也是被怀疑的。

　　如果承认虚构小说的真实是由语言构筑的，有别于客观世界真实，传统的理性叙述真实便不得不被重新思考。因此，后现代小说推翻了19世纪的全知全能的真实叙述角度和有限真实的叙述角度。现代主义曾经认为，19世纪那种完全遵守时空逻辑、按照事件和人物活动秩序编排的传记式和报道式叙述，并不符合人类生活的真实。

　　因此，现代主义小说从人物意识的某个点开始，随意移动，以求通过人物意识活动来反映真实，并由此形成了意识流技巧的小说。后现代主义怀疑这种叙述处理的真实性，并认为，只要一部作品是虚构的，任何开头和结尾都是随意的，由于这种随意性，作品的真实便不必恪守陈规（其中包括为严格表现真实所运用的意识流技巧和方法），不必为表现一种严肃的生活和真理而严格设计。世界并不是一个按严密逻辑编成的故事，小说也不是这样一个故事，而是一个相互重叠堆积、联结的多层次结合体。后现代小说中有意颠倒情节，错乱时序，拆毁时空界限，将时空、人物和事件碎片交错编织，形成一种混乱而不可靠、复杂而捉摸不定的真实性。

　　现代主义从理性出发，用以人物意识为中心点去形成真实的技巧，在人物性格的统一中和一种象征性的理性现实中揭示真实。后现代小说仅仅发掘了现代主义小说技巧中的现象学方面，把意识技巧转变为仅仅为小说本身服务，而不为现实真实服务的一种手段，而这一手段同时也用于虚构真实的相反方面：反对人物性格的统一和现实秩序中的真实，割裂现代主义理性真实的统一性质，表现人物和现实的非连续性，表现一种对传统理性叙述的反抗。

　　在罗伯-格里耶的后期小说中，即使是虚构的真实，也不是可靠与万无一失的，人们获得的只是一种含糊的真实，虚构真实世界自身也相互矛盾、前后不一，其中的人物更名改姓，情节拐弯抹角，叙述者故意不显露或故意歪曲真实情况，对事物的描述不是对事物本身的描述，而是对表达该事物的绘画和舞蹈的描述。在《金三角的回忆》中，叙事的警察竟随意编造报道，歪曲事实。这已经完全不能表达现实的真实世界了，连真正地描述事物也做不到：虚构真实已完全脱离现实真实，不是转述现实真实，而是编造对于真实的概念印象、有关真实的情况和经历。

因此，再也不能从传统的文学真实的角度来理解现实主义一词了：我们所认为的真实世界，不过是我们碰巧相信的一系列编造和虚构。虽然这样，我们仍然不能否认这样的小说是对当今世界的一种表达。罗伯-格里耶小说中的那些娼妓、罪恶、贩毒、暴力，是一种经过夸张的现实真实形式，虚构世界的混乱，不啻暗示着我们这个现实世界的混乱；虚构的不真实，恰恰是我们生活中缺乏真实的一种反映，因此，这反倒成为一种真实。在这一点上，罗伯-格里耶的小说与黑色幽默的小说有相似之处。

后现代主义小说对传统文学真实的极大怀疑，其实质并非是一种非理性真实的追求，而是一种新的理性真实的追求。不同于传统的是，后现代主义以非理性的方式来追求理性真实。在现存的文学真实体制内部进行的解体作业和对原有真实的考古式验证，使一些作家不得不一方面模仿原有的文学真实，一方面又破坏它，他们痛感于在文学真实的困境里没有出路。

问题的症结是：在否定了原有的真实后，实际上还未找到新的真实，这集中表现为对有关终结和开端的思考与关注。这种意识的根源是传统的理性被推翻后，代表着理性真实的叙述秩序和结构也不存在了，于是一种没有起源也没有结束的真实便无所依附，从而无法赋予语言、历史、虚构等领域的真实以任何有意义的结构和秩序，换句话说，无法赋予真实以一种理性的表现，而它偏偏又必须获得一种表现。

在一种文化世界已经死亡，另一种文化世界尚未诞生之前，后现代小说憧憬着一种新理性主义的真实，但它在否定了原有的语言、历史和虚构的真实后，却又找不到新的真实，因为新发现的真实，到头来可能又被否定，成为一种彻底的虚幻。这种对语言的历史、时间、虚构、真实的极端怀疑，一方面反映出对绝对的、唯一的真实的怀疑，一方面却又隐喻对一种新的绝对真实的幻想，因为对原有真实的怀疑本身，便是由新生真实的希望诞生的。

后现代小说的这种特点，表现之一便是滑稽模仿的策略。巴思的《烟草经纪人》模仿古语体和哥特式小说；品钦的《万有引力之虹》和罗伯-格里耶的《橡皮》模仿侦探小说；冯内古特的《猫的摇篮》和《泰坦的女妖》模仿科幻小说，等等。通过滑稽模仿，表达出他们对原有绝对真实的不信任，也暗示出对取代原有真实的新的真实的怀疑态度。因为模仿可以是无限重复的，自己模仿别人的作品，又被另外的人的作品所模仿，这种重复模仿的真实已经被模仿的操作行为本身遮盖淹没了。

不断创新的模仿，表达的是不断改变的真实，模仿一次，被表达的真实便发生一次变异，而由于变异过多，这种真实究竟是什么已无法说清，也不知道解决这一问题的出路在哪里。因此，滑稽模仿创造的既是一种怀疑的真实，又是一种绝望的真实。

## 四

更具有绝望色彩和非理性外表的真实，是一种超现实的荒诞真实，它表明虚构真实对现实真实已不抱任何希望。虚构的世界并不是现实的世界，而是超现实的世界。但是，这个超现实的世界究竟有多大的真实性呢？

虚构的真实性，具有客观的和主观的两方面的标准。虚构的客观真实性，要看它是否符合虚构世界自身的实际状况，而它的主观性标准，则取决于人们怎样看待它与现实的关系，即：这样的真实是否就是我们所认为的真实？

古典主义小说确信自己是最真实的，但我们今天并不承认它们完全拥有了真实，这是因为我们关于真实的认识发生了变化。由于文学真实的观念和表现方法不同，古典主义拥有的是具有现实理性特征和符合现实逻辑结构的真实，现代主义和后现代主义则致力于表现比现实生活真实更高的真实——一种抽象的、超验的或形而上的真实。在古希腊哲学里，形而上是指一种处于现象世界之上并支配着现象世界的本质；在当代西方文化中，这个概念常不很严格地与超验主义、超现实等概念混合在一起，一般地表现为一种高于现象世界的抽象本质，一种支配着现象世界的最高真实。

世界没有单一的真实，只有多样的真实。一种真实与另一种真实并不一样，超现实的真实与现实的真实，是互相怀疑的真实。一种被现实所怀疑的真实，就是超现实的真实，也就是某种虚构的真实。由于虚构真实自身不是单一化的，一种超现实的真实，可以以非理性的和荒诞的方式表现出来。

现代理性所描绘的世界表面上是真实的，实际上是荒谬的，而小说中的荒谬世界表面上是不真实的，实际上比现实世界更真实。现代主义和后现代主义的艺术思想之一，是把世界理解为荒诞、恐怖、混乱的现象，在人和世界的关系上，把人理解为被现实世界压垮而不能掌握自己命运的生物。因此，人们日常经验中认识的理性世界是现象世界，只有超越理性现象世界的非理性世界才是本质的，只有超越人们正常经验世界的荒诞世界才是真实的。

在现代条件下，作家需要用一种象征来表达他们的意识和感受，使他们的观念得到充分的表现。在许多场合下，这种象征在理性真实和现实真实的束缚下，无法表现出它的创造力，而非理性的或者荒诞化的虚构真实，将现实中的理性真实非理性化，一方面用非理性真实来解释理性真实，一方面通过对非理性真实的特殊形式处理，使两种真实截然对立。

理性虚构真实最终相信世界上存在着终极真理，相信历史不断进步是为了发现这种真理，以辨明蒙昧和文明的差别。非理性虚构真实强调不可理喻的力量对世界的支配作用。约瑟夫·海勒的《第二十二条军规》中，美军基地内部军官的专横、野心和贪婪，蛮不讲理的军规、制度化的疯狂，成为一种荒谬的真实世界的象征。米洛、卡思卡特、沙伊斯科普夫就是这个真实世界的象征，从现象世界看，这些人物的存在和事件的发生都是不真实的，不可能的，但从超现实的意义上看却是真实的，因为它们在虚构的自我世界里是真实的。

这种非理性的真实，其实恰恰是理性真实的另一种表现形式，因为它是对真实深思熟虑的结果，是为真实重新精心设计的形式：貌似严肃的态度，异想天开的事件，精雕细琢的细节，漫画式的人物。理性化的虚构是再现真实的基础，再现真实对于现实的理性模仿，要求它达到最大程度的逼真，包括从被模仿物的真实到形式的真实两方面。非理性的虚构则不受这两方面的限制，可以对现实进行任意构成和排列组合。《万有引力之虹》中性行为与导弹的关系，《第二十二条军规》中高高在上、隐而不见地捉弄人的军规，都不是按现实真实的要求设计的。

## 五

　　但是，每一种虚构真实都是有限的，超现实的真实通过对题材与现象真实之间抽象相似性的捕捉和夸张，去捕获到真实，而不像传统小说的再现真实那样，通过修改现实真实的外形去表达真实。考虑这种超现实的抽象性质时，必然失去一部分具体的现象真实；考虑一种内在的真实时，必然失去一部分外在真实，反之亦然。更恰当的真实，似乎是两者的结合，然而，小说的困难就在于制造这种恰当的真实。

　　我们可以说，无论古典主义的、现代主义的还是后现代主义的艺术，无论是理性的还是非理性的虚构世界，都没有达到最大程度的真实。实际上，最为激进的后现代小说的非理性虚构真实，也并未完全超越两千年前古希腊为真实下的定义。

　　后现代小说的非理性真实，某些方面仍然是在表现一种超然于小说之外的永恒的真实。只不过，两千年的西方文学传统把这样一种真实看作是理性的和具体的，并且把它固定化、终极化了，而后现代主义的真实观把这样一种真实改换成非理性和抽象的，却依旧把它当作一种终极的形而上的追求，否则它也不会殚精竭虑地去寻找真实了。这无非是说，一种新的终极真实代替旧的终极真实可以被指望。

　　非理性虚构真实仅仅表达了一种对理性虚构真实的怀疑，并不能取代理性真实，更不能完全地代表真实本身，充其量只是一种有限的真实。而这种怀疑的真实，也包含对非理性真实自身的怀疑，表达了对非理性真实不信任的态度。

　　这是对真实进一步思考的结果，不仅仅是对小说真实的怀疑，也是对生活真实的怀疑，还是对语言能否达到真实的怀疑，终归还是回到了几千年来纠缠我们的疑惑：小说真实与现实真实是怎样的关系？虚构与现实哪个更真实？

　　至少后现代自相怀疑的有限真实使我们知道，现实世界不但具有一种清晰准确的真实，可以为理性的虚构世界所反映，还具有另一片空无的真实场地，为非理性虚构所反映。空无意味着多样性和不完全性，小说虚构应该保证虚构世界中多样的和不完全的真实。

# 第三篇　阿兰·罗伯-格里耶小说中的反悖

## 一、反悖

反悖，是阿兰·罗伯-格里耶小说的独特手法。在他的小说中，违反或有悖于现实逻辑或故事文本自身逻辑（故事发展、情节转变、人物统一、主题生成等）的叙述方式，我们称之为反悖手法。

在阿兰·罗伯-格里耶的故事文本中，反悖是一种非常重要的手法。我们观察到，反悖在罗伯-格里耶小说中不仅是形式因素，也是意义因素。形式在某种情况下，对于意义有无可否认的创造作用。这种反悖手法不仅与叙述原则相关，还与主题构成原则、文本生成原则具有密不可分的关系。

## 二、意识

反悖手法首先是一种反悖意识。我们发现，阿兰·罗伯-格里耶的小说世界中，充满了反悖意识，几乎每种叙述手法、每次叙述形式的转换，都与这样一种反悖意识渗透交融，如果极端一些，可以认为这种反悖手法和意识（它们是互相制造的）支配着他小说的颠倒世界中的各种生成因素。

这种反悖意识和手法来源于作家对这个现实世界的重新评价——世界的自我调节和不可掌握。

阿兰·罗伯-格里耶说："世界既不是有意义的，也不是荒诞的，它存在着，如此而已。无论如何，这一点是最值得注意的。突然这个事实以不可抗拒的力量袭击我们，一瞬间整个美丽的建筑垮台了，我们睁大眼睛等待着意外，而我们只是又一次地体会到我们自以为掌握了的现实的冲击。"

如果事物只是自行运转、自我调节，常常出乎甚至有悖于我们的意愿或者规定，不管我们给它规定理性还是非理性意义和因素都不管用，反悖于自然和现实逻辑的意义当然就产生了。

还可以从另外一个角度来理解反悖意识和手法，但它当然是与宇宙的自我调节角度相结合的。

谈到萨特的《恶心》时，阿兰·罗伯-格里耶说："作者不是要求我们把世上生活的灾祸都抬升为至高的必然性吗？如洛根丁的可悲独身生活，他失去的爱，他的被毁坏的生活，自学者悲惨而可笑的命运等等。既然这些不愿遭到灾祸的人完全受着公开的威胁，遇到一种最后的精神判决：被称为'狗杂种'，那么，什么地方还有自由呢？"显然，罗伯-格里耶认为传统的悲剧形式并不是人追求自由的形式，也没有表现出人追求自由的本质。

罗伯-格里耶追求自由和人性的方式，是将它们作为一种外在表现，纳入反悖现实的事物结构中。这种反悖现实的表现，正是作为传统人道主义的对立面才能存在，并以这种独特形式对传统人道主义加以延伸。由于他的故事文本中包含着这种追求自由和人性、摆脱物质世界羁绊的精神，所以他小说中的物都被物象世界、事实和假象所左右，往往在他们按照世界的逻辑去做一件事时，却恰恰违反了世界的逻辑，于是适得其反，出现了与原先预料完全不同的变化和结局。可以说，反悖手法中潜藏着追求自由的精神，而追求自由的精神孕育了反悖意识，造就了反悖手法的形成。

阿兰·罗伯-格里耶进一步说："我很容易就能看出来，我所居住的这个世界被人系统地悲剧化往往是人们蓄意安排的结果。这便足以使我怀疑任何把悲剧说成是自然事物和绝对事物的论调。一旦发生怀疑，我便不得不进一步寻求解决。"

反悖是他寻求解决问题的重要手段。通过反悖，他破坏了人关于秩序世界的观念，瓦解了人们对现实的依赖，同时也构成了他自己的精神空间，并使这种精神空间在他特有的虚构世界中被人们重新体验、认识、发现。

### 三、故事

在罗伯-格里耶的小说中，发生的都是违反现实逻辑的故事。

《橡皮》中，警察局局长不愿做任何调查，却意外地发现了事件的真相，可他这一发现又毫无意义，因为侦探瓦拉斯已经杀死了杜邦教授。瓦拉斯积极调查、思考杜邦教授被谋杀的真相，追踪并伏击凶手，结果却伏击了伪装死去的杜邦教授，把自己变成了一个杀死杜邦教授的真正凶手，犯了他作为侦探正在调查的罪行。这里处处都与现实逻辑构成反悖，整个故事的反悖手法和效果似乎在暗示：瓦拉斯一开始被指定侦破案件时，冥冥之中已经被派定为凶手了。从这时起，他和杜邦教授的命运都已被规定，他们不过是按照既定程序对自己的命运进行操作，这与古希腊悲剧的命运观很相似。阿兰·罗伯-格里耶用反悖手法，已悄无声息暗暗隐匿地返回到古希腊的命运观中。作为侦探之始，也是作为凶手的开端，这是极端违反现实逻辑的。然而，他侦破的是他自己，是人类永远的迷惑，这却又是不违反现实的。

《窥视者》记叙了旅行推销员马弟雅思乘船去一个小岛推销手表。在挨户访问顾客的过程中，他获悉当地一个十三岁的牧羊女雅克莲性早熟，并从照片上发现雅克莲的外貌与他年轻时的女友维奥莱极为相像。第二天，雅克莲赤裸的尸体在海边被发现，马弟雅思产生了自己可能被当成强奸杀人凶手的恐慌。当他来到悬崖上毁灭可能证实他犯罪的痕迹和物证时，雅克莲的男友于连当面认定他是凶手，却没有控告他。这个故事在叙述时显得很混乱，但用反悖手法来理解这个故事却可以理出一个较为清晰的面貌。

反悖一：马弟雅思来到这个小岛推销手表，却意外地成了杀害雅克莲的凶手。反悖的奇妙基点在于，马弟雅思由一个普通推销员变成了一个必然的杀手。反悖的特点是必然地而不是偶然地违背逻辑，马弟雅思杀害雅克莲与瓦拉斯杀死教授一样，是注定的和无可挽回的，并非是由于偶然受到性的诱惑而强奸杀人。如果马弟雅思在故事文本中像人在现实中一样，偶然强奸杀害一个小女孩，就不违反现实逻辑，也没有反悖效果了。

反悖二：马弟雅思可能实际上并没有杀害雅克莲，故事文本中没有任何证据明确说明他杀了人，于连的指证只是于连自己的说法，另一个证人——雅克莲的女友也只在小山谷底捡到了可能作为证据的半根香烟。但马弟雅思却用臆想把自己变成了凶手。

反悖三：雅克莲的男友于连出示证据，证明自己昨天看到了马弟雅思的罪行，但他却没有控告马弟雅思。

反悖四：于连可能是凶手，但却反过来认定马弟雅思是凶手。于连的父亲怀疑于连杀害了雅克莲，于连说，当雅克莲被害的时候，他不在悬崖上，而在家里，当时马弟雅思来推销手表。但马弟雅思知道自己当时没有在于连家。

反悖五：由于反悖三和反悖四产生了反悖五，于连既认定马弟雅思杀害了雅克莲，又证明马弟雅思当时不在凶杀现场。

反悖六：雅克莲没被任何人杀害，也没有任何强奸后被杀的确切证据，但她却死了，这是世界向人们客观呈现的一个事实。

这一系列的反悖，相互之间又构成了反悖关系，形成了一个更大的反悖圈，小说中的任何一件事实都被这种反悖关系否定了，从而与整个现实逻辑相违。

故事文本中唯一可验证的事实，是小雅克莲的尸体，然而这个尸体在一系列反悖之中出现，变成了一个不解之谜，它只是在向人们暗示，并没有具体的说明。根本没有任何具体的凶手，是岛上的人无形中杀死了她，因为岛上的人普遍用污秽、厌恶的语言来描述她，她死后，岛上的人们不仅不伤感反而感到轻松，只因为雅克莲的行为举止以及相貌体态和岛上其他人不一样。从这样的角度看，马弟雅思若作为凶手出现，是被必然地指派到小岛，满足了人们消灭雅克莲的意愿。另外，岛上有个传说，每年要用一个少女去祭暴风雨之神，而雅克莲死的方式与献祭的仪式非常相似。这似乎在暗示雅克莲的死是必然的，透露出岛上人用她献祭的意识。

在阿兰·罗伯-格里耶的其他小说中，也有一系列反悖现实的故事：

《嫉妒》中的丈夫对周围事物的观察和想象，偏执到了可能完全违背事实、脱离事物本性的状态，却又以非常冷静、客观的态度，把物作为人的外部现象准确、细致地呈现出来。但是他勾画的物象世界完全可能错了：因为可能他妻子与弗兰克之间的情恋关系根本不存在，一个嫉妒的丈夫、被嫉妒的妻子和情人，完全可能是嫉妒者臆想的结果，却又以现实的具体情态表现出来。

《去年在马里安巴》中，一个陌生人X来到一个豪华、凄凉的大旅馆，在一群素不相识的人中找到一个年轻美貌的女人A，反复对她说他和她之间去年有个约会——一起出走，迫使A一点点对他屈服。而A最终在可能根本没有什么约会、不明真相的情况下，和一个陌生男人离开了自己熟悉的生活。同时，A的丈夫或监护者M处于完全无能为力的冷漠状态，对他们的出走不加阻拦。

《金三角的回忆》中，应该冷静、客观汇报情况的警察，却随意编造调查报告。

《在迷宫里》的士兵拿着一只普通的盒子努力要把它传递出去，却无法把它送出去，士兵因为这只盒子迷失在城市里。

当这样一些故事完全有悖常理、违反现实逻辑时，一方面使我们震惊、迷惑，一方面引发了我们对这个世界的关注，这种反悖手法构成的故事，奇特地吸引了我们：《窥视者》中的于连为什么没有控告马弟雅思？岛上的居民和当局为什么对雅克莲的死亡漠不关心，不加调查，甚至隐隐露出庆幸？谁是窥视者？谁是凶手？从我们的反悖分析结果看，岛上的每个人都可能是窥视者，也都可能是凶手。而这样一种宇宙调节是和古希腊悲剧的命运协调一致的吗？《去年在马里安巴》中，X是个平庸的诱奸者还是个疯子？或者搞错了人？从X的严肃态度看，他似乎三者都不是。那么他为什么要将A带走？将A带向何方？A最终跟随他而去，是在追寻什么？是希望？还是一种模模糊糊的引导人类的东西？这部故事文本可以说最为典型地代表了阿兰·罗伯-格里耶对人类永恒精神的探求。

阿兰·罗伯-格里耶所有这些反悖故事中包含的问题都有趣而耐人深思。由于反悖这种形式的故事结局完全彻底地出乎人们的意料，也就根本无法预料一部故事文本的开端和结局之间的关系，因而在探求人类精神方面就具有令人震惊不已的效果。

## 四、情节

故事反悖必然涉及情节反悖，并包含情节反悖。

情节反悖与故事反悖有个区别：故事反悖针对现实。所有的文学故事都与现实在一定程度上相分离，但分离与反悖不同，可以说反悖是一种与现实分离的形式，它违背现实逻辑而形成故事和虚构世界。情节反悖针对故事文本自身，它违反故事文本自身的故事发展逻辑，实际上是破坏原有的故事和虚构。如果极端地说，可以说它们可能在前故事的发展中完成了一个后故事，而这后故事与前故事毫不相关；它在原有虚构的废墟上，又建立起一个新的虚构。

情节反悖与故事反悖虽然有区别，并没有明确的界线，它们实际上互相包含。由于故事由情节构成，谈到故事反悖时，那些违反现实逻辑的故事也是典型的情节反悖景观。《橡皮》中的侦探瓦拉斯迷失在事物的假象里，以致自己反成了莫名其妙的凶手；《窥视者》中推销手表的马弟雅思变成了一个蓄意强奸杀人的嫌疑犯或窥视者；《去年在马里安巴》中一个陌生男人和一个陌生女人之间无法解释的关系……当然都有情节反悖的意味，或者就是一种情节反悖。完全反悖现实、仅仅在故事中发生作用的单纯情节反悖，对于说明故事文本自身形式更加有利一些。

单纯从情节的角度讲，情节反悖与情节突变或情节转换不是一回事。情节突变是个古典概念。情节突变中既包含着现实逻辑因素，又包含着故事文本中情节逻辑的因素，它不超越、突破故事文本虚构世界的规定性。例如古希腊悲剧中人物突然性的毁灭命运，虽然朝着人们意料之外发展，却包含着故事文本的自身逻辑因素，出乎意料，却在情理之中。而情节反悖是非逻辑化的、反故事文本自身、破坏正在建立的虚构整体的。阿兰·罗伯-格里耶的小说与古希腊悲剧命运相一致的地方，在于关照人类命运的总体精神，但却用与古希腊悲剧完全相反的反悖手法来表达。

另外，情节突变和转变是多向度的，可以在可能的限度内任意采取相似或不同的变化，而情节反悖是单向度的、严格限定的，只能朝着一个方向发展：与原有的情节逻辑完全相反的方向。

典型的情节反悖可以在《在迷宫里》之后的故事文本，尤其是《吉娜》中观察到。

《在迷宫里》本来就是阿兰·罗伯-格里耶小说世界越来越含混不清、自相矛盾的一个标志，情节反悖的手法也由此愈演愈烈。《在迷宫里》有三个叙述者。第一个叙述者是个作家，他叙述写作的故事。第二个叙述者是士兵，他叙述自己的故事。在这两个叙述者所叙述的士兵的经历和想象中，产生了医生，医生最后也变成了叙述者。这三个叙述者产生了三个情节系统，三个叙述者常常叙述的并不是同一个故事。这三个情节系统互相交错，每次情节转换，不是在自身情节系统内，而是不断地打断、插入其他的情节系统，同时又因此而破坏了自身的情节系统。违反自身情节逻辑进入其他情节系统，是典型的情节反悖景况。

几乎阿兰·罗伯-格里耶的每个故事，都是由后半部情节破坏了前半部情节，破坏了前半部已形成的虚构世界逻辑而形成新的虚构世界。情节反悖依靠破坏原有的情节逻辑，打断原有的情节发展，再生一个与原有情节完全相悖的结果来完成故事整体结构。原有情节愈是充分发育，破坏愈彻底，反悖效果愈加奇特。因此，它在原有情节充分发育之后才出现，往往在故事的后半部或临近结尾时才出现。

《橡皮》中，侦探瓦拉斯曾三次去商店买橡皮。第二次买橡皮前，瓦拉斯虽然看不清真相，但一直在按正常逻辑调查杜邦教授被杀事件，故事一直按通常的侦破小说惯例发展，平淡无奇。第二次买橡皮后，事情的真相已经在瓦拉斯面前全部擦去了。他去邮局领了一封误给他的（或者是预先安排的）"给安德烈·V. S. 先生的信"，而瓦拉斯认为安德烈·V. S. 先生可能是凶手之一。从这时起，所有的情节都开始反悖发展：瓦拉斯想要破案，自己却变成了凶手；凶手格里纳蒂四处寻找侦探瓦拉斯，似乎想要帮助他；木材商马尔萨本答应帮助杜邦，却想不到害死了他；警察局局长不想调查真相却知道了真相；杜邦在不该被打死的时候却被打死了。

《窥视者》中，雅克莲的尸体被发现以前，马弟雅思一直是一个普通的手表推销员，这以后他突然成了凶手。

《在迷宫里》前半部似乎一直是幻觉叙述，故事含糊不清。故事快结束时，突然从士兵的角度极大程度地脱离那种虚幻不定、事实与想象重叠的叙述，故事变得较为清晰和有条理，我们可以从中窥见三个叙述者飘忽不定的身影。

这种破坏前期情节的反悖手法，在《吉娜》中被创造性地发挥到顶端。《吉娜》的后期情节连续进行了两次反悖。

《吉娜》第八章以前，西蒙的男性口吻叙述一直是支离破碎、迷离恍惚、混乱不清的。第八章一开始，西蒙便以女性口吻叙述，突然将此前的故事叙述明朗化，明确交代此前的故事都是男性西蒙的幻想和错觉："去年，当我到法国时，我偶然结识了一个和我年龄相仿、名叫西蒙·勒戈尔的小伙子，他让别人称呼他鲍里斯，我一直未能知道为什么。刚一认识，我便喜欢上这个小伙子。他长得相当漂亮，作为一个法国人，他可算得上身材高大了，尤其是，他有一种离奇的想象力，使他每时每刻都在将日常生活和他自己的种种琐事变成浪漫离奇的冒险经历，似乎他就置身于科幻小说中。"

这种现实性的叙述有悖于此前的幻觉叙述，但这种暗示故事真相的叙述立刻再次被情节反悖打破，情节在同一章中毫无痕迹地很快回到西蒙的男性叙述口吻中。这种在小说临近结束时突然而强硬的情节反悖，使人很难弄明白究竟是吉娜——西蒙的女朋友——受到了西蒙的感染，自己置身于幻想中，还是吉娜就是西蒙的女性化身，或者西蒙是吉娜的男性化身，或者是西蒙在自己的男性想象中插进了一段女性想象。这种快速连续反悖具有奇特的效果：被反悖否定的情节变得似是而非，被破坏的虚构世界又重新建立。

《橡皮》《窥视者》都是前半部的叙述清楚平实，情节反悖之后，后半部的叙述脱离了原有情节，变得虚幻模糊了。但《在迷宫里》中，情节反悖之后的叙述反倒清晰了。《吉娜》的情形更为特殊，由于连续情节反悖，情节面貌在反悖之后又再次模糊了。经过这种情节反悖，又返回到原先的虚幻、怪诞、朦胧不清的叙述圈中，很难弄清故事的真实面貌和含义。

情节反悖作为一种标志，可以使我们辨清情节面貌。这是阿兰·罗伯-格里耶的故事文本中一个奇异的现象：具有明显情节反悖的故事文本有助于阅读和阐释，即使《吉娜》也是如此。而那些没有明确情节反悖的故事文本，例如《纽约革命计划》《一个幽灵城市的拓扑结构》等，反而不知所云，难以读解。情节反悖实际上给我们提供了一个辨认情节、整理故事线索的可能。

## 五、人物

阿兰·罗伯-格里耶的人物也是以反悖变化为基调的。在故事反悖和情节反悖中，已包含了人物反悖的因素。

必须注意两点：第一，同情节反悖的非逻辑性一样，人物反悖也是反逻辑的；第二，罗伯-格里耶小说中的人物是非个性的、非性格化的，因此人物反悖并非个性或性格上的自相矛盾，只是对此略有包含。

罗伯-格里耶的小说中，人物依靠自身的幻觉在活动，情节也依赖人物的幻觉而存在发展，幻觉往往转换为故事文本中的现实，转换成故事文本中真正存在的情节，在很大程度上，人物反悖本身不依赖人物性格的变化，不依赖故事情节的发展，而依赖于故事情节的反悖。当然，情节反悖也依赖于人物反悖。

罗伯-格里耶的人物往往是更名换姓、前后不一的。在此时此地的某个人物，在彼时彼地变成了另一个人物。有时人物的姓名变换了，有时人物的相貌变换了，有时甚至人物的性别也变换了。

《橡皮》中的瓦拉斯在买第二块橡皮时还是瓦拉斯，在买第二块橡皮之后，他到邮局去领了一份给安德烈·V.S.的邮件之后，他似乎就变成了那个叫安德烈·V.S.的杀手。单从情节来看，瓦拉斯误领了邮件，但从整体意义看，这不是无意中造成的事实，而是故事文本故意安排的事实，故事文本已经形成了一个怪圈，任何陷入其中的人都走不出来，瓦拉斯必然从此走上枪杀杜邦的道路。事实上，从一开始他就在走这条路。那些看似破案的线索，实际上正在把他引向最终枪杀杜邦的终点。

《窥视者》中的马弟雅思在雅克莲的尸体被发现后，种种可疑的迹象使他成为凶手，于连说马弟雅思到过他家，使他不再成为凶手，于连在悬崖上对马弟雅思的指证，又再次使他成为凶手。

《嫉妒》中丈夫对妻子和弗兰克的种种猜疑与想象，使妻子和弗兰克被嫉妒者的形象不断在偷情者和非偷情者之间转换，因此也不断改变着嫉妒者自身的形象。

《去年在马里安巴》中，M作为监护人对A和X之间的交往不加控制，对他们的私奔不加阻拦，使这个人物的身份、态度以及与A的关系都无法测定。同样，A对X反常的顺从举止，也无法确定地加以解释。

《吉娜》中的人物反悖情况更是难以思议和不可捉摸，故事文本不断地改变着人物的外貌、年龄、职业、国籍、姓名甚至性别，将人物弄得模糊不清，使人无法判断这个人物究竟是谁，是真还是假，是否存在过。西蒙最初遇到的小姑娘玛丽在西蒙进入一家咖啡馆时，反悖为一个同玛丽的名字、玛丽的说话的语气用词一模一样的老妇人，并且老妇人的父亲和玛丽的父亲一样，也是个淹死的海员，由此从幻觉进入现实，然后，又从现实进入幻觉，这个小女孩反悖为加罗琳哥哥的孩子，到巴黎的姨妈家来度假，姨父曾是个海员，在一次航海事故中淹死了。第一次人物反悖与后面的情节反悖结合起来，可以看作西蒙对他常去的咖啡馆中老妇人的幻想，或者是由玛丽而对老妇人产生了幻想，这符合西蒙好幻想、爱冒险的气质。这次人物反悖对事故和人物都起到一种明朗化的作用。因此，当人物再次由老妇人反悖为另一个与玛丽相似、也叫玛丽的小姑娘时，不管前玛丽还是后玛丽或是同一个玛丽，我们都可以看作人物的幻想结果。这里玛丽反悖为老妇人是重要的，是否是玛丽却并不重要，也不必解释哪个更真实、哪个真正存在过，因为它们在故事文本中已充分满足了主人公西蒙的幻想气质，并且也满足了这个由西蒙的幻想而生的故事要求。

《吉娜》的第八章和尾声至为重要，是全书的关键之处。在第八章中，前七章的男性突然反悖为女性，西蒙反悖为吉娜（可能），幻想人物反悖为现实人物，使全书可以有个恰当的解释，但人物很快又反悖：人物似乎又具备了幻想气质，并且很像西蒙在叙述。这样，究竟是西蒙在第八章中假借吉娜的口吻叙述，很快又返回自己的本来形象，还是干脆全书都是一个叫吉娜的人不断地在假借西蒙说话，就说不清了。最重要的是，西蒙这个人物从一开始就被一连串不明真伪、无可考证、违反逻辑的反悖弄得似是而非。序言中介绍西蒙："他的真实身份已是个谜……"他的法国护照上写着鲍里斯·柯尔希芒，警察认为护照是假的，但证人们说，护照照片上的人是这个小伙子。他护照上的姓氏根本不像乌克兰人，但他却生于基辅。此外，他在法-美学校教课，注册用的名字是西蒙·勒戈尔，"因此他更像匈牙利人或芬兰人，甚至可能是希腊人，不过这最后一个假设仅凭这个年轻人的颀长身材、金黄色头发和浅绿色眼睛就可推翻"。在这些相互反悖的介绍中，西蒙始终是个男人。可是在尾声中西蒙的性别产生了可疑的反悖变化：人们在一个改作他用的工场里发现了一具无名女尸。"死者和西蒙·勒戈尔出奇地相像——整个身体的外形、人体的各种测量数据、面部轮廓、眼睛和头发的颜色等等这一难以分辨的相像简直可以使人一时相信死者和西蒙·勒戈尔是同一个人：法-美学校的那位讨人喜欢的教师可能是一位经过乔装改扮的女性。不过这一吸引人的假设还是站不住脚，因为大约在两星期前，校医曾对那位自称西蒙的人作过仔细检查，并且保证他是男性。"

第八章结尾时，女性叙述者进入了一个酷似工场的地方，朝着一个等在那里的男人走去。由此，可以假设为：一个年轻男人杀害了一个年轻女人，或者一个年轻女人杀死了一个年轻男人，并且他（她）们相互顶替了。这里，没有连续的、整体的、具有统一性的人物，只有离散的人物断片或分割为碎片的人物。这里的人物不在小说中起传统的支配故事作用，而是故事支配人物，把人物化解为一种对事物的解释。这种人物不断反悖的表现方式，实际上消解了人物，这正符合阿兰·罗伯-格里耶让人物消失在物化世界里的观念，故事文本中人物的反悖关系，正代表了整体世界与人的反悖关系，代表了不可捉摸的世界给予人的命运。

## 六、意义

反悖是一种小说形式探索，也是小说文本意义探索。情节反悖颠倒了以往小说情节一致的原则，也颠倒了形式依附于内容的关系，极端地体现了形式对于内容的创造作用和内容对形式的依赖。形式将改变内容的含义：《橡皮》在侦探演变为杀手的情节之前，一直是一部平淡的侦探小说，并在很大程度上保持了此类故事文本的传统模式：谋杀、躲避、调查、推断、设伏等等。但在瓦拉斯误领了给安德烈·V. S. 的邮件之后，情节反悖的形式给内容含义带来重大变化，使人再也不能在通常的侦探小说意义上看待这一故事文本。因为这种情节的反悖表明一种令人迷惑的、不可抗拒的必然性：瓦拉斯不想杀死杜邦，但却杀死了他，这其间任何人的意愿和行动，都不能使它有任何改变。情节反悖在这里产生了古希腊悲剧命运的效果。

反悖手法不是被动地依附于反悖意识或者故事文本的意义，而是主动地生成意义。从这个角度说，它本身就是意义。这样我们具有了一个读解阿兰·罗伯-格里耶小说的新支点。

"新小说"是本世纪争议最大的文学流派之一，作为"新小说"派中最杰出、最激进的作家，阿兰·罗伯-格里耶以反悖手法在小说文本叙述构成实验或者小说文体和风格实验上比谁都走得更远，因为在众多的实验作家或者说后现代作家中，只有他极端地采用了反悖手法，而他小说中的其他手法，例如并列、复现、幻觉等，其他作家也用得不少。从他最早的《弑君者》到后来代表他典型叙述风格的《吉娜》和《一个幽灵城市的拓扑学结构》，愈来愈违反一切传统小说的规则，因此无法从传统小说叙述惯例去追寻他的小说世界，更无法发现这种小说世界所隐含的意义。

发现反悖手法在阿兰·罗伯-格里耶小说世界中的作用，意味着发现这个世界的部分意义。

反悖手法在阿兰·罗伯-格里耶故事文本中形成的世界是不可捉摸的。他的小说大都内容扑朔迷离，形式怪诞奇特，故事情节、人物形象、心理分析、道德使命等统统被摈弃。但是，罗伯-格里耶的小说世界并不是无人的世界、无意义的世界，也不是对小说形式与结构的注重超过了对故事文本意义的追求。因为他的小说正是依靠对形式的追求来创造意义的，那些不符合现实逻辑的小说反悖形式构成了一个不符合现实逻辑的虚构世界，意义在其中自动生成或消解。这里有个极大的区别：与传统小说的现实主义真实观不同，处于反悖形式中的小说世界虽然表现生活的真实性，却并不追求小说与生活的一体性，不追求现实小说的在场真实感。

从这一基点出发，反悖手法极端地违背了传统小说刻意追求形式的基本原则，到了几乎破坏形式、消解意义的程度。用这一危险的方式创造性地追求小说的世界和意义，如同儿童搭的彩色积木城堡，虽然摇摇欲坠，却华丽奇特，保持某种独立和完整。

小说形式感的变化深深植根于时代变革和人类文化的进步之中，罗伯-格里耶的反悖形式表明了一种极端化的对于世界的认识。确切地说，反悖形式又为读者带来一种变化了的世界感受，因为它用特有的形式创造了我们周围的世界。

# 第四篇　阿兰·罗伯-格里耶作品中的物象与隐喻

## 引言

现代文学作品常常依靠制造隐喻而使其成为猜不透的话题，隐喻的事物包含并暗示出另一个或另一些事物的意义，由于其意义的隐藏性和不确定性，对作家们产生了斯芬克斯式的强大诱惑力。阿兰·罗伯-格里耶同样没有逃脱得了这样的诱惑，并像俄狄浦斯一样主动去寻找这个文学中的神怪。

阿兰·罗伯-格里耶极端鄙弃直喻的拟人化性质，他的作品也确实从不出现任何拟人化比喻。他在《自然·人道主义·悲剧》中批评了直喻，认为人化的比喻"表现了整个一种形而上学的体系"，"把一种以人易物的观点强加于人"。他对自己的观点总结说："我们必须首先拒绝比喻的语言和传统的人道主义，同时拒绝悲剧的观念和一切使人相信物与人具有一种内在而至高无上的本性的观念，总之是要拒绝一切关于先验秩序的观念。"他没有对隐喻表现出明确的评论，但他的作品已明确无误地显示了隐喻的深刻痕迹。也许，正是由于他对直喻的深恶痛绝，才使他曲折幽深地走入隐喻的世界。

人与物之间没有本来一致性的观点是阿兰·罗伯-格里耶的隐喻世界的根基：他的物的世界隐喻全部人的因素。因为在他的物与人之间没有本来一致性的观点中，已经包含了故事文本强制给予一致性的可能，这种一致性隐藏在他的故事文本对人和物的全部描述中。

阿兰·罗伯-格里耶的人与物之间没有本来一致性观点的基本核心是：反对人化的物的世界，反对从人的角度去观察物的世界。在他的故事文本中，是橡皮、8字形物体、海鸥、防波堤、西红柿、香蕉园、蜈蚣、花园、雕像、小径、街道……对人的包围和困惑，是物与人的隔绝。他的观点和故事文本与以往作家对物的观点和表现有所区别，萨特也曾在早期作品《恶心》中试图清除人对物的主观偏见，描绘出不受人影响的本原现实。阿兰·罗伯-格里耶指出，萨特始终没能做到这一点，因为存在主义认为世界上一切都无意义，这与传统认为世界上一切都有意义的观点一样都是偏见，本质上并无区别。

阿兰·罗伯-格里耶这种极端化观点与萨特区别的关键之处在于，萨特仍然站在人的立场，从人的角度来看待物，而在阿兰·罗伯-格里耶的作品中，物并不受人的控制，人没有资格和权力用物来延伸自己，所以那些各种各样的人物：警察、侦探、手表推销员、嫉妒者、偷情者……都没有能力面对和辨别自己周围的物的世界，不但物被从物的角度加以描述（从根本上讲，这当然是不可能的），人也被从物的角度加以描述。在阿兰·罗伯-格里耶看来，人本来处于物的包围中，但物是另外一个世界，与人相隔绝，因此他的故事文本尽量表现这种物与人的隔绝。

在阿兰·罗伯-格里耶的故事文本中，人与物两个世界表面极端隔绝，但在故事文本的隐喻中，它们构成了一个一致性世界。人与物之间并没有本来的一致性，这种一致性在故事文本的虚构世界中才被制造出来，阿兰·罗伯-格里耶的故事文本正是依赖制造这种物与人的一致性而生成隐喻，例如橡皮与迹象、8字形物体与雅克莲事件、嫉妒者与百叶窗、马里安巴与X和A的现实关系、西蒙与吉娜……都产生了一致性。

物的世界依然独立于人的意愿之外，但正是在这种独立中产生了一致性，橡皮无法满足瓦拉斯的要求，雅克莲事件无法与马弟雅思的苦恼一致，X和A无法将去年的马里安巴与现在的花园旅馆区别开来……物形成一个与他们不相干的存在方式，但他们必须在这个不符合他们意愿方式的世界中生存，他们被物包围、融化，因此物的世界变成了他们的另一个世界，他们都被自己周围的物所表现。

隐喻在很大程度上依赖于人物的想象，因为这种想象给事物赋予一种意义，意义在这种想象与事物本相和本性的重叠交错中产生。在阿兰·罗伯-格里耶的故事世界里，有两个突出的问题：人对事物的纯客观观察；人对没有约束的想象物的表现就是人的表现。人无法明确辨别事物的本相和意义，就只能对物进行纯客观观察，观察的意义是隐藏的，但人可以用想象去暴露这种意义，人物总是按照一定的意义去想象：嫉妒者按嫉妒的意义去想象两张并列摆放在阳台上的椅子，X按自己与A之间的关系去解释花园里的雕像，马弟雅思按8字形的意义去看待各种物体，瓦拉斯按犯罪的意义去探寻周围迹象，西蒙按吉娜的指示去理解小男孩让和小女孩玛丽……

阿兰·罗伯-格里耶的叙事和观点表明，他正在颠倒两千年来人们在文学中表现世界的传统，把物的人化描写颠倒为人的物化表现。然而，这并没有从根本上脱离他所反对的人与物的一致性。他反对的是人与物的本来一致性，建立的却是后天一致性，他在故事文本中人与物的一致性中，建立了他的隐喻世界。物与人的世界其实从不分离，在文学中的区别仅在于是从物的角度去创造人的世界，还是从人的角度去创造物的世界，阿兰·罗伯-格里耶的独特性在于他是从物的角度去创造隐喻世界。

## 一、形状

阿兰·罗伯-格里耶的小说世界常被对大面积事物形状的描写所覆盖，隐喻常常包含在那些著名的事物形状的描述中，意义被强制性地压缩进毫不起眼的事物形状的细致描述中：一块橡皮、一个铁制圆形浮标、一幅电影广告画、一团死虫印迹、一本正在读的小说、一座雕像、一只断了鞋跟的女鞋、一个人体模型……这些描写并不明显，但确定无疑地偏向某种主体意识，符合某种虚构设计。

《橡皮》主要由两个隐喻构成：一个是事物迹象的隐喻，一个是凶手的隐喻，而隐藏在事物中的真相和凶手的真相，都暧昧不清、含糊不明，这两个主要的隐喻把一个普通的侦探故事变成了一个高级化的隐喻世界。

《橡皮》对侦探瓦拉斯买到的橡皮和想买的橡皮、警察局局长罗伦桌上的橡皮从不同角度进行了细致的描写：形状、颜色、质地、软硬度。瓦拉斯两次买的橡皮和罗伦桌上的橡皮都不符合瓦拉斯的要求，瓦拉斯根本就无法买到他所需要的橡皮：无论他怎样时刻关注橡皮，无论他对于自己想买的橡皮知道多少，无论他对营业员怎样详细说明他想要的东西。其隐喻在于，无论事物表面迹象显露多少，都无法找到事物的实质，都无法满足我们的意愿。因此，每次卖橡皮的营业员都把橡皮看得很简单，都不像瓦拉斯那样对橡皮有严格复杂的要求，都无法理解他的要求而误解他，都轻易而又强制性地任意塞给他一块橡皮，这隐喻事物常在强制性地让我们错误接受。同时，由于瓦拉斯想要的橡皮在作品中始终没有出现，他对橡皮的复杂要求就和营业员对橡皮的简单看法没有区别了。

《橡皮》中几次描写到瓦拉斯的雨衣和肩上的L形破口与嫌疑者安德烈·V. S. 极为相像。橡皮是对迹象的隐喻，瓦拉斯是对凶手的隐喻。瓦拉斯的相貌、衣着、行为以及姓名的发音，都与可能的凶手V. S. 极为相似，而雨衣上的L形破口则成为他俩共同的标志。类似雨衣和L形破口的事物形状的描写，表面上看琐碎无趣，令人厌倦，实际上都在作品中起到隐喻作用，并由这些局部的小范围隐喻，把故事变成了一个弥漫于整个故事范围的隐喻。门上的警铃、花园的栅栏、花园后面通向房子的小径、7.65毫米的自动手枪等，同样在暗示瓦拉斯的身份暧昧不明，因为瓦拉斯和凶手格里纳蒂经历的情景、用过的手枪极为相似，杜邦被瓦拉斯枪杀不过重复了格里纳蒂枪杀杜邦的事实。

《窥视者》中对8字形的物体形状一再进行描写，这些事物的形状有实在的8字形，也有在马弟雅思视觉中和幻觉中制造的8字形，它们虚实相间，相互重叠，幻觉与现实难以区分，使8字形物体的含义最终都指向时间与宇宙关系的隐喻。8字形物体并不仅仅按照社会学的解释——手铐，隐喻马弟雅思的犯罪渴望和恐惧，还可以有更广泛的意义隐喻。8字形物体与圆有密切关系，所以作品中除了8字形物体，还多处提到了圆形物体，8字形是两个圆平滑无痕地相连相接，在作品中，是过去与现在相连，维奥莱与雅克莲相连，窥视者与被窥视者相连，一个人与岛上人相连，马弟雅思的童年与现在相连。

然而两个圆相连实际上是一个圆的重复，所以马弟雅思总在重复着过去。马弟雅思在完成了岛上的循环路线、卖完了手表后，用香烟在报纸上烧了无数个洞，已经是许多个圆、许多个8字形相连，所以最终报纸被烧为灰烬，雅克莲被杀的社会新闻化为虚无的圆形物体和8字形物体，最终指向一个更大的循环和虚无：宇宙和时间。我们由此发现，圆形和8字形物体的含义是无限。

被故事文本描述的事物的形状，很大一部分是人物对事物形状的想象，其中包括人物的无意错觉和故意想象。人物由于主观意识对事物产生错觉，也会由于主观意识故意歪曲事物形状，以抹杀事物形状对他形成的含义。我们无法区分人物的无意错觉和故意想象，甚至无法区分作者的观察、人物的纯客观观察和人物的任意想象，因为作者对事物形状的描述往往是从人物的角度出发，而人物的观察和想象已迷失在物的不同形状中和人物给予它们的不同含义中。但这正是隐喻生成的基点，对物的观察和想象不加区别，使事物形状在人物观察和人物想象的重叠交错中产生意义的暗隐性、不确定性和可疑性质，例如《嫉妒》中，事物形状都表明私情的痕迹和嫉妒者的存在，这种可疑性质让事物偏离了本来的含义或不受主观影响的存在，暗示出事物形状的人为含义。

## 二、形象与语境

当物的世界与人的世界重叠时，当人的客观观察与人物想象无法区分时，物便脱离了原来的形状，产生了一个物的形象，形象的构成由主体直接规范导引。

独立于主体的事物客观状况并不存在，阿兰·罗伯-格里耶的叙事中对事物或事件的描绘也并不脱离主体，主体作用在各个故事文本中具体化为各个事物形象的不同叙述语境，每种事物形状都与具体叙述语境中其他事物形状结合，从而生成自己的形象。那些普遍、琐碎、细致的形状描写，都被虚构的故事语境强制性地赋予一种暗藏的意义，改变了事物不在这种叙述语境时与人隔绝的客观情状，按照叙述语境的规范导引生成意义。

《窥视者》中的电影广告从单项事物的角度看，不管对马弟雅思还是对读者都只是个电影广告，但在叙事文本中它生成了一个新的形象，这个形象独立在马弟雅思的意识之外，又站立在马弟雅思的意识之中。广告中一个文艺复兴时代魁梧高大的男人仿佛正扼死一个柔弱女人，这画面与马弟雅思晨起赶船窥见的一户人家中的情景、马弟雅思在希望咖啡店后房看到的情景、马弟雅思对女友维奥莱的回忆和对雅克莲的想象、雅克莲被杀的事件、马弟雅思在岛上的经历和心态、岛上的人对雅克莲的态度，都融成一体而产生新的形象，其意义远远超出广告对电影的宣传作用。

这个新的形象具有意义可能因为：它提示男女之间暧昧和奇妙的关系（马弟雅思先以为广告上的男人正在扼死女人，后来又认为他们的姿态是为了更好地欣赏女人的美貌），或者在提示马弟雅思的幻想本质、窥视者本性、犯罪者心态、犯罪事件真相。我们无法知道广告暗示的是马弟雅思窥见的情景还是他想象的情景，或是他经历的情景。在这种不确定性中，电影广告产生了故事语境含义，当电影广告画面变成《X先生和双循环路线》时，前一画面的广告形象被后一画面广告形象改变，并再次产生二者重合的形象，不管前一画面形象暗示了什么，都在后一画面中被重复和循环的性质所覆盖：广告中的情景或实际发生的情景都在过去和现在重复发生。

循环、隐喻与复现总是同时发生在阿兰·罗伯-格里耶的故事文本中。事物形状在不同情景中以不同方式多次重复，每次重复，形状都有所改变，被复现的事物便拥有一个新的形象。《去年在马里安巴》的花园中，有一座两个古装男女和一只狗的石雕像，雕像在故事叙述中多次出现，而故事文本中舞台上两个演员的姿态、X和A在一起的情景都与雕像人物的姿态相似，多次被提到的A的雕像般姿态似乎也在暗示与石雕的联系，人物姿态、演员姿态、雕像姿态的相似性，使它们在意义上暗中重叠。由于雕像本身的含义不明，可以任意对它进行解释，X和A分别从自己的角度对它表达了不同看法，在这些解释中，雕像的故事变成了对X和A命运的预言和演示。而在实际上，X和A的情态、行为、关系似乎都在重复雕像的故事，或用他们自己来验证雕像，于是雕像代表了他们和他们的故事，他们对雕像的解释成为对过去的验证、他们未来的验证，而雕像成为过去的验证和未来的预言。

从隐喻的方式看待雕像，才是这座雕像在作品中的真正存在方式，由于它在故事文本中的位置、与其他因素的联系，它成为一个重叠着古老、现在和未知的故事的隐喻形象。

## 三、命名

命名往往是给事物赋予含义，使事物与意义间的关系明确起来，但在阿兰·罗伯-格里耶的小说中，事物被命名后反而更加含义不清，因为被命名事物与故事文本中其他事物之间的关系不但游移不定、隐晦难测，还违反人们的常规意识，例如《橡皮》《吉娜》《窥视者》这样的命名，违反人们对橡皮、人名和故事的常规理解，这样的命名成为一种意义的隐藏和悬置活动。

走进阿兰·罗伯-格里耶布满隐喻的世界，首先遇到的是那些如高大的原始图腾石柱一样突兀而立的小说标题，它们依靠与故事文本的隐喻关系而令人迷惑不解，在标题与故事文本种种令人眼花缭乱而又疑惑不定的关系中，故事文本的一切内容都被吞噬在标题的隐喻的无形容器中。

窥视者的活动弥漫于《窥视者》全部叙事中，潜在的窥视者遍布全岛：马弟雅思、于连、雅克莲的女友……按岛上人对雅克莲的议论显示，雅克莲的死满足了他们用她祭祀海神的愿望，可以说全体岛民都是窥视者。《窥视者》这个标题还暗示着一个更高的窥视者、一个唯一知道真相的窥视者，他并没有具体地显露面目，却可以觉察他的暗中活动。也可以说根本没有什么窥视者，窥视者是一个虚位，那么，这个最高窥视者或这种虚位似乎在暗指宇宙或上帝。标题确立的窥视者形象，由故事文本中可能的层层窥视者形象叠合而成。

法文的嫉妒和百叶窗是同一个词。在《嫉妒》中，嫉妒和百叶窗在相互限制的情形下相互隐喻，或融合为同一个隐喻。《嫉妒》从一开始就不断提到百叶窗和窗户，嫉妒者常常透过百叶窗窥视阿X与弗兰克的情态和行为，故事文本叙述的一切都是嫉妒者向屋内或向屋外窥视到并由此而想象的情形。

透过百叶窗的窥视，窥视者的主题再次出现。从嫉妒者的意义上说，他的窥视是必然的，这是个真正的、实在的窥视者（尽管窥视者的身份不清楚），因为他窥视到的情形证明了他的存在。而《窥视者》中的窥视者则是个模糊的、不确切的、隐藏自己真面目的窥视者。百叶窗使窥视者明确起来，也使嫉妒的窥视者或窥视的嫉妒者受到限制，他不是《窥视者》中那个藏匿而无所不在的窥视者，而是一个仅仅躲在百叶窗下、既受到百叶窗的阻隔又受到百叶窗的掩护、嫉妒而苦恼的窥视者。

或者由嫉妒而生窥视，或者由窥视而生嫉妒，毫无疑问都掺杂了自以为是的想象，这既受到情感或百叶窗的鼓励，又受到情感或百叶窗的限制。嫉妒者的观察与透过百叶窗的观察两者受到限制的情形非常相似，而观察者对这种限制却不自知，反而着魔地对这种观察加以想象，或者说，正因为有不能观察到全部真相的限制，窥视者才放肆想象，以弥补他看不到的那部分情形。

透过百叶窗的观察当然是模糊不清的，无法看清事物的真相，便自然产生了对观察的想象，然而，透过嫉妒者的视角和百叶窗，无论怎样观察和想象，都受到情感物的阻隔，由此，嫉妒者的情感与百叶窗便有了同等的限制性含义。

百叶窗成为嫉妒的物的表现，成为对嫉妒者的限制，成为物的非人化表现，嫉妒则是百叶窗的隐喻，是百叶窗的人化形式，是百叶窗在人的情感本质中的表现，这种相互隐喻，正是阿兰·罗伯-格里耶人的物化或物的非人化描写的独特之处，嫉妒与百叶窗在故事文本中已可以相互替换，其含义相互转移，二者的同一使人的情感与物的形象表现已不再区分。

从《嫉妒》起，阿兰·罗伯-格里耶小说中的人名趋于简化，地名则趋于消失。然而，隐喻的含义反而在简化的人名中更强烈地溢散出来。嫉妒者是一个不确定的人，由于不确定，连名字都没有了，只剩下嫉妒者四处活动的眼睛和情感的躯壳，剩下明确的被嫉妒者：阿X和弗兰克。而阿X实际上也是非常模糊的，她既是个被嫉妒的女人，又是个在嫉妒者眼中被幻化的女人，由此她也成为一个不确定的女人：虽然有个代号，却没有真实姓名。游离于嫉妒者情感之外的人却有确定的姓名：弗兰克和克里斯蒂娜。对于阿X的叫法，是嫉妒者故意的，让这个人物疏离和陌生化，以欺骗自己，克制和压抑嫉妒之情。

在《去年在马里安巴》中，名字的不确定被进一步发挥，人物的不确定性也由此得到发挥。这是一个被改写的《嫉妒》故事，但这一次嫉妒者已平息了激情，他平静地接受了X和A之间关系的事实，退居一旁默默地观察，把自己看得无足轻重。同《嫉妒》一样，在故事文本中占据活动表面的是被嫉妒者，是阿X和弗兰克或A和X，但实际占据主位的却是那双暗中隐藏的眼睛：嫉妒者或M，他洞晓一切，把一切都看得很清楚。不同的是，嫉妒者看到的也许是假相，M看到的却是真相，正因为这样，M沉着镇静，把自己放在与被嫉妒者一样的位置上，于是三个人成为三个不表示任何确切含义的代号：M、X和A。

在《纽约革命计划》中，阿兰·罗伯-格里耶用了一种奇特的手法来给人物命名：不同的人用了同一个名字，或同一个人被随意改变成另一个人。故事文本中的一个人物都是两个形象：阅读的"我"和被"我"阅读的书中的"我"、大劳拉和小劳拉、真本·赛义德和假本·赛义德……这种命名暗示我们看不见人的暗中变化，也隐喻在连续改变中人保持不变的一些特性。在《吉娜》中，这种用命名使人物保持隐喻的手法发挥到了极端，不但"吉娜"本身含有神怪的意思，而且吉娜是好几个人物的谐音，吉娜又被西蒙这个人物弄得似是而非，连性别都错乱了。同时，"吉娜"这个人物还与故事文本中标题一致，这就使"吉娜"这个命名包含的意义复杂化了。

## 四、叙述

小说话语中，形状的隐喻、形象的隐喻、命名的隐喻都是叙事因素，并都在叙事中产生隐喻作用。由于阿兰·罗伯-格里耶专注于物的描述，其中一些对物的描述的隐喻并未与故事话语融为一体，它们游离于故事叙述而强调隐喻的含义，另一些物的描写则在故事活动中保持隐喻作用。

《橡皮》中的隐喻体系似乎分裂成了两部分：一部分是隐喻的指示性标志，另一部分是故事叙述不可缺少的组成部分，例如瓦拉斯与V. S.的相似性、枪击的时间和地点以及行为、枪的型号等。《嫉妒》的全部故事话语都由嫉妒者看到事物组成，由于这种嫉妒者的色彩，任何一个事物都不离开故事叙述。《吉娜》的情况与《嫉妒》相似，它的全部故事活动都围绕着人物的神异性质和奇异经历而形成，它们并不缺少隐喻的叙述成分。

《去年在马里安巴》叙述一个劝诱者和被劝诱者改变彼此关系的过程，或者说是一个幻想者说服现实者的过程，但这个过程充满了隐喻，因为劝诱者和被劝诱者的身份和面貌都不清楚，也不清楚他们在生活中的确切位置。劝诱者可能充满了善意而毫无恶意，也可能充满了幻想而不顾现实，也可能非常理智而计划缜密。被诱劝者可以说是屈服者或妥协者，但她屈服或妥协于自己内心幻想和希望，而不是妥协于诱劝者，劝诱者只不过激发了她内心的隐情。因此，X是个幻想者或现实者、虚构的人或实在的人、玩世不恭者或严肃的理想主义者，都不重要，重要的是过程，这过程是人类的未来或过去对现实同化、重合的过程。作为A的监护者，M对她完全听其自然，这其实是M对于现实的无能为力，因此他其实只是一个旁观者，充其量只能提醒X和A：雕像代表的是审判场面，却不能扭转他俩重复雕像的场景。

《去年在马里安巴》有两个主要的隐喻：一个是人物的不确定性，一个是事件的不确定性，而这两个隐喻共同归结为循环的隐喻。主人公一方面重复去年在马里安巴的情景，一方面重复石雕群像代表的古代情景，如果这两种情景真正与他们有关，那他们不过是在重复自己，是他们自己命运的一种隐喻。

《窥视者》中留有隐喻与故事叙述分离的痕迹，如"希望咖啡店"命名的隐喻几乎在故事叙述中不占位置。那个无所不在的窥视者，与马弟雅思、岛上的居民、马弟雅思在岛上的活动已融为一体，它的身影诡谲地隐没闪现在岛上每个人的身后、岛上发生的每件事实中、马弟雅思活动的每一环节中。那个窥视者虽然看见了一切，却与时间默契配合、和谐一致，他并不说出窥视到的事件真相，以破坏这种时间的循环一致——故事叙述的开端和结局都有一个船上的乘客说："今天，船准时了。"

马弟雅思在岛上推销手表的活动具有双重隐喻因素：一方面他的推销是一场遍及全岛的窥视活动，另一方面他推销手表是一场推销时间的活动。他不时眼见耳闻点滴事实和只言片语，加上他在岛上的童年记忆，使他对岛民的生活态度有所了解，这种态度集中为对雅克莲的憎恨和厌恶。有趣的是，他既是小岛成员，又不属于小岛，童年时他在岛上度过，现在又回到岛上卖手表，他在岛上的经历是现在与过去的双重经历，他的卖手表经历与童年经历循环重合，窥视活动便与时间活动重合。

手表渗透着隐喻意味，追随着马弟雅思在岛上的活动。表是时间和秩序的代表，而时间和秩序意味着宇宙的循环不息。作为一个以卖手表为生的人，马弟雅思在岛上成为时间的代表，成为一个受时间操纵的人，在岛上推销手表是一场推销时间的活动，他的既定活动是完成时间的循环，他在岛上匆匆忙忙，疯了般飞快卖表，似乎只是为了尽快完成他在岛上的循环路线，当他完成了这个循环路线时，香烟店主醒目地换上了《X先生和双循环路线》的电影广告。

# 后 记

这部我的个人评论选集得以出版，首先要感谢广东省委宣传部、广东省作家协会、广东人民出版社，感谢广东省作家协会党组张培忠书记以及出版社相关责任编辑的大力扶助支持，也感谢本批评丛书编委们的辛苦工作，尤其是陈剑晖教授，感谢各位文学批评界同仁对我的支持，感谢作家们的支持。最后要感谢我的家庭这么多年对我从事文学批评的坚定支持。假如没有各方面对我的支持，我的文学批评之路也就不会这么顺畅地走下来，也就不会有这本从我诸多作品中选出来的选集。

张培忠书记和陈剑晖教授为这套丛书的出版做了大量努力。这套书原定于2018年出版，但由于诸多原因耽搁下来，原以为不能再出版，现在能够出版，我十分高兴。我为自己作为广东文学评论群体中的一员能够出现在这个阵容中引以为荣，为能以自己的作品和大家站在一起来为广东文学助力而高兴。当然也为我的个人评论选集出版高兴，这本书记录了我这么多年来所走的文学批评经历中的一些重要痕迹。

但更高兴的，并不是我个人能出版一本书，因为我已经出版了不少自己的评论理论专著，也发表了很多篇评论和理论文章，并不在意再多出一本书，而是这套丛书的出版确确实实能为广东文学和广东文学批评添光增彩、添砖加瓦，从整体上把广东文学批评的一些主要成果呈现出来，它们可以体现广东文学批评为广东文学做了什么、为中国文学做了什么、为我们这个时代和生活做了什么。

我的这部选集里面，关于广东文学的批评所占分量比较多，我有意从我的400多篇文章中尽量挑选出来一些有关广东文学的批评收在这部评论集中，这大约占了本书五分之三的篇幅，希望借此能够体现出广东文学的某些特点，

## 后 记

而不是仅仅体现我个人的特点,这反而是使我更高兴的事情。

当然,这本书中所选的作品,也可以部分表明我对广东文学、对中国文学和对我们的生活做了什么我能做的,我也希望借此尽量体现出我对文学、对文学批评以及对文学与生活的关系的态度和立场,也体现我的文学批评风格特质。同时,也希望人们对我的文学批评的不足之处予以批评指正。

徐肖楠

2020年5月8日

# 粤派批评丛书

## 大家文存

《康有为集》 郑力民 编
《梁启超集》 付祥喜 陈淑婷 编
《黄遵宪集》 龙扬志 编

## 名家文丛·第一辑

《黄药眠集》 刘红娟 编
《钟敬文集》 包莹 编
《萧殷集》 傅修海 编
《梁宗岱集》 付祥喜 编
《黄秋耘集》 吴琪 编

## 名家文丛·第二辑

《刘斯奋集》 刘斯奋 著
《饶芃子集》 饶芃子 著
《黄树森集》 黄树森 著
《黄修己集》 黄修己 著
《黄伟宗集》 黄伟宗 著
《谢望新集》 谢望新 著
《李钟声集》 李钟声 著

## 名家文丛·第三辑

《蒋述卓集》 蒋述卓 著
《程文超集》 程文超 著
《林岗集》 林岗 著
《陈剑晖集》 陈剑晖 著
《金岱集》 金岱 著
《郭小东集》 郭小东 著
《宋剑华集》 宋剑华 著
《江冰集》 江冰 著
《徐肖楠集》 徐肖楠 著

## 专题研究·第一辑

《"粤派评论"视野中的"打工文学"》 柳冬妩 著
《中外粤籍文学批评史》 古远清 著
《粤派网络文学评论》 西篱 主编

## 专题研究·第二辑

《"粤派批评"与港澳台及海外华文文学研究史》 贺仲明 主编 陈桥生 著
《粤派传媒批评》
《"粤派批评"与现当代文学史研究》 宋剑华 主编